U0115873

元明中篇傳奇小說與
中越漢文小說之研究

陳益源　著

第八輯
總序

　　甲辰春和，歲律肇新。纘述古今之論，弘通文史之思。

　　《福建師範大學文學院百年學術論叢》第八輯，以嶄新的面貌，在臺北萬卷樓圖書公司出版發行，甚可喜也。此輯所涉作者及專著，凡十有五，略列其目如次：

　　　　蔡英杰《說文解字的闡釋體系及其說解得失研究》。
　　　　陳　瑤《徽州方言音韻研究》。
　　　　　　　　　以上文字音韻學二種。
　　　　林安梧《道家思想與存有三態論》。
　　　　賴貴三《韓國朝鮮王朝《易》學研究》。
　　　　　　　　　以上哲學二種。
　　　　劉紅娟《西秦戲研究》。
　　　　李連生《戲曲藝術形態與理論研究》。
　　　　陳益源《元明中篇傳奇小說與中越漢文小說之研究》。
　　　　傅修海《中國左翼文學現場研究》。
　　　　雷文學《老莊與中國現代文學》。
　　　　徐秀慧《光復初期臺灣的文化場域與文學思潮》。
　　　　王炳中《現代散文理論的個性說研究》。
　　　　顏桂堤《文化研究的變奏：理論旅行與本土化實踐》。
　　　　許俊雅《鯤洋探驪——臺灣詩詞賦文全編述論》。
　　　　　　　　　以上文學九種。
　　　　林清華《水袖光影集》。
　　　　　　　　　以上影視學一種。

林文寶《歷代啟蒙教材初探與朗誦研究》。
以上蒙學一種。

知者覽觀此目，倘將本輯與前七輯相為比較，不難發見：本輯的規模，頗呈新貌。約而言之，此輯面貌之「新」處，略可見諸兩端：

一曰，內容豐富而廣篇幅。

如上所列，本輯所收論著十五種，較先前諸輯各收十種者，已增多百分之五十的分量，內容篇幅之豐廣不言而喻。復就諸論之類別觀之，各作品大致包括文字音韻學、哲學、文學、影視學、蒙學等五方面的研究，而文學之中，又含有戲曲、小說、詩詞賦文、現代散文、左翼文學各節目的探討，以及較廣義之文化場域、文藝理論、文學思潮諸領域的闡述，可謂春華競放，異彩紛呈！是為本輯「新貌」之一。

二曰，作者增益而兼兩岸。

倘從作者情況分析，前七輯各論著的作者，均為服務於福建師範大學的大陸學者。本輯作者十五位乃頗不同：其中十位屬福建師範大學文學院，另五位則為臺灣各高校教授，分別服務於成功大學中國文學系、臺灣師範大學國文系、臺東大學兒童文學研究所、東華大學哲學系等高教部門。增益五位臺灣學者，不僅是作者群體的更新，更是學術融合的拓展，可謂文壇春暖，鴻論爭鳴！是為本輯「新貌」之二。

惟本輯較之前七輯，雖別呈新氣象，然於弘揚優秀中華文化，促進兩岸學者交流的本恉，與夫注重學術品質，考據細密嚴謹之特色，卻毫無二致。縱觀第八輯中的十五書，無論是研究古典文史的著述，還是探索現當代文學的論說，其縱筆抒墨，平章群言，或尋文心內涵，或覓哲理規律，有宏觀鋪敘，有微觀研求，有跨域比較，有本土衍索，均充分體現了厚實純真的學術根底，創新卓異的學術追求。

「苟非其人，道不虛行」，高雅的著作，基於優秀學人的「任道」情愫。這是純正學者的學術本能，也是兩岸學界俊英值得珍惜的專業初心。唯其貞循本能，不忘初心，遂足以全面發揮學術研究的創造性，足以不斷增強研究成果的生命力。於是乎本輯十五種專著，與前七輯的七十種作品，同樣具備了堪經歷史檢驗而宜當傳世的學術質量，而本校文學院「百年學術論叢」的十載經營，十載傳播，亦將因之彰顯出重大的學術意義！每思及此，我深感欣慰，以諸位作者對叢書作出的種種貢獻引為自豪。至若臺北萬卷樓圖書公司各同道多年竭力協謀，辛勤工作，確保了叢書順利而高品格地出版發行，我始終懷抱兄弟般的感荷之情！

　　中華文化，源遠流長。歷代學人對中國悠久傳統文化的研討，代代相承，綿綿不絕，形成了千百年來象徵華夏民族國魂的文化「道統」。《易》曰：「觀乎人文，以化成天下。」即言聖人深切注重中華文明的雄厚積澱，期盼以此垂教天下後世，以使全社會呈現「崇經嚮道」的美善教化。嘗讀《晦庵集》，朱子〈春日〉詩云：「勝日尋芳泗水濱，無邊光景一時新。等閒識得東風面，萬紫千紅總是春。」又有〈春日偶作〉云：「聞道西園春色深，急穿芒屩去登臨。千葩萬蕊爭紅紫，誰識乾坤造化心？」此二詩暢詠春日勝景。我想，只要兩岸學者心存華夏優秀道統，持續合力協作，密切溝通交流，我們共同丕揚五千年中華文化的「春天」必然永在，朱子所謂「萬紫千紅」、「千葩萬蕊」的春芳必然永在。願《福建師範大學文學院百年學術論叢》的學術光華，永遠沁溢於兩岸文化學術交融互通的春日文苑！

汪文頂

謹撰於閩都福州

二○二三年十二月一日

自序

　　本書名為《元明中篇傳奇小說與中越漢文小說之研究》，分上、下二編，有幸納入《福建師範大學文學院百年學術論叢》，備感榮幸，特致謝忱，並略作說明如下。

　　本書上編《元明中篇傳奇小說研究》，乃是我中國文化大學中國文學系的博士論文，由王師三慶指導，一九九四年年底完成。完成之後，隨即榮獲「國科會」甲種研究獎勵，並且得到香港學峰國學文化研究所基金會的資助，於一九九七年十二月由香港學峰文化事業公司出版繁體字版，附錄薛洪勣教授的〈《元明中篇傳奇小說研究》讀後〉；三年後，又承蒙中華發展基金委員會審查通過，補助它在中國大陸發行簡體字版。簡體字版於二○○二年六月由北京華藝出版社發行，魏子雲教授題簽，侯忠義教授賜序，序中曾說：「《中國文學史》或《中國小說史》對元明中篇傳奇小說研究幾乎空白，而這部分小說數量多、影響大，對清代的《聊齋誌異》和明清白話通俗小說以及戲曲的繁榮，都產生過巨大影響，是文學史或小說史不可或缺的重要環節，對明代小說史的研究，尤為重要。然而目前有關學術著作卻較少談到這部分內容，不能不說是一個遺憾。」很高興這項遺憾，近二十年來或多或少都已得到了彌補，例如我在成功大學指導的碩士研究生陳靈心，二○二二年十二月在廣州暨南大學程國賦教授指導下完成《元明中篇傳奇小說的編刊與影響研究》，順利取得博士學位。

　　本書下編《中越漢文小說研究》，則是我執行「國科會」專題研究計畫「漢喃研究院所藏越南漢文小說及其與中國小說之關係」、成功大學「邁向頂尖大學計畫——東亞漢文學與民俗文化之調查、整理

與研究」的研究成果，經高國藩教授推薦，通過匿名審查，由東亞文化出版社於二〇〇七年六月在香港印行，書中有石家麟教授〈結緣〉一文代序；該書後來又由范秀珠、范玉蘭兩位教授協助譯成越南文，二〇一〇年一月由越南社會科學出版社於河內發行越文本。范秀珠教授的越文序曾說：「通常有兩個方法可以幫助讀者研讀學術著作：一是一邊看一邊做筆記，二是將其立刻翻譯成越南文。本人與陳益源教授一樣，多年來亦關注中越兩國之間古典文學之關係，每次翻譯其書，我都能收穫不少有價值的新知識。我相信，專門研究越南古典文學專家和講師們在閱讀其上述的著作時也一定有和我同樣的感受。」

　　有一個比較特殊的狀況是，上述《元明中篇傳奇小說研究》、《中越漢文小說研究》都在香港和北京、河內出版，卻不曾在臺灣正式印行，因此當有機會參與「福建師範大學文學院學術精品入臺出版工程」時，我最希望的作法就是將它們合為一書，讓兩岸的古典小說研究者可以完整看到我關於元明中篇傳奇小說與中越漢文小說的研究成果。

　　如今，《元明中篇傳奇小說與中越漢文小說之研究》以香港版《元明中篇傳奇小說研究》、《中越漢文小說研究》為準，只在《中越漢文小說研究》增附一篇〈越南漢文小說《花園奇遇集》與明代中篇傳奇小說〉，讓讀者知道元明中篇傳奇小說不僅傳播韓國，對越南漢文小說也是大有影響的。

　　這次重新整理本書，讓我對許多已不在世的學界前輩充滿無限的感激與懷念。最後，我還要感謝萬卷樓圖書股份有限公司編輯部同仁，費心協助本書依照新的體例進行了必要的調整。我相信，《元明中篇傳奇小說與中越漢文小說之研究》雖是我舊作的合集，但書中的內容應該還是經得起時間的考驗的。

陳益源

成功大學中國文學系特聘教授

序於二〇二四年元月

目次

上編
元明中篇傳奇小說研究

第一章
緒論

一　元明中篇傳奇小說的界定及文學史、小說史之研究概況

　　中國文學研究者慣稱唐宋文言小說為唐宋傳奇，或唐宋短篇小說，因為其篇幅平均約在二、三千上下，張鷟《遊仙窟》特長，亦不過九千；到了元明時代，一方面短篇文言小說的創作傳統持續未斷，另一方面也有尋求突破者，如元初宋梅洞愛情名著《嬌紅記》即多達一萬八千言，明初李昌祺的《賈雲華還魂記》也長約一萬四、五千字，其後《鍾情麗集》增至二萬七千，《荔鏡傳》、《懷春雅集》、《花神三妙傳》、《尋芳雅集》、《天緣奇遇》、《李生六一天緣》、《傳奇雅集》等也都超過二萬，甚至有高達四萬字以上如《劉生覓蓮記》者，數量可觀。這批具有長篇化傾向的元明文言作品，因多穿插詩詞韻文（少則一、二十，多則一、二百），所以孫楷第最早名之曰「詩文小說」，[1] 後來又有人名之曰「文言話本」、「文言擬話本」，[2] 此外，稱之為「中篇傳奇小說」或「長篇傳奇小說」的，則更為普遍。稱之為「長篇傳奇小說」者以日本學者大塚秀高較早，他稱元代及明朝前期刊行之《嬌紅記》、《鍾情麗集》諸作為「長篇傳奇小說」，曾經說道：

1　語見孫著：《日本東京所見小說書目》，卷6《風流十傳》條按語（北京市：人民文學出版社，1991年），頁126-127。

2　薛洪（薛洪勣）〈明清文言小說管窺〉一文做此主張，見吉林省社會科學院（內部發行）《學術研究叢刊》（1980年第1期），頁83。

傳奇小說定義……，凡唐代濫觴之種種才子佳人劍俠妖怪故事，以及其後一脈相承之文體，皆足徵表其貌。然而何類傳奇小說方可冠以長篇之名，則非毫無可議之處。問題著眼點不只是篇幅字數，其內容情節亦是關鍵所在。不過，在此筆者姑且稍嫌含糊地將長篇傳奇小說界定為：創作於元代以後，以單行本刊行的傳奇小說，或是與此文字篇幅近似的傳奇小說。[3]

接受此說者不乏其人。[4]可是，把一、二萬字至多四、五萬字的作品歸為「長篇」，雖便於與「短篇」對稱，但難免跟現代一般小說分類觀點頗相牴觸，所以鄭振鐸早在一九二九年舊作〈中國小說的分類及其演化的趨勢〉，即有「中篇小說」之稱：

中篇小說之名，在中國頗為新鮮。其實像中篇小說一流的作品，我們是「早已有之」的了。中篇小說蓋即短的長篇小說（novelette）。它們是界於長篇小說（novel）與短篇小說（short story）之間的一種不長不短的小說；其篇幅，長到能夠自成一冊，單獨刊行，短到可以半日或數時的時間讀完了它。……《嬌紅傳》（這些作品卻往往見收於明人的小說雜文集如《豔異篇》、《國色天香》等等，單行者不多）、《鍾情麗集》等等，也都是篇幅較長，可以獨立的《遊仙窟》一體的作品。……大都中篇小說，其內容以所謂「豔情」的故事為最多。其文字則以文言寫成者為最多，以白話寫成者較少。仔細分之，亦可分

3　大塚秀高著有〈明代後期文言小說刊行概況〉（上）（下），謝碧霞譯，譯文載於臺灣學生書局《中國書目季刊》第19卷第2期（1985年9月），頁60-75；第3期（1985年12月），頁34-51；引文見第2期，頁60。

4　如岡崎由美：〈明代中篇傳奇小說的敘事特徵〉，1993年9月北京「中國古代小說國際研討會」論文；何長江〈論元明長篇傳奇小說的發展歷程〉，《明清小說研究》1994年第2期，頁134-144。

析為「傳奇」及「評話」二體；而傳奇體的作品，其數量遠勝
於評話體的。[5]

日本伊藤漱平便逕稱之為「中篇傳奇小說」，此外，接受此說者亦不
乏其人。[6]事實上，無論是「長篇傳奇小說」或是「中篇傳奇小說」，
所指的都是《嬌紅記》、《鍾情麗集》等同一批作品。有鑑於這批作品
自成體系，篇幅確實「不長不短」，形式與內容則因循唐宋傳奇體
製，史筆、詩才、議論兼而有之，又多以浪漫愛情故事為主要題材，
正與唐傳奇代表作《鶯鶯傳》一脈相承，絕非「詩文小說」一詞可以
涵蓋，也跟「話本」的敘事方式迥異，當以「敘事婉麗，文辭華豔」
的「傳奇小說」為名較妥，[7]故本論文參從鄭振鐸、伊藤漱平等人之
說，將大約一萬字以上的這類文言愛情故事定名為「中篇傳奇小
說」，取其篇幅特徵跟歷代短篇文言小說有所劃分，兼與清代《燕山

5　此文收入《鄭振鐸古典文學論文集》（上海市：上海古籍出版社，1984年），頁330-
　　346；引文見頁334-335。

6　伊藤漱平之說見其〈《嬌紅記》成書經緯：其變遷及流傳過程〉，謝碧霞譯，譯文載
　　於臺北《中外文學》第13卷第12期（1985年5月），頁90-111；筆者從之，見〈明清
　　小說裡的《嬌紅記》〉，收入中國古典文學研究會編《古典文學》第11集（臺北市：
　　臺灣學生書局，1990年），頁197-237。又如孫一珍〈明代小說的橫向勝攬與正名〉、
　　石昌渝〈「小說」界說〉，亦從此說，前者收入中國社會科學院文研所編：《俞平伯
　　先生從事文學活動六十五周年紀念論文集》（成都市：巴蜀書社，1992年），頁341-
　　365；後者載於北京《文學遺產》1994年第1期，頁85-92。

7　「傳奇」一詞，王國維《宋元戲曲史》言其名實始於唐：「至明凡四變矣。」（第十
　　六章「餘論」，臺北市：臺灣商務印書館，1982年，頁163）今人或歸納其涵義，可
　　指小說、戲曲等：「至今已經七變。」（見王卓華：〈說傳奇〉，安陽師專《殷都學刊》
　　1990年第1期，頁54-59）今因《嬌紅記》、《鍾情麗集》諸作大體合於「敘述婉麗，
　　文辭華豔」的唐傳奇精神（語見魯迅：《中國小說史略》第八篇，臺北市：風雲時
　　代出版公司《魯迅作品全集》之二十六，1990年11月，頁85），故以「傳奇小說」
　　為名。雖然《劉生覓蓮記》曾將這類小說稱為「話本」，但是它們幾無任何「得勝
　　頭回」之類的帽頭或「說話」人穿插的慣用術語，通篇演以文言，與現今之「話
　　本」的概念也有很大的差別，所以本論文不以「文言話本」、「文言擬話本」名之。

外史》、《蟫史》等一、二十萬言的文言作品，以及明清動輒數十萬言的長篇白話小說區別開來。

　　元明二代的文言小說，在中國文學研究史上，乃至中國文言小說的研究史上一向是受到輕忽的。因為一般公認我國文言小說的兩大高峰，乃唐人傳奇與清初蒲松齡《聊齋誌異》，其間，宋人傳奇因有新興的話本小說盛行而漸呈衰歇之勢，但仍不乏將唐宋傳奇相提並論者。至於元代傳奇小說，面對雜劇的蓬勃發展，創作狀態的確更形沈滯，直到明初洪武年間瞿佑短篇傳奇小說集《剪燈新話》問世，掀起模仿熱潮（現存者如永樂年間李禎的《剪燈餘話》、宣德年間趙弼的《效顰集》、萬曆年間邵景詹的《覓燈因話》等），正像魯迅所言：「傳奇風韻，明末實瀰漫天下，至易代不改也」。[8]可是即使明知如此，重白話、輕文言的現當代學者很長一段時間還是普遍不能認清其真正的成就，如享有盛名的劉大杰《中國文學發展史》便說：

　　　　我敘述明代的小說以長篇為主，短篇平話次之。至於那些唐人
　　　　傳奇式的小說，如瞿佑的《剪燈新話》及李禎的《剪燈餘話》
　　　　一類作品，在這一時代，已經失去其重要性，只好從略了。[9]

實際上，《剪燈》系列的短篇傳奇小說集，以及罕為人知或久佚海外的《鴛渚誌餘雪窗談異》、《輪迴醒世》、《刪補文苑楂橘》、《幽怪詩譚》諸作，[10]既是聯繫唐宋傳奇與《聊齋誌異》不可或缺的橋樑，又

8　語見魯迅：《中國小說史略》第二十二篇，頁257。

9　劉大杰：《中國文學發展史》校訂本（臺北市：華正書局，1982年），頁932。

10　《鴛渚誌餘雪窗談異》二帙三十篇，書題「釣鴛湖客評述／臥雲居士批句」，萬曆初年成書，天津南開大學藏有硬筆抄本（缺二篇），相關研究可參薛洪〈《話本小說概論》補闕〉（北京《文獻》1982年第2期，頁550）、何長江〈《國色天香》成書年限〉（南京《明清小說研究》1993年第2期，頁250-251）；《輪迴醒世》十八卷一百八十三篇，序署「秣陵也閒居士題」，萬曆末年聚奎樓梓行，日本蓬左文庫藏有全帙，

是明清白話小說和戲曲取材的主要對象，其重要性絕對不該只是一筆
帶過。這項事實，在後來眾多的文學史著作中，幸已逐漸獲得肯定。
然而，猶有不足的是，由《嬌紅記》領軍，曾與《剪燈》一系並存的
元明中篇傳奇小說，迄今仍未爭得一席之地，能注意到它們的中國文
學史微乎其微。近年來幾部斷代文學史，對於《嬌紅》系列的中篇傳
奇小說，或者隻字不提，[11]或者三言兩語即「略而不論」；[12]專論明代
文學而能留意元人《嬌紅記》「是一篇極為可貴的傑作」者如吳志達
的《明清文學史（明代卷）》是十分少有的，[13]可惜他在肯定「明代
文言小說的地位與影響」時，依舊只能觸及收錄在《剪燈餘話》卷五
的《賈雲華還魂記》（又誤以為它：「篇幅之長，為明傳奇小說之
最」），竟完全忽略《鍾情麗集》等一大批明代中篇傳奇小說的存在。

　　再拿中國小說史的專著來說，開山鼻祖魯迅《中國小說史略》可
能還不及發現元明中篇傳奇小說的大量存在，幾部效顰的《中國小說
史》[14]更不用談了，而在魯迅《史略》基礎上另立規模的孟瑤《中國

北京吳曉鈴亦藏殘本，參胡從經〈東瀛訪稗錄〉之五（香港《明報》月刊1988年11
月號，頁86-88），劉輝、薛亮〈明清稀見小說經眼錄〉（北京《文學遺產》1993年第
1期，頁13-14）；《刪補文苑楂橘》二卷二十篇，不題編者，現存高麗活字本及抄本，
萬曆刊行，參孫楷第：《日本東京所見小說書目》（頁121-122），韓國學者朴在淵已
予以校注出版（成和大學校中文系發行，1994年2月）；《幽怪詩譚》六卷九十六
篇，書題「西湖碧山臥樵纂輯／栩庵居士評閱」，刊本前有「崇禎己巳」（二年，
1629）聽石居士題引，原遼寧師範學院藏有抄本，另參胡從經〈東瀛訪稗錄〉之七
（同上，1989年1月號，頁99-101）。

11 例如吳組緗、沈天佑：《宋元文學史稿》（北京市：北京大學出版部，1989年）。又如
　顧建華：《中國元代文學史》，列入北京人民出版社《百卷本中國全史》（1994年）；
　趙景雲、何賢峰：《中國明代文學史》，同上，1994年。

12 例如鄧紹基主編：《元代文學史》（北京市：人民文學出版社，1991年），頁595、
　607。

13 吳志達：《明清文學史（明代卷）》（武漢市：武漢大學出版社，1991年），頁104。

14 參馬幼垣：《中國小說史集稿》（臺北市：時報文化出版公司，1987年），卷下〈郭
　箴一「中國小說史」的來源〉（頁261-264）、〈評李輝英的「中國小說史」〉（頁275-
　278）。

小說史》，雖然提到收錄中篇傳奇小說的《繡谷春容》，[15]卻未深論。
近幾年大陸出版的幾部中國小說史，則甚至倒退到連《繡谷春容》一
類的小說通俗類書及其收錄的元明中篇傳奇小說，都絕口不提。[16]至
於專門研究中國文言小說的著作，有的也只是約略述及：「元代長達
近百年，雜劇與散曲的創作轟轟烈烈，可傳奇小說卻寂無聲息，只有
宋梅洞的《嬌紅記》孤零零地在藝圃中搖曳，算是證明了這一品種還
活著。」並在介紹《剪燈餘話》時提到《賈雲華還魂記》而已；[17]有
的甚至還將《嬌紅記》的時代挪動，說它「係明代前期的作品」。[18]連
中國文言小說研究專著尚且如此，遑論其他小說史或文學史了。可見
元明中篇傳奇小說研究，確實是目前中國文學史、小說史十分薄弱的
一環。[19]

二　元明中篇傳奇小說廣見於明清通俗類書與小說彙編

　　研究中國文學，撰寫中國小說史，特別是文言小說史，而無視於
元明中篇傳奇小說的大量存在，無論如何是絕對不足以反映我國文學
發展的歷史真相的。袁行霈、侯忠義編《中國文言小說書目》，雖僅
據明人高儒《百川書志》史部小史類，著錄了《嬌紅記》二卷、《李

---

15 孟瑤：《中國小說史》（臺北市：傳記文學出版社，1980年），頁235。

16 例如楊子堅：《新編中國古代小說史》（南京市：南京大學出版社，1990年）；齊裕焜
主編：《中國古代小說演變史》（蘭州市：敦煌文藝出版社，1990年）；徐君慧：《中
國小說史》（南寧市：廣西教育出版社，1991年）；李悔吾：《中國小說史漫稿》（武
漢市：湖北教育出版社，1992年）。

17 見陳文新：《中國文言小說流派研究》（武漢市：武漢大學出版社，1993年），頁192-
201。

18 如侯忠義、劉世林：《中國文言小說史稿（下冊）》（北京市：北京大學出版社，1993
年），頁110。

19 這種研究薄弱的現象，直到九十年代以後才稍見改善，可惜多半局限於單篇研究論
文（參注4、注6），不及寫入中國文學史或中國小說史，本論文結論一章將續作回顧
與前瞻。

嬌玉香羅記》三卷、《鍾情麗集》四卷、《豔情集》八卷、《懷春雅集》二卷、《雙偶集》三卷，[20]但是這並不表示元明中篇傳奇小說只有這六種，而是由於它們在這類小說單行本難尋的情況下，沒能充分利用明清通俗類書與文言小說彙編的緣故。元明中篇傳奇小說廣為通俗類書、小說彙編所收錄的情形，日本學者大塚秀高曾在其〈明代後期文言小說刊行概況〉一文中製有一表，[21]讓人一目了然；今改依中篇傳奇小說問世時代先後大致次序刪去《情義奇姻》一種，增補一清抄本傳奇小說集《豔情逸史》，重新製表如下：

表一

	國色天香	繡谷春容	萬錦情林	何大掄本燕居筆記	林近陽本燕居筆記	花陣綺言	風流十傳	余公仁本燕居筆記	豔情逸史
嬌紅記		5		7,8	8,9	8	5	6	3
鍾情麗集	9,10	11,12	1	3,4	6,7	6,7	1	2	6
龍會蘭池錄	1	2							
雙卿筆記	5								
懷春雅集				9,10	9,10	9,10	（7）	（7）	
花神三妙傳	6	6	2	5,6	2,3	2,3	3	4	4

---

20 袁行霈、侯忠義編：《中國文言小說書目》（北京市：北京大學出版社，1981年），頁338-339。

21 大塚秀高著，謝碧霞譯：〈明代後期文言小說刊行概況〉（上）（下），《中國書目季刊》第19卷第2期（1985年9月），頁70。

	國色天香	繡谷春容	萬錦情林	何大掄本燕居筆記	林近陽本燕居筆記	花陣綺言	風流十傳	余公仁本燕居筆記	艷情逸史
尋芳雅集	4	1	4		1	1	6	1	7
天緣奇遇	7,8	9,10	5	1,2	4,5	4,5	4	5	5
劉生覓蓮記	2,3	3,4	3			11,12		9	
李生六一天緣		7,8							1,2
傳奇雅集			6						
雙雙傳							2	3	
五金魚傳							8	8	

表中，阿拉伯數字為類書與小說選集的卷次，余公仁本《燕居筆記》，大塚秀高稱之為「馮本」，均指書題「明耎馮猶龍增編／書林余公仁批補」的《增補批點圖像燕居筆記》——此本《燕居筆記》下之卷十《劉元普天賜佳兒》、下之卷十二《轉運漢巧遇洞庭紅》，取自凌濛初《拍案驚奇》卷二十、卷一，下之卷十一《蔣興哥重會珍珠衫》，取自馮夢龍《古今小說》卷一，另附余公仁崇禎間《南窗筆記》、《南窗詩集》、《南窗雜錄》、《南窗語錄》等作，當是他自己編於明清易代之際，而於清初假託「明耎」馮夢龍之名刊行[22]，故宜簡稱「余本」為

---

22 原書藏日本宮內廳書陵部及佐伯文庫，上海古籍出版社《古本小說集成》（1991年）已複印發行，魏同賢〈前言〉云：「余公仁生平不詳。對於本書的輯集，說是『馮夢龍增補』，大概是書商招徠讀者的假託。」余公仁生平，可參何長江〈《燕居筆記》編者余公仁小考〉，載於南京《明清小說研究》1993年第3期，頁105-108。

是。關於《國色天香》等八書的先後次序以及彼此的關係，大塚秀高考之甚詳，本論文仍將在以後各章就中篇傳奇小說的部分詳細比較說明，現僅先作幾點論充：（一）《國色天香》有萬卷樓周對峰（曰校）、敬業堂周文煒（如山）兩種刻本系統，後者直承前者；（二）《繡谷春容》亦直承《國色天香》周對峰刻本而來，或謂其「是坊間流行的《國色天香》的祖本」，[23] 本末倒置，另外大連圖書館藏有《豔情逸史》清抄本，收錄《李生六一天緣》等六種元明中篇傳奇小說，實即據《繡谷春容》過錄；[24]（三）《萬錦情林》中篇傳奇小說的來源與《國色天香》並無關聯，編者余象斗選錄的其他作品有盜襲原作評語故意作成自己有過加工的模樣，[25] 但卷四下層《情義奇姻》一篇，不到五千字，既附載在《浙湖三奇》（即《尋芳雅集》）之後，又不見它書選錄，很可能是余象斗為補足版面，臨時拼湊而成；（四）何、林、余三本《燕居筆記》收錄的中篇傳奇小說各有所本，另一清代巾箱本《博古齋庚訂燕居筆記藻學情林》，書題「閩潭龍鍾道人輯／豫金呵笑道人校閱」，只收錄一種中篇傳奇小說《鍾情集輅生會瑜娘》（即《鍾情麗集》），[26] 或與余本有關；（五）《花陣綺言》七種小說，《劉生覓蓮記》取自《國色天香》，餘皆迻據林本《燕居筆記》迻錄；（六）《風流十傳》，僅見八卷，標榜「陳眉公（繼儒）先生批評」，實際編纂刪定者另有其人，

---

23 語見鄭振鐸：〈明清二代的平話集〉，1931年舊作，收入《西諦書話》（北京市：生活・讀書・新知三聯書店，1983年），頁146。孟瑤《中國小說史》亦承此說。

24 少《龍會蘭池錄》、《劉生覓蓮記》二篇。《大連圖書館古籍善本書目》小說類著錄：「《豔情逸史》六種，清抄本，書名本館自擬，七冊：《李生六一天緣》二冊，《申厚卿》一冊，《白潢源三妙傳》一冊，《祁生天緣奇遇》一冊，《辜生鍾情麗集》一冊，《吳生尋芳雅集》一冊。」所謂「書名本館自擬」，單指第三冊《申厚卿》而言，該冊書名簽條脫落（由《繡谷春容》知，原本應作《申厚卿嬌紅記》），乃大連圖書館據小說主角姓名加擬。

25 詳參王師三慶：〈《萬錦情林》初探〉，載於臺北《明史研究專刊》第10期（1992年10月，明史研究小組印行），頁37-71。

26 此本《燕居筆記》，北京圖書館有藏，鄭振鐸《西諦書話》曾予介紹，頁188-189。

可能是金鏡（字容成侯）;[27]（七）余本《燕居筆記》直接抄襲《風流十傳》，惟《鍾情麗集》前半及《風流十傳》未收的《劉生覓蓮記》，另採自《萬錦情林》；（八）以上各書收錄的中篇小說題名不一，繁簡各異，《風流十傳》卷七、余本《燕居筆記》下之卷七的《融春集》，實與何、林二本《燕居筆記》和《花陣綺言》卷九、卷十的《懷春雅集》差異甚大，不應視為名異實同。

此外，收錄元明中篇傳奇小說的明清文言彙編仍有不少，清代大型類書《古今圖書集成》也曾出現，現亦列表如下：

表二

	一見賞心編	艷異編	情史	十二卷本剪燈叢話	綠窗女史	雪窗談異	香艷叢書	女聊齋志異	古今圖書集成閨媛典
嬌紅記	1	19	14	1	5	2	8-3	4	362
賈雲華還魂記	3	21	9		6	3			368
鍾情麗集	1								
花神三妙傳	2								
尋芳雅集	2								

---

27 原書失題，由於書前「華亭陳繼儒題」序稱「客座所述閒情野史風流十傳」，孫楷第乃因長澤規矩也所擬，名之曰《風流十傳》（見《日本東京所見小說書目》），或名之曰《閒情野史》（見《續修四庫全書提要》，初冠傳惜華之名，後收入孫著：《戲曲小說書錄解題》，詳參田杉：〈孫楷第與《戲曲小說書錄解題》〉，載於北京《文學遺產》1991年第3期，頁13-15）。原書現藏日本東京大學東洋文化研究所雙紅堂文庫，其卷一《鍾情麗集》篇末附一跋語，自言：「是集詞逸詩工，且鋪敘甚好，予愛之，為之刪訂，參之眉公，眉公曰：其付梓乎？……予名金鏡，字容成侯，居小邾巷中。」

	一見賞心編	艷異編	情史	十二卷本剪燈叢話	綠窗女史	雪窗談異	香艷叢書	女聊齋志異	古今圖書集成閨媛典
劉生覓蓮記	3								

表中，《一見賞心編》與前表的《國色天香》關係密切，其餘則自成一個系統。[28]《賈雲華還魂記》一直是作為《剪燈餘話》的附錄（卷五）流傳，雖不見於前表，但它跟前表中的元明中篇傳奇小說息息相關，而《艷異編》等明清文言小說彙編對它和《嬌紅記》似乎顯得特別青睞。

三　元明中篇傳奇小說歷來的評價及其存在的意義

　　明清通俗類書與小說彙編收錄的元明中篇傳奇小說，去其重複和《情義奇姻》，合計已有《嬌紅記》等十四篇，未被收錄者仍多，葉德均〈讀明代傳奇文七種〉指出：「就見存及各家書目著錄的約略估計，單篇一類至少當在四十種以上。」[29]薛洪〈明清文言小說管窺〉也說：「從我們掌握的材料看，這種小說至少有四十餘種」，[30]這樣的

---

28 其中十二卷本《剪燈叢話》為自好子編輯，與合刻《剪燈新話》、《剪燈餘話》、《覓燈因話》之《剪燈叢話》不同一書，董康曾自日本購回，後歸藏北京圖書館，戴不凡亦有殘本（見《小說見聞錄》，杭州市：浙江人民出版社，1980年，頁240-241）。書頗罕見，相關研究可參考大塚秀高：〈明代後期文言小說刊行概況〉，《中國書目季刊》第19卷第3期（1985年12月），頁36-45），陳良瑞：〈《剪燈叢話》考證〉（《文學遺產增刊》第18輯，太原市：山西人民出版社，1989年，頁268-283），程毅中：〈十二卷本《剪燈叢話》補考〉（北京《文獻》1990年第2期，頁68-73）。又《艷異編》版本情況亦甚為繁複，可參考謝碧霞：〈「艷異編」研究〉（中國古典文學研究會編《古典文學》第8集，臺北市：臺灣學生書局，1986年，頁287-311）。

29 見葉著：《戲曲小說叢考》（北京市：中華書局，1979年），頁535。

30 薛洪（薛洪勣）：〈明清文言小說管窺〉，《學術研究叢刊》1980年第1期，頁83。

數據雖然是在不嚴格界定篇幅長短的情況下統計出來的，但元明中篇傳奇小說的實際數量想必與此相去不遠，只是許多單行本未被通俗類書與小說彙編收錄，漸次散亡罷了，例如前述明人高儒《百川書志》著錄過的《豔情集》八卷（「國朝郴陽南谷靜齋雷世清編著」）、《李嬌玉香羅記》三卷（「國朝閩南三山趙元暉編輯」）、《雙偶集》三卷（「國朝貴溪樊應魁著」），即已佚失不傳。

　　《百川書志》有序作於嘉靖十九年（1540），編者高儒是對元明中篇傳奇小說發表評論的第一人。他在著錄《嬌紅記》、《鍾情麗集》、《豔情集》、《李嬌紅香羅記》、《懷春雅集》、《雙偶集》六種單行本之後，論道：

> 以上六種，皆本《鶯鶯傳》而作，語帶煙花，氣含脂粉，鑿穴穿牆之期，越禮傷身之事，不為莊人所取，但備一體，為解睡之具耳。[31]

高儒此言觸及《嬌紅記》諸作的淵源、風格、題材及價值判斷，可惜過於簡略，看待小說的觀念也頗受侷限，他大概預料不到從嘉靖到萬曆年間，這類作品竟然如雨後春筍地接連在文壇出現，並成為通俗類書、小說彙編的寵兒，廣泛流傳於社會上。

　　曾於明清盛行一時的通俗類書和小說彙編，尤其是明刊本，後來也跟元明中篇傳奇小說的早期單行本一樣，逐漸散佚，流傳海外，現當代學者中首先對元明中篇傳奇小說做出評價的孫楷第先生（1898-1986），便是遠赴東瀛訪書才有機會發現大批明代傳奇小說，其撰於一九三二年的《日本東京所見小說書目》，卷六介紹《風流十傳》收錄的八種之後曾有一段按語，表達了他自己的看法：

---

31 臺北成文出版社《書目類編》（一九七八年七月據一九五七年古典文學出版社排印本影印），第27冊，總頁11960。

凡此等文字皆演以文言，多羼入詩詞。其甚者連篇累牘，觸目皆是，幾若以詩為骨幹，而第以散文聯絡之者。而詩既俚鄙，文亦淺陋，間多穢語，宜為下士所覽觀。此等作法，為前此所無。……余嘗考此等格範，蓋由瞿佑李昌祺啟之。……自此而後，轉相仿效，乃有以詩與文拼合之文言小說。乃至下士俗儒，稍知韻語，偶涉文字，便思把筆；蚓竅蠅聲，堆積未已，又成為不文不白之『詩文小說』。（原注：因以詩文拼成，今姑名之為詩文小說。）而其言固淺陋易曉，既無唐賢之風標，又非瞿李之矜持，施之於文理粗通一知半解之人，乃適投其所好。流播既廣，知之者眾。乃至名公才子，亦譜其事為劇本矣。是以此等文字，以文藝價值言之，其價值固極微，若以文學史眼光觀察，則其在某一期間某一社會有相當之地位，亦不必否認。……要之，沿本溯源，亦唐人傳奇之末流也。[32]

孫氏此言一出，影響甚廣，如譚正璧、譚尋《古本稀見小說匯考》輾轉介紹日本所藏的《風流十傳》時，幾乎全部因襲孫氏的看法，亦以「詩文小說」譏之，並說：「全書文體，亦與《遊仙窟》為同流……。以文藝言之，固風格較低，但用文學史眼光來觀察，那麼它在某一時期某一社會有相當的地位，亦足以反映當時時代的一角。」[33]王重民《中國善本書提要》介紹通俗類書《繡谷春容》時，也有類似的意見，他說：「按是書為宋、元、明三代傳奇文與遊戲文字之總集，上欄載傳奇十篇，……大致與《風流十傳》、《國色天香》、《萬錦情林》、《燕居筆記》等編所選相同。論其歷史，不論其價值，此類著作，為《剪燈新話》、《效顰集》之流裔，直開後來才子佳人派小說之源。在明代

32 孫楷第：《日本東京所見小說書目》，卷6《風流十傳》條按語，頁126-127。
33 譚正璧、譚尋：《古本稀見小說匯考》（杭州市：浙江文藝出版社，1984年），頁26-28。

嘉、萬間章回白話小說鼎盛之時，猶當有其一席之地，想亦為研究小說史者所不廢。」[34]

　　孫、譚、王諸氏能暫時拋開文藝價值的成見，換從文學史的角度來看待元明中篇傳奇小說，一致肯定它們在當時社會占有一定的地位，且對後世文學（如名公子才子所譜的劇本、才子佳人派小說）有所影響，這種態度相當客觀。後來一些小說研究者，思考古典小說發展問題或論述中國文言小說的發展及其創作傳統時，往往漠視這一批中篇傳奇小說的存在，[35]甚至誤以為從元末到嘉靖年間中國通俗小說呈現了兩百年的空白，[36]比較之下，孫氏等前輩學者的眼光還是頗為獨到的。不過值得商榷的是，他們係憑藉《風流十傳》與《繡谷春容》立論，偏偏這兩部合集選本選錄的內容不夠全面，又多刪節，與各元明中篇傳奇小說的原貌有段不小的差距，而且這些小說的年代有先有後，文藝價值也有高有低，人物心理性格刻畫生動、故事情節感人肺腑者並不少，作品裡穿插大量詩詞是其特徵之一，運用的技巧也有好有壞，但「以詩為骨幹，而第以散文聯絡之者」幾乎是不存在的，不能一概而論。簡單、籠統地概括元明中篇傳奇小說的價值，是難以反映其存在的真正意義的。

四　元明中篇傳奇小說疑點重重亟待深入研究

　　緣於資料的散佚罕存，加上囿於習見，歷來文學史家對元明二代

---

34 王重民：《中國善本書提要》（臺北市：明文書局，1982年），頁399。

35 如王瑞功：〈關於古典小說發展問題的思考〉，《文史哲》1986年第6期，頁3-8；崔子恩：〈論中國文言小說的發展及其創作傳統〉，《中國社會科學院研究生院學報》1986年第6期，頁52-57。

36 見陳大康：〈論小說史上的兩百年空白〉，《華東師範大學學報》（哲學社學科學版）1990年第5期，頁77-84；又見其專著《通俗小說的歷史軌跡》第二章「通俗小說近二百年停滯局面的形成」（長沙市：湖南出版社，1993年），頁33-66。

文言小說的評價明顯不足，對元明中篇傳奇小說的基本認識更是缺乏，因此輕忽其存在者比比皆是；也正由於如此，當代研究者能注意到元明中篇傳奇小說的並不多，以致迄今仍留下重重的疑點，遮蔽了文學歷史的真相。因果循環的結果，使得元明中篇傳奇小說的意義與價值長期遭受埋沒。

　　學界關於元明中篇傳奇小說的認知的確十分有限，大部分的作品從未有過專文研究，少數幾篇相關論述卻又不免有所誤會或曲解。例如作者問題，這些作品和許許多多的明清小說一樣，不題撰人者多，究竟出於何人之手？可不可能偽托（如《鍾情麗集》眾人都說是丘濬所作）？不無疑問！但它們絕不可能如孫楷第所說都是「稍知韻語」的「下士俗儒」所為，像《嬌紅記》的作者宋梅洞、《賈雲華還魂記》的作者李昌祺、應是《雙雙傳》作者的梅鼎祚，均非泛泛之輩。成書年代方面，有明確時間記載的只有《賈雲華還魂記》一篇，大多數只能利用別的材料來加以判別，今人卻有主張元人《嬌紅記》是明代文學的新說，但此說有什麼可靠的根據嗎？直到目前，將清刊《三妙傳》（即《花神三妙傳》）、《奇遇記》（即《天緣奇遇》）、《覓蓮記》（即《劉生覓蓮記》），視為清代章回小說者仍大有人在，這又是怎麼回事呢？《懷春雅集》和《尋芳雅集》明明不同，為什麼老是有人將它們混為一談？《風流十傳》卷七、余本《燕居筆記》下之卷七裡的《融春集》實與《懷春雅集》差異甚大，怎麼不見有人發現，還拿《融春集》的提要去介紹《懷春雅集》？如果不能正確判斷各中篇傳奇小說的成書先後和彼此關係，我們恐怕是很難看清文學發展與演變的軌跡的。關於技巧與內涵，有人斥《龍會蘭池錄》為平庸、低劣，這樣的說法公平嗎？元明中篇傳奇小說固然多數「語帶煙花，氣含脂粉」，但「詩既俚鄙，文亦淺陋，間多穢語」難道真是其共同的特色嗎？果真如此的話，又為什麼會有戲曲根據它們來改編，白話小說受到它們的啟迪呢？這些戲曲、白話小說到底又有多少？《嬌紅記》無

疑曾受唐傳奇《鶯鶯傳》的影響，可是它並非沒有自己的成就，否則明代中篇傳奇小說豈會奉之為圭臬？它們真正是在《嬌紅記》的開路下蓬勃發展起來的（而不是「由瞿佑李昌祺啟之」或「《剪燈新燈》、《效顰集》之流裔」），明乎此，我們還能想當然耳地認為元明中篇傳奇小說只是「唐人傳奇之末流」嗎？

　　有鑑於元明中篇傳奇小說在中國文學史上自有其重要性，卻是歷來研究十分薄弱的一環，以致真相不明，疑點重重，誤會叢生，因此本論文力求充分掌握各種原始資料，擬由最基礎的校勘比對入手，明察各中篇傳奇小說彼此之間的傳承關係，並發掘可靠證據，對各中篇傳奇小說的作者及其成書年代，作品的版本及其故事內容，技巧與內涵，淵源與影響，一一進行全面而翔實的考辨，藉以釐清元明中篇傳奇小說的發展脈絡，還其在中國文學史上應有的地位與價值。列入專章研究的對象，大致按成書先後排列，依序是：《嬌紅記》、《賈雲華還魂記》、《鍾情麗集》、《龍會蘭池錄》、《雙卿筆記》、《麗史》、《荔鏡傳》、《懷春雅集》、《花神三妙傳》、《尋芳雅集》、《天緣奇遇》、《劉生覓蓮記》、《李生六一天緣》、《傳奇雅集》、《雙雙傳》、《五金魚傳》，凡十六種。其中，《麗史》是新近才從族譜裡被發現的文言小說，深受《會真記》（即《鶯鶯傳》）、《嬌紅記》的影響，《荔鏡傳》當係《劉生覓蓮記》提到的《荔枝奇逢》，乃閩南盛傳的陳三五娘故事的早期小說，與《鍾情麗集》關係密切，雖然不見於明清通俗類書與小說彙編，幸未失傳，均屬元明中篇傳奇小說之一員。另外，若干明代文言小說如《國色天香》等通俗類書裡的《古杭紅梅記》、《相思記》（即熊龍峰刊行小說四種之一的《馮伯玉風月相思小說》，又見於洪楩編《清平山堂話本》，名曰《風月相思》）、《金蘭四友傳》、《張于湖傳》，平話集中曾被歸為文言傳奇的《藍橋記》（《清平山堂話本》）、《錢舍人題詩燕子樓》（《警世通言》卷十）、《宿香亭張浩遇鶯鶯》（《警世通言》卷二十九）、《隋煬帝逸遊召譴》（《醒世恆言》卷二十

四），[37]以及曾被視為長篇傳奇的淫穢小說《如意君傳》、《癡婆子傳》與神話小說《遼陽海神傳》，[38]和深受《桃花源記》、《遊仙窟》影響的豔情小說《春夢瑣言》等，[39]基於篇幅、風格或題材，大都與《嬌紅》系列的中篇傳奇小說迴異，故而暫不列入專章討論。

　　至於《萬錦情林》卷四下層收錄的《情義奇姻》，雖屬《嬌紅》系列作品，但考慮其篇幅過短，敘事手法差異較大，亦予刪除，僅就其與《劉方三義傳》的區別，另撰一文，收為附錄，以供參考。

---

37 詳參鄭振鐸：〈明清二代的平話集〉（《西諦書話》，頁133-134、164、169、176）；葉德均：〈讀明代傳奇文七種〉（《戲曲小說叢考》，頁539）；柳文英（周楞伽）：〈明代的傳奇小說〉，北京《光明日報》「文學遺產」197期，1958年2月23日。

38 見何長江：〈論元明長篇傳奇小說的發展歷程〉，《明清小說研究》1994年第2期，頁134、143。

39 文長三千言，演述會稽富春人韓器（字仲璉）入一山洞，遇李樹、海棠二女精事，卷首有「沃焦山人」撰於「崇禎丁丑」（十年，1637）〈春夢瑣言序〉，序中有言：「或曰：是記嘉靖朝南寧侯妻之弟私丁陵園事，內監胡永禧所作也。未知果然乎者？」美國哈佛大學漢和圖書館藏有舊抄本，荷蘭高羅佩曾於一九五○年據日本購得的抄本鉛印二百部。

第二章
《嬌紅記》研究

一　前言

　　元人宋梅洞中篇傳奇小說《嬌紅記》，以一萬八千言（穿插詩詞韻文約六十首），描寫申純、王嬌娘生死不渝的愛情悲劇，在傳奇小說衰歇、雜劇登峰造極的元代問世，是一篇別具時代意義的傳奇佳構。可惜民國以來，論者不多。[1]直到八十年代，才有日本學者伊藤漱平深入研究，將它譯為日文，附以「解說」，[2]隨後另撰〈《嬌紅記》成書經緯：其變遷及流傳過程〉一文，[3]詳細考證《嬌紅記》作者及其成書經過，並比較其戲曲演出之變異，闡述其流傳過程以及讀者閱賞的狀況，成果斐然可觀。其中「《嬌紅記》之流傳及其讀者」二節，利用《賈雲華還魂記》、《鍾情麗集》、《三奇合傳》（即《尋芳雅集》）、《王嬌鸞百年長恨》、《野叟曝言》、《蜃樓志》小說六種（另有《霞箋記》戲曲一種），找到「《嬌紅記》與《西廂記》二書並舉」的線索，證明元明時期「《西廂記》和《嬌紅記》已然樹立青年男女典範讀物之聲威」，清朝「觀覽《嬌紅記》者，亦呈某一定數量」，深

1　鄭振鐸為上海生活書店編輯《世界文庫》第三冊時，曾選刊小說《嬌紅傳》（1935年），並在一九五七年出版的《插圖本中國文學史》第五十二章稱譽它是「一篇名作」。趙景深則在《世界文庫》第三冊出版不久，撰有〈《嬌紅記》與《嬌紅傳》〉短文（後來又收入《中國戲曲初考》，鄭州市：中州書畫社，1983年，頁236-239）。這是最早注意《嬌紅記》的兩位學者。

2　列入《中國文學大系》第38卷，東京：平凡社，1973年。

3　一九七七年三月以英文正式發表，謝碧霞譯為中文，載於臺北《中外文學》第13卷第12期（1985年5月），頁90-111。

具說服力。一九九〇年六月，筆者曾於「第十一屆中國古典文學會議」發表拙作〈明清小說裡的《嬌紅記》〉，[4]續補《灑雪堂巧結良緣》、《二橋春》、《杜麗娘慕色還魂》、《駐春園小史》、《劉生覓蓮記》、《天緣奇遇》、《傳奇雅集》、《桃花影》、《春燈鬧》、《三妙傳》、《金雲翹傳》、《繡榻野史》、《濃情快史》等書，呼應伊藤先生的高見，並探討大家極少注意的一個小說發展史的重要環節，即由元人《嬌紅記》引導的中篇傳奇小說，對明末清初小說（含「才子佳人」、「豔情淫穢」二類）的關鍵性影響，從而肯定《嬌紅記》在中國文學史上不容抹煞的地位與價值。

　　後來才知道，就在拙作發表的同時，中國大陸學者程毅中教授也推崇伊藤先生《嬌紅記解說》的考證精細，發表了大作〈《嬌紅記》在小說藝術發展中的歷史價值〉，[5]肯定元代宋梅洞《嬌紅記》的藝術成就（再現生活真實的創作方法），對後世言情小說（以《金瓶梅》、《紅樓夢》為例）有所啟發；而前此十年，亦有吉林省社會科學院的薛洪勣教授（筆名薛洪）撰述〈明清文言小說管窺〉一文，[6]注意到「申、嬌故事的影響多麼深遠」。然而，與眾不同的是，薛文第一節專論「關於《嬌紅傳》的作者和寫作年代」，主張「現今傳世的《嬌紅傳》是明人作品，而不是元人作品」、「應當把它寫入明代文學史，而不應再寫入元代文學史了」，同樣的看法又見於次年他所主編的《明清文言小說選》「無名氏《嬌紅傳》」前言裡，[7]而且採信此一新說者，大有人在。[8]

4　收入《古典文學》第11集（臺北市：臺灣學生書局，1990年），頁197-237。

5　載於《許昌師專學報（社會科學版）》1990年第2期，頁15-20。

6　載於吉林省社會科學院（內部發行）《學術研究叢刊》1980年第1期，頁81-89。

7　書由湖南人民出版社出版（1981年）。《嬌紅傳》一篇據《艷異編》、《情史類略》校錄，前言強調：「據我們所知，宋的《嬌紅記》『事促而文深』，與本篇面目迥別。」（頁90）

8　如張虎剛、林驊：《元明小說選譯》（上海市：上海古籍出版社，1990年），頁1-2；

　　現今傳世的《嬌紅傳》，和元人宋梅洞的《嬌紅記》有什麼不同嗎？說它是明人作品，可有版本根據？乃至《嬌紅記》的故事，究竟是小說影響了戲曲抑或戲曲影響了小說？還能不能找到新的證據證明它對後世小說確有直接而強烈的影響呢？這關係到中國文學發展的許多真相，不能不辨，也值得我們繼續對它進行更全面、更細緻的研究。

二　《嬌紅記》的作者及其成書年代

　　關於小說《嬌紅記》，目前所見較早的文獻記載，是李昌祺明永樂十年（1412）的《賈雲華還魂記》，記中曾云：「見有《嬌紅記》一冊」，成化二十二年（1486）成書的《鍾情麗集》亦多次提及「嬌紅記」，加上明朝前、中期作品以及大多數的各種版本也都作「嬌紅記」，足證《嬌紅記》乃小說原題，《嬌紅傳》之名係晚出，這點是很明顯的，應先澄清。至於《嬌紅記》的作者問題，今人曾有「宋・無名氏撰」的說法，[9]乃是誤把小說故事發生的時代視同作品的成書年代，毋需多辨；倒是明代文獻所載確實很早就有些混淆，《鍾情麗集》曾說「未知其作者何人」，而在它之前、之後則出現「元清江宋梅洞」、「元儒虞伯生」、「盧伯生」、「中州李詡」諸說，今人眼花撩亂：

　　（一）**宋梅洞**　此說見於明宣德間金陵積德堂刊本《新編金童玉女嬌紅記》，江都丘汝乘宣德乙卯（十年，1435）為劉東生這部雜劇作序時說：

談鳳梁主編：《歷代文言小說鑑賞辭典》（南京市：江蘇文藝出版社，1991年），頁930；何滿子、李時人主編《明清小說鑑賞辭典》（杭州市：浙江古籍出版社，1992年），頁955；侯忠義、劉世林：《中國文言小說史稿》（下冊）（北京市：北京大學出版社，1993年），頁110。

9　見《筆記小說大觀》五編第3冊（臺北市：新興書局），文據《香艷叢書》八集卷三影印。

元清江宋梅洞，嘗著《嬌紅記》一編，事俱而文深，非人莫能讀，余每恨不得如《崔張傳》，獲王實甫易之以詞，使途人皆能知也。[10]

這是現存明言《嬌紅記》作者的最早資料，鄭振鐸將《嬌紅記》小說收入《世界文庫》第三冊，即據之署為「元·宋梅洞作」，且廣為海內外學術界所接受。

（二）**虞伯生**　即虞集（1273-1348）。此說首見於明人高儒《百川書志》，書前有嘉靖庚子（十九年，1540）序，其卷六小說類著錄：

《嬌紅記》二卷　元儒邵庵虞伯生編輯，閩南三山明人趙元暉集覽。[11]

這是錄自福建書坊《嬌紅記》單行刊本的署名（現存明「建書林鄭雲竹繡梓」本，亦署「元邵庵虞伯生編輯」），鄭振鐸認為：「當係三山書賈趙元暉竊虞伯生名，以資號召者。」[12]新發現的明代文言小說《麗史》云「虞記《嬌紅》」，明末《花草粹編》卷七收王嬌娘〈一剪梅〉詞記為虞集作品，當是受到此類福建刊本的影響。

（三）**盧伯生**　此說首見於呂天成《曲曲》，書前有萬曆庚戌（三十八年，1610）序，其卷下「具品」著錄沈壽卿（沈受先）舊傳奇云：

《嬌紅》此傳盧伯生所作，而沈翁傳以曲，詞、意俱可觀。以申、嬌之不終合也而合之，誠快人意。第傳中有嬌之妒紅、紅之汙（許）嬌、生之感鬼、嬌之遠別種種情態，未經描寫，亦

10　此據《古本戲曲叢刊初集》影印明宣德刊本引。
11　此據臺北成文出版社《書目類編》第27冊影印1957年排印本引，總頁11960。
12　語見《世界文庫》之《嬌紅傳》附記，頁983。

堪恨恨。[13]

其後。祁彪佳《遠山堂曲品》「能品」沿襲此說：

> 盧伯生為申、嬌作傳，中有種種情態可摹。沈翁之詞，能斬絕葛藤，雖近於古，然不無淺促之憾矣。[14]

所謂「盧伯生」實無其人，顯然是「虞伯生」的筆誤。清人《見山樓叢錄》（蔣瑞藻《小說考證》卷五引）和《曲海總目提要》卷五，則將此一「盧伯生」視為戲曲《嬌紅記》的作者，甚至逕稱之為「明盧伯生」。

　　（四）李詡　　此說見於明末小說彙編十二卷本《剪燈叢話》卷一，《綠窗女史》卷五，二書所選錄之《嬌紅記》皆署名為：

> 中州　李詡[15]

其後，《雪窗談異》卷二、《古今圖書集成·閨媛典》卷三六二亦予因襲。按李詡乃明朝中葉文士，撰有《戒庵老人隨筆》，《剪燈叢話》、《綠窗女史》謂為《嬌紅記》作者應是張冠李戴；而《雪窗談異》偽題「吳郡楊循吉輯」，[16]卷七《冥感記》輯錄明初瞿佑《剪燈新話》裡

13　《中國古典戲曲論著集成》第6冊（北京市：中國戲劇出版社，1982年），頁228。

14　《中國古典戲曲論著集成》，第6冊，頁47。

15　十二卷本《剪燈叢話》目錄，載董康《書舶庸譚》卷8下（臺北市：世界書局影印，1971年，頁640-646），陳汝衡《說苑珍聞》（上海市：上海古籍出版社，1981年，頁35-38）和譚正璧、譚尋《古本稀見小說匯考》（杭州市：浙江文藝出版社，1984年，頁20-23）亦予轉引，北京圖書館現藏一部。《綠窗女史》則收入《明清善本小說叢刊初編》（臺北市：天一出版社，1985年影印）。

16　書由山西人民出版社排印出版（1992年），未知是何來歷，與「釣鴛湖客評述」之《鴛渚誌餘雪窗談異》（天津南開大學圖書館藏有硬筆抄本）不同一書。因其卷六

的《綠衣人傳》、《金鳳釵記》、《牡丹燈記》，竟署名「元羅貫中」，比
《剪燈叢話》、《綠窗女史》誤題元人「吾衍」、「柳貫」、「陳憎」更為
荒唐，全皆不足為憑。

　　以上四說，伊藤漱平〈《嬌紅記》成書經緯：其變遷及流傳過
程〉大致都已有過討論，他排除虞集（含盧伯生）、李詡作為《嬌紅
記》作者的可能性，而採信丘汝乘之說，相信作者應是「元清江宋梅
洞」，並據《元詩選癸集》等書，考知宋梅洞確有其人（名遠，祖籍
淦川，即江西清江），大約生於十三世紀中期，卒於十四世紀初年，
《嬌紅記》當寫於元朝初期。薛洪勣〈明清文言小說管窺〉雖未論及
「中州李詡」之說，但其他三說的資料也大都引述了，只是他堅信
《嬌紅傳》（實即《嬌紅記》）有元本與明本的不同，故而除了否定虞
集為《嬌紅記》作者這點和大家意見一致之外，另列有與眾不同的三
大理由，用以證明「現今傳世的《嬌紅傳》是明人作品」，不過這些
理由恐怕都難以成立。現在節引其說，附以拙見如下：

　　　元人宋梅洞可能寫過《嬌紅傳》，但與今本不同。……應當特
　　別注意的是，上引邱氏對宋氏《嬌紅傳》的評語是：「事促而
　　文深。」事促，就是情節簡單緊湊；文深，就是語言深奧典
　　雅。這與現今傳世的《嬌紅傳》的面貌迥然不同。……還有，
　　上引呂、祁二氏的《曲品》都將明初人沈受先的劇本與今本小
　　說相比，而感到沈劇的情節過於簡單了。祁氏還特別指出：
　　「沈翁之詞，能斬絕葛藤，雖近於古，然不無淺促之憾矣。」
　　這即是說，沈劇的「淺促」是「近於古」的，這再次說明古本
　　《嬌紅傳》的情節是比較簡單的。我們認為，沈劇淺促，並不

收錄「防風茅元儀」之《西玄青鳥記》（文中言及「崇禎癸酉」、「明年甲戌」，故知
成書必在崇禎甲戌（七年，1634）之後，不可能是楊循吉（1456-1544，傳見《明
史》卷286）所輯，當係後人偽托。

是因作者能「斬絕葛藤」，而是因為劇本產生於古本之後，今
本之前。[17]

按：如前所引，丘汝乘〈嬌紅記序〉評宋梅洞《嬌紅記》的原文是作
「事俱而文深」，而非「事促而文深」，所謂「事俱而文深，非人莫能
讀」，主要是相對於戲曲而言的，他期待文言小說《嬌紅記》能「易
之以詞」，就像崔、張《鶯鶯傳》被王實甫改編為戲曲《西廂記》一
樣，藉由舞臺演出，使「途人皆能知也」。再者，詳閱前引呂、祁二
氏原文，呂氏是以沈劇未能描寫小說原作中的種種情態為恨，祁氏也
有同感，故以為沈氏改編的作品「不無淺促之憾」，這分明是說他
「斬絕葛藤」過當所致，怎麼會說不是呢？祁氏所謂「近於『古』」，
實指元劇「古風」，跟「古本」又有何相干？實際上，依呂、祁二氏
文義來看，他們持與沈劇比較的《嬌紅傳》只有一本，而且認為成書
在沈劇之前，小說情節比戲曲複雜，何來「古本」、「今本」之分？這
種元明古、今二本的新說，恐有「望文生義」之嫌，也缺乏版本的依
據（關於《嬌紅記》的版本狀況，留待下節說明）。

　　《嬌紅傳》等作品應當稱為文言話本，這種作品產生於明代前
期。孫楷第先生有一本著作，名為《日本所見小說書目》，……
其中在論及《嬌紅傳》等小說時，有一段話說得極好，……「余
嘗考此等格範，蓋由瞿佑、李昌祺啟之」……。瞿佑的《剪燈
新話》自序於洪武十一年（公元1378年），李昌祺的《剪燈餘
話》自序於永樂十八年（公元1420年），而集中刊印文言小說一
類的《國色天香》、《萬錦情林》等書在萬曆初年已出現了。

---

17 薛洪（薛洪勳）：〈明清文言小說管窺〉，《學術研究叢刊》1980年第1期，頁82。下二
　　段引文，見頁83、84。

按：稱中篇傳奇小說為「話本」有其根據（見《劉生覓蓮記》），不過薛先生引述孫楷第「蓋由瞿佑、李昌祺啟之」（指「詩文小說」）的說法，似乎有意證明《嬌紅記》是在《剪燈新話》、《剪燈餘話》之後才可能問世，這與事實有些出入。我們相信《剪燈》二話確曾影響了不少的明代中篇傳奇小說，但是李昌祺自己在永樂十年撰寫中篇傳奇小說《賈雲華還魂記》（七年後才見到《剪燈新話》），自稱是擬陸人桂衡（瞿佑之友，洪武年間在世）《柔柔傳》而作，而記中卻明言《嬌紅記》，內容也是以《嬌紅記》為主要的模擬對象，這點足以證明明初《嬌紅記》已經十分流行（《柔柔傳》很可能正是其仿作），絕非是「由瞿佑、李昌祺啟之」。[18]

　　　趙元暉與《嬌紅傳》的關係。……《百川書志》在《嬌紅傳》下注云：「閩南三山明人趙元暉集覽」。「集覽」是什麼意思呢？從《百川書志》中看，似乎是搜集「諸書故事」，徵引各家之說，為某書作訓釋的意思。但在明代並沒有人給文言小說作注，連唐人小說都沒有人作注，更不要說比較通俗的文言話本了。我們認為，在這裡「集覽」的意思可能是搜集有關申、嬌的傳說、故事，將《嬌紅傳》擴而充之，重新寫定的意思。申、嬌故事產生於南宋，元代便已有了傳奇小說和戲曲作品，明初又出現了沈受先等人的多種戲曲作品。這些，就應該是重

18　嚴敦易亦曾懷疑《嬌紅記》小說：「內容充滿了明代傳奇文堆疊餖飣，庸腐陳俗的習氣，似從瞿佑《剪燈新話》等一流沿襲遞嬗而來，恐未見得真是出於元人之手，大約只是永樂前後的作者所偽托。」語見《元劇斟疑》（七十二《鴛鴦塚》，中華書局上海編輯所，1962年，頁652）。但此說純屬臆測，並不可信。成柏泉《古代文言短篇小說選注》（二集）主張《嬌紅記》：「為明朝《剪燈新話》二類傳奇小說的重振，開了先路。」（上海市：上海古籍出版社，1984年，頁280）石昌渝〈《剪燈新話》價值的重估〉認為：「《剪燈新話》上承《嬌紅記》為代表的小說流派而加以發展」（載於《古典文學知識》1992年第3期，頁79），較合乎事實。

寫《嬌紅傳》的素材。……《嬌紅傳》等文言話本都恰恰是長於心理描寫的。這一點很特別，很可能是從戲曲中搬過來的。

按：明代其實是有人給文言小說（包括中篇傳奇小說）作注的，《新鍥校正評釋申王奇遘擁爐嬌紅記》乃「閩武夷彭海東評釋」（詳見下節說明），就是最好的例證。趙元暉「集覽」《嬌紅記》，何必硬要將它引申成「搜集」、「擴而充之」、「重新寫定」呢？明代中篇傳奇小說曾受戲曲故事影響（如《龍會蘭池錄》與《拜月亭》的關係）是沒錯，但絕大多數的中篇傳奇小說是明代戲曲取材的淵藪，長於心理描寫的特色也是這批小說本身的成就，並非「從戲曲中搬過來的」，這是不容置疑的。若照薛先生的推斷，難道永樂年作的《賈雲華還魂記》得據後來嘉靖、萬曆年間六部同一題材的戲曲搬演，才能長於心理描寫不成？或者，難道我們也要懷疑《賈雲華還魂記》亦有古本、今本之分不成？

綜上所述，薛洪勣教授力主今之《嬌紅記》為明人所作，別有元人古本（他不否認宋梅洞寫過同名作品）的新說，其實並非得諸什麼新史料的發現，而是字斟句酌地在已知的文獻裡尋找所謂「古本」、「今本」的蛛絲馬跡，卻也未免推求太甚，造成曲解，結果反而距離事實愈加遙遠了。我們可以質疑丘汝乘得知《嬌紅記》作者為清江宋梅洞的管道，因為目前尚未發現其他相同的文獻記載；但截至今日，似無任何證據可以推翻《嬌紅記》為元人作品的事實。經由小說版本的比勘、「嬌紅」戲曲的搜尋，也都更加肯定《嬌紅記》小說只此一種，而且是成書於元代而非明代。

三　《嬌紅記》的版本及其故事內容

《百川書志》著錄趙元暉集覽的《嬌紅記》二卷已佚，現存的明

清單行本知有《新鍥校正評釋申王奇遘擁爐嬌紅記》、《嬌紅雙美全傳》兩種。前者，分上、下二卷，書署「元邵庵虞伯生編輯／閩武夷彭海東評釋／建書林鄭雲竹繡梓」，因彭氏眉批引及唐寅《妒花歌》和《鍾情麗集》、《懷春雅集》等書，刊行時間必在弘治、正德以後，日本學者長澤規矩也斷為萬曆年間刻本，伊藤漱平認為繡梓者鄭雲竹或與萬曆三十年（1602）刊行《三國志演義》的福建書賈鄭雲林有兄弟關係，原書為林秀一教授私人收藏。[19]後者，藏於浙江圖書館，不分卷，有二十個小標題，書尾記云「嬌紅傳卷之八終」，[20]從書題「嬌紅雙美」與「卷之八」字樣判斷，應是據《花陣綺言》別出的清刊本。民國二十四年（1935），鄭振鐸編入上海生活書局《世界文庫》第三冊的《嬌紅傳》，則是據《花陣綺言》、《國色天香》排印，校以《繡谷春容》、《燕居筆記》。

今存萬曆本《國色天香》並未收錄《嬌紅記》，鄭氏所用的《國色天香》應是某一清代後刊本（亦據《花陣綺言》卷八補入），而核對校記，則知其所採《燕居筆記》當是林近陽編本。除了這兩種和《繡谷春容》、《花陣綺言》之外，明清通俗類書、小說彙編收錄《嬌紅記》的，還有《一見賞心編》、另二本《燕居筆記》（何大掄編、余公仁刊），和《豔異編》、《情史》、十二卷本《剪燈叢話》、《綠窗女史》、《雪窗談異》、《豔情逸史》、《香豔叢書》、《女聊齋志異》等，以及清陳夢雷編《古今圖書集成》。這麼多的選本，今經比勘，大致可分為兩個系統。

其一，以林本《燕居筆記》為代表。林本《燕居筆記》卷八、卷九上層所收錄的，題為《擁爐嬌紅》，文長一萬八千言，正文穿插二十九首詩、三十一闋詞和一封書信，尾附作者自評及挽詩一首，附刻

---

19 詳參〈《嬌紅記》成書經緯：其變遷及流傳過程〉一文，頁104。

20 參見大塚秀高：《增補中國通俗小說書目》（東京：汲古書院，1987年），頁122-123。

插圖五幅，依序題曰：「申生嬌紅會話」、「申生嬌娘雲雨」、「申生兄弟聯捷」、「遣媒求婚」、「復書舉柩」。《花陣綺言》卷八的《嬌紅雙美》，實逕據林本《燕居筆記》而來，無圖，文字差異甚微。比林本稍早的何本《燕居筆記》，其卷七、卷八上層亦名《擁爐嬌紅》，但為顧及上下版面的一致，兩卷卷末均略作刪節，刪去〈逼牡丹〉（一片芳心被春拘管）、〈漁家傲〉（情若連環終不解）二詞，和作者自評及少許對話。《繡谷春容》卷五上層的《申厚卿嬌紅記》亦曾刪削九首詩、六闋詞及其上下文，約二千字；《豔情逸史》第三冊全據《繡谷春容》謄抄，又刪去最後的那首挽詩。《一見賞心編》卷一幽情類目錄有《嬌紅傳》，正文（臺北天一出版社影本）佚失，依葉數計算，刪削的幅度必更大。《風流十傳》卷五名曰《嬌紅傳》，總目附有解題，這是林本《燕居筆記》之後的簡寫本，約刪八千字（含九首詩詞、作者自評、挽詩），但比林本《燕居筆記》多出一闋詞；余本《燕居筆記》卷下之六的《嬌紅傳》，解題、正文悉依《風流十傳》迻錄，文字不二，書首《筆記畫品》增刻「申嬌私會」、「申生赴約」、「申嬌靈合」三幅插圖和一題詞，篇末多一「公仁子曰」短評。以上各種，均屬同一系統，《風流十傳》雖有一闋詞為他本所無，但文字仍與《繡谷春容》、林本《燕居筆記》較為接近，應本於同一早期單行本。

其二，以《豔異編》為代表。《豔異編》卷十九「幽期部三」的《嬌紅記》，篇幅與林本《燕居筆記》的《擁爐嬌紅》相當，惟文字稍異（小有刪節），少〈步蟾宮〉（徐卿二子文章妙）、〈臨江仙〉（入手功名如拾芥）、〈晝夜樂〉（兩川自古繁華地）三詞，「自愧駑駘不可鞭」一律及作者自評、挽詩，另多〈滿庭芳〉（簾影飾金）、〈再團圓〉（芳心一點）[21]二詞和「斗帳春寒歡寂寥」一律。《綠窗女史》卷五

---

21 詞曰：「芳心一點，柔腸萬轉，有意偷憐。孜孜守著，甚日來結得惡姻緣。語言是心聲，明神在上，說破從前。天還知道，不違人願，再與團圓。」前述《風流十

「緣偶下・幽期」的《嬌紅記》，狀況與《豔異編》完全相同，惟作者署名「中州李詡」，和十二卷本《剪燈叢話》卷一的《嬌紅記》一致。《雪窗談異》卷二的《嬌紅記》及其署名，與《綠窗女史》全同；《古今圖書集成・閨媛典》卷三六二「閨恨部」的《王嬌》，註明本自「李詡《嬌紅記》」，也是逕據《綠窗女史》抄錄，但它是個節本，刪去三十七首詩詞和大量情節，僅剩不到一萬字。至於《情史》卷十四情仇類的《王嬌》，乃直承自《豔異編》，並加縮寫，刪去六千字左右（含二十八首詩詞）；清蟲天子輯《香豔叢書》八集卷三的《王嬌傳》，則又採自《情史》。清末題「古吳靚芬女史賈茗輯」的《女聊齋志異》，卷四所收《嬌紅記》，或云出自《情史類略》，[22]其實不然，它刪去三十七首詩詞和大量情節（刪節處與《古今圖書集成》不同），實際上也是直採《豔異編》的一個簡本。以上各種同屬一個系統，最初來源可能是一與林本《燕居筆記》等所本不同的早期單行本。

　　以林本《燕居筆記》和《豔異編》為代表的兩個系統，來源不一，但彼此大同小異，絲毫看不出有元人「古本」、明人「今本」的現象存在過，若說「嬌紅記」有元本與明本之分，這在版本上是絕無根據的。今天，我們若欲一窺《嬌紅記》原貌，據林本《燕居筆記》所錄，校以《豔異編》，庶幾近之。茲即假林本《燕居筆記》中《嬌紅記》的圖題，將其故事內容概分為五大段，介紹如下：

　　（一）申生嬌紅（娘）會話：北宋末宣和年間，才子申純（字厚卿），隨父寓居成都，有文名，薦而不第，鬱鬱寡歡，因至鄰郡母舅王通判家散心。王通判有女嬌娘（字瑩卿），貌美，申生乍會，不覺目搖心蕩，便留居舅家堂東，藉機親近。嬌娘初見表哥，看似無意，其實

傳》比林本《燕居筆記》多出一詞（無詞牌名），即此詞之刪節，缺第五、六句，「從前」作「前冤」；然而《風流十傳》整體文字仍與林本較為接近，與《豔異編》系統有別。

22 廖東《女聊齋志異》校點後記作此說（濟南市：齊魯書社，1985年），頁215。

有情，許多生活細節都替他設想周到。兩人曾在荼蘼花下談心，惜花軒內傳詩，又把握幾次短暫的獨處，或賞月絮語，分煤調情，或擁爐共火，互訴衷曲，建立了深厚的感情，嬌娘在鄭重表明「事不濟當以死謝」之後，態度也不再像早先扭捏。有一天，她主動約申生至熙春軒相會，孰料當晚他因暴雨受阻；隔日，嬌娘偷步生室，偏偏遇上他沈醉熟睡，久喚不醒，悵恨而回，懷疑自己感情受騙。申生趕緊與之換髮設盟，她這才安心。但直到申生有事返家，兩人始終無便可乘。

（二）**申生嬌娘雲雨**：兩人未婚私通，是申生再度來到舅家，情不自禁而發生的，前後維持了一個多月，舅之侍妾飛紅等人皆有所覺，惟獨嬌娘父母不察。申生興沖沖地回家遣媒求婚，不意遭通判拒絕，理由是「朝廷立法，內兄弟不許成婚」。申生無奈，終日鬱悶，朋友拉往妓院，仍然心事重重。美妓丁憐憐知是為了王嬌娘的緣故，要求申生送她嬌娘舊鞋。原來丁憐憐曾在帥府看過嬌娘被偷繪的一張畫像，見她美豔無雙，渴望知道她腳的大小。申生沒想到嬌娘豔名遠播，一口答應。後來，托病避難舅家，隨即偷取嬌娘一隻舊鞋，卻不小心遺失，給飛紅拾去，惹出一場風波。由於飛紅「喜謔浪，善應對，快談論」，和申生有些親暱的小動作，嬌娘看在眼裡早已又疑又妒，今又發現自己的鞋子輾轉落入飛紅手中，難忍醋意大發，跟她起了衝突，逼得申生不得不再次剪髮大誓，且從此與飛紅疏遠。飛紅見狀不快，展開報復，曾趁他倆在後花園幽會時，故意邀嬌娘母親前去觀賞牡丹，要壞其好事。申生那次雖然及時走避，但自知事跡不寧，只得告歸，與嬌娘分袂而別。

（三）**申生兄弟聯捷**：這一別，兩人後會無期。因為申生父母逼他溫書，不令外出；而嬌娘則隨父親遠去眉州赴任，赴任途中雖然道經申宅，留宿三日，但兩人不得一語，惟能以物贈別而已。第二年，申生兄弟聯捷，方有報喜名義讓他前往母舅任所。嬌娘知道他來，卻苦無見面機會，於是屈事飛紅，期望獲得她的諒解和幫助，即使連丫

鬟小慧看不過去，嬌娘仍一再示好。正當飛紅受到感動，準備居間撮合之際，卻不料申生竟被女鬼假冒嬌娘迷惑而不自知。飛紅不忍見兩人誤會日深，遂設謀除妖，又助申生移入中堂，終得和好如初，直至兩個月後妗母病死申生辭歸為止。

（四）〔帥子〕遣媒求婚：此後一、二年間王通判任滿還鄉，飛紅專寵，極力幫申生製造各種表現的機會，讓通判改變初衷，決定將嬌娘許配給他。豈料好事多磨，當有情人將成眷屬時，帥府之子因聽丁憐憐誇譽嬌娘比畫還美，這時也遣媒登門求婚，再三逼以威勢，賂以貨財，通判不得已背悔前約。嬌娘聞訊，淒慘不樂，哀歌不絕，臥病在床，而申生也自此做事顛倒，言語失常，曾使王通判起疑，端賴飛紅代為遮掩。眼看著帥府催促婚期，又接家書促歸，申生只好含著眼淚，傷心離去。

（五）〔通判〕復書舉柩：嬌娘自從申生離去之後，日夜悲泣，病體加深，半個月後，飛紅特別安排申生暗來寬慰，仍無起色。後來，嬌娘拚命裝瘋、自裁、絕食，仍無法扭轉情勢，心灰意冷，終於憂鬱而卒。原已傷心欲絕的申生，接獲嬌娘死訊之後，更加痛不欲生，題詩與父兄訣別。以嬌娘所贈香羅帕自縊不死，隨之神思昏迷，不思飲食，殉情而亡。申生父母大慟，即日馳書告舅，說明真相。王通判到這時候才知道兩人愛戀如此之深，但已後悔莫及，於是復書，約以舉嬌娘之柩歸於生家，並遣飛紅營辦喪事，將兩人合葬在濯錦江邊。事畢，飛紅曾與小慧過嬌娘寢室，彷彿聽到申、嬌二人同在裡面相對談笑，隨見嬌娘靈魂來謝，約定明年清明相會。第二年的清明節，王通判、飛紅等人前往濯錦江邊奠拜，惟見一對鴛鴦飛翔上下，捕之不得，逐之不去，祭奠完畢之後，又倏然不見了。後人因此稱呼該墳為「鴛鴦塚」。

故事寫至申、嬌合葬於濯錦江邊，作者曾夾議道：「所謂『穀則異室，死則同穴』者，此也。人之年少而遭此禍，蓋為父母者不為之

察其心而觀其志也。豈不哀哉！豈不痛哉！」故事終了，又附自評與
挽詩，評論有言：「死之一字，嬌娘斷斷言之曰『以死謝君』，曰『事
敗當以死繼之』，非苟存之，實允之，視彼之偷生免死者，真隔天淵
矣！節義大閑，萬古不易，予始雖為二子恨，終實為二子喜，故於首
序，亦捧已（以）為之致歎焉！」對申、嬌這場愛情悲劇寄予無限的
同情，也對父母之命的婚姻制度有所譴責。

四　《嬌紅記》約有七、八部戲曲加以改編

　　《嬌紅記》這個愛情悲劇，雖然有人說它「本《鶯鶯傳》而
作」，[23]不過申純遠比張生多情，王嬌娘比崔鶯鶯勇敢大膽，飛紅也比
紅娘形象更為突出，藝術上側重現實生活的描寫和人物心理的刻畫，
思想上又藉著申、嬌生死不渝的執著和對於傳統禮教的勇於反抗，取
得了新的突破，這樣的一個傳奇故事，勢必會得到讀者熱烈的迴響，
元明清三代至少有七、八部戲曲就是根據它來改編的：

　　（一）《嬌紅記》雜劇　王實甫著。清康熙四十五年（1706）曹
寅刻《棟亭藏書十二種》本《錄鬼簿》（原元鍾嗣成編）著錄。[24]在此
之前，多種明刊本《錄鬼簿》均不載此目，清姚燮《今樂考證》及
《見山樓叢錄》、《曲海總目提要》和今人莊一拂《古典戲曲存目彙
考》等書，俱信王實甫編有《嬌紅記》雜劇。不過，丘汝乘明宣德十
年（1435）〈嬌紅記序〉明言：「余每恨不得如《崔張傳》，獲王實甫
易之以詞，使途人皆能知也。」何以二百七十幾年後竟說王實甫曾有
此劇，不無可疑。當然，丘汝乘序中也沒有提及劉東生之前郴經的元
雜劇，但郴劇是確實存在的，王實甫著《嬌紅記》雜劇並非完全沒有

23 語見明人高儒：《百川書志》（臺北市：成文出版社《書目類編》第27冊影印1957年
　　排印本引），卷6。
24 《中國古典戲曲論著集成》，第2冊，頁110。

可能。因此，此條存疑。

（二）《王嬌春死葬鴛鴦塚》雜劇　邾經著。邾經字仲誼（或仲義），邾一作朱。明無名氏《錄鬼簿續編》著錄為《鴛鴦塚》，注云：「《死葬鴛鴦塚》」，[25]馬廉校注本據《北詞廣正譜》補《玉嬌春》，[26]《今樂考證》則著錄為朱仲誼二種：《玉嬌春》、《死葬鴛鴦塚》。[27]趙景深《元人雜劇鉤沈》據《詞林摘豔》、《雍熙樂府》、《北詞廣正譜》輯有《死葬鴛鴦塚》〈黃鍾〉、〈南呂〉二套，引顧隨意見云：「……余頗疑《玉嬌春》乃『王嬌春』之誤刻，而《鴛鴦塚》一劇之本事即出於宋梅洞之《嬌紅記》小說。小說謂王嬌娘、申生死後合葬為鴛鴦塚，則王嬌春其王嬌娘乎？若然，則朱氏此劇當名曰《王嬌春死葬鴛鴦塚》也。」[28]

（三）《金童玉女嬌紅記》雜劇　劉兌（字東生）著。《今樂考證》著錄，簡稱《嬌紅記》。[29]日本九皋會影印有明宣德間金陵積德堂原刊本，《古本戲曲叢刊初集》又據之影印，上海生活書店《世界文庫》第三冊據之排印，全名《新編金童玉女嬌紅記》。劇分上、下二卷，題目作「楊安撫空使權豪妒，王通判悔把姻緣誤」，正名作「申厚卿難通叔伯婚，王嬌娘合昇神仙路」，總關目作「王嬌娘願托終身配，申厚卿暗作通家婿。判仙凡綵筆木蘭詞，誓死生錦片嬌紅記」。

（四）《嬌紅記》雜劇　湯式（字舜民）著。《錄鬼簿續編》著錄，注云：「次本」。[30]《太和正音譜》、《元曲選目》、《今樂考證》亦均著錄。明李玉《北詞廣正譜》輯有「湯舜民譔《嬌紅記》」曲文。[31]

25　《中國古典戲曲論著集成》，第2冊，頁283。

26　見《續錄鬼簿新校注》（臺北市：世界書局，1982年），頁106-113。

27　《中國古典戲曲論著集成》，第10冊，頁158。

28　趙景深：《元人雜劇鉤沈》（臺北市：世界書局，1982年），頁106-113。

29　《中國古典戲曲論著集成》，頁147。

30　《中國古典戲曲論著集成》，第2冊，頁283。

31　收入王秋桂主編：《善本戲曲叢刊》第6輯（臺北市：臺灣學生書局，1987年），頁37。

　　（五）《嬌紅記》雜劇　金文質著。《錄鬼簿續編》著錄，注云：「判仙凡綵筆木蘭詞，誓死生錦片嬌紅記」。[32]與劉東生《金童玉女嬌紅記》雜劇總關目後二句相同，不知有何關聯？《北詞廣正譜》輯有「金文質《嬌紅記》」曲文。[33]

　　（六）《嬌紅記》戲文　沈壽卿（或作沈受先）著。何煒曾將《嬌紅記》補入《南詞敘錄》，《今樂考證》注云：「當即沈壽卿作」。[34]呂天成《曲品》、祁彪佳《遠山堂曲品》亦均著錄。沈劇今無傳本，明黃文華選輯《八能奏錦》卷四上層收錄過《嬌紅記》「申生赴約」一齣，當即此劇，惜已佚去；[35]今僅存明胡文煥編《群音類選》收錄「雨阻佳期」、「深閨私會」、「雲雨酬願」三齣曲文。[36]

　　（七）《節義鴛鴦塚嬌紅記》傳奇　孟稱舜著。《今樂考證》著錄，注云：「與沈壽卿作同目異文」。[37]現存明崇禎間刊本，《古本戲曲叢刊二集》、《全明傳奇》均予影印，又有上海古籍出版社《古代戲曲叢書》排印本。凡二卷，五十齣。書首有馬權奇、王業浩、陳洪綬、孟稱舜之題詞與序，作於崇禎十一、十二年。《曲海總目提要》云沈受先《嬌紅記》戲文與此：「並據《嬌紅傳》而作，事跡無甚異，而關白曲目，絕不相同，蓋各逞其才也。」[38]此劇第一齣「正名」題目作「烈嬌娘心擇多情種，俏飛紅妒阻真歡寵。豪公子強入燕鶯群，義申郎情合鴛鴦塚。」

---

32 《中國古典戲曲論著集成》，第2冊，頁283。
33 王秋桂主編：《善本戲曲叢刊》第6輯，頁458。
34 《中國古典戲曲論著集成》，第10冊，頁245。
35 傅芸子《白川集・內閣文庫讀曲續記》認為此本《嬌紅記》應是沈劇（臺北市：鼎文書局，1979年），頁128；此本《八能奏錦》，收入王秋桂主編：《善本戲曲叢刊》第1輯（1984年）卷四原缺。
36 收入王秋桂主編：《善本戲曲叢刊》第4輯，頁1181-1186。
37 《中國古典戲曲論著集成》，第10冊，頁196。
38 《曲海總目提要》（天津市：天津古籍書店影印，1992年），頁205；《見山樓叢錄》說法一致，蔣瑞藻：《小說考證》卷5引（上海市：上海古籍出版社江竹虛標校本，1984年），頁137。

　　（八）《兩鍾情》傳奇　　許逸著。許逸，一名廷錄，字升聞，號適齋，江蘇常熟人，約清康熙年間在世。莊一拂《古典戲曲存目彙考》但云：「此戲未見著錄。鈔本。上海圖書館藏。有康熙丙戌（1706）自序。」[39]此劇序跋，收入《中國古典戲曲序跋彙編》，[40]抄手許昭「辛酉冬月」（乾隆六年，1741）跋云：「《兩鍾情》填詞一種，原分卅二齣，嗣改卅齣，篇目亦經變更，自十九齣以下，改本並付缺如，姑以原本之未經刪節者寔之。當時刊本何若今不得見？按集中《遣將》、《攻城》等齣，似與本事無甚關係，或為後來《擒嬌》等篇張本，亦未可知。昭於詞曲素愍研究，且申生事更未詳悉，詎敢妄談？」實則此一申生事，乃本於《嬌紅記》，今觀「丙戌春仲適齋自序」有言：「……非申生嬌娘不可。夫申與王中表也。當其猝然相見，一似無情，不知惟其無情，斯其鍾情。迨至絮語燈前，分煤蘭室，巫山暗約，洛浦潛通。忽而離忽而合，歡娛無間，情深彼此。甚至殞命而不辭，捐軀而不顧。玉茗先生所謂之生而之死者也。……求其若瑩厚兩卿者，安可得哉？」參以前述《嬌紅記》故事內容，即可以確定這是一部《嬌紅記》改編劇本。上海圖書館藏傳鈔本，現已影印收入《古本戲曲叢刊五集》第四函。

　　以上八部戲曲，將《見山樓叢錄》、《曲海總目提要》等一再訛傳的盧伯生《嬌紅記》排除在外，另有閩南七子班遺存南曲〈薔薇序〉套曲十支，也是演唱《嬌紅記》故事，[41]尚未包括在內，即使王實甫《嬌紅記》雜劇存疑不計，至少仍有七部雜劇、傳奇肯定是根據《嬌紅記》小說改編而來。其中，完整保存下來的只有劉東生《金童玉女嬌紅記》、孟稱舜《節義鴛鴦塚嬌紅記》、許逸《兩鍾情》三種。《金

39　莊一拂：《古典戲曲存目彙考》（上海市：上海古籍出版社，1982年），頁1259。

40　蔡毅編著：《中國古典戲曲序跋彙編》（濟南市：齊魯書社，1989年），頁1560-1561。

41　曲文原載《泉南指譜續編》第十二集，參見劉念茲《南戲新證》第七章「福建遺存元明南戲劇目」（北京市：中華書局，1986年），頁227-228。

童玉女嬌紅記》和《沙門島張生煮海》、《鐵拐李度金童玉女》等元明
神仙道化劇的戲法，如出一轍，以人間的才子佳人作天上的金童玉
女，因其思凡受譴，「將他兩個降謫人世，⋯⋯二人相會一遭，待他
業緣滿足。那其間，還將他二人召回仙界，歸真證果」（卷上西王母
開場白），刻意轉悲為喜，落入團圓收場的俗套，這固然是出於一種
補恨心理，卻嚴重斫傷了原作的感人力量。[42]《節義鴛鴦塚嬌紅記》
比劉劇忠於原著，成績亦較可觀，過去不怎麼受重視，近來則名登中
國十大悲劇之一，[43]研究者日多，且肯定其「承前啟後」的價值，主
張它是《西廂記》、《紅樓夢》之間的重要橋樑，[44]可惜有人對其本事
來源認識不清，竟以為它是循劉東生《金童玉女嬌紅記》:「將情節做
了改變，特別是安排了節度使公子帥某逼婚，申、嬌雙雙殉情的悲劇
結局，取得了比原作高得多的思想意義和成就。」[45]殊不知孟氏所本
「原作」，實為小說《嬌紅記》，而且《嬌紅記》小說早已做此安排和
結局。至於《兩鍾情》，一名《分煤恨》，劇名仍取自《嬌紅記》原始
情節，但既有「遣將」、「攻城」、「擒嬌」等齣（《嬌紅記》原無的情
節），亦知其劇情已做不小幅度的變動；然其卷下下場詩有語云「情
深只有《嬌紅記》，翻出新編恨更長」，可見它注意保留甚至擴大了小
說原作的悲劇色彩。

---

42 詳參拙作〈金童玉女，才子佳人〉，載於臺北《國文天地》第6卷第9期（1991年2
　月），頁101-103。

43 王季思等將孟稱舜《嬌紅記》傳奇收入《中國十大古典悲劇集》，胡光舟、沈家庄
　又據之編著《中國古代十大悲劇傳奇》，孟劇列為第六種（南寧市：廣西人民出版
　社，1989年），頁201-278。

44 歐陽光〈孟稱舜和他的《嬌紅記》〉一文頗受矚目（原載《古代戲曲論叢》，中山大
　學學報哲學社會科學論叢第一輯），收入中山大學中文系編《論古代戲曲詩歌小說》
　（廣州市：中山大學出版社，1985年），頁135-155。又如蕭善因、張全太撰有〈一
　部承前啟後的愛情悲劇——《嬌紅記》和元代四大愛情劇的比較分析〉，載於《中華
　戲曲》第二輯（太原市：山西人民出版社，1986年），頁244-265；朱穎輝撰有〈承
　前啟後的愛情悲劇《嬌紅記》〉，載於《戲劇》1988年春季號（總第47期），頁98-105。

45 語見蕭善因、張全太文，同注44，頁245。

五　《嬌紅記》首開中篇傳奇小說寫作先河

　　《嬌紅記》一方面受到戲曲家的青睞，一方面也吸引了小說家的注目，紛紛對它展開討論與模仿，其間意義尤為重大者，是它首開中篇傳奇小說寫作的先河，對後世文學影響至深。一般的文言小說，受限於文體與篇幅，不容易讓作者暢所欲言，盡展才華。《嬌紅記》「傾向長篇化的趨勢」和「散文中穿插韻文的手法」一經樹立，很快替文言小說家另闢一條蹊徑，仿效者蜂起，明代中篇傳奇小說幾乎都奉之為圭臬，《賈雲華還魂記》、《鍾情麗集》、《麗史》、《龍會蘭池錄》、《懷春雅集》、《花神三妙傳》、《尋芳雅集》、《天緣奇遇》、《劉生覓蓮記》、《傳奇雅集》、《雙雙傳》、《五金魚傳》等十幾篇，都有證據證明它們的成書和《嬌紅記》直接有關。本論文後續各章將有更為詳細的研究，茲先就其概況略作說明。

　　《賈雲華還魂記》藉故事人物三次提到《嬌紅記》及其男女主角，《鍾情麗集》也有兩度論及：

　　　　（一）女曰：「妾常讀《鶯鶯傳》、《嬌紅記》，未嘗不掩卷嘆息，自恨無鶯、嬌之姿色，又不遇張生之才緣（貌）。自見兄之後，密察其氣概文才，固無減于張生，第恨妾屛陋，無二女之才〈也〉以感君耳。」生曰：「卿知其一，未知其二。且當時鶯鶯有自選佳期之美，嬌紅（娘）有血漬其衣之驗，思惟今夜之遇，固不異于當時也……。」

　　　　（二）一夕，天色陰晦，生與瑜待月久之，乃同歸室，席地而坐，盡出其所藏《西廂》、《嬌紅記》等書，共枕而玩。瑜娘曰：「《西廂》如何？」生曰：「《西廂記》，不知何人所作也。考之於唐元微之時，常（嘗）作《鶯鶯傳》祈（并）《會仙

詩》三〔十〕韻，清新精緻（絕），最為當時文人所稱美。《西
廂記》之權輿，其本如此也歟？……」……又問：「《嬌紅記》
如何？」生曰：「亦未知其作者何人，但知其間曲新，井井有
條而可觀。模寫言詞之可聽而不厭也，苟非制作之才，焉能若
是哉！然而諸家詞多鄙猥，可人者僅一二焉。予（子）觀之熟
矣，其中有何詞最佳？」瑜曰：「〈一剪梅〉。」……瑜曰：「兄
以何者為佳？」生曰：「『如此鍾情吾（世）所稀，吁嗟好事到
頭非；汪汪兩眼西風淚，洒向陽臺花作灰』一詩而已。」瑜
曰：「與其景慕他人，孰若親歷于己？妾之遇兄，較之往昔，
殆亦彼此之間而已。他日幸得相逢，當集平昔所作之詩詞為一
集，俾與二記傳之不朽，不亦宜乎？」[46]

由此，我們可以感受得到《鍾情麗集》的作者，頗有與《嬌紅記》分
庭抗禮的念頭，而類似的念頭，也同時出現在《賈雲華還魂記》及後
來的《麗史》裡。通觀這三篇作品，故事的整體架構與《嬌紅記》最
為雷同。

　　同樣地，《龍會蘭池錄》、《懷春雅集》、《花神三妙傳》、《尋芳雅
集》、《劉生覓蓮記》等，也不時在作品裡談論《嬌紅記》故事及其人
物，引為典故，並留下明顯模仿的痕跡。《嬌紅記》擅長描述生活細
節藉以刻畫人物心理，使男女情態躍然紙上，自有其高明的技巧，這
等手法往往為明代中篇傳奇小說所因襲。原記之中，例如嬌娘乍見申
生時的扭捏，申生對嬌娘苦苦相逼的措詞，兩人間的隔窗對話、題詩
唱和、蘭室分煤、擁爐共火、擲花托意、酒醉負約、感疾候問、移入
中堂、不請自歌、舟中私晤，乃至牽衣、撫背、竊鞋、雲雨等動作，
以及妓女的穿插攪局、侍妾的銜怨報復、丫鬟的勸諫、父母的拒婚，

---

46 此據《明清善本小說叢刊初編》影印林近陽編《新刻增補全相燕居筆記》引，引文
　　見卷6上層，頁9、24-25。

甚至能言鸚鵡、墜地雙燕等的安排，幾已成為固定的套數，在明代中篇傳奇小說中屢見不鮮。少者如《懷春雅集》、《雙雙傳》、《五金魚傳》，偶然隨手抄它一句詩、一段話；多者如《天緣奇遇》、《傳奇雅集》，則是長篇累牘，觸目皆是。這種現象並擴及其他的文言小說，例如明人的《綠珠傳》，即見「與其為申生之慕嬌紅（娘），孰若為賈清之搬煙花」的用典；[47]《張于湖傳》潘必正、陳妙常唱和的〈菩薩蠻〉詞二闋，[48]也是抄自《嬌紅記》：

表三

張于湖傳	嬌紅記
芸房空鎖傾城色，萬態千嬌誰能及。何幸到鴛幃，春心不自持。　點染香羅帕，遂我平生願。此處會雲英，何須上玉京。 香衾初展芭蕉綠，垂楊枝上流鶯宿。花嫩不禁揉，春風卒未休。　千金身已破，默默愁眉鎖。密語囑檀郎，人前口謹防。	綠窗深貯傾城色，燈花送喜秋波溢。一笑入羅幃，春心不自持。　雨雲情亂散，弱體羞還顫。從此問雲英，何須上玉京。 夜深偷展紗窗綠，小桃枝上流鶯宿。花嫩不禁揉，春風卒未休。　千金身已破，脈脈愁無那。特地囑檀郎，人前口謹防。

程毅中先生還找到清人葉騰驤《證諦山人雜志》卷十二《沈月英》一篇，說它「大體抄襲」《嬌紅記》，「只變換人名及改寫結局而已」。[49]

　　《嬌紅記》首開中篇傳奇小說寫作的先河，對於明清小說的影響還不單單停留在文言小說的體系裡，明清白話章回小說非但有的和

---

47 見《明清善本小說叢刊初編》影印萬曆二十五年萬卷樓重鋟《國色天香》，卷7上層《客夜瓊談》之一，頁24。

48 《國色天香》，卷10上層，頁12。

49 語見《中國古代小說百科全書》（北京市：中國大百科全書出版社，1993年），頁211。《證諦山人雜志》一書，題「越州葉騰驤晴峰氏編」，《沈月英》一篇，長約二千四百字。

《嬌紅記》直接有關，更多是跟這一大批中篇傳奇小說脫離不了干係。其中許多以「情」為主的才子佳人小說，受到《賈雲華還魂記》、《鍾情麗集》等的啟迪，也有不少以「欲」為主的豔情淫穢小說，深受《花神三妙傳》、《天緣奇遇》等的刺激。若再加上根據這批中篇傳奇小說改編的大量戲曲來看，那麼《嬌紅記》掀起明代中篇傳奇小說創作熱潮的影響層面就又更大了。

六　結語

　　關於《嬌紅記》小說的影響，除了元明清約有七、八部戲曲加以改編，並首開中篇傳奇小說寫作先河，進而刺激明末清初才子佳人、豔情淫穢小說的發展之外，被歸為世情小說名著的《金瓶梅》，也與之息息相關。伊藤漱平〈《嬌紅記》成書經緯：其變遷及流傳過程〉曾注意到兩書相同的命名方式，[50]程毅中〈《嬌紅記》在小說藝術發展中的歷史價值〉進一步指出：

> 《嬌紅記》以嬌娘和飛紅兩個女性的名字各取一字作為題目，早於《金瓶梅》約二百多年，而其中某些片斷可能也曾給後者提供了借鑒。如妓女丁憐憐要申純去討王嬌娘的舊鞋，嬌娘不肯，就趁嬌娘午睡時偷了她的鞋，又被飛紅拾去，引起了嬌娘的猜疑。這一個情節在《金瓶梅》裡則分化為兩個情節，一是第十二回妓女李桂姐要西門慶剪潘金蓮的一綹頭髮給她，一是第二十八回潘金蓮的鞋被小鐵棍兒拾去，換給了陳經濟，引起了一場風波。《金瓶梅》的作者曾參考過《嬌紅記》等文言小

50　伊藤漱平：〈《嬌紅記》成書經緯：其變遷及流傳過程〉，《中外文學》第13卷第12期（1985年5月），頁96。

說，是很有可能的。[51]

　　《金瓶梅》的作者的確參考過許多文言小說，《嬌紅記》肯定是其中的一種，這是有直接的證據的，如萬曆本《金瓶梅詞話》第九回言孟玉樓自是天然俏麗：「惟裙下雙彎，與金蓮無大小之分」，第十回言龐春梅比秋菊不同：「喜謔浪，善應對」，第二十八回言潘金蓮遺鞋正是：「都被六丁收拾去，蘆花明月竟難尋」，以及第六十八回言鄭愛月與西門慶交歡正是：「花嫩不禁揉，春風卒未休」，都是抄用《嬌紅記》裡現成的文句。[52]再者，俗稱「崇禎本」的《新刻繡像批評金瓶梅》，其第八十三、第八十五、第九十一回三首回前詩詞，[53]今亦發現是抄自《嬌紅記》無疑：

表四

金瓶梅（崇禎本）	嬌紅記
如此鍾情古所稀，吁嗟好事到頭非。汪汪兩眼西風淚，猶向陽臺作雨飛。月有陰晴與圓缺，人有悲歡與會別。擁爐細語鬼神知，空把佳期為君說。	如此鍾情世所稀，吁嗟好事到頭非。汪汪兩眼西風淚，猶向陽臺作雨飛。月有陰晴與圓缺，人有悲歡與會別。擁爐細語鬼神知，拚把紅顏為君絕。按：原為二絕，《金瓶梅》併作一律。
情若連環終不解，無端招引傍人怪。好事多磨成又敗。應難挨，相○冷眼誰揪採。鎮日愁眉和斂黛，闌干倚遍無聊賴。但願五湖明月在。權寧耐，終須還了鴛鴦債。	情若連環終不解，無端招引傍人怪。好事多磨成又敗。應難睚，相看冷眼誰揪採。鎮日愁眉斂翠黛，闌干倚遍無聊賴。但願五湖明月在。且寧忍耐，終須還了鴛鴦債。

51 程毅中：〈《嬌紅記》在小說藝術發展中的歷史價值〉，《許昌師專學報（社會科學版）》1990年第2期，頁20。

52 前三例，承蒙香港學者梅節教授賜告。

53 引文採齊煙、汝梅校點之會校本，臺北曉園出版社（香港南粵出版社授權）印行，1990年9月，頁1195、1213、1287。

金瓶梅（崇禎本）	嬌紅記
	按：調名【漁家傲】。
簟展湘紋浪欲生，幽懷自感夢難成。 倚床剩覺添風味，開戶羞將待月明。 擬倩蜂媒傳密意，難將螢火照離情。 遙憐織女佳期近，時看銀河幾曲橫。	簟展湘紋浪欲生，幽人自感夢難成。 倚床剩覺添風味，開戶何妨待月明。 擬倩蛙聲傳密意，難將螢火照離情。 遙憐織女佳期近，時看銀河幾曲橫。

　　就一篇文言小說而言，能在中國文學史上發揮如此大的影響的，我們相信在唐傳奇《鶯鶯傳》之後，就屬元清江宋梅洞的這篇《嬌紅記》了。而《嬌紅記》在明清讀者的心目中，它經常被拿來跟《鶯鶯傳》（《會真記》）相提並論（見《鍾情麗集》、《麗史》、《雙雙傳》、《野叟曝言》、《駐春園小史》），或與其改編的戲曲《西廂記》一起比較（見《鍾情麗集》、《尋芳雅集》、《春燈鬧》、《蜃樓志》），兩個故事的主人翁也不時被同時列舉（見《賈雲華還魂記》、《劉生覓蓮記》、《王嬌鸞百年長恨》、《弁而釵·情貞紀》[54]、《二橋春》），在在顯示申、嬌故事與崔、張故事，曾經是很長一段時期中國人看重的愛情讀物雙璧。

　　時至今日，《鶯鶯傳》、《西廂記》的研究者何止千百，但仔細留意《嬌紅記》小說並認清其價值者卻不多，甚至連作者及其成書年代都還沒能完全取得共識，這不能不說是一件令人遺憾的事情。

---

54 《弁而釵》，明「醉西湖心月主人」著，書分「情貞」、「情俠」、「情烈」、「情奇」四紀，每紀五回，其《情貞紀》第三回，呵呵道人評曰：「烈女怕纏漢，趙生男子且然，而況於女子乎？催（崔）張、申嬌，無怪乎在在皆然也。」

第三章
《賈雲華還魂記》研究

一　前言

　　《賈雲華還魂記》，講述元末至正年間賈雲華與魏鵬（兼及宋月娥）的愛情故事，文長一萬四、五千言，穿插四十九首詩詞和二封書信、一篇祭文，這是我們目前所見到明代現存最早的一部中篇傳奇小說，作者為永樂二年（1404）進士李昌祺（1376-1452，名禎，以字行，江西廬陵人）。關於這部小說，他在「永樂庚子（十八年，1420）夏午初吉」替己作《剪燈餘話》撰序時明白說道：

> 往年余董役長干寺，獲見睦人桂衡所製《柔柔傳》，愛其才思俊逸，意婉詞工，因述《還魂記》擬之。後七年，又役房山，客有以錢塘瞿氏《剪燈新話》貽余者，復愛之，銳欲效顰；雖奔走埃氛，心志荒落，然猶技癢弗已。受事之暇，捃摭謏聞，次為二十篇，名曰《剪燈餘話》，仍取《還魂記》續於篇末。[1]

按李昌祺役於房山，時在永樂十七年，[2]那麼毫無疑問的，《賈雲華還魂記》是他在永樂十年（1412）於長干寺模擬《柔柔傳》寫成，收進七、八年後仿《剪燈新話》而作的《剪燈餘話》（卷五）裡。這是明

1　此據周楞伽校注：《剪燈新話·外二種》（含《剪燈餘話》、《覓燈因話》）引（上海市：上海古籍出版社，1981年），頁121。
2　《剪燈餘話》卷4《至正妓人行（并序）》云：「永樂十七年，予自桂林役房山。」周楞伽校注：《剪燈新話·外二種》，頁256。

代中篇傳奇小說中，作者姓名、創作年代最為明確的一種。然而儘管
如此，長期以來，大家對它還是充滿誤解。

　　例如有人認為：「元代是個短暫的歷史年代，……像《賈雲華還
魂記》這樣優秀的傳奇小說，是比較少見的」，主張其作者為「〔元〕
陳仁玉」，[3]這是受到明代小說彙編《綠窗女史》署名「宋‧陳仁玉」
的誤導，[4]和清代張宗橚《詞林紀事》誤把賈雲華當作南宋宰相賈似
道的女兒，[5]民初錢靜方、蔣瑞藻以《賈雲華還魂記》去考證《紅梅
閣》劇本一樣，[6]都是張冠李戴的結果。《賈雲華還魂記》有過不少戲
曲加以改編，但《紅梅閣》（或《紅梅記》）乃演賈似道妾事（本事見
《剪燈新話》卷四《綠衣人傳》），絕對與它無關；另外還有人將它跟
《剪燈新話》卷一的《金鳳釵記》（記吳興娘還魂事）混為一談，[7]以
致弄不清到底有哪些戲曲真正和它有關？又如明末周清源《西湖二
集》卷二十七的《灑雪堂巧結良緣》，顯然是逕據《賈雲華還魂記》
改寫的，偏偏卻仍有人誤以為是湯顯祖《牡丹亭還魂記》的改作。[8]
事實上，只要我們對《賈雲華還魂記》的創作過程及其故事內容稍加

3　見陳建根等《文言小說名篇選註》之前言（北京市：文化藝術出版社，1985年），
　　頁6。頁343又說：「明代李禎曾將本篇文字（指《綠窗女史》裡的《賈雲華還魂記》）
　　略作修改潤飾，收入《剪燈餘話》」，實是本末倒置。

4　《綠窗女史》收入《明清善本小說叢刊初編》（臺北市：天一出版社，1985年），引
　　錄小說時作者經常張冠李戴，極端不可信賴，詳參伊藤漱平著、謝碧霞譯：〈『嬌紅
　　記』成書經緯：其變遷及流傳過程〉，載於《中外文學》第13卷第12期（1985年5
　　月），頁90-111；拙作《剪燈新話與傳奇漫錄之比較研究》第四章第二節（臺北市：
　　臺灣學生書局，1990年），頁86-93。

5　張宗橚：《詞林紀事》（臺北市：木鐸出版社，1982年），卷22，頁592。

6　見錢編：《小說叢考》卷下（臺北市：長安出版社，1979年），頁128-129；蔣編：
　　《小說考證》正編附錄（上海市：上海古籍出版社，1984年新校本），頁351-352。

7　如莊一拂：《古本戲曲存目彙考》（上海市：上海古籍出版社，1982年），頁990、
　　1123。

8　阿英〈西湖二集所反映的明代社會〉說《灑雪堂巧結良緣》是「據若士《還魂記》
　　改作」，收入《小說閒談》（上海市：良友圖書印刷公司，1936年），頁18。

留意，這些錯誤均能避免，即便是困擾韓國學者良久的《聘聘傳》的來歷，也可以很容易知道它正是《賈雲華還魂記》的別名，因為賈雲華即賈娉娉，「聘聘」乃「娉娉」形近而訛。

　　對於《賈雲華還魂記》這部中篇傳奇小說，歷來研究實在不夠，使得它的來龍去脈，以及它對明代戲曲和明清文言、白話小說，乃至域外漢文小說的強烈影響，一直沒有清楚地被發現，這是很可惜的。

二　《賈雲華還魂記》的故事內容及其模擬對象

　　《賈雲華還魂記》一直是作為《剪燈餘話》的一部分而流傳，未見單行，但曾被收入《一見賞心編》、《綠窗女史》、《雪窗談異》、《豔異編》、《情史》等明清小說彙編，並見於清陳夢雷編《古今圖書集成》。《一見賞心編》卷三幽情類收錄的《雲華月娥傳》（目錄作《月娥傳》），刻有圖題「娉題詩生裙」插圖一幅，全文不及五千字，是一刪節本。《綠窗女史》卷六「冥感上」的《賈雲華還魂記》（目錄簡稱《還魂記》），約少三千字，主要刪去一封書信、一篇祭文和二十七首詩、十二闋詞；《雪窗談異》卷三所收者，與《綠窗女史》完全一致。《豔異編》卷二十一「冥感部二」所錄的《賈雲華還魂記》，僅少開頭一封書信，餘均與《剪燈餘話》同。《情史》卷九情幻類的《賈雲華》，只是原故事的縮寫，前後不到二千字。《古今圖書集成·閨媛典》卷三六八「閨恨部」的《魏鵬傳》，係據《情史》迻錄，文字全同。因此，除《豔異編》近於原貌之外，其餘實皆相去甚遠，不足為憑，而《綠窗女史》誤標其作者為「宋·陳仁玉」，則貽害匪淺。

　　《剪燈餘話》現存版本不少，[9]茲據通行之周楞伽校注本，介紹

9　北京圖書館、上海圖書館、日本內閣文庫、天理大學藏有明刊本多種，或與《剪燈新話》合刊，複印出版者有日本八木書店（《天理圖書館善本叢書》，1980年）、臺北天一出版社（《明清善本小說叢刊初編》，1985年）。

《賈雲華還魂記》的故事內容如下：

　　元朝至正年間，湖北襄陽才子魏鵬（字寓言）屢試不第，其母郢國蕭夫人恐其抑鬱成疾，要他攜信前往浙江錢塘訪師讀書，暇時可去拜候故交賈平章妻邢國莫夫人，議論婚事。魏生私拆書信，得知母親與莫夫人舊有指腹之盟，於是拜別母、兄，高興上路。

　　兩個月後，魏生抵杭，先由邊媼（人稱邊孺人）處得知賈平章已死，有女娉娉（字雲華），才貌出眾；及至相見，果然名不虛傳。魏生初遇，即為之魂神飛越，色動心馳，遺憾的是莫夫人看過蕭夫人書信之後，雖留他住在堂外東廂房攻書，卻要他跟娉娉以兄妹相稱，而不及指腹誓姻之說。

　　魏生自此終日惟娉娉是念，曾至伍相國祠祈夢，夢得神報「灑雪堂中人再世，月中方得見嫦娥」二句，但不知做何解釋。娉娉對魏生也是一見鍾情，常趁他外出，潛往書房，題詩和詞。其間，娉娉侍婢春鴻、蘭苕、福福諸人，都扮演過送茶遞簡、贈花傳詩的角色，促使二人感情日益濃烈，但魏生幾次想一親芳澤，卻都被羞澀的娉娉給拒絕。有一次，好不容易娉娉答應了，自己卻臨時給朋友拉去喝得濫醉，等娉娉依約來時，怎麼也喚不醒，遂在魏生裙裾題詩，埋怨而去。隔天風吹衣裙，裾翻字見，魏生方知娉娉的確來過，悵恨不已。又費了一番工夫，二人總算得就私情。

　　時光荏苒，轉眼至秋，蕭夫人來信促生歸鄉應試，娉娉掩泣送別。魏生原本打算三兩月間即返，不意接連高中，脫身不得。隔了兩年多，因授任江浙儒學副提舉，才有機會重訪錢塘，再住賈府，與娉娉重拾舊歡。此時，二人為情愛所迷，肆無忌憚，婢妾皆知，只有莫夫人被蒙在鼓裡。有一回，娉娉因故懷疑春鴻、蘭苕與生有染，一時醋意大發，藉故痛撻；鴻、苕銜恨，準備加以揭發，當他倆在後花園下棋取樂時，故意請莫夫人前去觀賞園中的並蒂雙蓮。幸虧恰有敗桃墜落局中，魏生抬頭剛好瞧見她們走來，趕緊避開，否則就穿幫了。

後來，娉娉委曲求全，巴結鴻、苔，和好如初，和魏生的約會才得以繼續下去。

孰料好事多磨，魏生未及上任，忽接母親亡故噩耗，得立刻折返襄陽守制。行前一日，莫夫人還透過邊孺人傳話，正式拒婚，理由是愛女心切，不願遠嫁他鄉。娉娉得知美事頓成幻影，當夜特為魏生謳歌贈別；隔天又破所照匣中鸞鏡，斷所彈琴上冰絃，命福福持送魏生。福福擔憂小姐用情過深，以言勸止，娉娉則取白練打算自縊明志，福福只好照辦。魏生跪別莫夫人時，莫夫人曾使鴻呼娉相送，娉娉終不忍出見。

這一年，娉娉之弟賈麟中浙江鄉試，明年又捷，獲授陝西咸寧縣尹，挈家偕行。娉娉自魏生別後，不食不眠，玉容憔悴，禁不住旅途勞頓，病入膏肓；莫夫人從春鴻口中知其致病之由，對於悔親拒婚頗為懊惱，但已無可挽回。不久，娉娉嚥氣，死前留有集唐詩書，托春鴻轉致魏生訣別。

魏生居家守制三年，天天思念娉娉，不知她已死去，等到遺書輾轉傳來，聞訊大慟，取出破鏡、斷絃，仰天祭告，誓不再娶。待服滿赴都，陞除陝西儒學正提舉，路經咸寧，特往奠拜。該夜宿於公署，曾夢娉娉靈魂來告，說她死後入金華宮掌箋奏之任，陰君感生不娶高義，允她年底借屍還魂，共續前緣。

那年年底，果有長安縣丞宋子璧室女暴卒，三日復甦，自稱是咸寧縣尹賈麟之姊還魂，宋氏夫婦不信，觀其聲音、態度卻又判若兩人；而她前往鄰近的賈尹宅第，好像回到自己的家一樣，還叫得出春鴻諸婢的名字，賈家上下無不驚異。莫夫人於是報與魏生知曉，並擇日讓他們在提舉公廨後堂完婚，締結未了的姻緣。至此，魏生得知宋女名月娥，又聽說公廨後堂原名「灑雪」，始悟昔日伍相國神報「灑雪堂中人再世，月中方得見嫦娥」，上句言成婚之地，下句言其妻之名，今皆靈驗。

後來，魏生、月娥生有三子，俱列顯宦，他們也都享有高壽，死後合葬，平日吟詠賡和之作則集成《唱隨集》。

以上是《賈雲華還魂記》的故事梗概，其賈平章非賈似道，雲華非似道女，既與據瞿佑《剪燈新話・綠衣人傳》改編的戲曲《紅梅記》無涉，也跟《金鳳釵記》吳興娘借妹妹慶娘身體還魂和崔興哥私奔的情節迥然有別，這是十分清楚的。瞿佑《金鳳釵記》受唐傳奇《離魂記》（陳玄祐著）、元雜劇《迷青瑣倩女離魂》（鄭德輝著）的影響較大，而《賈雲華還魂記》頭、尾情節也頗有相似之處，尤其莫夫人悔婚要魏生、娉娉認作兄妹，以及娉娉死後借月娥還魂二段，與《迷青瑣倩女離魂》關係最為密切。不過，這些都不是《賈雲華還魂記》主要的模擬對象。

李昌祺自言他是「獲見睦人桂衡所製《柔柔傳》，愛其才思俊逸，意婉詞工，因述《還魂記》擬之」，可惜桂衡著作今僅見「洪武己巳（二十二年，1389）為友人瞿佑《剪燈新話》所撰一序，其《柔柔傳》已佚，[10]李昌祺如何加以模擬，已不可知。但我們可以確定的是，《賈雲華還魂記》實際上是脫胎自元人宋梅洞的《嬌紅記》。《賈雲華還魂記》有三段文字提到《嬌紅記》及其男女主角（申純、王嬌娘）：

（一）一日，偶與朋友遊西湖，娉伺生不在，攜侍妾蘭苕，潛至其室，遍閱簡牘，見有《嬌紅記》一冊，笑謂苕曰：「郎君觀此書，得無壞心術乎？」

（二）娉聞之，撫髀歎曰：「……妾自遇兄來，忘餐費事，心動神疲，夜寐夙興，惟君子是念。願以葑菲，得侍房帷，偕老百年，乃深幸也。第恐天不與人方便，不能善始令終，張珙、申純，足為明鑒。……」

10　惠康野叟《識餘》卷一有《歐陽夢桂忠妾柔柔傳》（《筆記小說大觀》二十九編第9冊，臺北市：新興書局，頁5173-5175），文長不到五百字，應與桂衡所著無關。

（三）福福艴然曰：「小姐賦稟溫柔，幽閑貞靜，……行配高
　　　門，豈無佳婿？顧乃踰牆鑽穴，輕棄此身，戀戀魏生，
　　　甘心委質，流而為崔鶯鶯、王嬌娘淫奔之女，以辱祖
　　　宗。……」[11]

這不單單是典故的運用而已，故事中魏生酒醉負約，娉娉悵然而去；
結怨春鴻、蘭苕，二婢設計欲敗其私，娉娉屈己下之等情節，即明顯
有模仿《嬌紅記》的痕跡。其他許多文字、詩詞，也跟《嬌紅記》極
其類似，茲依序摘引數條對照以證：

表五

賈雲華還魂記	嬌紅記
五歲通五經，七歲能屬文。	八歲通六經，十歲能屬文。
與娉相遇，侍妾森然。前遮後擁，彼此注視，莫交一言。	偶然相遇，左右森立，但彼此佇視，不能出一言。
蒲柳賤軀，敢自各惜？……若交接之頃，雲雨方濃，妾於此時，如醉如夢，能保無他虞乎？	醜陋之質，固不敢辭於君；但慮雲雨初交，歡會方密，妾於情狀俱昏迷矣，能保人之不至？
生起持帕，剪燭觀之，仍與娉，使藏焉，留為後日之驗。	嬌乃剪其袖而收之曰：「留此為他日之驗。」
夫何情愛所迷，殊無顧忌，朝歡暮樂，婢妾皆知，所未覺者，惟邢國一人而已。	豈期私欲所迷，俱無避忌，舅之侍女曰飛紅、曰湘娥，皆有所覺，所不知者，嬌之父母而已。
我為男子，豈不能謀一婦人？	兄丈夫也，堂堂五尺之軀，乃不能謀一婦人？

---

11 周楞伽校注：《剪燈新話‧外二種》，頁273、277、289，「王嬌娘」之「娘」字原作
　「娜」，另據日本八木書店影印明刊《新刊增補全相剪燈餘話》改。

賈雲華還魂記	嬌紅記
不到仙家兩載餘，竹窗幽戶尚如初。	甥館睽違已隔年，重來窗几尚依然。
非桃墜，則夫人見矣，奈何？奈何？	非燕墜，則湘娥見妾在君室矣，豈非天乎？

　　李昌祺不是明明說《賈雲華還魂記》是擬《柔柔傳》而作的嗎？為什麼它與《嬌紅記》竟有如此多的雷同呢？也許《柔柔傳》本身也是《嬌紅記》的模擬作品吧。

三　《賈雲華還魂記》當有六部戲曲加以改編

　　《賈雲華還魂記》模擬《嬌紅記》成篇，「不無與《嬌紅記》一爭長短之意味」，[12]而自從它問世以後，倒也和《嬌紅記》一樣，每每成為戲曲家青睞的對象，先後根據它來改編的作品合計當有六部之多：

　　（一）《賈雲華還魂記》　《南詞敘錄》著錄，列為「本朝」戲文，注云「溧陽人作」。[13]《南詞敘錄》前有「嘉靖己未」（三十八年，1559）序，一向被認為是明人徐渭所作；近人則主張「己未」乃「乙未」（十四年，1535）之誤，作者可能是陸采，[14]那麼此一《賈雲華還魂記》戲文約為嘉靖初年以前的作品。或以為它即梅孝巳的《灑雪堂》傳奇，[15]實屬錯誤，因梅既非溧陽人氏，成書時間（《灑雪堂》撰於崇禎元年）也不對。

---

12 伊藤漱平語，見〈『嬌紅記』成書經緯：其變遷及流傳過程〉，載於《中外文學》第13卷第12期（1985年5月），頁100。

13 《中國古典戲曲論著集成》（北京市：中國戲劇出版社，1982年），第3冊，頁252。

14 見駱玉明、董如龍：〈《南詞敘錄》非徐渭作〉，載於《復旦學報（社會科學版）》（1987年第6期）頁71-78。

15 如周楞伽：《剪燈新話・外二種》，頁295；譚正璧、譚尋：《古本稀見小說匯考》（杭州市：浙江文藝出版社，1984年），頁19；鄭雲波主編：《中國古代小說辭典》（南京市：南京大學出版社，1992年），頁250。

（二）《指腹記》　沈希福著。呂天成《曲品》著錄云：「賈雲華還魂事，佳。有舊傳奇，未見。此詞白尚近俗。」[16]沈希福，即沈祚，江蘇溧陽人，或以為《南詞敘錄》所言「溧陽人作」《賈雲華還魂記》指此，[17]恐怕也是個誤解，畢竟溧陽傳奇作家何其多，呂天成《曲品》明言《指腹記》之前「有舊傳奇」，更足證兩者應不同一本。

（三）《分釵記》　謝天瑞著。祁彪佳《遠山堂曲品》著錄云：「記賈雲華毀容立節，境入平庸。且悔姻、分釵在魏寓言登第之後，尤不近情。」[18]按原記賈雲華並無「毀容」情事，所分之物為「鏡」而非「釵」，此記劇情似經大幅添改。

（四）《姻緣記》　馮之可著。祁彪佳《遠山堂曲品》著錄云：「此與《分釵》，俱傳賈雲華、魏寓言事。惟雲華之死而復生，稍異於彼。詞似非近時人作，而曲有全抄《明珠》，何也？」[19]祁氏言其雲華「死而復生」，則此記或刪宋月娥一角。

（五）《金鳳釵》　祁彪佳《遠山堂曲品》著錄，未記作者，但云：「記魏鵬事，無《姻緣》、《分釵》拒婚之苦，乃其詞理甚謬，則不及二記遠矣。」[20]《金鳳釵》別有范文若一本，本事或出自《剪燈新話・金鳳釵記》，[21]然此一「記魏鵬事」的《金鳳釵》肯定是據《賈雲華還魂記》改編無疑。原記未言及「釵」，此名《金鳳釵》，當與《分釵記》一樣，是大幅添改劇情的緣故。

（六）《灑雪堂》　梅孝巳著。清姚燮《今樂考證》據「龍子猶改定本」著錄。[22]按此一馮夢龍改定本，全名《墨憨齋新定灑雪堂傳

16　《中國古典戲曲論著集成》，第6冊，頁247。

17　吳書蔭：《曲品校注》（北京市：中華書局，1990年），頁353。

18　《中國古典戲曲論著集成》，第6冊，頁91。

19　《中國古典戲曲論著集成》，第6冊，頁57。

20　《中國古典戲曲論著集成》，第6冊，頁116。

21　莊一拂：《古本戲曲存目彙考》，頁990。

22　《中國古典戲曲論著集成》，第10冊，頁261。

奇》，凡四十折，書署「楚黃梅孝巳草刱／吳國龍子猶竄定」，前有
「崇禎改元春正月西陵梅孝巳識」之小引，言「雲華附月娥事」，「取
而奇之，亦傳者之情耳」。總評且云：「是記窮極男女生死離別之情，
詞復婉麗可歌，較《牡丹亭》、《楚江情》未必遠遜，而哀慘動人更似
過之。」

　　以上六部，前五部皆已佚失不傳，惟《灑雪堂》傳奇尚存，收入
《古本戲曲叢刊二集》（古本戲曲叢刊編輯委員會編）、《全明傳奇》
（臺北市天一出版社）及《馮夢龍全集》（江蘇古籍出版社）等。《灑
雪堂》題目作「伍相國夢指姻緣界，魏提舉擔盡相思害；賈雲華不灰
雨雲心，宋月娥代了鴛鴦債」，全劇四十折，只有少數細節與原記稍
異（如改娉娉、春鴻因「扎盲成隙」，改「園中驚局」之墜桃為落
花），整體故事架構、人物角色悉依《賈雲華還魂記》小說鋪演，第
二十四折「私閨泣訣」娉娉贈魏生之物亦為「破鏡」、「斷絃」，而非
「（金鳳）釵」。今人評曰：「本劇結構緊湊嚴密，較少疏漏或冗雜。
語言婉麗而又不失本色，大部分曲辭出之於白描手法，讀來明白如
話，真切感人。」[23]

四　《賈雲華還魂記》對明清文言、白話小說影響極大

　　除了多種戲曲作品加以改編之外，《賈雲華還魂記》的影響力更
鮮明地表現在明清文言、白話小說的創作上。文言小說方面，過去有
研究者注意到《賈雲華還魂記》是明初文言小說長篇化的先驅，[24]但
它與明中葉（成化、弘治）以後蓬勃發展的中篇傳奇小說究竟有何關

---

23 語見徐培均、范民聲主編：《中國古典名劇鑑賞辭典》（上海市：上海古籍出版社，
　　1993年），頁531。
24 參岡崎由美：〈《賈雲華還魂記》に於ける文言小說長篇化の指向性について〉，載
　　於《早稻田大學院文學研究科紀要》別冊第11集，1984年，頁135-144。

聯，則鮮見有人觸及。實際上，明代中篇傳奇小說中和它有直接關聯
的，不在少數，如《鍾情麗集》、《懷春雅集》、《尋芳雅集》、《傳奇雅
集》、《雙雙傳》、《五金魚傳》等皆是。《賈雲華還魂記》裡莫夫人要
魏生、娉娉認為兄妹及其拒婚說詞，和《唱隨集》的結集，明顯為
《鍾情麗集》所仿效。記中形容娉娉「語顏色則若桃花之映春冰，論
態度則似流雲之迎曉日」，及娉娉責接魏生「男子無故不入中堂，況可
直造人家閨閣乎」諸語，則同時又為《懷春雅集》、《傳奇雅集》所模
仿或抄襲。《傳奇雅集》抄襲《賈雲華還魂記》者，有四首詩詞和八、
九段文字；[25]而《懷春雅集》仿抄它的地方也不少，請看下表對照：

表六

賈雲華還魂記	懷春雅集
忽春鴻來謂生曰：「……遣妾持武夷小龍團茶奉飲。」生喜甚，即啜一甌，因移身逼鴻坐。……遂與鴻狎，且謂鴻曰：「吾有一簡奉娉娉，能為我持去否？」鴻曰：「敢不從命？當亟遞去。」	生撫琴以寄其指，乃操【雉朝飛】一調，……時玉貞方倚床無寐，……知生之奏，遣桂英持武夷龍團以遺生。生起而受之，因移身私桂英，桂英從之。……偶因桂英至，謂之曰：「吾有一緘，能為我持去否」桂英曰：「敢不從命？……」
生於是轉軫調弦，鼓【關雎】一曲以感動之。……娉乃命朱櫻取琴，放己前琅玕石卓（桌）上，操【雉朝飛】一調以答生。生曰：「佳哉指法，但此曲未免淫艷之聲多。」	生乃自製一調，名曰【相思操】以挑之。……玉貞乃莞爾而笑，復命蘭英取琴，放己膝前，亦自製一曲以答之，……生曰：「佳哉指法，但此音未免金石之音。」

《賈雲華還魂記》的這兩段文字，《五金魚傳》、《雙雙傳》亦曾分別
加以仿抄（另外還有別的文字、情節受其影響）。至於《尋芳雅集》，

---

25 本論文後續《傳奇雅集》研究一章，將有詳細的比對、說明。

也有些情節得自《賈雲華還魂記》的啟迪，尤其是柳巫雲死後還魂夢告吳生：「冥司以妾無罪，留妾在子孫宮中，候陰例日滿，托生貴家」一段，與《賈雲華還魂記》手法完全一致。

　　白話小說方面，前言提到《西湖二集》卷二十七的《灑雪堂巧結良緣》，係逕據《賈雲華還魂記》改寫，這是無庸置疑的，其篇名正是由記中伍相國祠神報「灑雪堂中人再世，月中方得見嫦娥」而來，之所以會有人誤以為它「據若士《還魂記》改作」，可能是忽略了周清源筆下的《還魂記》實為《賈雲華還魂記》的簡稱，也可能跟這回小說引用了《牡丹亭記》的一小段曲文有關[26]，然而綜觀這篇白話小說，不僅保留了文言傳奇中的三十五首詩詞和二封書信、一篇祭文，絕大多數的情節文字也一模一樣，故事終了，作者有詩為證：

　　　《還魂記》載賈雲華，盡擬《嬌紅》意未賒。
　　　刪取煩言除勦襲，清歌一曲協琵琶。

看來周清源早已發現：《賈雲華還魂記》是以《嬌紅記》為主要模擬的對象。不過他自己再加以改寫時，其實沒能刪除煩言勦襲，甚至「連譯為白話的工作也沒做」。[27]這篇文白夾雜的小說後來還被清人陳樹基輯入《西湖拾遺》卷四十三，改題《借屍還魂成婚應夢》。

　　此外，我們發現明末清初許多才子佳人小說，作者經常引述《賈雲華還魂記》故事作為典故，顯見他們對此一中篇傳奇小說十分熟悉，例如筆煉閣主人編述的《五色石》，其卷一《二橋春》，附題即作〈假相如巧騙老王孫，活雲華終配真才士〉。[28]又如舊題「笠翁先生原

26　文作：「怎知病入膏肓，已無可救之法，果然是《牡丹亭記》道：『怕樹頭樹尾，不到的五更風。和俺小墳邊立腸斷碑一統，怎能夠月落重生燈再紅！』不數日，竟一病而亡了。」（杭州市：浙江文藝出版社排印本，1985年），頁521。

27　語見戴不凡：《小說見聞錄》（杭州市：浙江人民出版社，1980年），頁221。

28　臺北市天一出版社《明清善本小說叢刊初編》影印有日本服部誠一評點明治刊本。

本／鐵華山人重輯」的《合錦回文傳》，其第十一卷卷末已有「托體
雲華，更睹原身無恙」的用典，預示下卷情節；第十二卷〈喬妝鬼巧
試義夫，托還魂賺諧新偶〉與《賈雲華還魂記》關係非比尋常，先後
又有「若欲締新婚，除還賈女魂」、「奇哉此詞，『賈女還魂』之句，
竟成讖語」、「雲華將再世，當與郎君會」、「今當借體還魂，正如昔日
賈雲華故事」等語。[29]再如蘇庵主人編次的《繡屏緣》，其第九回〈躲
情緣貴府藏身，續情編長途密信〉回末評語有云：「書辭對偶精工，
詩句幽情秀麗，當與賈雲華集唐並傳」；第十五回〈醜兒郎強占家
貲，巧媒婆冤遭弔打〉也提到：「玉環追念絳英為了趙雲客，拚命出
門，不知死在那裡，終日憂憂鬱鬱，萬轉千迴，嬾下床褥。幸得孫蕙
娘在傍，時時勸解，不至如賈雲華，奄奄一息。」[30]還有，題「瀟湘
迷津渡者輯」的《寫真幻》（《都是幻》之一）上卷第二回〈死香魂曲
裡訴幽情〉，燕飛飛曾對池苑花說道：「妾在生前，苦無知己，今赴幽
冥，見才貌雙全的香魂，都聯為結義姊妹。如……元時賈雲華，乃賈
平章之女，與魏鵬有指腹之約……」云云，[31]直把《賈雲華還魂記》
簡述了一遍。另外，「吳航野客編次／水箬散人評閱」的《駐春園小
史》，卷一冠以「開宗明義」，亦提及「若遇魏提舉，必為賈雲華」。[32]
有這麼多白話小說作家一再引用賈雲華事跡為典故，這對明代的一篇
文言小說而言，並不是常有的事。

---

29 中州古籍出版社排印本（1990年），頁165、173。

30 《古本小說叢刊》第12輯（北京市：中華書局影印荷蘭漢文研究院藏日本抄本，1991
年），頁2309、2423。

31 《古本小說集成》（上海市：上海古籍出版社據北京圖書館藏本影印），頁154-155。

32 臺北天一出版社《明清善本小說叢刊初編》影印有乾隆四十八年三餘堂刊本。

五　《賈雲華還魂記》為朝鮮漢文小說作者所熟悉

　　《賈雲華還魂記》不僅為明清文言、白話小說所借鑒抄襲、津津樂道，亦是朝鮮漢文小說作者所熟悉的中國還魂故事。這當然跟《剪燈新話》、《剪燈餘話》的盛傳域外，有絕對的關係。就《剪燈餘話》而言，它早在明弘治、正德之交即已東傳，因為《朝鮮王朝實錄》燕山君十二年（1506）四月壬戌曾載：

> 傳曰：《剪燈新話》、《剪燈餘話》、《效顰集》、《嬌紅記》、《西廂記》等，令謝恩使貿來。

　　本月以前朝鮮似無《剪燈餘話》，但很快便已購得，因同年八月甲寅又載：

> 傳曰：《麗情集》，廣索以入。嘗覽《重增剪燈新話》，有蘭英、蕙英相與唱和，有詩百首，號《聯芳集》，當時豪士多傳誦之，故令貿來耳。且魏生常出室，娉攜持侍妾蘭苕，有《嬌紅記》一冊云云，故知有《嬌紅記》。今下冊乃此集也，前教「竹窗幽戶尚如初」之句，亦在于此。但間有漢語多不可解，其以文字注解開刊。[33]

按「竹窗幽戶尚如初」一句，出自《賈雲華還魂記》，所謂「下冊乃此集」，指的正是《剪燈餘話》，燕山君讀到的《剪燈餘話》可能與

33　以上二段引文，據柳鐸一〈燕山君詔諭採購中國小說考〉轉引，載於《第三屆中國域外漢籍國際學術會議論文集》（臺北市：聯合報文化基金會國學文獻館，1980年），頁363-374。原文「蕙英」作「惠英」，「且魏生常出室」作「且魏生常在室」，另據《聯芳樓記》、《賈雲華還魂記》改。

《剪燈新話》合刊，故有此說。《賈雲華還魂記》隨著《剪燈餘話》在這一年東傳朝鮮之後，可能曾被獨立抄錄，所以完山李氏序、金德成外畫《中國小說繪模本》[34]，其英祖三十八年壬午（1762）小敘出現有《聘聘傳》的書名。今韓國精神文化研究院「樂善齋文庫」藏有朝文抄本《聘聘傳》（原書五卷五冊，現缺一冊），過去一直被視為朝鮮小說，一九七三年曹喜雄〈樂善齋本翻譯小說研究〉一文，[35]首先對此一看法提出疑問，但直到最近，《聘聘傳》仍被當作是中國佚失小說。[36]其實，《聘聘傳》當即《娉娉傳》，也就是《賈雲華還魂記》，根本不能算是中國佚失小說。至於朝文譯本與原作之間的差異，則有待深入比較研究。[37]

　　《賈雲華還魂記》對於朝鮮漢文小說作者來說，不必等待《聘聘傳》的抄譯，即已廣為人知，這點從眾多漢文小說把它當作典故引用，可以略窺一二：

　　嫗曰：「……第所恨者，既乏雲華之窈窕，又欠魏郎之風流，只與一醜老，有何歡樂之興？然而清風明月之下，青眼與白頭，修薄具而自設，舉匏樽而相屬。」

　　　　　　　　　　　　　　　　　　　　　　——紹雲《淑香傳》

　　嫗微哂曰：「郎君無乃邊嫗之任望於老身乎？但此洞無雲華之窈窕，其於魏郎之風流乎？」　　　　　　　　——缺名《英英傳》

34　書藏漢城韓國國立中央圖書館，封面舊題《支那歷史繪模本》，已由朴在淵編輯出版（江原：江原大學校出版部，1993年）。

35　載於《國語國文學》第62、63合併號（漢城國語國文學會，1973年），頁257-273。

36　見朴在淵〈關於完山李氏『中國小說繪模本』〉一文，《中國小說繪模本》附錄，頁202。

37　據朴在淵〈完山李氏『中國小說繪模本』解題〉裡朝文《聘聘傳》提要（《中國小說繪模本》附錄，頁186），初步得知英夫人有養女先嫁魏生，賈雲華似未相思致死，自然也無還魂情節，與《賈雲華還魂記》大異其趣，應當不是單純的翻譯。

生拊髀而歎曰：「予豈生乎？其為泉下人哉！」……生鼓情竭誠，百端誘之曰：「……魏寓言見姮娥遲，虛負青春之年，空遺黃壤之恨。……」

　　　　　　　　　　　　　　　　　　　　　　　——缺名《英英傳》

是夜，賦高唐，二人相得之好，雖金生之於翠翠，魏郎之於娉娉，未之喻也。

　　　　　　　　　　　　　　　　　　　　　　　——權韠《周生傳》

回文則蘇若蘭詎容獨步，豔詞則賈雲華難可爭名。

　　　　　　　　　　　　　　　　　　　　　　　——權韠《周生傳》

或為雲或為雨，楚天神女下陽臺。能為仙能為鬼，終南月隱賈娘來。

　　　　　　　　　　　　　　　　　　　——睦臺林《鍾玉傳》[38]

六　結語

　　中國明清白話小說與朝鮮漢文小說的作者們，把《賈雲華還魂記》當作愛情典故來運用，這和運用歷史悠久、耳熟能詳的唐宋傳奇及其以前的著名典故，所代表的意義是有些許不同的。畢竟《賈雲華還魂記》的知名度終究不及《鶯鶯傳》，賈雲華、魏寓言也不若崔鶯鶯、張生名氣響亮，要能將他們當作愛情典範來舉例，恐怕還是得讀過這個故事才較有可能，因此拿它當典故的作品受其影響的機率也較高。

　　《賈雲華還魂記》模擬《嬌紅記》、《柔柔傳》問世以後，確實在

38　據林明德主編：《韓國漢文小說全集》卷7引（臺北市：中國文化大學出版部，1980年），頁303、335、339、354、361、389。句讀稍有改易。

小說、戲曲方面發揮了極大的影響力。六部戲曲據它加以改編之外，或又以為：「明中期湯顯祖的《牡丹亭》傳奇，無疑受著它的啟發。」[39]而不僅明代中篇傳奇小說《鍾情麗集》、《懷春雅集》、《尋芳雅集》、《傳奇雅集》、《雙雙傳》、《五金魚傳》和為數眾多的明清白話小說、朝鮮漢文小說受其影響，即連著名的《金瓶梅詞話》也曾從它這兒取材，我們從《金瓶梅詞話》抄用《賈雲華還魂記》的詩句，可以獲得印證。《金瓶梅詞話》第四十三回有詩云「細推今古事堪愁，貴賤同歸土一丘」，第四十九回有詩云「不到君家半載餘，軒中文物尚依稀」，與《賈雲華還魂記》「人間何事堪惆悵，貴賤同歸土一坵」、「不到仙家兩載餘，竹窗幽戶尚如初」雷同，但前者是集唐人詩，後者仿《嬌紅記》，或許還不足以證明它們直接有關，如果再加上我們另外發現李昌祺自作的三首詩，又被蘭陵笑笑生抄襲，那就更無疑問了：

表七

賈雲華還魂記	金瓶梅詞話
暮雨朝雲少定蹤，空勞神女下巫峰。襄王自是無情者，醉臥月明花影中。	獨步書齋睡未醒，空勞神女下巫雲。襄王自是無情緒，辜負朝朝暮暮情。按：第八十二回回中潘金蓮詩。
紅棉拭鏡照窗紗，畫就雙蛾八字斜。蓮步輕移何處去，階前笑折石榴花。	紅棉掩鏡照窗紗，畫就雙蛾八字斜。蓮步輕移何處去，階前笑折石榴花。按：第一百回回中葛翠屏詩。
雪為容貌玉為神，不遣風塵洗此身。顧影自憐還自愛，新妝好好為何人。	雪為容貌玉為神，不遣風流涴此身。顧影自憐還自惜，新妝好好為何人。按：第一百回回中韓愛姐詩。

39 劉明浩語，見《中國歷代小說辭典》第2卷（宋、元、明）（昆明市：雲南人民出版社，1993年），頁508。

　　特別是第八十二回「獨步書齋睡未醒」一詩，乃潘金蓮一日早晨約好要去陳經濟房裡，不料陳經濟被朋友邀往門外耍子，「去了一日，吃的大醉來家」，黃昏時分，潘金蓮赴約，卻「見他挺在床上，行李兒也不顧的，推他推不醒」，恰又看到他袖中掉出一根孟玉樓的簪子，懷疑「他也和玉樓有些首尾」，於是醋意大發，取筆在壁上題了這四句。——這一段情節，也分明是模仿《賈雲華還魂記》「娉題詩生裙」（詩即「朝雨暮雲少定蹤」四句）一節而來的，只不過題詩的所在由裙裾移到壁上罷了。

　　李昌祺官至河南左政使，為人素以耿介廉潔著稱，景泰年間（1450-1456）都御史韓雍巡撫江西，以盧陵鄉賢祀學官，竟因其嘗作《剪燈餘話》不得入祠，[40]衛道之士排斥小說，這是一個有名的例子。不過如果李昌祺知道《剪燈餘話》裡的這篇《賈雲華還魂記》，後來是如此備受歡迎與肯定，相信他也會含笑九泉的。

---

40 詳參王利器輯錄：《元明清三代禁毀小說戲曲史料》「李昌祺以作剪燈餘話不得入鄉賢祠」條（上海市：上海古籍出版社，1981年增訂本），頁217-220。

第四章
《鍾情麗集》研究

一　前言

　　《金瓶梅詞話》欣欣子序羅列「前代騷人」作品，曾將「丘瓊山之《鍾情麗集》」，與《剪燈新話》、《鶯鶯傳》、《水滸傳》、《懷春雅集》、《秉燭清談》、《如意傳》、《于湖記》並舉，這無疑提高了《鍾情麗集》的知名度，也使得丘瓊山（即丘濬，籍貫瓊山，丘一作邱，卒諡文莊）係《鍾情麗集》作者之說更為普遍。孫楷第《日本東京所見小說書目》曾說：「《鍾情麗集》相傳為邱文莊作，未知是否。.而以此弘治刊本證之，與文莊時代亦相當。」[1]隨後又表示：「自明以來相傳為邱濬撰，……似為濬作無疑。」[2]葉德均〈讀明代傳奇文七種〉也主張：「諸書既然都說屬邱濬所作，當是事實。」[3]到了一九八四年，始有朱鴻林《邱濬和他的〈大學衍義補〉：十五世紀中國的治國思想》加以否定，理由是：弘治六年（1493）前後，文莊政敵吏部尚書王恕在抨擊他的奏章中只提到《五倫全備記》，而且《鍾情麗集》署名玉峰主人，文莊無此別號；徐朔方〈小說《鍾情麗集》的作者〉認為玉峰應是文莊別號無誤（有《桑榆漫志》可證），但他同意朱文結論，並補充說明：

1　撰於一九三二年（北京市：人民文學出版社，1991年），頁122-123。
2　撰於一九三四至一九三八年間，見《續修四庫全書提要》（臺北市：臺灣商務印書館，1971年），頁1721，又收入孫楷第著、戴鴻森校次：《戲曲小說書錄解題》（北京市：人民文學出版社，1990年），頁11。
3　收入其遺著：《戲曲小談叢考》（北京市：中華書局，1979年），頁537。

孫氏《日本東京所見小說書目》卷六附有明弘治十六年癸亥
（1503）刊《新刻鍾情麗集》四卷本簡庵居士的序文一篇，作
於成化二十三年丁未（1487）：「余友玉峰生……暇日所作《鍾
情麗集》以示余……噫，髫俊之中，弱冠之士，有如是之才華，
有如是之筆力，其可量乎？」可見簡庵居士的友人、《鍾情麗
集》的作者玉峰生在1487年是「弱冠之士」，二十歲左右，是
書生；而邱濬這時已是六十七歲，身為高官。不可能是同一個
人。……《繡谷春容》卷十二在這篇小說結尾記云：「玉峰主
人與兄（指小說主角）交契甚篤，一旦以所經事跡、舊作詩詞
備錄付予，命為之作傳焉。」這樣一來，玉峰主人似乎又不是
它的作者。《繡谷春容》成書最早不超過萬曆十五年（1587），
事實上遲得更多。弘治刻本比它早一百年左右，簡庵居士的序
文當然比《繡谷春容》這幾句後記可靠得多。[4]

按丘濬（字仲深，號瓊臺，又號玉峰，1420-1495）與王恕（1416-
1508）確有過節，王恕於弘治六年以吏部尚書致仕，起因御醫劉文泰
訐其失職，眾人懷疑事件背後出自丘濬授意，「言者譁然，指摘其悼
亡《長思錄》、戲劇《伍倫記》：此直陶靖節之《閒情賦》，寓情文墨
耳！」[5]如果《鍾情麗集》真為「邱文莊公所撰少年遇合事也」，[6]或其

4　原載上海古籍出版社《中華文史論叢》1987年第1期，頁309-310。又收入徐著《論
　　金瓶梅的成書及其它》（濟南市：齊魯書社，1988年），頁185-187。
5　語見《理學名臣錄》，〔明〕雷禮輯《內閣行實》卷7引（臺北市：明文書局《明代傳
　　記叢刊》影印，1991年，頁503），《國朝列卿紀》卷11、《近代名臣言行錄》卷3、
　　《皇明名臣言行錄新編》卷16均同，〔明〕何喬遠輯《名山藏‧臣林記》亦見類似說
　　法（同上，頁231）。
6　語見〔明〕呂天成《曲品》「下中品」《畫鶯》條，吳書蔭：《曲品校注》本（北京
　　市：中華書局，1990年），頁349。

少年所作「以寄身之桑濮奇遇」[7]，絕對逃不過政敵的指摘。我們相信《鍾情麗集》應是成化丙午（二十二年，1486）玉峰主人（真名不詳）所撰，[8]丘濬弘治八年死後一段時間，才有丘濬作《鍾情麗集》的訛聞陸續出籠，並逐漸坐實起來。簡庵居士的序文不當有誤，朱、徐二氏《鍾情麗集》的作者不是丘濬的論點也是可信的。

　　不過，徐先生認為《繡谷春容》卷十二《鍾情麗集》「後記」言「玉峰主人……命為之作傳焉」，似指玉峰主人不是它的作者，並不可靠云云，恐怕是個誤解。因為所謂《繡谷春容》的「後記」，其實早見於《國色天香》卷十，且當是《鍾情麗集》原有的內容，小說作者將自己的名字寫入作品（使作品看起來似非己作）是常有的事，如唐人元稹《鶯鶯傳》、明初瞿佑《秋香亭記》皆然。而《鍾情麗集》形式上一看便知是模仿《鶯鶯傳》、《秋香亭記》而來，文末出現「玉峰主人」自己的名號，並不足為怪。

　　關於《鍾情麗集》的作者問題，已受注意，然而這部明代中篇傳奇小說現存版本眾多，關係複雜，卻乏人為之釐清，其故事的淵源與影響在文學史上所具有的重要意義，也始終未見有人深入探討，因此本文將以此為論述重點。

二　《鍾情麗集》版本眾多關係複雜

　　孫目著錄日本成簣堂文庫所藏明弘治間刊本《新刻鍾情麗集》四卷，曾流行於書肆，[9]嘉靖間高儒《百川書志》卷六小史類、晁瑮

7　語見〔明〕沈德符：《萬曆野獲編》（臺北市：新興書局排印本，1983年），卷25「邱文莊填詞」條，頁641。

8　明弘治癸亥（十六年，1503）刊本《新刻鍾情麗集》題「玉峰主人編輯」，卷首除成化丁未簡庵居士序外，另有一成化丙午殘序，署「南通州樂庵中人書」，故成書年代當以此年為是，參孫楷第：《日本東京所見小說書目》，頁122。

9　〔明〕陶輔《桑榆漫錄》載：「玉峰丘先生者，聖代之名儒也，博學多知，賦性高

《寶文堂書目》卷中子雜類亦有載錄，[10]這是早期單行舊本，殊為珍貴，可惜今不易見。一九九〇、一九九一年，上海古籍出版社《古本小說集成》、北京中華書局《古本小說叢刊》分別影印發行了《鍾情麗集》與《鍾情記》，均非舊本。《古本小說集成》的《鍾情麗集》，全名《辜生鍾情麗集》，原書藏大連圖書館，其實正是清抄本《豔情逸史》第六冊，係逕據《繡谷春容》迻錄，過去從未單行上市；《古本小說叢刊》第四十一輯《鍾情記》，六卷六回，[11]則是清代坊刊本，今藏美國哈佛大學漢和圖書館，首尾殘缺，今經比勘，確知是就《國色天香》（周文煒刻本系統）析卷分回而已，文字全同（只刪去末了「首尾吟二律」的第二首律詩），訛文照刻，徒具章回小說形式。這兩種版本，參考價值都不高。

　　單行本之外，《鍾情麗集》紛紛被《國色天香》、《繡谷春容》、《萬錦情林》、四種《燕居筆記》（何大掄、林近揚、余公仁編，博古齋庚訂）及《一見賞心編》、《花陣綺言》、《風流十傳》、《豔情逸史》等明清通俗類書和小說彙編所選錄，彼此之間出入不小，關係頗為複雜。現就比勘結果，簡述如下：

　　《國色天香》卷九、卷十所收錄的《鍾情麗集》，文長二萬七千言，穿插詩詞歌賦韻文駢體凡一百五十多首，由細節看來，此本似小

傑，獨步時輩。……是後於書肆中，有賣《鍾情麗集》者，首尾詩詞數百，備序其關目之本末，皆道男女私期密約之事。……及觀其引，則題曰『玉峰主人』所作。噫！有是乎？意恐他人偽作。」見臺灣商務印書館影印明刊本《今獻彙言》，1969年臺一版。

10　分見臺北成文出版社《書目類編》本（1978年），總頁11960、12291。

11　第一回回目殘缺不詳，其餘目次如下：

有刪削，出現女主角瑜娘「謂生曰：『往者邁遊諸女所贈之詩，意甚忠厚』」而在此之前僅見紡紗場微香「一女」贈詩的情況；結尾「玉峰主人……命為之作傳焉」等語之後，附有本傳贊語，贊語之後卻又有玉峰主人慶賀男主角辜生婚娶的詩詞三首，亦不甚合理。《繡谷春容》中集卷十一、和集卷十二上層的《辜生鍾情麗集》，實乃《國色天香》的刪節本，共刪去六千字左右（含贊語、慶生詩等七十二首詩詞）；《豔情逸史》第六冊與之全同。《一見賞心編》卷一幽情類目錄有《瑜娘傳》，正文缺去，但估計它也是《國色天香》的簡本，而且依其慣例，刪削幅度當更大。

　　《萬錦情林》卷一下層所收，開篇有「時海宇奠安，黎民樂業」一小段的背景說明及「百年秋露與春花」一詩，彷彿「入話」，為《國色天香》所無；結尾言及「青門黃仁卿」諸友賀婚（故有玉峰主人慶生詩），男女主角曾將所作詩詞集為一稿名曰《和鳴集》，也與《國色天香》不太相同；另外篇中多出邁遊村紡紗場善兒、阿真二女贈詩生及男主角的回贈凡三首，亦當為原作所有，證明《國色天香》本確實小有刪削，不過《萬錦情林》也非足本，因為它比《國色天香》又短少了十三首詩詞。情節發展，兩者差異不算太大，《萬錦情林》多出十一幅插圖，依序題曰：「辜生謁姑見瑜娘」、「瑜娘觀詞作怒色」、「瑜娘入館見辜生」、「瑜辜生錦帳初交」、「辜生踰牆與瑜重會」、「辜生共瑜並肩觀傳」、「辜瑜窗間和韻聯詩」、「辜生痁疾觀詩」、「瑜娘漸出深閨會生」、「瑜娘共生船中敘情」、「辜瑜圓合共飲談情」。

　　何本《燕居筆記》卷三、卷四下層，開篇與《萬錦情林》相同，「百年秋露與春花」詩後多「溺水訪三神」一目，不知何意？善兒、阿真之外，多團圓一女一詩，全篇又多出《國色天香》、《萬錦情林》五首集句詩和一排律，但《國色天香》的詩詞有六首不見於此，兩卷卷末為顧及上下版面的一致，都有些草草了事。林本《燕居筆記》卷六、卷七上層所收錄的《鍾情麗集》，在諸本中最為完備，何本比《萬

錦情林》、《國色天香》多的部分它都有（又多了一首集句詩），何本比
《國色天香》少的部分它都未缺，結尾與《萬錦情林》近似，「青門黃
仁卿」外又多「俟軒陳隱公」、「雲岩符一桂」、「古崖林玉泉」諸人，
並附刻題曰「溺水訪三神」、「生瑜拜月祝誓」、「辜生觸感興吟」、「辜
生瑜娘聯韻」、「瑜娘書達辜生」、「瑜娘得書」、「生瑜榮樂」、「輅接瑜
詩」插圖八幅。《花陣綺言》卷六、卷七，肯定是直承林本《燕居筆
記》而來（中間少詩二首、詞一闋），卷尾則似乎又參考了《國色天
香》，除刪去最後玉峰主人慶生詩三首之外，幾無二致。

　　《風流十傳》卷一所錄，文字與林本《燕居筆記》較為接近，加
入不少批注，但它明顯是個刪節本，詩詞刪去近三分之一，情節亦大
幅濃縮，全文減至一萬七千言，只有總目解題和篇末跋語稍具參考價
值。[12]余本《燕居筆記》下之卷二凡五十六葉，第二十一葉上半以前
本於《萬錦情林》，之後則改依《風流十傳》抄刻，連批注也一樣，
解題、跋語亦予因襲，只在書首《筆記畫品》增刻「辜生謁姑與瑜初
見」、「生瑜拜月誓盟」、「媒將金與羊行聘禮」、「鳴官司發私情」、「親
友賀生重歸娶」五幅插圖和署名「鄒迪光」的題詞，篇末增附「公仁
子曰」短跋，參考價值更低。至於《博古齋庚訂燕居筆記藻學情
林》，乃清代的巾箱本，書題「閩潭龍鍾道人輯／豫金呵笑道人校
閱」，其卷五、卷六附入「博古齋評點小說」《鍾情集輅生會瑜娘》，

12　跋語作者自稱：「予名金鏡，字容成侯，居小邾巷中。」有語云：「然考其玉峰主人，
　　或者曰：『即丘玉峰也。玉峰幼時隨父見黎，父因請婚於黎焉。黎意不許，乃視玉
　　峰，戲曰：「此是俊兒耶？」玉峰不悅，遂作此集梓行。黎即攜金，來請毀板，而書
　　已遍矣。』此說，予不敢證，姑存之，以俟識者。」此說亦見於〔清〕褚人穫《堅
　　瓠四集》卷2「孫汝權」條引明人《聽雨增記》（《筆記小說大觀》二十三編第8冊，
　　臺北市：新興書局，1985年，頁4793）、〔清〕查繼佐《罪惟錄》列傳卷十三上（《明
　　代傳記叢刊》第86冊，臺北市：明文書局，1991年，頁116），然《聽雨增記》作者
　　與查佐繼只是引述而已，都未採信。按丘濬「少孤」，其父丘傳早卒（註5所引書皆
　　載），此說自屬無稽之談。

可能與余本《燕居筆記》有直接的關係。[13]

三　《鍾情麗集》的故事內容與戲曲的改編

　　綜上所述，《鍾情麗集》現存版本，除弘治間單行舊本外，當以林近陽編《燕居筆記》所收錄者與其原貌最為接近，可惜它的插圖圖題卻十分粗疏，故而我們不妨假分段狀況稍佳的《萬錦情林》插圖圖題，來介紹林本《燕居筆記》所收《鍾情麗集》的故事內容：

　　（一）辜生謁姑見瑜娘：天下太平，海路順暢。廣東瓊州（今海南島）才子辜輅，有祖姑嫁臨高黎氏，黎氏子（即生之表叔）時任土官，兩家數載未通音訊。辜生遂奉父命攜僕渡舟前去探訪（原書或有溺水遇仙情節，今未見），甚得祖姑疼愛，館於黎府西軒，並得以初遇表妹黎瑜娘（字玉真），兩人一見鍾情。

　　（二）瑜娘觀詞作怒色：瑜娘貌美，馴謹穩實，辜生日常和她雖有桃下之遇，窗前之言，但都未能傾吐愛意，乃填詞令僮傳遞以挑。瑜娘觀詞不正，怒擲於地。辜生失望不已，曾在軒壁之上畫鴛題詩托意。瑜娘聽侍婢碧桃說起，趁辜生外出，前來偷看，留有和詩，後另一婢絳桃又送來情詞一闋。辜生睹其詩詞，更加愛慕，只苦無機會一致款曲。

　　（三）瑜娘入館見辜生：某夜，黎氏夫婦俱赴鄰家飲宴，瑜娘偷步生館，見生憂悶獨坐，暗示他可以設法接近自己。辜生隔天便詐病不起，謊稱西軒夜裡有鬼魅纏身，叔嬸乃將他移往東軒，又命幼兒黎銘相伴；辜生眼看失策，又厚賂巫者，詭言非移入中堂恐性命難保，幾經努力，終得夜宿堂上，跟瑜娘近在咫尺。

---

13 關於此一《燕居筆記》，詳參鄭振鐸：《西諦書話》（北京市：生活·讀書·新知三聯書店，1983年），頁188-189。

（四）瑜辜生錦帳初交：一夕，辜生見瑜娘在月桂叢邊焚香拜月，趨前攜手入室，提出進一步的要求。瑜娘堅意不從，只肯相與坐談；談話之間論及《鶯鶯傳》、《嬌紅記》故事，嬌娘不掩其對鶯鶯、嬌娘的欣羨之情。之後，辜生仍不死心，逼得瑜娘百般無奈，便於跪月祝誓後，以身相許，並從此經常約會。碧桃、絳桃及仙桃、小桃四婢惟恐事情洩露，曾共同上書勸諫，但瑜娘仍不改其熱情，直到九個月後辜生父母促歸，兩人才暫時停止來往。

（五）辜生踰牆與瑜重會：辜生返鄉，終日昏昏沈沈，一心思念瑜娘，曾對舊識邁遊村紡紗場妓女小馥字微香者吐露心事，微香頗受感動，製有《雙美》手卷贈生（又有同伴善兒、團圓、阿真繼題卷尾）。三個月後，適值辜生祖姑誕辰，他才托以賀壽為名，重抵黎府，夜晚翻牆進入女室，與瑜娘重拾舊歡。

（六）辜生共瑜並肩觀傳：其間，微香諸女手卷曾令瑜娘大為不悅，但隨即和好如初。有一次，瑜娘「盡出其所藏《西廂》、《嬌紅》等書」，與生共枕而玩，相互討論，約好婚後要將兩人唱和詩詞結集，「俾與二記傳之不朽」。此時兩人為情欲所迷，肆無忌憚，舉家惟瑜父母不知而已。雖然辜生刻意巴結黎銘，瑜娘也厚禮眾婢，但仍有婢女畏懼事露受到牽連，準備說給主人知道。辜生不得已決定先回家一趟，避避風頭。

（七）辜生窗間和韻聯詩：辜生這趟回去，正式與微香絕交，以示對瑜娘的情有獨鍾。過了一段時日，才再找到理由到祖姑家和瑜娘相會，兩人曾以「月夜喜相逢」為題，聯韻作樂。忽然，祖姑表示有意成全他們，辜生立即辭歸稟報父母，遣媒提親。黎父原本擔心法律禁止中表為婚，後來還是應允了，收下黃金、羊隻等聘禮。瑜娘聞訊自喜，寫信托媒寄生，勉以功名。

（八）辜生疷疾觀詩：當時辜生被舉為庠生，父親卻不幸亡故，家道日益中落。黎父有意悔親，二、三年不相聞問，還重納同郡富室

符氏之聘。瑜娘聽說，悲不自勝，自縊未果，黎父方覺懊悔，卻已騎虎難下，只得百方開諭，但她則誓死不從，頻與辜生暗通書信。辜生日有所思，夜有所夢，曾夢至黎府新創亭剪燈軒下與瑜娘飲酒取樂，醒來若有所失，竟相思成疾，幸接得瑜娘詩箋，這才稍有起色。

（九）瑜娘漸（潛）出深閨會生：試期已屆，辜生有病在身，不克赴試，負疾來訪祖姑。黎父有所防範，留連半月，尚未見到瑜娘一面。好不容易等到黎父遠行，才得以在剪燈軒跟她獨處。辜生環顧軒窗詩畫，宛如夢中所見，瑜娘破例為他彈琴演唱，彼此情意甚濃。兩人密約中秋之夜，相偕而逃。及期，瑜娘果然潛出，與辜生登舟私奔。

（十）瑜娘共生船中敘情：二人渡海而東，船上唱和，半月始達生家，擇日成婚。不料符氏緝知，一狀告到官府，二人下獄候審。郡守愛惜辜、瑜才情，卻又不能枉顧律法，遂判瑜娘由黎父領回，兩次婚約同時失效。瑜娘自此遭到幽禁，終日悲吟；辜生也是癡癡呆呆，如夢如醉，後來偷偷又去到黎府附近，密傳《鍾情》賦，備敘鍾情苦樂。瑜娘接賦，答書誓以同生共死。

（十一）辜瑜圓合共飲談情：最後，辜生、瑜娘是在祖姑穴牆私縱的情況下，二度逃回瓊州，重新舉行婚禮，親朋好友登門慶賀，玉峰主人等人並且吟詩祝福。不久，總算取得黎父的諒解。兩人恩愛，果將平昔唱和詩詞，集成一部《和鳴集》。厥後辜生高中，躋身官宦，與瑜娘百年偕老，永終天命。

以上便是《鍾情麗集》的大致內容，明人評曰「其間形容，其淫褻穢濫備至，見者不堪啟目」，[14]或曰「學究腐譚，無一俊語」，[15]與事實並不相符；今人說它「是明文言小說中的佳作，創作態度嚴肅，很少穢筆，描寫兒女情態，頗為工制傳神，對話巧妙含蓄，蘊藉雅

---

14 語見陶輔：《桑榆漫錄》。
15 語見沈德符：《萬曆野獲編》，卷25「邱文莊填詞」條，頁641。

致，不失為佳構」，[16]方是的論。當然，這部中篇傳奇小說亦非無懈可擊，它穿插詩詞駢體過多，影響故事的流暢，便是「詩文小說」的通病，不過其中也有巧妙之筆，例如「瑜娘觀詞作怒色」一節，辜生畫鴛於壁，題詩托意（詩云：「遷喬公子彙金衣，獨自飛來獨自啼。可惜上林如許樹，何緣借得一枝棲？」），瑜娘窺見，和詩寓懷（詩云：「金衣今已換緇衣，開口如啼卻不啼。自是傍牆飛不起，休悲無樹借君棲。」），一點也不累贅，反倒妙趣橫生。故而明人趙於禮（字心雲，一作心武）將《鍾情麗集》改編為戲曲《畫鴛記》，即據此一精彩劇情命名。

　　《畫鴛記》，明呂天成《曲品》、祁彪佳《遠山堂曲品》、清高奕《新傳奇品》等均見著錄，[17]今無傳本，牌記「皇明萬曆新歲愛日堂蔡正河梓行」的《八能奏錦》（黃文華選輯）卷四上層收過《題鴛記》「偷看鴛詩」一齣，亦已缺去，[18]幸仍有萬曆間福建「書林拱塘金魁」梓行《大明春》（程萬里選輯）卷二上層收錄《黃鴛記》「瑜娘觀詩」一齣，[19]得見其梗概。

　　《大明春》目錄所云《黃鴛記》，當即《畫鴛記》（《題鴛記》），「瑜娘觀詩」一目正文作「瑜娘看詩」，演瑜娘「自見辜兄之後，不覺精神倦怠，心思昏沈」，侍婢絳桃陪她偷偷「同去西齋閑行消悶」，看見「辜官〔人〕畫的鳥兒」及畫上題詩，遂「和他一首」（詩與傳同，惟「今」字作「人」），忽遇辜生外出歸來，「把門兒坐定」，計議

---

16 薛洪勣語，見《中國古代小說百科全書》（北京市：中國大百科全書出版社，1993年），頁764。

17 《中國古典戲曲論著集成》（北京市：中國戲劇出版社，1982年），第6冊，頁56、246、283。

18 參傅芸子：《百川集‧內閣文庫讀曲續記》（臺北市：鼎文書局，1979年），頁126；此本《八能奏錦》，收入王秋桂主編：《善本戲曲叢刊》第1輯第5冊（臺北市：臺灣學生書局，1984年）卷四陳缺。

19 此本《大明春》，別題《新調萬里長春》，收入《善本戲曲叢刊》第1輯第6冊，《黃鴛記》見頁99-111。

「要許我佳期，纔放他去」，經絳桃賺生起坐，瑜娘方得脫走，而自己卻被攔住，便獻計：「你詐作一病，只說西軒有鬼，那時必移入內室來。」辜生這才滿意的放她離開。可見此一傳奇改編《鍾情麗集》時，當加重了絳桃一角的戲分，原傳「歸謂瑜娘曰：『向來見西邊軒裡瓊州官人畫一鳥于壁上，甚是可愛。』」的是碧桃，辜生詐病不起，謊稱西軒有鬼乃出於「自思」（得自瑜娘暗示），而傳奇都將它歸在絳桃一人身上，使得劇情更為活潑緊湊。

四　《鍾情麗集》推動中篇傳奇小說創作風氣

　　如前所述，《鍾情麗集》形式上一看便知是模仿《鶯鶯傳》、《秋香亭記》而來，故明正德間張志淳《南園漫錄》認定《鍾情麗集》為丘濬所著，即曾惡意批評其「雖以所私擬元稹，而浮猥褻鄙尤倍於稹」；[20]而瞿佑《剪燈新話》卷五《秋香亭記》既仿《鶯鶯傳》，又為《鍾情麗集》所仿，則不單單形式而已，《鍾情麗集》言辜生祖姑對她說：「汝宜益加進修，吾之女孫誓不他適，當合事汝，以繼二姓之歡好，亦使溫嶠之下玉鏡臺也。」豈不和《秋香亭記》商生祖姑謂生曰：「汝宜益加進修，吾孫女誓不適他族，當令事汝，以續二姓之親，永以為好也。」[21]如出一轍？再者，《鍾情麗集》語及「昔人所謂：『嬌姿未慣風和雨，分付東君好護持』」、「誠恐他日此事彰聞，親庭譴責」，語出《聯芳樓記》（卷一）；辜生見剪燈軒窗詩畫宛如夢中一節，實本《渭塘奇遇記》（卷二）；辜、瑜供狀及郡守判詞，又仿《牡丹燈記》（卷二）；瑜娘饋生首尾吟二律云「生不相從死亦從」，

<hr>

20　見卷3「著書」條，《景印文淵閣四庫全書》第867冊（書前有正德十年自序）（臺北市：臺灣商務印書館，1986年），頁272。

21　引文見《剪燈新話‧外二種》（周楞伽校注）（上海市：上海古籍出版社，1981年），頁108；又凌雲翰曾說瞿佑：「《秋香亭記》之作，則猶元稹之《鶯鶯傳》也。」見《剪燈新話》序二，頁4。

也是《翠翠傳》（卷三）裡的詩句，這證明非但《秋香亭記》一篇，
整部《剪燈新話》好些作品都是《鍾情麗集》寫作時的資料來源。

　　《鶯鶯傳》及《剪燈新話》等文言短篇小說之外，《鍾情麗集》
受元人宋梅洞《嬌紅記》的影響也很大，故事中兩度論及《鶯鶯傳》
（《西廂記》）、《嬌紅記》就是最好的說明，具體內容如辜、瑜初見的
情狀；生「殆無以為懷」題詩托意，女至生室和詩寓懷；女約「事若
不遂，當以死相謝」；生「厚賂巫者」，自書軒移入中堂；錦帳初交血
漬生裙，女剪而收之曰：「留此以為他日之驗。」生笑而從之；四桃
上書勸諫；微香未睹瑜娘已知其容貌「若親見也」；辜、瑜私通，「一
家婢妾，皆有所覺，所不知者，惟瑜父母而已」；生「厚結銘心」，女
「厚禮諸婢」；二人幽會，「忽聽鸚鵡叫：『大人回！大人回！』女聞
之，遂遁去」；黎父悔親，以「內外兄弟姊妹，不可為婚，法律所
禁」為由，改盟富家子；托媒暗傳書信；女「平昔善歌」，不輕易出
聲……等文字、情節，以及「汪汪雨淚灑西風」、「如此鍾情世所稀」
諸詩句，無不一因襲自《嬌紅記》。而黎父謂生：「瑜娘，老夫所鍾愛
者，不欲外適，恐致相見之難。……但與瑜娘相呼為姊（兄）妹，不
亦宜乎？」以及《和鳴集》的結集，則又與明人李昌祺《賈雲華還魂
記》相似。

　　《鍾情麗集》頗受由唐至明的文言短篇、中篇傳奇小說的影響，
成化、弘治年間成書、流行之後，隨即又推動了明代中篇傳奇小說的
創作風氣，例如《雙卿筆記》有詩，似仿之而作；[22]《龍會蘭池錄》

---

22 茲列表對照如下：

鍾情麗集	雙卿筆記
一洗前非共往愆，從新整頓舊姻緣。 聲名蕩漾雖堪怨，情意慇懃尚可憐。 任是春光先泄漏，忍教月魄不團圓。 莫言幽約無人會，已被紗場作話傳。	配合都來宿世緣，前非滌卻總休言。 稱名未正心雖愧，屬意惟堅人自憐。 莫把微瑕尋破綻，且臨皓魄賞團圓。 靈臺一點原無恙，任與詩人把話傳。

有蔣世隆繪「龍會蘭池圖」併題一引,《荔鏡傳》有陳必卿畫「鶯柳圖」併歌一韻,以及若干拜月、酬唱的詩文,則顯然是出於對《鍾情麗集》的仿效。[23]稍後的《懷春雅集》亦見受其啟迪,如「夫人顧玉貞曰:『蘇公子,一家人也,何避嫌之有?』玉貞從階下,徐徐而進,展拜生前」、「常有雙鳥鳴于其上,靈芝出乎庭前,眾以為孝感所致」二段,即與《鍾情麗集》所言(「祖姑阻之曰:『四哥,即兄妹也,何避嫌之有?』瑜得命,即下階,與生敘禮」、「時有白鶴、雙竹之祥,人以為孝感所致」)若合符節;而《尋芳雅集》有「則合耋時將何以為質耶」句,抄自《鍾情麗集》(「含耋之際將何以為質耶」),更見「昔……辜生挾瑜娘而走,古人于事之難處者,有逃而已」的直接用典;又《劉生覓蓮記》也有「女(汝)欲以絳桃、碧桃……之事待我」、「瑜娘之遇辜生,吾不為也」的典故運用。乃至更後的《情義奇姻》(醫者見元生罹患相思,言:「除非買鴛鴦草,便能消其心火,其病自愈,別藥莫能療。」)、《五金魚傳》(菊娘有詩云:「竹節經霜方見節,丁香到死愈生香。」),仍有直接參考《鍾情麗集》的痕跡。另外還有一文言小說《金蘭四友傳》,[24]開篇即言「時海宇奠安,民物康阜」,傳中有詩「倉庚有意回人語,百舌無端繞樹啼」,也明顯是受到《鍾情麗集》(「時海宇奠安,黎民樂業」、「有意鶬鶊窗下語,無端百舌樹梢啼」)的影響無疑。

　　頗具特殊意義的是,自《嬌紅記》首開中篇傳奇小說寫作先河之後,元末明初桂衡的《柔柔傳》應是其仿作,永樂十年(1412)李昌祺繼之擬撰《賈雲華還魂記》,永樂十八年附於《剪燈餘話》刊行,間隔六、七十年之久,始又出現《鍾情麗集》(其間或許曾有其他中篇傳奇小說,但皆如《柔柔傳》流傳不廣,佚失不存),此後歷經弘

---

23 本論文後續《龍會蘭池錄》研究、《荔鏡傳》研究二章,將有詳細的比對、說明。

24 收入《國色天香》,卷9上層,頁1-26,敘李嶠、蘇易道(據「蘇味道」改)、崔融、杜審言「文章四友」義結金蘭事,涉及男風。

治、正德、嘉靖、隆慶、萬曆數朝百餘年，中篇傳奇小說創作風氣則始終未衰，這充分顯示《鍾情麗集》確實是起了重新推動的作用。

五　結語

　　欣欣子〈《金瓶梅詞話》序〉提及「丘瓊山之《鍾情麗集》」，雖然承襲了丘濬是《鍾情麗集》作者的誤說，但它特別在序裡指出《鍾情麗集》，並非偶然，因為細檢《金瓶梅詞話》，我們可以發現許多詩句，如「一段春嬌畫不成」（第五十二回）、「誰道天臺訪玉真」（第六十九回，第八十三回「誰道」作「幾向」）、「但覺形骸骨節鎔」（第七十八回），「暑往寒來春復秋」（第九十三回）、「一日相思十二時」（第九十九回，第二十八回「相思」作「都來」），在《鍾情麗集》也可以找到，[25]不過多屬集古詩，未必非得本自《鍾情麗集》不可，但是另有完整的二首詩，則其來源實非《鍾情麗集》莫屬：

表八

鍾情麗集	金瓶梅詞話
巧語言成拙語言，好姻緣化惡姻緣。回頭恨撚章臺柳，赧面慚看大華蓮。只為玉盟輕蕩泄，遂教鈿誓等閑遷。誰人為挽天河水，一洗前非共往愆。	脈脈傷心只自言，好姻緣化惡姻緣。回頭恨罵章臺柳，赧面羞看玉井蓮。只為春光輕易泄，遂教鸞鳳等閒遷。誰人為挽天河水，一洗前非共往愆。按：第二十一回回前詩。
壁上鶯還在，梁間燕已分。軒中人不見，無語自消魂。	枕上言猶在，于今恩愛淪。房中人不見，無語自消魂。按：第十九回回中詩。第八十五回回末又見，「枕上」作「耳畔」、「淪」作「分」。

---

25 分別作「一段春嬌畫不成」、「再到天臺訪玉真」、「但覺形銷骨節鎔」、「暑往寒來春復秋」、「一日相思十二時」。

元明中篇傳奇小說提供《金瓶梅詞話》寫作素材的，不只《鍾情麗集》一種，《嬌紅記》、《賈雲華還魂記》、《懷春雅集》都有發現，而且自有其多重意義。[26]

　　有趣的是，俗稱「崇禎本」的《新刻繡像批評金瓶梅》，大幅刪改了《金瓶梅詞話》原有的詩詞，其中第八十六回回前詩：「雨打梨花倍寂寥，幾回腸斷淚珠拋。睽違一載猶三載，情緒千絲與萬條。好句每從秋裡得，離魂多自夢中消。香羅重解知何日，辜負巫山幾暮朝。」竟然也又抄自《鍾情麗集》。[27]另外，明末西湖漁隱主人《歡喜冤家》第二十回有一首詩：「水月精神冰雪膚，連城美璧夜光珠。玉顏偏是書中有，國色應知世上無。翡翠衾深春窈窕，芙蓉褥穩繡模糊。若能吟起王摩詰，寫作和鳴鸞鳳圖。」也肯定是自《鍾情麗集》抄錄得來。[28]

　　《鍾情麗集》除了詩詞被白話小說《金瓶梅》、《歡喜冤家》抄用之外，事實上也有白話小說受其劇情的影響，例如清乾隆間水箬散人的《駐春園小史》，其第一回冠以「開宗明義」作為引言，並對十幾種小說和小說人物縱橫評述，「情驪之瑜、輅」即在其中，而且它的第十六回至第十八回，敘黃玠與曾浣雪私奔、供狀、得風流太守憐憫數段，也跟《鍾情麗集》的故事內容息息相關。這和趙於禮戲曲《畫鴛記》據之改編一樣，都可看出《鍾情麗集》在文學史上確實發揮過不少影響。尤其它上承《鶯鶯傳》、《嬌紅記》、《剪燈新話》（《聯芳樓記》、《牡丹燈記》、《渭塘奇遇記》、《翠翠傳》、《秋香亭記》等）、《賈

---

26 其中以《懷春雅集》提供《金瓶梅詞話》的寫作素材最多，詳見後續《懷春雅集》研究一章。

27 此據齊煙、汝梅校點之會校本引（臺北市：曉園出版社，香港南粵出版社授權，1990年），頁1223。林本《燕居筆記》卷七《鍾情麗集》「猶」、「與」、「秋」三字原作「更」、「有」、「愁」。

28 此據賞心亭本引，第二十回，頁9。林本《燕居筆記》卷6《鍾情麗集》「知」原作「言」，「穩」字原缺，「若能吟」原作「何當喚」。

雲華還魂記》，下啟《雙卿筆記》、《龍會蘭池錄》、《荔鏡傳》、《懷春雅集》、《尋芳雅集》、《劉生覓蓮記》（兼及《情義奇姻》、《五金魚傳》、《金蘭四友傳》等），更是身居推動明代中篇傳奇小說創作風氣的重要地位，價值匪淺，實在值得我們特別注意。

第五章
《龍會蘭池錄》研究

一　前言

　　在明代中篇傳奇小說裡，有一部首見於《國色天香》（萬曆十五年序刻、萬曆二十五年重鍥）卷一下層，名為《龍會蘭池錄》；這部小說又被稍後的《繡谷春容》刪減，收入卷二上層，名為《龍會蘭池全錄》，作者姓名字號俱失載。除了《國色天香》和《繡谷春容》之外，其他明代後期流行的通俗類書或小說彙編均未收錄，然因其故事內容與元末「四大傳奇」（荊、劉、拜、殺）中的《拜月亭》同一題材，甚至牽涉過明代萬曆年間的一椿公案，所以還是曾經受到學者們的注意。

　　不過，在所有論及《龍會蘭池錄》的文章中，經常想當然耳地認為：這部小說只是單純因襲《拜月亭》加工成篇，同時在加工過程中將戲曲精彩部分（如「皇華悲遇」、「幽閨拜月」）一筆帶過，於是斥之為平庸、低劣。但實際上，當我們把《龍會蘭池錄》放回元明中篇傳奇小說的寫作潮流，仔細觀察，就會發現其主要情節固然取材自雜劇、傳奇《拜月亭》，可是全文風格，乃至細節描寫，受傳奇小說影響之大，恐怕不在戲曲之下；即就「拜月」一節而言，小說亦有其傳承與發展，《龍會蘭池錄》實未草草了事。

　　我們並不諱言，《龍會蘭池錄》的寫作技巧確有庸俗之弊，但它也有它可取的地方；本文無意強為辯解，只是認為我們應先摒棄成見，才能看清這部小說的真面目，正確評估出它存在的價值。

二　《龍會蘭池錄》牽涉萬曆年間一樁公案

　　關於《龍會蘭池錄》存在的價值，最顯而易見的，便是它和明代萬曆年間一樁公案間的關聯。沒有《龍會蘭池錄》的存在，該樁公案可能永遠得不到正確的解答。我們不妨先來談談這個問題。

　　最早注意到《龍會蘭池錄》牽涉過萬曆年間一樁公案，並加論述的，是已故戲曲學家嚴敦易（1905-1962）。他在〈《拜月亭》和《蘭會龍池錄》〉一文，[1] 引述沈德符《顧曲雜言》、談遷《棗林雜俎叢贅》和褚人穫《堅瓠集》的說法，配合自己的偶然發現，推測曾被舉證為「反詩」出處用以解紛的，不是《拜月亭》（或曰《幽閨記》）傳奇，而是傳奇小說（《龍會蘭池錄》）。可惜嚴先生當年因受材料限制，對事件的來龍去脈，尚有些交代不清或純屬臆測之詞，今特加以補充說明。

　　記載萬曆間該樁公案最詳細的，是清朝康熙年間褚人穫的《堅瓠八集》，其卷二「豪放賈禍」條云：

　　　　萬曆乙未，吳人以關白未靖，在位者皆謹備之。王鳳洲仲子士驌，延陵秦方伯耀弟燈，雲間喬憲長敬懋子相，俱自負貴介。士驌能文章，燈善談，相善書翰，各有時名，互相往來，出入狎邪。適遇海警，盡攘臂起，若將曰：「我且制倭，我且立無前功者。」時奸人趙州平，竄身諸公〔子〕間，引以自重，每佩劍遊酒樓博場，皆與諸公子俱，一時無不知有趙州平也。乃泛泛投刺富人曰：「吾曹欲首事，靖海島寇，貸君家千金為

1　收入嚴敦易遺著：《元明清戲曲論集》（鄭州市：中州書畫社，1982年），頁102-105。嚴氏所謂《蘭會龍池錄》實為《龍會蘭池錄》之誤，這是他根據的版本（《七種才情傳奇書》）不同的緣故。《七種才情傳奇書》，簡稱《才情集》，係光緒二十年上海晉記書莊據《國色天香》下層摘印，錯誤頗多。

餉。」富人懼焉，或貸之百金，或數十金；不則輒目懾曰：
「爾為我守金，不久我且提兵剿汝矣！」蓋意在得金，姑為大
言恐之。諸富人見其交諸公子，又常佩劍出入，以為必且率其
黨奪我金也，轟言：「趙州平，王、秦、喬諸公子將為亂。」
巡撫朱鑑塘（洪謨），檄有司擒治之，以事聞於朝，疏載反
詩，有「君實有心追季布，蓬門無計作朱家」句。下兵部議。
伍寧方（〔袁〕萃）言於本兵石星：「此二句乃《幽閨記》中
語，何得為證？」下撫按勘問，鞠之無實。其後論州平及燈
死，士驌及相配，人咸以為冤。成疑獄，久繫。[2]

這樁江蘇諸公子被控謀反疑案，在褚之前，明代史論家談遷（1594-
1657）所言較略，末云：「伍袁萃告尚書石星曰：『此《拜月亭》傳奇
中語，何得作反案？』出坊本示之，尚書釋然。」[3]而在談之前，沈
德符（1578-1641）所言則有詳有略：「往年癸巳，吳中諸公子習武，
為江南撫臣朱鑑塘所訐，……給事中趙完璧因據以上聞。……有代為
解者曰：『《拜月亭》曲中，陀滿興福投蔣世隆，蔣因有此句答贈，非
創作者。』因取坊間刻本證之，果然。諸公子獄始漸解……。」[4]比

2　此據《筆記小說大觀》二十三編第9冊引（臺北市：新興書局，1985年），頁5278-
　　5279。原文尚有數語，述及王士驌另一莫須有的罪證：「鳳洲有奴胡忠者，善說平
　　話，酒酣，輒命說列傳，解客頤。每說唐明皇、宋藝宗、明武宗，輒自稱朕、稱寡
　　人，稱人曰卿等，自古已然。士驌攜忠至酒樓說書侑酒，而閭閻乍聞者，輒曰：
　　『彼且天子自為。』以是並為士驌罪，目之為叛。不亦過乎？……」
3　語見談著《棗林雜俎・和集・叢賢》「朱中丞誤奏反詩」條，《筆記小說大觀》二十
　　二編第6冊，頁3952。
4　語見沈著《萬曆野獲編》（臺北市：新興書局，1983年），卷25〔詞曲〕「拜月亭」
　　條，頁646。摘錄自《萬曆野獲編》的《顧曲雜言》亦見此條，臺灣商務印書館
　　《景印文淵閣四庫全書》，第1496冊，頁385-386。清人焦循《劇說》卷六引述沈
　　說，「往年」誤作「崇禎」，「《拜月亭》曲中」則作「此《拜月》傳奇中」，見《中
　　國古典戲曲論著集成》（北京市：中國戲劇出版社，1982年），第8冊，頁212-213。

較沈、談、褚三家對此案的記錄：事件發生的時間有萬曆「癸巳」
（二十一年，1593）、「乙未」（二十三年，1595）二說；諸公子處搜
得反詩「君實有心追季布，蓬門無計作（沈文作「托」）朱家」的出
處，也有《拜月亭》、《幽閨記》二說；事件造成的後果，亦彷彿有輕
重之別。真相到底如何？似有一探究竟的必要。

　　核諸明代史實，《明史・朱鴻謨傳》載：

　　　　（吳中）貴游子弟恣里中，無賴者與其為非，遠近訛言謂有不
　　　　軌謀。鴻謨盡捕之，上疏告變。朝議將用兵，兵部主事伍袁萃
　　　　亟言於尚書石星，令覆勘，乃解。[5]

《明史・王穉登傳》又載：

　　　　王世貞與同郡友善，顧不甚推之。及世貞歿，其仲子士驌坐事
　　　　繫獄，穉登為傾身救援，人以是重其風義。[6]

依此看來，王士驌等貴游子弟被控謀逆、逮捕下獄是真實事情，而且
案情不輕，否則不會在士驌長兄士騏甫登進士第未久之際，[7]又要勞
駕王穉登「傾身救援」。當時幸虧伍袁萃「亟言於尚書石星」（其內
容，《明史》語焉不詳），「覆勘」後證明是「訛言」，這才未大動干
戈，算是不幸中的大幸。但事件是在何年發生？《明史》未載。查
《明神宗實錄》，卷二七〇「萬曆二十二年二月」記：

5　〔清〕張廷玉等撰：《明史》，《中國學術類編》新校本（臺北市：鼎文書局，1982
　　年），卷227，頁5963。

6　〔清〕張廷玉等撰：《明史》，《中國學術類編》新校本，卷288，頁7389。

7　王士騏登萬曆十七年（1589）進士，見《明史》，卷287，頁7382。

　　先是，給事中趙完璧題稱「江南豪蕩之子，暗相號召，包藏禍
　　心」，疏入不發。於是大學士王錫爵等揭請。上諭之曰：「前朕
　　覽文書，見完璧本，欲與票旨。朕意此恐風聞，若擅發行，必
　　駭眾聽，惑亂人心，故少待⋯⋯。」錫爵等又言：「此事先亦
　　微聞，未敢入告，恐駭眾惑人。今科臣已形章奏，雖欲不發而
　　不可得。然票旨只查究虛實，原不失皇上持重慎密之意。俟有
　　的確，再奏。」[8]

嗣後《明神宗實錄》只有「兵部言：河南饑民嘯聚，風聞江南亦有亂
形」[9]寥寥數語，未見王錫爵等人再奏，大概是如前所述「鞫之無
實」的緣故吧。因此這件「風聞」朝野的叛案未於中央繼續擴大，但
在地方上仍一時難以平反。根據《實錄》的記載，證明事件發生當在
萬曆癸巳（二十一）、甲午（二十二）年間，關於這點，沈德符所說
與事實較為接近。

　　至於「君實有心追季布，蓬門無計作朱家」的出處，是《拜月
亭》呢？還是改本《幽閨記》？都不是！首先發覺這項「漏洞」的正
是沈德符，他在萬曆年間「細閱新舊刻本，俱無此一聯」，故不免納
悶：「豈大獄興時，憎其連累，削去此二句耶？或云《拜月》初無是
詩，特解紛者詭為此說，以代『聊城矢』耳！豈其然乎？」[10]事實
上，誠如嚴敦易所指，這兩句詩的確是出自明人傳奇小說《龍會蘭池
錄》中。

　　《龍會蘭池錄》故事一開始，作者言蔣世隆贈金逃將蒲興福詩曰：

8　《明實錄（附校勘記）》（臺北市：中央研究院歷史語言研究所，1966年），頁5017。
9　見「萬曆二十二年三月」，《明實錄（附校勘記）》，頁5025。
10　沈德符：《萬曆野獲編》，卷25「聊城矢」典出《史記・魯仲連鄒陽列傳》，言齊國
　　田單久攻聊城不下，「魯仲連乃為書，約之矢以射城中」，遂使守城燕將自殺而城
　　破，後用此語，有以文克敵、不戰而勝之意。

水萍相遇自天涯，文武崢嶸與莫賒。

仇國有心追季布，蓬門無膽作朱家。

蛟龍豈是池中物，珠翠終成錦上花。

此去從伊攜手處，相聯奎璧耀江華。[11]

第二聯雖與所謂「反詩」有三字小異，但它是其出處無疑。可是為什
麼沈、談、褚三氏卻都說那兩句詩是《拜月亭》、《幽閨記》中語呢？
嚴先生未見伍袁萃《林居漫錄》一書（但他「料想以解紛人伍袁萃的
自記，當更不會例外」），在此情形下，不得不陷入沈德符「豈其然
乎」的迷思中，來回打轉。

今尋檢出伍著《林居漫錄》自記相關文獻，則謎團自可解開。
《林居漫錄·多集》是這麼說的：

史譏霍子孟「不學無術，以致滅宗」，故肩鉅任重者，學術尚
矣！往，吳中諸貴遊子，相聚為兒戲，而二三惡少乘機簸弄其
間，一獄吏治之足矣，而朱鑑塘遽以謀反聞當國者，議用兵。
章下兵部，適予差竣回京，本兵石公問故，予具言其狀。公駭
曰：「奈何言若是？朱鑑塘疏載有反詩，云：『君實有心追季
布，蓬門無計作朱家』，非確證耶？」予曰：「此詩見傳奇中，
乃蔣世隆因屠瞞興福投己而作耳！」公曰：「有刻本乎？」予
取以示之。公嘆曰：「此等閒書，也該看過；不爾，幾誤大
事。」因問作何處置。予曰：「廟堂自有石畫，但愚意不若行
撫按再勘。」公從之，反。卒無驗，江南獲安。然則學術豈獨
在經史哉？即稗官小說，亦不可廢也。[12]

---

11 《國色天香》、《繡谷春容》各本文字皆同。
12 臺北市偉文圖書出版社《清代禁燬叢刊》影印萬曆三十六年原刊本（中央圖書館
　藏）（1977年），頁217-218。

按此段回憶文字，為當事人自記，可信度高，它並未如嚴先生之料想——也說「反詩」為《拜月亭》中語。伍袁萃明言「此詩見『傳奇』中」，又說「稗官『小說』，亦不可廢也」，可見他當年取以為證者，應是傳奇小說《龍會蘭池錄》，而非戲曲《拜月亭》（《幽閨記》）傳奇。後人之所以會傳為《拜月亭》或《幽閨記》，可能是由於它們同為蔣世隆故事，而戲曲名氣比小說大得多，遂以訛傳訛。

　　《龍會蘭池錄》曾被《國色天香》收錄，《國色天香》則初刻於萬曆十五年，早於朱鑑塘誤奏「反詩」六、七年，伍袁萃取示兵部尚書石星，用以化解文字獄公案的那個坊間「刻本」，若非這部小說的單行本，當即通俗類書《國色天香》，這從時間的先後來看，十分合理。反倒嚴敦易推測「沈氏『解紛者詭為此說』的話，也許近於事實」、《龍會蘭池錄》「蓋特因此事而作，所以開首即繫以此詩，惟恐人之不見及，並以牽強而證明出於《拜月亭》之一語」[13]，顯得有些穿鑿附會了。

三　《龍會蘭池錄》的故事內容

　　《龍會蘭池錄》絕非特因萬曆二十一、二年「反詩」疑案而作，其理甚明。至於這部一再被與《拜月亭》（《幽閨記》）混為一談的傳奇小說，和戲曲之間的關係究竟如何？我們得先仔細看看它的故事內容，才能正確分辨。

　　「前言」提到，收錄《龍會蘭池錄》的，有《國色天香》和《繡谷春容》二種。惟《繡谷春容》晚出，所載《龍會蘭池》名為「全錄」，其實前後刪除原有的「（世隆）【虞美人】詞」、「世隆長短句」、「瑞蘭調（【朝天措】）」、「世隆〈會真三十韻〉」、「（世隆）〈花房十

13　嚴敦易遺著：《元明清戲曲論集》，頁104。

詠〉（又名〈春宵十詠〉）」、「世隆【柳梢青】調」、「（世隆、瑞蘭）聯
句」、「世隆嘗有〈風花〉一作」、「（世隆〈拜月亭記〉）附風、花、
雪、月四詞」達九段之多，且有誤刻者多處，[14]不足為憑。茲據《國
色天香》所載，[15]述其梗概如下：

　　宋南渡汴郡時，中都路人蔣世隆年方弱冠，學行名時，金逃將蒲
療興福慕名來奔，拜為異姓兄弟。興福為躲避仇家高琪木虎[16]的追
殺，不得不離開蔣家村。臨行前，兩人相約在臨安（杭州）的考場上
碰面，並吟詩互贈，世隆詩有「仇國有心追季布，蓬門無膽作朱
家」、「此去從伊攜手處，相聯奎璧耀江華」句，興福詩有「楚主不知
伊負國，子胥怎放父冤家」、「直到臨安桃浪煖，一門朱紫共榮華」
句，暗示兄弟日後可能在臨安的文武科舉一齊奪魁。

　　當時天下大亂，有黃丞相（潛善）的孫女、黃尚書（復）的女兒
黃瑞蘭，跟她母親一道逃難，不幸失散；蔣世隆此刻亦與妹妹蔣瑞蓮
攜手而逃，也被兵馬沖散。因緣湊巧，黃母尋女，竟找到瑞蓮；世隆
喊著妹妹的名字，卻由瑞蘭出面應聲（「蓮」、「蘭」音似）。

　　世隆、瑞蘭曠野奇逢後，「約為婚姻」，結伴同行。二人來到新
安，遇上盜匪，命在旦夕，幸虧賊將不是別人，正是興福，這才逃過
一劫。興福留不住人，乃送世隆金帛數百，仍約臨安相會，指示他們
往比較安寧的瀟湘鎮上走。

　　往瀟湘鎮的途中，世隆口占詩詞，挑瑞蘭野合，遭她嚴厲拒絕。
到了瀟湘鎮，租黃家店主人黃思古的大廈駐足，世隆再度苦苦糾纏。
瑞蘭初以自獻其身為羞，後來在世隆百般勸誘之下，終於撤除心防，

14　此據臺北市天一出版社《明清善本小說叢刊初編》影印世德堂本《繡谷春容》，《龍
　　會蘭池全錄》見卷2上層頁1-42。

15　此據《明清善本小說叢刊初編》影印萬曆二十五年萬卷樓重鍥《國色天香》，《龍會
　　蘭池錄》見卷1下層頁1-43。

16　「木」字，《七種才情傳奇書》誤作「水」。

答應他的要求。此後，世隆抱著「及時愛花色，莫待過時悲」的態度，日夜衽席花酒，且形諸芳詠甚多，瑞蘭則擔心私情外露，名節掃地，於是相攜拜月於東庭，以示此情永不渝。世隆並擬所會之亭為「拜月」，製有〈拜月亭賦〉及〈花房十詠〉。

世隆不聽瑞蘭勸阻，導致色度太過，罹患重病。瑞蘭驚悸，有意向鎮山廟海神禱告；店主黃思古在世隆病體稍痊時，也擬邀梨園子弟侑神。這些動作，世隆都一一加以阻止，並有長篇議論，表示自己不信邪靈，直到烏鴉日噪、夜多異夢、床幃自裂等怪異情事接連發生，他才逐漸相信禍之將至。

沒多久，庭外飛來一隻會說人話的鸚鵡，認出瑞蘭是牠家小姐，立刻回報黃尚書，這使得瑞蘭能與父親重聚。但當黃父聽女兒自陳離後遭遇，講到「寄身世隆」時，不禁勃然大怒，罵她敗壞家風；瑞蘭則慷慨直言，強調兩人相愛，罪不專在於己。待黃父親眼見到病殘骨立的世隆時，不免失望，更堅定了拆散他們的決心。瑞蘭無奈，只得偷偷贈世隆以半衫浣火布，留作信物，隨父去往臨安。

話分兩頭，瑞蘭回到母親身邊，與家人和瑞蓮相聚，悲喜交集。其後求婚者日多，瑞蘭終不允，每以世隆為念，故以一亭改匾曰「拜月」，嘗有拜月詩詠若干。一日，瑞蘭、瑞蓮相攜遊亭，令瑞蘭回想起瀟湘鎮拜月於東庭的往事，顯得神思恍惚。瑞蓮疑其私，故意迴避，偷看瑞蘭焚香，竊聽她祝天「保佑蔣生」，方出面追問。當瑞蓮聽她泣訴「蔣生世隆中都路人」時，也跟著流淚。瑞蘭不解，還以為瑞蓮是世隆的妻子呢，駭愕者良久，後經證實她是他走散的妹妹，才又相對涕泣。

再說世隆，自從瑞蘭被迫離去，變得孤苦伶仃，幸得黃思古一家老少的扶持，和文友仇萬頃等人的慰問，病愁稍解，但仍常為情所困，故有〈送愁文〉等作。一日，忽接瑞蘭遣人送來黃家店的祭文，方始精神煥發起來。原來這是黃尚書的計謀，他騙瑞蘭說蔣生死在瀟

湘鎮上，想使她死心從婚，不料瑞蘭捎來的祭文竟成了世隆的活命仙
丹。那時節，宋設文武科舉，網羅異才，蒲獠興福解散盜匪，前來瀟
湘鎮，邀世隆同往臨安赴試，世隆欣然同意。

　　到了臨安，世隆曾畫一軸蘭花，「上有青龍棲而不得之狀」
（「蘭」喻「瑞蘭」，「龍」喻「世隆」，「棲」喻「妻」也），標額曰
「龍會蘭池圖」，並題有一小引，暗示欲隱藏於瑞蘭閨房的企圖，刻
意賣入黃府懸掛，讓瑞蘭知道他的到來。瑞蘭看出端倪，得知世隆根
本未死，驚喜不已，一面托乳母張氏循線找世隆贖浣火布以資印證，
一面致書杜絕他要求私會的念頭。在考試之前，兩人間接傳遞詩詞，
維持著連繫。

　　考試結果揭曉，世隆高中文科狀元（仇萬頃中榜眼，未提蒲獠興
福），消息傳至尚書府，瑞蘭喜悅，告訴母親；黃母建議丈夫招新科
狀元為婿，尚書贊同。世隆因知尚書女即瑞蘭，欣然接受絲鞭。那年
四月望日夜行贄禮，世隆、瑞蘭重會，情逾往昔。隔天兄妹重逢，宛
若夢中，嘆為不世之奇逢。後來，由世隆做主將瑞蓮許配給一位名叫
賈士恩的同年探花，替她完成終身大事。

　　有一天，世隆陪瑞蘭遊後園，見亭匾曰「拜月」，感動不已，遂
製〈拜月亭記〉，又附風、花、雪、月四詞，以示情之不忘。故事就
到這裡結束。

　　以上便是《龍會蘭池錄》故事的大致內容。原文全長約一萬七千
言，穿插詩詞歌賦、駢儷文書六十餘則，史筆、詩才、議論兼而有
之，確屬明代中篇傳奇小說之一員。

四　《龍會蘭池錄》與南戲《拜月亭》（《幽閨記》）的關係

　　綜觀傳奇小說《龍會蘭池錄》的故事內容，對照南戲《拜月亭》

的開場詞：

> 【西江月】（末）金主遷都汴地，大軍北犯邊庭。英雄緝得探
> 虎狼軍，子母妹兄逐散。　曠野鳳求凰侶，招商拆散恩情。一
> 朝文武並名成，夫婦重圓歡慶。[17]

或是後改本《幽閨記》的開場始末：

> 【沁園春】蔣氏世隆，中都貢士，妹子瑞蓮，遇興福逃生，結
> 為兄弟。瑞蘭王女，失母為隨遷。荒村尋妹，頻呼小字，音韻
> 相同事偶然。應聲處，佳人才子，旅館就良緣。岳翁瞥見生嗔
> 怒，拆散鴛鴦最可憐。嘆幽閨寂寞，亭前拜月，幾多心事，分
> 付與嬋娟。兄中文科，弟登武舉，恩賜尚書贅狀元。當此際，
> 夫妻重會，百歲永團圓。[18]

我們很容易就可以看出彼此題材一致，情節發展亦多有雷同，這是事
實。但若進一步加以比對，也會發現小說與戲曲出入的地方亦不少，
葉德均曾經指出：

> 主要的差異有四項：（一）時代由金移至宋，改王鎮、王瑞蘭
> 為黃復、黃瑞蘭，改陀滿興福和轟賈列為賈士恩、高琪水虎。
> （二）《龍池錄》詳敘瀟湘鎮的會合，又增入仇萬頃等人。
> （三）增入黃瑞蘭祭蔣世隆及逼婚事。（四）無執絲鞭事。另

---

17 此據臺北市天一出版社《全明傳奇》影印世德堂本《新刊重訂出相附釋標註月亭
　記》引，見第一折「末上開場」，卷1，頁1。
18 此據明毛晉編《六十種曲》（汲古閣初印）本《繡刻幽閨記定本》引，見第一齣
　「開場始末」。

　　增入蔣世隆繪「蘭會龍池圖」及傳遞書簡事。這幾點不但和南
　　戲不同，也不見於關漢卿《閨怨佳人拜月亭》雜劇。南戲文和
　　北雜劇的本事相同，是一個系統，明傳奇文中許多事跡顯然是
　　改編時增加的。[19]

葉先生觀察入微，比較傳奇小說《龍會蘭池錄》衍《拜月亭》南戲的
差異處，大體無誤，惟改陀滿興福為賈士恩之說，係指《拜月亭》中
興福娶瑞蓮為妻，《龍會蘭池錄》則是瑞蓮匹配賈士恩而言，小說中
陀滿興福是作「蒲療興福」，角色依然存在；又說傳奇小說「無執絲
鞭事」，恐與事實不符。按南戲《拜月亭》元本中，確有承關漢卿
《閨怨佳人拜月亭》雜劇而來的官媒誤投絲鞭、蔣世隆誤接絲鞭的情
節，「末折生波，所謂『至尾回頭一掉』也」，[20]今存較早之世德堂重
訂本《月亭記》仍留有一些痕跡，[21]其後各種改本（如容與堂刻《李
卓吾先生批評幽閨記》、汲古閣刻《幽閨記定本》等），則都刪去「至
尾回頭一掉」的編法，安排蔣世隆拒絕接受絲鞭（因不知瑞蘭即尚書
女），[22]使劇情發展前後一致，人物性格前後統一──《龍會蘭池錄》
於此只交代「世隆受冰贈鞭」，這是配合小說的情節發展（世隆事先
已知尚書女即瑞蘭）而設，著墨雖不多，效果與各種明改本《幽閨
記》卻相同，並非如葉氏所言「無執絲鞭事」。

　　另外，嚴敦易、徐朔方二氏，也曾在他們的文章裡比較《龍會蘭
池錄》與南戲《拜月亭》（《幽閨記》）的關係，並據以做出評價。嚴

---

19 見〈讀明代傳奇文七種〉一文，收入葉著《戲曲小說叢考》（北京市：中華書局，
　　1979年），頁504。他也根據《七種才情傳奇書》加以介紹，所以《龍會蘭池錄》作
　　《蘭會龍池錄》，「高琪木虎」作「高琪水虎」，皆誤。
20 〔明〕凌濛初：《南音三籟》「戲曲下卷」引《拜月亭》「團圓」套末註語，見王秋
　　桂主編：《善本戲曲叢刊》第4輯（臺北市：臺灣學生書局，1987年），頁694。
21 見第三十九折「官媒送鞭」，《新刊重訂出相附釋標註月亭記》，卷2，頁30-32。
22 見第三十六齣「推就紅絲」，《繡刻幽閨記定本》。

文說：

> （小說）所敘情節，大抵即襲自《拜月亭》。……關目多所增設
> 緣飾之處，重以詩詞文字和一些空腐的議論，十足傳奇文氣度。
> 《蘭會龍池》云云者，因世隆繪是圖，藉以傳示瑞蘭，謀復合
> 也。戲曲中最精彩動人的「拜月」一節事情，則被刪掉，而以
> 蔣、黃二人旅媾時，相攜拜月于東庭替換，真是買櫝還珠了。[23]

徐文說：

> 小說改名《龍會蘭池》。龍是男主角蔣世隆的諧音，蘭指女主
> 角瑞蘭。據小說，「世隆乃寫一軸蘭，上有青龍棲（妻的諧
> 音）而不得之狀，標額曰：『龍會蘭池圖』。」這可能同南戲各
> 版本中的「真容」圖有對應關係。……興福在後面沒有什麼作
> 為，瑞蓮不是嫁給他，而是嫁給同年探花賈士恩。這個人只這
> 樣提到一次。戲曲中的精彩部分，如第二十六齣「皇華悲
> 遇」、第三十二齣「幽閨拜月」都被小說平庸地帶過，新增的
> 情節都是熟套，戲曲中一文一武，兩對夫妻的平行和交錯只剩
> 下這一對：這些都表明一個好作品在流行風氣的影響下怎樣被
> 退化。[24]

徐先生曾別出心裁地認為：世德堂本《月亭記》第四十三折〈尾聲〉
所言「書府番謄燕都舊本」，指的是改編自「北京的話本」，而非關漢
卿的雜劇，該「書府」的「燕都舊本」今已失傳，又並未絕跡，現存

---

23 嚴敦易遺著：《元明清戲曲論集》，頁104。
24 見〈南戲《拜月亭》和《金瓶梅》〉一文，收入徐著《論金瓶梅的成書及其它》（濟
　　南市：齊魯書社，1988年），頁155。

《龍會蘭池錄》正是它「十為走樣和退化的本子」，[25]這將小說與戲曲的關係說得更複雜了。然而，「書府番謄燕都舊本」到底能不能這麼解釋，有待商榷；[26]況且南戲《拜月亭》(《幽閨記》)與關漢卿《閨怨佳人拜月亭》雜劇有直承關係，曲文蹈襲之處十分明顯，王國維《宋元戲曲史》考之甚詳，[27]似乎很難推翻，故對此一新說，我們姑且存疑。關於南戲《拜月亭》的作者和版本問題，俞為民先生已有深入研究，[28]此處亦不再重複。現在我們只選擇可能與小說關係更為密切的明代後期改本《幽閨記》[29]，作為核較的對象，先來看看《龍會蘭池錄》是否真如嚴、徐二氏所說，把戲曲中精彩部分刪掉或平庸帶過？至於「龍會蘭池圖」，是否真與南戲各版本中的「真容」圖有對應關係？以及寫作技巧的優劣評斷等，則留待下節一併討論。

　　就汲古閣刻《幽閨記定本》第二十六齣「皇華悲遇」以觀，其主要內容是演述，蔣瑞蓮認王瑞蘭母親為乾娘之後，母女倆見天色已晚，無處安歇，乃向孟津驛館求宿，驛丞不忍驅趕，特開方便之門，留她們在此一皇華駐節所在的迴廊底下暫歇，但一再囑咐：「怕有官員每來往，不當穩便，千萬不可言語啼哭。」當夜，果然有高級官員入驛休息；偏偏王母思念瑞蘭，瑞蓮掛念哥哥，兩人輾轉難眠，一悲夜啼五更。天明，官員怪罪下來，傳喚婦人問話；王母萬萬沒想到，那過夜的官員竟是丈夫王鎮，愛女瑞蘭也出現在身旁。王氏一家，偶

25　徐朔方：《論金瓶梅的成書及其它》，頁154。

26　例如俞為民則解譯：「書府，即書會」、「番（翻）謄，即修改和改編之意」、「燕都舊本，即指產生於大都（今北京）的關漢卿所作的《拜月亭》雜劇」，見〈南戲《拜月亭》作者和版本考略〉一文，載於《文獻》1986年第1期，頁14。

27　見第十五章「元南戲之文章」（臺北市：臺灣商務印書館，1982年），頁151-159。

28　詳參〈南戲《拜月亭》作者和版本考略〉，《文獻》1986年第1期，頁13-28。

29　《幽閨記》第二十五齣「抱恙驚夢」，郎中替蔣世隆看病時，曾以中藥名連綴成一大段說白，為世德堂本《月亭記》所無，而《龍會蘭池錄》則見「藥名詩」、「藥方詩」。

然重逢，頓時悲喜交加，遂帶瑞蓮同往新都汴梁而去。按《龍會蘭池錄》於此相應段落，僅道：「尚書至臨安，夫人已先至官邸數月矣。相見間，悲喜交集，一家愛戀，皆輻輳庭間。瑞蘭見夫人，哀不自勝。」確實削弱了不少令人感傷的悲劇氣氛。不過平心而論，小說自始至終都以世隆與瑞蘭的遇合、離別、相思為主線，夫人與瑞蓮的角色本來就不吃重，如果硬要插入類似「皇華悲遇」一節，反倒不見得高明，因而小說簡略交代實無可厚非，不能算是敗筆。

　　就汲古閣刻《幽閨記定本》第三十二齣「幽閨拜月」以觀，其主要內容是演述，瑞蘭、瑞蓮晚來步出蘭房，瑞蓮見瑞蘭眉頭不展，面帶憂容，開她「多應把姐夫來縈牽」的玩笑，然後藉故離開，躲在一旁偷看，果見瑞蘭安排香案，燃起心香，對月深拜，禱告一番，乃上前追問詳情，一聽說姐夫「姓蔣」、「世隆名」、「中都路是家」，不由得悽惶淚下。瑞蘭見狀，以為她「是我男兒的妻妾」，瑞蓮立即說明世隆原是她親兄，於是姑嫂二人同念窮途逆旅、染病耽疾的世隆來。按這段精彩的「拜月」情節，嚴敦易先生說被小說刪掉，「而以蔣、黃二人旅媾時，相攜拜月于東庭替換」，其實不然！《龍會蘭池錄》中蔣、黃相攜拜月于東庭，是對應《幽閨記》第二十二齣「招商諧偶」裡世隆、瑞蘭「星前月下去罰下誓來」的，何「替換」之有？參前節故事內容介紹可知，小說非但沒有刪掉「幽閨拜月」一目，反倒擴大渲染，瑞蘭緬懷瀟湘鎮拜月往事，改亭名曰「拜月」，正見其用情之深，而見瑞蓮泣下後「駭愕者久之」，也比戲曲多一道人性的刻畫，效果加強。《幽閨記》「拜月」情事勉強算上兩次，《龍會蘭池錄》則顯然有三次之多，故事結束前，世隆見亭匾曰「拜月」，特製〈拜月亭記〉，又與瀟湘東庭的〈拜月亭賦〉前後呼應，顯示小說作者對此著墨既多，經營也很費心，怎麼會是「平庸地帶過」呢？批評《龍會蘭池錄》因襲南戲《拜月亭》（《幽閨記》）卻忽略重點，譏之為「買櫝還珠」，這真正是冤枉它了！

五　《龍會蘭池錄》的取材與寫作技巧

　　南戲佳構《拜月亭》(《幽閨記》)名氣響亮，影響深遠，主張小說《龍會蘭池錄》是「衍《拜月亭》南戲中蔣世隆王瑞蘭事」[30]，或「據南戲《拜月亭》即《幽閨記》加工成篇」[31]，就故事題材而言，當然言之成理。不過值得注意的是，綜觀小說全篇細節，與戲曲差異不小，而且幾乎找不到有什麼直接抄襲的文字，包括徐朔方懷疑小說中「龍會蘭池錄」，可能與南戲各版本中的「真容」圖有對應關係這點在內。

　　事實證明，《拜月亭》中的「真容」圖與「龍會蘭池圖」無關，兩者功能差別甚大。按《幽閨記定本》第三十五齣「招贅仙郎」中，王鎮確曾吩咐官媒：「恐二位狀元不知小姐媸妍，將這真容與他看去。」第三十六齣「推就紅絲」中，官媒果然將「二位小姐真容」請二位狀元看過，照理說蔣世隆不管看的是哪一幅「真容」，一定會認出那是瑞蘭或瑞蓮，但結果並沒有，「真容」圖在戲曲中的出現，既無意義，且生矛盾。「龍會蘭池圖」則不然，該軸蘭花圖「上有青龍樓而不得之狀」，寓意頗巧，瑞蘭也藉觀此圖與圖引始知世隆不死及其謀合的企圖，發揮了應有的作用，因此小說才會命名為《龍會蘭池錄》。除了功能有別之外，我們現在還可以明確指出，「龍會蘭池圖」絕非取法戲曲，而是另有所本。本於何處呢？本於明代成化年間的中篇傳奇小說《鍾情麗集》。《鍾情麗集》敘述辜輅、黎瑜娘一見鍾情、生死相許的愛情故事，其間，辜輅曾於壁上畫鶯，題詩一絕以托意：「遷喬公子彙金衣，獨自飛來獨自歸。可惜上林如許樹，何緣借得一枝棲？」明人趙於禮便是根據這一重要劇情將其改編戲曲題作《畫鶯

30　葉德均語，見〈讀明代傳奇文七種〉，《戲曲小說叢考》，頁504。

31　薛洪勣語，見《中國古代小說百科全書》「龍會蘭池錄」條（北京市：中國大百科全書出版社，1993年），頁316。

記》的，[32]而這也才是「龍會蘭池圖」取材的真正對象。

　　《鍾情麗集》影響《龍會蘭池錄》的地方，尚不止於畫圖題詩而已，例如《鍾情麗集》中〈柳梢青〉詞有「西廂月暗」一句，《龍會蘭池錄》同名詞亦然；《鍾情麗集》曾引「啟中有徼句」駢語儷句若干，說「但恨不見全篇以書記焉」，《龍會蘭池錄》也舉瑞蘭規勸世隆節制的片段詞句，說「啟詞駢儷多有，不述」；《鍾情麗集》見形式特殊的「首尾吟」（首句、尾句相同）二律，《龍會蘭池錄》中世隆、瑞蘭亦見以「首尾吟」唱和。從這些雷同的文字、筆法來看，《龍會蘭池錄》曾直接取材自小說《鍾情麗集》，這是絕對可以肯定的，甚至「拜月」一節，也可能參考了《鍾情麗集》既有的內容（辜輅曾吟拜月詩，瑜娘亦有拜月祝詞）。

　　關於《龍會蘭池錄》的取材，源自傳奇小說者頗多，《鶯鶯傳》等著名唐宋傳奇對後世小說有普遍性的影響（《龍會蘭池錄》即仿製有「世隆〈會真三十韻〉」），自不待言；元明傳奇小說的痕跡，實亦不少。如瑞蘭曾「以『嬌娘漬』者指示世隆」，這是逕用元人宋梅洞《嬌紅記》的典故；世隆顧謂瑞蘭曰：「月白風清，如此良夜何？」因有吟詠云云，這也是仿自《嬌紅記》的套數；錄中兩用罕見俗語「三骰十九色」，當是承自《嬌紅記》「三只骰兒十九窩」一語而來；錄中認出瑞蘭的鸚鵡，也頗類《嬌紅記》裡的能言鸚鵡（《鍾情麗集》亦仿見）。又如瑞蘭致世隆書曾言：「今之薛氏，亦敢有芳焉？」這是逕用明初瞿佑《剪燈新話》卷一《聯芳樓記》的典故；[33]錄中所謂「再三叮嚀，千萬護持」、「為道葳蕤渾未慣，春風悄自護重來」，

---

32 詳參本論文第四章《鍾情麗集》研究。又按，明代另一中篇傳奇小說《荔鏡傳》，有陳必卿畫「鶯柳圖」併歌一韻一節（見卷2，頁9），也是直接模仿《鍾情麗集》，詳參本論文後續《荔鏡傳》研究。

33 《聯芳樓記》言薛蘭英、蕙英姊妹私藏鄭生於聯芳樓，詳見《剪燈新話・外二種》（上海市：上海古籍出版社，1981年），頁28-31。

正是《聯芳樓記》薛蘭英詩「嬌姿未慣風和雨，分付東君好護持」的化用（《鍾情麗集》亦引錄）。由此可見，《龍會蘭池錄》作者對歷來傳奇小說是十分熟悉的。

正由於作者熟悉各種典故，所以當《龍會蘭池錄》寫作時，很容易受到舊有情節的影響。戲曲方面，除《拜月亭》之外，據唐人小說韋皋、玉簫故事改編的《玉簫女兩世姻緣》等劇，也是比較明顯的。錄中興福曾對世隆說：「彼自延賞耳，兄何不韋皋自待？」瑞蘭致世隆書所言：「事機美吻，可卜玉簫之再合。」均逕用其典故；而錄中世隆、興福結拜，興福先去，為盜賊首領，後世隆遇匪，死裡逃生等等，也與玉簫劇中韋皋、范克孝的境遇如出一轍。

同時，也正因作者有過度套用典故的習慣，致使《龍會蘭池錄》全篇充斥晦澀的對白，錄中店主黃思古擬邀梨園子弟侑神，世隆認為「梨園所演，一皆虛誕」，以下便針對各種戲曲故事大發議論，說得瑞蘭不得不承認：「非兄熟于典故，何以至此！」由此我們也可瞭解，作者確實存有炫才的意念。為了炫耀詩才，錄中人物幾乎個個出口成章，而且無時不歌，即連逃難時仍有閒情逸致相互酬唱，一萬七千言中穿插詩詞駢體多達六十餘則，有些還是遊戲文字，如以中藥名和各種藥方串聯成「藥名詩」、「藥方詩」，以六十四卦組織成婚書等，雖然作者行文時俱先交代故事至一段落，方補記詩詞，在技巧上比某些明代中篇傳奇小說圓熟些，但連篇累牘的各式韻文，不知節制，終究影響閱讀的順暢，無怪乎嚴敦易先生鄙之曰「十足傳奇文氣度」。這的確是《龍會蘭池錄》寫作技巧上的缺陷，也是眾多明代中篇傳奇小說的通病。

《龍會蘭池錄》摻雜詩詞過繁、套用典故太多，尚非其最大敗筆，畢竟那是時代風氣的產物；它最令人詬病之處，是在情節的鋪敘上出現了嚴重的漏洞。故事一開始，即透過世隆、興福贈詩，暗示日後將於臨安科舉文武奪魁，結果故事末了，突然莫名其妙地安排瑞蓮嫁給

賈士恩（全篇的確只亮相這麼一次），對於興福考後情形則隻字不提，使原本南戲《拜月亭》中的「一文一武，兩對夫妻」（蔣世隆與王瑞蘭，陀滿興福與蔣瑞蓮）變得支離破碎，無疾而終。徐朔方先生貶之為「退化」，就這點來說是千真萬確的。正因為《龍會蘭池錄》在技巧上有此嚴重缺失，以致它那「增入黃瑞蘭祭蔣世隆及逼婚事」、「增入蔣世隆繪圖及傳遞書簡事」等某些巧妙的布局，往往受到忽略。

六　結語

由於我們考出《龍會蘭池錄》曾明顯受到《鍾情麗集》的影響，那麼《鍾情麗集》問世流行的成化、弘治兩朝，自然是《龍會蘭池錄》成書的上限。這部極可能作於弘治、嘉靖年間的明代中篇傳奇小說，寫作技巧不甚高明，文學成就有限，比起南戲《拜月亭》（《幽閨記》），確實遜色許多。不過，作為一部改編自雜劇、傳奇《拜月亭》故事題材的傳奇小說，它實際上並未拙劣到將「拜月」的精彩部分一筆帶過，偶爾還是有它細膩深刻的描寫的，這點應為《拜月亭》的愛好者所注意。

任二北《優語集》曾說：「話本與劇本間，本多互相轉化，大都由話轉劇，……其由戲轉話者，傳例較少。」[34]這話綜論小說與戲曲的關係，頗合乎我國文學發展史的規律。就元明中篇傳奇小說與雜劇、傳奇間的關係來看，由傳奇小說改編的雜劇、傳奇甚多，由雜劇、傳奇轉化為傳奇小說者，傳例極少；而本文所探討的《龍會蘭池錄》，恰恰是「由戲轉話」的少數傳例之一，它在改編《拜月亭》之餘，實與歷來傳奇小說一脈相承，頗值得探索中國小說與戲曲關係者加以比較研究。

---

34 說見卷5「鑽彌遠」條按語（上海市：上海文藝出版社，1982年），頁139。

　　總之，《龍會蘭池錄》的存在，不是毫無意義的，它的價值之一，不就為我們澄清了明代萬曆年間一樁公案的真相嗎？伍袁萃《林居漫錄》慨嘆：「然則學術豈獨在經史哉？即稗官小說，亦不可廢也。」用這話來說明《龍會蘭池錄》存在的價值，是最恰當不過了。

第六章
《雙卿筆記》研究

一　前言

　　《雙卿筆記》，全文長約一萬二千字，是現存明代文言中篇傳奇小說之一，可惜始終未獲研究者青睞，只有最近剛出版的《中國古代小說百科全書》，才見薛洪勣先生加以扼要介紹：

> 《雙卿筆記》　明代小說。見於《國色天香》卷五。《百川書志》著錄有《雙偶集》三卷，或據此加工寫定。……本篇故事曲折，但格調不高，旨在宣揚一夫多妻制的自然合理。兩位女主人公，各懷苦衷，並非合諧美滿。通觀全篇沒有擺脫才子佳人的窠臼。小說以敘事為主，韻文、駢體較少。人物性格刻劃採用對比的方法，某些心理和細節描寫，還較有特色。[1]

既然《雙卿筆記》是中國小說史構成的一分子，曾被明清盛行的小說通俗類書《國色天香》所選錄，而且又有它的特色存在，那麼，我們何不多加注意深入瞭解呢？

二　《雙卿筆記》的故事內容

　　顧名思義，《雙卿筆記》是記錄兩位佳麗的事跡。她們一名張端

1　《中國古代小說百科全書》（北京市：中國大百科全書出版社，1993年），引文見頁476，刪節處為故事簡單提要。

（字正卿），一名張從（字順卿），係知府張大業家中的一對姊妹花，原本各有匹配，後則同事一夫。其間過程，確實頗為曲折。

話說平江吳邑有才子華國文（字應奎），狀貌魁梧，天資敏捷，先娶正卿為妻。新婚燕爾，兩人自效鴛鴦，天天在園中遊玩。華父見狀，惟恐兒子荒廢學業，極為憤怒。華生不得已，只好獨自離家，到邑中學堂就讀，準備參加各級考試。

一日，華生與諸友赴郡縣候考，鄰邑趙子也在候考之列，他正是與順卿同邑的未婚夫，對華生十分有禮。考試結果，華生得了第一，趙子鎩羽而歸。放榜那天，諸友曾慫恿華生在街上給術士看相，術士相道：「妻皆賢，子亦有。」並解釋說：「所謂『皆賢』者，應招兩房也；曰『亦有』者，應次房得之也。」華生很不以為然。

初試既畢，學中諸友都回家去，只留下華生一人，甚是寂寥。隔了幾天，他聽說趙子返鄉後抑鬱至死，便趁機請求父母讓他前去舉吊，這才獲准回家備禮，與正卿見面。正卿送他出發之前，還特地寫了一封慰問信，要華生交家中使女香蘭轉給妹妹順卿。

去到鄰邑岳父家，張氏夫婦熱情款待，席間無所不談，惟獨未曾一語道及趙子喪事；後來華生才曉得，原來那趙子溺於飲博，素行不良，張氏正想悔婚，恰好他人死了，一家高興還來不及呢！因此，華生也就不便前往趙家吊喪，轉而接受岳父的挽留，住在岳家小閣裡攻書。

緣於近水樓臺，兼之正卿寫給妹妹的那封信意外地起了穿針引線的作用，促使華生與小姨順卿頻頻接觸，互萌愛意，再加上使女香蘭得了便宜，居中製造各種機會，終令兩人勇敢面對這段畸戀，並尋求解決之道。

華生選擇的方法是直接寫信向正卿求助，順卿不表贊同，把那信撕毀，自己回一封信給姊姊，當寫到姊夫「早晚所需，妹令侍妾奉之」時，故意先寫成「妹親自奉之」，然後用淡墨塗去「親自」二

字，旁注「令侍妾」，再將信與華生給正卿的另一封情書同緘寄出，婉轉地使姊姊啟疑，讓她先有心理準備。

最後，華生與順卿總算取得正卿的諒解，由華生和正卿分別設計說服各自的父母，幾經周折，終於在華生京試高中辭官回鄉之後，續娶順卿，三人共結連理。而終其一生，正卿果然不孕，惟有順卿生下一子而已，真被當初那位術士給料中了。

三　《雙卿筆記》的成書年代

這篇傳奇小說的末尾，佚名作者說道：

> 時無以知其事者，惟蘭（指使女香蘭）備得其詳，逮後事人，以語其夫，始揚于外。予得與聞，以筆記之。不揣愚陋，少加敷演，以傳其美，遂名之曰《雙卿筆記》云。[2]

依此看來，《雙卿筆記》所載，彷彿是據平江吳邑（今江蘇吳縣）的民間傳聞敷演成篇，而非作者憑空杜撰。至於它是哪個年代的作品呢？大家只知其必在《國色天香》初刻的萬曆十五年（1587）以前問世，此外別無所悉。現在，我們不妨細察全文，尋找內證，追索它成書年代的上限。

按《雙卿筆記》用典，明顯處凡六：

> （一）端引生袂，謂曰：「昔人有謂『蓮花似六郎』，識者譏其阿譽太過。……。」

---

2 此據《明清善本小說叢刊初編》（臺北市：天一出版社，1985年）影印萬曆二十五年萬卷樓重鍥《國色天香》引，卷5下層，頁31。

（二）生即誦古詩一絕以答之，云：「江島濛濛煙霧微，綠蕪深處剔毛衣。渡頭驚起一雙去，飛上文機舊錦機。」

（三）（端）乃尋劍一口，酒一樽，並書古風一首以為勉。詩曰：「丈夫非無淚，不灑別離間。仗劍對樽酒，恥為遊子顏。蝮蛇一螫手，壯士疾解腕。所志在功名，離別何足嘆。」

（四）從曰：「世言『無好人』三字者，非有德者之言也。……。」

（五）從曰：「君未讀〈將仲子〉之詩乎？其曰『畏我父母』、『畏我諸兄』者，果何謂也？」

（六）端曰：「古人云：『人勞則思，思則善心生；逸則心蕩，蕩則未有不流于淫者。』吾之所為，分耳，何勞之足云？」[3]

以上六段，第一段是用《新唐書‧楊再思傳》的典故，第二段所引為陸龜蒙〈別離〉詩，第三段所引為吉師老〈鴛鴦〉詩，第五段見於《詩經‧鄭風》，第六段語出《國語‧魯語下》，對於我們想瞭解的問題，幫助不大；倒是第四段，值得格外注意。

《雙卿筆記》故事中，張從（順卿）曾潛往華生攻書小閣，見其思念正卿而作的【長相思】詞一首，內有「堅貞不似渠」之句，她認為：「貞烈之女，代不乏人，華姊夫何小視天下，而遂謂皆不似阿姊乎？」於是拿筆把「不」字改作「亦」字，並有上述「世言『無好人』三字者，非有德者之言也」的議論。此番議論，也是有典故的。據康熙間褚人穫《堅瓠十集》卷三「山東無好人」條引述：

弘治間，長洲縣丞魯聰，以事忤御史意，被笞。御史怒猶未

3　《明清善本小說叢刊初編》影印萬曆二十五年萬卷樓重鍥《國色天香》引，分頁見　2、6、17、21、25。

　　息，問曰：「汝何處人？」聰曰：「山東人。」御史曰：「可知
　　愚駭如此！山東何曾有好人？」聰應聲曰：「山東信無好人，
　　只有一孔夫子耳！」聞者絕倒。[4]

這則發生在明弘治（1488-1505）年間的趣譚，原籍山東的魯聰氣不
過御史的狂妄粗鄙，以嘲諷的口吻反唇相譏，頗能大快人心，想必在
事情發生之後，很快便已成為當時街頭巷尾茶餘飯後的絕妙話題。

　　巧的是，長洲縣明清時代皆為江蘇蘇州府治（民國廢入吳縣），
與《雙卿筆記》故事發生地「平江吳邑」一致；小說中述及「無好
人」一語，作者不言「昔人有謂」、「古人云」，而說「世言」，猶如引
用時語。倘若《堅瓠十集》所載無誤，我們或許可以做這樣的揣測：
《雙卿筆記》的成書上限絕對不在「弘治」以前，很可能就在「弘
治」稍後的正德年間（至遲不晚於嘉靖初），而且作者也有可能正是
江蘇吳縣人士或者住過當地，他耳聞雙卿美事，筆而傳之，又隨手將
當地社會發生的趣譚加以運用。

四　《雙卿筆記》的寫作特色

　　《雙卿筆記》全篇以敘事為主，僅穿插詩詞十七首，書信五封，
在「詩文小說」中算是較為節制的一種。故事裡順卿雖然表現端重，
嚴守最後防線，不惜一死，但華生卻慾心大熾，先私香蘭，又想誘姦
順卿，故有「格調不高」之貶。不過，比起明代若干中篇傳奇小說如

4　臺北新興書局《筆記小說大觀》二十三編第9冊（1985年12月），頁5576。〔明〕馮
　　夢龍編輯《古今譚概》，顏甲部第十八「山東好人」條與此大同小異，文作：「青州魯
　　聰，以白丸藥往外郡賣之，遇一宦，強其賤售，魯不從，遂至詬罵。宦曰：『何處
　　人？』魯曰：『山東。』宦曰：『可知愚駭！山東何曾有好人？』魯曰：『山東信無好
　　人，只有一孔夫子！』宦有慚色。」（臺北市：新興書局，1984年）頁4549-4550。

《天緣奇遇》、《李生六一天緣》、《傳奇雅集》而言（那才真是旨在宣揚一夫多妻制的自然合理），它可潔淨多了。至於寫作技巧，《雙卿筆記》和同類小說比較起來，還是頗具特色的。

首先，它有細膩的情節交代。例如香蘭曾對華生吐露自己觀察發現，順卿對他有意，其證有五：

「官人初至而稱嘆痛哭，一也」——順卿眼見華生一表人才，舉止溫雅，既替姊姊高興，又為自己悲哀，不禁欷歔。

「誤遞其書，始雖怒而終開之，二也」——華生將正卿信托香蘭轉交，香蘭誤報是華生寫給順卿的，順卿先是厲聲叱責，後來又偷偷撿起拆看。

「酒席聞妾等『似夫妻』之言即笑，三也」——張母壽辰，華生、順卿舉杯敬酒，香蘭和丫鬟們竊竊私語：「外人來見，只說是一對夫妻。」順卿聽聞，禁笑不住，竟將酒灑落杯托之上。

「官人問蘭花而即饋之，四也」——華生一次經過順卿窗前，聞到蘭花香味，問香蘭道：「何處花氣襲人？」隔天一早，順卿即主動要香蘭送一串新摘蘭花到華生房內，且吩咐：「不必說是我的。」華生接手一瞧，「見其串花者乃銀線」，因知饋花者實為順卿。

「月夜卜婚，惟六卜詐（許）之，乃怒而擲筊于地，及問其故，曰：『彼已娶矣。』他雖未明言是官人，然大意不言可知矣，此五有意于官人也」——趙子死後，張家有五門前來求親，順卿備香案，卜筊問月，連續以五姓逐一拜問，無一如願；第六卜暗以華生為對象，連擲三筊，皆如所祝。香蘭問屬哪一家，順卿只說：「彼已娶矣。」

以上這些情節，在故事中都有十分細膩的交代。

其次，它有深刻的心理描寫。上述細節的交代，實已包含故事人物心理的刻劃在內。又如：

生知其心堅實，即送出閣。從至閣門之外，思：「前日香蘭出

　　遲，已既次發而笑之，今自留連許久，雖無所私，其跡實似，恐見蘭無以為言。」趑趄難進。生不知，以為更欲有所語己，正欲近之。從見之，恐益露其情，促步歸房。生怏怏回齋。[5]

這裡將女主角的顧忌、遲疑，以及男主角的渴望心理，描寫得非常傳神。另外，故事一開始，交代華生之父「係進士出身，官授提學僉事，主試執法，不受私謁，宦族子弟，類多考黜，遂被暗論致仕，謝絕賓客，杜門課子」，以致見兒子新婚貪玩，憤而逼其出外就學，不准回家，他曾告誡兒子：「吾嘗奉旨試士，見宦家子弟，藉父兄財勢，未考之時，淫蕩日月，一遇試期，無不落魄，此吾所深痛者。」有此心理剖白，華父的憤怒就顯得合理多了。再如故事結束前，正卿協助順卿說服父親允許妹妹同嫁華生不果，乾脆令香蘭詐言雙卿「數日絕食，肌膚消瘦」，逼得張父左右為難，作者寫道：「張亦重生才德，思欲許之；又嫌為妾，將欲不許，恐女生變。二者交戰胸中，狐疑莫決。」這對張父的矛盾心理有所描繪，也因為特別強調他的掙扎，所以使得劇情愈發曲折。

　　此外，它還有摻用白話的語言特色。「文白夾雜」，在「文章」的寫作上固屬敗筆；但在文言小說的創作上，如果配合人物性格適量摻用，未嘗不是一種獨特風格。《雙卿筆記》白話文出現頻率之高，在明代中篇文言傳奇小說裡是較為突出的，如「從以手指蘭曰：『這賤人，險些被你誤驚一場。』」、「從因謂蘭曰：『……叫他不必提起吊喪之事。那人雖死，我相公嫌他，不如只說敬來問安，豈不更美？』」、「從曰：『是固是矣，但汝將去，不必說是我的。』」、「從詰之曰：『汝與華官人做得好事！』」、「（張）乃曰：『……況且春試在即，要待小婿上京應試連捷回來，那時送小女于歸未遲。』」等等，均是明

───────────

5　《明清善本小說叢刊初編》影印萬曆二十五年萬卷樓重鋟《國色天香》，頁22。

顯的白話語法。然而這些摻用的白話，都是出現在小說人物的對話當中，因此並不讓人覺得有什麼太突兀的地方。

五　結語

明人高儒編於嘉靖十九年（1540）的《百川書志》卷六小史類曾經著錄：

> 《雙偶集》三卷　國朝貴溪樊應魁著。[6]

這部明言江西貴溪人樊應魁所著的《雙偶集》，應即稍後晁瑮《寶文堂書目》卷中子雜類著錄的《東吳雙偶》[7]，講的也是發生在江蘇的故事，它跟《雙卿筆記》究竟存在什麼樣的關係，由於《雙偶集》已佚，暫時只能存疑。另外，明人呂天成撰於萬曆後期的《曲品》又曾著錄：

> 《雙卿》　本傳雖俗，而事奇，予極賞之，貽書美度度以新聲，浹日而成。景趣新逸，且守韻調甚嚴，當是詞隱高足。[8]

這部葉憲祖（字美度）的戲曲《雙卿記》，與范震康演李陵、蘇武事的《雙卿記》[9]，名同實異，是否係據傳奇小說《雙卿筆記》改編而

6　《書目類編》（臺北市：成文出版社影印1957年排印本），第27冊，總頁11960。

7　《書目類編》，第27冊，總頁12291。

8　《中國古典戲曲論著集成》（北京市：中國戲劇出版社，1982年），第6冊，頁234。此外，《今樂考證》、《傳奇品》、《曲考》、《曲海目》、《曲錄》並見葉作《雙卿》之著錄，惟莊一拂《古典戲曲存目彙考》（上海古籍出版社，1982年12月，頁897、1082）認為《雙卿》乃《雙修》之誤，這是接受日人青木正兒《中國近代戲曲史》第九章的說法，見臺灣商務印書館1982年10月臺四版（王吉廬譯），頁222。

9　見〔清〕無名氏編：《傳奇彙考標目（別本）》著錄，《中國古典戲曲論著集成》，第7冊，頁274。

來，因為資料亡佚，我們目前也不得而知。

　　雖然如此，單就《雙卿筆記》小說本身而論，它有直接參考《鍾情麗集》的可能[10]，又曾影響《李生六一天緣》和《傳奇雅集》[11]，屬於明代中篇傳奇小說體系內的作品，而其故事曲折，寫作技巧也有細膩深刻的情節交代和心理描寫，兼具摻用白話的語言特色，還是頗為突出的。就中國小說的發展來看，它那才子佳人式的愛情和稍涉豔情的格調，也是時代風氣的產物，它被通俗類書《國色天香》選錄而流傳下來，對於我們瞭解明代文學以及那個社會，還是有所幫助的，應該受到更多的注意才對。

表十

雙卿筆記	傳奇雅集
生見蘭至，曰：「吾正念汝，汝今至矣。」蘭視其顏色，知其發言之意，正欲趨出，生以手闔門而阻之，欲與之狎。蘭不允，生以一手抱之於床，一手自解下衣，蘭輾轉不得開，即拽斷之。蘭自度難免，因曰：「以官人貴體而欲私一賤妾，妾不敢以偽相拒。但妾實不堪，雖欲勉從，心甚戰懼，幸為護持可也。」生初雖然之，然夫婦久別，今又被酒，將蘭手壓于背，但見峰頭雨密，洞口雲濃，金鎗試動，穿營破壘。蘭齒齧其唇，神魂飄蕩，久之方言曰：「官人唯知取己之樂，而不肯憐人，幾乎不復生矣。」	生思不近小春，則芝終不可得，乃謂之曰：「吾正念汝，汝今至矣。」春視其顏色，知其發言之意，正欲趨出，生起而阻之，欲與狎。春不允，生以一手抱之於床，一手為解下衣帶，春展轉不得開，即拽斷之。春自度難免，因曰：「以貴人而思及妾，妾何敢拒。但妾實不堪，雖欲勉從，心甚戰懼，幸為憫之。」生狂興頃發，不可復制，將春手壓於背，但見峰頭雨密，洞口雲濃，金鎗試動，穿營破壘。春齒嚼其唇，神魂飄蕩，久之方言曰：「郎君惟盡己之歡，而不肯憐妾，妾幾不復生矣。」

10　參本論文第四章《鍾情麗集》研究之四。

11　本論文後續《李生六一天緣》、《傳奇雅集》研究二章將另作說明，茲先列舉《傳奇雅集》抄襲《雙卿筆記》的一段文為證。（見附表十）

第七章
《麗史》研究

一　前言

　　自從元人宋梅洞的《嬌紅記》問世以後，這篇名作便一直被拿來與唐傳奇《會真記》（即《鶯鶯傳》），或據其改編的戲曲《西廂記》相提並論，並列為元明清時代青年男女愛情讀物雙璧，申純、王嬌娘的悲歡離合也跟張生、崔鶯鶯的戀愛事跡一樣，廣為人們所津津樂道。

　　在此情勢之下，《嬌紅記》一萬八千言長篇化的傾向和六十餘首詩詞大量穿插的手法，被後世文學家紛紛傚效，創作出一批數量可觀的中篇傳奇小說。這些中篇傳奇小說，多賴明代後期文言小說彙編和通俗類書予以輯錄，但遺漏者仍不在少數，如新近才被發現的明代文言小說《麗史》即未在列。

　　《麗史》，文長約一萬言，穿插十六首詩詞和短箋、長信三封，史筆、詩才、議論兼備，亦屬《嬌紅記》影響下的中篇傳奇小說之一員，歷來未經著錄，卻出人意表地被保存在一部族譜裡。究竟這部稀見小說是怎麼發現到的？其故事內容為何？寫作風格呈現出什麼特色？與其他元明中篇傳奇小說的關係又是如何？在在值得我們深入瞭解。

二　《麗史》從族譜裡被發現

　　傳奇小說獨經族譜收錄而傳世，此事的確稀罕，一九九三年七月北京《文獻》季刊披露了這項難得的消息。福州市林則徐紀念館的官桂銓先生發表大作〈新發現的明代文言小說《麗史》〉，附錄《麗史》

全文[1]，為明代文學尋獲一寶貴遺產。

　　據官文指出，《麗史》是他在查閱福建地方文獻時，於《清源金氏族譜》中意外發現的。《清源金氏族譜》現藏福建省圖書館，依泉州金氏明抄本傳抄，半葉十行，行二十五字，凡五十七葉，首冠金志行、朱梧、江一鯉嘉靖三十四年（1555）〈清源金氏族譜序〉三篇，內有一至九世的〈金氏宗支指掌〉，和李塈〈元武略將軍一庵金公傳贊〉、朱梧〈南谷金公行狀・墓誌銘〉、《麗史》……等附錄，館藏卡片作者欄注明本書乃「明□□□撰」。

　　因金志行〈清源金氏族譜序〉載：「志行修茲譜，所以示子孫，不忘乎祖也。」是知族譜編修者當即嘉靖間「徵仕郎、七世孫金志行」本人。金志行，字達卿，號南谷，傳見《泉州府志・循蹟》[2]、乾隆《晉江縣志・人物志》[3]，前者謂其「創宗牒於族中」；然朱梧〈南谷金公墓誌銘〉又說他「生正德丙寅（元年，1505）三月二十四日，卒萬曆甲戌（二年，1574）八月二十六日」，可見今日所見族譜應是金志行於嘉靖年間初編，至萬曆年間始由後人增纂完成。

　　至於小說《麗史》為什麼會附在《清源金氏族譜》裡呢？這個問題著實令人好奇。官桂銓先生對此做了解答：

> 原來《麗史》篇末有一段關於金氏先世金吉的文字：「城中千戶金吉，亦回回種，守西門……」而這位金吉就是金氏的一世祖。

金吉，別號一庵，原是上都回回人，元文宗至順三年（1332）曾協助

1　官桂銓：〈新發現的明代文言小說《麗史》〉，《文獻》1993年第3期，頁3-19。

2　《泉州府志》（清同治九年（1870）重刊乾隆二十八年（1763）增修本，泉山書社印，美國哈佛大學漢和圖書館藏），卷48，頁71-72。

3　《晉江縣志》（臺北市：成文出版社《中國方志叢書》影印清乾隆三十年（1765）刊本，1967年），卷11，頁39。

討平王禪盜亂，官拜武略將軍左副翼上千戶，奉敕入泉。明朝建立以後，報籍晉江南隅，故為清源（今泉州）金氏一世祖，李墀〈元武略將軍一庵金公傳贊〉便是為他立傳。據官文引述，〈傳贊〉中記載元末蒲壽庚及其婿那吒吶在泉州作亂，經地方官陳駮勸千戶金吉夜開城門，密納官兵，這才得以平定亂事。《麗史》篇末正好記下了金吉這段事蹟，因此特別受到金氏後人的青睞，把它收為《清源金氏族譜》的附錄，作為表彰先祖行誼的歷史文獻。

　　「看來，小說《麗史》還是有史實根據的。」官桂銓先生對照道光《晉江縣志・武功志》（卷十八），得此初步結論；他並且憑印象做出如下的判斷：「《麗史》顯然是模仿明人瞿佑《剪燈新話》和李昌祺《剪燈餘話》而寫成的。無論篇幅、布局、語言以及文中引大量詩詞等方面，都非常相似。」

　　對於官先生文末這兩個說法，前者自然言之成理，只是小說《麗史》哪些地方忠於史實？尚待比勘印驗；至於後者是否合乎實情，《剪燈》二話真是《麗史》直接模仿的對象嗎？恐怕值得商榷。為了對這部從族譜裡發現的小說有進一步的認識，我們實有必要先仔細讀讀它的故事內容。

三　《麗史》的故事內容

　　《麗史》故事從元順帝元統年間（1333-1334）說起，說當時天下大亂，清溪沃里富人凌翁攜女凌無金喬居泉州城，城中書生伊楚玉有意追求。因無金婢女李如響鬻入凌家之前曾受伊父恩惠；知生為人，於是主動居間牽線。伊生墜扇（扇上題有情詞），是她拾送無金收藏；無金芳心微動，也是她安排兩人於東窗幽會。不久，才貌出眾的伊楚玉便與姿美多藝的凌無私金訂終身，難捨難分，但未及於亂。

　　其間，伊生因故離開泉州前去潮陽，窗友見他心繫佳人，曾以

「尤物之無利於人」相勸，他不以為然；無金思念情郎的心事，也讓乳母完婆發覺而提出警告，她則誓以守身如玉，希望完婆守口如瓶。這些事情，帶給他倆的威脅還不算大，直到有位致政平章喬公說要將愛女珍珍嫁與楚玉，伊生才驚慌地懇請父親找人向凌家提親，幸而凌翁收下聘禮，答應了無金和他的婚事，化解一場危機。

　　豈料好事多磨，一個多月後，無金母親黃氏聽信讒言，執意改納故里親侄為婿，凌翁年老，不能制止，竟辭婚伊家，而伊父也賭氣地轉與喬平章締結親家。堅持不改志、不從中表之親的無金，決定自縊以殉義成美，多虧完婆及時搭救；凌翁偶然見到無金私藏伊生題有情詞的扇子，獲知二人心有所屬，也有些懊惱，但亦莫可奈何。兩個月後，伊家已娶喬珍珍入門。

　　當時，沃里發生過一樁駭人聽聞的命案：有成群婦人於夏夜在一溫泉沐浴，聽說盜匪來了，一時慌忙奔逃，溺斃數十人。如今，無金就要嫁回沃里，黃氏不免稍有悔意，然事已至此，也顧不了那麼多了。無金倒是毫不畏懼，因為她正一心求死；如響則覺得事情演變到這種地步，自己不能卸罪，願意隨她而去。兩女便在赴沃途中，投水自殺。說也奇怪，二屍三入海而不沒，四遇石而不傷，撈起時已然氣絕但體膚完好，完婆替她們更衣又證實仍為處女，凌翁不禁撫屍大哭，更奇怪的是，無金、如響後來竟由一葫蘆掛杖的天臺神醫道人，以妙丹將她們重新救活了。死而復活的無金，為了脫離紅塵，自行削髮為尼。

　　另一方面，伊生對無金始終念念不忘，娶了珍珍一年，尚無夫妻之實，甚至相思染疾。珍珍賢慧，頗能體諒丈夫痛苦的心情，於是密贈無金膏沐脂粉，勸她蓄髮，又懇請公婆前去迎娶。珍珍陪嫁的二位丫鬟見小姐自屈，共言勸止，小姐不聽，刺血以示，二鬟乃歸白喬公。喬公瞭解自己的女兒，反而主動移書伊父請他成全。結果，無金終於與楚玉結成良緣，這已是元順帝至元三、四年間（1337-1338）的事了。

　　又過一年多，珍珍產子伊檽，不幸去世；彌留之際，如響感其對無金的恩義，抱疾告天，求以身代，於雨中叩頭出血，七天後也不治而亡。無金那時生女方數月，立斷女乳，以哺伊檽，代珍珍加以撫育。至於伊楚玉，考場上固然得意，卻感歎世道不行，因而援例乞就惠州宣教，專以《三禮》、《春秋》相授，後遂隱居著述，不料竟在回寇蒲壽庚之婿那吼吶作亂時遇害。伊生既遇害，無金乃囑僕伊力扶孤存後（負奔福州），隨即仰藥自盡。

　　故事至此未完，以下續說伊檽事跡。到了至正年間，伊檽年十七，當時那吼吶據泉州城大肆淫虐，元朝檄司丞陳駭、龔名安與福州軍校合兵討之，檽乃見陳駭，獻以反間之計，入城密約西門守將金吉，夜開城門暗迎陳兵，因此得以在民間秋毫無犯的情況下，活擒那吼吶送京，報了殺父之仇。後來，陳有定據福州，不知那吼吶已敗，遣兵攻泉州，金吉與伊檽分兵固守。相持月餘，伊力戰死，陳有定聞明兵自溫州渡海攻取福州，這才遁去。泉州居民再逃一劫，不遭屠戮，皆賴金吉、伊檽、伊力三人之力。

　　由於蒲、那回寇荼毒泉州甚烈，所以《麗史》作者特於故事末了補記：

> 洪武七年（1374），高皇帝大赦天下，聖旨：獨蒲氏餘孽悉配戎伍，禁錮，世世無得登仕籍，監其禍也。杜子美詩云：「羯胡事主終無奈。」誠哉言也。伊檽辟賢良方正，語在夏西仲《清源雜誌》。

篇尾，作者尚有一段議論，表明他傳記伊楚玉、伊檽父子《麗史》故事的主旨所在：

> 或者曰：元稹記《會真》，虞〔集〕記《嬌紅》，其事傳者，其

翰傳世。若斯人者，炳其翰，以紹其傳，屬之誰哉？君子聞之
曰：言以文亂弗記，智以遂奸弗記，行以詭世弗記。若斯人
者，研削何所施哉！惟貴不害明，愛不害義，喬公其賢乎？順
可全宗，恭可範俗，喬氏之女其賢乎？貞一不二，視死如歸，
凌氏之女其賢乎？智以成美，忠以酬恩，李氏其賢乎？執信守
義，矢志不回，伊楚玉其賢乎？忠以事君，義以自立，萬人之
命，金吉其賢乎？僕夫存孤報仇，童子出奇靖難，伊力、伊櫩
其賢乎？夫不知而不傳，猶可也，詳其事，而揚其辭矣。若斯
人者，雖弗記而自見其顛末。善觀記者，觀其所主，可以為
勸，之其所及，可以為戒。如此而已，故題曰《麗史》。[4]

四　《麗史》的確有根據史實部分

《麗史》開篇即言「元元統中，天下亂，林叢中多群盜」，又說
幾年後「楚玉到福州，……時朝綱紊亂，名器不惜」，感歎「世道不
行」，這和《明史·太祖本紀》所載：「（元順帝）至正四年，旱蝗，
大饑疫。……當是時，元政不綱，盜賊四起。……他盜擁兵據地，寇
掠甚眾。天下大亂。」[5]是相當吻合的。小說中提到沃里那椿盜匪驚
嚇婦人，溺斃數十人的慘案，極可能也是當年喧騰一時的社會新聞。

小說《麗史》歷史性強，因為它的確有根據史實的部分，尤其故
事末尾倒敘宋末蒲壽庚兄弟叛宋、降元，元末蒲婿那呣吶作亂、被
擒，以及明初泉州地方史事，幾與史志所載若合符節。《麗史》說：

4　官桂銓：〈新發現的明代文言小說《麗史》〉，《文獻》1993年第3期，頁19。「虞〔集〕
　　記《嬌紅》」句「集」字原無，「忠以事君」至「金吉其賢乎」四句遺漏，「伊力、
　　伊櫩其賢乎」句「力」、「櫩」二字原乙，連同部分句讀，今據《麗史》抄本與文意
　　補改。

5　〔清〕張廷玉等撰：《明史》，《中國學術類編》新校本（臺北市：鼎文書局，1982
　　年），卷1，頁1-2。

泉州故多西域人，宋季有蒲壽庚、峚，以平海寇得官。壽庚為
招撫使，主市舶，壽峚為吉州，知宋運迄，錄不赴。景炎間，
益王南巡，駐蹕泉州港口，張世傑以准（淮）兵三千五百授壽
庚，武人暴悍無謀，只壽峚為畫計。益王篤臨城，教壽庚閉門
不納，盡殺宋室在泉州者三十餘人，並准（淮）水軍無遺者。
與州司馬田真子詣杭州，唆都降之。張世傑回攻九十日不能克。

按《宋史・瀛國公本紀》載：

> 昰欲入泉州，招撫蒲壽庚有異志。初，壽庚提舉泉州舶司，擅
> 蕃舶利者三十年。昰舟至泉，壽庚來謁，請駐蹕，張世傑不可。
> 或勸世傑留壽庚，則凡海舶不令自隨，世傑不從，縱之歸。繼
> 而舟不足，乃掠其舟並沒其貲，壽庚乃怒殺諸宗室及士大夫與
> 淮兵之在泉者。……戊辰，蒲壽庚及知泉州田真子以城降。[6]

昰即益王。這段歷史，《宋元通鑑》[7]、《歷代通鑑輯覽》[8]亦見相同記
錄，而《泉南雜志》也述及此事：

> 宋德祐二年十二月，蒲壽庚及知泉州田真子以城降于元。……
> 蒲壽庚，其先西域人，與兄壽峚總諸番互市，因徙于泉，以平

6　元脫脫等撰：《宋史》（臺北市：鼎文書局，1982年），卷47，頁942。關於蒲壽庚降
　　元史實，可參王重民：〈考蒲壽庚降元之年月日兼記泉州紳士林純子顏伯錄事〉一
　　文，原載1947年8月22日天津《大公報》，收入其遺著《冷廬文藪》（上海市：上海古
　　籍出版社，1922年），頁50-52。
7　〔明〕薛應旂撰：《宋元通鑑》（臺北市：臺灣商務印書館《景印岫廬現藏罕傳善本
　　叢刊》本，1973年），卷126，頁18。
8　〔清〕傅恆等撰：《歷代通鑑輯覽》（臺北市：生生印書館印乾隆御序增批本，1985
　　年），卷95，頁3。

海寇得官。壽庚頑暴寡謀，壽崬為之畫策，密畀壽庚以蠟丸裏表，潛出降元。[9]

德祐二年五月以後，即景炎元年（元世祖至元十三年，1276）。對照《宋史》（並《宋元通鑑》、《歷代通鑑輯覽》）、《泉南雜志》，可知《麗史》所言不虛。

又，《麗史》說道：

元君制世，以功封壽庚平章，為開平海省於泉州。壽崬亦居甲第，一時子孫貴顯冠天下。泉人被其薰炎者九十年。至是元政衰，四方兵起，國命不行。其婿西域那吹（叽）呐襲作亂，州郡官非蒙古者皆逐之。中州士類咸沒。……那吹（叽）呐既據城，大肆淫虐，……至正甲午，遣騎攻興化。福州行中書省奏檄潯美場司丞（丞）陳弦（駬）、泅州場司丞（丞）龔名安合兵討之。陳弦（駬）、龔名安皆泉名士，為時儒宗師，以薦辟不得已姑就小官，素得民心，故有是命。[10]

按道光《晉江縣志·武功志》載：

至正二十二年，回寇〔那〕兀納叛，據泉州。……西域那兀納者，以總諸番互市至泉，元末兵亂，遂攻泉州，據之。福建行省平章燕只不花用陳駬（駬）計，執那兀納，檻送行省。[11]

9　〔明〕陳懋仁撰：《泉南雜志》，收入《寶顏堂祕笈》，此據臺北市藝文印書館《百部叢書集成》本引，卷下，頁4。

10　官桂銓：〈新發現的明代文言小說《麗史》〉，頁17-18。「潯美場」原作「潯尾場」，「泅州場」之「場」字原無，據《泉州府志》改補。

11　轉引自官桂銓〈新發現的明代文言小說《麗史》〉，頁5。

那兀納，即那叽呐。《麗史》至正「甲午」可能是至正「壬寅」（二十二年，1362）之筆誤，而它說陳駭、龔名安「皆泉名士，……素得民心」亦是實有其人，真有其事。陳駭，字元甫，傳見《元八百遺民詩詠》[12]、《泉州府志》。《泉州府志・名宦》陳駭傳載：

> 西域那兀納等據泉州，行省奉辭討之，以駭嘗為鹽官，素得吏民心，辟護軍參謀軍事。……時那兀納已肆掠興化，道路梗塞。駭以檄付徒者，間道以授縣尉龔名安等。那兀納征兵，名安等佯許之，帥舟師次東山渡以俟。翼（翌）日，駭等官軍至，遂豎行省旗幟入城，秋毫無犯。那兀納就縛，檻送行省。[13]

龔名安，字俊卿，傳見《泉州府志・武蹟》[14]，志載事蹟與陳駭傳同。《麗史》抄寫不精，訛字頗多，然涉及真人實事部分確實未曾胡亂杜撰。

另外，《麗史》接著提到伊櫔時隨福州軍校，見陳駭獻以反間之計，入城勸誘西門守將金吉：

> 金吉大驚，與伊櫔約就，夜開西門，密納陳弦（駭）兵入。那叽呐倉卒突騎出了城，扼戰，伊力執巨斧冒陣，砍百餘騎，擒那叽呐檻送京師。……福州軍至，發蒲賊諸塚，得諸寶貨無計。壽庚長子師文，性殘忍，殺宋宗子皆決其手，壙中寶物尤多。……傾（頃）之，偽陳陳有定據福州，不知蒲已敗，遣兵徇泉州，欲以為援，遂攻城。……相持月餘，聞大明天兵自溫

---

12 張其淦撰、祁正注：《元八百遺民詩詠》，收入臺北市明文書局《明代傳記叢刊》（1991年），卷3，頁15。

13 《泉州府志》，卷29，頁49-50。

14 《泉州府志》，卷56，頁24-25。

州渡海來取福州，乃遁。[15]

按伊櫠、伊力未見史志，然金吉暗迎陳駮兵入城，蒲壽庚長子師文性
殘嗜殺，則有相關記載[16]。陳有定，一名友定，字安國，《明史》有
傳[17]。元順帝至正二十七年（1367）十二月，陳有定據邵、建、延、
福、興、泉、漳、汀、潮諸路，明兵由海道取福州，二十八年正月
（明太祖洪武元年）被執，見載於《元史‧順帝本紀》[18]、《宋元通
鑑》[19]，《麗史》所言亦與之相符。

　　最後，《麗史》作者補記明太祖下旨禁蒲氏餘孽世世不得登仕籍
一段，雖未見諸《明實錄》與《皇明詔令》[20]，然《宋元通鑑》曾引
姚淶之言曰：

　　　我太祖皇帝嘗禁泉人蒲壽庚、孫勝夫之子孫，世不得齒于士。
　　　蓋治其先世導胡傾宋之罪，故終夷之。[21]

《泉南雜志》亦曾引錄此文，並說明孫勝夫是蒲氏的黨羽[22]。可見
《麗史》洪武七年明太祖下旨之說，還是有史實做根據的。

---

15 官桂銓：〈新發現的明代文言小說《麗史》〉，頁18。「檻送」二字原無，據《泉州府
　　志》補；「聞」字遺漏，據《麗史》抄本加。
16 金吉事，見李墀〈元武略將軍一庵金公傳贊〉、《泉州府志‧名宦》金吉傳，卷29，
　　頁54-55。師文事，《泉南雜志》云：「（蒲壽庚）其子師文尤暴悍，嗜殺；孫勝夫，
　　其黨也。」
17 〔清〕張廷玉等撰：《史明》，《中國學術類編》新校本，卷124，頁3715-3717。
18 〔明〕宋濂等撰：《元史》（臺北市：鼎文書局，1982年），卷47，頁982-983。
19 〔明〕薛應旂撰：《宋元通鑑》，卷157，頁10-11。
20 〔明〕傅鳳翔纂：《皇明詔令》（臺北市：成文出版社據嘉靖刊本影印，1967年），
　　洪武七年僅見〈優卹經難兵民詔〉、〈分別應赦諸人詔〉、〈命胡僧為禪師詔〉。
21 〔明〕薛應旂撰：《宋元通鑑》，卷129，頁2-3。
22 《泉州府志‧名宦》金吉傳，卷29，頁54-55。

五　《麗史》直接受《會真記》、《嬌紅記》影響

　　《麗史》的確有其史實根據,較諸其他元明中篇傳奇小說,風格頗為特殊。不過,《麗史》畢竟還是小說,有史實為據者集中於末段,故事絕大部分仍出於作者的想像創作,如凌無金、李如響二女投水,經天臺神醫道人授以妙丹,死而復活一節,自然不能當真。細讀其故事內容,我們也不難發現,作者創作時尚留有借鑑傳統傳奇小說的痕跡,但直接影響《麗史》的,並非《剪燈新話》、《剪燈餘話》,而是《會真記》與《嬌紅記》。

　　故事中,李如響主動居間替男、女主角牽線,角色形同《會真記》裡的紅娘。伊楚玉窗友「尤物之無利於人」的論調,猶如張生「大凡天之所命尤物也,不妖其身,必妖於人」的說詞。李無金也曾自比為崔鶯鶯,對如響說:「鶯鶯處不幸而遇張生也,我以世亂驚心,自驚女蘿附松之蔭,危如鶯鶯矣」,並認為「伊郎……其視張生,何啻犬豕」。這些地方,都很明顯可以看出《會真記》是《麗史》模仿、且有意與之互別苗頭的對象。全篇對李如響忠、智形象的刻畫甚為用心,其中凌翁偶見無金私藏伊生題有情詞的扇子,曾「拷使言狀」,如響「應對從容」,直言不諱,則似乎又有《西廂記》「拷紅」的影子。

　　至於《嬌狂記》對《麗史》的影響,也是顯而易見的。整體而言,《麗史》篇幅長達萬言,又多穿插詩詞,顯然是對《嬌紅記》的繼承。若就細節來看,故事中凌翁初許伊家之聘,後又悔婚,改納故里親侄為婿,逼得「不改先結之志」、「不從中表之親」的女兒投水,後悔不已,頗似《嬌紅記》裡兩背姻盟(初以中表不親相拒,後改變主意,卻又因帥府誘逼,再度悔婚),逼死女兒的王通判。無金、楚玉事露,曾得凌翁妾瓔暗助,也很像王通判妾飛紅後來對申純、王嬌娘的幫忙。《嬌紅記》中,嬌娘曾以香珮一枚贈別申純,說:「睹物思人可

也。」《麗史》亦見無金送別楚玉，贈玉釵一雙，說：「睹物思人而已。」再如，《麗史》喬珍珍陪嫁的二位丫鬟見小姐自屈，忿忿不平，也和《嬌紅記》嬌娘侍女小慧看不慣小姐屈事飛紅一樣，如出一轍。

　　其實，《麗史》深受《會真記》、《嬌紅記》故事的影響，作者篇尾議論（如前所引）已露端倪，所謂「元稹記《會真》，虞〔集〕記《嬌紅》，其事傳者，其翰傳世」，表明作者確有取法《會真》、《嬌紅》二記的傾向，甚至還有讓《麗史》與二記同為不朽的企圖。可惜《麗史》全篇過於強調故事主人翁的信義貞烈、順恭智忠，塑造出來的人物形象及其思想感情，不若《會真》、《嬌紅》真摯感人，成就終究難以跟二記相抗衡。

六　結語

　　《麗史》故事末了曾記「伊欞辟賢良方正，語在夏西仲《清源雜誌》」，夏西仲即夏秦，晉江人（或云元末進士，不知何許人），洪武十六年（1382，一說洪武十八年）召至京師，乞老還鄉[23]，其《清源雜誌》不傳，或許伊楚玉、伊欞父子事蹟真於明初洪武年間流傳亦未可知，然而《麗史》成書，恐怕是接近嘉靖年間的事。因為明人高儒嘉靖十九年（1540）序編《百川書志》，著錄《嬌紅記》版本係「元儒邵庵虞伯生編輯／閩南三山明人趙元暉集覽」[24]，《麗史》作者既信言「虞〔集〕記《嬌紅》」，當是受到福建當地這一《嬌紅記》刻本的誤導。當然，它的成書也不會遲於嘉靖以後，因為李墀〈元武略將軍一庵金公傳贊〉已言及《清泉麗史》，李墀，字獻忠，正德三年（1508）進

---

23 傳見〔明〕過庭訓：《本（明）朝分省人物考》（臺北市：成文出版社影印天啟二年〔1622〕刊本，1971年），卷71，頁3-4。又見《泉州府志》，卷62（隱逸），頁9；卷64（寓賢），頁9-10。
24 詳參本論文第二章《嬌紅記》研究之二。

士，官終僉事，王慎中（1509-1559，嘉靖三十八年卒）曾為文祭之[25]，推估嘉靖三十四年金志行初編《清源金氏族譜》完成時，《麗史》已收在其中。

這部《麗史》，「見於清泉之野中，作之為誰，舉世無知者」[26]，約成書於明正德、嘉靖間的它，的確有其根據史實的部分，因此李墀為金吉立傳曾予參考，清乾隆間重修《泉州府志》時，也將它列為參考文獻[27]。同時，它也屬於明代中篇傳奇小說之一員，創作過程受到唐、元傳奇小說《會真記》、《嬌紅記》的直接影響，這項事實，又為《會真記》（或《西廂記》）、《嬌紅記》在元明清時代崇高的文學地位，添一有力證據。

誰也想不到，《清源金氏族譜》竟意外地保存這麼一部失傳已久的明代小說，並且提供我們許多寶貴的文史資訊，發現者（官桂銓先生）實在功不可沒。

---

25 參乾隆《晉江縣志》李墀小傳，卷11，頁29；李墀傳，又見《泉州府志》，卷52（仕蹟），頁28-29。王慎中，《明史》卷二百八十七有傳，頁7367-7368。

26 語見「南安薄郡萊闓」《麗史》跋語。

27 見金吉傳（《泉州府志·名宦》）傳末注云參「《清源麗史》」。此一《清源麗史》，與李墀〈元武略將軍一庵金公贊〉所謂《清泉麗史》，當即今見《麗史》。

第八章
《荔鏡傳》研究

一　前言

　　「陳三五娘」愛情傳奇，在閩南地區和南洋僑界，可謂家喻戶曉，這是拜戲曲、小說與各種傳播媒體的推波助瀾所賜，因為這個閩南本土色彩濃厚的故事，成功地塑出一對勇於衝破傳統禮教束縛，篤志追求堅貞情愛的典型男女，劇中利用拋荔傳情、磨鏡賣身、相偕私奔等浪漫情節，吸引觀眾或讀者，而又不偏離現實生活，故感人尤深，難怪流傳四、五百年仍歷久不衰，並引發學術界對它的高度研究興趣。

　　現當代專門研究「陳三五娘」故事的學者，首推三十年代的龔書輝，其〈陳三五娘故事的演化〉一文[1]，資料詳盡，影響頗大；在臺灣，以此為對象撰成專著的，要屬陳香《陳三五娘研究》[2]，成績斐然。自從向達在其《瀛涯瑣記》介紹牛津大學所藏《荔鏡記》戲文及相關資料後[3]，曾引起周貽白（《中國戲劇發展史》）、葉德均（《戲曲小說叢考》）、錢南揚（《戲文概論》）諸氏的注意；在臺灣，吳守禮是致力研究嘉靖本《荔鏡記》與各本《荔枝記》的第一人[4]，而隨著重

1　載於《廈門大學學報》，1936年第7本。
2　陳香曾撰〈陳三五娘故事雜考〉（《暢流》第22期第8期）、〈陳三五娘故事的由來與演變〉（《出版月刊》第2卷第10期）等單篇論文，後集結成《陳三五娘研究》一書，由臺灣商務印書館印行，1985年。
3　原載《北平圖書館館刊》第10卷第5號（1936年10月），收入《唐代長安與西域文明》一書（北京市：讀書・生活・新知三聯書店，1987年），相關文字見頁635-638。
4　吳守禮籍閩南劇本專研閩南方言，曾著《荔鏡記戲文研究——附校勘篇》（臺北市：

要版本的陸續印行[5]，已有更多學者加強研究，例如王士儀的〈泉州
南戲史初探〉[6]、林豔枝的《嘉靖本〈荔鏡記〉研究》[7]，成績可觀。
他如曾永義對「陳三五娘」戲劇的提倡[8]，陳兆南對「陳三五娘」唱
本的探討[9]，以及《中央日報》對「陳三五娘」民俗專題的製作[10]，成
果也是有目共睹的。

　　可惜的是，歷來對「陳三五娘」故事小說形式早期之作——《荔
鏡傳》的專門研究，並不多見。陳香曾撰〈讀《磨鏡奇逢傳》——兼
論陳三五娘的愛情故事〉[11]，但意猶未盡；蔡鐵民曾撰〈明傳奇《荔
枝記》演變初探——兼談南戲在福建的遺響〉[12]，對《荔鏡傳》創作

東方文化供應社，1970年）與萬曆、順治、光緒各本《荔枝記》之校理工作等，費
時逾一甲子，婁子匡、朱介凡《五十年來的中國俗文學》認為吳氏「陳三五娘故事
的研究」，堪以媲美顧詰剛「孟姜女故事的研究」（臺北市：正中書局，1987年），
頁90-91。

5　合集如吳守禮、林宗毅合輯：《明清閩南戲曲四種》（東京：定靜堂，1976年）、《明
本潮州戲文五種》（廣州市：廣東人民出版社，1985年），均收錄《荔鏡記》、《荔枝
記》戲文重要版本；嘉靖本《荔鏡記》，尚有日本《天理圖書館善本叢書漢籍之部第
十卷》（與《三分事略》、《剪燈餘話》合印，東京：八木書店，1980年）和林侑蒔主
編：《全明傳奇》（臺北市：天一出版社）之複印本。

6　附題作「中國戲劇之第六體系」，載於《華岡藝術學報》第2期（1982年11月），頁
157-205。

7　中國文化大學中文研究所碩士論文，1989年1月。

8　參見曾永義先生〈荔鏡情緣〉二文，一載1985年12月23日《聯合報》（收入曾著《說
民藝》，臺北市：幼群文化事業公司，1987年6月，頁91-95），一載1993年2月17日
《中國時報》。

9　陳兆南撰有〈陳三五娘唱本的演化〉，載於《民俗曲藝》第54期（1988年7月），頁9-
23。該文為「臺灣歌仔學術研討會」論文之一。

10　參見1988年2月19日《中央日報》「長河」版，專題包括〈陳三五娘的荔枝姻緣〉（李
國俊）、〈潮州歌中的陳三五娘〉（楊振良）、〈歌仔戲陳三五娘的意外結局〉（周純一）、
〈《韓江聞見錄》的陳三詭計越娶黃五娘〉（林豔枝）等文。

11　載於《東方雜誌》復刊第15卷第9期（1982年3月），頁68-72。陳香認為此一《磨鏡
奇逢集》（宣統元年版），係比《荔鏡傳》小說更早的一種版本，其實它是傳奇體《荔
鏡傳》的後刊本（或有改竄），二者名異實同。

12　載於《廈門大學學報》（哲學社會科學版）1979年第3期，頁31-48。

年代及其作者提出疑義，卻又點到為止。這原因可能跟小說的來歷不明，「語言晦澀，靠堆砌濃詞豔句奪人耳目」、「詩詞文句多用集句，缺乏應有人物性格語言」[13]，影響力不及戲曲的直接生動有關。然而，作為明代中篇傳奇小說一員的《荔鏡傳》，它的存在，畢竟有它特殊的意義與價值，值得我們加以正視，深入研究。

二　《荔鏡傳》的版本及其故事內容

論及《荔鏡傳》，首先要面臨的是一個書名歧異的現象。這部明代中篇傳奇小說傳到清朝，除了保留「荔鏡傳」原名之外，又增添許多別名，如《荔鏡奇逢集》、《磨鏡奇逢集》、《奇逢全集》等，民初甚至還有《真正新西廂》一類的稱法，亂人耳目。不過追本溯源，《荔鏡傳》小說最初可能名為《荔枝奇逢》，這是從明代另一部中篇傳奇小說《劉生覓蓮記》得到的線索。《劉生覓蓮記》曾載才子劉一春：

> 睡起，即令童取酒，飲至醉，枕書隱几。聞叩門聲，放之入。乃金友勝，因至書坊，覓得話本，特持與生觀之。見《天緣奇遇》，鄙之曰：「獸心狗行，喪盡天真，為此話者，其無後乎？」見《荔枝奇逢》及《懷春雅集》，留之。私念曰：「男情女欲，何人無之？不意今者，近出吾身。苟得遂此志，則風月談中又增一本傳奇可笑也。」[14]

這本覓自書坊的「話本」《荔枝奇逢》，顯然是一部涉及男女情欲的風月傳奇，和《天緣奇遇》、《懷春雅集》一樣，均屬明代中篇傳奇小說

13　引文見葉鐵民：〈明傳奇《荔枝記》演變初探〉一文，頁35。
14　此據《明清善本小說叢刊初編》（臺北市：天一出版社，1985年）影印萬曆二十五年萬卷樓重鋟《國色天香》引，見卷2下層，頁35。

的單行本，但不似《天緣奇遇》那般淫穢，令人鄙棄。

　　至於此一《荔枝奇逢》具體內容為何呢？《劉生覓蓮記》於上段引文之前且載，佳人孫碧蓮曾向替劉生扮紅娘的婢女素梅表示：

> 女（汝）欲以絳桃、碧桃、三春、三紅之事待我，如傷風敗俗
> 諸話本乎？……自思天下有淫婦人，故天下無貞男子。瑜娘之
> 遇韋生，吾不為也。崔鶯之遇張生，吾不敢也。嬌娘之遇申
> 生，吾不願也。伍娘之遇陳生，吾不屑也。倘達士垂情，俯遂
> 幽志，吾當百計善籌，惟圖成好相識，以為佳配，決不作惡姻
> 緣，以遺話巴。[15]

孫碧蓮「不為」、「不敢」、「不願」之事，分別是引用《鍾情麗集》、《鶯鶯傳》、《嬌紅記》的典故，而「伍娘之遇陳生」一語，當是用《荔枝奇逢》之典無疑，她之所以「不屑」的理由，重點當是擺在俗傳陳三五娘私會私奔一節上。又所謂「絳桃、碧桃」，見於《鍾情麗集》，「三紅」指的是《鶯鶯傳》裡的「紅娘」、《嬌紅記》裡的「飛紅」和《天緣奇遇》裡的「桂紅」而言，她們都是替男女主角穿針引線的小說人物，出現在《劉生覓蓮記》作者必然熟知的這幾部「話本」之中；而所謂「三春」，想必便包括撮合陳三五娘姻緣的「益春」在內，她跟絳桃、碧桃、三紅的角色一致。

　　這麼看來，早在《劉生覓蓮記》成書之前，確實有一部講述「陳生」「伍娘」愛情故事、名為《荔枝奇逢》的傳奇小說單行本存在，雖然詳細內容所知有限，但主要人物和情節已呼之欲出，與現存《荔鏡傳》內容應無太大差異。由於《劉生覓蓮記》曾被萬曆十五年序刻、萬曆二十五年重鍥的《國色天香》所收錄，成書最晚也不會遲於

15　《明清善本小說叢刊初編》影印萬曆二十五年萬卷樓重鍥《國色天香》，頁28。

該時，上距「陳三五娘」故事以小說形式呈現的早期之作最近，因此我們據以推測《荔鏡傳》初名當為《荔枝奇逢》，彷彿還說得通。不無遺憾的是，此一《荔枝奇逢》，明代流行的小說彙編和通俗類書俱未收錄，我們只能從日本秋水園主人《小說字彙》援引書目中，發現它曾在清高宗乾隆四十九年（1784）前傳至日本[16]，今下落不明。

　　名為《荔枝奇逢》的中篇傳奇小說，雖然早期單行本下落不明，又不見明代小說彙編和通俗類書收錄，但它實際上並未失傳，現存《荔鏡傳》小說多種，當係其後世刊本，只是改頭換面而已。其中，清朝嘉、道年間所刊《荔鏡傳》，料與《荔枝奇逢》原書頗為接近。

　　現存《荔鏡傳》小說，較早的兩個版本是：

　　（一）《新刻荔鏡奇逢集》二卷　嘉慶十九年尚友堂刊　牛津圖書館藏（偉烈亞力舊藏）
　　（二）《二刻泉潮荔鏡奇逢集》二卷　道光二十七年刊　東京大學東洋文化研究所藏（雙紅堂文庫）[17]

此外，又有光緒三十四年《增註奇逢全集》木刻本，宣統元年上海大統一書局鉛印本，民國四年《繪圖加批詳註奇逢集》泉州黃紫雲刊本，民國八年會文堂刊本，民國十三年上海變文書庄《繪圖真正新西廂》翻印本，民國十四年廈門會文書局翻印本等等[18]，這些版本標名繁多，有的如薛汕所言：「改的改，刊誤的刊誤，越弄越不像話。比較大的是將全文劃分五十回目，作為章回體小說的形式出現，但在實

16　《荔枝奇逢》為《小說字彙》援引書目第一一一種，編者秋水園主人所識〈畫引小說字彙凡例〉，署「天明甲辰孟春」。

17　大塚秀高著，謝碧霞譯：〈明代後期文言小說刊行概況（上）〉註二著錄，載於臺灣學生書局《中國書目季刊》第19卷第2期（1985年9月），頁72。

18　參見〈《荔枝記》及其他〉一文，收入薛著《書曲散記》（北京市：書目文獻出版社，1985年），頁46-56。

際上，將內容從形式上加以分割，減弱了原作的風味。」[19]

　　上引道光二十七年（1847）刊《二刻泉潮荔鏡奇逢集》，除東京大學雙紅堂文庫珍藏之外，北京圖書館亦藏一部。雖說「字體俗陋，白字累牘，紙墨俱劣，撫之污指，漶漫幾不可識」[20]，但料此「二刻」本，與嘉慶十九年（1814）的「新刻」本或有直承關係，在原刻未見、「新刻」本難得的情況下，我們姑且以「二刻」本作為討論的根據。

　　所謂《二刻泉潮荔鏡奇逢集》，其實是「道光丁未春鐫／新增磨鏡奇逢集／藏板」（封面）卷一首行的標題，和卷二首行標題《新刊泉潮□□奇逢傳》不同，與書前〈「荔鏡傳」敘〉、每葉版心所署《荔鏡傳》亦不符，拿它作為書名，是值得商榷的。其原稱當以《荔鏡傳》為是，但又非指嘉慶前後廈門禁演之《荔鏡傳》、同治前後泉州演出之《荔鏡傳》（即戲曲《荔鏡記》，或名《荔枝記》）[21]。本文討論的《荔鏡傳》，指的便是這部後來被添名《磨鏡奇逢集》（或《荔鏡奇逢集》）的原始中篇傳奇小說而言，這須再次聲明。

　　《荔鏡傳》，二卷二冊，首為無名氏〈荔鏡傳敘〉[22]，次為〈郵亭翫致〉（署「于明起東父題」），次圖版七幅，次正文，不分回，而有長短不一的小標題，不像明代中篇傳奇小說的風格，應屬後加之物，但具情節提示作用。卷一正文間插小標題，依序是：1. 陳必卿實錄，2. 王碧琚實錄，3. 正月三日必卿往任，4. 卿過丹霞驛，5. 卿過黃崗驛，6. 正月十四日卿在潮，7. 次日入謁韓文公及陸公廟，8. 元夜卿琚偶會，9. 卿題煙火，10. 春慰琚，11. 卿辭潮入廣，12. 卿到惠州入謁蘇

19　薛汕：《書曲散記》，頁48。

20　語見吳敢、鄧瑞瓊：〈未見著錄之中國小說十種提要〉，《明清小說論叢》第3輯（瀋陽市：春風文藝出版社，1985年），頁220；又見於江蘇省社科院明清小說研究中心編：《中國通俗小說總目提要》（北京市：中國文聯出版公司，1990年），頁689。

21　參見福建省戲曲研究所編：《福建戲史錄》（福州市：福建人民出版社）「廈門禁演《荔鏡傳》」、「泉州演出《荔鏡傳》」二條，頁155-156。

22　此敘，宣統以後各本均署「宣統庚戌葭月上吉左鹽補留生志」，實非。

東坡廟，13. 博羅停舟，14. 卿會兄于五羊驛，15. 林氏謀奪碧琚之婚，
16. 琚謀春改林之婚，17. 琚祝于春熙亭，18. 卿辭歸，19. 卿回至潮，
20. 五月六日琚投荔于卿，21. 卿為荔留，22. 琚夢鏡壞，23. 卿破鏡于
王家，24. 卿左軒自寓，25. 琚吊鏡，26. 卿示意于琚，27. 琚夢鏡圓，
28. 卿敘鏡，29. 卿琚論帶，30. 春正月卿在潮操琴，31. 琚觀樂論人，
32. 琚論荔，33. 卿倦掃，34. 春試琚，35. 卿遺書于琚。其中「卿過丹
霞驛」、「卿過黃崗驛」、「卿到惠州入謁蘇東坡廟」三目，有詩無文。
本卷敘述南宋端宗景炎（1276-1277）前後，泉州陳必卿（名麟，行
三）與潮州王碧琚（呼為五娘子）原有婚約，礙於泉、潮道路阻隔而
作罷，碧琚由王父做主改許安撫之子林玳。一年元宵節，必卿、碧琚
在燈會上偶遇，一見鍾情，卻又匆匆而別。直至仲夏，碧琚與婢女益
春登樓，憑欄摘荔，適必卿與童僕宜幹策馬路過，再度相見。碧琚在
益春的慫恿下，以羅巾包裹並蒂雙荔，擲予必卿；必卿得荔，驚喜不
已，然苦無相親之道。後經磨鏡業者李公指點，必卿喬妝學徒，進入
王家，故意將其百年寶鏡折斷，佯為墜地，乾脆改名甘荔，賣身為
奴，以償鏡值。從此，必卿一再製造機會向碧琚表達愛意，碧琚則戒
慎恐懼，欲語還休。

　　卷二正文間插小標題，依序是：36. 卿執鹽，37. 琚禱于春熙亭卿
竊視之，38. 卿求春，39. 琚觀鶯柳圖，40. 卿病于相思，41. 琚適卿，
42. 琚思卿，43. 琚病于思，44. 卿及春得攻詞，45. 諸婢亦相與投詞，
46. 卿與琚謀于春熙亭，47. 琚敗約，48. 秋八月望夜卿私琚，49. 卿與
琚復會于含輝軒，50. 卿琚論人物，51. 卿下赤水庄，52. 卿抵赤水庄，
53. 琚思卿，54. 卿從赤水庄歸，55. 玳訟于官，56. 卿琚及春奔至黃崗
驛，57. 琚至墜花山渡脂粉溪，58. 卿被執以歸，59. 卿屈于官，60. 琚
與春別卿于江濱，61. 卿至海豐，62. 王氏獻家書，63. 卿遇家人于海
豐，64. 卿會兄于道，65. 琚思卿，66. 琚得卿書，67. 卿回潮復會于
王，68. 卿畢事于官，69. 必迎王氏以歸。本卷敘述必卿千方百計想親

近碧琚，掃庭、遺書之外，又代益春執盥捧水，孰料碧琚刻意規避，
不得已只好轉求益春做紅娘。益春一面勸小姐相親相惜，一面計授必
卿，建議他畫景吟詩以挑之。必卿因畫「鶯柳圖」（有鶯欲投柳而不
可得之狀）併情歌情詞，暗表心跡。透過益春的居間努力，碧琚自此
戚然感悟，在飽嚐相思之苦後，終於鼓起勇氣，與必卿同盟春熙亭，
私會含輝軒。其間，王家諸婢受賄，投詞相攻；必卿陪王父下赤水庄
收租，被庄人認出，洩露真實身分；林玳又逼婚甚急，竟至訟官，種
種壓力，迫使必卿偕碧琚同益春三人私奔。半途，遭林家僕隸及王家
追回。由於林玳賄賂知州，必卿被發配崖州，與碧琚生離死別；幸發
配途中，遇陞任河東巡撫的兄長（必賢）為他乎反，乃終能免禍，並
將碧琚迎回泉州完婚，成就這段膾炙人口的荔鏡情緣。

　　《荔鏡傳》全文長約二萬七千字，內含詩詞歌賦八十餘則，通篇
以純熟文言寫成，作者熟知閩南地理，行文時卻又未雜閩南方言，這
是「陳三五娘」故事文學中最為特殊的一種。

三　《荔鏡傳》的作者及其成書年代

　　就道光本《荔鏡傳》的故事內容來看，並無「陳家被鈔五娘跳
井，擇地歸隱益春弄璋」[23]，乃至「後來竟不斷被添頭加尾（如：天
門開、送陳運使赴任、陳三登進士第、大團圓）弄得不倫不類」[24]的
後期改竄情節，而是以傳奇體的筆法，保留了「陳三五娘」故事的早
期風貌。至於傳奇小說的作者為誰？成書於哪個年代？迄今眾說紛
紜，莫衷一是，有待我們再作進一步的釐清。

　　關於《荔鏡傳》的作者，傳舊有宋人張澍所撰之說，實不可能，

---

23 會文堂本《荔鏡傳》第十九回回目。據說此書署「光緒十一年孟夏重刻」，無作者及
　 序文，計有二十二回，約十萬字，僅餘回目，參見陳香：《陳三五娘研究》，頁34-41。
24 語見陳香：《陳三五娘研究》，頁9。

陳香《陳三五娘研究》一書已辨其非[25]；但該書卻又據林以仁《閩事鉤沈》，認為：「可斷定《荔鏡傳》當『為明李卓吾所作』無疑，而『成於光宗年間，刻於天啟五年，計十回，分四卷』，是一條正確答案了。」[26]這也實不可能。按李卓吾（贄），生於嘉靖六年（1527），卒於萬曆三十年（1602），絕無於光宗年間（1620）寫成《荔鏡傳》之理，這是顯而易見的。

不過，晉江李卓吾作《荔鏡傳》的說法仍十分普遍，並有「傳說」為證，如說：「李氏寫陳黃戀愛到無法轉圜時（即寫到私情敗露，林大逼婚），舉筆沈吟，狀至艱苦，他的女兒恰好站在旁邊，便獻意說：『何不令兩人私奔』，李氏一面讚許她的聰敏，一面又以他日敗壞家風為慮，一時氣急，竟把他的女兒躂死。」[27]又如說：「相傳他因與一潮州友人爭論陳三籍貫問題，就在一夜之間草成此書以證明陳三是泉州人。」[28]這些傳說離奇荒誕，說李贄一夜行文數萬言並不足採信，說他氣而躂死女兒更是純屬虛構，何況文風有別：《荔鏡傳》「文字晦澀，堆積典故」，與李贄「文字潑辣瀟灑、痛快淋漓的風格，以及語言淺近明白」差異甚大，所以蔡鐵民斬釘截鐵地說：「可以肯定《荔鏡傳》決非李贄所作。」[29]

《荔鏡傳》的真正作者，恐怕一時難考[30]；它的成書年代，倒是比較容易掌握。龔書輝最早據傳中數用元明以來戲曲故事，演唱《西廂》戲，內容與明人小說類似者甚多，關於荔枝的品種等，考證其約

---

25 說見楊大綬《閩山掃葉集》、馮道《荷塘風雨錄》，蔡鐵民：〈明傳奇《荔枝記》演變初探〉，頁12-13。

26 陳香：《陳三五娘研究》，頁12-14。

27 說見龔書輝：〈陳三五娘的演化〉，《廈門大學學刊》1930年1月。

28 說見林頌：〈《陳三五娘》文獻初探〉，《福建戲劇》1960年8月號，頁27。

29 見蔡鐵民：〈明傳奇《荔枝記》演變初探〉，頁33-34。

30 又傳作者為晉江陳紫峰或安溪李光地，但陳、李二氏均係著名理學家，不太可能寫作《荔鏡傳》之類的小說，參林頌：〈《陳三五娘》文獻初探〉一文，頁27。

成立於永樂以後至明代中葉之間，乃「文人從野生的民間傳說，採擷了資料而潤色寫定的，是陳三、五娘故事文學中最早的作品。」[31]後人多承此說[32]。蔡鐵民更進而發現傳中「琚卿論人物」一節有「愛卿者思伯而死」的用典，係出於明初瞿佑《剪燈新話》的《愛卿傳》，而「《剪燈新話》刊印盛行於世是明永樂初，……可見，《荔鏡傳》出現大約於明永樂末年以後的年代裡。」他又舉「《荔鏡傳》的結構、體例近乎明弘治前文言筆記小說」、「表現手法上受明前七子復古派文學風尚的影響」為證，主張《荔鏡傳》應該是「反復古派」出現（明中葉）之前一位不得志文人的作品[33]。龔、蔡二氏的說法大致言之成理，可惜過於籠統，現在我們還可以提出更為確切的時間來。

　　按《荔鏡傳》與《剪燈新話》的關係尚不只《愛卿傳》一篇而已，《剪燈新話》卷一《聯芳樓記》薛氏蘭英、蕙英曾於樓上窗隙窺見鄭生，「以荔枝一雙投下」，事與《荔鏡傳》頗類；《荔鏡傳》「秋八月望夜卿私琚」一節碧琚有「新花未慣風雨，分付東君，細為護持」一語，實則為《聯芳樓記》蘭英詩「嬌姿未慣風和雨，分付東君好護持」的轉化[34]。這且不多論。今知《剪燈新話》作於洪武十一年（1378），三年後初刊，永樂初確曾盛行於世（故有李禎仿作《剪燈餘話》），十八年（1420）再經瞿佑重校，礙於正統年間遭禁，遲至成化三～十年間（1467-1474）復刊[35]。故而嚴格地說，洪武十四年

---

31 見陳香：〈陳三五娘故事的演化〉一文。

32 如入矢高義：〈荔鏡記戲文解題〉，《天理圖書館善本叢書漢籍之部第十卷》（東京：八木書店，1980年），頁21；吳守禮：〈荔鏡記戲文研究序說〉，《臺灣風物》第10卷第2、3期（1960年3月），頁6；林艷枝：《嘉靖本〈荔鏡記〉研究》第二章，頁11-12。

33 蔡鐵民：〈明傳奇《荔枝記》演變初探〉，頁33-34。

34 《聯芳樓記》乃瞿知據吳下民間掌故記錄成篇，參拙著《剪燈新話與傳奇漫錄之比較研究》（臺北市：臺灣學生書局，1990年），頁125；《鍾情麗集》有語云：「因妾年殊幼，枕席之上，漠然不知，正昔人所謂：『嬌姿未慣風和雨，分付東君好護持。』望兄見憐，則大幸矣！」其中引詩，即本自瞿佑《聯芳樓記》。

35 詳參拙著《剪燈新話與傳奇漫錄之比較研究》第三章第一節，頁50-62。

（1381）《剪燈新話》初刊是用其典故之《荔鏡傳》的成書上限，這已經足以推翻陳香所謂：「李景（明洪武時人，1337-1368）……才可能是陳三五娘小說的作者」[36]的結論了。不過，我們發現《荔鏡傳》真正的成書上限並沒有那麼早，它還得下移約一百年，理由是傳中留有明顯抄襲成化、弘治間傳奇小說《鍾情麗集》的痕跡。請看下表對照：（見附表十一）

表十一

鍾情麗集	荔鏡傳
女曰：「兄欲歸矣？」生曰：「不然。」……女又曰：「春寒逼兄耶？」生曰：「非寒也，愁也。」女曰：「何不撥之乎？」生曰：「誰肯與我撥之乎？」	琚過，問之曰：「子倦乎？何不彈鋏歌之？」卿曰：「非倦也，愁也。」……琚曰：「志不得則愁。誠然也，何不撥之？」生曰：「誰與我撥之？」
生殆無以為懷，乃于軒之西壁畫一鶯，後題一絕于上云：「遷喬公子彙新衣，獨自飛來獨自啼。可惜上林如許樹，何緣借得一枝棲？」	因□歎曰：「……淇園芳草水雲迷，如何借得一枝宿？」
	因畫「鶯柳」一圖，鶯欲投柳而不可得之狀，併歌一韻，……重弄金衣，朝朝泣向高枝。枝高枝高，不借一棲悲奈何？
正見女于月桂叢邊，焚香拜月，……吟云：「爐煙裊裊夜沈沈，獨立花間拜太陰。心事不須重跪訴，姮娥原是我知心。」	春……乃口占二句云：「鶯啼露滴滿珠林，說向嫦娥興不禁。」琚曰：「心事不須重祝訴，嫦娥與我是知心。」
又作【望江南】詞以示之：「堪歎處，〔空〕到碧紗廚。一寸柔腸千寸斷，十迴密約九迴孤，夜夜相支吾。……」	生喜歸，詩云：「……一寸柔腸手（千）寸伯（段），十迴密約九迴遷。從此珍重御羅記，幾重鶯聲興未闌。」

---

36 見《陳三五娘研究》一書，頁17。

　　表中《鍾情麗集》男主角辜輅壁上畫鴛、題詩托意，女主角黎瑜娘焚香拜月、設祝誓心，以及彼此間的對話、酬唱[37]，影響《荔鏡傳》各節[38]，一經對照，即一目了然，後者因襲前者，無可置疑。按《鍾情麗集》書前有成化丙午（二十二年，1486）、丁未（二十三年，1487）二序，要說《荔鏡傳》成書上限，當以此為準；而其下限，則以《國色天香》（內中《劉生覓蓮記》引及《荔枝奇逢》）初刊的萬曆十五年（1587），最為保守。不過，《鍾情麗集》刊刻盛行可能在弘治十六年（1503）以後，《劉生覓蓮記》又當作於萬曆之前，且嘉靖四十五年重刊《荔鏡記》之前已有《荔枝記》戲曲在世[39]，配合前賢的說法，《荔鏡傳》既是「陳三五娘故事文學中最早的作品」，又當在「反復古派」出現（明中葉）之前問世，那麼《荔鏡傳》的成書年代應以弘治末至嘉靖初（中有正德一朝）的可能性居大。如此說來，曾被陳香否定，認為「無須詳駁」的「明人王鴻飛所作」的說法（說「鴻飛號一介，蘇州人，正德間，負笈晉江，就理學家陳紫峰讀，無成。唯嗜搜錄民間艷聞以編著傳奇，其後不知所終。」）[40]，反倒值得重新檢討了。

37　四段引文，見《明清善本小說叢刊初編》影印林近陽編：《新刻增補全相燕居筆記》，卷6上層頁4、頁5、頁8、頁10。

38　五段引文，分見以下各節：「卿倦掃」（卷1，頁41）、「卿左軒自寓」（卷1，頁22）、「卿求春」（卷2，頁9）、「卿遺書于琚」（卷1，頁44）、「卿與琚盟于春熙亭」（卷2，頁26）。

39　嘉靖本《荔鏡記》末葉有書坊廣告云：「重刊《荔鏡記》戲文，計有一百五葉。因前本《荔枝記》字多差訛，曲文減少，今將潮泉二部，增入顏臣勾欄、詩詞北曲，校正重刊，以便騷人墨客閒中一覽，名曰《荔鏡記》。買者須認本堂余氏新安云耳。嘉靖丙寅年。」

40　說見杜略：《韻聞漫訪鈔》。杜書又云：「《荔鏡傳》即《荔枝緣》，……演述元順帝時晉江人陸省三艷遇。陳三寅無其人，係偽托；五娘亦非姓黃，乃蒲田名媛方淑瑛也。」此則頗有穿鑿附會之嫌。原書未見，此據陳香：《陳三五娘研究》引，頁12-13。

四　《荔鏡傳》與《荔鏡記》諸戲曲的關係

不可諱言的是，儘管《荔鏡傳》成書早在十六世紀初，但推動「陳三五娘」故事廣泛流行者，仍以稍後的《荔鏡記》諸戲曲居功至偉。我們現在見不到最早的《荔枝奇逢》，也看不到最早的《荔枝記》，只能從較早的《荔鏡傳》小說和較早的《荔鏡記》戲曲的比較做起，一探「陳三五娘」故事在小說、戲曲兩方面的發展脈絡，及其相互融合的密切關係。

嘉靖四十五年《重刊五色潮泉插科增入詩詞北曲勾欄荔鏡記戲文全集》（簡稱「嘉靖本《荔鏡記》」），凡五十五齣，首齣開場詞，敘述故事梗概：

> 【西江月】（末上）世事短如春夢，人情薄似秋雲。不須計較苦勞心，萬事自然由命。
>
> 公子伯卿，佳人黃氏，窈窕真良。因嚴親許配呆郎，自登彩樓選同床。卻逢陳三遊馬過，荔枝拋下綠衣郎。陳三會合無計，學為磨鏡到中堂。益春遞簡，得交鸞鳳。潛地私奔，被告發遣。逢伊兄運使，把知州革除，夫妻再成親。
>
> 襟懷慷慨陳公子，體態清奇黃五娘。荔枝為記成夫婦，一世風流萬古揚。[41]

據此可知，其與《荔鏡傳》小說內容，大體一致。惟主角逕稱陳三、黃五娘，較小說名陳必卿、王碧琚更為通行。若將兩者分段小標題和

---

41 東京八木書店複印本，頁12-13。

各齣齣目，依相關情節排列對照，則可發現彼此仍互有詳略[42]：（見附表十二）

表十二

荔鏡傳	荔鏡記
1.陳必卿實錄　2.王碧琚實錄	1.開場詞
3.正月三日必卿往任	2.辭親赴任　3.花園遊賞　4.運使登途
4.卿過丹霞驛　5.卿過黃公驛　6.正月十四日卿在潮　7.次日入謁韓文公及陸公廟	
	5.邀朋賞燈
8.元夜卿琚偶會　9.卿題煙火	6.五娘賞燈　7.燈下搭歌　8.士女夜遊
10.春慰琚　11.卿辭潮入廣　12.卿到惠州入謁蘇東坡廟　13.博羅停舟　14.卿會兄于五羊驛	
15.林氏謀奪碧琚之婚　16.琚謀春改林之婚　17.琚祝于春熙亭	9.林大托媒　10.驛丞伺接　11.李婆求親　12.辭兄歸省　13.李婆送聘　14.責媒退聘
	15.五娘投井
18.卿辭歸　19.卿回至潮	
20.五月六日琚投荔于卿21.卿為荔留	16.伯卿遊馬　17.登樓拋荔　18.陳三學磨鏡
22.琚夢鏡壞23.卿破鏡于王家	19.打破寶鏡
24.卿左軒自寓25.琚吊鏡	20.祝告嫦娥
26.卿示意于琚　27.琚夢鏡圓　28.卿敘鏡	

42　參考蔡鐵民：〈明傳奇《荔枝記》演變初探〉所附「齣（段）目對照表」（頁36-39）刪補改製。

荔鏡傳	荔鏡記
29.卿琚論帚	21.陳三掃廳
30.春正月卿在潮操琴 31.琚觀樂論人 32.琚論荔 33.卿倦掃 34.春試琚 35.卿遺書于琚	
36.卿執盤 37.琚禱于春熙亭卿竊視之 38.卿求春 39.琚觀鶯柳圖 40.卿病于相思 41.琚適卿 42.琚思卿 43.琚病于思	22.梳妝意懶 23.求計達情 24.園內花開 25.陳三得病
44.卿及春得攻詞 45.諸婢亦相與投詞	
46.卿與琚謀于春熙亭 47.琚敗約 48.秋八月望夜卿私琚 49.卿與琚復會于含輝軒 50.卿琚論人物	26.五娘刺繡 27.益春退約 28.再約佳期 29.鸞鳳和同 30.林大催親 31.李婆催親
51.卿下赤水庄 52.卿抵赤水庄 53.琚思卿 54.卿從赤水庄歸	32.赤水收租
55.玳訟于官 56.卿琚及春奔至黃崗驛 57.琚至墜花山渡脂粉溪 58.卿被執以歸	33.計議歸寧 34.走到花園 35.閨房尋女 36.途遇小七 37.登門逼婚 38.詞告知州 39.渡過溪洲 40.公人過渡 41.旅館敘情 42.靈山說誓 43.途中遇捉
59.卿屈于官 60.琚與春別卿于江濱	44.知州判詞 45.收監送飯 46.敘別發配 47.敕陞都堂
61.卿至海豐 62.王氏獻家書 63.卿遇家人于海豐 64.卿會兄于道 65.琚思卿 66.琚得卿書	48.憶情自歎 49.途遇佳音 50.小七遞簡 51.驛遞遇兄
67.卿回潮復會于王 68.卿畢事于官 69.必迎王氏以歸	52問革知州 53.再敘姻親 54.衣錦回鄉 55.合家團圓

　　由上表我們不難看出：小說兩篇主角的實錄，戲曲以套語和關目概要代替開場；小說類似實錄的具體描寫（如主角活動的時間、地

點），戲曲闕如；小說人物的詩詞歌賦、遊戲文字（如「卿示意于琚」
的〈鳳竹詞〉、「琚夢鏡圓」素月娘子的拆字詩）與長篇議論（如「琚
觀樂論人」、「琚論荔」），以及書信、攻詞等文人色彩較重的部分，戲
曲刪除。反之，戲曲雖幾無增添人物，但首尾增加了莊重的「外」角
（陳伯延）戲，並襯以反面的「淨」角（林大鼻）戲，還特別鋪敘了
花園中事和私奔遇捉的過程，這樣的改變，應該說是為了因應戲曲搬
演的實際需要，也為了吸引臺下觀眾，所做的合情合理的安排。

　　戲曲《荔鏡記》與小說《荔鏡傳》，不無分別直接取材自民間傳
說的可能，但是它們在情節的發展上同多於異，這是不爭的事實。此
外，在嘉靖本《荔鏡記》之後，有萬曆九年、順治八年、光緒十年各
本《荔枝記》[43]，一再傳承，並踵事增華，例如增加了輕鬆趣味的
「安童尋主」、「益春留傘」等「小丑戲」[44]；影響所及，後世如梨園
戲、潮州戲、莆仙戲、薌戲、高甲戲、歌仔戲，乃至車鼓戲、閩南俗
曲等，也常見「留傘」或「抄家」、「投井情死」、「益春告御狀」一些
原本不見於嘉靖本《荔鏡記》的新添內容。這種現象，和《荔鏡傳》
小說不斷被添枝加葉的狀況，亦十分相似。

　　至於小說與戲曲、說唱在各自演化的過程中，是否也有相互融合
的情形呢？答案是肯定的。譬如宣統元年版《磨鏡奇逢集》，書前冠
有回目五十（自「送行餞行」至「合家團圓」），便是從光緒十年《繡
像荔枝記真本》齣目移植而來，只少一目；而民國三年廈門文德堂石
印本《增廣最新陳三歌全集》，謂：「五娘自細受人聘，做過泉州是陳
姓。」這段陳三、五娘原有婚約的說詞，便是本於《荔鏡傳》小說；
又民國十一年新竹竹林書局印行《陳三五娘歌》四集，一經比對，也
可見其情節（如敘陳三家世及父兄姓名、元宵節參加詩詞筆會得以與

43　嘉靖本《荔鏡記》與各本《荔枝記》之比較，可參考林艷枝：《嘉靖本〈荔鏡記〉研
　　究》第五章，頁213-291。
44　參吳守禮：〈荔鏡記戲文研究序說〉，頁11。

五娘相遇）和文句較接近於小說《荔鏡傳》。[45]

五　《荔鏡傳》為佚失的《青梅記》留下寶貴線索

嘉靖本《荔鏡記》的存世，價值不凡，其中增入之《顏臣全部》（第一至第六十五葉上欄），由一百一十闋詞所組成，演述陳彥臣和連靖娘的愛情故事，與《醉翁談錄》乙集卷一《靜女私通陳彥臣》、《憲臺王剛中花探》[46]，《綠窗新話》卷上《楊生私通孫玉娘》[47]，本事相同，雖刪除賓白，只錄曲文，但極可能原與《琵琶記》傳奇同一形式，最後刪減增補完成至遲當在正德（1508-1521）年間[48]，這對研究泉州南戲史乃至中國戲曲史，具有重要的意義。此外，嘉靖本《荔鏡記》戲文尚述及《青梅記》故事，頗引人注意，只可惜材料有限，須與《荔鏡傳》小說所留下的寶貴線索合看，方能對它有更進一步的認識。

我們先來看看嘉靖本《荔鏡記》戲文中幾段述及《青梅記》故事的材料：

（一）第十五齣「五娘投井」──（旦）古人有乜體例？（占）奴惜春、錦桃女情力青梅做表記，恁今不免來學伊。[49]
（二）第十八齣「陳三學磨鏡」──（唱）假意西廂下讀書，

---

45 參吳守禮：〈順治本荔鏡記校研〉，《臺灣風物》第16卷第2期（1966年4月），頁31；陳兆南：〈陳三五娘唱本的演化〉註七，頁22；林艷枝：《嘉靖本〈荔鏡記〉研究》，頁415。

46 《中國筆記小說名著》（臺北市：世界書局，1975年），第1集第7冊，頁14-17。

47 注明「出《聞見錄》」，《中國筆記小說名著》，第1集第7冊，頁49。

48 詳參王士儀：〈泉州南戲史初探〉，頁174-191。

49 原文「女」字音訛作「李」，逕改；又「情力」為「曾把」之意，「表記」為「信物」之意。

伊冥日費盡心神。（白）記得惜春袂得錦桃娘仔，著假意賣果子入頭，力玉盞打破除，姻緣即得成雙。（唱）看伊萬般計較，力玉盞打破賣身。

（三）第十九齣「打破寶鏡」——（生白）幸然得見娘仔，今只鏡卜抱還伊去，想日後無路得入頭。我記得當初盧少春打破玉盞，後來娶妻成就，不免將這鏡來打破。[50]

（四）第二十四齣「園內花開」——（生）伊揆落荔枝，全恁娘仔，卜學當初《青梅記》，即學磨鏡做奴婢。

（五）第二十七齣「益春退約」——（占）今到只，莫推時，人情見許莫負伊，看這只姻緣，通比《青梅記》，青春少女逢著風流才子，且去人情做些鬼。

（六）第三十三齣「計議歸寧」——（生）今願學青梅、崔氏。（旦）看古人有只例。

另外，第九葉上欄前述《顏臣全部》中【黑麻序】有「伊子創設是荔枝青梅」句，第三十二葉中欄插畫亦見「當初曾有《青梅記》，打破玉盞盧少春」詩讚[51]。

綜觀以上幾處文字，所謂「奴惜春」即「盧少春」（閩南方言，音同），他因拾得「錦桃」所擲「青梅」，乃假扮成賣果子的商人，進入她家，又故意把玉盞打破，賣身為奴，藉以親近，果然娶之為妻，成就姻緣——這就是嘉靖（或說正德）之前《青梅記》故事的大致內容；與稍後萬曆本《荔枝記》第十六齣李哥所言盧少春故事，有所不同[52]。

---

50 「記」原作「今」，「娶」原作「去」，逕改。

51 嘉靖本《荔鏡記》中獨共有二○九幅插畫，猶如「陳三五娘」故事的連環圖書；插畫兩旁共八三六行的七言詩，王士儀先生稱之為「七言詩讚體陳三五娘」，他認為其體裁，可能是俗講變文的系統，詳參〈泉州南戲史初探〉，頁166-170。

52 戲中李哥語云：「盧少春是官員子弟，親像三舍一般，騎白馬遊過東牆，遇著金氏娘子，在牆內將青梅擲出來，乞伊收做古記。後做買（賣）馬人，去到伊家，伊父金

　　至於盧少春是在什麼情況下取得青梅？又是如何設計打破玉盞的？我們從嘉靖本《荔鏡記》還無法得知；但若細查傳奇小說《荔鏡傳》所留下的線索，並尋此線索繼續追蹤，那麼《青梅記》故事的具體內容就更清晰了。按《荔鏡傳》「五月六日琚投荔于卿」一節，述及王碧琚和益春在彩樓之上，取並蒂雙荔，裹以羅巾，對準樓下馬上郎陳必卿擲下，然後徨愧下樓，作者於此寫道：

　　　彩帕耀煌，乃繡球之故拋；紅荔爛爛，如青梅之誤中。[53]

接著「卿為荔留」一節，述及陳必卿得荔之後，其心大為所奪，去找磨鏡業者李公，尋求良策：

　　　公國（曰）：「恐『誤』耳！」卿曰：「二女連手親投，且襲以
　　　羅中（巾）甚固，以是知之乃『故』也，非『誤』也。」……
　　　公曰：「昔錦桃以青梅戲鷗鴣，誤中少春，春疑私，以故碎其
　　　玉盞，後事得濟──公子事實類之。」卿曰：「被（彼）以青
　　　梅中者，『誤』也；我以荔巾中者，『故』也。『誤』尚可遂，
　　　而『故』獨不可圖乎？」公曰：「正謂此也。」卿曰：「今將奈
　　　何？」公曰：「王有鏡，珍擬連城，價碩鴻都，可為鏡工以破

太守留待茶酒，故意將玉盞打破，無賠典身伊家，後來姻緣成就。」見《明清閩南戲曲四種》，頁263。而順治本《荔枝記》「求藝李公」齣，李公則言「只正是錦桃共蘆（盧）少春打破玉盞事」，並非「金氏娘子」，同上，頁437。按《國色天香》另有〈青梅歌〉云：「室女金英閒步後園，因戲青梅，窺見牆外俊士騎白馬經過，彼此相應。其女背親，遂相從焉。及後相棄，英悔恨不已，乃作〈青梅歌〉以自解。歌曰：……。」這也與《青梅記》故事有同有異，《繡谷春容》、《燕居筆記》亦見收錄。

53　《荔鏡傳》，卷1，頁15。

之，則少春重見於公子矣！」[54]

李公、必卿的對話當中透露出，盧少春取得青梅，原來是在錦桃戲投
鷯鴣時，誤打誤撞，陰錯陽差造成的。而陳必卿故意「破鏡」的靈
感，實得諸「青梅」故事「碎其玉盞」之舉。關於碎玉盞事，《荔鏡
傳》於「卿破鏡于王家」一節還有補充，說王碧琚父翁九郎發現家藏
百年寶鏡，被化名甘荔的陳必卿弄破，心疼不已：

> 翁曰：「好手也。吾鏡價百金，而子壞之，將何以償矣？」生
> 曰：「『誤』耳！昔韓魏公不責碎玉盞吏，一裴□帥不較碎瑪瑙
> 盤。□人多其量，惟翁少□焉。」[55]

可見碎玉盞事，當是發生在韓魏公（琦）的身上，該「碎玉盞吏」，
便即盧少春。我們根據這條線索，去找尋關於韓琦的事跡或軼聞，相
信必能得知更多參考資料。果然，南宋彭乘《墨客揮犀》曾載：

> 韓魏公知北都，有獻玉盞一隻，表裡無纖瑕。公乃開醇召客，
> 特設一桌，覆以繡衣，致（置）玉盞其上，將用之遍勸坐客。
> 俄為吏誤觸，臺倒盞碎，坐客愕然，吏伏地請罪。公神色不
> 動，笑語坐客曰：「物破亦自有時。」謂吏曰：「此『誤』也，

---

[54] 《荔鏡傳》，卷1，頁17。另後刊《荔鏡奇逢集》、《奇逢全集》有注云：「《麗情外
集》：都城女白緋愛鸚鵡，鸚鵡常（嘗）作人語曰：『娘子姻緣且謀結聯，何如？何
如？好倩（媒）借姑。』一日，白緋以青梅投弄鷯鴣，誤落范陽之首。陽圖之，終
成夫婦。始知倩媒，青梅也：借姑，鷯鴣也。鸚鵡之言，信不謬矣。」又有注云：
「《情集》：韓琦家婢曰錦桃，以青梅戲鷯鴣，誤中少春，後竟成婚。」、「少春疑是
范陽之字，錦桃疑即白緋之字。」

[55] 《荔鏡傳》，卷1，頁20-21。

　　　　非『故』也，何罪之有？」[56]

由此看來，所謂《青梅記》，本事當脫胎於此。而它可能又揉合了李白詩〈長干行〉的「弄青梅」、白居易樂府〈井底引銀瓶〉的「弄青梅」、元曲《牆頭馬上》的「撚青梅」等文學技巧，令人容易聯想到南戲的《牆頭馬上擲青梅》[57]。

　　這部以錦桃戲鷓鴣，青梅誤中盧少春，盧少春疑私，乃設計碎其玉盞為重點的《青梅記》，可能是小說，更可能是一流行於閩南地區的早期南戲（且因流行頗廣，造成故事有多種版本）。它顯然與汪廷訥（萬曆中前後在世）的《青梅佳句》（別名《劉婆惜畫舫尋梅》）、《青梅記》（《笠閣評目》、《今樂考證》著錄）[58]，並不相同；戲曲選集《月露音》殘存《青梅記》數曲[59]，究其內容，似為汪作，而與此無涉。雖然此一《青梅記》恐怕是真的佚失了，不過它曾和《西廂記》、樂昌公主破鏡重圓、司馬相如卓文君私奔等情事一樣，對「陳三五娘」故事（包括小說、戲曲）產生過不小的影響[60]，這點是絕對可以肯定的。

　　佚失的《青梅記》，幸賴嘉靖本《荔鏡記》戲文載其大要，而《荔鏡傳》更為它留下了寶貴的線索，這無疑是此一中篇傳奇小說的另一重要文學史料價值。

---

56 此據丁傳靖輯：《宋人軼事彙編》卷8引（臺北市：臺灣商務印書館，1982年），頁328。

57 詳見吳守禮：《荔鏡記戲文研究序說》，頁16。

58 參莊一拂：《古典戲曲存目彙考》（上海市：上海古籍出版社，1982年），卷6「青梅佳句」、卷9「青梅記」二條，頁454、862。

59 《月露音》卷4選《青梅記》曲，輯自「飛英」、「題梅」二齣，見王秋桂主編：《善本戲曲叢刊》第2輯（臺北市：臺灣學生書局，1984年），頁646-651。

60 詳參林艷枝：《嘉靖本〈荔鏡記〉研究》第三章第一節，頁47-55。

六　結語

　　關於「陳三五娘」故事的小說作品不少，現當代如日人佐藤春夫《星》、章君穀《陳三五娘》等改寫創作，姑且不談。民初曾有石印、線裝的《陳三與五娘》，用通俗小說的寫法，「文筆通順，也無任何舊詩詞的穿插」[61]；據說明清已有兩本各約十萬字、名為《荔鏡傳》的章回小說，可惜失傳，僅餘回目[62]。這種情形，可以印證文言傳奇小說確有逐步朝章回白話小說形式邁進的規律，但礙於原書已佚，不容憑空臆測。因此，本文僅就現存較早的道光丁未年刊《荔鏡傳》（添名《荔鏡奇逢集》、《磨鏡奇逢集》，後來又作《奇逢全集》等），進行研究，相信它當幾近明代原刊面目才是。至於另一名為《繡巾緣》的筆記小說[63]，內容取「陳三五娘」故事為骨幹，多所附會，是其變調，則暫置不論。

　　單就最早演述陳必卿、王碧琚（即陳三、五娘）著名愛情傳奇的《荔鏡傳》小說而言，如前所述，《荔鏡傳》初名當為《荔枝奇逢》，曾經在明代書坊普遍流行過；今雖只存清刊本，但不能因此斷定它是「承秉才子佳人小說之餘緒」的「清代小說」[64]。實際上，《荔鏡傳》是直接延續《剪燈新話》、《鍾情麗集》等文言小說創作傳統，而於弘治末至嘉靖初成書的明中葉作品，明末清初盛極一時的才子佳人小說，不少作品正是受到這些傳奇小說的影響，而不是相反。我們無意

61　見陳香：《陳三五娘研究》自序，頁2。

62　參見陳香：《陳三五娘研究》，頁34-41。

63　收入近人彙刻小說總集《小說海》中，提要參林頌：〈《陳三五娘》文獻初探〉，頁28轉30。林鴻《泉南指曲重編》亦載，中央圖書館臺灣分館藏民國元年上海文瑞樓書庄版；林鴻（霽秋，1869-1943）編印此書，貢獻卓越，小傳見江吼《林霽秋與南曲》，收入《泉州南音藝術》一書（福州市：海峽文藝出版社，1988年），頁130-131。

64　語見《中國古代小說百科全書》「荔鏡傳」條（吳敢撰）（北京市：北京中國大百科全書出版社，1993年），頁280。

誇大《荔鏡傳》成書之早，藉以得出「陳三五娘」故事流傳之久遠的結論，只是實事求是，還它在文學史上應有的位置而已。不過事實證明，《荔鏡傳》這部長達二萬七千言的中篇傳奇小說，雖用典雅文言寫作，卻是根植於民間文學的土壤之上，除保有閩南口傳「陳三五娘」故事的完整架構與原始風貌之外，又有像女主角奔逃「忽墜所帶（戴）三丹花，後此山出三丹甚眾」，故名該處為墜花山；「至雙溪口，解羅帕，誤脫脂粉，逐（遂）化溪水如脂沙如粉」，故名該處為脂粉溪[65]，這類民間色彩濃厚的文字記錄，由此的確可證「陳三五娘」故事，必遠在《荔鏡傳》成書的明代中葉以前即已流傳了一段不短的時間了，才會有這樣的地方風物傳說產生。

　　作為「陳三五娘」故事的早期之作，《荔鏡傳》無疑是研究該故事演化的重要之資，持與《荔鏡記》諸戲曲加以比較，可以發現小說、戲曲對同一題材處理上的差異，也可以看出小說、戲曲在文學發展史上相互融合的現象，尤可貴者，《荔鏡傳》還意外地為我國佚失的一部《青梅記》留下了寶貴的線索，足見文學作品的價值往往不限於一端，《荔鏡傳》如此，其他大批元明中篇傳奇小說亦然。過去我們學術界，往往直覺地認定元明文言小說為唐宋傳奇之末流，吝於正面瞧它一眼，這種觀念似乎不無修正的必要。

---

65 見「琚至墜花山渡脂粉溪」一節，卷2，頁41。作者且云：「凡此二端，甚事（是）其（奇）怪。此蓋琚之精華不凡，一經甚（其）地，而山川為之出色如此。」

第九章
《懷春雅集》研究

一　前言

　　《懷春雅集》，明代中篇傳奇小說之一，其作者姓名，高儒編於嘉靖十九年（1540）的《百川書志》卷六小史類著記：「國朝三山鳳池盧民表著，又稱秋月著」[1]，萬曆本《金瓶梅詞話》欣欣子序則稱是「前代騷人」「盧梅湖」所作，餘皆無考。故至今只能根據這兩條線索，推測《懷春雅集》的作者為盧民表，乃「明代前中期福建福州府閩縣（今屬福州市）人，號梅湖，秋月當是其別署」[2]。

　　雖然盧民表生平不詳，但《懷春雅集》卻具有頗高的知名度，這跟欣欣子〈金瓶梅詞話序〉提到它，明代流行的通俗類書、小說彙編（《燕居筆記》、《花陣綺言》）收錄它，以及三部明傳奇依據它加以改編，都有連帶的關係。不過，學術界向來欠缺對《懷春雅集》進行深入研究，以致它常被與另一明代中篇傳奇小說《尋芳雅集》混為一談[3]。

　　在沒有仔細核校《風流十傳》卷七的《融春集》以前，研究者也往往採信孫楷第《日本東京所見小說書目》的說法：

　　　　《融春集》（即《懷春雅集》）　記至道時，蘇育春與潘相國女

1　高儒：《百川書志》（臺北市：成文出版社《書目類編》第27冊影印1975年排印本），總頁11960。稍後晁瑮：《寶文堂書目》卷中子雜類亦著錄，無作者姓名。

2　語見《中國古代小說百科全書》「懷春雅集」條（薛洪勣撰）（北京市：中國大百科全書出版社，1993年），頁180。

3　本論文後續《尋芳雅集》研究一章將有詳細說明。

玉貞情事。先通好，後結婚。王平章有女翠瓊欲適生，生拒
之。女抑鬱至死。[4]

認為《融春集》就是《懷春雅集》的異名，如此而已。其實，《懷春
雅集》與《融春集》差異甚大，經過好事者的大肆加工，兩者在文字
和情節上迥然有別。我們似不宜再繼續引述孫目關於《融春集》的提
要，用以介紹《懷春雅集》這部小說[5]。

　　同樣的，在沒有仔細比對蘭陵笑笑生的《金瓶梅》之前，我們
並不瞭解欣欣子何以特別提到「盧梅湖之《懷春雅集》」？現在經過
核校，才發現原來《金瓶梅》中多達二十首詩，竟是襲自《懷春雅
集》[6]。這個發現，一方面有助於考證《金瓶梅》寫作的素材來源，一
方面則為元明文言傳奇小說與明清白話章回小說的密切關係添一例證。

　　以下，我們就依序介紹《懷春雅集》這部小說和它的影響，藉以
明其真相與價值。

二　《懷春雅集》的版本及其故事內容

　　《懷春雅集》的單行本，盛行於嘉靖至萬曆年間書坊[7]，亦似曾
傳往日本[8]，今佚。我們現在可以看到的明（萬曆）版有三，分別被

4　孫楷第：《日本東京所見小說書目》（北京市：人民文學出版社，1991年），頁126。採
　　信者如胡士瑩：《話本小說概論》第十一章（北京市：中華書局，1980年），頁411。
5　例如吳書蔭：《曲品校注》（北京市：中華書局，1990年），頁310。
6　香港學者梅節首先發現《金瓶梅詞話》大量套用《懷春雅集》的詩篇，原擬撰文在
　　一九九二年六月山東棗莊「第二屆國際《金瓶梅》學術討論會」上發表，惜未完
　　成。本文第五節圖表係據梅先生提供的草稿補充論述，不敢掠美，特先聲明。
7　除《百川書志》、《寶文堂書目》、欣欣子〈金瓶梅詞話序〉之外，明代中篇傳奇小
　　說《劉生見蓮記》亦述及「書坊」可覓得「話本」《懷春雅集》。
8　日本秋水園主人《小說字彙》援引書目第一二〇種為「懷春懷集」，極有可能就是
　　《懷春雅集》。

收錄在何大掄編的《重刻增補燕居筆記》（以下簡稱「何本」），和林近陽編的《新刻增補全相燕居筆記》（以下簡稱「林本」），以及《花陣綺言》之中。兩本《燕居筆記》均見於卷九、卷十上層，題為《懷春雅集》；《花陣綺言》卷九、卷十所收，則名曰《金谷懷春》。至於《風流十傳》卷七之《融春集》，因是大幅度的改寫本，留待下節討論，本節先談前三種版本。[9]

　　《花陣綺言》之《金谷懷春》，實依林本《燕居筆記》之《懷春雅集》迻錄無疑，最明顯的證據是：林本《懷春雅集》故事未完，刻到「生見玉貞詠七夕，乃作【惜分飛】詞以答」止（詞未見），下接「王鐘美〈怨花解〉」、「陳明輝〈醉桃簽〉」二文；《金谷懷春》末尾改作「生見玉貞詠七夕，乃作〈惜花說〉以答云」，所錄〈惜花說〉，根本就是王鐘美的〈怨花解〉的偽造。林本《懷春雅集》與《金谷懷春》的差別，只在前者有一闋【鷓鴣天】詞作為入話，後者無，而其文中詩詞偶見異字，並於一二處調整穿插次序而已，真正是名異實同。

　　何本《燕居筆記》刊刻的時間比林本早，其《懷春雅集》故事也比林本完整。兩者入話相同；惟故事四分之一處，何本則多出約千字（含三首絕句、二闋詞）；在【惜分飛】詞之後，何本尚有長約三、四千字的重要情節（含十首律詩、九闋詞），為林本所無。可惜何本在文字方面訛誤稍多（林本較精），又為配合上下層版面一致的緣故，曾在卷九接卷十故事二分之一處有所刪削（由此亦可證知林本所謂「新刻」，應當也是直承《燕居筆記》的「初刻」本而來，它與「重刻」的何本為「兄弟」關係，而非「父子」），結局也有些草率，

9　均據《明清善本小說叢刊初編》（臺北市：天一出版社，1985年）影印之日本內閣文庫藏本。惟其何本《燕居筆記》卷九葉三十四、三十五，卷十第二十八、二十九、三十闋如，林本《燕居筆記》卷十葉十九後半、葉二十前半亦然，另據上海古籍出版社《古本小說集成》影印之同一版本（未缺）；又其《花陣綺言》卷九葉三十八云「原闕」，則另據大連圖書館所藏之同一版本（亦未缺）。

彷彿經過簡寫。故就字數而言，現存三明版均在二萬七千言上下，但估計《懷春雅集》原書當在三萬字之譜，穿插的詩詞在二百二十首以上。

　　由於上述三種版本皆不完足，因此我們要瞭解《懷春雅集》完整的故事內容，最好以何本為底，參校其他二種，方能窺其原貌：

　　話說元朝至正初年，有書生蘇道春（字國華，號百花主人），原籍陝西武功，其父派任河南廉訪司使，故而隨行。一年正月十五，蘇生與本司令史何一清者遊逛燈會，邂逅一絕色美人，不禁神思昏迷，連日興吟；適逢書房中一株牡丹盛開，遂更號牡丹主人，並向司獄之神拜禱，暗期娶該名女子為妻。

　　事有奇巧，拜禱當夜，蘇生聞窗外有詩吟道：

> 牡丹紅覷海棠紅，半在南陽半武功。
> 國色天香誰是主，想應都付與東風。[10]

他推窗一看，杳無人影，心想或許是司獄之神顯靈指示，因為「吾有『牡丹』之號，彼有『海棠』之應；吾郡『武功』，彼郡『南陽』」，故喜形於色。明日，蘇生便托何一清打聽消息，由「東風」樓下媒婆蔡媽口中得知，那女子乃致仕相國潘萬斛的獨生女潘玉貞（名拱璧，號海棠紅），係一才女，著有《海棠集》，現隨父親居住南陽，元宵節特至外公家賞燈。蘇生愈聽愈奇，以為天賜良緣，急托蔡媽做媒。然一年過去，全無喜訊。

　　次年春天，蘇生送父入京，途至南陽，訪友姓黃名中者，訴以往事。黃中建議他不妨執贄就學於潘門，藉機親近玉貞。蘇生聽計，順利投於潘相國門下，並留在館中攻書。因潘府華居壯麗，賞心悅目，

10　「南陽」二字，何本原作「城南」，據林本、《花陣綺言》改。

他又是志在佳人，無心讀書，故常流連府中園亭，和玉貞舊題詠物詩詞以自遣衷懷。玉貞也早知蘇生來歷，又常聽侍女桂英提起他吟詩寄情種種樣貌，頗生好感，但礙於男女授受不親，從不表露心跡，直到八月中秋潘母壽誕，正式見面之後，才漸趨主動。例如她曾密遣丫鬟小鸞送「鷓鴣斑」香給蘇生，特地囑咐：「若公子問所從何來，只道汝物供應。」（蘇生見香名貴，知非小鸞所能有。）又曾暗自竊和蘇生情詩等等。不過，冰清玉潔的她依然嚴守分際，例如她曾在秋香亭畔賦【卜算子】詞未畢，蘇生上前續詞聯句挑之，她連忙將詞各分其半，命桂英送還，以阻其非分之想。

又到明年春天，玉貞態度未改，她曾遣桂英持武夷龍團茶饋贈蘇生，待桂英攜來情書，她急納於袖，返室觀看，卻又只封白箋一紙回覆，可見心理之矛盾。蘇生長期寄住潘府，始終無從一親芳澤，漸漸按耐不住，先私桂英，又製春詞數十首表意，還畫一幅「張生遇鶯鶯圖」（有裸裎薄惡之態）企圖挑逗，並不時撫琴傳達相思之情，逼得玉貞幾乎招架不了。這年秋天，潘父病逝（臨終前遺囑夫人將女兒許配道春），才使蘇生暫停攻勢，但數月後立即故態復萌。玉貞不是不明白蘇生對自己的愛戀，然每遇彼有非禮要求，總是設法以計脫身，後來實在躲不掉，才在愛蓮亭答應跟他幽會。然而，這次她還是變了卦，臨時商請一位姿容類己的璘娘充當替身，堅守自己的貞操。

再過一年，蘇生父母來信促歸。此時，玉貞與他的感情已深，依依不捨，不禁觸物感吟，且表明：「如果不遂所志，吾有死而已。」乃剪髮為信，送別蘇生。蘇生該年春選果中高第，友人黃中亦榜上有名。當時，有鄧平章者器重蘇生，願妻以愛女，但蘇生惟玉貞是念，加以拒絕，平章亦不勉強，蘇生遂以省親之故乞歸，上許之。值此同時，潘玉貞母親為完夫夙願，遣「東風」樓下蔡媽往蘇家議親，蘇父大喜，立刻為子擇吉納采。消息傳到蘇生耳中，他迫不及待地逕造潘府致謝。玉貞因婚約已諧，態度不再堅持，乃藏蘇生於閣內十餘日。

潘母得知，趕緊讓他們完親。婚後，蘇生「置富貴於度外，不以試吏為念」，玉貞則勸以「方今綱紀縱橫，民生塗炭，子可展擎天之手段，沛大旱之甘霖」，要他挺身報國，兼善天下，蘇生同意。時在七夕，兩人吟詠贈答。（林本《燕居筆記》、《花陣綺言》故事僅止於此。）

　　翌日，朝廷下詔，詔蘇生以武將待遣，協助邊事。蘇生憂心此去交戰，生死未卜，不忍別離；玉貞勉以「仁者不以盛衰改節，義者不以存亡易心」，要他安心啟程。這次兵事比預料的還順利，朝廷倚重蘇生長才，因而派他駐外，他也就迎玉貞赴任。

　　過一年多，邊境又起戰鼓。朝廷拜蘇生為都元帥，將兵五十萬，黃中為副元帥，將兵三十萬，與敵交戰。這次兵事不再順利，蘇生雖優於戰陣之法，終因兵窮糧盡，與黃中同為外敵墨郢王所擄。墨郢王幾番勸其歸順，蘇生立志捨生取義，殺身成仁。墨郢王感其忠義，未忍遽殺，加以長期拘禁。蘇生曾作【鷓鴣天】詞以自抑。[11]

　　另一方面，玉貞自從蘇生領戰邊境之後，無不朝思暮想，然而傳報回來的消息，卻都說蘇生已死。蘇生父母以玉貞年少無子，不可寡居，意欲為她改嫁；時有武功巨戶張風鵬者，知玉貞才貌雙全，求婚為正室，蘇生父母做主答應。玉貞聞知，立即斷髮，以示為夫守節，絕不變心。這一守，守了兩年，玉貞哀慟如一，「見者莫不酸鼻，聞者莫不咨嘆」。

　　兩年來，蘇生與黃中身陷敵陣，但堅不受屈，墨郢王屢試無效，不勝感動，最後決定送二人歸國，並納幣獻地求和。朝廷褒崇二人為國立功，賜以金帛輿馬無數，且封蘇生為魏國公，贈玉貞為魏國夫人。蘇生後有三子，俱官至金紫光祿大夫。

　　綜觀全篇，故事由男女風情急轉為國家民族之愛，風格前後不甚

---

11 內閣文庫所藏之何本自此殘缺，【鷓鴣天】詞未完；下據上海復旦大學所藏之何本（即《古本小說集成》所影印者）補足。

統一，作者寫作態度漸趨嚴肅，這種情形在元明中篇傳奇小說中並不多見。

三　《懷春雅集》與《融春集》差異甚大

如前所述，以往研究者總認為《融春集》即《懷春雅集》，但事實上，《懷春雅集》與《融春集》差異甚大，不宜再以「名異實同」論之。

關於《融春集》，首見萬曆庚申（四十八年，1620）刊行之《風流十傳》，次為崇禎至清初余公仁刊行的《增補批點圖像燕居筆記》（以下簡稱「余本」）卷下之七收錄，兩者幾無不同。茲據《風流十傳》卷七所載，比較《融春集》和《懷春雅集》的差異，主要有以下數端：

（一）《融春集》全文長約一萬五千字，穿插詩詞近百首，篇幅僅達《懷春雅集》（原文長近三萬字，詩詞逾二百首）一半左右。

（二）《融春集》中穿插的詩詞韻文，只有【燭影搖紅】（誰駕香車）半闋、【春從天上來】（靜悄春宵）一闋、【卜算子】（日色映蓮塘）聯句、【好事近】（夜色映簾櫳）一闋、【陽關曲】二句（把酒留君君不住，贈君一闋陽關曲）和【蘇幕遮】一句（漏聲沈），與《懷春雅集》略同，甚至比抄自另一明代中篇傳奇小說《劉生覓蓮記》的還少得多[12]。

（三）《融春集》刻意有別於《懷春雅集》，故改故事年代（元至正初）為宋至道初，改地點（武功、南陽）為金陵、芝陽，改男主角蘇道春（字國華，初號百花主人）為蘇育春（字汝煦，別號牡丹主

---

12 《融春集》抄自《劉生覓蓮記》的詩詞，有十首之多，故事人物與情節亦見因襲。本論文後續《劉生覓蓮記》研究一章將有詳細說明。

人），改潘萬斛為潘晟，改蔡媽為應媽，改黃中為楊忠，改鄧平章為王平章，別添一智童為蘇生書僮（專與桂英打情罵俏），另添王平章女名為翠瓊（字淑貞，號碧桃，後竟抑鬱至死，魂歸蘇生）。

　　（四）《融春集》的故事情節，與《懷春雅集》互有詳略。《懷春雅集》後半以蘇道春立節異域為重點，《融春集》則交代是王平章對蘇育春拒婚耿耿於懷，因而上奏朝廷，故意派他征討邊虜；育春雖亦有破虜立功的事蹟，但無立節於異域、感動墨鄮王納幣獻地求和的記載。《融春集》末尾作「攜翠瓊棺，歸葬於南山。生與玉貞亦治壽藏預撰墓誌，建庵于側，植牡丹、海棠、碧桃（原注：生號牡丹，玉貞號海棠，翠瓊號碧桃），雜以菊松，扁其庵曰『融春真境』。……生二子，曰蘇淶，曰蘇瀛，兄弟聯芳。夫婦享年九十，葬後常有雙鳥飛逐花下，至今傳云」，亦與《懷春雅集》大異其趣。

　　當然，《融春集》既是據《懷春雅集》加以改寫，相同處不可能沒有。林本《燕居筆記》有《懷春雅集》插圖九幅，依序題曰：「蘇生興吟」、「生寫衷懷」、「生受玉貞密遺」、「玉貞竊和生韻」、「蘇生身私桂英」、「蘇生撫琴」、「玉貞步愛蓮亭」、「玉貞觸物感吟」、「生為貞藏內閣」，可視為《懷春雅集》的幾個段落大意，這些段落，在《融春集》都可以找到對應的位置。另外，《融春集》裡的一些細節，如「（玉貞）將詞紙分裂，命桂英還生」、「玉貞即接書，反室觀焉。……封白箋一幅拒之」、「生繪『崔張圖』，托蘭英以遺玉貞」、「（玉貞商請璘娘）『汝能代我一行否？』璘娘不答，掩口而笑」，顯然仍是《懷春雅集》舊有的內容。

　　《懷春雅集》與《融春集》的關係，簡言之，前者為後者提供了故事的整體架構，後者據前者編寫並刻意改動，改動幅度之大，幾乎使它成為一個新的故事，並非「名異實同」那麼簡單。有趣的是，明代另一部中篇傳奇小說《劉生覓蓮記》，竟居間扮演著「承先啟後」的作用：《劉生覓蓮記》作者於故事中提到了《懷春雅集》，而《融春

集》改寫《懷春雅集》時，卻又抄用了《劉生覓蓮記》的大量詩詞
（兼及情節）。這個現象，凸顯了明代中篇傳奇小說彼此之間關係的
密切與複雜。

四　《懷春雅集》曾有三部明傳奇加以改編

《中國古代小說百科全書》介紹《懷春雅集》時說：

> 明傳奇《忠節記》、《懷春記》、《羅囊記》均據此改編寫成。[13]

這是有待商榷的。因為《羅囊記》一名《高漢卿羅囊記》[14]，明呂天
成《曲品》云此記：「演高漢卿忠孝事亦可觀。」今不見傳本，僅明
代戲曲選本（《群音類選》卷十五、《吳歈萃雅》利集、《詞林逸響》
月集）收錄有散齣曲文，其本事據錢南揚《宋元戲文輯佚》說：「大
概高漢卿也和《鸞釵》中的劉翰卿一樣，為繼母所迫害，夫妻相別
時，妻子把羅囊一對，各配其一；後來漢卿終於立節異域，衣錦還
鄉，夫婦重圓。」[15]此一推測，實本於明祁彪佳《遠山堂曲品》關於
《羅囊記》的按語：

> 高漢卿之於繼母，酷肖《鸞釵》；其後立節於異域，又似《懷春
> 雅集》所稱蘇道春者。[16]

---

13 語見《中國古代小說百科全書》，頁180。
14 見明人《南詞敘錄》著錄，《中國古典戲曲論著集成》（北京市：中國戲劇出版社，
　　1982年）第3冊，頁252。
15 參吳書蔭：《曲品校注》，頁197-198。
16 《中國古典戲曲論著集成》，第6冊，頁23。

雖說高漢卿立節於異域「似《懷春雅集》所稱蘇道春者」，但「高漢
卿之於繼母，酷肖《鸞釵》」的另一重點，如錢南揚所述者，則與
《懷春雅集》毫不相干。倘若逕言《羅囊記》係據《懷春雅集》「改
編寫成」，恐怕與事實有些出入。

　　不過，在明代戲曲中，確實曾有三部傳奇是根據小說《懷春雅
集》改編寫成的，即《忠節記》、《懷春記》，外加另一部《忠烈記》：

　　（一）《忠節記》，錢直之著。呂天成《曲品》云：

> 《忠節》　此小說中《懷春雅集》也，風情而近古板者。此君
> 學甚富，每以古人姓名協韻，不一而足，亦是別法。[17]

　　（二）《懷春記》，王五完著。祁彪佳《遠山堂曲品》云：

> 《懷春》　此亦傳蘇道春者，位置亦自楚楚，但用韻頗雜；而
> 鍊字琢句之工，不及《忠節》多矣。[18]

　　（三）《忠烈記》，謝天瑞著。祁彪佳《遠山堂曲品》云：

> 《忠烈》　傳蘇道春者凡三，以此為最下；然盡去風情，獨著
> 忠烈，猶不失作者維風之思。[19]

以上三部明傳奇，據呂天成、祁彪佳的說法，確係改編自《懷春雅集》
無疑。三部傳奇的作者，除王五完資料不詳之外，錢直之（號海屋）、

17　《中國古典戲曲論著集成》，第6冊，頁240。
18　《中國古典戲曲論著集成》，第6冊，頁72。
19　《中國古典戲曲論著集成》，第6冊，頁92。

謝天瑞（一作天祐，字起龍，號思山），皆約萬曆中前後在世[20]，可惜他們這三部作品今皆失傳。

　　同以蘇道春故事為題材的三部明傳奇雖有高下，又皆亡佚，但從它們的命名和明人的評述看來，仍然可以讓我們知道：《懷春雅集》男主角實乃蘇道春，而非《風流十傳》、余本《燕居筆記》裡的《融春集》所改寫之蘇育春；小說原作既富「風情」，又強調「忠節」、「忠烈」，足見何本《燕居筆記》裡的《懷春雅集》，與小說原貌最為接近；而林本《燕居筆記》裡的《懷春雅集》和《花陣綺言》裡的《金谷懷春》，將蘇道春「立節於異域」的情節刪除，跟謝天瑞《忠烈記》傳奇「盡去風情，獨著忠烈」的取材方向恰恰相反，皆非《懷春雅集》的全貌。

　　《懷春雅集》問世以後，在明代便有好事者費心地要將它改寫成另一部小說（《融春集》），又同時有三位明傳奇作者將它改編成戲曲（《忠節記》、《懷春記》、《忠烈記》），它的受人歡迎，於此可見一斑。

五　《懷春雅集》提供《金瓶梅》寫作素材

　　《懷春雅集》在明代的廣受歡迎，還可以從它提供《金瓶梅》寫作素材更加獲得印證。香港學者梅節曾經指出，《金瓶梅》有十七處十六首（一首重見），是套用《懷春雅集》的十六首詩篇（其中有一首被抄改成二首，有二首被組合成一首）[21]。今繼續比對，又發現《金瓶梅》第六十七回「殘雪初晴照紙窗」、第七十二回「寒暑相推春復秋」、第七十八回「盡日思君倚畫樓」和「燈月交輝浸玉壺」等四詩，以及第六十九回「縱橫慣使風流陣，那管床頭墜金釵」留文，也是襲自《懷

20　參莊一拂：《古典戲曲存目彙考》（上海市：上海古籍出版社，1982年），頁901-902、1010-1011。

21　參梅節先生提供的草稿。

春雅集》。故合計《懷春雅集》至少有二十首詩詞，提供《金瓶梅》二十二處二十首完整詩篇作為寫作的素材。茲先列表比勘，再做討論。表中《懷春雅集》以何本《燕居筆記》為底本（簡稱《何》），校以林本《燕居筆記》和《花陣綺言》（簡稱《林》、《花》）；《金瓶梅》則以萬曆本《金瓶梅詞話》為底本，校以通稱「崇禎本」的《新刻繡像批評金瓶梅》，並附記當代排印本頁碼[22]，便於尋檢：（附表十三）

表十三

懷春雅集	金瓶梅
信手烹魚鳳素葉，神仙有路早登臨。掃階偶得任卿業，彈月輕移司馬琴。桑下肯期秋有意，懷中可犯柳無心。黃昏誤入銷金帳，且把羔兒獨自斟。按：「葉」、「早」，《林》、《花》作「音」、「足」。「業」，《花》作「葉」。	信手烹魚覓素音，神仙有路足登臨。掃階偶得任卿葉，彈月輕移司馬琴。桑下肯期秋有意，懷中可犯柳無心。黃昏誤入銷金帳，且把羔兒獨自斟。按：見於第六十九回前（頁911，「秋」，作「狄」）。崇禎本無。
玉輪冷浸一秋壺，分得清光照綠珠。莫道使君終有歸，令人無處覓羅敷。按：《林》、《花》無此詩。	燈月交光浸玉壺，分得清光照綠珠。莫道使君終有婦，教人桑下覓羅敷。按：見於第七十八回末（頁1111）。崇禎本（頁1134）同。
翠眉雲鬢畫中人，裊娜宮腰迥出塵。天上嫦娥元有種，嬌羞釀出十分春。按：「元」，《林》、《花》作「原」。	翠眉雲鬢畫中人，裊娜宮腰迎出塵。天上嫦娥元有種，嬌羞釀出十分春。按：見於第七十八回中（頁1098）。崇禎本（頁1119-20）「迎」作「迥」。

22　《金瓶梅詞話》採梅節校訂、陳詔黃霖註釋之重校本，香港夢梅館印行，1993年；《新刻繡像批評金瓶梅》採齊煙、汝梅校點之會校本，臺北曉園出版社（香港南粵出版社授權）印行，1990年。

懷春雅集	金瓶梅
一鞠陽和動物華，深紅淺綠總萌芽。野梅亦足供清玩，何必辛夷樹上花。按：題曰〈初春〉。《林》、《花》全同。	一掬陽和動物華，深紅淺綠總萌芽。野梅亦足供清玩，何必辛夷樹上花。按：見於第七十二回中（頁962）。崇禎本無。
有美人兮迥出群，清風斜拂石榴紅。花開金谷春三月，漏轉銅壺夜十分。玉雪精神聯仲淡，瓊林才貌迥崔君。少年情思應須旦，莫把無心托白雲。按：「美人兮迥」，《林》字未刻，《花》作「美佳人自」。「紅」，《林》、《花》作「裙」。「旦」，《花》作「早」。	有美人兮迥出群，清風斜拂石榴裙。花開金谷春三月，月轉花陰夜十分。玉雪精神聯仲淡，瓊林才貌過文君。少年情思應須慕，莫使無心托白雲。按：見於第七十七回中（頁1076-7）。〈愛月美人圖〉題詩，下書「三泉主人醉筆」。崇禎本（頁1097）同。
聞道西園欲早春，偶憑對鳥語來真。不知好景偏何地，試向梅花問主人。按：題曰〈特地尋春〉。《林》、《花》全同。	間道揚州一楚雲，但憑出鳥語來真。不知好物都離隔，試把梅花問主人。按：見於第七十七回中（頁1083）。崇禎本（頁1105）「出」作「青」。
半掩重門春晝長，為誰展轉怨流光。更憐無似秋波眼，默地懷人淚兩行。按：題曰〈蘭閨春恨〉。《林》同。「半」、「默地」，《花》作「靜」、「鎮日」。	靜掩重門春日長，為誰展轉無流光。更憐無瓜秋波眼，默地懷人淚兩行。按：見於第八十回中（頁1143）。崇禎本無。
聚散無憑似夢中，起來斜日映窗紅。鍾情自古多神會，誰道陽臺路不通。按：《何》刪，據《林》錄。題曰〈春眠〉。《花》同。	聚散無憑在夢中，起來殘燭映紗紅。鍾情自古多神念，誰道陽臺路不通。按：見於第七十七回中（頁1078）。崇禎本（頁1099）「念」作「合」。
盡日懨懨對畫樓，眉頭纔放又心頭。桃花莫謂劉郎老，浪把輕紅逐水流。按：《何》刪，據《林》錄。題曰〈傷春〉。《花》同。	盡日思君倚畫樓，相逢不捨又頻留。劉郎莫謂桃花老，浪把輕紅逐水流。按：見於第七十八回中（頁1095）。崇禎本（頁1117）同。

懷春雅集	金瓶梅
襄王臺下水悠悠，一種相思兩地愁。 月色不如人事改，夜深還照粉牆頭。 按：《林》同。「襄王臺」，《花》作 　　「玉清宮」。	襄王臺下水悠悠，一種相思兩地愁。 月色不知人事改，夜深還照粉牆頭。 按：首見於第六十五回末（頁858）。 　　崇禎本無。重見於第八十回中 　　（頁1139），惟「照」作「到」， 　　「地」誤作「把」硃筆改為 　　「樣」；崇禎本（頁1166）「地」 　　逕作「樣」，餘同。
八面明窗次第開，佇看環珮下瑤臺。 閨門春色連新柳，嶺角寒香帶早梅。 影動花稍明月上，風敲竹徑故人來。 合歡一幅鴛鴦錦，都付東風自剪裁。 按：《林》、《花》全同。	八面明窗次第開，佇看環珮下瑤臺。 閨門春色連新柳，山嶺寒梅帶早崖。 影動梅梢明月上，風敲竹徑故人來。 佳人留下鴛鴦錦，都付東風仔細裁。 按：見於第六十六回前（頁861）。崇 　　禎本無。
蘭房幾曲深悄悄，香騰寶鴨清煙裊。 夢回繡帳月溶溶，展轉牙床春窈窕。 無心誤入少年坊，但聞絲竹生宮商。 殢情欲起嬌無任，須教宋玉云高堂。 洞開重重無鎖鑰，露出十雙紅芍藥。 按：《林》同。「云」，《花》作 　　「賦」。	蘭房幾曲深悄悄，香勝寶鴨晴煙裊。 夢回夜月淡溶溶，展轉牙床春色少。 無心今遇少年郎，但知敲打須富商。 殢情欲共嬌無力，須教宋玉赴高唐。 打開重門無鎖鑰，露浸一枝紅芍□。 按：見於第六十九回中（頁917）。崇 　　禎本無。
著人情意覺初闌，試把鮫綃仔細看。 到老春蠶絲乃盡，成灰蛺燭淚方乾。 顛鸞倒鳳驚花外，軟綠輕紅異世間。 兩字風流誇未了，雞鳴殘月五更寒。 按：「綃」，《林》作「鮹」。「蛺」， 　　《花》作「蠟」。	著人情思覺初闌，失把鮫綃仔細看。 到老春蠶絲乃盡，成灰蠟燭淚初乾。 鸞交鳳友驚風散，軟玉嬌香異世間。 西子風流誇未了，雞鳴殘月五更寒。 按：見於第六十四回前（頁835）。崇 　　禎本無。
檻竹敲聲入小齋，滿腔春事浩無涯。 一身徑藉東君愛，不管床頭墜金釵。 按：《林》、《花》全同。	縱橫慣使風流陣，那管床頭墜金釵。 按：見於第六十九回中（頁917）。崇 　　禎本（頁950）同。

懷春雅集	金瓶梅
臨風隨意薦霞盃，笑指桃花上臉來。且問醉鄉佳景好，絳紗深處玉山頹。按：《林》同。「霞」，《花》作「露」。	任君隨意薦霞盃，滿腔春事浩無涯。一身徑藉東君愛，不管床頭墜寶釵。按：見於第七十八回中（頁1100）。崇禎本無。係組合《懷春雅集》上二詩而成。
細雨飄飄入紙窗，地爐灰盡冷侵床。個中正罷相思夢，風撲梅花斗帳香。按：「爐」，《林》、《花》作「鑪」。	殘雪初晴照紙窗，地爐灰爐冷侵床。個中邂逅相思夢，風撲梅花斗帳香。按：見於第六十七回中（頁886）。崇禎本（頁914）同。
滿眼風光轉眼移，殘花委地欲成泥。舍琴暫息商陵操，靜聽山禽遶樹啼。按：《林》、《花》全同。	滿眼風流滿眼迷，殘花何事濫成泥。拾琴暫息商陵操，惹得山禽遶樹啼。按：見於第七十八回中（頁1090）。崇禎本（頁1112）同。
玉宇微茫白雪傾，疏簾淡月逼人清。淒涼睡到無聊處，怪殺寒雞不肯鳴。按：《林》、《花》全同。	玉宇微茫霜滿襟，疏窗淡月夢魂驚。淒涼睡到無聊處，恨殺寒雞不肯鳴。按：見於第七十一回中（頁951）。崇禎本（頁981）同。
帶雨籠煙匝樹奇，妖嬈身勢似難支。紅推西國無雙色，春占河陽第一枝。濃豔正宜吟鄭子，功夫何用寫王維。含情故把芳心訴，留住東風不放歸。按：「功」、「故」，《花》作「工」、「欲」。「住」，《林》、《花》作「在」。	帶雨籠煙匝樹奇，妖嬈身勢似難支。水推西子無雙色，春點河陽第一枝。濃豔正宜吟郡子，功夫何用寫王維。含情故把芳心訴，留住東風不放歸。按：見於第五十九回中（頁753）。崇禎本（頁981）同。
	帶雨籠煙世所稀，妖嬈身勢似難支。終宵故把芳心訴，留在東風不放歸。按：見於第七十二回中（頁973）。係截取《懷春雅集》上詩首尾二聯而成。崇禎本（頁1002）「在」作「得」。

懷春雅集	金瓶梅
寒暑相催春復秋，他鄉故國兩悠悠。囊中空乏無顏色，身上凋零有驌裘。風雨裡，任沈浮，隨花遇酒且寬愁。傷心滿眼悽惶淚，留到黃昏獨自流。按：調名【鷓鴣天】。《林》、《花》無此詞。	寒暑相推春復秋，他鄉故國兩悠悠。清清行李風霜苦，蹇蹇王臣涕淚流。風波浪裡任沈浮，逢花遇酒且寬愁。蝸名蠅利何時盡，幾向青童笑白頭。按：見於第七十二回前（頁959）。崇禎本無。

　　以上《懷春雅集》十九首詩和一闋詞，悉依前後次序排列。詞話本《金瓶梅》不分先後，將它們抄改、襲用於第五十九回至第八十回（集中在全書五分之四的地方），或作回前詩，或作回末詩，或作回中證詩（無詞），其中以第七十八回引用五首，頻率最高。由於抄用的詩篇，有見於何本《燕居筆記》而不見於林本和《花陣綺言》者，也有見於林本《燕居筆記》和《花陣綺言》而不見於何本者，可見詞話本《金瓶梅》當是直接參考完整的《懷春雅集》早期單行本的可能性居大。至於崇禎本，詩詞韻文部分與詞話本素有極大差異，然其出自《懷春雅集》的詩篇有減無增，故今暫置不論，以下所謂《金瓶梅》，僅專指《金瓶梅詞話》而言。

　　發現《金瓶梅》大量套用《懷春雅集》的詩詞，是有重要的意義的。首先，它立即發揮了文字校勘上的價值。例如《金瓶梅》第五十九回「帶雨籠煙匼樹奇」詩的「水推西子」、「點」、「郡」（含第七十二回「留在東風不放歸」句的「在」），第六十四回「著人情思覺初闌」詩的「失」、「西子」，第六十九回「蘭房幾曲深悄悄」詩的「勝」、「晴」、「富」，第七十七回「鍾情自古多神念」句的「念」，同回「偶憑出鳥語來真」句的「出」，第七十八回「拾琴暫息商陵操」句的「拾」，同回「嬝娜宮腰迎出塵」句的「迎」，第八十回「一種相思兩把愁」句的「把」，同回「更憐無瓜秋波眼」的「瓜」等字，顯然有誤，我們可以憑藉《懷春雅集》做出正確的校勘。梅節早先「全校」

《金瓶梅詞話》[23]，尚依萬曆原本排印，及至「重校」時，已照《懷春雅集》將若干詩句進行了訂正（請參上表所附頁碼，不贅）。《金瓶梅》裡某些詩句的誤字確實有訂正的必要，否則影響閱讀，徒增疑惑，導致曲解。例如第八十回的「更憐無瓜秋波眼」句，在不知「瓜」乃「似」之形近而訛的情況下，注釋者只好存疑：「無瓜：不解其意，待考。」[24]又如第六十四回「著人情思覺初闌」詩，釋「失」為「忍不住」，釋「西子」為「西施」[25]，彷彿說得通，卻與原意悖離，殊不知「失」乃「手」之形訛，「西子」乃「兩字」之形訛（第五回回前詩「參透風流『二字』禪」[26]亦可為旁證）。另如將第六十五回「月色不知人事改」的「改」誤作「故」字，釋為「變故」[27]，將第七十二回「寒暑相推春復秋」的「推」字（不如「催」妙），釋為「推移」[28]，將第七十七回「鍾情自古多神念」的「念」字（「會」之形訛），釋為「思念」[29]，也都是望文生義，與原詩頗有出入。今後這些詩句若能據《懷春雅集》校改後的文字來注解，相信必能更符合事實。

其次，知道《懷春雅集》也是《金瓶梅》寫作素材的主要提供者之一，還可以讓我們對《金瓶梅》的研究做多方面的省思：

（一）就《金瓶梅》的寫作素材來源而論。《金瓶梅》的素材來源，美國學者韓南考證指出，長篇小說《水滸傳》、白話短篇小說、公案小說《港口漁翁》、文言色情短篇小說《如意君傳》、宋史、戲

23　《金瓶梅詞話》，香港：星海文化出版公司，1987年。

24　孟昭連著：《金瓶梅詩詞解析》（長春市：吉林文史出版社，1991年），頁493。

25　舟揮帆著：《譯注評析金瓶梅詩選》（長沙市：湖南文藝出版社，1992年），頁148。

26　此詩亦是借用而來，原係《水滸傳》第二十六回回前詩，又見於《古今小說》第38卷〈任孝子烈性為神〉。

27　舟揮帆：《譯注評析金瓶梅詩選》，頁161。

28　孟昭連：《金瓶梅詩詞解析》，頁431；舟揮帆：《譯注評析金瓶梅詩選》，頁185。

29　孟昭連：《金瓶梅詩詞解析》，頁468；舟揮帆：《譯注評析金瓶梅詩選》，頁216。

曲、清曲、說唱文學等均屬之[30]，大陸學者周鈞韜則將其歸納成史事、《水滸傳》、話本、戲劇和唱曲五大來源[31]，他們在這方面都已取得卓越的成績。然而略嫌不足的是，文言小說中除了《如意君傳》之外，欣欣子〈金瓶梅詞話序〉另外提到的《鶯鶯傳》、《剪燈新話》、《鍾情麗集》、《于湖記》，都有證據確定曾為《金瓶梅》所借鑒，現在又知序中言及的《懷春雅集》與《金瓶梅》關係尤為密切（在在顯示欣欣子序頗堪玩味），若再加上《嬌紅記》、《賈雲華還魂記》等文言小說與《金瓶梅》關係的新發現[32]，則文言小說亦當是《金瓶梅》寫作素材的另一大來源才對。

（二）就《金瓶梅》運用現成素材的情況而論。韓南先生探討《金瓶梅》素材來源時，有段話說得是：「重要的問題不在於是否抄錄了別的著作，而在於抄錄的性能和目的。」[33]那麼，我們不妨回到《金瓶梅》抄錄《懷春雅集》的現象上，檢視其運用之道。以「有美人兮迴出群」一律來看，該詩在《懷春雅集》中原附蘇道春致潘玉貞情書之後，《金瓶梅》第七十七回則化作妓女鄭愛月房內錦風屏上掛軸〈愛月美人圖〉的題詩，出自「三泉主人」（王三官）醉筆，不小心被西門慶瞧見，引起鄭愛月一陣驚慌，這已成為故事的有機成分。以題曰〈特地尋春〉的「聞道西園欲早春，偶憑幽鳥語來真」一絕來

---

30 詳見韓南：〈《金瓶梅》探源〉一文（徐朔方譯自《大亞細亞》雜誌，新10卷第1輯，1963年），收入《金瓶梅西方論文集》（上海市：上海古籍出版社，1987年），頁1-48。

31 詳見周鈞韜：《金瓶梅素材來源》之〈前言〉（鄭州市：中州古籍出版社，1991年），頁1-3。

32 詳參本論文第二、三、四章《嬌紅記》、《賈雲華還魂記》、《鍾情麗集》之研究；此外，《金瓶梅》裡的詩詞尚有發現抄自《洞天花燭記》（《剪燈餘話》卷四）、《相思記》等文言小說者。

33 見韓南著、包振南譯：〈《金瓶梅》版本及素材來源研究〉（收入《〈金瓶梅〉及其他》，長春市：吉林文史出版社，1991年，頁14-141），頁138。徐朔方譯作「重要的不是引用本身，而是它的性質和目的。」《金瓶梅西方論文集》，頁37。

看，該詩原是玉貞接蘇生信後自遣之作，《金瓶梅》第七十七回則是敘述揚州歸來的崔本向西門慶報告：「苗青替老爹使了十兩銀子，抬了揚州衛一個千戶家女子，十六歲了，名喚楚雲。……端的有沈魚落雁之容，閉月羞花之貌」，西門慶一聽，滿心歡喜，「恨不的騰雲展翅，飛上揚州搬取嬌姿」，然後引此絕句以為證詩，並刻意改首句作「聞道揚州一楚雲」，這與小說情節緊密結合。又以「盡日懨懨對畫樓」一絕來看，該詩原是蘇生思念玉貞的傷春之作，故云「桃花莫謂劉郎老」，《金瓶梅》第七十八回則是取以為證久寡的半老徐娘林太太對西門慶的相見恨晚，故乙改作「劉郎莫謂桃花老」，這也是作者配合劇情的有意加工。就這三處而言，《金瓶梅》抄錄《懷春雅集》的手法，表現不惡。不過，綜觀其他更多詩篇的抄錄情形，誠如魏子雲先生所言：「《金瓶梅詞話》的回前證詩，極少能與回目中的情節，絲絲相符」[34]，例如第六十六回〈翟管家寄書致賻，黃真人煉度薦亡〉引「八面明窗次第開」一律為回前詩，卻只有「風敲竹徑故人來」一句與〈翟管家寄書致賻〉差可比附，說「《金瓶梅》用詩，常有取其一句而牽強附會者」，此即一明顯例子[35]。回前詩是如此，回中詩、回末詩亦然，它們往往沒有發揮頭尾起結、段落贊詞應有的作用；像以「翠眉雲鬢畫中人，……嬌羞釀出十分春」（第七十八回）、「靜掩重門春日長，……默地懷人淚兩行」（第八十回），來描寫吳月娘一行人的打扮或西門慶死後吳月娘的孤單，也顯得與《金瓶梅》人物個性格格不入；若再從《金瓶梅》抄改《懷春雅集》詩失律、出韻的情況加以觀察，也和其他詩詞給人的感覺一樣：「這位作者寫作詩詞的文學水平令人咋舌」[36]，況且「引首詩的空泛，復用詩詞和情節場面的配

34　《金瓶梅劄記》（臺北市：巨流圖書公司，1983年），頁451。

35　孟昭連：《金瓶梅詩詞解析》，頁391。舟揮帆：《譯注評析金瓶梅詩選》則認為全詩在一定的程度上粉飾了西門慶緬懷李瓶兒之情，頁165。

36　語見張家英：〈由《金瓶梅》回前詩詞看其作者〉一文（載於《學習與探索》1991年第3期，頁115-120），頁120。

合，並不協調，以及抄錄前人作品引起的許多問題，都顯出作者才力
之不足，以致捉襟見肘，左支右絀」[37]，要說《金瓶梅》是「嘉靖間
大名士手筆」[38]，卻在運用現成詩詞素材時，出現這種優劣互見、水
準不齊的詭異情況，確實不無可疑。

　　（三）就《金瓶梅》詩詞的詮釋角度而論。《金瓶梅》裡的五百
餘首詩詞多半採自他書，但在未一一尋獲來源之前，解析者經常視其
為作者的創作，故詮釋時不免出現誤差。例如第六十七回〈西門慶書
房賞雪，李瓶兒夢訴幽情〉「殘雪初晴照紙窗」詩，舟揮帆評析說：
「這首詩撇開了夢中對話的具體內容，只描寫了兩個意外相逢的相思
氣氛，和西門慶夢醒以後的痛切，表明了西門慶心靈的空虛和寂
寞。」[39]第七十八回〈西門慶兩戰林太太，吳月娘玩燈請藍氏〉「燈月
交輝浸玉壺」詩，他明知「未扣著《金瓶梅》第七十八回描寫西門慶
的故事」，卻又評析道：「骨子裡主要寫的還是西門慶。這首詩揭露封
建地方官吏荒淫的本質既形象又有力。」[40]當我們明察此二詩乃出自
《懷春雅集》之後，自然會感到這樣的評析過於牽強附會。一旦我們
繼續追索原始出處的原貌，還會發現某些現代詮釋並不可靠，像第七
十二回講到龐春梅向奶媽如意兒借棒槌不成，雙方起了口角，引發潘
金蓮與孟玉樓說出如意兒勾引西門慶的許多不是來，下以「野梅亦足
供清玩，何必辛夷樹上花」為證，孟昭連解析道：「作者的用意主要
是以詩中的『梅』字影射春梅，讚賞她的潑辣剛強、不甘人後的性
格。」[41]然衡諸《懷春雅集》原詩，係出自潘玉貞得知蘇道春私其侍

37　語見王年双：〈從詩歌在「金瓶梅詞話」中的運用者小說的發展〉一文（收入《中
　　國詩學會議論文集》，彰化師範大學國文學系出版，1992年，頁1-49），頁45。

38　語見〔明〕沈德符：《萬曆野獲編》（臺北市：新興書局排印本，1983年），卷25
　　〔詞曲〕「金瓶梅」條，頁652。

39　舟揮帆：《譯注評析金瓶梅詩選》，頁173。

40　舟揮帆：《譯注評析金瓶梅詩選》，頁227。

41　孟昭連：《金瓶梅詩詞解析》，頁432-433。

女蘭英後的諷刺戲筆，可見《金瓶梅》是借「野梅」喻指出身更形卑
微的如意兒，絕非所謂「潑辣剛強」的龐春梅。由於研究者習慣視
《金瓶梅》不知出處的詩詞為創作，因此總認為它必有歸結或預示情
節的作用，如解析第六十四回回前詩「著人情思覺初闌」（末句作
「雞鳴殘月五更寒」）時便道：「『雞鳴殘月』即是緊接著寫的『話說
眾人散了，已有雞唱時分，西門慶歇息去了』。」[42]言下之意，彷彿詩
文合一，搭配巧妙；其實這樣的「巧妙」，恐怕並非作者事先的精心
安排，倒有點像是受到引用現成詩句的影響，又如第七十一回「玉宇
微茫霜滿襟」詩末句作「恨殺寒雞不肯鳴」，緊接著寫：「西門慶翻來
覆去盼雞叫，巴不得天亮。比及天亮，又睡著了。」第五十九回「帶
雨籠煙匝樹奇」詩末二句作「含情故把芳心束，留住東風不放歸」，
緊接著寫：「當下西門慶與鄭月兒留戀至三更，方纔回家。」第七十
二回同詩末二句作「終宵故把芳心訴，留在（住）東風不放歸」，緊
接著寫：「兩個（指西門慶與潘金蓮）並頭交股，睡到天明。」這些
地方文字、情節的雷同，絕非偶然，而是與借用《懷春雅集》的詩句
有關。明乎此，則詮釋《金瓶梅》詩詞的角度又不一樣了。

六　結語

　　按照孫述宇先生的說法，蘭陵笑笑生的《金瓶梅》和莎士比亞的
戲劇一樣，「兩者都是很多瑕疵的，不以謹慎見長的天才之作」[43]，讀
者不必吹毛求疵；他並認為書中抄錄的許多詞曲、寶卷，乃至書札、
公文和邸報：

42　孟昭連：《金瓶梅詩詞解析》，頁381。

43　見孫述宇著：《金瓶梅的藝術》（臺北市：時報文化出版公司，1978年），頁5。

我們不知道這其間有多少是後來書商僱傭的手筆，但是這大量
的抄錄往往都很有味道，不像是純粹為了增加字數的填充，讀
者若還讀不出味來，在懷疑是否填充字數之時，也不妨懷疑一
下是否自己的活力和好奇還不夠應付這小說。[44]

此說自有幾分道理，故學者論及《金瓶梅》中的韻文及其他非情節因
素的藝術作用時屢加引述[45]。然而，若就《金瓶梅》（包括詞話本、崇
禎本）抄錄《懷春雅集》二十首詩詞的情形來看，它們絕非書商僱傭
附加以廣招徠的手筆，而是出自《金瓶梅》作者的隨機選用。這些借
用來的詩篇因為不是《金瓶梅》原創，研究者實不宜太過憑藉「自己
的活力和好奇」妄加附會[46]。《懷春雅集》提供《金瓶梅》寫作素材的
發現，具有多重意義，促使我們對當前《金》學研究進行反省，便是
其實用價值之一。

　　透過對《懷春雅集》的考辨，我們還發現它確實是明代頗具影響
力的一部中篇傳奇小說，《忠節記》、《懷春記》、《忠烈記》三部明傳
奇肯定是根據它改編寫成。《懷春雅集》上承《嬌紅記》、《賈雲華還
魂記》、《鍾情麗集》等元明中篇傳奇小說的創作傳統[47]，下啟《劉生
覓蓮記》、《融春集》等同類作品的寫作風氣，在文言小說的發展史上
亦有一席之地。其中，《融春集》是好事者以《懷春雅集》為底本，
參引《劉生覓蓮記》諸書的加工之作，和《尋芳雅集》一樣不能被當
作《懷春雅集》來看待，這點為前輩學者所不察，今則已獲得釐清。

---

44 孫述宇：《金瓶梅的藝術》，頁10。

45 如張葉敏：《『金瓶梅』的藝術美》第十章（教育科學出版社，1992年），頁191。

46 《金瓶梅大辭典》（成都市：巴蜀書社，1991年）「詩詞韻文」若干條目的編寫亦有
　　此傾向。

47 詳參本論文第二、三、四章《嬌紅記》、《賈雲華還魂記》、《鍾情麗集》之研究；此
　　外，《懷春雅集》也有抄襲《剪燈新話》卷一《聯芳樓記》的地方。

此一事實的發現，更加證明《懷春雅集》流傳至萬曆年間，仍在社會上深受矚目。

　　我國文言小說與白話小說息息相關，小說與戲曲之間亦緊密融合，有心探討這類文學現象、尋求規律者，《懷春雅集》這部小說和它的影響是不容忽視的。

第十章
《花神三妙傳》研究

一　前言

　　明代中篇傳奇小說《花神三妙傳》，曾被清人與今人將它改頭換面為章回小說。清代的單行本，扉頁題「養純子編集／三妙傳／竹軒藏板」，現藏美國哈佛大學漢和圖書館，北京吳曉鈴先生亦有同版一部，回目作：

> 第一卷　錢錦瓊奇會遇　　錢生錦娘歡偶
>
> 第二卷　飲讌賞月流連　　錢生瓊姐佳期
>
> 第三卷　錢生奇姐情合　　四美連床夜雨
>
> 第四卷　慶節上壽會飲　　涼亭水閣風流
>
> 第五卷　玉椀卜締姻婕　　錦娘割股救親
>
> 第六卷　奇姐臨難死節　　碧梧雙鳳和鳴

今人排印的《花神三妙傳》[1]，則有十三回，回目與竹軒藏板近似（一卷等於二回），多出「三妙寄情倡和」作為第五回。實際上，這前後兩種單行本，是各據周文煒刻本、周對峰刻本的《國色天香》，析卷分回而來（回目也是原書的小標目，或作些微變化），連缺頁處都未設法彌補，竹軒藏板亦不過是將男主角姓白改為姓錢而已，情節並無任何加工。

1　收入《明清豔情小說叢書》第3輯（武漢市：長江文藝出版社，1993年），與《濃情快史》、《杏花天》合印，書署「吳敬所編輯／金久太點校」。

　　清刊《三妙傳》，以往曾被孫楷第、齊如山、譚正璧諸氏誤斷為清人小說[2]，今既知「養純子」即明萬曆年間通俗類書《國色天香》的編者吳敬所，而收錄在《國色天香》裡的作品亦非出自吳氏手筆，那麼《三妙傳》（即《花神三妙傳》）實為明代小說，作者也不是養純子吳敬所，已是不爭的事實，不必多辨。我們想進一步知道的是：《花神三妙傳》現存版本眾多，其故事內容究竟為何？為什麼那樣受歡迎卻又一再名列清代禁毀小說書目之上？有沒有哪些文學作品是受過它的影響的呢？

二　《花神三妙傳》的版本及其故事內容

　　《花神三妙傳》的確頗受明清讀者所歡迎的，所以除了有竹軒藏板的後期單行本之外，更早的通俗類書《國色天香》、《繡谷春容》、《萬錦情林》、三種《燕居筆記》（何大掄、林近陽、余公仁編）均予收錄，又見於小說彙編《一見賞心編》、《花陣綺言》、《風流十傳》和《艷情逸史》之中。

　　今比對這眾多版本得知：《國色天香》卷六下層題為《花神三妙傳》，全篇長約二萬五千言，穿插詩詞、書信韻文四十八則，故事分為十三節，每節有一小標目，依序是「白錦瓊奇會遇」、「白生錦娘佳會」、「飲讌賞月流連」、「白生瓊姐佳會」、「三妙寄情倡和」、「白生奇姐佳會」、「四美連床夜雨」、「慶節上壽會飲」、「涼亭水閣風流」、「玉椀卜締姻婕」、「錦娘割股救親」、「奇姐臨難死節」、「碧梧雙鳳和

2　見孫楷第：《中國通俗小說書目》卷四（北京市：人民文學出版社，1982年，頁183），齊如山：《小說勾陳》稿本第十八則（初載民國35年8月20日北平《新民報》第二版，收入《齊如山全集》，臺北市：聯經出版事業公司，1979年，頁2650-2651，又見於吳曉鈴輯：《哈佛大學所藏高陽齊氏百舍齋善本小說跋尾》，瀋陽市春風文藝出版社《明清小說論叢》第1輯，1984年，頁314-315），譚正璧、譚尋：《古本稀見小說匯考》上編（杭州市：浙江文藝出版社，1984年11月，頁27）。

鳴」，周對峰萬卷樓（一名仁壽堂）刻本有五幅小繡像（稍後周文煒翻刻本則漏刊其第六十葉）。《繡谷春容》卷六上層題為《白溝源三妙傳》，係直承周對峰刻本《國色天香》而來的刪節本，刪去「白錦瓊奇會遇」、「慶節上壽會飲」、「玉椀卜締姻嫿」、「錦娘割股救親」四目與若干情節，及十九則韻文，餘一萬八千言；《艷情逸史》第四冊全依《繡谷春容》抄錄，題名亦同。《一見賞心編》藉二幽情類的《三妙傳》，和《繡谷春容》的來源相同，刪節得更厲害，僅剩一萬二千字。竹軒藏板《三妙傳》和今人排印的《花神三妙傳》，則都是屬於《國色天香》系統的全本。

　　《萬錦情林》卷二下層題為《三妙傳錦》（總目作《白生三妙傳》），篇幅與《國色天香》相當，亦有分段小標目和插圖（十四幅），惟「四美連床夜雨」失題（圖題「白生獻賞銀花」），「椀」作「枕」，「救」作「奉」，末二目間多「徽音堅貞守義」一目，結局稍異。《風流十傳》卷三《三妙傳》係逕據《萬錦情林》刪節，約刪去三千字（含十則韻文），無分段標目；余公仁本《燕居筆記》卷下之二的《三妙傳》，則又直接本自《風流十傳》，狀況全同。另外，林近陽本《燕居筆記》卷二、卷三上層所收者（題《三妙摘錦》、《花神三妙》），篇幅、分段、插圖與《萬錦情林》近似，惟結局殘缺；《花陣綺言》卷二、卷三的《花神三妙》直承林本《燕居筆記》，結尾亦殘。至於何大掄本《燕居筆記》卷五、卷六上層的《花神三妙》，跟林本沒有直接關係，分段狀況與《萬錦情林》近似，結局則又近於《國色天香》。

　　由於《國色天香》、《萬錦情林》和何、林二本《燕居筆記》文字互有詳略，我們推想它們可能各有所本（也很可能來自同一《花神三妙傳》的早期單行本）。因《國色天香》、《萬錦情林》成書較早，影響較大，《花神三妙傳》的故事內容，宜參校這兩種版本來加以介紹：

　　（一）白錦瓊奇會遇：元朝至正年間，兵寇頻仍，江南俊傑、荊

州別駕公子白景雲（字天啟，號瀟源）偶於烏山廟會，邂逅佳麗趙錦娘、李瓊姐、陳奇姐三姨表姊妹。錦娘新寡，與母同住，瓊姐、奇姐均未字人，因避寇借居趙家。白生打聽到她們的住所之後，刻意在趙家旁邊租屋，又拜趙母為義母，藉機常至趙家走動。

（二）**白生錦娘佳會**：一日，趙母生病，白生、錦娘共同奉藥，彼此互訴衷曲。白生並在四顧無人的情況下，直闖錦娘寢室，發生私情。此後，錦娘特地討好瓊姐、奇姐，又用計把自己的侍女春英和瓊姐的侍女新珠、奇姐的侍女蘭香遣開，以防春光外洩。

（三）**飲讌賞月流連**：白生、錦娘終夜盡歡，只有瓊、奇二姐知曉，兩人屬垣竊聽，不無心動。錦娘也聽到瓊姐中夜長歎，竟主動與生密謀，打起她的主意。瓊姐羞澀，以指書「四月十日」，但至期突然後悔。隔天，三女月下飲讌流連，錦娘、奇姐紛紛離開，留下瓊姐與白生獨處，然因瓊姐矜持，惟有清談聯句而已，白生未能滿足。

（四）**白生瓊姐佳會**：錦娘深知白生苦楚，便又替他倆製造新的機會，終於讓他如願以償。接著，錦娘又提醒白生留意獨宿東床的奇姐。白生排門直入，奇姐詐睡，拉緊裡衣，抵死不從。

（五）**三妙寄情倡和**：奇姐最幼，年方十五，容貌尤麗於二姝，白生覬覦已久。當白生用心於瓊姐時，奇姐形同幫凶；如今輪到奇姐成為被追求的目標，瓊姐也在一旁裏贊。瓊姐以詩挑動奇姐芳心，引她倡和，連一向不會做詩的錦娘也加入陣容，共同寄情於白生。白生見詩，直呼：「三姬即三妙矣！」

（六）**白生奇姐佳會**：那時，兵寇益發猖獗，瓊、奇家眷填滿趙家。白生出入困難，乃以寄書方便為由，鑿一小門與趙宅相通，且可直達三女深閨。奇姐不知重壁可通，疏於防範，差點失身，經頭撞床柱示警，白生才停止粗暴的手段。不過，很快奇姐又心軟了，在一生三姬對月同誓之後，也以身相許了。

（七）**四美連床夜雨（白生獻賞銀花）**：白生科舉初試，考居優

等，以所賞銀花獻之趙母，趙母甚喜，瓊姐的祖母李老夫人和奇姐母親陳夫人也激賞不已。那夜，四人連床盡歡，白生驚歎：「真三妙也！此生何幸，有此奇逢乎！」自此，屢為同床之會，極樂無虞。不意隔牆有耳，有位鄰婦發現姦情，曾經要脅白生作伴。這段插曲，使瓊、奇羞赧難容，同床之會因而解散。

（八）慶節上壽會飲：五月五日端午佳節，以及十三天後趙母誕辰，趙家兩度會飲，白生都在座，舉止溫雅，無人起疑。偏偏蘭香口風不緊，幾乎穿幫，幸有春英代為遮掩，陳夫人等人才沒有深入追究。後來蘭香又曾藉觀並蒂雙蓮，打算洩露事機，結果討來奇姐一頓鞭打，這也是書中的另一段插曲。

（九）涼亭水閣風流：當時天氣炎熱，趙母又嫌人多口雜，於是將三女移居百花園，哪知白生仍然自由出入，每天和她們在涼亭水閣歡謔褻狎。半月之後，白生叔叔從荊州來，說起白生原配曾總邊小姐徽音，因曾老爺遠宦邊疆，路途遙遠，有意悔婚，現在白父要他到荊州別議婚事，使他悶悶不樂。趙母得知，建議李老夫人將孫女配予白生，陳夫人極口贊成，而她心裡也希望有這麼一個女婿。

（十）玉椀卜締姻婭：白生對於先娶瓊姐或奇姐，彷徨無主。錦娘主張「各書其名，盛以玉椀，先得者今日議婚，後得者異日設策」，一抽抽中瓊姐。白生於是請叔叔做主，由鄰婦為媒，與李家訂下婚約。至於奇姐，則自刺雙臂，左右各有「生為白郎妻」、「死為白家鬼」之句，而白生也預留聘禮、婚書給她，準備將來派上用場。

（十一）錦娘割股救親：故事至此，風格開始轉變。白生後來赴京考試，名落孫山，但他全不介懷，與叔叔同去荊州。趙母則因寒氣逼人，忽膺重病，錦娘夜半開門，對天割股，為母祈福，迨母病痊癒，事聞郡縣，獲旌「孝女之門」。另有貴宦朱氏子聞奇姐貌美，命媒求姻，陳夫人考慮之後答應了，瓊姐趕緊幫奇姐說出實情，又出示奇姐臂上刺字及白生聘禮、婚書為證，陳夫人不得不改變主意。

　　（十二）奇姐臨難死節：不久，兵寇稍息，陳夫人歸於本鄉，染了重病，又遇寇亂復作，奇姐冒險回家探視，落入賊兵之手。奇姐護母在先，自刎在後，孝節之行連賊兵都為之動容墮淚。噩耗傳來，趙家上下哀痛逾恆，瓊姐曾為長文祭悼，而白生卻一無所悉。

　　（十三）徽音堅貞守義：話說白生原配曾徽音，賦性貞烈，聽說聞其父悔親，自己將再醮吳總兵之子大烈，馬上絕食五天。曾父專程安排一位青年在家獻藝，令家人升樓欣賞。當侍女柳青告訴徽音那青年就是吳大烈時，徽音立即背坐不觀，然後又是五日不食。曾父知施堅貞守義，只好遣子送她返鄉，準備與白生完婚。

　　（十四）碧梧雙鳳和鳴：白生在返途中已知徽音節操，以為這下可以一娶得三，沒想到奇姐已死，不禁慟哭。過了一段時間，經錦娘苦勸，他才與徽音、瓊姐完成婚禮，當時有客獻「碧梧棲雙鳳」圖，排場也不小。日後白生高科及第，徽音生一子，瓊姐生一子，皆擢進士。白生、徽音、瓊姐死後，與奇姐合葬。（《萬錦情林》於白生婚後，多出錦娘自首謝過，意欲撞死街前，終獲趙母原諒，同歸白生一節，故而結局是五人合葬。）

　　《花神三妙傳》講的正是這樣的一個故事，敘述的重點擺在白潢源與三妙（趙錦娘、李瓊姐、陳奇姐）的兒女私情上，題材有其誘人之處，而且描寫委婉細膩，特別是三妙之間的對話，莊諧互見，時有妙語，也很容易吸引人們的注意，因此在明清時代必然擁有不小的讀者群。然而，因其全書有不少地方筆涉淫穢，色情描寫過於露骨，四人同床之會想必也不見容於傳統道德標準，所以清道光十八年（1838）江蘇按察使裕謙設局收毀淫書目單、道光二十四年（1844）浙江湖州知府禁淫詞小說開列禁毀書目、同治七年（1868）江蘇巡撫丁日昌查禁淫詞小說開應禁書目，都有《三妙傳》在內[3]。

3　參見王利器輯錄：《元明清三代禁毀小說戲曲史料》（增訂本）（上海市：上海古籍出版社，1981年），頁122、135、143。

三　《花神三妙傳》影響所及的小說、戲曲

《花神三妙傳》直承《嬌紅記》而作，文中「慶節上壽會飲」一節說道：

> 生知錦淺前言，再三開諭，坐至三更，二姬乃曰：「兄當厚自屢身，吾等罪當萬死。既不能持之于始，復不能謹之于終，致使形跡宣揚，醜聲外著，良可痛也。」因相與泣下。生曰：「月前之誓，誓以死生，況患難乎！卿不記申、嬌之事乎？萬一不遂所懷，則嬌為申死，申為嬌亡，夫復何恨！」[4]

這是逕用《嬌紅記》的典故。又，「白生瓊姐佳會」的床笫描寫，以及侍女蘭香藉觀並蒂雙蓮欲敗小姐姦情一事，也有明顯模仿《嬌紅記》的痕跡。

可惜的是，《花神三妙傳》直接受《嬌紅記》影響，卻未能承繼其蘊藉文風，它那一男三女的私通情事，跟《天緣奇遇》（祁羽狄和廉玉勝、麗貞、毓秀三姊妹）、《尋芳雅集》（吳廷璋和王嬌鸞、嬌鳳姊妹、王父寵妾柳巫雲）頗為相似，影響所及的小說也見雷同，如《李生六一天緣》、《情義奇姻》、《傳奇雅集》、《雙雙傳》等是，其中尤以《傳奇雅集》為甚。《花神三妙傳》原文「適有三姬在廟賽禱明神」云云、「一日，母有寒疾，生以子道問安，逕步至中堂」云云、「一日，生至中堂，四顧皆無人跡，遂直抵錦娘寢室」云云、「錦與生同入寢所，倉卒之間，不暇解衣」云云、「瓊、奇二姬屬垣竊聽」云云、「生執手固請其期，瓊以指書『四月十日』」云云，「瓊半醉半

4　此據《明清善本小說叢刊初編》（臺北市：天一出版社，1985年）影印萬曆二十五年萬卷樓重鍥《國色天書》引，卷6下層，頁33．

醒，嬌香無那」云云、「時譙鼓三更，瓊倦而就枕矣」云云、「時奇已
醒，只得詐睡」云云、「奇半醒半睡，以為即瓊也」云云、「但略點
化，即見猩紅」云云、「但見輕憐痛惜，細語護持」云云，至少有十
二段之多被《傳奇雅集》所抄襲，而且集中於「玉椀卜締姻婭」一節
之前，「錦娘割股救親」以下強調節義貞烈的部分，反倒棄之不顧。

　　茲但舉《花神二妙傳》塑造三妙形象的一段文字為例，與後出小
說相對照，以見其因襲之跡；（見附表十四）

表十四

花神三妙傳	傳奇雅集
適有三姬在廟賽禱明神，絕色佳人，世間罕有。溫朱顏以頂禮，露皓齒而陳詞。一姬衣素練者，年約十九餘齡，色賽三千宮貌，身披素服，首戴碧花，蓋西子之淡妝，正文君之新寡，愁眉嬌蹙，淡映春雲，雅態幽閑，光凝秋水，酒襝躬以下拜，願超化夫亡人。一姬衣綠者，容足傾城，年登十七，華髻飾玲瓏珠玉，綠袍雜雅麗鶯花，露綻錦之絳裙，恍新妝之飛燕，輕移蓮步深深拜，微啟朱唇款款言，蓋為親宦遊，願長途多慶。一姬衣紫者，年可登乎十五，容尤麗于二姝，一點唇朱，即櫻桃之九熟；雙描眉秀，疑御柳之新鉤，金蓮步步流金，玉指纖纖露玉，再拜且笑，無祝無言。	適有女婦在內。一婦似初笄，身衣縞素，愁眉嬌蹙，淡映春雲，雅態幽閑，光凝秋月，似西子之淡妝，宛文君之新寡。一女年正及時，華髻飾玲瓏珠玉，綠衣雜雅麗鶯花，一點唇朱，即櫻桃之九熟；雙描眉秀，疑御柳之新鉤，露綻錦之絳裙，恍新妝之飛燕。一女年最幼，花容嬝媚，柳腰輕盈，層波細剪明眸，膩玉圓槎素頸，翠裙駕繡金蓮小，紅袖鶯綃玉筍長，對月兩仙子，凌波雙洛神。
	雙雙傳
	有披服執素，首戴翠鈿，指鐶雙約，而柳眉嬌蹙，蓮步緩移者，吾瓊姊也。其翩然逸秀，意態濃遠，朱櫻點唇，丹霞襯臉，而玉釵斜溜，衣絳綃練裙者，則瓊姊之妹謙謙也。
	情義奇姻
	元生斜目一睹，見群娘綠衣紅裙，傾

	城容貌，一點唇朱，即櫻桃之九熟；雙描眉秀，疑御柳之新鉤，三寸金蓮，纖纖玉指，雖西子、文君，難與並立。

　　此外，在戲曲方面，今知至少有若水居士《三妙記》一種明傳奇，是從《花神三妙傳》改編的。見祁彪佳《遠山堂曲品》載「《三妙》／若水居士」：

　　　　《三妙》原有一傳，此記白皆傳中語耳。寫閨情而乏婉轉之趣，蓋作者能填詞不能搆局故也。[5]

《三妙記》已佚，若水居士亦不知何許人也，根據祁氏所言，該記應當也是渲染「閨情」的作品，至於是否保留原作篇末數節的另一種風格，則未可知。

四　結語

　　《花神三妙傳》和《劉生覓蓮記》一樣，都曾被後人改頭換面為章回小說出版，但兩者筆調其實並不相同。《劉生覓蓮記》雖略帶「艷情」成分，然出於對《天緣奇遇》的反彈，行文雅潔，工致傳神；《花神三妙傳》的筆觸，則近於《天緣奇遇》、《尋芳雅集》，語涉淫穢，格調偏低。出版業者將《花神三妙傳》別出單行，吸引某一層面的讀者，藉以牟利，這比選擇《劉生覓蓮記》，更為人所易於理解[6]。
　　除了名列清代禁毀淫詞小說書目之外，實際上早在明萬曆年間的

5　《中國古典戲曲論著集成》（北京市：中國戲劇出版社，1982年），第6冊，頁71。

6　關於《劉生覓蓮記》被後人改頭換面為章回小說的情況，本論文後續研究亦將有詳細的說明。

猥藝小說《繡榻野史》裡，《花神三妙傳》就已被視為誨淫助興之書
了，其「開關迎敵」一節，提及蕩婦金氏嚴陣以待，姦夫趙大里大步
前來：

> 只見房裡靠東壁邊，掛著一幅仇十洲畫的美女兒，就是活的一
> 般。大里看了，道：「這倒就好做你的行樂圖兒。」把一張蘇
> 州水磨的長桌挨了畫，桌子上擺了許多骨董，又擺著《如意君
> 傳》、《嬌紅記》、《三妙傳》，各樣的春意圖兒……。[7]

此處視《嬌紅記》為「行樂供具」，固然有點蹊蹺，但把《三妙傳》
跟「淫書」《如意君傳》和各樣的春意圖兒擺在一起，則多少是有點
道理的。《花神三妙傳》的作者企圖在篇末宣揚節義貞烈，掩飾白
生、三妙先前的淫亂荒唐，顯然並未得逞。

7　此據萬曆戊申（三十六年，1608）序刊種德堂本《新刊圖像繡榻野史》引，卷上，
　頁27。

第十一章
《尋芳雅集》研究

一　前言

　　《尋芳雅集》，又名《吳生尋芳雅集》、《（浙湖）三奇誌》、《（浙湖）三奇傳》或《三奇合傳》，歷來卻常被與另一部明代中篇傳奇小說《懷春雅集》混為一談，如葉德均（1911-1956）〈讀明代傳奇文七種〉最早說道：

> 《尋芳雅集》又作《懷春雅集》，……欣欣子以《懷春雅集》是盧梅湖所作，不知何據。盧梅湖的生平也不易考。《百川書志》（六）則作「三山鳳池盧民表著。又稱秋月著」。這篇敘述元人吳廷璋和王嬌鸞等婚媾事，和《情史》卷十六《周廷章》條及《警世通言》卷三十四《王嬌鸞百年長恨》所敘元周廷章事的時代及男女主腳姓氏都相同（僅改吳作周），雖然結局相異（這篇是一男兩女大團圓，《情史》等則以悲劇收場），疑為一事兩傳。[1]

後繼者習焉不察，竟一再沿誤迄今。[2]事實上，《懷春雅集》又名《金

1　收入其遺著：《戲曲小說叢考》（中華書局，1979年），頁538。《情史》卷16條《周廷璋》，原文引作《周廷章》，為避免混淆，逕據《情史》改。

2　如柳文英：〈明代的傳奇小說〉（《光明日報》「文學遺產」第197期，1958年2月13日；莊一拂：《古典戲曲存目彙考》（上海市：上海古籍出版社，1982年，頁1082），上海市紅樓夢學會、上海師範大學文學研究所編：《金瓶梅鑒賞辭典》（上海市：上海古籍出版社，1990年，頁467），黃霖、韓同文選注：《中國歷代小說論

谷懷春》，敘元代蘇道春、潘玉貞情史，即便是其改寫本《融春集》
（改元代為宋代，改蘇道春為蘇育春……），亦與《尋芳雅集》絕不
相同。欣欣子〈《金瓶梅詞話》序〉和高儒《百川書志》提到的盧梅
湖或盧民表、秋月，都是針對《懷春雅集》而言，也跟《尋芳雅集》
的作者毫不相干。再者，《情史》、《警世通言》裡周廷章和王嬌鸞的
婚姻悲劇，時代在明而不在元，而它曾受過《尋芳雅集》的影響是可
以肯定的；除此之外，這篇盛極一時的明代中篇傳奇小說是否還影響
了其他的文學作品呢？尚待我們繼續加以研究。

二　《尋芳雅集》的版本與故事內容

　　現今未見《尋芳雅集》的單行本流傳，但除了何大掄本《燕居筆
記》之外，明清流行的通俗類書《國色天香》、《繡谷春容》、《萬錦情
林》、二種《燕居筆記》（林近陽編、余公仁編），以及小說彙編《一
見賞心編》、《花陣綺言》、《風流十傳》、《艷情逸史》等，均予收錄。

　　《國色天香》卷四下層收錄的《尋芳雅集》，文長二萬二千言，
穿插詩歌詞曲書信奠文凡八十則，無分段標目，有小型繡像五幅。
《繡谷春容》卷一上層的《吳生尋芳雅集》，乃《國色天香》簡本，
刪去約四千字（含四十五首詩詞），無圖；《艷情逸史》第七冊係據
《繡谷春容》抄錄，題同。《一見賞心編》卷二幽情類的《三奇傳》，
也是《國色天香》的刪節本，餘一萬五千言，刻有「吳鸞雙浴」、「二
嬌閨怨」二圖。

　　《萬錦情林》卷四下層所收，題為《浙湖三奇傳》，比之《國色
天香》，短少【樂春風】詞二闋（錦褥香棲）、（鸞鏡纔圓）和「園亭

著選》（南昌市：江西人民出版社，1990年，頁201），苗壯主編：《中國古代小說人
物辭典》（濟南市：齊魯書社，1991年，頁112）等。

復得啟窗扉」一律，篇尾結局略簡（約少三百字），惟增附插圖共九
幅，圖題依序是：「吳生歸寓自吟」、「鸞姐書約吳生」、「吳生作詩自
嘆」、「鳳承生題即韻」、「鸞鳳具卮餞生」、「興賦房闈十勝」、「二喬四
景閨怨」、「嬌鳳書寄汝玉」、「帝詔賜生歸娶」。《風流十傳》卷六的
《三奇傳》，文字與《萬錦情林》稍近，但刪節改動幅度頗大，僅達
一半（一萬一千字），剩下的四十九首詩詞有變律詩為絕句者，有以
半闋作一闋者，更有胡亂拼湊，詩不成詩，詞不成詞者；余公仁本
《燕居筆記》卷下之一改名《三奇誌》，實據《風流十傳》迻錄，只
在書首《筆記畫品》增刻「吳生牆外見三美」、「生攜鳳夜遁」、「欽賜
狀元歸娶」三圖，及署名「李王孫」題詞，篇末加一小段「公仁子
曰」跋語而已。

　　至於林近陽本《燕居筆記》卷一上層，題為《浙湖三奇誌》，結
尾與《萬錦情林》一致，插圖多了「吳生書寄藥方」、「吳生竟詣鳳
室」、「巫雲憶生病殞」三幅（「吳生作詩自嘆」之「嘆」字作「怨」，
「帝詔賜生歸娶」之「帝」字作「廷」），詩詞無缺又同於《國色天
香》，看來三者各有來源。《花陣綺言》卷一則易名《三奇合傳》，直
承林本《燕居筆記》，無圖。

　　今依林本《燕居筆記》十二圖題，據最為完整的《國色天香》
本，介紹故事內容如下：

　　（一）**吳生歸寓自吟**：元末浙江湖州吳廷璋（字汝玉，號尋芳主
人），涉獵書史，喜談兵事，曾作「不幾十年，必有真天子出」之
論。一日，去到臨安，見一短牆內聚集五、六佳麗撲蝶花間，另有一
素服者獨立碧桃樹下，丰神綽約，心儀不已，回到寓所，隨即賦詩自
解。隔天他打聽到那樹下美人叫王嬌鸞（有妹嬌鳳），係父親至交參
府王士龍的愛女，於是以假館為名，住入王府。「時臺州李志甫作
反」，士龍奉命征討，行前還委託吳生代理家中外事。

　　（二）**鸞姐書約吳生**：吳生是為嬌鸞而來，因此常找嬌鸞侍婢春

英攀談，又贈以一雙碧玉環，請她玉成。春英慧巧，既許身吳生，又慫恿他製詞挑動新寡的嬌鸞。不巧春英把吳生情詞搞丟了，被士龍寵妾柳巫雲身邊的小鬟撿去。巫雲一見私詞，竟假冒嬌鸞填詞作答，密約吳生摸黑幽會。事後，她才表明身分，並誇讚跟她學習刺繡的嬌鳳，雅逸更勝嬌鸞，若吳生肯保持來往，她就幫忙撮合。吳生也愛巫雲的丰艷，便欣然同意。

（三）**吳生書寄藥方**：巫雲自此果然積極牽線，又鼓勵吳生先狎嬌鳳侍婢秋蟾。秋蟾曾通報嬌鳳眼疾的消息，吳生立刻書寄藥方；吳生拾獲嬌鳳的金鳳釵，嬌鳳餽贈吳生天池茶，也都是秋蟾負責傳遞。這時，嬌鳳未得，嬌鸞那頭先有了進展，這是因為有一次春英等人與吳生在園中鬥草狎戲，遭嬌鸞面叱，春英賭氣地偷了嬌鸞的情詞和紅鳳頭鞋，交給吳生，使嬌鸞思慕之情曝光，加速兩人的私情。

（四）**吳生竟詣鳳室**：嬌鸞私通吳生後，刻意討好春英，主僕關係和好如初。當她要索回鞋、詞時，卻發現東西居然落入巫雲手裡，加上吳生後來將注意力擺在嬌鳳，幾度直抵鳳室，未有斬獲，鬱鬱寡歡，不赴鸞約，嬌鸞誤以為巫雲奪愛，因而又與巫雲結怨。

（五）**吳生作詩自怨**：嬌鳳雖也心戀吳生，但始終堅守清白，吳生乃悵然賦詩，自怨自嘆，並生起病來。嬌鳳曾偕秋蟾往問其疾，距離拉近不少。吳生以為時機成熟，一日趁嬌鳳沐浴之際，闖了進去。嬌鳳手足無措，忙把燈吹滅，騙他對天發誓才肯就枕，然後偷偷從小門逃走。吳生上當，後悔莫及，遂轉與嬌鸞同浴，聊以解饞。

（六）**鳳承生題即韻**：翌日，吳生猶不死心，持所畫美女試浴圖，故意為難嬌鳳，要她在很短的時間內吟和圖上題詩，否則誓不罷休。哪知嬌鳳根本不加思索，頃刻即成，他也無話可說。直到王母誕辰，吳生醉酒，嬌鳳始於寢室以身相許。

（七）**鸞（嬌）鳳具厄餞生**：嬌鸞不知吳生那夜人在鳳處，以為又是巫雲作梗，適巧臺州有使來，她於是重賄來使，假傳士龍之命，

謂迎巫雲作伴。巫雲捨不得離開，卻又無可奈何。此後，家中內事惟王母一人撐持，操勞累倒。俗言「喜可破災」，陸續有人登門求婚嬌鳳，嬌鳳擔心夜長夢多，急促吳生返家，請吳父遄向士龍任所求聘。臨行，嬌鳳捧觴餞別；嬌鸞聽聞，已不可留。

（八）巫雲憶生病殞：吳父為子求聘嬌鳳一事，因有巫雲在側力贊，進行順利。反倒巫雲自別生後，朝思暮憶，積成鬱疾，千方求治，仍毫無起色。臨終，巫雲囑咐小鬟送還嬌鸞鞋、詞，並祝福嬌鳳與吳生永好。

（九）興賦房（芳）閨十勝：這頭嬌鳳喜聞婚事已諧，也不反對跟姊姊共事一夫，因而三個月後吳生再到王府時，大膽與嬌鸞、春英和嬌鳳、秋蟾縱情同歡，旁若無人，曾作《芳閨十勝》以自賞。不久，臺州賊亂已平，王士龍凱旋而歸，準備招吳生為婿，不料箭瘡復發，流血數升而死。嬌鳳既聞巫雲之亡，又遭父喪，哀毀愈切，不與生會。吳生從小鬟手中接過鞋、詞，感念巫雲舊情，曾與小鬟共宿。

（十）二喬（嬌）四景閨怨：三七日後，吳生告歸報父，打算為準岳丈舉墓祭之禮。不料士龍弟士彪，平素流蕩險惡，溺情花酒，欲奪家產，誣生因姦謀命。官府受賄，斷產業一半與彪，又令二嬌改嫁。士彪甚且嚴為關防，不讓吳生、二嬌相見，將及年餘。二嬌居處怨慕，曾作《四景閨怨》以自遣。

（十一）嬌鳳書寄汝玉：至元三年，「民間訛言朝廷拘刮〔童男〕童女，一時嫁娶殆盡」。有新蔭萬戶官趙應京者厚賂士彪，求娶嬌鳳，士彪答應協助搶親。嬌鳳接到老僕密報，意圖自盡，寄書吳生，求會最後一面。吳生得信駭愕，趕緊花錢買路，與鸞、鳳私晤，攜鳳夜遁，回到湖州，覓居鳳凰山中。

（十二）廷詔賜生歸娶：後來，元朝復科舉制，吳生認為這是明冤的大好機會，辭鳳赴試，被左丞相別兒怯不花選為翰林承旨。朝廷以其未婚，詔賜歸娶，時在至正三年十月，當天王士彪畏罪上吊自殺。

吳生接受嬌鳳提議，移巫雲棺柩至家，建醮以報，夜夢巫雲謝恩，告訴他：「有二貴子，合生汝門。」至正四年十月，鸞、鳳果真同日各生一子，聞者無不大異，因呼為「三奇、二絕」，鄉閭傳誦不已。

　　《國色天香》所錄，以下尚有後文，呼應篇首，略云：吳生二子，一名天與，一名天賜，長成之後文武俱優，因遇「張士誠以兵陷湖」，舉家避難鳳凰山，不求聞達。「及至正二十六年，大明兵取杭、嘉、湖等路」，父子喜呼：「真天子出矣！」乃復出，天與為李善長參謀，天賜為徐達部將，攻略有功，明太祖策封，受命不任而歸。後李、徐派人到鳳凰山尋訪，全家已不知去向。

三　《尋芳雅集》影響所及的小說、戲曲

　　《尋芳雅集》的故事情節頗為曲折，人物性格刻畫細膩，語言也十分生動，這是它的長處；穿插的詩詞雖然嫌多，但有些仍是作品的有機成分，不必過於苛求；倒是它對一夫多妻思想的宣揚，以及過量的性愛描寫，無可諱言是有缺陷的。和大多數的明代中篇傳奇小說比較起來，它還有一項特點，那就是故事的時代背景與史實相符，元末至元、至正年間「臺州李志甫作反」、「民間訛言朝廷拘刮〔童男〕童女，一時嫁娶殆盡」、「張士誠以兵陷湖」、「明兵取杭、嘉、湖等路」云云，都可以在《元史》找到相同的記載。

　　由於《尋芳雅集》故事時代在元朝，與《警世通言》卷三十四《王嬌鸞百年長恨》所謂「此事非唐非宋，出在國朝天順年間」的明代，相差一百多年，故事的結局一個是一男二女大團圓，一個則以男人負心、女子縊死的悲劇收場，南轅北轍，因此關係容易被人忽略。不過，只要注意到前者男主角叫吳廷璋，女主角為王氏二女：「長曰嬌鸞，次曰嬌鳳」，後者男主角「姓周名延章」，女主角也是王氏女：「長曰嬌鸞，次曰嬌鳳」，便可知兩者當是「同出一事」。若再進一步

加以比較，我們還可以看出，《王嬌鸞百年長恨》的結局雖與《尋芳雅集》大異其趣，但它描寫廷章牆外窺見嬌鸞等人打鞦韆耍子，拾帕、還帕，以金簪贈侍兒明霞托其傳詩，入住女家……等相遇相戀的情節，還是和《尋芳雅集》相當一致的；而且《王嬌鸞百年長恨》穿插了大量詩詞酬唱，數目之多，在話本小說裡實不多見，胡士瑩《話本小說概論》說：「這篇小說所描寫的那種用詩簡酬和來表達愛情的方式，從《西廂記》以來一直是才子佳人戀愛的常套。」[3]倘若我們明瞭它的這種形式其實正是受到《尋芳雅集》影響遺留下來的痕跡，那麼就更能理解它何以會有這麼多的詩詞了。我們認為把《尋芳雅集》與《王嬌鸞百年長恨》的關係說成「一事兩傳」，不比說後者是根據前者刻意改寫來的真切，它們之間可能還有第三者，[4]但絕不可能各自發展，毫不相干。

　　除了《王嬌鸞百年長恨》之外，《尋芳雅集》也對其他的白話小說有過影響，如明末醉西湖心月主人《弁而釵》，其《情貞紀》五回敘翰林風翔追求書生趙王孫，強狎送茶男僕小燕等男同性戀情節，實是《尋芳雅集》吳生、嬌鳳、秋蟾故事的翻版。又如西湖漁隱主人《歡喜冤家》，其第三回但見「酥胸緊貼」、「玉臉輕偎」的套語，第十回「巫山十二握春雲，喜得芳情枕上分。帶笑漫吹窗下火，含羞輕解月中裙。嬌聲點點情偏厚，弱態遲遲意欲醺。一刻千金真望外，風流反自愧東君」一律及上下文，第二十回「素質天成分外奇，臨風裊娜影遲遲。孤衾寂寞情無限，一種幽香付與誰」一絕，[5]都很明顯是抄襲《尋芳雅集》而來的。又如清初青心才人編次的《金雲翹傳》，前三回著力描述金重和王翠翹邂逅悅慕、定情立盟的戀愛過程，明顯

3　胡士瑩：《話本小說概論》第十二章第三節（北京市：中華書局，1980年），頁431。

4　金師榮華發現：「《長恨傳》。此篇為《警世通言》卷三十四《王嬌鸞百年長恨》所本。」見〈《啖蔗》跋〉（臺北市：福記文化圖書公司，1984年），頁216。

5　引文見瀋陽市：春風文藝出版社排印本（1989年）頁49、181、339。

帶有元明中篇傳奇小說創作的影子，跟《尋芳雅集》關係密切者有：
形容翠翹「眉細而長，眼光而溜」（第一回），彷彿嬌鳳的「眉秀而
長，眼光而潤」；翠翹拒絕金重，說：「今日之守，實為君耳」、「他日
合巹之夕，將何為質乎」（第三回），彷彿嬌鳳拒絕吳生所言：「則合
巹時將何以為質耶？是以今日之守，亦為兄守耳」；特別是第二回後
半「金千里盼東牆遙定同心約」之前，安排金重「忽見一株碧桃最高
枝上斜掛一物」，「再看時，果是一枝點翠的金鳳釵兒，製造甚是精
巧」，暗忖「今喜落吾手，大有機緣」，遂借還釵為由，要求面交，且
道「因釵得失，忽然會面，豈非天緣」云云，[6]這段拾釵、還釵的細
節、用語，與《尋芳雅集》言吳生「道經迎翠軒，得一金鳳釵，製極
工巧可愛」，送還嬌鳳，也有「失釵竟入僕手，不可謂無緣也」的
話，如出一轍。

　　當然，在自成系統的中篇傳奇小說群裡，《尋芳雅集》的影響也
是不小的，《李生六一天緣》、《傳奇雅集》、《雙雙傳》的成書，都和
它有關。《李生六一天緣》有「郎君有吳生之行」、「小姐諧鸞、鳳之
緣」、「妾雖不才，獨不能法春英、秋蟾，以合二家之好乎」的直接用
典，以及十餘段文字、情節的雷同；《雙雙傳》有七、八處明顯模
仿，尤其後半奸人逼婚禁見，男女主角伺機私晤，相偕而逃的主要情
節，正是本自《尋芳雅集》；而《傳奇雅集》對它的抄襲，比抄自
《花神三妙傳》的更多，「雲姐私往問疾」、「生玉紙牌角勝」、「幸生
內庭乍遇」、「紫英對鏡畫眉」、「娥珠屬垣竊聽」、「幸生鹹寇獲姝」、
「幸侯鞋杯流飲」各節皆見，多達二、三十處。[7]茲但舉《傳奇雅

6　引文見瀋陽市：春風文藝出版社排印本（1985年）頁6、13-14、25。

7　本論文後續《李生六一天緣》、《傳奇雅集》、《雙雙傳》研究各章，將有更詳細的比
　　對、說明。另外，《情義奇姻》在《萬錦情林》卷四下層緊接《浙湖三奇傳》合為
　　一卷，又出現「群娘姨家看生病」、「元生群娘幽會」、「群娘送生長亭餞別」、「元生
　　榮歸完娶」的情節發展，和《尋芳雅集》若合符節，亦非偶然。

集》一段，對照《尋芳雅集》相關段落（依原文先後排列），以見其反覆抄錄的實際現象：（見附表十五）

表十五

尋芳雅集	傳奇雅集
即呼侍婢春英者，──慧巧個儻，亦豔質也，──同至後園集芳亭前，步月舒闊。	（適芙蓉至，謂夫人召城姐。）芙蓉慧巧個儻，亦豔質也。連城趨出，生乃抱蓉，即欲私之。蓉見生丰姿俊雅，詞氣悠揚，不覺心動，故報色目生而言曰：「文雞堪托彩鳳乎？」生曰：「何害。」為之解衣，並枕而臥。但見：酥胸緊貼，柔腰款款春濃；玉臉斜偎，素口輕輕津送。雖戲水鴛鴦，穿花蛺蝶，未足以彷彿也。事畢，生詢以三女孰優。蓉曰：「城姐嬌艷，翠姐綽約，不施朱粉，紅白自然，常作懶鴉鬢，嬝嬝婷婷，甚是可目。」生曰：「誠仙姬也。」（生懼人窺覺，潛身遁去。）
但見：酥胸緊貼，柳腰款款春濃；玉臉斜偎，檀口輕輕津送。雖戲水鴛鴦，穿花蝴蝶，未足以形容也。	
眉秀而長，眼光而潤，不施朱粉，紅白自然，……愛作懶鴉鬢，裊娜輕盈，甚是可目，今方十六，情事想漸識矣。	
生為之飾鬟，因謂曰：「巫雲與鸞、鳳，孰勝？」蟾曰：「鸞姐綽約，雲姨丰豔，鳳乃兼得，而雅逸猶過之。」	
即欲求會，鬟曰：「主母果有意，但文鴛不足以托彩鳳耳。」生曰：「固情奪分，何傷，何傷。」……生即摟至床中，為彼脫衣解帶。	

　　至於戲曲方面，今確知相關者有明人謝惠《鴛鸞記》傳奇一種，係據《尋芳雅集》改編。見祁彪佳《遠山堂曲品》載「《鴛鸞》／謝惠」：

　　　　吳廷璋得兩嬌為室，以趙文兒之搆，流離者二十年，有二子而幾不能認，頗盡傳奇離合之致；乃其以俗吻搆之，如桓宣武似

　　　　劉司空，無所不可恨。[8]

現《鴛鸞記》已佚，未得其詳，但據祁氏所言，可知謝惠改編時必然做了大幅度的變化，因為趙文兒俗吻之搆，看來似乎比王士彪謀產、逼婚更形惡劣，而流離二十年、二子不能認的新情節，也比原作悲慘。

　　另外，還有清代佚名《三奇緣》傳奇一種，莊一拂《古典戲曲存目彙考》說：

　　　　《今樂考證》著錄。《曲考》、《曲海目》、《曲錄》並見著錄。
　　　　《考證》注：一名《桃花牋》，一名《奇緣配》。疑即《國色天
　　　　香》中之《天緣奇遇》，祁羽狄與廉氏玉勝、麗貞、毓秀三女
　　　　事。有演為《奇緣記》小說者。佚。[9]

其實就書名來看，這部別名《桃花牋》、《奇緣配》的《三奇緣》不太可能改編自《天緣奇遇》，畢竟該篇小說人物特多，祁羽狄與廉氏三女事雖為重點，卻不適合拿「三奇」概括全篇；又名《三奇傳》、《三奇合傳》講述「三奇、二絕」故事的《尋芳雅集》，比《天緣奇遇》更有可能是《三奇緣》的本事來源。

四　結語

　　　　《尋芳雅集》「吳生竟詣鳳室」一節，男女主角曾針對桌上的一部《烈女傳》展開一場對話：

8　《中國戲曲論著集成》（北京市：中國戲劇出版社，1982年），第6冊，頁96。《鴛鸞》
　　原排作《鴛鴦》，今逕改。譚正璧、譚尋：《古本稀見小說匯考》（杭州市：浙江文
　　藝出版社，1984年，頁27）、《中國歷代小說辭典》第二卷（昆明市：雲南人民出版
　　社，1993年，頁294），亦作《鴛鴦記》。
9　莊一拂：《古典戲曲存目彙考》（上海市：上海古籍出版社，1982年），頁1525。

生因指曰：「此書不若《西廂》可人。」鳳曰：「《西廂》，邪曲
耳。」生曰：「《嬌紅傳》何如？」鳳曰：「能壞心術。且二子人
品，不足于人久矣，況顧慕之耶」生曰：「崔氏才名，膾炙人
口；嬌紅節義，至今凜然。雖其始遇以情，而盤結艱難間，卒
以義終其身，正婦人而丈夫也，何可輕訾。較之昭君偶虜，卓
氏當壚，西子敗國忘家，則其人品之高下，二子又何如哉？」[10]

對話中論及《嬌紅傳》（即《嬌紅記》），並不單單只是典故的運用而
已，王嬌鸞叱責春英與吳生鬥草狎戲，春英盜其鞋、詞送生，輾轉落
入巫雲手裡，致使嬌鸞認定巫雲橫刀奪愛諸段，就很明顯是《嬌紅
記》中王嬌娘、申純、飛紅三角糾紛的翻版；另外，「壞心術」之論
和吳生狎春英、巫雲夢裡還魂來告二段，實本於《賈雲華還魂記》；
吳生攜鳳夜遁之前所言「辜生挾瑜娘而走」，又典出《鍾情麗集》（前
引「則合巹時將何以為質耶」句，亦仿自此書）。這證明《尋芳雅
集》是承繼《嬌紅記》、《賈雲華還魂記》、《鍾情麗集》一脈而下的中
篇傳奇小說（約成書於嘉靖一朝）。而它也和《花神三妙傳》、《天緣
奇遇》一樣，對後出的文言傳奇《李生六一天緣》、《傳奇雅集》、《雙
雙傳》（兼及《情義奇姻》）有所啟迪，並影響了《王嬌鸞百年長
恨》、《金雲翹傳》、《歡喜冤家》、《弁而釵·情貞紀》等白話小說和戲
曲《鴛鴦記》（甚至包括《三奇緣》）。雖然《尋芳雅集》有其思想上
的缺陷，格調也偏低，但它能在文學史上扮演如此舉足輕重的角色，
仍是值得我們加以注意的。

---

10 此據《明清善本小說叢刊初編》（臺北市：天一出版社，1985年）影印萬曆二十五
　年萬卷樓重鍥《國色天香》引，卷4下層，頁14-15。

第十二章
《天緣奇遇》研究

一　前言

　　清人陳尚古（字雲瞻）《簪雲樓雜說》有《祁禹傳》條，記載明人茅鑣「偶同諸友諧謔」，誇耀自己見過一部「一人而百遇，盡屬妙麗」的奇書，約好隔天大家請他喝酒，他願意把書公開；可是茅鑣「實無此書」，為了圓謊，只好另想辦法：

> 暮歸，即鳩工匠，及內外謄寫者百餘人。廣廈列炬如畫，鑣厄坐其中，或以口語，或以手授，隨筆隨刊，蘇學士手腕欲脫，亦不顧也。天將曙而百回已竣，序目評閱具備。因戒閽人曰：「昨諸人來，第言宿醒未解。俟裝釘既就，方報我。」遂入內濃睡。閽人如鑣指，而諸友息肩書閣（閣），午後始晤。鑣投以書五束，題曰《祈禹傳》，結構精妙，不可名狀，而千載韻事，一人遍焉。諸友……後聞鑣一夕草就，莫不驚嘆。而鑣屢躓棘闈，曾不能博一第，或以為口過所致云。[1]

按茅鑣，字石鸞，乃嘉靖戊戌（十七年，1538）進士茅坤（1512-1601）第三子，今檢茅坤史傳資料，[2]未見其子茅鑣撰述《祁禹傳》

1　此據清王文濡編：《說庫》引（臺北市：新興書局影印，1963年），第2冊，頁1467。
　蔣瑞藻編：《小說考證》（上海市：上海古籍出版社，1984年），頁94-95、孔另境編：
　《中國小說史料》（臺北市：臺灣中華書局，1982年），頁78，均曾收錄，文字微有出入。
2　傳見《皇明詞林人物考》卷九、《國朝獻徵錄》卷八十二、《西園聞見錄》卷八十

（或名《祈禹傳》）的相關記錄，不知陳尚古所據為何，若其所言屬實，那麼一天不到連寫帶刻加裝釘，趕工印成一部五束（帙？）百回的小說，真可謂中國印刷史上的一項壯舉。

這部傳聞中的《祁禹傳》縱然確實有過，恐怕在清乾隆壬寅（四十七年，1782）時也已亡佚了，因為那年上浣水箸散人替《駐春園小史》寫序，提到：「昔人一夕而作《祁禹傳》，詩歌曲調，色色精工，今雖不存，《燕居筆記》尚採大略」[3]。現查三種《燕居筆記》（何大掄、林近陽、余公仁編），均見收錄《天緣奇遇》，男主角「祁羽狄」，與「祁禹」（祈禹）稍有不同，但其故事倒真有「一人而百遇」的傾向，依照水箸散人的說法，此一《天緣奇遇》即是嘉靖間《祁禹傳》的節本，而這正是我們所要研究的明代中篇傳奇小說之一。

《天緣奇遇》，水箸散人〈《駐春園小史》序〉評為「用情非正，總屬淫詞」，好幾部明清艷情小說也曾提及，它在元明中篇傳奇小說中是個異數，人物之多，情節之巧，甚至比某些白話章回小說還要豐富，而它那標榜一夫多妻、語涉淫穢的大膽筆風，則將中篇傳奇小說的創作風氣帶上了另一條道路，並對明末清初的艷情小說造成很大的影響。若不加以研究，明清文學的發展，特別是艷情小說的形成與演進，有些真相是我們難以明瞭的。

二　《天緣奇遇》的版本及其故事內容

《天緣奇遇》不僅三種《燕居筆記》加以收錄，《國色天香》、《繡谷春容》、《萬錦情林》、《花陣綺言》、《風流十傳》、《艷情逸史》

二、《本（明）朝分省人物考》卷四十六，和《靜志居詩話》卷十二、《列朝詩集小傳》、《橫雲山人集‧明史稿》列傳一六三、《明史》卷二八七。

3　此據《明清善本小說叢刊初編》（臺北市：天一出版社，1985年）影印《駐春園小史》引。

等通俗類書和小說彙編裡也都有它。其中，《繡谷春容》、《艷情逸
史》在「天緣奇遇」上加「祁生」二字，餘皆題作《天緣奇遇》，並
無異名，這是類書、彙編諸本中難得的統一。各個版本間的狀況與關
係，一經比對，也很清楚。

　　《國色天香》收錄《天緣奇遇》置於卷七、卷八下層，文長二萬
三千言，穿插詩詞、對聯、書信凡七十三篇，周對峰刻本附有五幅小
繡像。《繡谷春容》智集卷九、義集卷十上層所錄，係逕據《國色天
香》刪節，但只刪不到一千字（含八首詩詞及其連接語）；《艷情逸
史》也是少了八首詩詞，全依《繡谷春容》抄錄，同樣沒有插圖，亦
無分段標目。

　　《萬錦情林》卷五下層收錄的，文字與《國色天香》大同小異，
缺【魚游春水】（風流更無底）、【浣溪沙】（獨抱幽香不抱春）詞二
闋，篇尾結局多一二一字，增附插圖凡七幅，依序題曰：「祁生奇遇
仙姬」、「祁生斂跡攻書」、「二姑並枕爭春」、「祁生狃金錢」、「祁生丹
陛陳情」、「恩命洞房歸娶」、「祁生仙子同登」。《風流十傳》卷四，實
為《萬錦情林》簡本，無圖，【魚游春水】、【浣溪沙】之外，又少六
首詩詞，全文減至一萬七千言，多出《國色天香》的一二一字刪成七
十七字，篇末附作者小考，謂：「一說我朝毛生甚有奇遇，因托言祁
羽狄以誌其說，蓋謂『祁毛羽狄』，《百家姓》之成句耳。茲亦存之，
以俟識者。」[4]

　　三種《燕居筆記》裡的何本，卷一、卷二上層結尾與《萬錦情
林》全同，有【魚游春水】、【浣溪沙】二詞又與《國色天香》一致，
惟少並見二本之【蝶戀花】（蝶醉花心飛不起）一詞，三者彼此或無
直接關係。林本卷四、卷五上層，文字與《萬錦情林》最為接近，幾

4　此據日本東京大學東洋文化研究所（雙紅堂文庫）藏萬曆庚申（四十八年，1620）
　　刊《風流十傳》引，卷4，頁48。

無差異，七幅插圖題作「奇遇僊姬」、「斂跡攻書」、「並枕爭春」、「祈（祁）生狎金錢」、「丹陛陳情」、「洞房春溢」、「仙子同登」，亦與之近似；《花陣綺言》卷四、卷五肯定是直承林本《燕居筆記》而來，刪去「閒題心上事」、「花開漏盡十分春」、「細雨斜風促去春」三絕和少量情節，結尾一二一字亦去。至於余本卷下之五，則是逐據《風流十傳》迻錄，只少最後「共榻清談花露濃」一詩，書首《筆記畫品》增刻「祁生遇玉香仙子」、「祁生私金錢／二姑爭春」、「歸娶道芳」、「欽賜宮女」、「祁生仙子同登」五圖和署名「仁公氏」的題詞，篇末加附一小段「公仁子曰」跋語，譽祁生為「色仙」。

綜觀諸本《天緣奇遇》，繁簡略異，故事實一，合校《國色天香》、《萬錦情林》即為完本，它是否真如水箸散人所言乃採《祁禹傳》大略，不無疑問。茲假《萬錦情林》七圖題，以《國色天香》本為主，簡述其內容如下：

（一）**祁生奇遇仙姬**：元代中葉吳中才子祁羽狄，字子輶，美姿容，性聰敏，其姑適廉參軍，早亡，參軍繼娶岑氏，生玉勝、麗貞、毓秀三女。祁生與三位姑表姊妹會面之前，便已奇遇連連。曾於市街邂逅簾下美婦吳妙娘，半夜吳夫歸來，急忙求庇鄰婦周山茶，又有私，山茶更以一玉扇墜計陷其主母寡婦徐氏。隨之姦情曝光，徐氏自縊，女兒文娥官賣，祁生聽聞，不勝傷痛，作挽詞哀弔，且泣且歌，踽踽獨行，迂遇玉香仙子，安慰他：「君子日後奇遇甚多，徐氏不足惜也。」當夜共枕，祁生精采倍長。隔天，仙子別生曰：「後六十年，君之姻緣完聚，富貴雙全，妾復來，與君同歸地府矣。」留贈一根解厄玉簪，和一首預示未來的小詩，凌空而去。詩云：「君是百花魁，相逢玉鏡臺。芳春隨處合，矞夜幾番災。龍府生佳配，天朝賜妙才。功名還壽考，九九妾重來。」

（二）**祁生斂跡攻書**：這時，廉參軍告老還鄉，祁生十年未見，急趨拜謁，並住了下來，開始和廉氏三姊妹談情說愛。玉勝妝艷，毓

秀丰美，而祁生尤鍾情才色兼備的麗貞。麗貞貼身丫鬟，正是返鄉途中剛買來的文娥。文娥偶然拾獲祁生遺落的玉扇墜及弔徐氏詞，不覺淚下，麗貞得知前情，於詞後批稿，令她送還祁生。祁生趁機托文娥傳詩挑逗，引起麗貞不悅，欲白岑氏，多虧玉勝、毓秀解圍，場面才沒有弄僵。不過祁生先狎婢女素蘭，又和玉勝丫鬟桂紅廝混，卻惹惱勝、秀，怒將桂紅賣出。祁生羞慚，暫辭回家。不數日，殺父仇人蕭鶴重加誣陷，祁生遭到幽禁，幸賴玉簪結緣，與蕭鶴媳婦余金園、侍女琴娘私通，並靠她們協助脫困。臨走之前，祁生把玉扇墜留給了金園。自此，祁生避禍入山，發憤攻書，遇智者龔壽，說好要將女兒道芳許配給他。

（三）二姑並枕爭春：那年，祁生參加小考，補郡庠弟子員，復來廉家。在此之前，玉勝曾冒麗貞之名寫信詐招；祁生一到，玉勝私訪未遇，留詩而出。出門之後，兩人相見，攜手入含春庭後偷情。毓秀無意間得到了那首詩，乃與麗貞密謀，拿去擺在岑氏枕旁，要她出醜。文娥竊知，護生心切，將詩偷還玉勝，自己畏懼潛逃。玉勝得詩，懷恨在心，竟趁她們分別和祁生笑語、拍蝶之際，引母出現，使二妹受責，陷害毓秀的那次還故意拉麗貞同行，離間貞、秀的感情。姊妹失和，皆因生起，祁生又兩度在岑氏面前失態，不便久留，再度辭歸，擇日提前應試。途中寄宿旅店，意外搭救離家出走的陸嬌元，連袂乘舟而逃。孰料舟人覬覦嬌元美色，持斧欲殺祁生，賴鄰舟巨商相助始倖免於難，而巨商婦恰巧是剛改嫁的吳妙娘。後來，舟人追上，祁生獨自避入一座道院，在此又有奇遇。先是東院風流道姑宗淨、涵師與之並枕爭春，後於西院巧遇逃離廉府的文娥，又與其師興賜有染。兩院道姑為了留住他，曾助其誘姦近鄰金太守遺孀陳氏，妾孔姬，使女金菊，想不到他居然流連忘返，乃準備前去捉姦，幸有文娥暗地通報，偕生遠遁，再逃一劫。

（四）祁生狎金錢：祁生、文娥得脫，重回廉宅，舉家歡喜。時

玉勝已嫁竹副使之子，留書祁生推薦毓秀。祁生悲喜參半，與侍女潘英狂興過度，生了一場病。毓秀憐生，允以共寢，臨期反悔，呼婢女東兒詐己，但事後仍踐前約。接著，玉勝有詩相招，祁生前往赴約，竟又跟副使愛妾王艷紅及其侍女金錢狎戲，而副使繼妻顏松娘及其侍女南薰等十人也緊纏不放。金錢於是獻計，使祁生私會副使之女曉雲，要讓松娘知難而退。結果松娘仍不肯罷休，事為玉勝丈夫得悉，企圖燒死祁生，被玉勝偷偷放出。祁生遂四度造訪廉家，時參軍夫婦有意把麗貞嫁給他，麗貞聞訊大喜，先前只肯互換指甲、頭髮祝盟，當夜終於接納祁生，並以玉如意相贈。

（五）祁生丹陛陳情：試期已屆，祁生赴試，曾有考生章臺為求他代筆，買妓以贈，恰是流落妓家的桂紅。三場後揭榜，生中第一，章臺也在百名之內。此時忽聞廉參軍、竹副使父子遭陷，以謀逆棄市，兩家女子沒入宮中，家小流配邊疆，祁生收見麗貞留緘，哀痛不已。桂紅再三慰解，勸祁生娶妻，乃正式行聘龔道芳。後來祁生參加殿試，原為狀元，因策中一段頗礙權要右丞鐵木迭兒，屈居探花。將拜官時，祁生辭不就命，丹陛陳情，誓復蕭鶴殺父之仇，總算如願以償，並輾轉由趙子昂處得到蕭家的琴娘。當時有蔡九五作亂，鐵木迭兒惡生，薦為監軍使，不意祁生三戰三捷，且藉玉扇墜覓得金園以還。太后激賞，欽賜宮女四員，事彼歸娶。祁生心懸麗貞，私授玉如意予宦官，求他代為暗尋玉如意的主人，果真找到麗貞、毓秀、曉雲，還有嬌元。原來嬌元當初被舟人賣給富家，頂替富家女入宮，聽到麗貞見玉如意時和宦官說起祁生的名字，趕緊挺身求賜，得以同歸祁生。

（六）恩命洞房歸娶：祁生受賜，謝恩還鄉歸娶。途中想到玉香仙子預示「相逢玉鏡臺」、「天朝賜妙才」諸語，絲毫不爽，曾焚香拜空以謝。經過道院，還發生了一連串的怪事，復賴玉香仙子玉簪解厄，與時任樞密使院判官的章臺聯手，誅蔡九五餘孽劉姓妖道七十餘

人，當初追殺祁生、販賣桂紅的舟人亦在其中。祁生此刻得遇孔姬，而道姑涵師、興賜也決定還俗歸生。迎娶道芳時，侍妾媵女十餘人。道芳入門以後，恭敬自持，麗貞等人以及奴輩無不敬畏有加。

（七）祁生仙子同登：祁生「姻緣完聚」返京，恨鐵木迭兒肆惡，糾同內外監察使予以彈劾，鐵木迭兒則出生為邊方經略使。祁生到任點軍，得遇丈夫充軍的山茶、妙娘，起馬巡邊時，又訪得玉勝、艷紅及金錢、文娥各婢。日後祁生邊功名重天下，且因迎立新王有功，官拜極品，果真是「富貴兩全」。道芳、麗貞惟恐「勇略震主者身危」，力勸急流勇退。祁生豁然大悟，遂乞歸，終日與妻妾「香臺十二釵」、婢輩「錦繡萬花屏」同歡，設囿鑿池，闢建「西池六院」，一院二妾六婢，笙歌不絕，淫樂無所不至。最後，某年中秋，玉香仙子復現，授丹分服，且言：「道芳乃織女星，貞乃王母次女也，全皆蓬島仙姬，不必盡述。今俗緣已盡，皆當隨公上昇。」生飄然有登天之志，攜芳、貞等入終南山學道，不知所終。

《萬錦情林》和何本、林本《燕居筆記》在此之後尚有下文，多出的一二一字是說：「至我太祖高皇帝，與偽漢陳友諒戰於鄱陽湖，敗績守鞋山。劉基定策，欲用火攻，奈風不順。適一道士掉（棹）小舟至，謁太祖旗麈囂中，懷內出一羽扇遺太祖，告曰：『揮此則風順矣。』太祖如其言，果及風，縱火，一戰而勝，偽乃滅。急索道士，已不復見矣。復視扇，扇柄刻有『祁羽狄扇』四字，乃知百餘年後，羽狄尚在，非仙人而何。」

三　《天緣奇遇》曾被改編為戲曲《玉香記》、《玉如意記》

就《天緣奇遇》的故事內容看來，人物繁多，情節奇巧，祁羽狄的艷遇不斷過於誇張，男女關係的處理不夠含蓄，這樣的作品會引人

注目是可想而知的，但如果有人想要把它忠實地搬上舞臺則匪夷所思，非經提煉、刪潤不可。事實告訴我們，明代萬曆年間的確有戲曲家做過類似的嘗試，改編有《玉香記》、《玉如意記》傳奇二種。

呂天成《曲品》「中下品」著錄「程叔子所著傳奇二本」，一為《望雲記》，另一即為《玉香記》：

> 《玉香》此據《天緣奇遇傳》而譜之者。人多攢簇得法，情境亦了了，故是佳手。別有《玉如意記》，亦此事，未見。[5]

祁彪佳《遠山堂曲品》「能品」則補充說「《玉香》／程文修」道：

> 此即《天緣奇遇傳》也。其詞不能別有巧搆，而朗朗可歌。但為子輄妾者，玉勝而下，尚四五人，不特場上不可演，即此記之後，亦收煞不盡，不能不舉此遺彼矣。尚有傳此名《玉如意》者。[6]

按程文修，字叔子，浙江仁和（今杭州）人，約萬曆十一年前後在世，[7]其《玉香記》今無傳本，僅見《群音類選》卷二十一收錄「遴遇仙姬」、「含春遇勝」、「私通毓秀」、「二妙交歡」，《月露音》卷一收錄「訪姑」，《樂府紅珊》卷四收錄「廉參軍訓女」，凡六齣曲文，配合祁彪佳「為子輄妾者，玉勝而下，尚四五人」之說，約可揣知此記概依《天緣奇遇》玉香仙子兩度現身作為頭尾，以祁羽狄和姑表姊妹廉玉騰、麗貞、毓秀的悲歡離合為演述重點，人物、情節有所剪裁，增添了參軍訓女一段。

5　《曲品校注》（北京市：中華書局，1990年），頁315。
6　《中國古典戲曲論著集成》（北京市：中國戲劇出版社，1982年），第6冊，頁50。
7　參莊一拂：《古典戲曲存目彙考》（上海市：上海古籍出版社，1982年），頁883。

　　呂、祁未見的《玉如意記》，顧名思義，是取廉麗貞許身祁生贈以玉如意，後祁生憑此於宮中覓訪乃得重逢一節來命名的，麗貞的戲分當更多些。今見《群音類選》卷二十一在《玉香記》之後，亦收錄《玉如意記》散齣「月夜遇仙」、「賞月登仙」，注云：「同上一個故事」[8]，可見這部編者闕名的傳奇，頭尾也保留有玉香仙子事跡，結構可能與《玉香記》相似。

　　另外，莊一拂《古典戲曲存目彙考》懷疑清代佚名《三奇緣》（別名《桃花賤》、《奇緣配》），亦據《天緣奇遇》改編，若以「三奇」之名而論，大概不太可能。[9]何況《天緣奇遇》中祁生托文娥傳給麗貞的情詩，是題在「白紗蘇合香囊」上，跟「桃花賤」顯然無關。要想將《天緣奇遇》這樣一部人物、情節複雜的中篇傳奇小說改編為戲曲，絕非易事，《玉香記》、《玉如意記》已有例在先，不免「收煞不盡」、「舉此遺彼」，後來的人願意再次嘗試的可能性恐怕不會太高。

四　《天緣奇遇》對中篇傳奇小說的承先啟後

　　論及《天緣奇遇》的重要性，戲曲方面的改編尚在其次，它對明代中篇傳奇小說，以及明清白話艷情小說造成的強烈影響，更值得我們加以留意。我們先來看看它對中篇傳奇小說如何承先啟後。

　　《天緣奇遇》的諸多情節安排，雖渾然一體，未見破綻，但細觀其內容，仍舊不無抄湊的嫌疑。其中，因襲元人宋梅洞《嬌紅記》者頗多，如「蘭下樓，因中門上雙燕爭巢墮地，進步觀之，不意勝、秀

8　見王秋桂主編：《善本戲曲叢刊》第4輯（臺北市：臺灣學生書局，1987年），頁1123。

9　《三奇緣》傳奇是改編自《尋芳雅集》的可能性居大，參本論文第十一章《尋芳雅集》研究之三。

已至前矣」一節，實自《嬌紅記》「生與之俱反，忽值雙燕爭泥墜前，嬌因舍生趨視，俄舅之侍女湘娥突至嬌前」一節取材；「夜深散罷，生被酒，寢外館。勝自往呼之，生不醒，勝恐館童來覓，長吁而返」一節，亦與《嬌紅記》「生侍舅從鄰家飲，至暮醉歸，……沉醉睡熟。嬌步至窗外，低聲喚生者數次，生不能知，嬌悵恨而回」一節相似；又如有能言鸚鵡「見生將貞抱扭，做人聲罵曰：『姐姐打！姐姐打！』其聲甚急，生恐人至，脫貞而出」，有妓女王瓊仙未見麗貞而知其容貌，「生曰：『何以知之？』曰：『昨在竹副使家侍宴，有一客欲為竹公子作媒，是以知之。』」，以及祁生、麗貞暗通款曲，「舉家皆知，所不知者，廉夫婦也」等，也都是源自《嬌紅記》（《鍾情麗集》亦仿）的套數。此外，祁生與麗貞初見、擁爐、擲花三段，抄襲之跡亦甚明顯，茲列表對照如下：（見附表十六）

表十六

天緣奇遇	嬌紅記
（生）即趨謁。廉聞生至，急請入，各以久疏慰問。……廉呼岑氏出，且曰：「祁三哥在此，非外人也（原註：生行第三，故以呼之）。」……生拜問起居，禮貌修整。……廉問：「麗貞何在？」岑曰：「不快。」廉曰：「一別十年，今各長成，寧忍不識一面耶？」命侍女素蘭、小卿促之，不至，又命東兒、潘英讓之。	生既至，因入謁舅。舅見之，盡禮，遂引生至中堂，命妗出見。生拜進，就位。舅妗詢問，生答應愈恭。……再命傳女飛紅，呼嬌娘出見。良久，飛紅附耳語妗，以嬌娘未梳妝為由。妗因怒曰：「三哥家人也（原註：生第三），出見何害？」……又令他侍女促之。
麗貞輕撫其背曰：「兄苦寒耶？」生驚顧一揖，曰：「苦寒不妨，苦愁難忍耳！」貞因拉生共擁爐。生坐火前，以箸畫灰，愁思可掬。貞佯問曰：「兄思歸耶？」	嬌不答，因謂生曰：「風差勁，可坐此共火。」……嬌因撫生背曰：「兄衣厚否？恐寒威相凌逼也。」生恍然曰：「能念我寒，而不念我斷腸耶？」

天緣奇遇	嬌紅記
一日，適貞在碧雲軒獨坐憑欄，放聲長歎。生自外執荷花一枝過軒，……貞驚起，並遮以別言，但問曰：「此花何來？」……貞曰：「飽則飽矣，但恐飽後忘花耳！」生以荷此擲地，誓曰：「如有所忘，即如此花橫地。」貞含笑，以手拾花，戲曰：「映日荷花，自有別樣紅矣！兄何棄之？」	一日，暮春小寒，嬌方擁爐獨坐。生自外折花一枝入來。嬌不起，亦不顧生。生乃擲花於地。嬌驚視，徐起，以手拾花，詢生曰：「兄何棄擲此花也？」生曰：「花淚盈暈，知其意何在，故棄之。」嬌曰：「東皇故自有主，夜屏一枝，以供玩好，足矣！兄何索之深也？」

　　除了《嬌紅記》之外，《懷春雅集》、《尋芳雅集》也是《天緣奇遇》的參考對象，如「麗貞心動，密呼小卿，私饋生苦茶」、「及秀將寢，愧心復萌，而又念生新愈，恐逆其願，乃呼東兒詐睡己之床」二段，即仿自《懷春雅集》；而玉勝思念祁生「詐招以貞書」，又與之「同入含春庭後，就大理石床解衣交頸」，以及金錢「復謂生曰：『艷紅不足貴，松娘有女年十七，真佳人也，名曉雲，君何不圖之？』」和「以手舉勝裙」若干穢語，則與《尋芳雅集》近似。

　　《天緣奇遇》直承《嬌紅記》、《懷春雅集》、《尋芳雅集》而來，寫作風格愈趨大膽，故曾招來《劉生覓蓮記》作者「獸心狗行，喪盡天真，為此話者，其無後乎」的強烈批評，[10] 但仍阻止不了明代隆、萬年間中篇傳奇小說《李生六一天緣》、《情義奇姻》、《傳奇雅集》、《雙雙傳》、《五金魚傳》對它的紛紛效尤。其中，《李生六一天緣》和《五金魚傳》故事的整體架構，從開篇的遇仙得贈預言詩（脫困錦囊），到艷遇連連，分而後合，直迄最後乞歸同樂復見仙人（授以金丹），招之昇天，都是《天緣奇遇》的同一模式；[11]《傳奇雅集》曾有「玉香仙

10　《劉生覓蓮記》小說曾載金友勝「因至書坊，覓得話本，特持與生觀之」，劉生「見《天緣奇遇》」，有過這樣的評語，這當然是作者藉故事人物表達自己的意見。
11　本論文後續《李生六一天緣》、《五金魚傳》研究將有詳細說明。

子」的用典，且號諸妾侍女為「十二釵」，明顯抄襲者多達二十餘處，前引《天緣奇遇》模仿《嬌紅記》男女主角初見一段，它又根據《天緣奇遇》抄錄；[12]至於《天緣奇遇》模仿《懷春雅集》二段，《傳奇雅集》和《雙雙傳》出現了類似的情節，但它們也是直接受到《天緣奇遇》的影響，我們從文字的比對可以確認：（見附表十七）

表十七

天緣奇遇	傳奇雅集
麗貞心動，密呼小卿，私饋生苦茶。生無聊間，見小卿至，知麗貞之情，狂喜不能自制，竟挽小卿之裙，戲曰：「客中人浼汝解懷，即當厚謝。」小卿拒，不能脫。	雲心動，密令小桃，私饋生苦茶。……乍見之，已情思不定，知行雲之情，益狂喜不自制，竟挽小桃之裾，戲曰：「客中人浼汝解懷，即當厚謝。」小桃力拒，不能脫。
秀約曰：「燈滅時，兄可就妾寢所，妾先睡俟之。」及秀將寢，愧心復萌，而又念生新愈，恐逆其願，乃呼東兒詐睡己之床，且戒之曰：「倘露機，汝即一死。」東兒從之。及生至，以為貞（真）秀也，款款輕輕，愛之如玉。生呼之，不應；以事語之，不答。生以其害羞，不疑。	**雙雙傳**
	瓊微哂，約曰：「俟晚燈滅，我先睡，許來就之。」……及夜，瓊媿心內萌，念以約不可負，乃呼香詐為己睡待之，且敕以勿露。仲至，以為真瓊也，愛護如處子。但呼，則不應；語以事，則不答。仲謂其害羞，雞鳴而出，終不疑。

五　《天緣奇遇》影響明清艷情小說甚鉅

　　明代隆、萬年間的中篇傳奇小說受《天緣奇遇》的刺激，文風流於淫艷，而明末清初的白話艷情小說，更與《天緣奇遇》（及受其影

12　《傳奇雅集》也有男主角故意擲花的情節，卻又直接根據《嬌紅記》抄錄，詳見後續《傳奇雅集》研究一章。

響的《李生六一天緣》、《五金魚傳》）有著密不可分的關係。例如書題「古棠天放道人編次／曲水白雲山人批評」的《杏花天》十四回（後半又被無名氏改造成《濃情秘史》十一回），講述浪蕩子封悅生「浪狎雪妙娘」、「探姑母潛室交歡」、「坐列嬌娃十二釵」云云，與《天緣奇遇》劇情便很相近；又如不題撰人的《巫夢緣》十二卷，一卷一回（另有簡本易名為《戀情人》六卷，一卷二回，別稱《迎風趣史》），其第九回〈俏郎君分身無計〉曾以「洪武皇帝和陳友諒鄱陽湖大戰」形容王嵩、汪存姐縱情場面，這也當是得自《天緣奇遇》的靈感，因為這部艷情小說的作者確實熟悉此書，第二回〈雛兒未諳雲雨事〉有言可證：

> 卜氏守寡在家，倒也冰清玉潔，只是生得俊俏，又識一肚子好字，閒著時節把些唱本兒看看，看完了沒得看，又央他哥弟們買些小說來看。不料他兄弟買了一本《天緣奇遇》，是祁禹（羽）狄故事，上面有許多偷情不正經的話。卜氏看了，連飯也不想吃，直看到半夜，纔看完了，心裡想道：「世間有這風流快活勾當，我如今年紀二十四歲，這樣事只好來生做了。」[13]

　　除此之外，明顯受《天緣奇遇》影響的白話艷情小說，至少還有《桃花影》、《春燈鬧》和《鬧花叢》三種。

　　《桃花影》，一名《牡丹奇緣》，全書十二回（後又被刪節成八回，名為《情海緣》），原書題作「檇李煙水散人編次」，以明成化間魏璙（字玉卿）和卜非雲的戀情為主線，記魏生淫亂的一生，復經半癡僧點化，與妻妾俱成地仙。其第四回〈滅燭邀歡雙意足〉言及「前賢所述的《五金魚》，並那祁禹（羽）狄故事，寄（奇）遇甚多，相會甚

---

13 此據日本佐伯文庫藏嘯花軒刊本《新鐫小說巫夢緣》引，卷2，頁1。《戀情人》亦存嘯花軒板，觀《天緣奇遇》一段，見卷1，頁7。

巧」，內容也受《五金魚傳》、《天緣奇遇》的影響，尤其全書風格跟
《天緣奇遇》最為接近，第十二回回末附有〈煙水山人自跋〉云：

> 予觀稗官野史如《無雙傳》、《章臺柳》，以至亞之《彙泉夢》、
> 僧儒（孺）《周秦行紀》，可謂夥矣。然予讀《天緣奇遇》，尤
> 羨祁禹（羽）狄之佳遇甚多也。……今歲仲夏，友人有以魏、
> 卞事債（倩）予作傳，予亦在貧苦無聊之極，遂坐洙水釣磯，
> 雨窗十日，而草創編就。其事雖與祁生髣髴，然以二娘不正于
> 始，卒能幡然改悟，較之徐氏縊死，固已相去殊隔。……此非
> 予之憶（臆）說，予〈予〉蓋聞之白雲塢老人云。[14]

不管魏、卞故事是出自煙水散（山）人的胸臆也好，或聞之白雲塢老
人也罷，跋中既明言《天緣奇遇》，又自承其事「與祁生髣髴」，那麼
《天緣奇遇》影響《桃花影》甚鉅是千真萬確的了。即使拿「徐氏」
和「二娘」比較，徐氏指《天緣奇遇》中被周山茶計誘後來自縊的那
位風流寡婦，文娥的母親；而二娘指《桃花影》中卞非雲寡母，因鄰
婦賈氏（亦名山茶）之故，私通魏生，前後還是若合符節的。

　　《春燈鬧》，一名《燈月緣》，全書十二回，書題「檇李煙水散人
戲述／東海幻庵居士批評」，係「桃花影二編」，[15]記明崇禎間真楚玉
（字連城）荒唐淫事，同一個作者筆下的作品，同樣也帶有模仿《天
緣奇遇》的痕跡。

　　至於《鬧花叢》四卷十二回，題「姑蘇痴情士筆」，演述明弘治
間龐文英、劉玉蓉情史，孫楷第《中國通俗小說書目》說它「即明人
小說《鼓掌絕塵》之雪集」，[16]實際上兩者並未全同，《鬧花叢》是拼

---

14 此據日本雙紅堂文庫藏《新鐫批評繡像桃花影快史》引，頁11-12。
15 日本佐伯文庫藏有紫宙軒刊本《新鐫批評繡像春燈鬧奇遇豔史》，扉頁題「桃花影
　　二編／煙水散人新著／春燈鬧」，並有紫宙軒主人識語，為本書大做廣告。
16 孫楷第：《中國通俗小說書目》（北京市：人民文學出版社，1982年），頁184。

湊多書而來，其第一回〈看金榜天賜良緣，拋情友誘入佳境〉便從
《桃花影》第四回抄起，故亦見「前賢所述的《五金魚》，並祁禹
（羽）狄故事」諸語；第二回〈赴佳期兩下情濃，諧伉儷一場歡喜〉
的總批，則抄自《春燈鬧》的第二回；而其第四回〈鬧街頭媒婆爭
娶，病閨中小姐相思〉、第五回〈表姊弟拜壽勾情，親姑嫂賀喜被
姦〉，又是襲自《桃花影》；第十二回回末附有〈情士自跋〉云：

> 予作龐、劉傳，以為龐生天緣奇遇，湊合頗多，然尤（猶）不
> 若祁禹（羽）狄之桂（佳）遇甚多也。……今歲孟秋，友人有
> 以龐、劉事倩予作傳，予遂援筆草創，而〈而〉句（旬）
> 〔日〕纔就。其事雖與礼（祁）生彷彿，……。[17]

這篇自跋，極可能也是抄襲了《桃花影》的〈煙水山人自跋〉，然視
其故事內容則又不無直接參酌《天緣奇遇》的可能。

六　結語

　　傳聞茅鑣口語手授，一夕草就的百回本《祁禹傳》（《祈禹傳》），
是否真有其書，已不可考。阿英《小說閒談》提及：

> 北平某先生，藏有《百緣傳》一種，最為孤本。書係明刊，演
> 述淫穢故事一百則，各繫一圖，刊刻極精。惟主人甚祕此書，
> 故知者不多，得見者猶少。[18]

17　此據英國圖書館藏抄本引。日本雙紅堂文庫藏有《新鐫批評繡像鬧花叢快史》，書
　　首有「姑蘇癡情士譔」之殘序，與此略同。
18　阿英：《小說閒談》（上海市：良友圖書印刷公司，1936年），頁276。

孫楷第《中國通俗小說書目》據之而疑：「《百緣傳》不知即《祈禹傳》別名否？」[19]如果《百緣傳》一百則淫穢故事是集中於一人身上，孫說還有可能，倘若不然，那麼它也許只是另外一部春宮圖書而已。由於《祁禹傳》、《百緣傳》皆不得見，明代中篇傳奇小說《天緣奇遇》跟它們的關係究竟為何，只好存疑。不過有一點可以確定的是，曾被認定為清人小說的《奇緣記》，[20]其實是由《天緣奇遇》改頭換面而得，兩者實為一物。

　　《奇緣記》，今見清刊本，藏北京大學圖書館，為馬廉舊藏書，全書六卷十二回，[21]半葉八行，行二十二字，凡七十二葉。持與現存各本《天緣奇遇》校勘，可知它是根據周文煒刻本系統的《國色天香》析卷分回而成書，最明顯的證據在於：周文煒刻本系統《國色天香》收錄的《天緣奇遇》，都缺去周對峰刻本的卷七第二十五～二十八葉（自「宿緣，竟得路投勝院」至「互相成隙，自是各相為謀矣」，約二千字），不相連貫；而《奇緣記》小說第五回回末殘缺不全，缺文狀況與

19　孫楷第：《中國通俗小說書目》，頁177。

20　見譚正璧、譚尋：《古本稀見小說匯考》上編（杭州市：浙江文藝出版社，1984年），頁27。

21　書缺扉頁，總目殘存第八～十二回，可據正文目次補足如下：

　　第一回　　遊林市仙凡初遇　　寓姑家素蘭相通
　　第二回　　見玉墜文娥垂淚　　饋錦囊麗貞生嗔
　　第三回　　免災禍冀壽許婚　　慕風姿玉勝致意
　　第四回　　入春庭兄妹宣淫　　獻情詩姊妹起釁
　　第五回　　救嬌元妙娘重會　　避賊難道姑初交
　　第六回　　剪指髮麗貞訂約　　寄薦書毓秀偷期
　　第七回　　望舊交松娘又續　　樂新情雲結同歡
　　第八回　　見詩詞溫嶠欲效　　登金榜廉老含冤
　　第九回　　麗貞留緘託復仇　　桂紅勸婚定舊盟
　　第十回　　聯詩子昂復琴娘　　破賊太后賜宮人
　　第十一回　借當途眾美交得　　平妖術妙娘復逢
　　第十二回　棄功名家居作樂　　慶團圓仙界共登

之完全一致。而且《奇緣記》文字和周文煒本《國色天香》所引《天緣奇遇》亦無差異，只在第一回回末補上一句「不知素蘭見生如何，且聽下回分解」而已，以下十回連這樣的章回小說連接套語也省略了。可見此一《奇緣記》，和「竹軒藏板」《三妙傳》、《覓蓮記》[22]一樣，都是清代書坊的牟利商品，並非中篇傳奇小說的早期單行本，但也不能就此被當作清人小說，而應歸為明代作品才對。

　　不可諱言的是，《天緣奇遇》「上面有許多不正經的話」(《巫夢緣》、《戀情人》語)，故事雖然精彩，但「用情非正，總屬淫詞」(《駐春園小史》語)，故有「獸心狗行，喪盡天真」之譏(《劉生覓蓮記》語)；然而，作為明代中篇傳奇小說的一分子，它延續了《嬌紅記》以降中篇文言傳奇的寫作風氣，帶動了一時的潮流，又被戲曲所改編，還對明末清初的艷情小說有著強烈的影響，從文學演變的角度來看，它所處的地位仍是十分重要的，也惟有正視此一事實的存在，我們才能對明清文學的發展以及當時的社會風尚有更清楚的認識。

---

22 「竹軒藏板」《三妙傳》，詳參本論文第十章《花神三妙傳》研究之一；「竹軒藏板」《覓蓮記》，本論文後續《劉生覓蓮記》研究將有進一步的介紹。

第十三章
《劉生覓蓮記》研究

一　前言

　　民國三十五年（1946），齊如山先生在報端首度披露了一部十六回的稀見小說《覓蓮記》：

> 撫金養純子吳敬所編輯，大梁周文煒如山甫重鐫。竹軒藏板，
> 正文半頁九行，行二十四字，題「新鐫幽閑玩味劉生覓蓮
> 記」。……此書不見著錄，編者吳敬所，鐫者周文煒，皆不知
> 為何時人。惟本書行款之疏闊，字體之嫵媚，出版似在乾隆以
> 前，只可惜刻工稍差耳。其中情節毫無風波，然亦有趣，至閨
> 秀婢子妓女等，雖鍾情於劉生，而皆能以禮自持，不及於亂。
> 在清初小說多尚猥褻之時，亦可謂差強人意者。惟詩詞太多，
> 稍嫌賣弄耳。凡小說每回之末，皆有「欲知後事如何，且聽下
> 回分解」等語，此則獨無，下回首句之語氣多直接上回，亦小
> 說中之僅見者。[1]

這部當年不見著錄的《覓蓮記》，齊氏判斷它是清初的小說，而且具有不涉猥褻、詩詞太多、兩回之間獨無套語等特點，看來似乎頗為特殊。

　　然而，如果我們知道吳敬所是明代萬曆年間通俗類書《國色天

1　載於民國三十五年九月一日北平《新民報》第二版《小說鉤陳》專欄。程毅中先生
　曾據齊如山《小說勾陳》稿本（藏於北京中華書局編輯部），重新整理，發表於一九
　八七年《學林漫錄》第12集，《覓蓮記》一則見頁117-118，內容大同小異。

香》的編者，周文煒是崇禎進士周亮工（1612-1673）的父親，[2]那麼「竹軒」雖是清代書坊，它所刊行的《覓蓮記》仍應歸為明代小說才對。如果我們再注意到這部《覓蓮記》，很可能正是《國色天香》所收錄的中篇傳奇小說《劉生覓蓮記》，那麼齊氏所言關於《覓蓮記》的幾個特點，也就自有合理解釋而不足為奇了。

　　究竟十六回的《覓蓮記》是不是明代中篇傳奇小說《劉生覓蓮記》？《劉生覓蓮記》又是怎樣的一部作品？作者為誰？影響如何？正等待我們去深入研究。

二　《劉生覓蓮記》曾被改頭換面為章回小說

　　今見北京大學圖書館馬廉舊藏小說有《覓蓮記》二冊，六卷十六回，封面題「養純子編集／覓蓮記／竹軒藏板」，目錄首行題「新鐫幽閑玩味劉生覓蓮記卷之一」，正文前署「撫金養純子吳敬所編輯／大梁周文煒如山甫重鐫」，與齊如山所見為同一版本，回目如下：

卷之一
第一回　奇遇相逢人如玉　　兩會綢繆蕩芳心
第二回　訪蓮留意心甚喜　　假梅傳情意自如

卷之二
第三回　假山一會春情戀　　兩處相思意更濃
第四回　多情惟愛多情好　　惜花觸念愛花人
第五回　誤人春去春難挽　　春不誤人人誤春

2　杜信孚：《明代版刻綜錄》謂周文煒乃周亮工之子，劉奉文：〈《國色天香》周文煒刻本補考〉證明其說法顛倒，文載《明清小說研究》1991年第1期，頁161-165。

乍看之下，的確像是一部清代的章回小說，然究其內容，則通篇文言，持與《新刻京臺公餘勝覽國色天香》（書署「撫金養純子吳敬所編輯／大梁周文煒如山甫重梓」），仔細比勘，可以確定兩者實為一物。竹軒乃是根據周文煒刻本系統的《國色天香》，取其卷二、卷三

3　第一回「會」字，第七回「思」字，第十五回「私」字，原書正文作「回」、「意」、「苟」；又第十回「情」字原作「清」，據正文回目改。

下層的《新鍥幽閑玩味奪趣群芳‧劉生覓蓮記》，析卷分回，冠以回目而已，文字差異極少（多半是「刻工稍差」，導致錯字連篇），即便是白話通俗小說連接兩回之間的簡單套語也沒有加工，稱不上改寫或改編，只能說是「改頭換面」罷了。明乎此，則《覓蓮記》的作者實不應歸屬吳敬所，[4]因為《國色天香》裡的內容是歷代作品選編，並非他個人的創作。

　　有趣的是，《劉生覓蓮記》被改頭換面的狀況，當代又重演了一次。一九九三年四月，武漢市長江文藝出版社排印《劉生覓蓮記》，[5]十六回目錄與「竹軒藏板」全同，然細察其分回狀況和實際內容，卻發現它根本非依「竹軒藏板」排印，而是今人取其回目，借用比周文煒刻本系統稍早的萬卷樓本《新鍥公餘勝覽國色天香》（書署「撫金養純子吳敬所編輯／書林萬卷樓周對峰繡鍥」），套在其中的《劉生覓蓮記》上，配以崇禎本《金瓶梅》繡像，魚目混珠，偽稱「明清艷情小說」、「皇室孤本」的牟利作法，偏偏錯字連篇累牘，令人不忍卒睹。

　　頗讓我們感到好奇的是，《劉生覓蓮記》到底是一個什麼樣的故事，何以會不只一次地被改頭換面為章回小說呢？

三　《劉生覓蓮記》的版本及其故事內容

　　在介紹《劉生覓蓮記》的故事內容之前，有必要先談談它的版本狀況。除了《國色天香》之外，明清時代選錄這部傳奇小說的通俗類書和小說彙編，還有《繡谷春容》、《萬錦情林》、《花陣綺言》和余公仁刊本《燕居筆記》。現在簡單報告詳細比對後的結果如下。

4　北京大學圖書館：《古典小說戲曲目錄》（1992年2月，頁90）、蕭相愷：《珍本禁毀小　　說大觀》（鄭州市：中州古籍出版社，1992年，頁290）等，都主張作者是吳敬所。

5　收入《明清艷情小說叢書》第2輯，與《鬧花叢》、《禪真後史》合印，書署「吳敬所　　編輯／金久太點校」。

　　《國色天香》卷二、卷三下層的《劉生覓蓮記》，文長近四萬言，穿插詩詞駢體一百一十餘首。《繡谷春容》射集卷三、御集卷四題為《劉熙寰覓蓮記》，內容不出《國色天香》，卻刪去約一萬字，包括六首詩詞；《萬錦情林》卷三下層題為《覓蓮記傳》、《劉生覓蓮》，則刪去九千字和詩詞十八首，增附插圖十七幅。這兩個版本，彼此互有詳略，並無直承關係，分別是《國色天香》的刪節本。至於余刊《燕居筆記》卷下之九的《覓蓮傳奇》（一題《劉生覓蓮記》），則是採用《萬錦情林》的文字，再次刪節，詩詞又短少二十二首，全篇僅剩二萬八千言，詩詞七十餘首，而書前《筆記畫品》有《覓蓮記》圖六幅，也是仿自《萬錦情林》。惟有《花陣綺言》第十一、十二卷的《覓蓮雅集》（一題《覓蓮記》），全依《國色天香》迻錄，不刪一詞。

　　另外，萃慶堂刊《一見賞心編》卷三幽情類目錄有《覓蓮記》，但有目無文，即使有文，依該書慣例，也一定刪削甚鉅，同樣不足為憑。因此，我們要介紹《劉生覓蓮記》，最好根據《國色天香》（或《花陣綺言》），才算完整。

　　《劉生覓蓮記》的故事內容大致是這樣講的：江東才子劉一春，字茂華，號熙寰，自幼聰穎，十五歲時留心武事，弓馬精熟，十八歲補邑庠生，才似賈誼，人稱「洛陽子」。這年，他從鳳巢谷知微翁處，得到「覓蓮得新藕，折桂獲靈苗」兩句讖語，但百思不得其解。隨後數日之內，李生二度與一美艷才女不期而遇，先是造訪恩師趙思智時，於其東廂梅軒之前，看見她在隔牆折梅吟詩；後又負笈遊學，受聘父親好友守樸翁金維賢家西席，入住其「小洛陽」名園的迎春軒中，發現她竟是自己的新鄰居。

　　這位有緣的才女，正是本書的女主角孫碧蓮（原名芳桃），年已十八，身邊有個小她兩歲的侍女曹素梅（原名桂紅），長得也很漂亮，又略諳文墨。劉生從金府書僕愛童口中，打聽到許多關於她的消息，且知恩師即其母舅，喜不自勝，乃私號「愛蓮子」，企盼能有機

會贏取美人芳心。

　　一天，劉生結識金府舊交妓女許文仙，兩人情意甚濃，對飲時提及碧蓮，文仙教他「先結侍女之心，庶可漸入佳境」。劉生於是把握素梅偷步迎春軒摘花等時機，幾番與她對答，傾吐心懷，央求她代為傳情達意，促成美事。而奉命服侍劉生的愛童也不落人後，幫忙傳書遞柬之餘，還懂得主動在碧蓮面前誇譽公子才德。

　　就在素梅、愛童的積極撮合之下，碧蓮其實早已芳心大動，常常無言靜坐，心繫劉生。然而多情重義的她，無論於假山折花和情郎私下相逢，或其他各種場合，即使對方說破了嘴，她還是不肯輕易以身相許。只有在素梅面前，她才勇於吐露春情，感歎相思之苦。但當素梅說到男女之私，她則又正色作怒，發誓絕不作惡姻緣，留人話柄。

　　往後半年，劉生、碧蓮時有詩詞酬唱，禮物交換，始終不及於亂，感情日益穩固，孰料中間殺出一個奸險小人耿汝和來攪局。耿汝和是守樸翁的內姪，因向劉生求取愛童不得，懷恨在心，又碰巧發覺他和碧蓮約會的秘密，所以一面向守樸翁告狀數落劉生的不是，一面乘機調戲碧蓮想占她的便宜。二人氣得牙癢癢的，不知如何是好。幸虧愛童機伶，事先做好防範，未讓事端擴大，而劉生確實也能以禮自持，曾通過守樸翁美婢繡鳳借送茶為名故意勾引的試驗，因此二人得以繼續往來，並由守樸翁、趙思智協助，終於訂下了婚約。

　　後來，劉生前去參加考試，二人暫時分離。放榜後，生以《詩經》中式第十四名，其母舅馬二皋得訊，不願外甥少年連捷而「有任性使勢、強占侵奪之弊，若今不肖士夫所為」，傳書召生同搗土賊金三重之亂。劉生只與碧蓮匆匆一會，隨即偕家童、愛童南行赴任。

　　賊亂平定之後，舅妗懇留劉生住下，他勉強答應，但閒時攜箭射鷹、鴉為戲，猶仍以「碧蓮無恙」私卜。這時，舅妗家有一婢名雲香，文雅秀麗，很討劉生喜愛，兩人過從甚密，誰知被一個吃醋的醜婢王真真給告發了。雲香情急，這才說出自己原名苗秀靈，係官宦之

女，落難為婢的不凡身世，舅妗於是將她送給劉生。至此，劉生終於瞭解知微翁讖語「覓蓮得新藕，折桂獲靈苗」所言不虛。

最後，劉生差舟北上（途中又巧遇流落閩南的許文仙），與孫碧蓮完婚，並把素梅嫁給愛童。碧蓮、秀靈後各生一子一女，二子俱成大儒，二女皆適名門。劉生夫婦同享大壽，五世同居，人人傳頌。

以上僅僅簡述故事梗概，已可證明齊如山所說「其中情節毫無風波」有待商榷。事實上，《劉生覓蓮記》這個故事在大批明代中篇傳奇小說裡，還是較為優秀的一種，文中雖有劉生「棄釣歸室，將愛童而睡」、「又大笑就寢，童捧之而睡」等語，似乎暗示劉生與愛童有同性戀行為，但作者行文還是十分潔淨的，處理閨秀、婢子、妓女跟劉生的兒女私情時，的確一點也不猥褻。尤其可貴的是，作者又擅長人物的心理刻畫，例如書中描寫碧蓮「自見生之後，常無言靜坐」，素梅猜她「心中有事」，她只說是天氣倦人的緣故，想要操琴解悶。當素梅為她把琴擺好，碧蓮「方整弦，遽曰：『指力倦，琴音散，不若以棋較勝負。』」素梅趕緊換上棋枰。不料棋沒下完，碧蓮又「遽推枰而起，自理繡工」。沒多久，又提議：「眼昏，不便針線。暖酒較手技可也。」結果喝到一半，忽然再改口：「恐醉，姑置之。」弄得素梅哇哇大叫：「消遣我太甚！」這把一個戀愛中女子心不在焉的情緒，傳神地勾繪了出來。又如以下兩段文字：

> （生）又沈思：「留一戒指，不知寓何意？或戒我休折野花乎？或戒我休生妄想乎？或戒我休忘此情乎？或戒我休荒書史乎？或戒我休得苦心頭乎？或戒我休得急心性乎？或戒我休得遽思歸乎？或戒我休對人前說破乎？」[6]

6　此據《明清善本小說叢刊初編》（臺北市：天一出版社，1985年）影印萬曆二十五年萬卷樓重鋟《國色天香》引，卷2下層，頁34。

（蓮）甫入門，即問梅曰：「汝曉我與劉君異事乎？」梅曰：「不曉。」曰：「汝知劉君在乎？」曰：「不知。」曰：「汝見劉君面乎？」曰：「不見。」曰：「劉君來乎？」曰：「不來。」曰：「汝曾一去乎？」曰：「不去。」曰：「然則劉君又回乎？」曰：「不回。」曰：「劉君惱我乎？」曰：「不惱。」[7]

碧蓮訪生未遇，留下一只戒指，竟令劉生頓興八種聯想；碧蓮急於知道劉生的動向，素梅卻連續以七個簡答故意敷衍。劉生的多情，碧蓮的焦躁和素梅的狡獪，躍然紙上。這類精彩的文筆，全篇還有不少。而馬二皋對劉生的期許，則又隱含作者對當年官場吏政的道德批判，也是難得之處。

　　看來《劉生覓蓮記》之所以受人矚目，能在文學史上發揮影響，絕不只因它是個帶有「艷情」成分的故事而已。

四　《劉生覓蓮記》受《懷春雅集》影響而又影響《融春集》

　　由於《劉生覓蓮記》作者曾明白提到：「文仙出《嬌紅記》，與生觀之」、「（生）見《天緣奇遇》，鄙之曰：『獸心狗行，喪盡天真，為此話者，其無後乎？』見《荔枝奇逢》及《懷春雅集》，留之」，又有文仙云：「君固不下申厚卿，我也不為丁憐憐」，碧蓮云：「女（汝）欲以絳桃、碧桃、三春、三紅之事待我，如傷風敗俗諸話本乎」、「瑜娘之遇辜生，吾不為也。崔鶯之遇張生，吾不敢也。嬌娘之遇申生，吾不願也。伍娘之遇陳生，吾不屑也」的用典，因知《劉生覓蓮記》的成書，必然受到《鶯鶯傳》以及《嬌紅記》、《鍾情麗集》、《荔枝奇

7　《國色天香》，卷3下層，頁9。

逢》（即《荔鏡傳》）[8]、《懷春雅集》、《天緣奇遇》的啟迪，其中尤以《懷春雅集》與《劉生覓蓮記》的關係最為特殊。

《懷春雅集》，以往常被學界認為它跟《風流十傳》卷七、余刊《燕居筆記》卷下之七的《融春集》名異實同，殊不知兩者差異甚大。[9]《融春集》乃萬曆年間好事者據《懷春雅集》大幅改寫的一個新故事，而其改寫過程，我們發現它抄用了曾受《懷春雅集》影響的《劉生覓蓮記》若干文字、情節與大量詩詞。

文字、情節方面，例如《懷春雅集》男主角蘇道春並無書僮，而《融春集》則添一智童在男主角蘇育春身邊，專與女主角潘玉貞的侍女桂英打情罵俏，此一構想，即仿自《劉生覓蓮記》，而且兩書都有女主角的婢女偷偷摘花，為書僮發覺報與男主角，趁機要脅、巴結，要她向小姐問好的劇情：（見附表十八）

表十八

劉生覓蓮記	融春集
至午，素梅以生窗之左有海棠花，偷步摘之。愛童抱甕注水，適至澆花，戲謂梅曰：「分付偷花者，可一不可再。」……生故出，擁其歸路。梅摘花而反，生喜揖之，梅懷不安之狀。生笑曰：「花下睹妖姨，含羞稱萬福。相對兩難言，花豔驚郎目。」梅求路不得，曰：「先生當路于此，男女無以別于途。君子避女流，顧不能少讓我也？……」生曰：「為汝初犯竊盜，今欲盤詰奸細耳。」各嘻然相視而	生日惟種花適興，而海棠花猶其所鍾愛者。一日，桂英偷步摘之，既採牡丹，復採芍藥。智童見之，呼曰：「偷花者貪得無厭，好狠心！好毒手也！」生出戶視之，桂英尚立於花下，即施禮。桂英回禮，稱萬福。生口占云：「纖手撚花枝，有美顏如玉。相見即相親，含羞稱萬福。」擁桂英歸路。桂英曰：「男女讓路，顧不能少讓我也？」生曰：「為爾初犯竊盜，故盤詰奸細耳。」二人言罷，有笑

8　詳參本論文第八章《荔鏡傳》研究之二。
9　詳參本論文第九章《懷春雅集》研究之三。

劉生覓蓮記	融春集
笑。……乃戲問曰：「卿卿果芳桃之侍妹名桂紅者乎？抑果碧蓮之侍妹名素梅者乎？」梅曰：「先生止遊詩書之府，何由知閨閣之名也？」生紿曰：「吾昨夢登太華山，至西天闕，入廣寒宮，履姮娥殿，親得數名指示，故此積誠候卿。今得見之，正應佳夢矣。乞先為劉一春道意，後有萬千未談之衷曲也。」梅曰：「此春夢也。……」……生尾其後，曰：「劉一春送。」梅戲應曰：「回。」	容。……生曰：「爾果潘小姐腹心名桂英者乎？」桂英點頭曰：「何由知之？」生曰：「吾昨夜夢遊廣寒宮，至清虛府，過瑤池頭，見潘玉貞、桂英名，次於翠瓊娘（原注：即生先聘妻也）之後，是以知之。」桂英曰：「此春夢也，非真夢也。」生曰：「爾回，多致意小姐，只說蘇育春再三上覆。」……桂英應曰：「呵，呵。」遂別去。生尾後，曰：「蘇生送。」桂英手揮曰：「回。」

此一大段文字、情節，兩相對照，《融春集》抄襲《劉生覓蓮記》的說法，很容易就可以獲得證實。再如：（見附表十九）

表十九

懷春雅集	劉生覓蓮記	融春集
生笑曰：「一璘娘，亦足以釋西伯耳！非卿陰施乎計，其何以得解白登？」	生曰：「……且喋喋利口，有無限風趣，此一物亦足以釋西伯矣！……」	生頓足曰：「此知趣人兒，妙！妙！」童謂生曰：「桂英儘有丰韻，此一物足以釋西伯矣！」

《懷春雅集》敘潘玉貞以璘娘臨時充當自己的替身，不料事機不密，蘇生因有此戲言；《劉生覓蓮記》受其文字影響，但捨棄情節，改用在上段引文之後；而《劉生覓蓮記》又影響了《融春集》，文字、情節均照搬，亦緊接著上段引文。《劉生覓蓮記》之承先（《懷春雅集》）、啟後（《融春集》），於此可見一斑。

　　詩詞方面，《融春集》沿用《懷春雅集》者僅五、六首（有的只有一句而已），比抄自《劉生覓蓮記》的還要少，合計十餘首之多。

其中，也有抄一句者，如「孤燈夜雨」一詞有句「空把青年誤」，係抄自《劉生覓蓮記》【青玉案】（春風幾度）詞；又有抄二、三句者，如「嬌滴滴，有美孟姜」一詞有云「綠擾擾，雲挽宮妝」、「微噴噴，檀口生香」、「何日裡，意融融，樂陶陶」，係抄自《劉生覓蓮記》「嬌滴滴，月下芳卿」詞（「雲挽宮妝」原作「宮妝雲挽」，「裡」原作「是」）；有抄而未完者，如「萬種相思未了情，恰纏攜素手，又參商。花前音語尚留香。輕別也，能得不思量。寄語囑嬌娘，莫忘前日話，換心腸」一詞，係抄自《劉生覓蓮記》【小重山】詞（「恰纏攜素手」原作「被人生嫉妒」，「音語」原作「笑語」，「嬌娘」原作「蓮娘」），原詞下猶有「好將密約細端詳。卿知否，吾意與天長」三句；有抄全首只改一句者，如「密約多遭，杳杳無消耗，火噴妖神廟。卿卿當鵲橋。低駕天河，蚤渡仙娥到。春意沁鮫綃，那時當效銜環報」一詞，係抄自《劉生覓蓮記》的【步步嬌】（「妖」字乃「祅」字形近而訛），末句原詞作「那時當贈纏頭報」；更多的是全首抄錄，如【蝶戀花】（飄蕩寒風天色慄）一闋，以及「寂寂寥寥度此春，……思思想想意中人」、「夜闌夢難收，……又聽驚人鴈別樓」二詞，係抄自《劉生覓蓮記》的【蝶戀花】、【浣溪沙】、【南鄉子】。

　　另外，也有文字、情節與詩詞一併抄襲的，茲但舉一例為證：（見附表二十）

表二十

劉生覓蓮記	融春集
生以香扇墜一個，玉條環一副，枕頭蓆一領，老人圖一幅奉答。……蓮收之，復于生曰：「耍弄偷香手，終在竊玉心。若能同枕蓆，永賦白頭吟。」……素梅忙至，曰：「此劉君寓室也，那敢獨行！幸不至，使其卒	一日，生出求藥，玉貞散步尋幽，直抵生館。桂英忙止之曰：「此蘇君寓也，幸渠不在，使其卒至，則書室為陽臺矣。」玉貞曰：「是誰敢？」桂英笑曰：「極會敢，極肯敢者，蘇先生也。」玉貞不答。桂英曰：「忠言

劉生覓蓮記	融春集
至，則書室為陽臺矣。」蓮曰：「好容易！是誰敢？」梅答曰：「極會敢，極會敢者，劉先生也。」……蓮不答，亦不欲行。梅曰：「忠言不入，衒玉求售，非計之得也。」徑先去。……乃留一戒指並原製二詞于詩箋上，以界尺壓之，仍閉窗而去。生歸，童先見而拾之。至晚，生就月坐于壇前。童曰：「適於几上得解慍方二紙，寬愁散一枚，可以療鬱結之疾。欲得之乎？」	不入，衒玉求售，非計之得也。」徑先去。玉貞隨留一詞，併金戒指一件，紅絲線二條，香囊一事，紐扣一個，以書壓之而去。生歸，童先見而收之。生晚坐月下，童曰：「藥不必服矣。有物在茲，實可療鬱結之疾者。相公欲得之乎？」……乃作詞云：「風裡楊花性輕，銀燭高燒心熱。香餌懸鉤，魚不吞，辜負釣兒虛設。針刺眼淚流成血。思量起拈枝花朵，果兒難結。」童問戒指、絲線、香囊、紐扣何意？生解之云：「戒爾宜珍重，思思長不休。分香休漏洩，緊紐在心頭。」

其中《融春集》「風裡楊花性輕」一詞，仍係從《劉生覓蓮記》別處移來，原詞牌名為【花心動】（「性輕」原作「輕薄性」，「吞」字上原有一「輕」字，「辜負釣兒虛設」原作「枉把釣兒虛設」，其下並有「桑蠶到老絲長絆」一句，又「拈」原作「粘」），《融春集》只錄其前半闋而未完。

五　《劉生覓蓮記》有《覓蓮記》、《想當然》二種傳奇加以改編

關於《劉生覓蓮記》在文學史上的影響，除了作為小說《融春集》改寫《懷春雅集》的重要素材來源之外，明代戲曲方面，也有《覓蓮記》、《想當然》二種傳奇是根據它來改編的。

《覓蓮記》傳奇，溧陽鄒逢時（號海門）編著，呂天成《曲品》

說它：「照劉一春本傳譜之，亦悉，而詞采未鮮。」[10]列為「下中品」；祁彪佳《遠山堂曲品》「具品」也補充說明：

> 此道明暢者，類涉膚淺；婉曲者，偏多沈晦；即使詞意簇湊，
> 又易入於小乘：所以識者致嘆於當行之難也。若此記，全不脫
> 劉一春本傳，科譚尚不識，又安能求其詞采乎？[11]

此劇今已失傳，僅餘一「葉子」保留二【太師引】曲文，[12]鄒逢時約明萬曆中前後在世，不脫劉一春本傳（即《劉生覓蓮記》）的這部《覓蓮記》傳奇，大概也是萬曆間的作品。

《想當然》傳奇，今存崇禎間刊本，凡三十八齣，書署「款思主人編次」，又題「譚友夏批評」。[13]呂天成《曲品》未曾著錄，祁彪佳《遠山堂曲品》則說：

> 相傳為盧次楩所作，譚友夏批評，然觀其詞氣，是近時人筆，
> 即批評亦未屬譚。劉一春事，本之《覓蓮傳》，此於離合關
> 目，亦未盡恰，但時出俊爽，才情迫露。[14]

祁彪佳還特別在《遠山堂曲品》的凡例裡聲明：「才人名妓，詞壇所艷稱。作者每竊其名以覆短。如盧次楩之《想當然》，……考其真姓

10　《中國古典戲曲論著集成》（北京市：中國戲劇出版社，1982年），第6冊，頁246。

11　《中國古典戲曲論著集成》，第6冊，頁103。

12　收入鄭振鐸編：《中國古代版畫叢刊》第4冊之《元明戲曲葉子》（上海市：上海古籍出版社，1988年），頁20。又，日本內閣文庫藏《分類舶載書目》小說家類著錄：「《王覓蓮記》　鄒達時　二卷」（見大庭脩編：《舶載書目》，關西大學東西學術研究所，1972年，附錄頁62，「王」字疑衍），故知此劇曾傳往日本。

13　收入1954年古本戲曲叢刊編輯委員會編：《古本戲曲叢刊初集》、1985年臺北市天一出版社《全明傳奇》。

14　《中國古典戲曲論著集成》，第6冊，頁140。

名而不可得。未能闕疑，姑以從俗。」[15]所謂「從俗」，就《劉生覓蓮記》而言，祁氏正是根據崇禎刊本著錄，而又有所懷疑。崇禎刊本《想當然》傳奇，前有題「景（竟）陵譚元春撰」〈批點想當然序〉，說：「《想當然》者，相傳謂盧柟次楗所著」，卻又說：「或曰：此本陸尚書少年所為」（按：陸尚書指陸光祖）；另有題「款思主人漫筆」的〈盧次楗本敘〉，署「嘉靖丙子秋中」，然嘉靖朝實無「丙子」年。《想當然》若果真出自盧次楗手筆，當不致遲到崇禎年間才首度面世。祁氏懷疑盧次楗、譚友夏之名均為偽托，是有道理的。按周亮工晚年（清康熙六年，1667）著成《因樹屋書影》，卷一曾透露一段秘辛：

> 元人作劇，專尚規格，長短既有定數，牌名亦有次第。今人任意增加，前後互換，多則連篇，少惟數闋，古法蕩然矣。惟予門人祁江王漢恭名光魯，所作《想當然》，猶有元人體裁。……《想當然》託盧次楗之名以行，實出漢恭手。[16]

據此，則《想當然》的作者極可能為江蘇江都人王光魯，成書年代是在明崇禎年間。

疑是王光魯偽題的〈盧次楗本敘〉有語云：「一日偶閱稗乘，見劉一春覓蓮事，則拋書狂叫曰：是矣！是矣！」這更可證明戲曲《想當然》係據小說《劉生覓蓮記》改編，而非相反。據《劉生覓蓮記》改編的《想當然》，在情節的鋪演上，與原作有不小的出入。《萬錦情林》為《劉生覓蓮記》增附十七幅插圖，依序題曰：（1）「劉生步梅遇女」，（2）「生聽閨中吟詩」，（3）「劉生與文仙對飲」，（4）「劉生遇蓮拆（折）花」，（5）「童對蓮娘談生德」，（6）「生紅二人對答」，（7）

15　《中國古典戲曲論著集成》，第6冊，頁8。
16　周亮工：《因樹屋書影》（臺北市：漢京文化事業公司，1984年），頁22。

「蓮於枕上問梅事」，（8）「蓮對紅嘆相思」，（9）「蓮睹劉生釣魚」，（10）「汝和於園中戲蓮」，（11）「繡鳳送茶與生」，（12）「生執梅手告苦」，（13）「生蓮談情遇梅童」，（14）「生見梅求蓮一會」，（15）「劉生一箭中鷹」，（16）「生同上岸遇文仙」，（17）「劉生奇遇團圓」，可視為故事的幾個段落重點，卻只有（1）、（4）、（6）、（11）、（17）（約合竹軒藏板《覓蓮記》的第一、二、五、七、十六各回）在傳奇中出現，而且（11）「繡鳳送茶與生」一段，還改以許文仙代替繡鳳的角色（見第十八齣「遣賺」、第十九齣「假試」）。

　　大體說來，《想當然》傳奇主要的改變尚有以下數端：

　　（一）改知微翁為黃谷老人，讖語則由「覓蓮得新藕，折桂獲靈苗」易作「覓蓮得新藕，折桂倚嬌紅」，用意在刪去苗秀靈一角，而以碧蓮婢女新名匀箋（仍原名桂紅）者取代。但劉生與碧蓮主婢二人的交往細節，則大幅裁減，只剩第六「梅遇」、第十一「採花」、第十二「妝語」、第十四「意約」、第十六「素盟」，第三十六「後梅遇」幾齣而已。

　　（二）改馬二皋為丞相馬皋，和劉生已無親戚關係。因馬皋誤中門客耿汝和詭計，派遣劉生遠赴雁門關兼攝參軍，遭受磨難。耿汝和亦非守樸翁金維賢內姪，然曾入住金府跟劉生起過摩擦，戲分大量增加，計有第八「園宴」、第九「春遊」、第十五「胎怨」、第十七「友謗」、第二十「逐耿」、第二十六「奸妒」多齣，都以他為要角。

　　（三）改愛童秀逸、機伶的形象為「外貌粗鹵」，虛有其名，與劉生、匀箋的關係不深，當然也不會有耿汝和覬覦的情節發生。至於許文仙，身邊多了一個丫鬟巧雲，春遊時救過醉倒路旁的劉生，奉命假試之前，還曾特別前去通報，當劉生赴試、赴塞，她無不急急追訪，表現得十分多情，劉生也有意於她，不過劇終卻看不到她的任何結局交代。

　　兩相比較，《劉生覓蓮記》以細膩描寫男、女主角的感情世界為

中心，《想當然》則刻意渲染小人作梗、公子磨難的過程，寫作重點
已經轉移，後者更趨向才子佳人故事的固定模式。

六　結語

　　如前所述，余公仁刊本《燕居筆記》所收錄的《劉生覓蓮記》，是
直承《萬錦情林》而來的二度刪節本，不足為憑，但是其卷末有段
「公仁子曰」，乃罕見的《劉生覓蓮記》的早期評論，倒還值得一看：

　　　　數有前定，而緣自得合。觀蓮娘之貞潔，而劉生之惟命是聽，
　　　　此天作而合之也。及秀靈、文仙輩，亦其緣之致耳。素梅與愛
　　　　童之作配，宜也。此記前無淫詞，始知為君子所作，非野人之
　　　　語。若祁羽狄之浪遇成仙，劉一春之珍重完婚，吁！各行其志
　　　　也。或謂此丘瓊山先生筆也，未知是否？姑記之，以俟辨者。[17]

余公仁這段跋語，特別指出本書並無淫詞，與「祁羽狄之浪遇成仙」
的《天緣奇遇》迥異，把握了《劉生覓蓮記》行文時的特色，這也正
是作者文中強烈批評《天緣奇遇》「獸心狗行，喪盡天真」的自然反
應。不過，余氏「或請此丘瓊山先生筆也」的說法，則毫無根據，我
們猜想他是被丘瓊山作《鍾情麗集》的傳說給搞混了。[18]
　　《劉生覓蓮記》的成書，必然在《嬌紅記》、《鍾情麗集》、《荔枝
奇逢》、《懷春雅集》、《天緣奇遇》之後，不會是嘉靖以前的作品。而
它的作者既不可能是丘濬（瓊山），也不應該被題為吳敬所。吳敬所
編輯《國色天香》，保存了《劉生覓蓮記》的完整面貌，使得清朝和

17　此據上海古籍出版社《古本小說集成》影印《增補批點圖像燕居筆記》下之卷9
　　引，頁72。
18　詳參本論文第四章《鍾情麗集》研究之一正文、之二注12。

當代都有人據以將其改頭換面為章回小說，但我們絕不能就此把著作權歸在吳氏名下，其理甚明。

　　身為明代中篇傳奇小說之一的《劉生覓蓮記》，很自然地延續著元明中篇傳奇小說的創作傳統，「詩詞太多」實不足為怪。真正奇特的是，我們發現到《劉生覓蓮記》先受《懷春雅集》影響，後又以其文字、情節與大量詩詞影響了《懷春雅集》的改寫本《融春集》，此一事實，和《覓蓮記》、《想當然》二種明傳奇據它加以改編一樣，都說明《劉生覓蓮記》在文學發展史上具有影響力。然而，同樣針對《劉生覓蓮記》這部小說，有學者肯定它全篇的描寫和敘述「比之同類小說更為工致傳神……，含蓄蘊藉，不可多得」[19]，卻也有人認為它「文字拙劣，情節無奇，是當時中篇小說中較差的一部」[20]，褒貶不一，竟有如此大的差距，這亦顯示小說研究者對《劉生覓蓮記》的認識還是很不夠的。

---

19 薛洪勣語，見《中國古代小說百科全書》（北京市：中國大百科全書出版社，1993年），頁308。

20 劉明浩語，見《中國歷代小說辭典》第二卷（宋、元、明）（昆明市：雲南人民出版社，1993年），頁179。

第十四章
《李生六一天緣》研究

一　前言

　　《李生六一天緣》，文約三萬五千字，其間穿插詩詞達一百首，是明代中篇傳奇小說中篇幅較長的一種，收錄在萬曆一、二十年間的通俗類書《繡谷春容》，其他類書或小說彙編均未見。大連圖書館藏有清抄本《豔情逸史》，第一、二冊雖為《李生六一天緣》，但經筆者詳細比對，確定它其實只是《繡谷春容》的過錄本而已，內容沒有不同。

　　《繡谷春容》這部明代的通俗類書，海內外各有藏本，[1]然而倚賴它而保存下來的《李生六一天緣》，截至目前為止，卻僅見有人替這個故事撰寫簡單提要，[2]而看不到任何研究的文章，殊為可惜。我們相信詳讀其故事內容，進一步加以探討，對於瞭解這部小說以及明清小說發展的某些現象，是會有所幫助的。

1　大塚秀高著，謝碧霞譯：〈明代後期文言小說刊行概況（上）〉載：「現有東京大學東洋文化研究所（雙紅堂文庫）、北京圖書館、美國國會圖書館、上海圖書館、臺北中央圖書館各藏本」，《書目季刊》第19卷第2期（1985年9月），頁65。臺北天一出版社《明清善本小說叢刊初編》、上海古籍出版社《古本小說集成》都收錄有明萬曆世德堂刊本。

2　見江蘇社會科學院明清小說研究中心編：《中國通俗小說總目提要》（北京市：中國文聯出版社，1990年），頁101；蕭相愷：《珍本禁毀小說大觀》（鄭州市：中州古籍出版社，1992年），頁719-720。

二　《李生六一天緣》的故事內容及其缺失

　　《繡谷春容》智集卷七、仁集卷八上層收錄的《李生六一天緣》，主要講述才子李春華與六名佳麗的奇特姻緣。

　　浙人李春華，字茂實，瀟灑聰穎，少有大志。十五歲時，他因淮上經商的父親客死異鄉，前去奔喪，舟過小孤山下，朗吟一絕，吟畢西風大作，船隻不行。當夜，李生夢見小孤神遣二仙女來迎，以禮相待，特別表示：「吾有千載幽誣，無從暴白，故屈君來，以表衷曲」，希望他在人間代為澄清小孤神嫁彭郎的無稽之談，並以一把白扇和六個脫困錦囊相贈。

　　李生醒來，手上果然持有錦囊、白扇，白扇題有一詩：「桂葉留君飲，金花許子攀。馮江宜避險，賈宿可防奸。北上榮遭累，南征困捷還。見機陳表日，林下會金丹。」據小孤神說這是他的「塵世風光」，還說他是「上界玉案史也，以過謫人間，……當先富後貴，利早而名遲」，李生一時尚無法理解，便繼續啟程料理父喪及商務，半年後才回到家裡，祭葬完畢。

　　此後，家人勸李生繼承父業，李生想到夢中「先富」、「利早」之言，乃決定暫拋舉業，赴淮營商，途中又經小孤山，入廟叩拜，題詩廊間，並拾獲某一宦門女娃所遺落的一股玉釵。到了淮上，李生發現亡父遺詩，實以仕途相期，於是二、三年後又回到浙省，準備遊學嘉禾，參加科舉考試。

　　這趟出門，李生開始了一連串的豔遇。先是在常山巧遇太守之女葉鳴蟬，兩人鄰舟唱和，又藉侍女蕙芳撮合，彼此互贈玉簪、金鐲，對月而誓，並合牽紅絲條跪祝永結同心，祝畢，相攜就枕。舟至錢塘，鳴蟬隨父赴任，這才忍痛而別。

　　李生原擬前往嘉禾，這時因在旅店結識貴族子弟留餘慶，便留在省城，住進留家。留父康老對李生十分器重，將女兒無瑕許配給他，

安排他獨居翠筠樓讀書，由此又有緣接觸到無瑕的表妹許芹娘，以及芹娘的表妹金月英。

芹娘、月英同住翠筠樓西牆之外，對李生一見傾心，李生也渴望和她們進一步交往，於是先結無瑕侍女小梅，吐露心意，拜託她傳遞詩柬，居中牽線，製造各種機會。

以下有接近全篇一半的篇幅，都在描述李生與芹娘、月英交往的詳細過程。芹娘個性矜持，雖也曾主動托詩言志，假詠傳情，但一感受到有什麼事要發生，馬上又策計而遁，閉門而拒，弄得李生寢食難安；比較起來，月英顯得活潑開放，因此李生跟她的感情發展迅速，先有私情，然後由月英、小梅乘機進言，打動芹娘芳心，終於成就好事。因芹娘自幼與無瑕有誓同歸一人，月英此刻亦有志一同，三女便有了共事一夫的約定，就等李生金榜題名。

李生這會兒與留餘慶移居昭慶寺會友肄業，雖心懷二女，但對考試也不敢掉以輕心，初試時一舉中了首選，不料碰上一場無妄之災。原來有位姓賈的紈袴子弟以重金要和李生換卷不成，憤而將他幽禁在自己的深宅裡。李生情急，拆看小孤神所贈的第一個錦囊，依照提示，援枝求救，順利脫險，趕赴考場，三試完畢。放榜時，李生果中第二，留餘慶也榜上有名，留府賀客盈門，康老便準備讓女兒完婚。三女共事一夫的想法，此時也被正式提出來討論。李生為求如願以償，暗中厚賄講命名家徐星士，請他協助「說破天機」。結果，康老信服，許、金二家家長同意，李生招術奏效，一娶三房，同回老家。

一個月後，李生上京參加會試，途至揚子江，誤上一自稱馮姓船夫的賊船，生命受到威脅，連忙再拆閱身邊的第二個錦囊，按詩所言，選擇自動投江。幸被金山長老養癡救起，寺內行腳僧月圓並根據賊船上坐凳有「江上龍記」四字的線索，擒賊處斬。李生表示感謝，武藝高強的月圓則請求：「他日若掌兵權，望乞收敘。」

到了京師，李生殿試高中，選入翰林，有花光國者題本請婚，求

將宮中遣出的女兒賽嬌賜嫁李生。這是緣於李生初至京師，即獲賽嬌擲以白扇傳情，又得其侍女柳青之助，有約在先的一段豔遇，皇上也樂觀其成。

　　不久，李生因不滿當朝首相專權蠹國，嫉賢妒能，上表條陳其罪，而遭奸黨宿姓御史彈劾，貶謫嶺南。李生慷慨就道，獨自南行。舟至鄱湖康山，忽聞林叢水邊傳來哭聲，循聲搭救了一名落難女子桂娟友，其母、弟均已溺斃，獨她倖存。巧的是，這娟友正是三、四年前小孤神廟遺落玉釵的那位女娃。李生既替她收葬母、弟身骸，又順道護送她南下，與當時陞任瓊州太守的父親團聚。桂父深感李生收屍救生之德，決意招他為婿，但生婉拒。過了兩年，娟友服滿，李生才在眾人力勸之下，和她成為眷屬。

　　接著，奸黨事敗，李生復召入京，攜娟友連袂北上。途經湖廣一尼姑庵，意外得知葉鳴蟬正在該庵出家，原來她自失身李生之後，矢志不嫁，寧願皈依佛門。李生大受感動，取出金鐲和半截紅絲條為證，跟她相認，兩人不禁對泣。後經娟友、道侶反覆諫諭，又卜神問佛，鳴蟬乃還俗，隨生北上，迎母親與另四位夫人一同面聖。李母、六夫人俱有封贈，而李生則累遷吏部員外郎，後來又因討苗有功，歷陞兵部尚書兼翰林院學士太子少保。

　　故事至此，小孤神所贈白扇前六句詩：「『桂』『葉』『留』君飲，『金』『花』『許』子攀。『馮』『江』宜避險，『賈』『宿』可防奸。北上榮遭累，南征困捷還」，皆已應驗。一日，李母要兒子伺機求退，李生於是乞恩養親，投閒林下，與六美築院歡聚，並為侍女男僕擇配。數年之後，告祭小孤神，舉宴同樂，空中忽傳樂音，香氣氤氳，遙見小孤神冉冉而降，囑以「塵緣將盡，回天有日，……夫人亦皆仙家眷屬，不可久留凡世」，授以金丹分服。次日，諸夫人將平日吟詠集成一冊，李生標其名為《六一倡和》，等待昇天。最後，李生終與六夫人乘鶴仙去，不知所之，白扇後二句詩：「見機陳表日，林下會金丹」，也應驗了。

　　以上便是《李生六一天緣》的大致內容。小說文字方面過於講求
駢儷對仗，卻又常在敘事時摻雜白話，風格不是很統一。思想方面，
有宣揚一夫多妻自然合理的傾向，以現在的觀點來看，亦不無可議之
處。至於故事情節方面，也有所缺失，較為明顯的是小孤神贈與李生
錦囊有六，故事中卻只有兩個派上用場，其餘四個全無交代，或許原
文：「吾有錦囊六遺子，他日臨難困逼，解脫無緣，次啟一看」的
「六」字是「二」字誤刊也不一定；但行腳僧月圓對李生的請求，當
是日後李生討苗建功的伏筆，全篇並無一語涉及，而且李生擇配的名
單中，也平空冒出一位名叫「桃紅」的侍女，為前文所未見，加上文
中對於留無瑕這名女角色，以及她和李生之間的感情世界，幾乎毫無
著墨，也甚不合理！此等情節上的缺失，頗讓我們懷疑《繡谷春容》
所收錄的《李生六一天緣》，就跟它收錄別的中篇傳奇小說一樣，是
經過刪節的。《李生六一天緣》原作，極可能比現存的三萬五千字還
要長一些。

三　《李生六一天緣》的素材來源及其影響

　　詳細閱讀《李生六一天緣》的故事內容，我們還可以發現這部明
代中篇傳奇小說創作時，有參考明代其他小說作品的事實，從而方便
我們判斷其成書年代。

　　首先，故事開端一段，係模仿明洪武間瞿佑《剪燈新話》卷四
《鑑湖夜泛記》而來。《鑑湖夜泛記》辨牛郎織女之誣，[3]永樂間李禎
曾仿製《長安夜行錄》辨餅師離合之誣，[4]今《李生六一天緣》則直
接模仿《鑑湖夜泛記》，記李生廟前吟詩，夜夢小孤神傾訴嫁彭郎之

3　見周楞伽校注：《剪燈新話・外二種》（上海市：上海古籍出版社，1981年），頁98-
　　101。
4　見李禎：《剪燈餘話》卷1，收入《剪燈新話・外二種》，頁125-128。

冤，要求：「願白人間，使好事者知妾之為誣也」，情節、文字均見明顯因襲，如「茂實復曰：『娘娘之事，則信誣矣！若劉錫、董永、天臺、藍橋，則皆顯載傳記，劇談士夫，信乎？否耶？』」這段對白，即與《鑑湖夜泛記》所言：「令言又問曰：『世俗之多誑，仙真之被誣，今聽神言，知其偽矣！然如張騫之乘槎，君平之辨石，將信然歟？抑妄談歟？』」極為相似。

其次，故事中李生厚賄徐星士說命一節，也其來有自。《雙卿筆記》說男主角華生為求同娶正卿、順卿姊妹，曾厚賂命相術士，令彼傳言：「必娶偏房，方能招子」；而《李生六一天緣》記徐星士對康老偽稱李生：「合多招寵姿，正室不能得息，要當種子於偏房也」，與《雙卿筆記》可謂如出一轍。

另外，我們發現《李生六一天緣》的素材來源，還包括《花神三妙傳》、《尋芳雅集》和《天緣奇遇》三種。故事述及李生一娶三房，同回老家，諸友詩詞贈行，曾有詩云：「當時三妙非為妙，今日三奇果是奇。」前句似用《花神三妙傳》的典故，故事裡花賽嬌侍女名叫「柳青」，也是《花神三妙傳》用過的侍女的名字；後句雖非用典，但事實上也有證據顯示《李生六一天緣》參考過別名《三奇合傳》的《尋芳雅集》。故事中蕙芳曾勸小姐鳴蟬接納李生，說道：

> 苟郎君有吳生之行，窮通不改；小姐諧鶯、鳳之緣，終始無虧，則妾雖不才，獨不能法春英、秋蟾，以合二家之好乎？[5]

所謂「春英」、「秋蟾」，分別是王嬌鶯、王嬌鳳姊妹的侍女，都曾為吳廷璋扮紅娘，事出《尋芳雅集》無疑。而且兩相比較，我們可以看出，蕙芳和小梅扮演的角色，幾與春英、秋蟾無二，而芹娘、月英的

5　《繡谷春容》卷7上層，頁13；上海古籍出版社《古本小說集成》本，頁616-618。

性格，也跟嬌鸞、嬌鳳雷同，只是姊妹性格互調而已。文字、情節方面，如李生對鳴蟬說：「吾先取之（指蕙芳），以塞其口」，兩人合牽紅絲條跪祝，「以剪中分，各藏其半」；康老器重李生，館生於樓，說：「館穀燈火之需，拙能任奉，無勞牽書史心也」；李生拜託小梅：「……然涸轍之困，待之以舒，則索鮒魚於商肆矣」；李生見芹娘採茉莉花，藉花喻人，而約會時「一稍及亂，芹便艴然，英亦不答」；以及芹娘所言：「焉有以柬與人，而復取者乎」、「幸是姨親，若外人亦可引入耶」、「彼人即吾人也」、「情欲之心，人皆有之」、「萬一修短難期，心事不白，寧決一死，肯事他人乎」，李生所言：「春興勃勃，摠有詩興，亦蔽塞矣」、「卿真鐵石人也」等等，又都可以在《尋芳雅集》找到對應的地方，可見《尋芳雅集》確實是《李生六一天緣》重要的素材來源。此外，故事整體架構，包含豔遇連連，以及篇末李生乞歸與六夫人同樂，小孤神從空而降授以金丹云云，則顯然是受到《天緣奇遇》的影響。

　　《花神三妙傳》、《尋芳雅集》和《天緣奇遇》，約為嘉靖間之作，《李生六一天緣》既以它們作為寫作素材，則其成書年代當以此三部小說的問世為上限，並以《繡谷春容》出版的萬曆一、二十年為下限，判斷它是嘉靖末至萬曆初之間的作品，當無大錯。那麼，《李生六一天緣》在嘉、萬年間成書以後，是否曾對後世文學產生過什麼樣的影響呢？我們推想，是會有的。

　　清初以降，一夫多妻題材的才子佳人小說為數不少，如《繡屏緣》二十回、《夢中緣》十五回、《五鳳吟》二十回、《五美圖》八十回等，我們無法肯定這些小說的寫作是否和《李生六一天緣》直接有關，只知其中有作者確曾接觸過明代中篇傳奇小說。[6]另如《玉樓春》十二

6　蘇庵主人編次的《繡屏緣》，第九回、第十五回都提到「賈雲華」，想必他是讀過《賈雲華還魂記》，《古本小說叢刊》第12輯（北京市：中華書局影印荷蘭漢文研究院藏日本抄本，1991年），頁2309、2423。

回、《醒名花》十六回、《巫山豔史》十六回等小說，同樣標榜一夫多妻，而它們的故事情節模式，則和《李生六一天緣》更為接近。《玉樓春》說邵卜嘉、邵十洲父子曾由相士李虛齋預卜前程，並授錦囊四封，後來父子遭遇果如李虛齋所言，錦囊也一一發揮救難解厄的作用，結局是父子「棄功名物化逍遙」，十洲辭歸，娶「玉」娘、翠「樓」、「春」暉為妻，「喜團圓人間行樂」[7]；《醒名花》作者讀過《玉樓春》，[8]作品是記男主角湛翌王遇范道人，獲授預言偈語和三個應急錦囊，終娶杏娘（別號醒名花）等妻妾七人，優游林下，它的第一回〈吉士懷春題紫燕，侍姬遊戲為紅娘〉，與《李生六一天緣》尤為類似；而《巫山豔史》演李芳遇道人廣陽春，授以久轉金丹一粒、錦囊三函，連娶妻妾八人，後經點化，攜美人入山，「逍遙自在，不知去向，終成正果」[9]，這樣的故事架構，也猶如《李生六一天緣》。

　　此外，又有《浪史》四十回，書敘人稱浪子的梅素先娶了七位夫人、十一侍妾，享盡歡樂之後，計議歸湖，遇已成仙翁的鐵木朵魯告以：「你原名登仙籍，這些夫人、侍妾，都是天上仙姬」云云，看似受到《李生六一天緣》的影響。特別是它第三十七回後半〈浪子月下遇鶯鶯〉，至第三十八回前半〈博陵崔氏洗恥明〉，提到崔氏邀見素先，自辨張生鶯鶯故事之誣，請他代為洗冤，也有「浪子道：『聞夫人之言，洞明肺腑，此真千載不白之冤，不肖當為明之；但不知后土之韋郎，洞賓之牡丹，信有之乎？』」[10]這樣的對白，此與《李生六一天緣》模仿《剪燈新話‧鑑湖夜泛記》的情形，十分雷同。

7　嘯花軒刊本十二回，現藏北京大學圖書館，又有「晚翠堂批評」二十四回本，邵十洲作邵十州，現藏北京首都圖書館、東京大學東洋文化研究所。

8　第八回提及：「陶公把卓（桌）上書卷翻看，內有一本小說，乃是邵十洲故事，名叫《玉樓春》，看到十洲在尼庵留跡一節，便觸著念頭⋯⋯」，《古本小說叢刊》第三十五輯（北京市：中華書局，1991年），頁1753-1754。

9　此據東京大學東洋文化研究所藏清刻本引。

10　此據大連圖書館藏日本奚疑齋稿紙抄本引。

　　當然，像《浪史》和《巫山豔史》之類的小說，已非才子佳人故事，而是豔情淫穢、不登大雅的低級之作了，《李生六一天緣》若果真影響了它們，並沒有什麼值得好誇耀的，但我們由此則可看出明清小說演進的若干軌跡。

四　結語

　　研究《李生六一天緣》，確知《剪燈新話・鑑湖夜泛記》、《雙卿筆記》、《花神三妙傳》、《尋芳雅集》、《天緣奇遇》都是它寫作的素材來源，這讓我們更加肯定：明代中篇傳奇小說的發展自成系統，而且確曾受到短篇傳奇小說盛行的刺激。而《李生六一天緣》多達三萬五千字（原作甚至更長），這也可以看出：明代文言小說長篇化的趨勢，到嘉靖末至萬曆初依舊存在。

　　至於《李生六一天緣》究竟是否直接影響了清代小說，如《玉樓春》、《醒名花》等一夫多妻題材的才子佳人故事，甚至像《浪史》、《巫山豔史》一類的豔情淫穢之作，由於證據不甚明確，我們的看法稍有保留。然而，神仙道士預示前程，錦囊相授，協助男主角解難脫困，連娶諸多嬌妻美妾，而後辭官歸隱，得道成仙的故事模式，早在明代嘉靖、萬曆年間的《李生六一天緣》，已然成形，這點則可提供明末清初小說的研究者參考。

第十五章
《傳奇雅集》研究

一　前言

　　明萬曆戊戌（二十六年，1598），余象斗編刊了《萬錦情林》六卷。這部小說通俗類書，早在中國亡佚，全帙孤本僅見日本東京帝大研究所收藏，孫楷第《日本東京所見小說書目》曾說它：

> 上層選《太平廣記》及元以來之文言傳奇。下層則為明人詩詞散文相間之通行小說。其上層之《秀娘遊湖》一篇為平話；鋪陳艷冶，結構亦平平；而屬辭比事，雅近宋元，似其時代甚早，至少亦從宋元本出。存此一篇，亦彌足珍貴矣。[1]

《秀娘遊湖》（全名《裴秀娘夜遊西湖記》），本事或即《醉翁談錄·舌耕敘引》所列「傳奇」《夜遊湖》，[2]胡士瑩《話本小說概論》認為它「可能為元人作品」[3]，端賴《萬錦情林》的收錄而存世，確實難得。

　　除了《秀娘遊湖》之外，《萬錦情林》其實還收錄另外兩篇孤本小說，即卷四下層的《情義奇姻》和卷六的《傳奇雅集》，都是別處見不到的作品。因此，《萬錦情林》的刊行益顯珍貴。

　　關於《情義奇姻》，參見本論文附錄〈《情義奇姻》與《劉方三義

1　孫楷第：《日本東京所見小說書目》（北京市：人民文學出版社，1991年），頁130。
2　〔宋〕羅燁撰：《夜遊湖》（臺北市：世界書局，1975年），頁4。
3　胡士瑩：《話本小說概論》（北京市：中華書局，1980年），頁343。書中附錄了《裴秀娘夜遊西湖記》原文，見頁343-349。

傳》〉一文，本章專談《傳奇雅集》。《傳奇雅集》獨見於《萬錦情林》卷六下層頁1-32，文長近二萬言，屬於明代中篇傳奇小說的一個孤本，可是乍看之下，卻又似曾相識，不免讓人覺得它有抄襲其他小說的嫌疑。真相究竟如何？我們不妨針對其故事內容與詩詞穿插詳細考察。

二　《傳奇雅集》的故事內容及其來源

　　《萬錦情林》下層收錄傳奇小說，慣附插圖，《傳奇雅集》亦不例外，依序有題曰「幸生洛陽訪親」、「雲姐私訪問疾」、「生玉紙牌角勝」、「幸生內庭乍遇」、「紫英對鏡畫眉」、「娥珠屬垣竊聽」、「幸生鹹寇獲姝」、「燕容酒酣起舞」、「幸侯鞋杯流飲」的插圖九幅，突出故事的主要情節。茲依圖題，簡述其故事內容，並附按語考其來源如下：

　　（一）**幸生洛陽訪親**：江右世家子幸時逢，究心韜略，博學灑脫。一日前去洛陽拜訪姑丈須爾聘，對貌美性慧的表妹須行雲一見傾心，於是長住下來。行雲也對表哥有意，曾令侍女小桃偷窺動靜、私饋苦茶，不料小桃竟先被他占了便宜。

　　按：「幸生洛陽訪親」的主要情節明顯抄襲《天緣奇遇》，請看下表對照：（見附表二十一）

表二十一

傳奇雅集	天緣奇遇
生拜問起居，禮貌修整。元氏見生閑雅，心念：「得婿若此人，吾女何恨？」聘問：「行雲何在？」侍女金菊以未理妝對。聘曰：「一別數年，今各長成，寧忍不識一面乎？」即令金菊促之。行雲不得已，斂環而出，香風一至，仙子迎簾，雲鬢半蓬，玉	生拜問起居，禮貌修整。岑見生閑雅，念：「得婿若此人，吾女何恨？」……廉問：「麗貞何在？」岑曰：「不快。」廉曰：「一別十年，今各長成，寧不一識面耶？」命侍女素蘭催之……，麗貞不得已，斂髮而出，但見雲鬢半蓬，玉容萬媚，金蓮窄窄，

傳奇雅集	天緣奇遇
容萬媚，金蓮窄窄，睡態遲遲。生立俟之，自遠而近，停眸一觀，魂魄蕩然。相揖後，以序坐。元氏以家事詰生，生心已屬行雲，惟唯唯而已。	睡態遲遲。生立俟之，自遠而近，停眸一覻，魂魄蕩然。相揖後，以序坐。岑以家事詰生，生心已屬麗貞，惟唯唯而已。

又，「館生於堂之東，去堂二十餘步。生歸館……」，卻是抄自《嬌紅記》；「行雲返室，亦厚屬生，呼侍女小桃」云云，抄自《賈雲華還魂記》；「雲心動，密令小桃私饋生苦茶」一節，抄自《天緣奇遇》；小桃「低首無言，以指拂鬢而已……」，亦抄自《天緣奇遇》；「小桃曰：『來久矣！恐雲姐見疑。』即整衣而去」，則又是抄自《嬌紅記》。

（二）雲姐私往問疾：幸生雖得小桃，但無時不以行雲為念，每每出入中堂，周旋廊廡，渴求一會；行雲守身如玉，只在口頭上給予承諾，並趁幸生生病之際，私往問疾，密贈刺繡抹胸，以表情意。後來，生得家書促歸，兩人不得不暫時分離。

按：文中「生出入中堂，周旋廊廡」一節，以及「謂生曰：『風差勁，兄衣厚否？』」云云，都是抄自《嬌紅記》；「雲因慨然良久曰：『妾非草木，豈謂無情……。』」一段，係抄自《尋芳雅集》。至於主要情節「雲姐私往問疾」，亦整段見於《尋芳雅集》：（見附表二十二）

表二十二

傳奇雅集	尋芳雅集
詞成，忽覺寒熱頓生。明不能起，爾聘為之迎醫。小桃私報行雲，雲甚憂之，密與桃親往問疾。生見雲至，……執其手曰：「一臥難起，將不得復睹芳卿矣！但夙願未酬，使我飲恨泉下，」語未終，淚隨言墮。雲亦帶淚謂生曰：「妾身不	二鼓就寢，寒熱迭攻。明旦不能起……，夫人命求湯藥以治之。……鳳得凶信，又味詩詞，情意飄蕩，心甚憂之，傍晚密與蟾親往問其疾。……生曰：「一臥難起，自謂不得復睹芳容，……但夙願未酬，使我飲恨泉下，……」語未終，淚隨言下。鳳亦帶淚謂生曰：「妾身不

傳奇雅集	尋芳雅集
毀，則良會可期，兄宜自愛。」親出紅帕，為生拭淚。臨別時，依依不能舍，乃解刺繡抹胸與生，曰：「留此伴兄，勝妾親在枕也。」含淚而去。	毀，則良會可期，兄宜自愛。」親出紅帕，為生拭淚。……臨別時，依依不能舍，乃解綃金束腰與生，曰：「留此伴兄，勝妾親在枕也。」含淚而去，且顧且行。

　　（三）生玉紙牌角勝：幸生歸家之後，奇遇連連。先是於市街邂逅簾下怨婦和雪容，及其妹和雪華，待雪容丈夫忽回，趕緊求庇鄰婦經青霞，又輾轉遷入經氏主母宣似真家樓上，暇時常跟她女兒蕊玉以紙牌角勝，隨即有了親密關係，包括侍女碧蓮在內。一個月後，因外人生疑，連夜與宣氏、蕊玉等掩淚而別；誰知途中又救了正要投河尋死的賈如瓊，於是帶她回家。

　　按：這一連串的豔遇，主要從《天緣奇遇》、《尋芳雅集》取材。「與僕童巧兒入市，見一婦女，年二十餘」一段，抄自《天緣奇遇》；「華見生，即掩雲背立」至「唯翠枝振振而已」，抄自《尋芳雅集》；「容攜華手付生」至「容又自納以代之」，抄自《天緣奇遇》；以下與經氏、宣氏的交往，並搭救如瓊諸節，也都是抄自《天緣奇遇》；「生憶碧蓮在近，不無動情者，乃輕舍玉，索歡於蓮」一段，以及「玉曰：『願得長情，不在取色。』」云云，「宣氏從夢寐中作嬌聲曰：『多情郎乃為穿窬行耶？』」云云，「曰：『觀兄丰神情趣，色色可人，真大作家也，恨相見之晚也。』」云云，則均抄自《尋芳雅集》。其間，另有抄自《雙卿筆記》、《花神三妙傳》、《懷春雅集》者：（見附表二十三）

表二十三

傳奇雅集	雙卿筆記
華未及答，而容趨出。生以手闔門，華失措，跌仆於地。生扶之起，華羞澀無任，以扇掩面，呼容不應，頓足曰：「姐姐誤我。」生強狎之，翻覆之際，如鷸蚌之相持。良久，華力不能支，被生鬆開紐扣，衣幾脫。華厲聲曰：「妾非姐比。君待妾如強寇，欲一概污之。妾力不能拒矣，妾出，則當以死繼之。」言罷，僵臥於席，不復以手捍蔽。生少抑其興。	生見蘭去，潛出，牢拴其門，突入書房，將門緊闔。從乃失措，跌臥於地。生忙扶之，……從羞澀無任，以扇掩面，惟欲啟戶趨出。生再四阻之，從呼蘭不應，罵曰：「賤妾誤我，何以生為！」……翻覆之際，如鷸蚌之相持。久之，從力不支，被生鬆開紐扣，衣幾脫。從厲聲曰：「妾千金之軀，非若香蘭之婢比也。君忘親議，如強寇，欲一概以污之。妾力不能拒矣，妾出，則當以死繼之。」言罷，僵臥於席，不復以手捍蔽。生慘然感觸，少抑其興。
但見登床之時，傾情憐惜，雲雨之際，著意護持。蕊玉雖有深情，但未堪重□，花心半插，桃口含芳，生略動移，則難忍奈（耐）。生曰：「呼我作親郎，吾當什子。」蕊玉固推遜，生進益深。玉不得已，曰：「才郎且放手。」嬌聲嚦嚦，生不覺真興盡洩矣。	**花神三妙傳** 但見輕憐痛惜，細語護持。女雖有深情，但未堪任重，花心半動，桃口含芳，生略移動，即難忍奈（耐）。生曰：「但喚我作檀郎，吾自當釋手。」奇固推遜，生進益深。奇不得已，曰：「才郎且放手。」生被奇痛惜數言，不覺真情盡洩矣。
將交歡之際，瓊恐懼逡巡，似不勝雲雨之狀。生曰：「卿勉強承之，庶乎他日見慣。」	**懷春雅集** 生曰：「……請將勉強於今宵，庶幾見慣於後日。」然合歡之際，玉貞乃嬌啼嫩語，恐懼逡巡，似有不勝之狀。

　　（四）**幸生內庭乍遇**：此時，幸生雖奇逢不斷，卻仍心繫行雲，準備再遊洛陽，其叔仲華則先約他同訪社友南河祿友良、祿友彥兄弟。友良生女紫英，友彥生女紫芝（另一子子文），幸生獨留祿府任

西賓之後，時與二女乍遇於內庭，立刻暗地展開追求，並先從紫芝侍女陽春的身上下手。

　　按：幸生與紫英、紫芝內庭乍遇，礙於「諸妾屬目」，不敢「以一邪言相及」的情形，頗類《嬌紅記》和《賈雲華還魂記》，另外也有明顯抄自此二者的文字：（見附表二十四）

表二十四

傳奇雅集	賈雲華還魂記
一日，友彥為子文約婚。生整衣冠入賀，造慎氏閣。出至重堂，轉出堂後，循曲巷，欲觀紫芝寢室，迷路而回，至清凝閣前，少憩。時芝正坐閣中，低鬟雙彎，著繡鞋。生即屏身戶外，竊於隙間，為侍女小春見之，報與芝。芝大憤，起欲白其母。生甚愧，告芝曰：「向入賀，適內閣路迷至此。兄妹之情，寧忍見窘？」芝曰：「男子無故不入中堂，況可直入人家閨閣乎？今且恕兄，後勿再至。」生連揖不已。芝笑曰：「聊恐兄耳，毋勞深謝」生趨而出。	生起整衣冠，趨夫人閣。問安否。出至重堂，轉從堂後，循曲巷，欲造娉室，迷路而回，至清凝閣前，少憩。時娉政坐閣中，低鬟束雙彎，著繡鞋。生即屏身戶外，窺於隙間，為娉小婢福福見之，報與娉。娉大憤，將起白夫人。生惶恐，告娉曰：「向於夫人處問安，路迷至此。兄妹之情，寧忍見窘？」娉曰：「男子無故不入中堂，況可直造人家閨閣乎？今且恕兄，後勿再至。」生連揖不已。娉曰：「聊恐兄耳，毋勞深謝。」……福遂捧花送生出。
一日，紫英在碧雲軒獨坐憑欄。生自外折梨花一枝入來。英不起，亦不顧生。生乃擲花於地。英曰：「兄何棄擲此花也？」生曰：「花淚盈暈，知其意何在，固棄之。」英曰：「東皇固自有主，夜屏一枝，以供玩好，足矣！」生曰：「已荷重諾，無悔！」英笑曰：「將何諾？」生曰：「試思之。」	**嬌紅記** 一日，暮春小寒，嬌方擁爐獨坐。生自外折梨花一枝入來。嬌不起，亦不顧生。生乃擲花於地於地，嬌驚視，徐起，以手拾花，詢生曰：「兄何棄擲此花也？」生曰：「花淚盈暈，知其意何在，棄之。」嬌曰：「東皇故自有主，夜屏一枝，以供玩好，足矣！兄何索之深也？」生曰：「已荷

	重諾，無悔！」嬌笑曰：「將何諾？」生曰：「試思之。」

另外，陽春建議：「妾有吳綾帕，郎君試為情詩錄其上」云云，也是抄自《賈雲華還魂記》；幸生「詩興不來，春興先到」，先狎陽春，則仿《尋芳雅集》；而使之袖帕入見紫芝，佯墮於地一節，則又直接抄自《賈雲華還魂記》。

（五）紫英對鏡畫眉：幸生同時對紫英、紫芝發動攻勢，曾在紫英對鏡畫眉時，藉分煤油以調情，又故意續紫芝未完之詞，加以挑逗，配合侍女小春、弱蘭的幫襯，姦情維持二月不曾曝光。直到姑丈須爾聘來信邀見，這才灑淚揮別祿府。

按：「紫英對鏡畫眉」的主要情節，係抄自《嬌紅記》：（見附表二十五）

表二十五

傳奇雅集	嬌紅記
一日，友良以寶劍贈生，生拜而受之。次早，入謝連氏，偶遇紫英於堂西小閣中。英時對鏡畫眉未終，弱蘭侍焉。生近前，謂之曰：「蘭煤燈燼耶？燭花也？」英曰：「燈花耳。」生曰：「若是，則願以一半遺我書家信。」英舉手分煤油，污其指，因牽生衣我（拭）之。生笑曰：「敢不留以為贄？」英因弱蘭在側，變色曰：「妾無他意，君何戲我？」生見英色變，恐連氏知之，即趨出，珍藏所分之煤於枕中。	次日晨起，生入揖妗，既出，遇嬌於堂西小閣中。嬌時對鏡畫眉未終。生近前，謂之曰：「蘭煤燈燼耶？燭花也？」嬌曰：「燈花耳。妾用意積久，近方得之。」生曰：「若是，則願以半丐我書家信。」嬌……遂以指決煤之半以贈生，因牽生衣拭其污處，……生笑曰：「敢不留以為贄？」嬌因變色曰：「妾無他意，君何戲我？」生見嬌色變，恐妗知之，因趨出，珍藏所分之煤於笥中。

他如紫英所言：「醜陋之質，固不敢辭。君能保人之不至此乎？若有
所覺，妾無容身之地矣！」，「芝方開窗，倚几而坐」至「芝忽見生，
且驚且喜」數句，以及紫芝所言：「後相遇，幸無以言為戲，懼他人
之耳目長也。」也都是抄自《嬌紅記》。其間，另有抄自《天緣奇
遇》者，見「半推半就，覺逸興之漸濃；且畏且羞，苦春懷之無
主」、「小春持一盒至，云：『紫芝姐餽君金橘。』」等語，與「蘭貪
睡，任生所為」一段；有抄自《懷春雅集》者，見幸生續詞，紫英
「將原詞各分其半，步生前還之」一段，有抄自《雙卿筆記》者，見
幸生強狎小春細節；有抄自《賈雲華還魂記》者，見紫芝取白絨軟帕
付生，說：「兄詩驗矣！可謂『海棠枝上拭新紅』也。」；有抄自《尋
芳雅集》者，見紫芝「任生解衣」至「自是償姻緣之債矣」諸句。

　　（六）娥珠屬垣竊聽：須爾聘既召，幸生便啟程赴洛陽。孰知臨
抵洛陽之前，又冒出一大段奇逢豔遇。他偶然在道院碰到三位美女，
打聽知是父親同年進士元敘的三個女兒，名叫連城、翠娥、巧珠，於
是入謁元府，且住了一月。這段期間，他不斷地在三女（旁及其侍女
月香、芙蓉）的身上動腦筋，大遂其願。

　　按：此一特長插曲，絕大部分抄自《花神三妙傳》和《尋芳雅
集》，茲不一一列出，但舉兩段加以對照：（見附表二十六）

表二十六

傳奇雅集	花神三妙傳
未幾敘病，生往問之，徑步至中堂。連城獨立，即欲趨避。生進而言曰：「妹能知我乎？予非為餔啜而來也。」連城曰：「寸草亦知有春，豈特妾〔□□□□〕？但妾寡婦也，何敢薦侍枕席耶？」生曰：「卓文君，妹所知也，」言未竟，聞人履聲，連	一日，母有寒疾，生以子道問安，徑步至中堂。錦娘正獨坐，即欲趨避。生急進前曰：「妹氏知我心乎？……」錦娘曰：「寸草亦自知春，妾豈不解人意？但幽嫠寡妹，何堪薦侍英豪？……」生曰：「……卓文君亦幽嫠之媄也，」生言猶未終，

城趨入，生至敘臥軒。敘托之求醫，生承命而出。	忽聞戶外有履聲，錦娘趨入中閨，生亦入母寢室問疾。母托以求醫，生承命而出。

傳奇雅集	尋芳雅集
生欲二女同臥，即以一手挽城頸，一手挾娥肩，同入羅幃。二嬌雖欲自制，〔□□□□□□□□□〕。二美一男，委婉若盤蛇，屈貼〔□□□〕。興罷而散。	生不能主，……即以一手挽鸞頸，一手拍鳳肩，同入羅幃中。二嬌雖欲自制，亦挫於生興之豪而止。……二美一男，委婉若盤蛇，屈貼如比翼……。

這兩段文字，《傳奇雅集》均曾漏抄，以致文意不明！至於「娥珠屬垣竊聽」的主要情節，也是合抄《尋芳雅集》和《花神三妙傳》而來：（見附表二十七）

表二十七

傳奇雅集	尋芳雅集
生每至連城寢所，恣行歡謔。或連城含五和香，以舌舐生口；或生吸茶，連城又接唇而飲。枕席中所講會者，千態萬狀，極能動人。	生回間，鸞見，挽生手，同至寢所，恣行歡謔。枕席中所講會者，千態萬狀……。鸞起，挽生而坐，自含五和香，以舌舐生口中；或使生吸茶，又自接唇而飲。

傳奇雅集	花神三妙傳
娥、珠屬垣竊聽，春心浮然。中夜，翠娥或長吁。連城知其情，與生密謀。	然瓊、奇二姬屬垣竊聽，雖其未湛春色，豈無盎然春情？中夜，瓊或長吁。錦知其情已動……。是夕，錦與生密謀。

　　另外，亦有少量文字抄自《賈雲華還魂記》，見「方罷，生起持帕，剪燭觀之，付翠娥為後日之驗」句，「巧珠曰：『賤妾陋軀，為兄所破……。』」云云；或抄自《天緣奇遇》，見「一近一避，畏如見敵；

十生九死，痛欲消魂」句。

（七）**幸生鹹寇獲姝**：好不容易，幸生終至洛陽，由姑丈做主，聘行雲為妻。正要成婚，不意海寇強擒虎作亂，幸生經薦舉獲拜大將軍，領兵十萬，又得勇士二人相助，大破強擒虎，擒其將領全榮。全榮有女玉環，願以身代父。幸生感其孝心，因而上表赦全榮免罪，全榮乃獻玉環為妾（後來妹妹玉厄也同歸幸生）。當幸生凱旋至京，又獲封侯，且賜娶行雲。不久，行雲勸退，幸生大悟，於是乞歸田里，建宅設圃，迎娶所遇諸女入門，以多得美人為樂，造車擺陣，日夜縱情恣慾。

按：幸生鹹寇獲麗姝全玉環，曾說：「玉環不足以狀子，其玉香仙子乎？」所謂「玉香仙子」，乃至號小桃等諸妾侍女為「十二釵」，均見於《天緣奇遇》，文字上面也有所抄襲：（見附表二十八）

表二十八

傳奇雅集	天緣奇遇
一日，雲謂生曰：「勇略震主者身危……。」生大悟。具奏乞歸田里，詔從之。	時麗貞侍側，從容進曰：「妾聞勇略震主者身危……。」生聞之，豁然大悟。……懇乞天恩，力求致仕。
生於室後設一圃，大可二百畝，疊石為山，編籬為徑，峻亭廣屋，飛角相連，異木奇花，顏色相照，四景長春，萬態畢集。	宅後設一圃，大可二百畝，疊石為山，器籬為徑，峻亭廣屋，飛閣相連，異木奇花，顏色相照，四景長春，萬態畢集。

此外，抄自《尋芳雅集》者亦不少，如幸生一日興起，狎戲巧珠、玉厄、蕊玉、雪華諸文，以及一日於園中設席，「患其惠之不均」，索襄雲「得于槐陰中之芙藥架邊」等處皆是。

（八）**燕容酒酣起舞**：過了十幾年，強擒虎餘黨復起為亂，浙江樞密使向懷恩奉命討之。向懷恩獻以二女彩鸞、彩鳳，求助於幸生。

同行而來的祿子文，則又獻以越地名妓昌燕容。燕容曾於酒酣之後，婆娑起舞，得幸生嘖嘖稱奇。

　　按：故事至此，已近尾聲，「燕容酒酣起舞」一節，草草帶過而已。對彩鳳、彩鸞的描寫，則分別抄自《嬌紅記》和《賈雲華還魂記》：（見附表二十九）

表二十九

傳奇雅集	嬌紅記
鳳色瑩肌白，眼長而媚，愛作合蟬鬢，時有憂怨不足之狀。	（嬌娘）色瑩肌白，眼長而媚，愛作合蟬鬢，時有憂怨不足之狀。
長女名彩鸞，年十六，語顏色則若桃花之映春水，論態度則似流雲之迎曉日，十指削纖纖之玉，雙鬟綰嫋嫋之絲，填詞度曲，李易安難繼後塵；織錦繡圖，蘇若蘭詎容獨步。	**賈雲華還魂記**
	一女名娉娉，字雲華……，語顏色則若桃花之映春水，論態度則似流雲之迎曉日，十指削纖纖之玉，雙鬟綰嫋嫋之絲，填詞度曲，李易安難繼後塵；織錦繡圖，蘇若蘭詎容獨步。

　　（九）幸侯鞋杯流飲：幸生得燕容諸麗之後，又獲小妓花倩兒。一日，生命侍女採蓮，眾姬爭奇鬥豔，惟獨倩兒淡妝倚立，幸生特加留意，且取其纖鞋盛杯，流飲為樂。過了十年，復得「海內尤品」八人，盡情淫佚。又十餘年，挈行雲在玉屏山築室而居。一日出遊訪道，曾向一老嫗求漿，尚有豔遇。後歷百餘年，一幼妓名叫翩翩，迷戀一少年，少年始終不肯透露身分，詠歌而去，有好事者傳誦其歌，猶疑幸生仍活在人間。

　　按：「幸侯鞋杯流飲」一節，乃抄自《尋芳雅集》：（見附表三十）

表三十

傳奇雅集	尋芳雅集
唯倩兒……履青金點翠鞋。生喜其淡粧，更愛其履之纖巧俊約也，捧于膝上，把玩不忍什，又脫以盛杯流飲，笑傲歡樂，人間所無。至初更，生興不能遏，狎倩兒于閣中。	時鳳履青金點翠鞋，生愛其纖巧俊約，則捧上膝頭，把玩不忍釋，又脫以盛杯流飲，笑傲戲樂，人間之所無。生興不能遏，欲求鳳會。……遂亦狎鸞，鸞亦不避。

　　至於求漿豔遇，則明顯是抄錄唐人裴鉶《傳奇》中的《裴航》故事，兩相對照，即可一目了然：（見附表三十一）

表三十一

傳奇雅集	裴航
一日，嘗出遊訪道，渴甚，見茅屋三數間，低而復隘，有老嫗在焉。生揖之，求漿。嫗咄曰：「蕊珠，擎一甌漿來，郎君要飲。」俄於葦箔之下，出雙玉手，捧瓷甌。生接飲之，真玉液也。但覺異香氤鬱，透於戶外。因還甌揭箔，睹一女子，露裛瓊英，春融雪彩，臉欺膩玉，鬢若濃雲，嬌羞而掩面蔽身，雖紅蘭之隱幽谷，不足比其芳麗也。生驚異，遲回不忍捨去，因白嫗曰：「適見小娘子，豔麗驚人，姿容擢世，願納厚禮而娶之，可乎？」	經藍橋驛側近，因渴甚，遂下道求漿而飲。見茅屋三四間，低而復隘。有嫗緝麻苧。航揖之，求漿。嫗咄曰：「雲英，擎一甌漿來，郎君要飲。」……俄於葦箔之下，出雙玉手，捧瓷。航接飲之，真玉液也。但覺異香氤鬱，透於戶外。因還甌邊揭箔，睹一女子，露裛瓊英，春融雪彩，臉欺膩玉，鬢若濃雲，嬌而掩面蔽身，雖紅蘭之隱幽谷，不足比其芳麗也。航驚悒植足，而不能去。……良久，謂嫗曰：「向睹小娘子，豔麗驚人，姿容擢世，……願納厚禮而娶之，可乎？」

三　《傳奇雅集》穿插的詩詞及其出處

　　《傳奇雅集》穿插的詩詞並不多，合計二十四首，除頭尾一詞、一詩，[4] 來源待考之外，其餘二十二首詩詞，我們現在都已經找到它們的原文出處，證明這也不是編者的創作。茲依序列表並附按語如下：（見附表三十二）

表三十二

傳奇雅集	原文出處
【如夢令】明月好風良夜，夢到楚王臺下。雲薄雨無成，佳會又為虛話。誤也，誤也，青著眼兒乾罷。	《賈雲華還魂記》 按：《剪燈餘話》卷五。
國色天香花一枝，相逢猶是未開時。嬌姿尚未經風雨，全賴東君好護持。	《聯芳樓記》 按：《剪燈新話》卷一。原詩作： 　玉砌雕欄花兩枝，相逢恰是未開時。 　嬌姿未慣風和雨，分付東君好護持。 又收入《繡谷春容》卷二、《萬錦情林》卷三等。
簾外風微月色低，懂情搖動帳帳垂。輕狂好似鶯穿柳，過了南枝又北枝。	《聯芳樓記》 按：《剪燈新話》卷一。原詩作： 　寶篆煙消燭影低，枕屏搖動鎮幃犀。 　風流好似魚游水，纔過東來又向西。 又收入《繡谷春容》卷二、《萬錦情林》卷三等。

4　詞云：「此身似入蓬萊島，邂逅相逢，嬌姿直窈窕。懶對□書成懊惱，有情爭奈無情好。　纔上藤床和衣□，花藏深院，蜂蝶難尋到。孤幃悄悄自煎熬，失鎮駒猿魂漂渺。」詩曰：「倚翠偎紅春復秋，當年談笑覓封侯。而今了悟長生術，戲掇名花醉玉樓。」

傳奇雅集	原文出處
鸞鳳相交顛倒顛，武陵春色會神仙。輕回杏臉金釵墜，淺蹙蛾眉雲鬢偏。衣惹粉花香雪散，帕沾桃浪嫩紅鮮。銷金帳裡情無限，絕勝人間小洞天。	《章文煥》 按：收入《情史》卷三。原詩為章文煥、竇羞花聯吟，「輕」、「銷金帳裡」、「小」作「經」、「迎暉軒下」、「一」。
鮫綃元自出龍宮，長在佳人玉手中。留待洞房花燭夜，海棠枝上拭新紅。	《賈雲華還魂記》 按：《剪燈餘話》卷五。
【西江月】試問蘭煤燈燼，佳人積久方成。殷勤一半付多情，油污不堪自整。妾手分來的的，郎衣拭處輕輕。為言留此表深情，此約又還未定。	《嬌紅記》 按：「情」原作「誠」。
【卜算子】秋日映寒塘，風弄文禽影。翠鬣紅毛盡不如，時向波心整。韓魄獨淒涼，有恨無人省。只為多情托此生，花下頻交頸。	《懷春雅集》 按：「獨」、「托此生」、「頻」原作「猶」、「也白頭」、「雙」。
甜脆柔姿滲齒香，數顆珍重贈檀郎。肯將此味心長記，願付高枝過短牆。	《天緣奇遇》 按：「檀」原作「祁」。
【菩薩蠻】夜深偷展紗窗綠，小桃枝上留鶯宿。花嫩不禁揉，春風卒未休。千金身已破，脈脈愁無那，特地囑檀郎，人前口謹防。	《嬌紅記》 按：「紗窗」或作「窗紗」（《繡谷春容》卷五）。
【菩薩蠻】綠窗深貯傾城色，燈花送喜秋波溢。一笑入羅幃，春心不自持。雨雲情散亂，弱體羞還顫。從此問雲情，何須問玉京。	《嬌紅記》 按：「問雲情」或作「問雲英」（《花陣綺言》卷八）、「問雲程」（《繡谷春容》卷五）。
誰教靜處恰相逢，脈脈靈犀一點通。最恨粉牆高幾許，蓬萊弱水隔千重。	《潘用中》 按：收入《情史》卷三、《豔異編》卷十八，截取潘用中、黃女二詩組合而成。「靜處」原作「窄路」，《萬錦情林》卷四《用中奇遇》亦然。

傳奇雅集	原文出處
羅帕薰香病裏頭，眼波嬌溜滿眶秋。風深不與愁相約，纔到風流便有愁。	《秋香亭記》 按：《剪燈新話》附錄。
【糖多令】深院鎖幽芳，三星照洞房，驀然間，得效鸞鳳。姊妹訴情猶未了，開繡帳，解衣裳。新柳未揉黃，枝柔那耐霜。耳畔低聲頻囑付，偕老事，好商量。	《賈雲華還魂記》 按：《剪燈餘話》卷五。「姊妹」、「揉」、「囑付」原作「燭下」、「舒」、「付囑」。
【糖多令】少小惜紅芳，文君在繡房，馬相如，賦就求鳳。此夕偶諧雲雨事，桃浪起，濕衣裳。從此退蜂黃，芙蓉愁見霜。海誓山盟休忘卻，兩下裡，細思量。	《賈雲華還魂記》 按：《剪燈餘話》卷五。
擾擾香雲溫未乾，鴉翎蟬翼膩光寒。側邊斜插黃金鳳，妝罷夫君帶笑看。	《鸞鸞傳》 按：《剪燈餘話》卷二。原詩亦題〈雲鬟〉。
彎彎柳葉愁邊感，湛湛菱花照處頻。嫵媚不煩螺子黛，春山畫出自精神。	《鸞鸞傳》 按：《剪燈餘話》卷二。原詩亦題〈柳眉〉，「感」、「頻」作「蹙」、「顰」。
銜盃微動櫻桃類，咳唾輕飄茉莉香。曾見白家樊素笑，瓠犀顆顆綴榴房。	《鸞鸞傳》 按：《剪燈餘話》卷二。原詩亦題〈檀口〉，「類」作「顆」。
粉香汗濕瑤琴軫，春逗酥融白鳳膏。浴罷檀郎捫弄處，露華涼沁紫葡萄。	《鸞鸞傳》 按：《剪燈餘話》卷二。原詩亦題〈酥乳〉。
纖纖軟玉削春蔥，長在香羅翠袖中。昨日琵琶絃索上，分明指略操猩紅。	《鸞鸞傳》 按：《剪燈餘話》卷二。原詩亦題〈纖指〉，「指略」作「滿甲」。

傳奇雅集	原文出處
春透酥胸香籠筍，晚月娟娟巧露錐。簇蝶裙長何處見，鞦韆細舞盡來時。	《鶯鶯傳》 按：《覓燈餘話》卷二。原詩亦題〈香鉤〉，第一、四句作「春雲薄薄輕籠筍」、「秋千架上下來時」。
海棠開處燕來時，折得東風第一枝。鴛枕且酬交頸願，魚箋莫賦斷腸詞。桃花染帕燈先透，柳葉蛾黃盡未遲。不用同心雙結帶，新人原是舊相知。	《連理樹記》 按：《剪燈餘話》卷二。「燈先透」、「蛾」、「盡」原作「春先逗」、「舒」、「畫」。
羅袖動香香不已，紅蕖裊裊秋煙裡。輕雲嶺上乍搖風，嫩柳池邊初拂水。	《張雲容》 按：《太平廣記》卷六十九。又收入《國色天香》卷二、《萬錦情林》卷四（俱題《田叟贈藥》），「裊裊」作「照水」；亦見於《情史》卷二十（文字差異較大）、《豔異編》卷四（題作《薛昭傳》）。

比較《傳奇雅集》穿插的詩詞及其原文出處，我們可以發現編者在這部分仍為抄襲，而且更動甚少，本諸《聯芳樓記》的兩首詩差異雖大，但《萬錦情林》卷三所引幾與《傳奇雅集》一致，[5]可見《傳奇雅集》還是可能根據某本轉引，並非自己大幅加工，而它改「花兩枝」為「花一枝」則是敗筆，因為此處情節描述幸生與和雪容、雪華姊妹並枕，猶如《聯芳樓記》鄭生與薛蘭英、蕙英同歡，均當以「花兩枝」為是。《傳奇雅集》編者選抄詩詞時，大致尚能注意細節，如改「迎暉軒下」為「銷金帳裡」，是由於《章文煥》男、女主角曾於迎暉軒下相戲；改「祁郎」為「檀郎」，是由於祁郎專指《天緣奇

5　惟前一首「一」作「兩」，「相逢」作「芳心」，「容」作「姿」，「賴」作「仗」；後一首「又」作「一」。比起《剪燈新話》原文，《傳奇雅集》和《萬錦情林》卷3上層所引《聯芳樓記》更為接近。

遇》的男主角祁羽狄；改「窄路」為「靜處」，是由於《潘用中》
男、女主角曾因「路窄」，「過時相挨」——《傳奇雅集》地名、人名
不同，情節也不一樣，自然不能照搬。又如改《賈雲華還魂記》中的
「燭下」為「姊妹」，則是為了配合自己當時安排翠娥、巧珠共臥的
劇情；而抄錄張雲容「獨舞霓裳於繡嶺宮」所獲楊貴妃贈詩，用於
「燕容酒酣起舞」後出自幸生之口，也可看出編者取材的確是經過選
擇的。不過無論如何，《傳奇雅集》穿插的這二十幾首香豔詩詞，依
舊跟正文故事內容一樣，都不屬於編者原創，而是雜抄拼湊得來，縱
使有些用心，仍無一點成就。

四　結語

　　細察《傳奇雅集》的故事內容，我們赫然發現，這部稀見的明代
中篇傳奇小說孤本，居然是元明中篇傳奇小說的大雜燴。《嬌紅記》、
《賈雲華還魂記》、《雙卿筆記》、《懷春雅集》、《花神三妙傳》、《尋芳
雅集》、《天緣奇遇》諸作，都是它反覆抄襲拼湊的資料來源。故事末
尾突然插入一段抄自唐傳奇《裴航》的文字，則似乎是為了配合該書
上層的版面，勉強湊數。這樣的一個故事，基本上以《天緣奇遇》的
情節發展為骨幹，架構倒還完整，但究其實際內容，根本就是割裂群
書組合而成的假古董，拆穿了，教人感到啼笑皆非。

　　探索《傳奇雅集》穿插的二十幾首詩詞的出處，同樣讓我們驚異
地知道，它們仍全是抄襲之作。《嬌紅記》、《賈雲華還魂記》、《懷春
雅集》、《天緣奇遇》之外，兼採《聯芳樓記》、《秋香亭記》（見於
《剪燈新話》）、《連理樹記》、《鶯鶯傳》（見於《剪燈餘話》）和《張
雲容》、《潘用中》、《章文煥》等文言短篇傳奇小說，專挑其香豔詩
詞，按入拼湊的故事內容之中。雖然大體上還注意到配合劇情，做了
些微更動，不致立即露出馬腳，卻終究掩飾不了剽竊抄襲的事實。

　　如此一部從頭抄到尾的拼裝小說，編者不詳，我們推斷「聚集出版、編輯、創作、批評於一身」的余象斗，[6]亦即《萬錦情林》的編刊者，嫌疑最大。論及《傳奇雅集》的文學價值，簡直可說一無是處，令人對此一罕見孤本失望至極。不過由於它主要以元明中篇傳奇小說為抄襲的對象，表示這些傳奇小說向來受到歡迎，它被刊刻在通俗類書《萬錦情林》之中，也反映了明代萬曆年間中下層讀者閱讀的品味，從這樣的角度來看，《傳奇雅集》的存世，依舊是彌足珍貴的。

6　引語見王師三慶：〈《萬錦情林》初探〉，文載《明史研究專刊》第10期（1992年10月，明史研究小組印行），頁37-71。

第十六章
《雙雙傳》研究

一　前言

　　《雙雙傳》，長約一萬八千言，穿插詩詞近六十首，是明代中篇傳奇小說之一，文極罕見，長久以來，只有孫楷第先生根據原作撰寫過非常簡單的提要：

> 高氏兄弟二人通於秦氏姊妹。兄取其妹，弟取其姊。後成夫婦故曰「雙雙傳」。起首國初濮陽里云云。[1]

此處所謂「兄取其妹，弟取其姊」，其實是「兄取其姊，弟取其妹」之誤，後繼者不察，輾轉抄襲，一再沿誤[2]，卻沒有人提出異議，可見大家對《雙雙傳》這部小說十分陌生，更談不上任何研究了。

　　然而，《雙雙傳》還是有其研究價值的。首先，這部小說被收錄在明末清初的通俗讀物裡，它的故事內容當是該時代讀者所喜好的品味；其次，它的作者很可能是明代戲曲名家梅鼎祚，可為梅鼎祚及其作品的研究添一寶貴素材；另外，小說本身前後風格不一，恰恰顯示出文學繼承與創新的累進過程，也很值得我們加以重視。

1　《日本東京所見小說書目》（北京市：人民文學出版社，1958年5月第一版；1991年5月第三次印刷），卷6《風流十傳》條，頁125。

2　如譚正璧、譚尋：《古本稀見小說匯考》說：「《雙雙傳》敘明初高氏兄弟配秦氏姊妹，兄娶其妹，弟婚其姊，故曰『雙雙』」（杭州市：浙江文藝出版社，1984年），頁27；《中國古代小說百科全書》與譚書又一字不差（北京市：中國大百科全書出版社，1993年），頁88。

　　現在，謹就故事內容、作者問題，以及作品的前後差異三方面，介紹小說《雙雙傳》如下。

二　《雙雙傳》的版本及其故事內容

　　《雙雙傳》文極罕見有其道理，因為如今看不到它的單行本存世，只有明萬曆四十八年（1620）序刊的小說彙編《風流十傳》，和清初余公仁刊行的通俗類書《燕居筆記》，予以收錄，偏偏這兩部書都只有孤本流傳日本[3]，故而難得一見。

　　《風流十傳》所收，見於卷二，題為《陳眉公先生批評雙雙傳》，正文前有題解，後有跋語；余刊《燕居筆記》則收錄在卷下之三，題為《新編批點圖像雙雙傳小說》（或簡稱《新編雙雙傳小說》），題解、跋語全同。後者實際上是依據前者完整迻錄，連原有的夾註、夾批亦予保留，只訂正了幾個錯字，並於書首《筆記畫品》增加三幅插圖、一篇署名「馮夢龍」的題詞[4]，於文末增附一段「公仁子曰」的總評而已，故事內容則毫無差別。

　　現存《雙雙傳》故事，內容主要講述「高氏兩生，秦氏二女，兄通于姊，弟通于妹，遂成兩對夫妻」[5]的一樁豔聞。

　　話說明初濮陽里有高仲容、高叔達兄弟，都是丰姿俊美、性情溫茂的少年郎，讀書處所牆東富家女秦瓊玉、秦謙謙姊妹倆初次見到他們，就不禁笑呼：「美哉兩少年也！」

3　前者舊為長澤規矩也所有，歸藏東京大學東洋文化研究所雙紅堂文庫；後者現存日本宮內廳書陵部圖書寮，上海古籍出版社《古本小說集成》據之複印發行。

4　圖題「兩生牆下聽女郎吟詩」、「叔踰牆墜地仲扶起」、「兩生與二女郎駕舟」，題詞署名「馮夢龍」（附鈐一印，印文刻反了），當是偽托，料出自余公仁手筆，題詞曰：「此傳後半本來面目頓改，其錯綜處，則條理分明；其肯綮處，則結構緊伉：其濃郁處，不忘顧母；其點綴處，原是風流。其前一雙雙，今又一雙雙也，爽心爽目多矣。」

5　語見《雙雙傳》標題下之題解。

　　一日，秦家姊妹和秦母於樓上望月聯詩、品論古人，爭議不休，高氏兄弟在牆下傾耳聆聽，歎賞不已。當夜，叔達夢見一自稱東鄰秦氏的婦人，對他說自己女兒掉了東西；隔天早上，仲容果然在牆下撿到瓊英遺落的一方羅帕，上有情詞一闋。

　　為了索回羅帕，瓊英遣侍女梨香來找仲容，仲容故意不還，甚至裂帕題詞，藉機挑逗；而叔達則透過謙謙的婢女冬兒，送天池茶給她小姐，表達愛慕之意。──往後，梨香、冬兒便交錯出現，不時替仲容與瓊英，叔達與謙謙穿針引線。

　　仲容與瓊英之間的感情發展迅速。斷帕上的情詞，使得瓊英春心大動，加上聽了梨香「男女之慾，人皆有之」、「佳人才子，天作之合」的勸誘言論，她很快就答應跟仲容約會，但因有愧，臨時轉呼梨香詐睡替代。仲容事後知情，要求另訂佳期，偏偏屆時又有好友溫太員強拉夜敘，美夢再度落空。後來總算在梨香的積極安排下，如願以償。

　　叔達與謙謙之間的幽會也幾經波折。先是謙謙主動邀約，卻畏有始無終，深夜才遣他出房，害他摸黑失足，連跌兩跤；翌日再往，碰巧秦母從樓下經過，乃倉皇踰牆而出，跌落在地，還遭仲容扶起取笑一番。其間雖有冬兒解饞，但仍備嘗凄楚，導致心胸鬱結，寒熱不起；後來是在謙謙憂心探病、叔達彈琴以挑的情況下，勉強成就好事。

　　至此，仲容與瓊英，叔達與謙謙彼此交換信物，焚香立誓，互許終身。沒多久，兩生前去長安赴試，二女難捨難分，故事進入後半段。

　　兩生途遇二女的表兄魚覬日，結伴同行。去到長安，仲容罹病，不能入闈，叔達雖然入闈，文思卻為情所奪，只得鎩羽而歸。在回家的路上，仲容病體未癒，投宿於旅店，曾有店主媳婦企圖勾引叔達，被他嚴詞拒絕。兩生惟二女是念，不料抵家之後隨即聽到一個壞消息。

　　原來瓊英、謙謙掛念兩生，曾去雙尤土地祠為他們祈禱，讓太尉之子郭隆運、富家子弟桃蓁給看上了，唆使無賴朱必敬、夏補袞強行逼婚。二女無奈，只好將失身於兩生的實情和盤托出，謙謙並且自刺

雙臂，出示秦母，誓死不從。秦母獲悉，婉拒郭、桃的要求，卻惹惱了夏補袞，賄賂秦家左鄰右舍和內外親戚百餘人，日夜抄緝監視，阻止兩生、二女進出，又散播二女、兩生別嫁另娶的謠言，想要離間他們的感情。二女矢志不二，兩生亦不為所惑，卻也無計可施，被迫搬家，移居魚覲日住處附近。

這時，焦急的兩生只能透過妓女存存，請一沈媒婆偷偷安排會面，結果當夜偏逢大雨，四人連同兩婢隔牆傳語，根本分不清你我，胡亂交代一通，淋雨踏泥而返。魚覲日看到兩生的狼狽像，問明狀況之後，事情才有了轉機。

魚覲日讀書好劍，俠義自任，常思為知己者用，此刻既替他們傳遞書柬，又買通守者借路，先讓四人會晤以慰相思之苦，接著設計要秦母偽許郭、桃，商議婚期，使守者散歸，然後趁其不備，迎瓊英、謙謙、梨香、冬兒到預先買好的船上，跟兩生會合，送至百里之外躲藏。

最後，兩生、二女雙雙潛棄屋宇，駕舟歷江越河，結廬於箕山之上，過著逍遙自在的日子。魚覲日曾有一度偶然跟他們見面，相聚甚歡，後又再訪，則已不復可見了。

三　《雙雙傳》的作者應是梅鼎祚

《雙雙傳》故事終了，《風流十傳》有跋語云：

> 此傳汝南姬邦命識之，江都梅禹金撰之。予閱其前半，心竊謂：此果傳中之白眉矣。及其後半，大不相似，予為之校其錯亂，理其辭脈，去其塵語，尋其點綴，然後覺此傳之可以觀也。因是付梓，以待後之觀者。[6]

6　《風流十傳》，卷2，頁50。余刊《燕居筆記》見卷下之三，頁44-45。

這段跋語不長，卻是我們探索作者及其成書過程的寶貴之資。我們先談作者問題。

明清白話小說作者，多不肯留下真實姓名，明代中篇傳奇小說的作者亦不例外，以致今日有時竟連作品的成書年代也是一團迷霧，令人困惑不已。《雙雙傳》撰就，想必作者也沒有署名，因此《風流十傳》編者明言「此傳汝南姬邦命識之，江都梅禹金撰之」，顯得十分可貴。姬邦命為誰？今已無考；而梅禹金，不就是明代名氣不小的梅鼎祚嗎？但孫楷第先生對此有過疑問：

> 按梅鼎祚字禹金，宣城人，此云江都人，誤；或另為一人，未必即為梅鼎祚。[7]

梅鼎祚（1549-1615），籍貫確為宣城（今屬安徽），《雙雙傳》跋語說撰者是「江都梅禹金」，不免讓人懷疑他是否另有其人。

然而，我們還是比較相信這位「江都梅禹金」即為宣城梅鼎祚，梅鼎祚極有可能真是《雙雙傳》小說的作者，理由有幾：

（一）明萬曆三十三年（1605）刻本《才鬼記》十六卷（原書藏臺北故宮博物院），書題「『汝南』梅鼎祚禹金輯」[8]，又《青泥蓮花記》刊本書署「『江東』梅禹金纂輯／從弟梅誕生校」[9]，可見梅鼎祚的籍貫，宣城之外，別有「汝南」、「江東」二稱，對照《雙雙傳》跋，可知「汝南梅鼎祚」與「汝南姬邦命」較有接觸的可能，「江東

---

7 孫楷第著、戴鴻森校次：《戲曲小說書錄解題》（北京市：人民文學出版社，1990年），卷1《閒情野史八卷》條，頁24。《中國古代小說百科全書》亦主此說，頁599。

8 清宣統三年（1911）靜觀自得齋主人序《才鬼記》亦云：「『汝南』梅鼎祚先生，有明一代之文豪大學問家也」，原載上海古今小說社《才鬼記》排印本，今收入中州古籍出版社田璞、查洪德校注本（1980年）。

9 見臺北市廣文書局《中國近代小說史料彙編》本（1980年），版權頁著者誤作「梅禹生」。

梅禹金」也容易被誤作「江都梅禹金」，我們找不到明代江都有位叫
梅禹金的人，但很能夠相信跋文中「都」字乃「東」字的形訛筆誤，
這樣來看，作者問題就變得單純多了。

（二）明梅清《梅氏詩略》說：「禹金著作充棟」[10]，清朱竹垞
《靜志居詩話》也說：「禹金周見洽聞，著書甚富，詩乘、文紀之
外，旁及書記、小說，兼精傳奇」[11]，這樣的文人不會和傳奇小說毫
不相干。梅鼎祚的傳奇作品，今見《玉合記》、《長命縷》二種，另著
有雜劇《崑崙奴》一部，小說則輯有《青泥蓮花記》和《三才靈
記》，《三才靈記》包括《才鬼記》、《才幻記》、《才神記》三種，後二
種失傳。綜觀梅鼎祚的戲曲創作，都是根據唐宋筆記或小說改編，題
材也都是關於愛情婚姻的悲歡離合，語言也都比較華麗[12]，這些共同
的特點，和《青泥蓮花記》、《才鬼記》專錄古今愛情文言傳奇的特
色，均顯示梅鼎祚又比別的小說家，更具備作為《雙雙傳》這部中篇
傳奇小說的作者的可能性。

（三）具體而言，《雙雙傳》文中曾經寫到瓊英、謙謙姊妹：「迤
邐抵仲容齋中，見案頭有《章臺傳》」，這《章臺傳》不無是梅鼎祚自
作《玉合記》（或稱《韓君平玉合記》、《章臺柳玉合傳奇》）[13]的可
能，即或不然，《雙雙傳》文中另有「韓翃甘寂寞，許俊自飛揚」聯
句，以及「韓翃復起」、「柳姬再生」的用典，表示其作者偏好唐代以

---

10 見〔清〕陳田：《明詩紀事》（臺北市：明文書局，1991年），卷8引，頁951。《梅氏詩
　　略》記梅鼎祚：「有《鹿裘石室集》、《歷朝文紀》、《古樂府苑》、《八代詩乘》、《書記
　　洞詮》、《唐樂苑》、《青泥蓮花記》、《才鬼記》、《才幻記》、《才神記》、《女士集》、
　　《嚼噓臚志》、《李杜詩鈔》、《宣乘翼》、《玉合記》、《長命縷》、《崑崙傳奇》諸書行
　　於世」；〔明〕過庭訓：《本（明）朝分省人物考》又說尚有《予寧草》、《庚辛草》
　　未鐫（臺北市：成文出版社影印天啟二年（1622）刊本，1971年），卷38，頁43。
11 朱竹垞：《靜志居詩話》（臺北市：明文書局，1991年），卷17，頁626。
12 參胡世厚、鄧紹基主編，洪柏昭撰述：《中國古代戲曲家評傳》（鄭州市：中州古籍
　　出版社，1992年），頁368-372。
13 前者見《靜志居詩話》，卷17，頁626；後者見《才鬼記》，卷16《臨江舟夢語》條，
　　頁286。

來盛傳的韓、柳情史，而梅鼎祚撰寫《玉合記》也正是這個道理。再者《雙雙傳》故事寫到高氏兩生、秦家二女駕舟而去，結廬箕山，後「遂不復見，但有茅屋數椽而已。是歲，太史奏：紫氣東入吳。」如此結局，也合於梅鼎祚輕功名、好佛老的性格。玉笥山人潘士藻曾說其友梅鼎祚「所傳《崑崙奴》事卒仙去，而《玉合記》又言李生棄家仙遊」，是他「托之自述其志」[14]，而《雙雙傳》的結局安排，不正與梅鼎祚的思想特點相符嗎[15]？

　　（四）最為關鍵的是，誠如孫楷第先生自己所說的：「然猥雜小說作者既不自顯名姓，讀者亦不道其人，此獨言之鑿鑿，決非杜撰。」[16]《風流十傳》的編者沒有理由要為《雙雙傳》杜撰作者姓名，而他既然指名其作者是梅禹金，他所講的又是他當代文壇的事，我們其實沒有必要妄加懷疑。

　　如果我們理解《風流十傳》編者《雙雙傳》跋語中，「江都梅禹金」可能只是「江東梅禹金」的一字之誤罷了，配合梅鼎祚本人有兼精傳奇、小說的才華和博覽群書的條件，以及《雙雙傳》與其偏好、思想又若合符節的種種情況來看，那麼梅鼎祚應是《雙雙傳》的作者無疑。而《雙雙傳》的成書年代也可斷在萬曆朝中後期，約於《玉合記》（前有湯顯祖萬曆十四年題詞）之後，梅鼎祚卒年（萬曆四十三年）之前。

四　《雙雙傳》前後兩半的繼承與創新

　　梅鼎祚自姬邦命處聽到關於高氏兩生、秦家二女的故事梗概，據

---

14 見《才鬼記》，卷16《臨江舟夢語》條。

15 關於梅鼎祚的學術和思想，可參田璞、查洪德：〈《才鬼記》前言〉，頁1-3。

16 孫楷第著、戴鴻森校次：《戲曲小說書錄解題》，卷1《閒情野史八卷》條，頁24。《中國古代小說百科全書》亦主此說。

而敷衍成篇的《雙雙傳》小說，其原貌（特別是後半部）恐與今日得
見者有所差異，這是前引《雙雙傳》跋語透露出來的訊息。《風流十
傳》編者表示曾經校理其後半的說法，大致是可信的，因為傳中後半
瓊英答仲容書語及：「屈指聯床，僅經二載，而中為母病阻者，十之
一矣」，然而交往兩年與秦母患病的情節，卻都是今本《雙雙傳》所
沒有的內容，可見小說被動過手腳，否則不會出現這樣的矛盾才對。
至於《風流十傳》編者是如何「去其塵語，尋其點綴」的？更動的程
度是大是小？由於無從得知，可暫置不論。

　　就現存的《雙雙傳》來看，它前後兩半確實存在風格不一的現象，
而且自有其繼承與創新，這在明代中篇傳奇小說中顯得頗為特殊。

　　綜觀《雙雙傳》全篇，我們不難發現它對傳統文學的大量繼承，
茲舉傳中叔達、謙謙的一段對話為例：

　　叔見案頭《烈女傳》，曰：「身後烈名，焉如生前桃李春？」謙
　　笑曰：「如君所言，則《會真》、《嬌紅》，當快意讀矣。」叔
　　曰：「四人情好固篤，但惜其鮮終；不若司馬之於文君，韓壽
　　之於賈充女，有始有終耳。」謙曰：「嬌為申死，申為嬌縊，
　　迄今膏人唇吻；崔有『為郎憔悴卻羞郎』之思，張亦未嘗不注
　　意惓惓。胡可遂薄其鮮終也？且相如滌器，文君當鑪，可謂得
　　所托矣，卒有《白頭》之吟；賈充女可稱得所，何至青璪一
　　見，不察其人，而遽悅之？藉令更有美姿如韓掾者，外國奇
　　香，又不知付誰氏子矣！則安在其為有始有終也？」叔曰：
　　「兩情既殷，自克有終，如樂昌之鏡，破矣而復圓；寓言之
　　合，死矣而復生。烏慮其為有始無終也！」謙曰：「恨無魏
　　鵬、德言耳！豈少娉娉、樂昌公主之流乎？」[17]

17　《風流十傳》見卷2，頁22；余刊《燕居筆記》見卷下之三，頁19-20。

對話裡，連續道及張生、崔鶯鶯，申純、王嬌娘，司馬相如、卓文君，韓壽、賈充女，徐德言、樂昌公主，魏鵬、賈雲華等六對傳奇男女，足見作者對古今情史瞭若指掌。至於其文字、情節是否曾因襲舊作呢？答案是肯定的。茲分故事前後兩半，選其與元明中篇傳奇小說相關者，略加說明。

前半部分，冬兒曾以「花心一點千重束」回應叔達，該語是《嬌紅記》裡的詩句；妓女存存沒有見過瓊英，卻對她的相貌知之甚詳（由替郭太尉覓媳的葉媒婆處得知），仲容頓感意外，說：「卿所言，若親炙然。」這段情節取諸《嬌紅記》（《鍾情麗集》、《天緣奇遇》亦仿）；叔達向謙謙保證：「丈夫負軀七尺，寧不能謀一女子耶？」這話也是參考了《嬌紅記》（《賈雲華還魂記》亦仿）。

除了《嬌紅記》之外，《賈雲華還魂記》、《天緣奇遇》、《尋芳雅集》、《花神三妙傳》也有現成文詞被《雙雙傳》借用。如「嬌為申死，申為嬌縊」的說法即與《花神三妙傳》「嬌為申死，申為嬌亡」之論相似；梨香介紹瓊英「披服執素，首戴翠鈿」：「柳眉嬌蹙，蓮步緩移」，介紹謙謙：「玉釵斜溜，衣絳綃練裙」，「朱櫻點唇」，又曾「以扇障面」，這些形容也是轉化自《花神三妙傳》。又如叔達贈謙謙「色嫩綠，味清香」的「天池茶」，梨香獻以「題淫詞以調之」的計策，謙謙扶叔達並肩坐下「手插叔懷中」，且騙他「齋戒立誓」趁機「抽身起去」等情節，都見於《尋芳雅集》；謙謙繡有並蒂蓮、芙蓉二枕面，叔達走筆題詩一節，類似《尋芳雅集》吳生題詩嬌鳳拳石水仙花、並頭金蓮花二枕面；而梨香曾說：「男女之慾，人皆有之」，仲容曾說：「然十大喬不易一生瓊英」，也顯然是仿自《尋芳雅集》「風月之懷，人皆有焉」、「但十巫雲不足以易一卿耳」二語。再如，「魄心內萌」的瓊英「乃呼香詐為已睡待之，且敕以勿露」云云，以及溫太員強拉仲容夜敘使其負約瓊英一段，則又分別是直接因襲《天緣奇遇》、《賈雲華還魂記》而來。

　　大體而言，《雙雙傳》故事前半，繼承元明中篇傳奇小說的文字、情節甚為明顯，難脫抄襲之嫌，我們再舉它抄自《賈雲華還魂記》的兩段對照如下，以資證明：（見附表三十三）

表三十三

雙雙傳	賈雲華還魂記
拈生龍腦於博山爐中，篆煙細細，燭影煌煌。……仲長跽迎之，飄飄乎謂神仙之下凡間也。	自拈生龍腦於金雀尾爐中焚之，香煙縹緲，燭影晶瑩。驟得見娉，疑與仙遇。
叔轉軫調弦，彈【求凰曲】數聲。謙曰：「吟猱綽注，皆佳，第取音太巧，下指略輕，如婦人女子態耳。」	生於是轉軫調弦，鼓【關雎】一曲以感動之。娉曰：「吟猱綽注，一一皆精，但惜取聲太巧，下指略輕耳。」

　　後半部分，《雙雙傳》仍有借鑑明代中篇傳奇小說的痕跡，如「謙即刺兩臂，悲悼不已，自投于床」，後來出以示母，秦母「但曰：『何不早言？……』」，係仿自《花神三妙傳》；「瓊剖妝鏡」答書仲容，近於《賈雲華還魂記》雲華所為；主要情節：郭、桃逼婚禁見，兩生伺機會晤、駕舟而逃等，則又是對《尋芳雅集》的模仿。不過和前半部分不同的是，《雙雙傳》故事至此改以敘事為主，穿插的詩詞大幅減少，我們已不容易找到明顯抄襲的文字，反而可以看出故事轉趨生動，例如兩生、二女雨夜隔牆傳語一段，就很突出：

　　　　及期，夜雨，雨聲如雷。兩生冒雨而進，郭、桃守者或仆或倚，
　　　　或半睡或枕藉于闌闑。兩生輕步，不張蓋，不舉火，跣足匍匐，
　　　　從西垣掘一小隙，隔牆與女郎相見。女郎亦不張蓋，不舉火，
　　　　亂踏泥濘，傾身牆隙。兩下中心搖搖，全憑隙邊傳語，奈雨聲
　　　　攪亂，不能明聽，又恐守者知覺，傍偟不寧，以致仲語，謙以
　　　　為叔，應之不已；瓊語，叔以為謙，綢繆益甚。及隙內瓊、謙

> 齊語，兩生齊對，莫知所辨。瓊、謙更使香、冬來囑，兩生亦
> 莫之辨；瓊獨以金付仲，兩生亦莫之辨。望見鄰寺火光，兩生
> 驚散，回首背牆，惟一味雨聲沸騰，昏黑無見，面水如流，衣
> 髮如洗，更兼泥濘積水，舉步如涉河渡海。兩生狼狽而歸，憂
> 愁感慨。[18]

如此細膩、生動的描寫，絕非故事前半堆砌典故、抄用成詞所能比擬。
另外，余公仁還從不同的角度比較過《雙雙傳》前後兩半的優劣：

> 此傳，後半尤勝前半。何也？不以高氏兩生成及第之名，而以
> 兩生居仙隱之地，豈不優哉？然是中有秦二女之節，有魚覯日
> 之俠，有朱必敬之智，有夏補袞之愚，節、俠、智、愚，昭然
> 在目。吁！為女子者一失身敗名，萬事瓦裂，雙雙亦難雙雙也。
> 然「棄屋宇，駕舟抵大江，歷淮過潁川，結廬於箕山之上」，此
> 等氣象，乃人所罕及，非大豪杰不能也。若於他傳，則竟登科
> 成名而已，此故套也。兩生、二女郎，殆上天降下之仙子耶，
> 豈戀人間功名富貴哉！予故曰：後半更勝前半。[19]

我們若從《雙雙傳》故事前後兩半與元明中篇傳奇小說的關係來看，
後半能在繼承舊作之餘，擺脫故套，注重創新，更為深刻地呈現世
情，確實比前半傑出，而這也正是其文學藝術價值所在。

五　結語

　　《雙雙傳》的內容，是一對才子兄弟和一對姊妹佳人悲歡離合的

18　《風流十傳》，卷2，頁38-39；余刊《燕居筆記》見卷下之三，頁34-35。
19　見余刊《燕居筆記》卷下之三，頁45。

故事，類似的故事模式，是廣受明末清初時代讀者們的歡迎的，所以我們還可以見到像《鴛鴦媒》這樣的白話小說在當時的社會上流行。[20]然而，《雙雙傳》故事後半並無才子「登科成名」的故套，《鴛鴦媒》卻猶陷於「龍虎榜上兩同登」、「上奏疏下詔褒封」的窠臼之中。

　　就文學的發展而言，《雙雙傳》後半故事有它創新的地方，但前半則處處可見舊有文學的影子。唐傳奇《鶯鶯傳》、《柳氏傳》，元雜劇《東牆記》，以及明初文言短篇小說《剪燈新話》等，對這部小說都有影響，而它對《嬌紅記》、《賈雲華還魂記》、《花神三妙傳》、《尋芳雅集》、《天緣奇遇》的繼承，更是直接、鮮明，藉由文字、情節的比勘，我們更加確定它是元明中篇傳奇小說一脈相承之一員，所幸它並沒有像《傳奇雅集》一樣胡亂拼湊。而故事裡《會真》、《嬌紅》並舉，也再一次告訴我們：《鶯鶯傳》（或《西廂記》）與《嬌紅記》，的確是元明清時代青年男女愛情讀物的兩個範本。

　　梅鼎祚看過《嬌紅記》和許許多多的文言傳奇[21]，我們有理由相信，《雙雙傳》的作者應即是他，希望梅鼎祚及其戲曲的研究者，今後也能注意到《雙雙傳》這一部罕見小說的存在。

---

20 清檇李煙水散人編次，又名《鴛鴦配》、《玉鴛鴦》，四卷十二回，演述崔玉英、崔玉瑞姊妹與申雲、荀文二生的悲歡離合，間插賣似道、謝翱及義士任季良、俠士陸佩玄、火龍真人等事，情節發展與《雙雙傳》頗為類似，北京市中華書局《古本小說叢刊》第三十一輯收有順治問刊本（又見於臺北市天一出版社《明清善本小說叢刊初編》第十輯）。

21 觀《青泥蓮花記》、《才鬼記》引書書目可知。《才鬼記》卷9《王嬌紅》條，注出《嬌紅傳》，即《嬌紅記》也。

第十七章
《五金魚傳》研究

一　前言

> 詩曰:「劉郎漫道入天臺,處處桃花繞洞栽。賈午牆高香可竊,
> 巫山雲杳夢偏來。詩因詠恨憑鶯寄,戶為尋歡待月開。多少風
> 流說不盡,偶編新話莫疑猜。」這一首詩,單道那世間士女愛
> 才變(戀)色,自有許多天緣異遇,就如前賢所述的《五金
> 魚》,並那祁禹(羽)狄故事,寄(奇)遇甚多,相會甚巧,
> 雖云稗官野史,未有(必)盡是子虛烏有之說也。[1]

以上是清代書署「檇李煙水散人編次」的豔情小說《桃花影》,第四
回〈滅燭邀歡雙意足〉的回前詩及其入話。話中所謂「祁禹(羽)狄
故事」,便是赫赫有名的中篇傳奇小說《天緣奇遇》,明代文言小說彙
編與通俗類書幾乎都加以收錄,讀者並不陌生。至於「前賢所述的
《五金魚》」,現在知道的人恐怕就不多了。

　　其實,《五金魚》即明代另一中篇傳奇小說《五金魚傳》,今仍有
三種版本存世,一見於萬曆四十八年序刊的《風流十傳》(或名《閒
情野史》)卷八,一見於明末清初余公仁刊本《燕居筆記》卷下之
八,另有一單行殘本為吳曉鈴先生舊藏,後歸周紹良先生所有,轉藏
天津市人民圖書館;偏偏這三種版本都僅存海內外孤本,書極罕見,

1　語見《桃花影》(一名《牡丹奇緣》)第四回頁一,此據日本雙紅堂文庫藏《新鐫批
　評繡像桃花影快史》引。這段文字,又曾被《新鐫批評繡像鬧花叢快史》(題「姑
　蘇痴情士筆」)抄用,見第一回頁一,書有康熙間刊本,亦藏雙紅堂文庫。

所以歷來未曾有專文深入研究，十分可惜。如今幸有上海古籍出版社
《古本小說集成》，將日本宮內廳書陵部圖書寮所藏余刊《燕居筆
記》、吳氏舊藏《五金魚傳》殘本，影印出版，公諸於世，筆者又有
緣獲睹東京大學東洋文化研究所雙紅堂文庫所藏之《風流十傳》複印
本，幾經比對，得知種種關於《五金魚傳》的真相，特別提出來供古
典小說研究者參考斧正。

二　《五金魚傳》的故事內容及其缺失

　　由於現存《五金魚傳》三版本中，《風流十傳》卷八收錄的《陳
眉公先生批評五金魚傳》，是較早的明刊全本，因此我們先根據它來
介紹小說故事內容。

　　話說宋代吳地書生古初龍，別號邊月主人，風流慷慨，丰姿冠
世，自幼身上佩有傳家寶五金魚。因古父從宋徽宗北狩，乃寄居何執
中家。古生於何家曾賦詩四首，深得程伊川賞識，遂邀至其家，與謝
良佐、游酢、呂大防（疑是呂大臨之誤）、楊時等輩，講究《太極
圖》、《西銘》、《通書》諸篇。後由何執中作伐，令古生出一金魚下
聘，娶伊川孫女程華玉為妻。

　　成婚不久，徽、欽二帝北陷，有仇家金永堅者趁機彈劾古父保駕
不力，古生惶恐，急忙攜華玉離京南歸。舟過金山，遇到大雪，曾和
華玉作《雪賦》，感嘆窮途。隨夢道士白水真人贈詩云：「君是神仙
侶，何嫌獍梟欺。臨安休憚遠，秦晉復稱奇。典試非新識，出鎮逢舊
知。將相歸故里，九九奮天池。」醒時，船至臨安，便暫居於此。接
著，他又獨自離家，前去九龍寺苦讀，巧遇青樓女子趙如燕，一同尋
幽攬勝，繾綣情深，再解一金魚相贈。

　　某日，古生一人散步野外，陌上邂逅二美女暨隨行二婢，不禁神
魂飄蕩。鄰居宿儒柯老告訴他，二女長為菊娘，幼為桂娘，原是姨表

姊妹，因菊母早亡，故為桂母許四娘收養；許四娘為襄城太學士黃志穀長媳，近日夫喪，將二女送來外祖許公家學習詩書針繡。經柯老建議，古生解下第三尾金魚，讓他帶去襄城黃太學家求娶菊娘。許四娘允婚，並要古生就近常往許公處走動，以承歡膝下。古生得訊，欣然賦詩，令僮持報華玉，知她毫無妒意，愈加雀躍，於是擇日備禮，往拜許公。許公夫婦喜見孫婿人才超卓，款留數日。

一日宴後，菊娘婢彩雲奉命送苦茗到桂花軒，供古生解酒，卻遭他調戲，幸咬生手，才得脫去。菊、桂知情，頗為不悅。桂娘主動代姊修書責難，致古生羞赧，辭歸九龍，菊娘則怪妹妹多事。不知怎的，柯老突然往見許公，備敘古生九龍寂寞。許公乃復召古生前來，居碧雲樓讀書。時值端陽，彩雲又奉命餽生蒲釀、黍角等物，偶露一紅香囊，古生要奪，彩雲騙說是桂娘之物，誰知古生竟說：「若是桂娘之物，我定奪之矣！」桂娘獲悉暗喜，逼著彩雲為自己送去一個內藏情詩的香囊，古生隨即賦詩答謝。該謝桂娘香囊詩稿，有一天正巧被菊娘在古生樓上翻見，證實他倆亦兩情相悅。奇怪的是，菊娘一點也不吃醋，反而幫忙勸說，讓外祖和母親答應姊妹同事一夫。

過沒多久，許四娘召菊娘返家襄理父喪。菊娘不得已，連夜修書，欲向古生道別，臨行前還是忍不住偷上碧雲樓，以身相許，這才回襄城去。古生此時惟桂娘是念，先私其婢曉雲，得其協助，進而製造各種機會接近桂娘，渴望一親芳澤；桂娘雖懼人耳目，卻更為情所困，終於不再堅持。兩人的私情愈演愈烈，舉家通曉，「所不知者，惟許公夫婦而已」，而且一直持續到玉華派人促生歸家赴試方止。古生與桂娘分手前，解贈了第四尾金魚。

故事於古生追求桂娘一段描寫較詳，行文間亦稍涉穢褻，此後則改以多線發展，交錯敘述。在玉華送古生上京赴試、桂娘朝夕思生的同時，返回襄城的菊娘面臨被迫改嫁的威脅，事情出於許四娘不堪寂寞，勾搭道士任勛成姦，應其要求，準備將她許配給道士的啞巴兒子。

其後，古生這方面考場得意，經主試官楊龜山（即前面提及的楊時）薦舉，連中三元，並有王平章奏請聖旨賜婚，為女兒玉嬌招婿。後古生因故得罪秦檜，秦檜挾怨奏生出守建康。古生啟程之前，將身上最後一尾金魚留贈玉嬌。另一方面，桂娘因外祖父母去世，回到襄城，發現菊娘正為婚變與母親鬧得不可開交。眼見任家就要來娶，菊娘抵死不從，寫下血書交與桂娘留寄古生，假托赴水自殺，半夜潛逃；隔天，彩雲也追隨而去。這突如其來的變化，致使任勘、許四娘的姦情曝光，黃氏宗族大怒，將他們送官法辦，結果任勘獲刑，許四娘縊死獄中。

當彩雲趕上菊娘之後，同行去到樓真庵，被庵主宗空收容，更名受戒，為長髮尼。一天風大，菊娘取聘物金魚壓經，吸引宗空師弟宗淨的注意，詢問之下，才知宗淨也有相同的金魚。原來她正是九龍青樓女子趙如燕，自遇古生，矢志謝客，遭老鴇凌逼，先已逃至樓真庵為尼。

留在家中與祖父同住的桂娘，此刻亦遭遇挫折，因為黃志穀尚不知她已許配古生，決定把她嫁給同鄉豪士戈十異的次子戈彩（其兄為金永堅之婿）。桂娘只是啼哭，不敢作聲，打算取劍自刎，被曉雲及時攔阻。

至於華玉，得知古生高中又贅入相府時，忽傳金人大舉入寇，決定往京避難，去到京城才知古生出守建康，只好令家僮持金魚至相府易錢，藉以與玉嬌先行相認，行姊妹之禮，共同等待古生凱旋歸來。

正當桂娘為戈家婚事手足無措之際，劇情急轉直下。因受粘沒喝一案連坐，戈十異合家被斬，黃志穀死於獄中，金永堅與公冶儔、祝巫流二人發配充軍，金、黃二家眷屬判發各衛配為軍妻，桂娘、曉雲亦在其中。巧的是，發配隊伍道經建康，桂娘得以先與古生重逢，金永堅嚇得自刎驛中，公、祝二人則在古生規勸「不可似前趨炎附勢，傾害良善」後獲釋，回途中卻又夜夢金永堅鬼魂控訴，病死古寺。

　　由於出守有功，古生不久受朝廷加官，攜桂娘等回京謝恩，與玉嬌、華玉會面，五金魚已見其三。他一面和華玉等人歡聚，一面派人密訪二金魚的下落。後來，華玉等人勸古生急流勇退，他亦有此意，便命僮收拾，掛冠前行，一時名振京師，僚友楊龜山、劉定夫（疑是游定夫之誤）、許元父、程和叔多有詩贈（但只錄許一首）。古生一行走在歸鄉路上，有公人回報菊娘墜崖而死的不實消息，惹得生、桂痛哭不已，並安排前往附近的棲真庵追度，意外地又找到了菊娘、如燕。至此，五金魚復合，皆大歡喜。

　　古生回憶金山白水真人遺詩，果然一一應驗，回臨安後立刻造了一座白水真人閣；又在閣東建一華麗大苑，按形布景，隨地設奇，作為他與五美夫人行樂之地。過二十餘年，古生忽奉詔北征，立下大功，加封晉爵，子孫亦科第蟬聯，崇極一時。宋孝宗間，年踰七十，移居五臺山。再過十年，忽見白水真人雲端相招，古生與五夫人自覺身輕體捷，舉步騰空，遂白日昇天。直到明世宗時，還有人在黃鶴樓目睹古初龍的仙蹤呢！

　　以上便是《風流十傳》所載《五金魚傳》的大致內容。原文長約一萬九千言，穿插詩詞韻體逾一百一十篇，是標準的「詩文小說」。跟明代其他中篇傳奇小說比較起來，這個故事自有特色，表現不惡，但就情節的鋪敘而言，它卻也存在了一個其他明代中篇傳奇小說少有的毛病，即故事內容呈現明顯的疏漏，某些情節交代不清，啟人疑竇。茲但舉數端，兼引原文為例：

　　（一）以全傳詩詞韻體穿插頻率之高，故事開端古生「舟過金山，遇雪，和華玉作《雪賦》」，似乎沒有略而不記的道理，原文卻見不到《雪賦》的內容。

　　（二）桂娘代姊修書（中有「下妾感懷」云云）既無署名，何以古生辭歸九龍後，能「靜思桂娘席間賣弄，并『下妾感懷』之句，悔歸已促」？鄰居柯老既未與古生交談，何以會「往見許公，備敘九龍

寂寞」？上下文銜接欠妥，似有刪節。

（三）許四娘私通道士任勳、任勳替啞兒求配菊娘的情節安排，過於突兀！原文兩人曾有對話：「四娘曰：『固當從命，但已受古郎聘矣。』勳曰：『古郎已有前妻，卿許我是也。』」古生有妻，許四娘尚且不曉，任道士何由得知？

（四）小小縣官判四娘私通道士一案，竟叱太學黃志穀：「不加詳察，縱婦奸淫，當得治家不嚴之罪！」故事又說：「時黃太學猶未知桂娘之許古生也」，乃將她許配戈家。凡此，皆不合情理。

（五）桂娘欲取劍自刎，曉雲及時阻止，只道：「殺身無益，不如從容就義。若果宿緣當絕，妾和姐譚笑同遊冥府，不為遲也。」原文接著便說：「桂由是知曉雲亦為生所得者。」不無牽強之嫌。

（六）華玉投奔相府，曾對玉嬌說道：「……昔與郎恩愛頗濃，嘗有『半步不忍相離』之語。後郎逗遛京師，令人淒涼無任，對景傷懷，每多吟詠。今遇賢妹，故不覺追憶之耳。」然檢諸前文，絕無古生、華玉「嘗有『半步不忍相離』之語」的任何記載。

（七）公冶儻、祝巫流二人的突然出現，令人不解！後來被古生釋放，回至途中，夜夢金永堅鬼魂控訴：「汝二人做得好事！陷我于死。……」公、祝曾有辯解：「當年戈家親事，是你情願。你被戈家連累，我又被你連累，你何反出此言？」金永堅又說：「誰叫我害古郎耶？汝為我言曰：『無毒不丈夫。』、『斬草必除根。盍乘古郎危而急傾之？』……」可見公、祝二人確曾如古生所言「趨炎附勢，傾害良善」無疑。然而，傳中前此實無一字言及，這更是一大漏洞。

凡此種種情節鋪敘上的缺失，照理說都應該不會出現在一部經過挑選而載入總集的作品中才對，為什麼唯獨《五金魚傳》竟有這麼多疏漏、不通之處呢？《風流十傳》標榜它是由「陳眉公先生批評」，既經名士陳繼儒「一一刪訂」，又為什麼顯得如此草率、不負責任呢？箇中緣由，頗耐人尋味。

三　《五金魚傳》的單行殘本及其價值

　　《五金魚傳》故事情節的缺失，同樣見於另一選本《增補批點圖像燕居筆記》。這是因為余公仁所刊《燕居筆記》卷下之八的《五金魚傳》（首尾標題為《新編批點圖像五金魚小說》、《新刻五金魚傳小說》），雖然題署「明叟馮夢龍增編／書林余公仁批補」，又云「禿庵子批點／南窗主人訂」，但實際上卻是余氏直接自《風流十傳》迻錄而來，彼此差異甚微。兩相比勘，可知後者書首《筆記畫品》增加四幅插圖，和一篇「脫道人」的題辭[2]；文前解題實為「脫道人」題辭所本，且是據前者目錄說明文字照抄[3]；正文多出了兩三句話和若干夾批，改訂了一些錯字（又新添了幾個錯字），刪去了三首詩；文後增附一小段「公仁子曰」的總評，當是出自余氏手筆。除此之外，後者與前者無別，連幾處注文和訛文也完全一致，版本上的參考價值有限，我們無法仰仗它來解答這部小說何以缺失重重的疑惑。倒是吳曉鈴先生舊藏的《五金魚傳》單行殘本，在這方面提供我們不少寶貴的訊息。

　　單行本的《五金魚傳》，名列日本秋水園主人《小說字彙》援引書目之中[4]，證明過去曾傳至日本，但已不知下落，版本狀況不明；今獨存於世者為明刊二卷本（不分回，亦無分段小標題），殘存下卷第三十三葉後半迄卷終（其中又缺一葉），半葉九行，行二十字，已近八千言，推估上卷如果也有六十餘葉的話，則原書應長達四萬言之

2　四幅插圖分題「何執中以金魚作伐」、「攜趙如燕遊勝」、「陌上遇二美」、「托賣金魚相府」，圖後題辭則作：「魚從欽賜，祖而傳孫，而後落于婦人之手，以為幾伐之物。倘金魚不復于五，公乘失之矣。吁！可不謹歟？／脫道人書」。

3　《風流十傳》目錄「第八卷《五金魚傳》」下，有注云：「金魚，上受之天朝，下傳之先祖，一旦竟委之婦人之手，況又委之于萍合之婦乎！設使金魚不能復五，雖悲思何益？是以君子鄙之。」

4　第四十六種，見大坂書林稱觥堂、睹春堂、崇高堂合刻《畫引小說字彙》。

譜，這個數字比現存的兩種「全本」高出一倍以上，相當值得注意。

　　事實證明，今存《五金魚傳》的單行殘本，確係此一小說的早期繁本，萬曆四十八年序刊《風流十傳》和明末清初余公仁刊《燕居筆記》所選錄者（以下或統稱為「合集選本」），均為後期簡本，這就難怪它們為什麼遍布疏漏脫誤的現象了。我們經由以下幾處文字、情節的比勘，可以清楚地看出《五金魚傳》故事從繁到簡的變化過程：

　　（一）單行殘本《五金魚傳》僅存情節，是自桂娘不敢反抗黃志縠將她許配戈家，只好對著婢女曉雲泣訴苦衷準備自殺一段起，茲引殘存首頁桂娘泣訴內容，對照合集（《風流十傳》）選本如下：（見附表三十四）

表三十四

單行殘本《五金魚傳》	合集選本《五金魚傳》
「……縲絏，古郎信息杳然。今祖父復將我許戈氏，幾番欲以前情訴於祖處，思又非女子所宜啟齒者，每自噤聲。當初不同姐氏之行，致今日有此禍根也。古云：『死有重於泰山，又有輕如鴻毛。』顧其死之謂何耳！我與古郎情投膠漆，味若芝蘭，可難殺身以自盟、刎頸以見志哉？金魚原是古郎臨行贈物，并菊姐血書，俱付汝收下。待古郎來訪時，汝可與之說：『桂姐再三寄聲，候郎於九泉之下也。』叫他當去覓菊姐，毋負金魚之約。」	「予與古郎之遇，汝所知也。今祖父復許戈氏，我欲以情訴，愧非女子所宜，每自噤聲。如此禍何？但金魚，古郎所贈；血書，菊姐所遺，俱付汝收下，不可一失。待古郎來，汝可與之，叫他當去覓菊姐，毋負金魚之約。」

　　單行殘本、合集選本《五金魚傳》相關文字大體成此比例（約二：一），後者濃縮程度不可謂不大。正由於後期簡本如此大幅刪削，故不

免造成疏漏，像殘本在上列引文之後，敘述曉雲及時勸止桂娘自刎曾道：「慷慨殺身，莫若從容就義。戈家雖然未必將來，何若且姑俟動靜，再作一策。若宿緣當絕，塵情果盡，妾當與姐譚笑同遊冥府矣。此身肯復為浪子所狎耶？」這六十一字，被選本刪改剩二十九字，連接下文「桂由是知曉雲亦已為生所得」的關鍵語——「此身肯復為浪子所狎耶」，整句不見，使得我們讀《風流十傳》時感到牽強（參上節故事缺失例五）。今檢出最初原文，語病何在便一清二楚了。

　　（二）上節故事缺失例六提到華玉回憶：「昔與郎恩愛頗濃，嘗有『半步不忍相離』之語。」這話單行殘本見於第三十八葉，文字相同，更加確定原書必有此情節，並非合集選本妄加，可惜已經佚失，難知其詳；而例七提到公冶儔、巫祝流二人與金永堅鬼魂的對話，暴露出故事「前無後有」的一大漏洞，該段對話殘本見於第四十四葉，較選本更詳：

> 堅復曰：「又誰叫我害古郎耶？」二人無言以對。堅曰：「曾對汝說：『古氏之事，實與古郎無關；況君子以德報怨，當置此事於度外。』汝二人多方為我言曰：『無毒不丈夫。』又曰：『斬草不留根。今若不乘其危而傾之，則古郎將來得意，禍有不測者。』誰知古老爺寬弘大度，乃仁德君子也。昔不因汝利口煽惑，結好權要傾害，則我不必自刎驛中……。」

兩相對照，更加確定公、祝二人絕對是故事一開始就有的角色，且曾「利口煽惑」金永堅，使其「結好權要傾害」古氏一家，偏偏合集選本將其大筆削落，致二人後來突然出現時令人大惑不解。至於公、祝下場，根據殘本說是「行至一大藪邊，見一巨蛇從地而起，將二人咬死」（冥司罰金永堅為蛇，取二人性命），並錄有後人懲戒詩四首，這個部分合集選本予以篡改、刪除，已非原作本來面目。

　　（三）經合集選本《五金魚傳》刪去的詩篇，除了四首懲戒詩之外，已知者至少還有十二首絕句和一首律詩。如單行殘本記華玉曾出示玉嬌「偶愛（愛字疑衍）成《情思嗟嘆》十絕」，它只留八首；古生掛冠，僚友楊龜山等四人各有一詩贈行，它只記許元父一首；桂娘題《昭君怨》二絕，它只錄其一；古生回至臨安建苑築閣，設畫眉樓、玩月閣、避日軒、納涼亭、九曲河、通霄峰、鳳凰竹、澄清塘八景，各有題詠，它只錄其中「玩月閣、鳳凰竹、澄清塘」三首……等等。有趣的是，選本所錄「鳳凰竹」題詩作：

　　　　亭前翠竹蔽炎光，一陣風來一陣涼。
　　　　酌酒調琴無不可，有人於此傲羲皇。

對照殘本發現，這首詩其實是題「納涼亭」，不料竟被張冠李戴！而且保留下來的部分，往往也失去了原貌，如桂娘有首七言長歌，回顧她與古生相逢顛末，凡七十二句，選本截改後僅剩十八句；又如選本有「菊謝過，作詩云」：

　　　　春日陌間遊，邂逅姻緣遇阮劉。愛處碧雲頻饋問，不謂歸家禍
　　　　到頭。　脫死隱尼流，幾度思君淚不收。豈意天教重聚首，無
　　　　限艱辛此夕酬。

實為【南鄉子】詞，殘本「愛處碧雲頻饋問」、「豈意天教重聚首」句下，各有「休休」、「羞羞」二字被刪；再如選本又有「桂辭再四，作詞云」：

　　　　香囊暗贈表情深。天緣合，一諾重千金。　此後禍侵尋。從軍
　　　　千里外，恨難禁。誰知翻得福星臨。重會面，此樂契予心。

詞名實為【小重山】，殘本詞首「為愛相如綠綺琴。畫堂明月夜，賞佳音。」三句也被刪去。結果弄得歌不成歌，詩不成詩，詞不成詞，足見合集選本《五金魚傳》編者縮寫原作的態度不夠謹慎。

　　藉由以上三點關於文字、情節的比勘，合集選本篡改原作的諸多情形已昭然若揭，所以現存《五金魚傳》故事內容的種種缺失，已可確定那並非作品原貌。而我們能夠取得這樣的認識，實多虧有《五金魚傳》早期單行本的存在。雖然這部單行本嚴重殘缺，但它卻是明代中篇傳奇小說被收入通俗類書、小說彙編之前的罕見版本，和清代才據通俗類書、小說彙編別出單行的《鍾情記》、《奇緣記》、《覓蓮記》、《三妙傳》等書比較起來，價值迥然不同。有了這部《五金魚傳》早期單行殘本，現存《五金魚傳》「全本」故事的脫漏、缺失，部分可獲還原，若干隱晦不明的毛病亦能浮現，這對我們瞭解《五金魚傳》作品的真實面目，裨益甚大。擴而言之，我們還可以這麼說：《五金魚傳》單行殘本的存在，既給顧炎武所謂「萬曆間人，多好改竄古書」的批評[5]，添一例證；同時，它也讓我們更加確信，在小說流傳過程中，故事不單有由簡至繁的可能，另外又有從繁到簡的現象，從事古典小說版本研究者不宜忽略這項事實。

四　《五金魚傳》的成書年代及其特色

　　雖說《五金魚傳》單行殘本的價值甚高，但遺憾的是它僅存原書的後四分之一，實難作為探討《五金魚傳》全書寫作特色以及淵源與影響的依據，因此本文以下的討論仍以《風流十傳》選本為主。《五金魚傳》故事末了曾道：

5　語見顧炎武：《日知錄》，卷18「改書」條，世界書局「集釋」本（1972年），頁442。

　　　至我皇明世宗時，一士遊黃鶴樓，遇道人，體度飄逸，手持漁
　　　鼓，端坐樓前。叩其所以，不應。再三叩之，道人擊鼓而吟
　　　云：「別卻紅塵已有年，朝遊蓬島暮巫顛。當年不解封侯印，
　　　五美何由得上天。」[6]

明世宗在位，乃嘉靖（1522-1566）一朝，可見本傳成書必在嘉靖以
後，孫楷第先生便是根據這段文字，推測：「殆隆萬間人所作也。」[7]
因初刊於萬曆十五（1587）年首開彙錄中篇傳奇小說風氣的《國色天
香》並未收入此傳，其後《繡谷春容》、《萬錦情林》、兩種《燕居筆
記》（何大掄編、林近陽編）、《花陣綺言》等亦付闕如，它第一次作
為合集選本是出現在萬曆四十八年（1620）序刻的《風流十傳》之
中，因此《五金魚傳》成書於萬曆朝（1573-1620）中後期的可能性
頗大，這也證明自元代《嬌紅記》以降，明代歷朝，中篇傳奇小說的
創作並沒有間歇。
　　萬曆年間成書的《五金魚傳》，原貌已不復可尋，幸賴《風流十
傳》、余本《燕居筆記》存其大概，持與其他中篇傳奇小說相較，現
存《五金魚傳》還是有它的寫作特色的。茲舉四端，加以說明：
　　（一）故事前分後合，首尾呼應，結構井井有條。余公仁重刊
《五金魚傳》時，增附了一段總評，說：

　　　始以五魚分，而終以五魚合。一聘于華玉，二贈于如燕，三聘
　　　于菊娘，四贈于桂娘，五付于玉嬌。此五女者，皆古生之凤緣

6　原書「皇明」二字頂格，單行殘本亦然。
7　見孫楷第：《日本東京所見小說書目》（北京市：人民文學出版社，1991年），卷6，
　　頁126。譚正璧、譚尋：《古本稀見小說匯考》因襲孫說，也主張：「篇末『至我皇
　　明世宗時』云云，當為隆慶、萬曆間人所作。」（杭州市：浙江文藝出版社，1984
　　年）頁27。

耳。然有華玉之不妒，如燕之樂從，菊娘之善讓，桂娘之述志，
玉嬌之賢能，此難中之難得者也。所托白水真人一節，成其始
終之局，可見功名富貴、美女才色，亦還歸之上天焉而已。[8]

這段評語掌握了《五金魚傳》故事敘述的特點：以五尾金魚一一聘贈
佳人，推動情節逐步向前發展，然後又藉著五尾金魚的復合，讓分散
的不同遭遇的主角們一一歸向圓滿結局。故事首尾白水真人的兩度出
現，也確實達到了有始有終、前後呼應的效果。雖然內容不無荒唐之
嫌，但在敘事結構上，堪稱完整之作。

　　（二）依托古事，主人公外或真有其人，並非全然虛構。徽、欽
二宗和秦檜、伊川先生（程頤），自不待言。受托撫養古初龍且替他
做媒的何執中，字伯通，處州龍泉人，曾與蔡京並相，傳見《宋史》
卷三五一[9]。至於與古生同在伊川府中講究《太極圖》、《西銘》、《通
書》諸篇的「謝良佐、游酢、呂大防、楊時」，大防當是其弟大臨之
筆誤，呂大臨（字與叔）傳見《宋史》卷三四〇[10]，和謝良佐（字顯
道）、游酢（字定夫）、楊時（字中立，號龜山先生）等三人（傳俱見
《宋史》卷四二八[11]），同為程門弟子，號稱「四先生」。《五金魚傳》
明明是渲染才子佳人風流愛情的傳奇小說，卻偏偏安排虛構的男主角
與真實的道學門徒為「同筆硯友」、「同年僚友」，箇中微妙心理，頗
堪玩味。

　　（三）詩詞的穿插頗為用心，不過優劣互見。故事中，古生題詩
獲伊川先生賞識，得以聘其孫女華玉為妻；白水真人吟詩預示未來，

8　署名「公仁子曰」，此據上海古籍出版社《古本小說集成》影印《增精批點圖像燕
　　居筆記》下之卷八引，頁2324。

9　《宋史》（臺北市：鼎文書局《中國學術類編》本，1983年），頁11101-11103。

10　《宋史》，頁10848-10849。

11　《宋史》，頁12732-12733、12738-12743。

後來果真應驗；菊娘翻見古生謝桂娘香囊詩稿，得知妹妹亦心儀情郎。這些詩篇的穿插，和桂娘代菊娘致古生書、菊娘留與桂娘轉交古生的血書等駢體一樣，都是傳中的有機成分，發揮了推展劇情的具體作用。尤可貴者，傳中穿插的一百多首詩詞，多半是作者專為此傳而作，故較無拼湊之感，例如前述桂娘以七言長歌回顧她與古生相逢顛末，頗有為讀者複習前情的妙用而不嫌累贅；又如古生於五金魚復合後有詩云：「早歲金屏孔雀開，臨安避難入天臺。『菊』英得折為奇矣，『桂』蕊從攀更妙哉。聖澤『玉』容諧相府，春風『燕』子下章臺。自憐偃倚佳人隊，應是生前種福來。」憶述五美奇遇，兼把華玉以外菊娘、桂娘、玉嬌、如燕四人名字鑲嵌入詩，十分巧妙。不過，傳中菊娘曾思古生製【一剪梅】詞，下半闋為「花滿欄杆月滿樓。一種相思，兩種閑愁。此情無計付東流，纔下眉頭，又上心頭。」倒有抄襲李清照舊詞之嫌[12]；古生【採蓮曲】有句「人面蓮花相映紅」，也與崔護舊作過於相似[13]；古生寓居碧雲樓時，菊娘「聞窗外風聲太急，憶生衣單也」，遂吟詩「夫婿從征在遠方」云云，則與近在咫尺的情況格格不入。這些地方，不可諱言都是敗筆。

　　（四）摻用白話，使人物對白更形生動。這是愈到後期的中篇傳奇小說，愈常出現的特徵。傳中如菊娘責備桂娘：「我曾叫你莫為，今果如何？」桂娘對彩雲說：「我有一香囊，著你送去。」又說：「賤丫頭，我命汝行即行，何如此推阻也！就不（定）要你去，何如？」古生對彩雲說：「若是桂娘的，我定奪之矣。」對曉雲說：「彩雲不知趣，我不想她。如你，我就想矣。」又說：「若是彩雲，今番又咬我手矣。」金永堅叱公冶儔、祝巫流：「汝二人做得好事！」二人回答：「當年戈家親事，是你情願。你被戈家連累，我又被你連累，你

---

12 李清照【一剪梅】（紅藕香殘玉簟秋）詞下半闋作：「花自飄零水官流。一種相思，兩處閑愁。此情無計可消除，纔下眉頭，卻上心頭。」
13 崔護《題都城南莊》詩有句「人面桃花相映紅」。

何反出此言？」等等，都是白話口語，而它們只出現在人物的對話裡，於此特定情形之外未見混用，不可妄以「文白夾雜」鄙之。

五　《五金魚傳》的素材來源及其影響

　　元明中篇傳奇小說自成系統，彼此傳承。《五金魚傳》的成書年代稍後，當然也就留有在此之前的中篇傳奇小說的痕跡。如傳中言桂娘私會古生，「兩情契合，若無虛夕，舉家通曉，所不知者，惟許公夫婦而已。」這是承自《嬌紅記》[14]、《鍾情麗集》[15]的套數；傳中華玉曾出「偶愛（？）成《情思嗟嘆》十絕」：〈蘭閨蕭條〉、〈綠窗寫怨〉（有「天霽晴霞曙色新」句）、〈珠簾不捲〉、〈晝夢難成〉（有「驚覺淒涼蝶夢荒」句）、〈臨流浩嘆〉（有「憑誰寄語東流水」句）……[16]，係仿自《嬌紅記》王嬌娘「偶成《情思嗟嘆》詩八首」：〈情思蕭條〉（有「夢隔巫山蝶思荒」句）、〈綠窗寫怨〉（有「天霽晴霞曙色新」句）、〈蘭室感懷〉、〈珠簾不捲〉、〈眷戀多情〉（有「憑誰寄與多情道」句）……；傳中菊娘有詩「竹節經霜方見節，丁香到死愈生香」，亦或仿自《鍾情麗集》黎瑜娘「丁香到死香猶在，竹節經霜節不移」的詩句而來。又如傳中古生求歡菊娘不成欲私送茶婢女彩雲、接近桂娘未得先狎送束婢女曉雲二段情節及其手法，《賈雲華還魂記》、《雙卿筆記》、《懷春雅集》等俱已有之；傳中有「似入蓬萊第幾宮」的詩句，亦當仿自《賈雲華還魂記》詩「誤入蓬萊第幾宮」而來。

　　除了《嬌紅記》、《鍾情麗集》、《賈雲華還魂記》、《雙卿筆記》、

---

14 有語云：「豈其私欲所迷，俱無避忌，舅之侍女曰飛紅、曰湘娥，皆有所覺，所不知者，嬌之父母而已。」

15 有語云：「情欲所迷，罔有忌憚，一家婢妾，皆有所覺，所不知者，惟瑜父母而已。」

16 此據《古本小說集成》影印《五金魚傳》單行殘本引錄。因合集選本僅作「出向存語」（八首），總名、詩題皆刪。

《懷春雅集》之外，《天緣奇遇》更是《五金魚傳》寫作的重要素材來源。《天緣奇遇》故事開篇曾有「玉香仙子」以詩預示男主角祁羽狄的未來：「君是百花魁，相逢玉鏡臺。芳春隨處合，黈夜幾番災。龍府生佳配，天朝賜妙才。功名還壽考，九九妾重來。」《五金魚傳》開頭的「白水真人」及其預言詩，與此若合符節。本傳故事末尾，古生建苑築閣與五美夫人行樂其間的模樣，以及白水真人復現招之昇天的結局，也跟《天緣奇遇》篇末祁生興宅設圃與香臺十二釵縱樂其中的情形，以及玉香仙子復來授丹成仙的結局如出一轍，請看下列兩段文字對照：（見附表三十五）

表三十五

天緣奇遇[17]	五金魚傳[18]
宅後設一圖，大可二百畝，疊石為山，編籬為徑，峻亭廣屋，飛閣相連，異木奇花，顏色相照，四景長春，萬態畢集。生行遊，必命侍妾捧筆硯，每至一處，必加題詠。	閣之東二里許，有空地百餘畝，兩傍山水森秀。……命工建一大苑，極其華麗，珍禽怪石，奇花異木，無所不具。中間按形布景，隨地設景……，各有題詠。
一夕中秋，月明如畫，生方與眾妾泛舟，忽見西南祥雲聚起，鷲鶴翔飛，空中隱隱如有鼓吹。頭間，紅光照水，香氣逼人。生與芳等視之，見一女子立涯上，呼曰：「祁君，妾復來矣。」生停舟相接，乃玉香仙子也。玉香自袖中出丹一帖援（授）生，且曰：「令家人分服之，皆可仙矣。況道芳乃織女星，貞乃王母次女也，餘	一日，見祥雲縹緲，瑞氣瀰漫。生與華玉輩往外觀之，只見白水真人隱隱立於雲端之上，以手招生曰：「文昌君，自雪舟別來，不覺已數十越春秋矣。今為君輩限期已滿，奉玉皇敕旨，來邀君暨諸仙妹同回天府。」言未訖，半空中笙歌迭奏，旗幡亂擁。生與華玉輩自覺身輕體捷，舉步騰空。須臾，數朵祥雲旋繞而去。

17 此據《明清善本小說叢刊初編》（臺北市：天一出版社，1985年）影印萬曆二十五年萬卷樓重鍥《國色天香》卷入引。

18 據《古本小說集成》影印《五金魚傳》單行殘本引錄。因合集選本亦經刪改。

天緣奇遇	五金魚傳
皆蓬島仙姬，不必盡述。今俗緣已盡，皆當隨公上昇。」言畢而去。生自是飄逸，有登天之志，……舉足能行空，出言可以驗一（禍）福。	

　　另外值得一提的是，《五金魚傳》曾載：

　　　菊娘、桂娘閒坐，齒及陌間之事。桂娘戲曰：「妹觀此生風流
　　　迴眾，倜儻邁俗，堪為姐氏之偶。」菊讓之曰：「姻緣在天，
　　　可輕語哉？」適《韓夫人傳》在案，桂展之曰：「此非婦人女
　　　子耶？」菊曰：「我與妹筆硯塵生久矣，盍以韓夫人『四愛』，
　　　分題吟詩？」桂曰：「可。」菊娘作第一、第三題云：《惜花春
　　　早起》（詩略）、《掬水月在天》（詩略）。桂娘作第二、第四題
　　　云：《愛月夜眠遲》（詩略）、《弄花香滿衣》（詩略）。[19]

此處所言《韓夫人傳》，既非北宋張實的傳奇小說《流紅記》[20]，又非
明人王驥德的《韓夫人題紅記》傳奇[21]，或者是某一業已佚失的作品
亦未可知。至於所謂韓夫人「四愛」詩，即「惜花春起早」[22]、「愛月
夜眠遲」、「掬水月在手」[23]、「弄花香滿衣」，後二句實為唐于良史《春

19　此據《風流十傳》，卷8引，余刊《燕居筆記》下之卷八同，惟《惜花春早起》作
　　《惜推春起早》，《掬水月在天》作《掬水月在手》。

20　文載〔北宋〕劉斧：《青瑣高議》，述韓夫人「紅葉題詩」故事，但未見「四愛」情
　　節。前此相關題材記載，如《本事詩·顧況》、《雲溪友議·題紅怨》、《北夢瑣言·
　　李茵》等亦然。

21　收入《古本戲曲叢刊二集》、《全明傳奇》（臺北市：天一出版社）。

22　原詩「早起」當是「起早」之誤。

23　原詩「天」字當是「手」字之誤。

山夜月》詩[24]，全部四句亦見於明李禎《剪燈餘話‧瓊奴傳》中[25]。
《五金魚傳》究竟是參考了《瓊奴傳》，還是真有一部《韓夫人傳》影
響了它，抑或另有所本，尚待考證。

　　以《嬌紅記》、《天緣奇遇》等元明中篇傳奇小說和其他作品為素
材來源，成書於萬曆年間的這部《五金魚傳》，是否也曾在我國文學史
上發揮其影響呢？可能受到材料的限制，我們目前還沒有太多的發現，
不過至少可以確定的是，清初豔情小說《桃花影》的編者「檇李煙水
散人」，既然在小說中提到「前賢所述的《五金魚》，並那祁禹（羽）
狄故事」，則其著作或多或少必會受到《五金魚傳》的影響才對。

　　今觀《桃花影》小說十二回，全書風格受《天緣奇遇》的影響顯
然較大，不過其第九回〈訪禪扉一夕喜逢雙美〉述男主角魏璎榮歸故
里，途中於尼庵見到插在蓮座上的玉釵，進而尋獲失散的王婉娘；第
十回〈諧花燭舊人仍做新娘（一作人）〉述曾遭卜須有主婚、戈士雲
逼婚的卜非雲重回魏生懷抱後，魏生不計前嫌，將因案繫獄的卜、戈
一等「開恩釋放」；第十一回〈十閒船五美綢繆〉述魏生訪齊一妻
（非雲）五妾（婉娘、瑞娘、小玉、蘭英、了音），構造書室，疊山
鑿池，與她們百般戲謔；第十二回〈半癡僧一詩點化〉述魏生與六位
夫人經廬山老人半癡僧以詩點化，絕棄功名，杜門靜養，俱成地仙。
這四回情節，則明顯是受到《五金魚傳》相關劇情的啟迪。即連「桃
花影二編」──《春燈鬧》[26]，小說第十二回〈碧山堂姚生入夢〉述

---

24 全詩云：「春山多勝事，賞玩夜忘歸。掬水月在手，弄花香滿衣。興來無遠近，欲
　　去惜芳菲。南望鳴鐘處，樓臺深翠微。」

25 《瓊奴傳》言富人沈必貴為王瓊奴擇婿，曾呼徐苕郎、劉漢老二生至前，「指壁間
　　所掛『惜相春起早』、『愛月夜眠遲』、『掬水月在手』、『弄花香滿衣』四畫曰：『二
　　郎少擺妙思，試為詠之，中目、奪衣，在此一舉。』」詳見周楞伽校注：《剪燈新
　　話‧外二種》（上海市：上海古籍出版社，1981年），頁212-218。

26 書署「檇李煙水散人戲述／東海幻庵居士批評」，一名《燈月緣》，日本佐伯文庫藏
　　紫宙軒刊本，書題《新鐫批評繡像春燈鬧奇遇豔史》。

真楚玉經道人接引姚子昂靈魂入夢，同詣仙山，遂興起攜五美一齊修仙念頭的結局，也隱約可以看到《五金魚傳》的影子。而拼湊《鼓掌絕塵》之雪集與《桃花影》成書的另一部小說《鬧花叢》[27]，「假滿還朝攜眾妾，難逢前途仗一仙」（第十一回）、「歷久官尊富貴足，閱盡塵埃仙境高」（第十二回）的編排，讀來讓人有同樣的感覺。

除了《桃花影》、《春燈鬧》、《鬧花叢》等豔情小說之外，《五金魚傳》一夫多妻、先分後合的模式，亦普遍見於明末清初的才子佳人小說，其中尤以「雲間嘯嘯道人編著／古越蘇潭道人鑒定」的《五鳳吟》[28]，整體架構跟《五金魚傳》最為神似。

六　結語

本書係用文言寫作，中多夾雜詩詞，體制顯然繼承唐宋傳奇。明中葉，文人創作中篇傳奇故事增多，著名的如《豔異編》、《繡谷春容》、《國色天香》、《燕居筆記》等總集中所收的《劉生覓蓮記》、《懷春雅集》、《鍾情麗集》、《花神三妙傳》、《天緣奇遇》等，《五金魚傳》亦為其一。這些小說多描寫才子佳人的患難離合，以大團圓作結，不僅為當時盛行的話本小說提供了素材，也直接影響與推動了明末清初以天花藏主人等為代表的長篇白話才子佳人小說的繁榮，這是很值得重視的。[29]

以上是李夢生先生簡介《五金魚傳》殘本時的一段評論。若就全部的元明中篇傳奇小說而言，如此的評論猶有未足，然而他已道出明代中

---

27 書有康熙間刊本，藏於日本雙紅堂文庫。
28 凡二十回，現存鳳吟樓刊本（新刻續六才子書），收入天一出版社《明清善本小說叢刊初編》，又有草閑堂、稼史齋刊本，分藏大連圖書館、北京圖書館等處。
29 語見《古本小說集成》之《五金魚傳·前言》，李夢生撰。

篇文言傳奇小說與明末清初白話才子佳人小說的密切關係，這是合乎事實的高見。我們看《五金魚傳》的素材來源和影響，便知它確實是上承《嬌紅記》、《賈雲華還魂記》、《鍾情麗集》、《天緣奇遇》等元明中篇傳奇小說，下啟明末清初長篇白話小說的作品之一，只不過它承自《天緣奇遇》者多，以致影響較大的多在跟「橋李煙水散人」有關的豔情小說上，格調偏低罷了。

　　成書於明萬曆朝中後期的《五金魚傳》，格調雖不甚高，但它仍有它的時代意義，其完整有條的結構，依托史實的筆法，專屬詩詞的穿插與活潑生動的對白，亦具特色。固然現存的《五金魚傳》全本，呈現諸多疏漏缺失，不過這是遭到大幅刪改所造成的，持與稍早的單行殘本互相比勘，我們已可確信原始的《五金魚傳》篇幅長達四萬字上下，一旦驟減為一萬九千言，真面目必然在從繁到簡的過程中受到嚴重扭損，這是我們研究並評價《五金魚傳》這部明代中篇傳奇小說時，所不能不加考慮的一項事實。

第十八章
結論

一　元明中篇傳奇小說自成體系而且不乏佳構

　　透過對現存十六種主要元明中篇傳奇小說的專章研究，我們可以看出：由元人宋梅洞《嬌紅記》領軍，首開中篇傳奇小說寫作先河之後，《賈雲華還魂記》、《鍾情麗集》、《麗史》、《龍會蘭池錄》、《懷春雅集》、《花神三妙傳》、《尋芳雅集》、《天緣奇遇》、《劉生覓蓮記》、《傳奇雅集》、《雙雙傳》、《五金魚傳》等十二篇，都和它直接有關。另外，《雙卿筆記》、《荔鏡傳》、《李生六一天緣》三篇，雖未留下取資《嬌紅記》的明顯痕跡；但《雙卿筆記》有直接參考《鍾情麗集》的可能，又曾影響《李生六一天緣》和《傳奇雅集》；《荔鏡傳》既有抄襲《鍾情麗集》的地方，又成為《劉生覓蓮記》裡的典故；《李生六一天緣》除了受《雙卿筆記》影響之外，《花神三妙傳》、《尋芳雅集》和《天緣奇遇》也都是它取材的對象。可見從《嬌紅記》到《五金魚傳》，元明中篇傳奇小說是一脈相承、自成體系的一股創作風潮。

　　《嬌紅記》以再現生活真實的創作手法，細緻刻畫申純、王嬌娘生死不渝的一場愛情悲劇，在藝術上取得了高度的成就，堪與《鶯鶯傳》媲美，又著實和《西廂記》在明清讀者心目中並居典範地位，它是元代小說的奇葩，璀璨耀眼，日本學者伊藤漱平、大陸學者程毅中均予肯定，吳志達先生也有同感[1]。後出的《嬌紅》系列作品，經常

1　詳參伊藤漱平著、謝碧霞譯：〈《嬌紅記》成書經緯：其變遷及流傳過程〉，臺北《中外文學》第13卷第12期（1985年5月），頁90-111；程毅中：〈《嬌紅記》在小說藝術發展中的歷史價值〉，《許昌師專學報》（社會科學版）1990年第2期，頁15-20；

累積前作的成果，逐步往前推展，在此一中篇傳奇小說的體系中形成階段性的特點，而且不乏佳構。明永樂年間李昌祺的《賈雲華還魂記》實以《嬌紅記》為主要模擬的對象，延續但淡化其悲劇色彩，成化末年玉峰主人的《鍾情麗集》則進一步轉悲為喜，兩者描寫兒女情態皆頗傳神，也都有與《嬌紅記》分庭抗禮、一爭長短的強烈企圖，塑造出來的純情男女（魏鵬、賈雲華，辜輅、黎瑜娘）對愛情的執著堅貞，亦如申純、王嬌娘一般感人。藉著《鍾情麗集》的重新推動，明代中篇傳奇小說開始密集出現。弘治、正德年間（至遲不晚於嘉靖初）問世的《龍會蘭池錄》、《雙卿筆記》、《麗史》、《荔鏡傳》、《懷春雅集》，基本上還保持著故事一男一女（頂多一男二女）的專情，繼續通過蔣世隆、黃瑞蘭，華國文、張順卿，伊處玉、凌無金，陳必卿、王碧琚，蘇道春、潘玉貞等人主動追求愛情的悲歡離合，展開對傳統不合理婚姻制度的撻伐，或對不良官場文化的批判，同時反映出時代的動盪和社會的不安，寫實味道依舊濃烈。自《懷春雅集》以降，嘉靖年間《花神三妙傳》、《尋芳雅集》、《天緣奇遇》三部中篇，顯然在寫作風格上起了不小的變化，前二者雖亦述及時代社會的離亂景象，但一男三女式的遇合和露骨的床笫描寫，使得作品的格調轉趨卑下，尤其《天緣奇遇》雖直承《嬌紅記》、《懷春雅集》而來，卻比《尋芳雅集》更加大膽地側重男女性愛的鋪敘，祁羽狄與「香臺十二釵」的縱慾場面，對其後的小說起了負面的影響。後來，《劉生覓蓮記》曾有反彈，譏斥《天緣奇遇》為「獸心狗行，喪盡天真」，努力

吳志達：《明清文學史（明代卷）》（武漢市：武漢大學出版社，1991年），頁104。
吳志達：〈關於中國文言小說史的幾個問題〉又云：「特別值得注意的是，在元代居然出現宋梅洞的傳奇小說《嬌紅記》，故事之哀婉動人、藝術形象之豐滿突出、結構之曲折完整、篇幅之長大，較之唐宋作品，都有所發展。」且說：「如前所述，在元代居然出現宋梅洞的傳奇小說《嬌紅記》，可說是個奇蹟，但並非不可思議，有唐宋傳奇的藝術傳統，在元代藝苑，出現這枝奇葩是可以理解的。」《武漢大學學報》（社會科學版）1993年第3期，頁90、94。

擺脫豔情文風，加強人物心理刻畫，使劉一春、孫碧蓮重現申純、王嬌娘以至蘇道春、潘玉貞的影子，可是終究阻擋不了像《李生六一天緣》、《傳奇雅集》對《花神三妙傳》、《尋芳雅集》，特別是《天緣奇遇》的抄襲仿效，極力鼓吹一夫多妻的自然合理，字裡行間瀰漫淫詞穢語，竟然不以為恥。約在萬曆年間最後成書的兩部中篇《雙雙傳》和《五金魚傳》（均經刪節），都是元明中篇傳奇小說（包括《天緣奇遇》在內）綜合影響的產物，可喜的是，《雙雙傳》風格雖然前後不一，但正顯示出文學繼承與創新的累進過程，某些筆觸十分細膩、生動，男主角鄙視功名的氣度也讓人印象深刻，《五金魚傳》格調雖不甚高，然仍具備完整有條的結構、依托史實的筆法、專屬詩詞的穿插與活潑生動的對白等特色，比起《天緣奇遇》一類的豔情之作，品質略有回升，尚不致令人太過失望。

從《嬌紅記》到《五金魚傳》，其間中篇傳奇小說散佚的當不在少數（已知者有《柔柔傳》、《豔情集》、《李嬌玉香羅記》、《雙偶集》等），不過就現存者觀察，它們確實一脈相承、自成體系，甚至是層層相因，彼此關係固然複雜（如《劉生覓蓮記》受《懷春雅集》影響而又影響其改寫本《融春集》），發展演進的軌跡則甚為清晰，對其他文言小說像《綠珠傳》、《張于湖傳》、《金蘭四友傳》、《沈月英》等也見影響。自《嬌紅記》以後，這批中篇傳奇小說的風格和成就呈現著階段性的差異，個別而言不乏佳構，整體看來表現也不俗，若不明就裡，僅憑其穿插大量詩詞或專寫男女情愛，即一味抹煞其文藝價值，貶之為「唐人傳奇之末流」，那是不夠客觀的。

二　元明中篇傳奇小說影響了明清白話小說的發展

過去因為缺乏對元明中篇傳奇小說的深入研究，論者不但錯將《嬌紅記》當成明代作品，把《賈雲華還魂記》誤以為宋人、元人之

作，還有人主張《嬌紅記》：「似從瞿佑《剪燈新話》等一流沿襲遞嬗而來」[2]，或說收錄在《繡谷春容》和《風流十傳》等通俗類書與小說彙編裡的中篇傳奇小說是：「由瞿佑李昌祺啟之」或「《剪燈新話》、《效顰集》之流裔」[3]，其實這樣的說法都不正確。洪武間瞿佑《剪燈新話》、永樂間李昌祺《剪燈餘話》對明代短篇傳奇小說乃至白話小說和戲曲，影響深遠，對明代中篇傳奇小說的發展也確實有過推波助瀾的作用，例如《鍾情麗集》借鑑過《剪燈新話》裡的《秋香亭記》、《聯芳樓記》、《渭塘奇遇記》、《牡丹燈記》、《翠翠傳》，而《龍會蘭池錄》、《懷春雅集》也參考過《聯芳樓記》，《李生六一天緣》抄襲過《鑑湖夜泛記》（《剪燈新話》）的情節，《傳奇雅集》也運用了《聯芳樓記》、《秋香亭記》和《剪燈餘話》裡《連理樹記》、《鸞鸞傳》的現成詩句，這些都不必否認，不過無論就篇幅布局、題材風格或敘事技巧來說，明代流行的中篇傳奇小說（包括李昌祺見到《剪燈新話》七年之前創作完成的《賈雲華還魂記》），都是直承《嬌紅記》的創作傳統而來，屬於《嬌紅》系列作品，與《剪燈》系列各成體系，一起推動了明代文壇的繁榮，不宜逕以流裔視之。

　　自成體系的《嬌紅》系列中篇傳奇小說，雖然以愛情為主要題材，諷刺與譴責的比重略遜於《剪燈》二話[4]，但它與《剪燈》系列的短篇傳奇小說一樣，對於明清白話小說和戲曲有著非常強烈的影

2　語見嚴敦易：《元劇斟疑》（中華書局上海編輯所，1962年），七十二《鴛鴦塚》條，頁652。

3　二語分見孫楷第：《日本東京所見小說書目》（北京市：人民出版社，1991年），卷6《風流十傳》條，頁126；王重民：《中國善本書提要》子部小說類（臺北市：明文書局，1983年）《繡谷春容十二卷》條，頁399。

4　詳參皮師述民：〈明初《剪燈二話》裡的諷刺與譴責〉，新加坡國立大學中文系學術論文第13種（1983年），頁22。其結論云：「《剪燈》一系的小說，其價值不僅在它們是明代文言小說的代表，也不止是供給了戲曲和白話小說的本事資料，更在於以這種嶄新的文言小說形式，結合了言之有物的諷刺譴責內容，使清代的小說發展和茁壯起來。」（頁22）

響。白話小說方面,《剪燈》系列影響所及多在短篇作品,《嬌紅》系列於此亦有發揮,如《賈雲華還魂記》曾被《西湖二集》卷二十七的《灑雪堂巧結良緣》改寫(又輯入《西湖拾遺》卷四十三),《警世通言》卷三十四《王嬌鸞百年長恨》也有刻意改寫《尋芳雅集》的痕跡,《歡喜冤家》第二、第十、第二十回亦分別抄襲了《尋芳雅集》、《鍾情麗集》的情節和詩句;此外,由於篇幅體製相近的緣故,明清中、長篇的白話小說受元明中篇傳奇小說影響的程度更大。例如《繡榻野史》與《嬌紅記》、《花神三妙傳》,《弁而釵・情貞紀》、《金雲翹傳》與《嬌紅記》、《尋芳雅集》,《桃花影》、《春燈鬧》、《鬧花叢》與《嬌紅記》[5]、《天緣奇遇》、《五金魚傳》,《五色石・二橋春》與《嬌紅記》、《賈雲華還魂記》,《駐春園小史》與《嬌紅記》、《賈雲華還魂記》、《鍾情麗集》、《荔鏡傳》[6];以及《嬌紅記》與《野叟曝言》、《濃情快史》、《蜃樓志》,《賈雲華還魂記》與《合錦回文傳》、《繡屏緣》、《都是幻・寫真幻》,《天緣奇遇》與《杏花天》(及簡本《濃情秘史》)、《巫夢緣》(及簡本《戀情人》),《李生六一天緣》與《浪史》,《五金魚傳》與《五鳳吟》等,都有很直接的證據,證明明清中、長篇白話小說和《嬌紅》系列中篇傳奇小說息息相關。

　　其中,《金雲翹傳》、《五色石・二橋春》、《駐春園小史》、《合錦回文傳》、《繡屏緣》、《都是幻・寫真幻》等才子佳人小說,受到《嬌

5　《桃花影》、《春燈鬧》與《嬌紅記》的直接關係,可參拙作〈明清小說裏的《嬌紅記》〉,收入中國古典文學研究會編《古典文學》第11集(臺北市:臺灣學生書局,1990年),頁215-217;今又發現《鬧花叢》第八回〈天表挈姦鳴枉法,學憲觀句判聯姻〉有「此病幾作駕鴦塚,誰知又作鳳鸞交」的用典。

6　《駐春園小史》書題「吳航野客編次/水箸散人評閱」,據林辰:《明末清初小說述錄》(瀋陽市:春風文藝出版社,1988年,頁234-238)考證,編次者與評閱者實為同一人。水箸散人〈駐春園小史序〉自言本書:「間有類《玉嬌梨》、《情夢柝(柝)》,似不越尋常蹊徑;而筆墨瀟洒,皆從唐宋小說《會真》、《嬌紅》諸記而來,與近世神官迥別。」第一回冠以「開宗明義」作為引言,述及《荔鏡》之卿琚」、「《情驪(麗)》之瑜、輅」,與「若遇魏提舉,必為賈雲華」。

紅記》及其以後《賈雲華還魂記》、《鍾情麗集》等明代早期以情感敘
述為主者影響較大；《繡榻野史》、《弁而釵·情貞紀》、《桃花影》、
《春燈鬧》、《鬧花叢》、《杏花天》、《巫夢緣》、《浪史》等豔情淫穢小
說，則受到《嬌紅記》及其以後《花神三妙傳》、《天緣奇遇》等明代
中後期以性愛描寫為主者影響較烈。元明中篇傳奇小說兩種不同階
段、不同主題和風格的走向，對明末清初檯面上和地底下流行的兩類
小說，均有帶頭作用。以上所舉，還只是就有明確證據者而言，如果
放大眼光來看，明末清初許多才子佳人小說的敘事模式，以及更多的
豔情淫穢小說，如《夢中緣》、《五美圖》、《玉樓春》、《醒名花》、《巫
山豔史》，乃至「像彈詞《九美圖》、《十美圖》之類，還是和這類傳
奇小說一脈相承」[7]。

　　王重民先生曾說《繡谷春容》選錄的十種中篇傳奇小說：「直開
後來才子佳人派之源」[8]，現已證實此言不虛，而且它們對明清白話
小說影響範圍之廣和程度之大，恐怕還遠遠超乎他的想像。例如在眾多
才子佳人、豔情淫穢小說之外，世情小說名著《金瓶梅》，無論是萬
曆本《金瓶梅詞話》或崇禎本《新刻繡像批評金瓶梅》，今經仔細比
對尋檢，我們也發現《嬌紅記》、《賈雲華還魂記》、《鍾情麗集》、《懷
春雅集》都有大量的詩詞和文字、情節，為《金瓶梅》所抄用，這對
《金瓶梅》一書文字的校勘自有價值，同時增進了我們對《金瓶梅》
寫作素材來源及其運用現成素材情況的瞭解[9]，也讓我們對《金瓶

7　語見程毅中：〈略談才子佳人小說的歷史發展〉，《明清小說論叢》第一輯（瀋陽市：
　　春風文藝出版社，1984年），頁36。

8　語見王重民：《中國善本書提要》，頁399。

9　詳參本論文第九章《懷春雅集》研究之五。又，日本學者荒木猛曾撰〈關於崇禎本
　　《金瓶梅》各回的篇頭詩詞〉（1992年6月第二屆國際《金瓶梅》研討會論文，載於
　　《金瓶梅研究》第四輯，南京市：江蘇古籍出版社，1993年，頁204-221），並未注
　　意到崇禎本《金瓶梅》篇頭詩詞：第八十三回「如此鍾情古所稀」一律，實合抄
　　《嬌紅記》二絕；第八十五回缺調名詞（情若連環終不解），實抄自《嬌紅記》【漁

梅》詩詞詮釋角度兼及作者問題的探討有所反省[10]，香港梅節先生即從《金瓶梅詞話》大量襲用《懷春雅集》詩文，呈現出生硬代入、比擬不倫，不解原書、隨意竄改的特點，配合其他引詩過失相同、腹笥不豐累疊引用的類似現象，撰成新作〈從套用竄改《懷春雅集》詩文看《金瓶梅詞話》的作者〉，主張：「現在《詞話》大量襲用、竄改《懷春雅集》等詩詞被發現，使『大名士說』更難自圓其說。如果《詞話》真的出自大名士、鉅公之手，俗文學雖非其所長，雅文學本應是他們的當行本領，何以連幾句詩都認不出來，……不說王世貞、賈三近、屠隆，就連一個正統文人，也不屑為。不過，如果我們換一個位置，把《金瓶梅詞話》視為書會才人一類中下知識分子的作品，則這些問題都可以得到較完滿的解答。」[11]此一高見，立基於堅實證據之上（《懷春雅集》之外，《嬌紅記》、《賈雲華還魂記》、《鍾情麗集》等亦可為證），這在聚訟紛紜的《金瓶梅》作者爭論中，無疑發人深省，而且是相當值得肯定的。

三　元明中篇傳奇小說成為元明清三代戲曲取材的淵藪

　　關於元明中篇傳奇小說對戲曲的影響，孫楷第先生最早提到所謂

　　家傲】；第八十六回「雨打梨花倍寂寥」一律，實抄自《鍾情麗集》；第九十一回「簞展湘紋浪欲生」一律，實抄自《嬌紅記》（第一百回「舊日豪華事已空」一律，則抄自《剪燈餘話》卷二之《秋夕訪琵琶亭記》），今可加以補充。

10　舟揮帆：《譯注評析金瓶梅詩選》評析第六十七回「殘雪初晴照紙窗」、第七十八回「燈月交輝浸玉壺」二詩，過於牽強附會，詳見本論文第九章《懷春雅集》研究之五；又，易青生評析此二詩時，在未明其襲自《懷春雅集》的情況下，亦有誇大附會之嫌，見李保初、吳修書主編：《中國古典小說卷中詩詞鑒賞》「李瓶兒托夢訴幽情詩」、「諷詠林太太詩」二條（北京市：華文出版社，1993年），頁313-318。

11　該文同時於一九九三年九月北京「中國古代小說國際研討會」、寧波「第六屆《金瓶梅》學術研討會」宣讀。本論文第九章《懷春雅集》研究之初稿，亦曾以〈《懷春雅集》考〉為題，於寧波《金瓶梅》研討會上發表，認同梅節《金瓶梅》作者非「大名士」的主張。

「詩文小說」:「流播既廣,知之者眾。乃至名公才子,亦譜其事為劇本矣。」[12]至於共有哪些劇本是據它們來改編的呢?則未見明言。後來譚正璧補充孫說,指名十二部雜劇、傳奇係據《風流十傳》小說八種改編,但有錯誤,如誤信「盧伯生」作《嬌紅記》傳奇,錯將謝惠《鴛鸞記》說成《鴛鴦記》等[13];葉德均亦曾另據《國色天香》別出的《七種才情傳奇書》(誤《龍會蘭池錄》作《蘭會龍池錄》),指名七部戲曲據以改編,然頗多遺漏[14];張發穎、刁雲展又據《花陣綺言》收錄的七種小說,指名有十部戲曲據之改編,卻未能肯定《嬌紅雙美》(即《嬌紅記》)與劉東生《金童玉女嬌紅記》雜劇的先後關係[15];莊一拂《古典戲曲存目彙考》用力甚勤,闡明元明清三代戲曲與元明中篇傳奇小說的關係最富,可惜仍有缺漏或訛誤[16]。今確定是根據元明中篇傳奇小說改編的戲曲至少有二十四部之多,列表如下:(見附表三十六)

---

12 語見孫楷第:《日本東京所見小說書目》,頁127。

13 見譚正璧、譚尋:《古本稀見小說匯考》(杭州市:浙江文藝出版社,1984年),頁26-27。

14 見〈讀明代傳奇文七種〉一文,收入葉德均:《小說戲曲叢考》(北京市:中華書局,1975年),頁535-541。文中認為《花神三妙傳》未曾被改編為戲曲(頁540),實非。

15 見〈《花陣綺言》對戲曲、小說的影響——明末清初小說述要之二〉一文,載於《社會科學輯刊》1982年第6期,頁153。其實該雜劇丘汝乘序已明言劉東生《金童玉女嬌紅記》,是據「元清江宋梅洞《嬌紅記》」改編而來。

16 如未知許逸《雨鍾情》傳奇係改編自《嬌紅記》,誤將《賈雲華還魂記》故事與《金鳳釵記》混為一談,又誤判別名《桃花牋》、《奇緣配》的《三奇緣》傳奇為《天緣奇遇》改編劇本等。見該書(上海市:上海古籍出版社,1982年)頁1259,頁990、1223,頁1525。

表三十六

元明中篇傳奇小說	改編的元明清戲曲
嬌紅記	《王嬌春死葬鴛鴦塚》雜劇（元·邾經） 《金童玉女嬌紅記》雜劇（明·劉東生） 《嬌紅記》雜劇（明·湯舜民） 《嬌紅記》雜劇（明·金文質） 《嬌紅記》戲文（明·沈壽卿） 《節義鴛塚嬌紅記》傳奇（明·孟稱舜） 《兩鍾情》傳奇（清·許逸）
鍾情麗集	《畫鴛記》傳奇（明·趙於禮）
賈雲華還魂記	《賈雲華還魂記》戲文（明·溧陽人作） 《指腹記》傳奇（明·沈希福） 《分釵記》傳奇（明·謝天瑞） 《姻緣記》傳奇（明·馮之可） 《金鳳釵》傳奇（明·闕名） 《灑雪堂》傳奇（明·梅孝巳）
懷春雅集	《忠節記》傳奇（明·錢質之） 《懷春記》傳奇（明·王五完） 《忠烈記》傳奇（明·謝天瑞）
花神三妙傳	《三妙傳》傳奇（明·若水居士）
尋芳雅集	《鴛鸞記》傳奇（明·謝惠） 《三奇緣》傳奇（清·闕名）
天緣奇遇	《玉香記》傳奇（明·程文修） 《玉如意記》傳奇（明·闕名）
劉生覓蓮記	《覓蓮記》傳奇（明·鄒逢時） 《想當然》傳奇（明·款思主人，王光魯托）

　　按：表中《王嬌春死葬鴛鴦塚》或作《玉嬌春》、《死葬鴛鴦塚》二劇，《畫鴛記》別題《黃鶯記》、《題鶯記》，我們都視為一部處理；存疑中的元王實甫作《嬌紅記》雜劇、明葉憲祖《雙卿記》傳奇二種

（仍有分別改編自《嬌紅記》、《雙卿筆記》的可能），尚且未包括在內；時代約在《荔鏡傳》小說之後的嘉靖本南戲《荔鏡記》或更後的《荔枝記》，小說、戲曲故事題材雖一，但不無直接各自民間傳說取材的可能，亦不列入；可能和《懷春雅集》後半情節有關的《羅囊記》，也暫時排除。

　　因元明清三代戲曲和元明中篇傳奇小說散佚情況都頗為嚴重，所以除了上表所列之外，想必還有不少沒被發現。表中的二十四部戲曲，確為名公才子手筆，惜乎泰半佚失不傳，或僅存部分曲文，難以逕據作品論其優劣，然而完整保留下來的五種（《金童玉女嬌紅記》、《節義鴛鴦塚嬌紅記》、《兩鍾情》、《灑雪堂》、《想當然》），則普遍獲得肯定，其中尤以孟稱舜《節義鴛鴦塚嬌紅記》享譽最高（但因大家對原著認識不足，以致出現將小說既有成就歸諸孟劇獨創的失當情形）。

　　中國古典小說和戲曲，在藝術上常見相互借鑑與交流，在題材內容上也確有雙向交融、彼此轉化的現象[17]，我們從《龍會蘭池錄》據南戲《拜月亭》（《幽閨記》）加工成篇（又參考《玉簫女兩世姻緣》諸劇），和《賈雲華還魂記》、《雙雙傳》各有借鑑元雜劇《迷青瑣倩女離魂》、《東牆記》的可能，以及《荔鏡傳》與南戲《荔鏡記》、《荔枝記》有所融合又都留下佚失的《青梅記》的寶貴線索來看，可以更加確定這一點。不過，就元明中篇傳奇小說和元明清三代戲曲的關係而言，誠如任二北所論：「大都由話轉劇，⋯⋯其由戲轉話者，傳例較少。」[18]這也是不爭的事實，若欲以較少的特例推翻常態，進而斷定《嬌紅記》等作長於心理描寫的特點是「從戲曲中搬過來的」、「是在小說、戲劇等各種樣式的文學作品的交錯影響下產生的」（藉以證明

---

17 詳參劉輝：〈題材內容的單向吸收與雙向交融──中國小說與戲曲比較研究之二〉（原載《藝術百家》1988年第3期），收入劉輝：《小說戲曲論集》（臺北市：貫雅文化事業公司，1992年），頁55-77。

18 《優語集》（上海市：上海文藝出版社，1982年），卷5「鑽彌遠」條按語，頁139。

《嬌紅記》是明代的作品）[19]，或說其文體必「受宋金諸宮調及元明彈詞的影響，故形式上以詩為主而以散文為附」[20]，則難免有本末倒置、以偏蓋全之嫌。《嬌紅》系列的中篇傳奇小說和《剪燈》系列的短篇傳奇小說一樣，都是後代戲曲家取材的淵藪，這是無庸置疑的。

四　元明中篇傳奇小說是中國文學史不容忽略的重要環節

　　元清江宋梅洞《嬌紅記》作為一部文言中篇傳奇小說，看在戲曲愛好者眼中，不免感到：「事俱而文深，非人莫能讀」[21]，這就好像白話小說的忠實讀者視《剪燈新話》、《鶯鶯傳》、《效顰集》、《水滸傳》、《鍾情麗集》、《懷春雅集》、《秉燭清談》、《如意傳》、《于湖記》等文言或近於文言之作：「其間語句文確，讀者往往不能暢懷」[22]，道理相同。拘泥其說（又誤認「事俱而文深」為「事促而文深」），遽論現存《嬌紅記》乃明人無名氏改作[23]，未免牽強，這和誤認清刊《荔鏡傳》、《覓蓮記》等書為清代小說一樣，都不足採信。對於元明中篇傳奇小說，實有必要正確認識作品的作者及其成書年代，明辨作品的版本與故事內容，不把異者混為一談（如《懷春雅集》和《尋芳雅集》、《融春集》），正視作品的技巧與內涵，釐清其發展脈絡和優劣高下，探討作品的淵源與影響，辨別其和諸體小說、戲曲的真正關係，甚至再發掘作品的文藝表現及文學演變之外的價值（如《龍會蘭池錄》不但不平庸還澄清了萬曆年間的一椿公案，《賈雲華還魂記》則促進了中國

---

19 語見薛洪（薛洪勣）：〈明清文言小說管窺〉，吉林省社會科學院（內部發行）《學術研究叢刊》1980年第1期，頁84。

20 譚正璧、譚尋：《古本稀見小說匯考》，頁28。

21 語見丘汝乘宣德十年（1435）《金童玉女嬌紅記》雜劇序。

22 語見欣欣子：〈金瓶梅詞話序〉。

23 薛洪（薛洪勣）：〈明清文言小說管窺〉，頁84；又詳見本論文第二章《嬌紅記》研究之二。

和朝鮮的文化交流等），我們相信在眾多的疑點和誤解得到解決之後，元明中篇傳奇小說存在的意義與價值應當予以重估才對。

　　民國以來，前輩學者如孫楷第、鄭振鐸、趙景深、葉德均、嚴敦易、齊如山、周楞伽、譚正璧諸氏，先後在其舊作中對元明中篇傳奇小說有過披荊斬棘的初步探索，雖受限於材料的不足，立論偶有閃失，但給後學者啟發實大。近之學者如日本的伊藤漱平、大塚秀高、岡崎由美，中國大陸的程毅中、薛洪勣、侯忠義、吳志達諸位先生，過去也各有專文或相關研究，即使留下一些爭議，卻都加速了我們對元明中篇傳奇小說的深入瞭解。九〇年代以後，雖然探討明清小說思潮者，仍未顧及元明中篇傳奇小說掀起的創作、閱讀兼及批評的熱潮[24]，論述明代傳記體小說或探究文言小說人物性格刻畫者，亦未留心《嬌紅》系列作品的豐碩成果[25]，整體研究還是十分薄弱，不過薛洪勣、岡崎由美等人仍然孜孜不倦地在這塊園地上辛勤耕耘[26]，並有越來越多的學者，如蕭相愷、孫一珍、劉浩明、石昌渝、何長江幾位先生，加入討論的行列。蕭相愷《宋元小說簡史》特別注意《嬌紅記》及其影響[27]，孫一珍〈明代小說的橫向勝攬與正名〉特別注意「中篇小說，

24　例如董國炎：《蕩子・柔情・賞心——明代小說思潮》，太原市：北岳文藝出版社，1992年；王國健：《明清小說思潮論稿》，廣州市：廣州出版社，1993年。

25　例如陳蘭村：〈明代傳記體小說略論〉，《貴州社會科學》1993年第4期，頁57-62；唐富齡：〈文言小說人物性格刻畫的歷史進程〉，《武漢大學學報》（社會科學版）1990年第4期，頁95-102。唐富齡專書《文言小說高峰的回歸——〈聊齋志異〉縱橫研究》（武漢市：武漢大學出版社，1990年），第一章論述「文言小說的發展脈絡及分期特點」，亦完全忽略元明中篇傳奇小說的存在。

26　薛洪勣近年撰有〈明清文言小說的發展歷程〉（長春《社會科學戰線》1990年第2期，頁254-261）、〈中國小說史上的一個發展環節——明代「文言話本」縱橫談〉（同上，1992年第1期，頁288-293），以及《中國古代小說百科全書》上關於所謂「文言話本」的若干詞條（北京市：中國大百科全書出版社，1993年）；岡崎由美則撰有〈明代長篇傳奇小說的敘事特徵〉（1993年9月北京「中國古代小說國際研討會」論文）。

27　蕭相愷：《宋元小說簡史》，收入《中國古代小說評介叢書》第1輯（瀋陽市：遼寧教育出版社，1992年），下冊，頁238-241。

像《鍾情麗集》等」的存在[28]，劉浩明在《中國歷代小說辭典》裡條列評介了《國色天香》等通俗類書及若干短、中篇通俗傳奇小說[29]，石昌渝《中國小說源流論》既界說文言與白話，短篇、中篇和長篇的分野，又暢論了元明中篇傳奇小說的通俗化狀況[30]，何長江既有〈《國色天香》成書年限〉、〈《燕居筆記》編者余公仁小考〉的微觀短論，又發表了〈論元明長篇傳奇小說的發展歷程〉的宏觀長文[31]，雖然彼此觀點有些出入，值得商榷之處猶多[32]，未必能夠一下掃淨積埋元明中篇傳奇小說已久的塵埃，不過我們樂觀的相信，透過大家一起的關注，元明中篇傳奇小說研究薄弱的現象可望逐步得到改善，而它們在中國文學史上應該占有的適當地位，也必將獲致比較客觀的認定。

　　本論文研究的主要動機與目的，與上列碩學鴻儒基本的方向是一致的，惟願今後中國小說（特別是文言小說）中國文學研究者不再輕忽這批自成體系而且不乏佳構，又強烈影響明清白話小說發展，還成為元明清三代戲曲取材淵藪的元明中篇傳奇小說，因為它們確實是中

---

28 孫一珍：〈明代小說的橫向勝攬與正名〉，收入中國社會科學院文研所編：《俞平伯先生從事文學活動六十五周年紀念論文集》（成都市：巴蜀書社，1992年），頁341-365。

29 《中國歷代小說辭典》第二卷（宋、元、明），書由黃霖主編，雲南人民出版社出版，1993年，相關條目見頁188-201。

30 見第一章第二節（頁17-18）、第三節（頁27-30），第四章第五節（頁192-195）、第六節（頁200-207），北京市：生活‧讀書‧新知三聯書店，1994年2月。另其〈「小說」界說〉一文，亦述及《嬌紅記》等中篇傳奇小說，載於北京《文學遺產》1994年第1期，頁85-92。

31 三文分別載於南京《明清小說研究》1993年第2期（頁250-251）、1993年第3期（頁105-108）、1994年第2期（頁134-144）。

32 例如何長江：〈論元明長篇傳奇小說的發展歷程〉主張《龍會蘭池錄》產生於元初，似乎有意為南戲《拜月亭》（《幽閨記》）和它的先後關係翻案（南京《明清小說研究》1994年第2期，頁135），但這是不必要也不可能的，因為《龍會蘭池錄》不僅熟用《嬌紅記》「嬌娘漬」的典故，還運用了明初瞿佑《剪燈新話》卷一《聯芳樓記》的典故和文字，又曾參考過成化年間的《鍾情麗集》，絕不可能是元初的作品，詳見本論文第五章《龍會蘭池錄》研究之五。

國文學史不容忽略的重要環節。至於各章的考辨論述，力求嚴謹精確，然學力有限，疏漏必多，敬請方家不吝指正。

一九九四年十二月於臺北

參考書目

一　專書

〔宋〕劉斧　《青瑣高議》　臺北市　新興書局《筆記小說大觀》九
　　　編第5冊

〔宋〕羅燁　《醉翁談錄》　臺北市　世界書局　1975年

〔南宋〕皇都風月主人編　《綠窗新話》　臺北市　世界書局　1975年

〔元〕宋梅洞　《嬌紅記》　東京　平凡社《中國文學大系》第38卷
　　　（伊藤漱平翻譯、解說）　1973年／《嬌紅傳》　上海市
　　　上海生活書店《世界文庫》第3冊（鄭振鐸編輯）　1935年

〔元〕施惠　《拜月亭記》、《幽閨記》　臺北市　天一出版社《全明
　　　傳奇》影明世德堂刊本、明容與堂刊本

〔元〕脫脫等撰　《宋史》　臺北市　鼎文書局《中國學術類編》新
　　　校本　1982年

〔明〕王兆雲輯　《皇明詞林人物考》　臺北市　明文書局《明代傳
　　　記叢刊》　1991年

〔明〕王弇洲編輯　《豔異編》　臺北市　天一出版社《明清善本小
　　　說叢刊初編》影印明刊本　1985年／瀋陽市　春風文藝出版
　　　社排印本　1988年

〔明〕王驥德　《重校韓夫人題紅記》　臺北市　天一出版社《全明
　　　傳奇》影印明繼志齋刊本

〔明〕不題撰人　《三妙傳》　美國哈佛大學漢和圖書館藏清刊本
　　　（「養純子編集／竹軒藏板」）

〔明〕不題撰人　《五金魚傳》上海市　上海古籍出版社《古本小說
　　叢刊》影印吳曉鈴藏殘本

〔明〕不題撰人　《奇緣記》　北京大學圖書館藏清刊本

〔明〕不題撰人　《荔鏡傳》　北京圖書館藏清道光二十七年刊本
　　《新增磨鏡奇逢集》

〔明〕不題撰人　《覓蓮記》　北京大學圖書館藏清刊本（「養純子
　　編集／竹軒藏板」）

〔明〕毛晉編　《六十種曲》　北京市　中華書局據1935年開明書店
　　排印本影印　1990年

〔明〕玉峰主人　《鍾情麗集》上海市　上海古籍出版社《古本小說
　　集成》影印大連圖書館藏抄本（《豔情逸史》第6冊）／《鍾
　　情記》　北京市　中華書局《古本小說叢刊》第41輯影印美
　　國哈佛大學漢和圖書館藏清刊本　1991年

〔明〕西湖漁隱主人　《歡喜冤家》　賞心亭刊本／瀋陽春風文藝出
　　版社排印本　1989年

〔明〕西湖碧山臥樵纂輯／栩安居土評閱　《幽怪詩譚》　原遼寧師
　　範學院藏抄本

〔明〕吳敬所編　《國色天香》　臺北市　天一出版社《明清善本小
　　說叢刊初編》影印萬曆二十五年萬卷樓重鍥本　1985年／臺
　　北市　新文豐出版公司影印周文煒重校本　1980年／瀋陽市
　　春風文藝出版社排印本　1989年

〔明〕汪國南編述　《皇明名臣言行錄新編》　臺北市　明文書局
　　《明代傳記叢刊》　1991年

〔明〕沈德符　《萬曆野獲編》　臺北市　新興書局　1983年

〔明〕沈德符　《顧曲雜言》　臺北市　臺灣商務印書館《景印文淵
　　閣四庫全書》第1496冊　1986年

〔明〕祁彪佳　《遠山堂曲品》　北京市　中國戲劇出版社《中國古
　　典戲曲論著集成》第6冊　1982年

〔明〕伍袁萃　《林居漫錄》　臺北市　偉文圖書出版社《清代禁燬
　　　叢刊》影印萬曆三十六年原刊本　1977年

〔明〕宋濂等撰　《元史》　臺北市　鼎文書局《中國學術類編》新
　　　校本　1982年

〔明〕李玉　《北詞廣正譜》　收入王秋桂主編《善本戲曲叢刊》第
　　　6輯　臺北市　臺灣學生書局　1987年

〔明〕呂天成　《曲品》　北京市　中國戲劇出版社《中國古典戲曲
　　　論著集成》第6冊　1982年

〔明〕何大掄編　《重刻增補燕居筆記》　臺北市　天一出版社《明清
　　　善本小說叢刊初編》影印明金陵李澄源□盛堂刊本　1985年

〔明〕何喬遠輯　《名山藏》　臺北市　明文書局《明代傳記叢刊》
　　　1991年

〔明〕余公仁編刊　《增補批點圖像燕居筆記》　上海市　上海古籍出
　　　版社《古本小說集成》影印日本宮內廳書陵部藏清初原刊本

〔明〕余象斗纂　《萬錦情林》　日本東京帝國大學研究所藏萬曆二
　　　十六年刊本

〔明〕林近陽編　《新刻增補全相燕居筆記》　臺北市　天一出版社
　　　《明清善本小說叢刊初編》影印明余泗泉萃慶堂刊本　1985
　　　年

〔明〕孟稱舜　《節義鴛鴦塚嬌紅記》　臺北市　天一出版社《全明
　　　傳奇》影印明崇禎間刊本／上海市　上海古籍出版社排印本
　　　（歐陽光注釋）　1988年

〔明〕周清源　《西湖二集》　臺北市　天一出版社《明清善本小說
　　　叢刊初編》影印崇禎間刊本　1985年／杭州市　浙江文藝出
　　　版社排印本　1985年

〔明〕洪楩編　《清平山堂話本》　臺北市　世界書局《珍本宋明話
　　　本叢刊》影明嘉靖間刊本　1982年9月再版

〔明〕洛源子編　《一見賞心編》　臺北市　天一出版社《明清善本
　　　小說叢刊初編》影明萃慶堂刊本　1985年

〔明〕胡文煥編　《群音類選》　臺北市　臺灣學生書局　王秋桂主
　　　編《善本戲曲叢刊》第4輯　1987年

〔明〕胡永禧　《春夢瑣言》　美國哈佛大學漢和圖書館藏舊抄本／
　　　荷蘭高羅佩1950年鉛印本

〔明〕凌虛子編　《月露音》　臺北市　臺灣學生書局　王秋桂主編
　　　《善本戲曲叢刊》第2輯　1984年

〔明〕凌濛初　《拍案驚奇》　北京市　中華書局《古本小說叢刊》第
　　　十三輯影印日本日光輪王寺慈眼堂藏明崇禎間刊本　1991年

〔明〕凌濛初　《二刻拍案驚奇》　北京市　中華書局《古本小說叢
　　　刊》第十四輯影印日本內閣文庫藏明崇禎間刊本　1991年

〔明〕凌濛初　《南音三籟》　臺北市　臺灣學生書局　王秋桂主編
　　　《善本戲曲叢刊》第4輯　1987年

〔明〕高儒　《百川書志》　臺北市　成文出版社《書目類編》第27
　　　冊影印1957年古典文學出版社排印本　1978年

〔明〕起北齋赤心子編　《繡谷春容》　臺北市　天一出版社《明清
　　　善本小說叢刊初編》影明金陵世德堂刊本　1985年

〔明〕晁瑮　《寶文堂書目》　臺北市　成文出版社《書目類編》第
　　　27冊影印1957年古典文學出版社排印本　1978年

〔明〕秣陵也閒居士編　《輪迴醒世》　萬曆間聚奎樓刊本

〔明〕徐咸纂集　《近代名臣言行錄》　臺北市　明文書局《明代傳
　　　記叢刊》　1991年

〔明〕徐渭　《南詞敘錄》　北京市　中國戲劇出版社《中國戲曲論
　　　著集成》第3冊　1982年

〔明〕秦淮寓客編　《綠窗女史》　臺北市　天一出版社《明清善本
　　　小說叢刊初編》影明刻本　1985年

〔明〕梅鼎祚纂輯　《才鬼記》　臺北市　故宮博物院圖書館藏萬曆
　　　三十三年刻本／中州古籍出版社排印本（田璞、查洪德校
　　　注）　1989年

〔明〕梅鼎祚纂輯　《青泥蓮花記》　臺北市　廣文書局《中國近代
　　　小說史料彙編》　1980年

〔明〕張志淳　《南園漫錄》　臺北市　臺灣商務印書館《景印文淵
　　　閣四庫全書》第867冊　1986年

〔明〕張萱　《西園見聞錄》　臺北市　明文書局《明代傳記叢刊》
　　　1991年

〔明〕陳懋仁　《泉南雜志》　臺北市　藝文印書館《百部叢書集
　　　成》之《寶顏堂祕笈》

〔明〕陳繼儒批評　《風流十傳》　日本東京大學東洋文化研究所雙
　　　紅堂文庫藏明萬曆四十八年刊本

〔明〕陶輔　《花影集》　日本早稻田大學圖書館藏明刊本

〔明〕陶輔　《桑榆漫錄》　臺北市　臺灣商務印書館影印明刊本
　　　《今獻彙言》　1969年

〔明〕釣鴛湖客評述　《鴛渚誌餘雪窗談異》　天津市　南開大學圖
　　　書館藏硬筆抄本

〔明〕馮夢龍評輯　（江南詹詹外史）《情史類略》　臺北市　天一
　　　出版社《明清善本小說叢刊初編》影印清初刊本　1985年

〔明〕馮夢龍編刊　《古今小說》　南京市　江蘇古籍出版社《中國
　　　話本小說大系》　1991年

〔明〕馮夢龍編刊　《警世通言》　南京市　江蘇古籍出版社《中國
　　　話本小說大系》　1991年

〔明〕馮夢龍編刊　《醒世恆言》　南京市　江蘇古籍出版社《中國
　　　話本小說大系》　1991年

〔明〕馮夢龍編輯　《古今譚概》　臺北市　新興書局　1984年

〔明〕黃文華選輯　《八能奏錦》　臺灣市　學生書局　王秋桂主編
　　　《善本戲曲叢刊》第1輯　1984年

〔明〕款思主人（盧柟）編次（？）　（王光魯托名）《譚友夏批點
　　　想當然傳奇》　臺北市　天一出版社《全明傳奇》影印明崇
　　　禎間刊本。

〔明〕惠康野叟　《識餘》　臺北市　新興書局《筆記小說大觀》二
　　　十九編第9冊

〔明〕程萬里選輯　《大明春》　臺北市　臺灣學生書局　王秋桂主
　　　編《善本戲曲叢刊》第1輯第6冊　1984年

〔明〕焦竑編　《國朝獻徵錄》　臺北市　明文書局《明代傳記叢
　　　刊》　1991年

〔明〕傅鳳翔纂　《皇明詔令》　臺北市　成文出版社影印嘉靖刊本
　　　1967年

〔明〕雷禮輯　《內閣行實》　臺北市　明文書局《明代傳記叢刊》
　　　1991年

〔明〕雷禮纂輯　《國朝列卿紀》　臺北市　明文書局《明代傳記叢
　　　刊》　1991年

〔明〕過庭訓　《本（明）朝分省人物考》　臺北市　成文出版社影
　　　印天啟二年刊本　1971年

〔明〕楊循吉輯　《雪窗談異》　太原市　山西人民出版社　1992年

〔明〕熊龍峰刊行　《熊龍峰刊行小說四種》　南京市　江蘇古籍出
　　　版社《中國話本小說大系》　1990年

〔明〕談遷　《棗林雜俎》　臺北市　新興書局《筆記小說大觀》二
　　　十二編第6冊

〔明〕楚江僊叟石公纂輯／吳門翰史茂生評選　《花陣綺言》　臺北
　　　市　天一出版社《明清善本小說叢刊初編》影印明刊本
　　　1985年

〔明〕劉東生　《金童玉女嬌紅記》　古本戲曲叢刊編刊委員會《古本戲曲叢刊初集》影印宣德刊本／上海市　生活書店《世界文庫》第3冊排印本　1936年

〔明〕薛應旂　《宋元通鑑》　臺北市　臺灣商務印書館《景印岫廬現藏罕傳善本叢刊》　1973年

〔明〕瞿佑　《剪燈新話》　臺北市　天一出版社《明清善本小說叢刊初編》影印朝鮮句解本　1985年

〔明〕瞿佑等撰　周楞伽校注　《剪燈新話・外二種》　上海市　上海古籍出版社　1981年

〔明〕蘭陵笑笑生　《金瓶梅詞話》　日本大安株式會社影印萬曆刊本／梅節重校本　香港夢梅館排印　1993年；《新刻繡像批評金瓶梅》　臺北市　天一出版社《明清善本小說叢刊初編》影印崇禎間刊本　1985年／齊煙、汝梅會校本　臺北市曉園出版社（香港南粵出版社授權）印行　1990年

〔明〕顧炎武　《日知錄》　臺北市　世界書局「集釋」本　1972年

〔清〕王文霈編　《說庫》　臺北市　新興書局影印　1963年

〔清〕王鴻緒等撰　《明史稿》　臺北市　明文書局《明代傳記叢刊》　1991年

〔清〕不題撰人　《巫山豔史》　日本東京大學東洋文化研究所藏清刊本

〔清〕不題撰人　《巫夢緣》　日本佐伯文庫藏嘯花軒藏板

〔清〕不題撰人　《戀情人》　北京圖書館藏嘯花軒藏板

〔清〕不題撰人　《濃情秘史》　美國哈佛大學漢和圖書館藏清抄本

〔清〕不題編者　《豔情逸史》　大連圖書館藏清抄本

〔清〕不題編者　《晉江縣志》　臺北市　成文出版社《中國方志叢書》影印清乾隆三十年刊本

〔清〕古棠天放道人編次　《杏花天》　臺北市　「中央研究院」藏清刊本

〔清〕朱竹垞　《靜志居詩話》　臺北市　明文書局《明代傳記叢刊》　1991年

〔清〕吳航野客編次、水箬散人評閱　《駐春園小史》　臺北市　天一出版社《明清善本小說叢刊初編》影印乾隆四十八年三餘堂刊本　1985年

〔清〕青心才人　《金雲翹傳》　瀋陽市　春風文藝出版社　1985年

〔清〕周亮工　《因樹屋書影》　臺北市　漢京文化事業公司　1984年

〔清〕姑蘇癡情士　《鬧花叢》　日本東京大學東洋文化研究所雙紅堂文庫藏清刊本／英國圖書館藏清抄本／武漢長江文藝出版社《明清豔情小說》第二輯排印本（含《禪真後史》、《劉生覓蓮記》）　1993年

〔清〕查繼佐　《罪惟錄》　臺北市　明文書局《明代傳記叢刊》　1991年

〔清〕張廷玉等撰　《明史》　臺北市　鼎文書局《中華學術類編》新校本　1984年

〔清〕陳田輯　《明詩紀事》　臺北市　明文書局《明代傳記叢刊》　1993年

〔清〕陳樹基輯　《西湖拾遺》　臺北市　廣文書局影嘉慶本衙藏板　1969年／浙江古籍出版社排印本　1985年

〔清〕笠翁先生原本／鐵華山人重輯　《合錦回文傳》　鄭州市　中州古籍出版社　1990年

〔清〕雲間嘯嘯道人編著　《五鳳吟》　臺北市　天一出版社《明清善本小說叢刊初編》影印鳳吟樓刊本　1985年

〔清〕黃文暘、董康　《曲海總目提要》　天津市　天津古籍書店影印　1992年

〔清〕筆煉閣主人　《五色石》　臺北市　天一出版社《明清善本小說叢刊初編》影印日本服部誠一評點明治刊本　1985年

〔清〕無名氏編　《傳奇彙考標目（別本）》　北京市　中國戲劇出
　　　版社《中國戲曲論著集成》第7冊　1982年

〔清〕焦循　《劇說》　北京市　中國戲劇出版社《中國戲曲論著集
　　　成》第8冊　1982年

〔清〕傅恆等撰　《歷代通鑑輯覽》　臺北市　生生印書館影印「乾
　　　隆御序增批」本　1985年

〔清〕賈茗輯　《女聊齋志異》　濟南市　齊魯書社　1985年

〔清〕葉騰驤編　《證諦山人雜志》　清刊本

〔清〕褚人穫纂輯　《堅瓠集》　臺北市　新興書局《筆記小說大
　　　觀》二十三編第810冊　1985年

〔清〕嘉禾餐花主人編次　《濃情快史》　武漢市　長江文藝出版社
　　　《明清豔情小說》第3輯排印本（含《杏花天》、《花神三妙
　　　傳》）　1993年

〔清〕檇李煙水散人編次　《桃花影》　日本東京大學東洋文化研究
　　　所雙紅堂文庫藏清刊本

〔清〕檇李煙水散人編次　《春燈鬧》　日本佐伯文庫藏清紫宙軒刊本

〔清〕檇李煙水散人編次　《鴛鴦配》　北京市　中華書局《古本小
　　　說叢刊》第31輯影印順治間刊本　1991年

〔清〕墨憨齋主人新編　《醒名花》　北京市　中華書局《古本小說
　　　叢刊》第35輯影印清順治間寫刻本　1991年

〔清〕錢謙益　《列朝詩集小傳》　臺北市　明文書局《明代傳記叢
　　　刊》　1991年

〔清〕龍邱白雲道人編輯　《玉樓春》　日本東京大學東洋文化研究
　　　所藏「晚翠齋批評／煥文堂梓行」刊本

〔清〕蟲天子輯　《香豔叢書》　臺北市　古亭書屋　1969年

〔清〕瀟湘迷津渡者輯　《都是幻》　上海市　上海古籍出版社《古
　　　本小說集成》據北京圖書館藏清刊本影印

〔清〕蘇庵主人編次　《繡屏緣》　北京市　中華書局《古本小說叢
　　　刊》第12輯影印荷蘭漢學研究院藏日本抄本　1991年
〔日〕大庭脩編　《舶載書目》　關西大學東西學術研究所　1972年
〔日〕大塚秀高　《增補中國通俗小說書目》　東京　汲古書院
　　　1987年
〔日〕天理圖書館善本叢書漢籍之部編集委員會編集　《三分事略‧
　　　剪燈餘話‧荔鏡記》　東京　八木書店　1980年影印
〔日〕青木正兒著、王吉盧譯　《中國近代戲曲史》　臺北市　臺灣
　　　商務印書館　1982年
〔日〕秋水園主人編　《畫引小說字彙》　大坂書林稱觥堂、睹春
　　　堂、崇高堂合刻
〔日〕風月軒又玄子　《浪史》　大連圖書館藏日本奚疑齋稿紙抄本
〔朝鮮〕完山李氏序、金德成外畫　《中國小說繪模本》（朴在淵編
　　　輯）　江原大學校出版部　1993年
丁傳靖輯　《宋人軼事彙編》　臺北市　臺灣商務印書館　1982年
上海市紅樓夢學會、上海師範大學文學研究所編　《金瓶梅鑒賞辭
　　　典》　上海市　上海古籍出版社　1990年
大連圖書館編　《大連圖書館古籍善本書目》　1986年
顧建華　《中國元代文學史》　北京市　人民出版社《百卷本中國全
　　　史》之六十　1994年
王利器輯錄　《元明清三代禁毀小說戲曲史料》　上海市　上海古籍
　　　出版社　1981年增訂本
王重民　《中國善本書提要》　臺北市　明文書局　1982年
王重民　《冷廬文藪》　上海市　上海古籍出版社　1992年
王國健　《明清小說思潮論稿》　廣州市　廣州出版社　1993年
王國維　《宋元戲曲史》　臺北市　臺灣商務印書館　1982年
王雲五主持　《續修四庫全書提要》　臺北市　臺灣商務印書館
　　　1971年

天津市人民圖書館編　《天津市人民圖書館藏明清小說草目》

中國古代小說百科全書編輯委員會　《中國古代小說百科全書》　北
　　　京市　中國大百科全書出版社　1993年

孔另境編　《中國小說史料》　臺北市　臺灣中華書局　1982年

石昌渝　《中國小說源流論》　北京市　生活、讀書、新知三聯書店
　　　1994年

江蘇省社會科學院明清小說研究中心編　《中國通俗小說總目提要》
　　　北京市　中國文聯出版社　1990年

成柏泉選注　《古代文言短篇小說選注》（二集）　上海市　上海古
　　　籍出版社　1984年

舟揮帆　《譯注評析金瓶梅詩選》　長沙市　湖南文藝出版社　1992年

任二北　《優語集》　上海市　上海文藝出版社　1982年

向　達　《唐代長安與西域文明》　北京市　生活・讀書・新知三聯
　　　書店　1987年

吳守禮　《荔鏡記戲文研究──附校勘篇》　臺北市　東方文化供應
　　　社　1970年

吳守禮、林宗毅合輯　《明清閩南戲曲四種》　東京　定靜堂　1976年

吳志達　《明清文學史（明代卷）》　武漢市　武漢大學出版社
　　　1991年

吳書蔭校注　《曲品校注》　北京市　中華書局　1990年

吳組緗、沈天佑　《宋元文學史稿》　北京市　北京大學出版社
　　　1989年

李保初、吳修書主編　《中國古典小說卷中詩詞鑒賞》　北京市　華
　　　文出版社　1993年

李悔吾　《中國小說史漫稿》　湖北教育出版社　1992年

何滿子、李時人主編　《明清小說鑒賞辭典》　浙江古籍出版社
　　　1992年

林　辰　《明末清初小說述錄》　瀋陽市　春風文藝出版社　1988年

林明德主編　《韓國漢文小說全集》　臺北市　中國文化大學出版部
　　　　1980年

林　鴻　《泉南指曲專編》　臺北市　「中央圖書館」藏民國元年上
　　　　海文瑞樓書庄版

林豔枝　《嘉靖本〈荔鏡記〉研究》　臺北市　中國文化大學中文研
　　　　究所碩士論文　1989年

孟昭連　《金瓶梅詩詞解析》　長春市　吉林文史出版社　1991年

阿　英　《小說閒談》　上海市　良友圖書印刷公司　1936年

周海宇　《泉州風物傳說》　泉州海外交通史研究會　1990年

周鈞韜　《金瓶梅素材來源》　鄭州市　中州古籍出版社　1991年

苗壯主編　《中國古代小說人物辭典》　濟南市　齊魯書社　1991年

胡士瑩　《話本小說概論》　北京市　中華書局　1980年

胡世厚、鄧紹基主編　《中國古代戲曲家評傳》　鄭州市　中州古籍
　　　　出版社　1992年

胡光舟、沈家庄編著　《中國古代十大悲劇傳奇》　南寧市　廣西人
　　　　民出版社　1989年

泉山書社印　《泉州府志》　美國哈佛大學漢和圖書館藏清同治九年
　　　　重刊乾隆二十八年增修本

泉州對外文化交流協會、泉州市文化局編　《泉州南音藝術》　福州
　　　　市　海峽文藝出版社　1988年

侯忠義、張其蘇、徐優達編　《北京大學圖書館古典小說戲曲目錄》
　　　　1992年

侯忠義、劉世林　《中國文言小說史稿》（下冊）　北京市　北京大
　　　　學出版社　1993年

唐富齡　《文言小說高峰的回歸——《聊齋志異》縱橫研究》　武漢
　　　　市　武漢大學出版社　1990年

孫述宇　《金瓶梅的藝術》　臺北市　時報文化出版公司　1978年

孫楷第　《日本東京所見小說書目》　北京市　人民文學出版社　1991年

孫楷第　《中國通俗小說書目》　北京市　人民文學出版社　1982年

孫楷第著　戴鴻森校次　《戲曲小說書錄解題》　北京市　人民文學出版社　1990年

馬幼垣　《中國小說史集稿》　臺北市　時報文化出版公司　1987年

馬廉校注　《續錄鬼簿新校注》　臺北市　世界書局　1982年

袁行霈、侯忠義編　《中國文言小說書目》　北京市　北京大學出版社　1981年

徐君慧　《中國小說史》　南寧市　廣西教育出版社　1991年

徐朔方　《論金瓶梅的成書及其它》　濟南市　齊魯書社　1988年

徐朔方編　《金瓶梅西方論文集》　上海市　上海古籍出版社　1987年

徐培均、范民聲主編　《中國古典名劇鑒賞辭典》　上海市　上海古籍出版社　1993年

莊一拂編著　《古典戲曲存目彙考》　上海市　上海古籍出版社　1982年

張其淦撰　祁正注　《元八百遺民詩詠》　臺北市　明文書局《明代傳記叢刊》　1991年

張虎剛、林驊選譯　《元明小說選譯》　上海市　上海古籍出版社　1990年

張業敏　《「金瓶梅」的藝術美》　北京市　北京教育科學出版社　1992年

陳大康　《通俗小說的歷史軌跡》　長沙市　湖南出版社　1993年

陳文新　《中國文言小說流派研究》　武漢市　武漢大學出版社　1993年

陳汝衡　《說苑珍聞》　上海市　上海古籍出版社　1981年

陳建根等選注　《文言小說名篇選注》　北京市　文化藝術出版社
　　　1985年

陳　香　《陳三五娘研究》　臺北市　臺灣商務印書館　1985年

陳益源　《剪燈新話與傳奇漫錄之比較研究》　臺北市　臺灣學生書
　　　局　1990年

婁子匡、朱介凡　《五十年來的中國俗文學》　臺北市　正中書局
　　　1987年

「中央研究院」歷史語言研究所校勘　《明實錄》　1966年

曾永義　《說民藝》　臺北市　幼獅文化事業公司　1987年

黃霖主編　《中國歷代小說辭典》第2卷（宋、元、明）　昆明市
　　　雲南人民出版社　1993年

黃霖主編　《金瓶梅大辭典》　成都市　巴蜀書社　1991年

黃霖、韓同文選注　《中國歷代小說論著選》　南昌市　江西人民出
　　　版社　1990年

朝鮮人選編　《刪補文苑楂橘》（朴在淵校注）　成和大學校中文系
　　　1994年

傅芸子　《白川集》　臺北市　鼎文書局　1979年

福建省戲曲研究所編　《福建戲史錄》　福州市　福建人民出版社

楊子堅　《新編中國古代小說史》　南京市　南京大學出版社　1990年

董　康　《書舶庸譚》　臺北市　世界書局　1971年

董國炎　《蕩子·柔情·童心——明代小說思潮》　太原市　北岳文
　　　藝出版社　1992年

葉德均　《戲曲小說叢考》　北京市　中華書局　1979年

趙景深　《元人雜劇鉤沈》　臺北市　世界書局　1982年

趙景深　《中國戲曲初考》　鄭州市　中州書畫社　1983年

趙景雲、何賢峰　《中國明代文學史》　北京市　人民出版社《百卷
　　　本中國全史》之七十九　1994年

齊如山　《小說勾陳》　手稿本　北京市　中華書局編輯部藏

齊如山　《齊如山全集》　臺北市　聯經出版事業公司　1979年

齊裕焜主編　《中國古代小說演變史》　蘭州市　敦煌文藝出版社
　　　1990年

談鳳梁主編　《歷代文言小說鑒賞辭典》　南京市　江蘇文藝出版社
　　　1991年

廣東人民出版社編印　《明本潮州戲文五種》　1985年

鄭振鐸　《西諦書話》　北京市　生活・讀書・新知三聯書店　1983年

鄭振鐸　《插圖本中國文學史》　北京市　作家出版社　1957年

鄭振鐸　《鄭振鐸古典文學論文集》　上海市　上海古籍出版社
　　　1984年

鄭振鐸編　《元山戲曲葉子》　《中國古代版畫叢刊》第四冊　上海
　　　市　上海古籍出版社　1988年

鄭雲波主編　《中國古代小說辭典》　南京市　南京大學出版社
　　　1992年

蔣瑞藻編、江竹虛標校　《小說考證》　上海市　上海古籍出版社
　　　1984年

蔡毅編著　《中國古典戲曲序跋彙編》　濟南市　齊魯書社　1989年

鄧紹基主編　《元代文學史》　北京市　人民文學出版社　1991年

魯　迅　《中國小說史略》　臺北市　風雲時代出版公司《魯迅作品
　　　全集》之二十六　1990年

劉大杰　《中國文學發展史》　臺北市　華正書局校訂本　1982年

劉念茲　《南戲新證》　北京市　中華書局　1986年

劉美芳　《陳三五娘研究》　臺北市　東吳大學中文研究所碩士論文
　　　1993年

劉修業　《古典小說戲曲叢考》　北京市　作家出版社　1958年

劉　輝　《小說戲曲論集》　臺北市　貫雅文化事業公司　1992年

錢靜方編　《小說叢考》　臺北市　長安出版社　1979年

戴不凡　《小說見聞錄》　杭州市　浙江人民出版社　1980年

薛　汕　《書曲散記》　北京市　書目文獻出版社　1985年

薛洪勣等選注　《明清文言小說選》　長沙市　湖南人民出版社
　　　　1981年

蕭相愷　《宋元小說簡史》　瀋陽市　遼寧教育出版社《古代小說評
　　　　介叢書》第一輯　1992年

蕭相愷　《珍本禁毀小說大觀》　鄭州市　中州古籍出版社　1992年

魏子雲　《金瓶梅劄記》　臺北市　巨流圖書公司　1983年

譚正璧編　《三言兩拍資料》　上海市　上海古籍出版社　1980年

譚正璧、譚尋　《古本稀見小說匯考》　杭州市　浙江文藝出版社
　　　　1984年

嚴敦易　《元明清戲曲論集》　鄭州市　中州書畫社　1982年

嚴敦易　《元劇斟疑》　中華書局上海編輯所　1962年

二　單篇論文

〔日〕大塚秀高著　謝碧霞譯　〈明代後期文言小說刊行概況〉（上）
　　　　（下）　臺北市　臺灣學生書局《中國書目季刊》第19卷第
　　　　2期、第3期（1985年9月12月）　頁60-75、34-51

〔日〕伊藤漱平著　謝碧霞譯　〈《嬌紅記》成書經緯：其變遷及流
　　　　傳過程〉　臺北《中外文學》第13卷第12期　1985年5月
　　　　頁90-111

〔日〕岡崎由美　〈《賈雲華還魂記》に於ける文言小說長篇化の指
　　　　向性について〉　《早稻田大學院文學研究科紀要》別冊第
　　　　11級　1984年　頁135-144

〔日〕岡崎由美　〈明代長篇傳奇小說的敘事特徵〉　1993年9月北
　　　　京「中國古代小說國際研討會」論文

〔日〕荒木猛　〈關於崇禎本《金瓶梅》各回的篇頭詩詞〉　《金瓶梅研究》第四輯　杭州市　江蘇古籍出版社（1993年7月）　頁204-221

〔韓〕柳鐸一　〈燕山君詔諭採購中國小說考〉　《第三屆中國域外漢籍國際學術會議論文集》　臺北市　聯合報文化基金會國學文獻館（1980年11月）　頁363-374

〔韓〕曹喜雄　〈樂善齋翻譯小說研究〉　《國語國文學》第62、63合併號　漢城國語國文學會　1973年　頁257-273

王三慶　〈《萬錦情林》初探〉　臺北《明史研究專刊》第10期　明史研究小組印行（1992年10月）　頁37-71

王士儀　〈泉州南戲史初探──中國戲劇之第六體系〉　臺北中國文化大學《華岡藝術學報》第2期（1982年11月）　頁157-205

王年双　〈從詩歌在「金瓶梅詞話」中的運用看小說的發展〉　《中國詩學會議論文集》　彰化師範大學國文系　1992年9月　頁1-49

王瑞功　〈關於古典小說發展問題的思考〉　濟南《文史哲》1986年第6期　頁3-8

王卓華　〈說傳奇〉　安陽師專《殷都學刊》1990年第1期　頁54-59

石昌渝　〈「小說」界說〉　北京市　《文學遺產》1994年第1期　頁85-92

石昌渝　〈《剪燈新話》價值的重估〉　南京市　《古典文學知識》1992年第3期　頁77-79

田　杉　〈孫楷第與《戲曲小說書錄解題》〉　北京市　《文學遺產》1991年第3期　頁13-15

皮述民　〈明初《剪燈二話》裡的諷刺與譴責〉　新加坡國立大學中文系學術論文第13種　1983年　22頁

朱穎輝　〈承前啟後的愛情悲劇《嬌紅記》〉　《戲劇》1988年春季號（總第47期）　頁98-105

蕭東發 〈明代小說家、刻書家余象斗〉 《明清小說論叢》第4輯 潘陽市 春風文藝出版社（1986年6月） 頁195-221

李國俊等 〈陳三五娘」民俗專題〉 1988年2月19日《中央日報》「長河」版

吳守禮 〈荔鏡記戲文研究序說〉 《臺灣風物》第10卷第2、3期（1960年3月） 頁5-19

吳守禮 〈順治本荔鏡記校研〉 《臺灣風物》第16卷第2期（1966年4月） 頁17-62

吳志達 〈關於中國文言小說史的幾個問題〉 《武漢大學學報》（社會科學版）1993年第3期 頁89-96

吳敢、鄧瑞瓊 〈未見著錄之中國小說十種提要〉 《明清小說論叢》第3輯 潘陽市 春風文藝出版社（1985年6月） 頁217-234

吳曉鈴輯 〈哈佛大學所藏高陽齊氏百舍齋善本小說跋尾〉 《明清小說論叢》第1輯 潘陽市 春風文藝出版社（1984年5月） 頁289-320

何長江 〈《國色天香》成書年限〉 南京市 《明清小說研究》1993年第2期 頁250-251

何長江 〈論元明長篇傳奇小說的發展歷程〉 南京市 《明清小說研究》1994年第2期 頁134-144

何長江 〈《燕居筆記》編者余公仁小考〉 南京市 《明清小說研究》1993年第3期 頁105-108

官桂銓 〈明小說家余象斗及余氏刻小說戲曲〉 《文學遺產增刊》第15輯 北京市 中華書局（1983年9月） 頁125-130

官桂銓 〈新發現的明代文言小說《麗史》〉 北京市 《文獻》1993年第3期 頁3-19

官桂銓 〈《陳三五娘》文獻再探〉 《福建戲劇》1983年第2期 頁62

林　頌　〈《陳三五娘》文獻初探〉　《福建戲劇》1960年8月號　頁27-28轉30

金榮華　〈漢城國立中央圖書館藏鈔本《啖蔗》跋〉　臺北市　福記文化圖書公司影印〔明〕無名氏《啖蔗》（1984年9月）　頁213-219

洪順隆　〈北宋傳奇小說論〉　臺北市　《中國文化大學中文學報》第2期　中國文化大學中國文學系暨中國文學研究所（1994年6月）　頁1-33

胡從經　〈東瀛訪稗錄〉之五〈《輪迴醒世》——從未見諸著錄的明代小說總集〉　香港《明報》月刊1988年11月號　頁86-88

胡從經　〈東瀛訪稗錄〉之七〈《幽怪詩譚》和《效顰集》——《聊齋》先聲與騷人之作〉　香港《明報》月刊1989年1月號　頁99-101

柳文英（周楞伽）　〈明代的傳奇小說〉　北京市　《光明日報》「文學遺產」第197期　1958年2月13日

俞為民　〈南戲《拜月亭》作者和版本考略〉　北京市　《文獻》1986年第1期　頁13-28

唐富齡　〈文言小說人物性格刻畫的歷史進程〉　《武漢大學學報》（社會科學版）1990年第4期　頁95-102

孫一珍　〈明代小說的橫向勝攬與正名〉　中國社會科學院文學研究所編《俞平伯先生從事文學活動六十五周年紀念論文集》成都市　巴蜀書社　1992年3月　頁341-365

張家英　〈由《金瓶梅》回前詩詞看其作者〉　哈爾濱市　《學習與探索》1991年第3期　頁115-120

張發穎、刁雲展　〈《花陣綺言》對戲曲、小說的影響——明末清初小說述要之二〉　《社會科學輯刊》1982年第6期　頁153

陳大康　〈論小說史上的兩百年空白〉　《華東師範大學學報》（哲學社會科學版）1990年第5期　頁77-84

陳兆南　〈陳三五娘唱本的演化〉　臺北市　《民俗曲藝》第54期
　　　　1988年7月　頁9-23

陳良瑞　〈《剪燈叢話》考證〉　《文學遺產增刊》第18輯　山西人
　　　　民出版社　1989年3月　頁268-238

陳　香　〈讀《磨鏡奇逢傳》──論陳三五娘的愛情故事〉　臺北市
　　　　《東方雜誌》復刊第15卷第9期（1982年3月）　頁68-72

陳益源　〈一部未受注意的明代小說──《雙卿筆記》〉　臺北市
　　　　《國文天地》第9卷第4期（1993年9月）　頁33-39

陳益源　〈金童玉女　才子佳人〉　臺北市　《國文天地》第6卷第9
　　　　期（1991年2月）　頁101-103

陳益源　〈明清小說裏的《嬌紅記》〉　中國古典文學研究會編《古
　　　　典文學》第11集　臺北市　臺灣學生書局（1990年12月）
　　　　頁197-237

陳益源　〈《荔鏡傳》考〉　北京市　《文學遺產》1993年第6期　頁
　　　　83-96

陳益源　〈《情義奇姻》與《劉方三義傳》〉　南京市　《明清小說研
　　　　究》1993年第2期　頁217-234

陳益源　〈《龍會蘭池錄》考〉　臺北市　《中國文化大學中文學
　　　　報》第2期　中國文化大學中國文學系暨中國文學研究所
　　　　（1994年6月）　頁221-244

陳益源　〈《懷春雅集》考〉　1993年9月寧波「第六屆《金瓶梅》學
　　　　術研究會」論文

陳蘭村　〈明代傳記體小說略論〉　《貴州社會科學》1993年第4期
　　　　頁57-62

梅　節　〈從套用竄改《懷春雅集》詩文看《金瓶梅詞話》的作者〉
　　　　1993年9月北京「中國古代小說國際研討會」、寧波「第六屆
　　　　《金瓶梅》學術研討會」論文

崔子恩　〈論中國文言小說的發展及其創作傳統〉　《中國社會科學院研究生學報》1986年第6期　頁52-57

曾永義　〈荔鏡奇緣〉　臺北市　《中國時報》　1993年2月17日

程毅中　〈十二卷本《剪燈叢話》補考〉　北京市　《文獻》1990年第2期　頁68-73

程毅中　〈《花影集》與陳經濟故事〉　北京市　《文學遺產》1993年第5期　頁57

程毅中　〈略談才子佳人小說的歷史發展〉　《明清小說論叢》第一輯　瀋陽市　春風文藝出版社（1984年5月）　頁38-48

程毅中　〈《嬌紅記》在小說藝術發展中的歷史價值〉　《許昌師專學報》（社會科學版）1990年第2期　頁15-20

齊如山　〈小說鉤陳〉　1946年8月16日-1947年2月2日北平《新民報》第二版／〈小說勾陳〉（程毅中輯）　《學林漫錄》第12集　北京市　中華書局　1987年　頁102-118

歐陽光　〈孟稱舜和他的《嬌紅記》〉　中山大學中文系編《論古代戲曲詩歌小說》　廣州市　中山大學出版社（1985年3月）　頁135-155

蔡鐵民　〈明傳奇《荔枝記》演變初探〉　《廈門大學學報》（哲學社會科學版）1979年第3期　頁31-48

劉奉文　〈《國色天香》周文煒刻本補考〉　南京市　《明清小說研究》1991年第1期　頁161-165

駱玉明、董如龍　〈《南詞敘錄》非徐渭作〉　上海市　《復旦學報》（社會科學版）1987年第6期　頁71-78

謝碧霞　〈「豔異編」研究〉　中國古典文學研究會編《古典文學》第8集　臺北市　臺灣學生書局（1986年4月）　頁287-311

薛洪（薛洪勣）　〈中國小說史上的一個發展環節──明代「文言話本」縱橫談〉　長春市　《社會科學戰線》1992年第1期　頁288-293

薛洪（薛洪勣）　〈明清文言小說的發展歷程〉　長春市　《社會科
　　　　學戰線》1990年第2期　頁254-261

薛洪（薛洪勣）　〈明清文言小說管窺〉　吉林省社會科學院（內部
　　　　發行）《學術研究叢刊》1980年第1期　頁81-89

薛洪（薛洪勣）　〈《話本小說概論》補闕〉　北京市　《文獻》
　　　　1982年第2期　頁550

蕭善因、張全太　〈一部承前啟後的愛情悲劇——《嬌紅記》和元代
　　　　四大愛情劇的比較分析〉　《中華戲曲》第二輯　太原市
　　　　山西人民出版社（1986年10月）　頁244-265

龔書輝　〈陳三五娘故事的演化〉　《廈門大學學報》　1936年第7
　　　　本／《泉州地方戲曲》第2期　1987年

附錄一
《情義奇姻》與《劉方三義傳》

一　前言

　　中國古典小說流傳至海外，而本土竟失傳者甚多，導致無緣親睹原作的研究者，往往只能根據別人的書目記錄，輾轉介紹。在這種情形下，難免會將同一作品誤分為二，或把不同的作品混為一談。後者，如《情義奇姻》與《劉方三義傳》的關係，便是一例。

　　譚正璧、譚尋合著《古本稀見小說匯考》曾說：

> 《情義奇姻》疑即《燕居筆記》的《劉方三義傳》，亦見《情
> 史》卷二及《明詩正聲》，馮夢龍曾改編為《劉小官雌雄兄弟》
> 話本（見《醒世恆言》卷十，亦見《今古奇聞》），清人又據以
> 作《彩燕詩》傳奇（見《曲海總目提要》）等，流傳尤廣。[1]

《匯考》是在介紹日本東京帝國大學研究所藏《萬錦情林》六卷時，發現其卷四下層有《情義奇姻》小說一種，雖未見原文，但依小說名稱來看，懷疑它就是《燕居筆記》等收錄的《劉方三義傳》。

　　事實上，這樣的推測並不正確。《情義奇姻》小說，今無單行本存世，獨見於明代通俗類書《萬錦情林》。《萬錦情林》，凡六卷，分上、下層，全名《鍥三臺山人芸窗彙爽萬錦情林》，一名《新刻芸窗彙爽萬錦情林》，書題「三臺館山人仰止余象斗纂」、「書林雙峰堂文

1　譚正璧、譚尋：《古本稀見小說匯考》（杭州市：浙江文藝出版社，1984年），頁42。

臺余氏梓」，尾記「萬曆戊戌（1598）冬余文臺繡梓」，現藏日本東京大學圖書館，為海內外僅存的全帙孤本[2]。今據該書複製影本，簡述《情義奇姻》的故事內容，並說明《劉方三義傳》與它有別，以供學界參考。

二　《情義奇姻》

　　《情義奇姻》，明代文言傳奇小說，演述元代才子陶啟元和佳人熊群娘的愛情故事，文長五千字，載於《萬錦情林》卷四下層頁四十九～六十一。書首扉頁，別名《情義表節》。正文插附題曰「元生訪姨見群娘」、「群娘姨家看生病」、「元生群娘幽會」、「群娘送生長亭餞別」、「元生榮歸完娶」刻圖五幅，帶有類似章回小說的回目性質。茲依圖題，述其段落大意如下：

　　（一）**元生訪姨見群娘**：元時浙江杭州府有陶啟元字春華者，與熊群娘係同年的姨表兄妹。元生和群娘的父親都過世了，各與寡母相依為命。一日，元生奉母命往訪姨家看顧問候，乍見表妹群娘，彼此心生愛慕。隨後，元生經常藉故登門，期待和表妹有進一步的交往，誰知以言戲之，竟遭群娘面叱，悻悻而回，並生起相思病來，命在旦夕。

　　（二）**群娘姨家看生病**：元生病危的消息傳到熊家，熊夫人遣群娘代母探病。群娘來到姨家，有機會在書房跟元生獨處。元生解釋病源，盡吐相思之情；群娘其實也知道，乃脫睡衣一件、金戒指一對，交付元生，作為訂情信物，囑咐他說：「病痊之日到舍，妾有議論。」兩個人情意盛濃。

2　英國牛津大學圖書館亦藏一部，版本相同，但只存卷五、卷六，詳見向達：〈記牛津所藏的中文書〉一文，收入向達：《唐代長安與西域文明》（北京市：生活‧讀書‧新知三聯書店，1987年），頁632。

　　（三）**元生群娘幽會**：不過數日，元生疾病痊癒，陶夫人遣他往謝姨家。元生求之不得。在姨家，元生也有機會在繡房跟群娘獨處。起初，群娘固守貞操，後來禁不住元生的苦苦糾纏，以身相許。兩人海誓山盟，非君不嫁，非卿莫娶。

　　（四）**群娘送生長亭餞別**：此後，元生專心攻書，考中案元下科，準備往省赴試，卻又放心不下家中老母。陶夫人徵得熊家母女同意，約來陶家同住，元生這才安心啟程。行前，群娘在長亭備酒餞別，互贈詩詞，離情依依。

　　（五）**元生榮歸完娶**：別後，元生到省，高中鄉試；直到京城會試，又聯登進士。殿試時，元生上一奏章，說明原委，乞賜還鄉娶妻，養親盡孝。元帝御批：「……男母寡，女母貞，例應旌獎。群娘未配，先奉箕帚，當成孝婦之列。……」封陶、熊二母為一品夫人，封群娘為孝夫人。元生於是衣錦還鄉，擇日與群娘成親。後生二子，皆為顯宦。群娘夫妻二人，壽至七旬，以終天年。

　　以上便是小說《情義奇姻》的大致內容。其情節安排，以陶啟元訪姨見群娘、患病、病癒、幽會、赴試、榮歸完娶的單線發展為主，人物簡單，說奇不奇。如此的故事，不脫佳人才子、終成眷屬的模式，跟明末清初流行的才子佳人小說比較起來，尚且缺少「旁添一小人撥亂其間」[3]，寫作技巧表現平平。

　　然而，值得注意的是，《情義奇姻》係以文言文寫作。我國文言傳奇小說，唐宋以降，直到元明，創作傳統仍未間斷，篇幅則有逐漸加長、衍為中篇的趨勢，因多摻入詩詞，故有「詩文小說」之譏[4]。但其中亦不乏佳構，如《嬌紅記》、《賈雲華還魂記》、《鍾情麗集》等，知名度高，對後世小說、戲曲的影響也大，在中國文學發展史上

3　語見《紅樓夢》第一回。
4　詳參孫楷第：《日本東京所見小說書目》（北京市：人民文學出版社，1991年），頁126-127。

占有一定的地位。《情義奇姻》被收錄在《萬錦情林》下層（上層為
文言短篇和詩詞歌賦），與《鍾情麗集》、《花神三妙傳》、《劉生覓蓮
記》、《尋芳雅集》、《天緣奇遇》等並列，說明它正是這類動輒數萬言
的中篇傳奇小說影響下的產物。所不同的是，它的篇幅沒有那麼長
（摻入正文的詩詞只有四首），敘述時屢見「××××不題」、「卻說
××××」的套語，筆法和白話體章回小說接近，說它是由文言傳奇
朝才子佳人白話小說發展的過渡期作品，當無大錯。

　　至於《情義奇姻》的作者是誰呢？原作失題，亦不見其他記錄。
明代後期刊行的傳奇小說選集如《花陣綺言》、《風流十傳》，文言通
俗類書如《國色天香》、《繡谷春容》、《燕居筆記》，均以收錄中篇傳
奇小說為重點，收錄的內容也常有雷同，像《嬌紅記》、《鍾情麗
集》、《天緣奇遇》、《花神三妙傳》，便同時見載上述五書之中。而
《萬錦情林》下層，除《嬌紅記》之外，也收錄了其餘各種。不過，
《萬錦情林》卷四、卷六的《情義奇姻》和《傳奇雅集》，卻只此一
家專有，未見同時期的傳奇小說選集與文言通俗類書收錄，這就不免
讓我們想到，《情義奇姻》和《傳奇雅集》很可能正是《萬錦情林》
纂梓者——小說家、刻書家余象斗的拼湊之作（所謂「三臺山人」、
「三臺館山人」、「仰止」、「文臺」，都是他的字號[5]）。我們看《情義
奇姻》小說中的浙江文宗姓余，不無巧合，又故事最後有段話說：
「拔筆聊記一傳省眼，只此而已。」亦頗似余氏自作的口吻。種種跡
象顯示，《情義奇姻》當成於余象斗活躍書肆的萬曆年間，這幾乎是
可以肯定的。

5　關於余象斗生平與作品的研究，可參考官桂銓：〈明小說家余象斗及余氏刻小說戲
　　曲〉，收入《文學遺產增刊》十五輯（北京市：中華書局，1983年），頁125-130；蕭
　　東發：〈明代小說家、刻書家余象斗〉，載於《明清小說論叢》第四輯（瀋陽市：春
　　風文藝出版社，1986年），頁195-211；王師三慶：〈《萬錦情林》初探〉，載於臺北
　　《明史研究專刊》第10期（明史研究小組出版，1992年12月），頁37-71。

三　《劉方三義傳》

　　前引譚氏《古本稀見小說匯考》提到「《燕居筆記》的《劉方三義傳》」,《燕居筆記》也是萬曆年間流行的通俗類書,但《劉方三義傳》(簡稱《三義傳》[6]),則是選自更早之前的《花影集》卷一。《花影集》,夕川老人(陶輔)撰[7],中國失傳,曾為高麗使臣購歸刊刻,該高麗刊本復傳往日本,現藏早稻田大學圖書館,全書四卷二十篇[8],作者自序〈花影集引〉說是較瞿宗吉《剪燈新話》(洪武間作)、李昌祺《剪燈餘話》(永樂間作)、趙輔之《效顰集》(宣德間作)三家得失之端,約繁補略之作,末署「嘉靖二年(1523)夏四月吉旦夕川老人八十三翁書」證以引中「予昔壯年」、「擲而不睹者三四十載」等語,則此書當為成化、弘治年間(1488年前後)的作品[9]。現依其卷一原文,簡介《劉方三義傳》情節梗概如下:

　　《劉方三義傳》,明代文言短篇小說,文長約二千五百字,故事

6　《百煉真》凡例言其「本文與《三義傳》大異」,劉修業:《古典小說戲曲叢考》按云:「《三義傳》今未見」(北京市:作家出版社,1958年,頁99)。實則不然。

7　署名「浙江安吉州學正事三山張孟敬書」,撰於「正德丙子(十一年,1516)春正月燈夕」的〈花影集序〉,言《花影集》:「乃夕川居士陶公所著。……公名輔,字廷弼,夕川其別號,又號安理齋、海萍道人云。」

8　日本早稻田大學圖書館所藏《花影集》,目錄頁已佚,四卷二十篇篇目如下:

卷一	卷二	卷三	卷四
退逸子傳	節義傳	邗亭宵會錄	丐叟歌詩
劉方三義傳	賈生代判錄	郵亭午夢	瞿吉瞿善歌
華山採藥記	東丘侯傳	心堅金石傳	雲溪樵子記
潦倒子傳	廣陵觀燈記	四塊玉傳	閒評清會錄
夢夢翁錄	管鑑錄	龐觀老傳	晚趣西園記

9　關於《花影集》的介紹,可參考傅芸子:《白川集‧東京觀書記》(臺北市:鼎文書局,1979年),頁83-84;《中國古代小說百科全書》「花影集」條(黃霖撰)(北京市:中國大百科全書出版社,1993年),頁178-179;程毅中:〈《花影集》與陳經濟故事〉,載於北京《文學遺產》1993年第5期,頁57。

講述明宣宗宣德年間，河西務酒店主人劉叟夫婦，年各六十有餘，膝下無子。一年，有京衛老軍方某，攜子投宿。方某染上風疾，劉叟夫婦雖盡心照顧，仍難逃一死。其子哭訴自己的遭遇，說是母親先歿，本欲與父親還鄉籌錢辦喪，誰知又逢不幸，他願意終身為奴，只求能先料理亡父後事。劉叟夫婦深受感動，置辦棺具，把方某葬在屋後空地，收其子為義子，取名劉方，以示不沒其本姓。

後來，劉家又添一養子劉奇。劉奇那年遇到船難，獲救時奄奄一息，手中猶緊握一竹箱不放，箱中是他父母的骨灰。劉叟夫婦有感於他的孝行，代他安葬雙親，並予收容。奇為兄，方為弟，兄弟倆十分友愛，對劉叟夫婦更是孝順。

隔年，劉叟夫婦相繼去世，劉奇、劉方哀痛不已。二人商議，迎劉方母骸同葬，三家父母共築一塋，三墳相連。奇、方守孝三年，閭里稱聞。劉家產業，在他們的辛勤經營下，也日益富有，大家都說是二人孝義所致。

一天，劉奇感慨不孝有三，無後為大，建議和弟弟各求良配，不料劉方堅持不肯；劉奇乃題〈燕子詩〉於壁上，詩云：「營巢燕，雙雙雄，朝暮辛勤巢已成。若不尋雌繼殼卵，巢成畢竟巢還空。」劉方和道：「營巢燕，雙雙飛，天設雄雌事久期。雌兮得雄願已足，雄兮將雌胡不知？」奇心生疑，再求和詩，方又道：「營巢燕，聲聲呷，莫使青年空歲月。可憐和氏忠且純，何事楚君終不納？」於是確定劉方實為女人。

至此，劉方和盤托出，原來她當年同父還鄉，惟恐路上不方便，所以女扮男裝，父親死後，亦不便改形。她表示願意與劉奇結為夫妻，長伴父母之墳，「使三家之後，永續三義之名」。兩人於是祀告三墳，請會親鄰，「兄弟」成親。後來漸成巨族，子孫滿堂，人稱「劉方三義家」。

這則故事，女主角劉方的真正身分，直到小說結束前才在〈燕子

詩〉的唱和中揭露出來，頗為出人意表，而且全篇人物講孝重義，真情洋溢，也十分動人。雖然《花影集》流傳不廣，但幾經轉載，知者不少，除《燕居筆記》、《情史》、《明詩正聲》之外，尚見於《繡谷春容》卷四《劉方女偽子得夫》、《玉芝堂談薈》卷十《女子男飾》、《堅瓠續集》卷四《劉方燕巢》等。轉載的文字，只有《燕居筆記》迻錄原文，其餘均是縮寫。馮夢龍《醒世恆言》卷十《劉小官雌雄兄弟》將它改編成擬話本小說，增添情節，擴大描寫，《今古奇聞》又加轉錄（卷一，目同），流傳更廣了。

　　在戲曲方面，不僅清人據以作《彩燕詩》傳奇（或改題《風雪緣》，見《花朝生筆記》），明人雜劇《三義成姻》，傳奇《雌雄旦》、《題燕記》、《雙燕記》，演的也是劉方三義事跡。《三義成姻》為葉憲祖所作，原題《三義記》，存萬曆間刊本；《雌雄旦》為范文若所作，《南詞新譜》內有殘曲，注明未刻稿；《題燕記》為王元壽所作，今佚；《雙燕記》為黃中正所作，今佚，據《遠山堂曲品》著錄，知劉奇作劉爾正，劉方作方一娘；《彩燕詩》，今亦佚，據《曲海總目提要》著錄，知劉方改作周芳姿，情節大異。這些均採用《劉方三義傳》故事為題材的戲曲，雖嚴重佚失，但仍證明它確曾受到相當程度的歡迎。

四　結語

　　綜上所述，《萬錦情林》卷四的孤本小說《情義奇姻》，實非《劉方三義傳》，已不言可喻。《劉方三義傳》出自成化、弘治年間的《花影集》，與《萬錦情林・情義奇姻》問世的萬曆年間，相隔正德、嘉靖、隆慶三朝，前後差距長達百年，兩者不可混為一談，其理甚明。

　　若持《情義奇姻》與《劉方三義傳》相比，《情義奇姻》講的是一段實際上並不奇特的男女私情，名實不甚相符；《劉方三義傳》則

名副其實，以劉方的前後遭遇，寫下一些行孝重義的事跡，技巧亦較高明，它能被明清筆記一再轉述，小說、戲曲多次改編，不是沒有道理的。

就明清小說發展的脈絡來看，《劉方三義傳》是延續明初《剪燈新話》掀起的文言短篇小說創作風潮，出於夕川老人筆下的一篇精品；《情義奇姻》則是元明中篇傳奇小說《嬌紅記》、《鍾情麗集》、《花神三妙傳》、《尋芳雅集》、《天緣奇遇》諸作影響下的晚出產物，極可能是小說家、刻書家余象斗為出版而拔筆的倉促之作。兩者系統有別，成就也有高低。如果要指出彼此有什麼相似之處的話，大概只能說，它們都是明代的文言傳奇小說，它們的存在，說明中國文言小說在明代的寫作風氣始終未歇。

附錄二
《元明中篇傳奇小說研究》讀後

　　我作為一個讀者，讀了益源的這本《元明中篇傳奇小說研究》之後，很興奮，也很讚賞。我認為這是一本頗有學術價值的著作。

　　第一，我們都知道，明清兩代是中國古代小說發展史上，一個具有世界意義的黃金時代。積累下來的作品數量很大、類型很多（中篇傳奇就是其中一個類型），是中華民族的一項非常寶貴的文化遺產。但就目前的研究狀況來說，我覺得，似乎還遠遠不能同這個黃金時代相適稱。因為還有許多有待研究的領域，仍無人過問，甚至無人知曉，亟待我們去開闢。益源的這本著作，就是一部開拓性的、填補空白性的著作，為元明小說研究打開了一個新領域，找到了明代小說發展史上的一個重要環節。可以說，能夠著人先鞭。這對中國小說史的研究是很有意義的。

　　第二，此書的研究對象是《嬌紅記》系列的中篇傳奇。我們知道，元明清的中篇傳奇（我還稱之為「文言話本」），既有雅、俗之分，也包含著多種類型，研究領域是相當寬闊的。現在，益源已在這一研究領域中開出了一片新墾地。我相信，一定會引起從事明清小說研究的人們的重視，從而把明清小說的研究領域不斷的拓寬。所謂「四大奇書」、「十大名著」之類，必須研究明白，但僅僅研究這些，我想是不會寫好明清小說史的。

　　第三，總的看來，益源的這本著作屬於基礎性的研究成果。任何研究工作，如果缺乏較好的「基礎研究」，便很難做好「上層研究」。而一項較好的「基礎研究」，卻可以為多種「上層研究」提供條件，提供方便。這應當是大家的共識。我認為，益源的這本著作就是一項

較好的「基礎研究」，它對某一些「上層研究」和「基礎研究」都具
有啟示意義和借鑒意義。

　　第四，益源在研究工作中肯下苦功夫。他先是四處奔波，多方聯
繫，盡力尋覓第一手資料，同時也不放過搜集他人的研究成果。在情
況明白的前提下，他才開始認真的進行微觀研究、比較研究，最後面
進行宏觀的綜合研究。這就能夠有理有據的提出他的獨家之言。我認
為這種方法是一種好的方法。

　　第五，歷史證明，任何一本研究著作也不會是十全十美的，更不
可能是研究的終結，所以不應苛求。明其長，知其短，就可以了。我
個人才疏學淺，研究手段也極為落後。因而，想研究點什麼，往往是
事倍功半，甚至更差。儘管如此，我對此書中的觀點，也並不是都是
同意的，有些地方我還感到說得不太全、不太透，中篇傳奇與《金瓶
梅》的關係即是一例。這可能與這部著作的性質有關。對於一部研究
著述來說，重要的是能夠有所革新，有所發明，有所前進。如果能引
起爭論，那應該認為是一種成功的表現。因為爭論是實現「知識進
化」的一個重要途徑。我想，誰也不願意我們的研究工作停滯不前。

　　以上所說，既是我對這部著作的讀後感，也是我對中國古代小說
史研究的點滴淺見。不當之處，敬請益源和各位方家不吝賜教。最
後，祝願正當盛年的陳益源博士，在研究工作中不斷的取得新的成
就。是為跋。

薛洪勳

一九九六年六月二十一日

寫於長春南湖新村稊秋軒

按：薛洪勳教授，任職吉林省社會科學院文學研究所，中國文言小說
　　著名的研究學者，對「文言話本」（即中篇傳奇小說）尤有獨到
　　見解。

下編
中越漢文小說研究

壹
明清小說在越南的流傳與影響

一　前言

　　明清小說在越南流傳甚多，影響頗大，經過相關文獻的整理與研究之後，現已逐漸為學界所熟悉。

　　例如明初錢塘瞿佑（1347-1433）的文言小說《剪燈新話》，在向北傳播韓國（影響金時習《金鰲新話》）、日本（影響淺井了意《伽婢子》、上田秋成《雨月物語》）之外，也同時往南流傳到越南，影響了阮嶼的《傳奇漫錄》。《傳奇漫錄》仿效《剪燈新話》的寫作技巧，約於十六世紀三十年代首開越南文言傳奇小說創作的先河，它對越南傳奇小說（段氏點《傳奇新譜》、阮演齊《傳奇新譜》、范貴適《新傳奇錄》）、歷史演義（《皇越春秋》）、民間信仰（如黃山真人、絳香仙子、武氏烈女）各方面，又都產生了許多具體的影響[1]。我們可以這

---

[1]　詳參陳益源《剪燈新話與傳奇漫錄之比較研究》，臺北市：臺灣學生書局，1990
　　年。拙著曾說：「越南社會科學書院所藏《外傳奇錄》一冊一百頁，似乎亦與《傳
　　奇漫錄》有關，因書未見，詳細情況待考。」（頁176）今見河內漢喃研究院圖書館
　　所藏該書（編號VHv.12），實乃《傳奇漫錄》與《陳氏蜀作書寄夫》、《寺塔進士武
　　先生詩集》、《芳亭詩集》、《進士魏公善甫詩集》等五部作品的選錄合集，不宜視為
　　《傳奇漫錄》的仿作，特此說明。另外，拙著關於《傳奇漫錄》在越南民間信仰方
　　面的影響，僅舉《會真編》所載「黃山真人」、「絳香仙子」事蹟出自《傳奇漫錄》
　　卷二〈徐式仙婚錄〉為例，如今可再補充：漢喃研究院圖書館所藏《武氏烈女神
　　錄》（編號A.1841），也是受到《傳奇漫錄》（卷四〈南昌女子錄〉）的影響（詳參本
　　文附錄：越南漢文小說〈南昌女子錄〉與《武氏烈女神錄》全文校錄）；南昌女子
　　武氏設的事蹟，直到現在仍流傳於越南民間，例見過偉等編著：《越南民俗·俗文
　　學》之〈誰的影子在牆上〉（臺北市：東方文化書局，1994年），頁219-221。

麼說，要是沒有明代小說《剪燈新話》的傳入，那麼越南的文學史上
要出現一部像《傳奇漫錄》這樣舉足輕重的傑作，可能並不容易。

　　又如明末清初（十七世紀中葉前後）青心才人的白話小說《金雲
翹傳》，在向北傳播韓國（見《支那歷史繪模本》引）、日本（西田維
則譯成日文《繡像通俗金翹傳》，曲亭馬琴改編成《風俗金魚傳》，影
響馬田柳浪《朝顏日記》等書）之外，也同時往南流傳到越南，影響
了阮攸（1765-1820）的喃字敘事長詩《金雲翹傳》（又名《斷腸新
聲》）。阮攸被越南人民視為他們國家最偉大的作家，他的《金雲翹
傳》被當作越南最成功、最巨大、最典型的作品，代表越南古典文學
躋身世界文學名著的行列；不僅越南本國小說、戲曲、民間文藝深受
阮攸《翹傳》影響，阮攸《翹傳》還曾被改編成漢文小說（《金雲翹
錄》），數度被重新譯成漢詩（黎裕《金雲翹漢字六八歌》等），甚至
變成民間故事（〈金仲和阿翹〉）傳回到中國來。青心才人《金雲翹
傳》小說對越南文學的影響之大，是遠遠超乎我們的想像的[2]。

　　有個奇妙的現象是：《剪燈新話》、《金雲翹傳》雖然強烈影響了
越南文學，目前在越南卻見不到《剪燈新話》的任何蹤影，河內的漢
喃研究院雖藏有三部《金雲翹傳》小說，但其中有兩部其實是一九五
七年北京人民文學出版社的排印本及其過錄本。《剪燈新話》、《金雲
翹傳》二書尚且如此，其他明清小說版本在越南的銷聲匿跡也就不足
為奇了。

　　因此，我們絕對不能因為目前在越南絕少明清善本小說的蹤影，
就漠視明清小說在越南流傳甚多、影響頗大的事實；相反地，正是在
這樣的情況下，我們更應該努力去探究以往明清小說傳入越南的途
徑，認真去瞭解還有哪些作品傳去越南並且對越南文學、越南文化起

2　詳參陳益源：《王翠翹故事研究》，臺北市：里仁書局，2001年；北京：西苑出版
　　社，2003年。

了比較大的作用？惟有如此，明清小說在越南的流傳與影響的真相才能更加清晰。

二　明清小說在越南的流傳

中越兩國的歷史關係淵遠流長，書籍的交流也十分密切，昌彼得〈中越書緣〉曾就「我國傳入越南之圖書」、「越南之翻雕儒釋經典」、「越南傳入我國之圖書」、「中越兩國圖書之互相保存」，做過精闢的介紹，並引《大越史記全書》載紅蓼人梁如鵠在一四四三、一四六〇年「兩度奉使，觀北人鋟梓。使回，教鄉人以剖物鏤刻經史名本，印行於世。同縣柳幢亦學此藝，至今祀為先師」，說明我國印刷術之南傳，與越南紅蓼、柳幢刻書事業之盛，其來有自[3]。

至於中國小說是怎麼流傳到越南的呢？陳光輝〈中國小說的演變及其傳入越南〉曾說：

> 我們可以把中國小說傳入越南的媒介者分為兩種：一是中國的，一是越南的。
> 中國的媒介者可能是到越南傳教的僧侶和道士，或官吏和兵士，或是僑居越南的明遺民和工商之輩，其中可能有些是以賣書為業的。一七三四年，鄭主下令自梓刻書以廣流傳，同時禁止進

3　昌彼得：〈中越書緣〉，收入郭廷以等著：《中越文化論集（一）》（臺北市：中華文化出版事業委員會，1956年），頁180-190。盧蔚秋〈越南士子與漢文化——漢文化圈的一個例證〉一文也提到：「著名文人梁如鵠（1420-1499），由於在越南京城買不到書（因為當時書籍是從中國運來，價格昂貴，商船又不定期，書籍常常脫銷），所以，決心在出使中國期間，學會印刷術。他在中國京城時，天天到郊外去看木刻匠操作，並常常與他們交談，學習印刷方法，這樣通過半年光景，他把技術學到了手，回國時教給了本村及鄰村的村民。」盧文收入季羨林等著：《東方文化研究》（北京市：北京大學出版社，1994年），頁242-250。

口中國書籍。這證明一七三四年以前越南常向中國購買書籍。
越南的媒介者則不外乎僧侶和讀書人，因為當時只有他們才會
閱讀中國書籍。但讀書人是最重要的成分，因為僧侶所演述的
只不過是佛教的故事罷了。[4]

上述越南的媒介者「讀書人」，更準確的講法應該是越南的「使
臣」。這些勤讀中國書籍的越南使臣，在明清小說流傳越南的過程
中，必定扮演過重要的角色。我們可以舉二位越南著名使臣為例，一
是黎貴惇（1726-1784），一是阮攸。

黎貴惇的《北使通錄》記載，清乾隆二十六年（1761）十一月初
七日，越南赴清貢使團（正使陳輝溺、甲副使黎貴惇、乙副使鄭春澍，
以及通事、醫院、中書、探兒等一千隨行人員）返經廣西桂林時，被
中國官府沒收了一批沿途採購得來的二十幾部中國書籍，其中有超過
三分之一竟是小說（包括《智囊》、《千古奇聞》、《封神演義》、《南
遊／北遊》、《說鈴》、《錦香亭》、《山海經》、《列仙傳》、《貪歡報》
等）[5]。可見這些越南的士大夫，對於中國小說的喜愛程度頗高。

阮攸則在清嘉慶十八年（1813）出使中國，並沿途賦詩一百三十
首，結集成《北行雜錄》一書。書中第一一五首詩，即阮攸膾炙人口

4　陳光輝〈中國小說的演變及其傳入越南〉，載於臺北《中華文化復興月刊》第9卷第
　　6期（1976年6月），頁81-84。顏保〈中國小說對越南文學的影響〉一文也提到：「總
　　的說來，有關中國小說流入越南情況的資料並不多。可以設想是由中國移民帶進去
　　一些，也可能是由書商傳的。鄭氏封建集團（今越南北方）在一七三四年曾下令
　　地方要出版更多的書籍，並禁止從中國輸入圖書。這一措施說明在兩國間曾存在過
　　一定數量的書籍貿易。而且，在十九世紀後期的四十年中，甚至有些字喃作品是在
　　廣東，特別是在佛山縣印製的。許多書的扉頁上，還注有中國出版者的姓名和出版
　　地點，同時也印有西貢發行者的名字。」顏文收入〔法〕克勞婷・蘇爾夢編著、顏
　　保等譯：《中國傳統小說在亞洲》（北京市：國際文化出版公司，1989年），頁191-
　　236。
5　詳情請參見本文圖一：《北使通錄》卷下第四十七葉、第四十八葉。

的名作〈讀《小青記》〉[6]。按《小青記》記明代名妓馮小青故事，青心才人編寫《金雲翹傳》時曾予參考。一般都認為阮攸是在行經西湖時，接觸到明代文言小說《小青記》與白話小說《金雲翹傳》，嘉慶十九年（1814）返國以後，才開始進行長達三二五三句《金雲翹傳》敘事長詩的編譯的。如今，越南雖然未存《小青記》，也沒有青心才人《金雲翹傳》的早期版本，但阮攸出使中國曾將這兩部小說攜回越南，則是無庸置疑的。

　　可惜的是，為數眾多的明清小說，在中國與越南的媒介者將其傳入越南之後，在氣候潮濕、兵禍頻仍等天然和人為的因素下，消失得非常厲害[7]。目前全越南保存漢喃書籍最多的漢喃研究院，他們圖書館裡五千多種漢喃書籍當中，真正屬於「中國重抄重印本」小說的，其實只有《雷峰塔》（A.1986）、《世說新語補》（VHv.105）、《尚友略記》（A.1451）、《閱微記節錄》（AC.265）、《金雲翹傳》（A.953，VHv.1396，VHv.281/1-2）、《神仙通鑑》（A.692）、《異聞雜錄》（輯自《亦復如是》，A.1449）、《一夕話》（AC.551）等八種而已，這雖多少能看出越南文士喜讀中國各類小說，縱非名著，仍舊樂於重抄重刊，但不管怎麼說，中國古代小說在越南的古籍藏量，是絕對與它們大量流傳到越南的事實完全不成比例的[8]。

　　我們還可以從另一個角度，來觀察中國小說（特別是明清小說）大量流傳到越南並且廣受歡迎的盛況。

6　詩云：「西湖花苑盡成墟，獨吊窗前一紙書。脂粉有神憐死後，文章無命累捷餘。古今恨事天難問，風韻奇冤我自居。不知三百餘年後，天下何人泣素如。」按：素如乃阮攸字號。

7　昌彼得〈中越書緣〉說：「越南地處熱帶，氣候潮濕，兼多蟲蟻之害，圖籍不易久存。且兵禍頻仍，屢遭散佚，古代典籍，鮮有傳者。即偶有爐餘，率皆不完。」語見郭廷以等著：《中越文化論集（一）》（臺北市：中華文化出版事業委員會，1956年），頁187。

8　詳參本書第貳篇〈越南漢喃研究院所藏的中國重抄重印本小說〉。

　　顏保先生曾就二十世紀上半葉前後（最早1906年初版，最晚1968年重印）譯成拉丁化越南語的中國小說單行本，製有一份〈中譯越通俗小說書目對照一覽表〉[9]，共收不同譯本多達三一六種，包括《包公奇案》、《北宋演義》、《北遊真武傳》、《殘唐演義》、《大紅袍海瑞》、《大明英烈》、《蕩寇志》、《東漢演義》、《東遊八仙》、《東周列國》、《二度梅》、《兒女造英雄》、《反唐演義》、《飛龍演義》、《粉粧樓演義》、《鋒劍春秋》、《封神演義》、《合浦珠》、《紅樓夢》、《後三國演義》、《後西遊》、《今古奇觀》、《鏡花緣》、《聊齋誌異》、《嶺南逸史》、《龍鳳再生緣》、《龍圖公案》、《綠牡丹》、《綠野仙蹤》、《羅通掃北》、《明珠緣》、《平山冷燕》、《七國志演義》、《七俠五義》、《情史》、《三國志演義》、《雙鳳奇緣》、《水滸演義》、《說唐演義》、《隋唐演義》、《萬花樓演義》、《五虎平遼》、《五虎平南》、《五虎平西》、《吳越春秋》、《西漢演義》、《西遊記》、《小紅袍海瑞》、《小五義》、《續水滸》、《續小五義》、《薛丁山征西》、《薛仁貴征東》、《楊文廣平南》、《岳飛演義》、《鍾無鹽》……等大批明清小說，以及近現代的許多武俠小說。

　　不難理解的是，如此眾多拉丁化越南語譯本的存在，它們的底本絕不可能全都臨到要翻譯時才從中國輸入；因此，明清小說在越南盛傳已久的事實，亦絕不宜因古籍之佚失而湮沒。

三　明清小說在越南的影響

　　我們從上引顏保〈中譯越通俗小說書目對照一覽表〉還可以看出，絕大多數的明清小說拉丁化越南語譯本，都是一印再印，甚至一

9　表載〔法〕克勞婷‧蘇爾夢編著、顏保等譯：《中國傳統小說在亞洲》（北京市：國際文化出版公司，1989年），頁208-236。

譯再譯，這證明眾多明清小說在越南的確擁有廣大的閱讀市場。我們有理由相信，它們在二十世紀的風行，對現代越南人民的思想觀念也必定發揮了潛移默化的深刻影響。

　　至於在廢除漢字、改採拉丁化越南國語的二十世紀以前，明清小說在越南的影響為何？我們不妨從越南漢文小說、喃傳和劇本三方面來談。

（一）漢文小說方面

　　過去大家對於越南漢文小說十分陌生，直到一九八七年四月，陳慶浩、王三慶主編《越南漢文小說叢刊》第一輯，依性質分為傳奇類、歷史小說類、筆記小說類共七冊十七部[10]；一九九二年十一月，陳慶浩、鄭阿財、陳義又主編《越南漢文小說叢刊》第二輯，計有神話傳說類、歷史小說類和筆記·傳奇小說類五冊十九部[11]，均由法國遠東學院出版、臺灣學生書局印行，從此學界這才驚訝於越南漢文小說的豐富多采，紛紛展開研究。

　　若干研究結果發現，越南漢文小說除了「神話傳說類」（《嶺南摭怪列傳》、《粵甸幽靈集錄》）受《搜神記》與唐傳奇影響比較大之外，其他各類多與明清小說有關。

10　《越南漢文小說叢刊》第一輯，第一冊是《傳奇漫錄》，第二冊有《傳奇新譜》、《聖宗遺草》、《越南奇逢事錄》（以上為傳奇類）；第三冊是《皇越春秋》，第四冊是《越南開國志傳》，第五冊是《皇黎一統志》（以上為歷史小說類）；第六冊有《南翁夢錄》、《南天忠義實錄》、《人物志》，第七冊有《科榜傳奇》、《南國偉人傳》、《大南行義列女傳》、《南國佳事》、《桑滄偶錄》、《見聞錄》、《大南顯應傳》（以上為筆記小說類）。

11　《越南漢文小說叢刊》第二輯，內容包括《嶺南摭怪列傳》三種、《天南雲錄》、《粵甸幽靈集錄》四種（以上為神話傳說類），《皇越龍興志》、《驩州記》、《後陳逸史》（以上為歷史小說類），《南天珍異集》、《聽聞異錄》、《喝東書異》、《安南國古跡列傳》、《南國異人事跡錄》、《雨中隨筆》、《敏軒說類》、《會真編》、《新傳奇錄》（以上為筆記·傳奇小說類）。

　　陳慶浩、鄭阿財曾分析《皇越春秋》、《越南開國志傳》、《皇黎一統志》、《皇越龍興志》四書的特點，肯定越南「歷史小說類」作品備載中越官方、民間交往之實，有助於瞭解兩國關係；黃文樓和徐杰舜、陸凌霄則又著重討論《皇黎一統志》的史料價值及其寫作技巧。他們都同意越南漢文歷史小說（尤其是《皇黎一統志》），仿效中國章回小說的文學形式，沿襲明清小說的評點風尚，創作思想內涵（如「天命觀」、「正統觀念」）也與中國小說（尤其是《三國演義》）息息相關[12]。

　　王三慶曾介紹越南「筆記類」小說文學價值有四：可以輯出大量的越南文獻資料、可以發掘出大批的詩文、神話傳說的淵藪及比較文學的富礦、可以發掘越南漢文學的部分理論；史學價值亦有四：補充越南極重要的筆記叢書、制度史的重要參證、越南古今地名流變的參考、豐富中越兩國外交史料。彭美菁則發現「筆記類」的《見聞錄》和「傳奇類」的《聖宗遺草》，其故事內容都有明顯自蒲松齡《聊齋誌異》取材之處[13]。至於陳益源關於《剪燈新話》對「傳奇類」《傳奇漫錄》、《傳奇新譜》、《新傳奇錄》、《會真編》等作品的直接影響，已如上述。

12　詳參陳慶浩〈越南漢文歷史演義初探〉，載於《第二屆中國域外漢籍國際學術會議論文集》（臺北市：聯合報文化基金會國學文獻館，1989年），頁393-397；鄭阿財〈越南漢文小說的歷史演義〉、〈越南漢文小說中的歷史演義及其特色〉，前者載於中國古典文學研究會主編《域外漢文小說論究》（臺北市：臺灣學生書局，1989年，頁93-112），後者載於《文學絲路——中華文化與世界漢文學論文集》（臺北市：世界華文作家協會：1998年，頁162-177）；黃文樓〈關於越南漢文歷史章回小說《皇黎一統志》之史料價值〉，載於《外遇中國——「中國域外漢文小說國際學術研討會」論文集》（臺北市：臺灣學生書局，2001年），頁481-490；徐杰舜、陸凌霄〈越南《皇黎一統志》與中國《三國演義》之比較〉，同前，頁491-513。

13　詳參王三慶：〈越南漢文筆記小說〉，載於《國文天地》第33期（1988年2月）「海外漢文學」專欄，頁90-94；彭美菁〈《聊齋志異》影響之研究》第五章「《聊齋志異》在越南及其他各國的影響」，臺灣中正大學中文研究所碩士論文（2003年6月），頁215-222、頁235-240。

（二）喃傳方面

越南古小說除了以漢文寫作之外，又有以喃字書寫者，或稱為喃字小說，或稱為國音傳、演歌傳、喃詩傳，通稱喃傳。

陳光輝所撰《越南喃傳與中國小說關係之研究》[14]，是截至目前為止探討喃傳與中國小說關係的惟一中文專著，書中舉出明清小說影響越南喃傳者，有：

從《花箋記》到《花箋傳》

從《金雲翹傳》到《斷腸新聲》

從《隋唐演義》到《軍中對傳》

從《女秀才移花接木》到《女秀才傳》

從《崔俊臣巧會芙蓉屏》到《芙蓉新傳》

從《忠孝節義二度梅全傳》到《二度梅傳》

從《西遊記》到《西遊傳》

從《觀音出身南遊記傳》到《佛婆觀音傳》

從《龍圖寶卷》到《芳花傳》

根據陳光輝的研究，十八世紀以降的越南喃傳，慣於自具有士大夫意識和心理的才子佳人小說取材，並完全接受其中的儒家倫理精神，但卻捨棄明清小說名著，他認為這是由於中國小說的越南媒介者以及越南喃傳的作者多為士大夫，他們通常擁有強烈的儒家思想，對於常被冠以「誨淫」、「誨盜」罪名之作（如《水滸傳》、《金瓶梅》、《紅樓夢》），不免敬而遠之。

14　陳光輝乃越南華僑，其《越南喃傳與中國小說關係之研究》是臺灣大學中文研究所博士論文，1973年。

（三）劇本方面

　　除了漢文小說、喃傳之外，另外還有一些越南古典劇本，從中也可以看到中國明清小說的影響痕跡。孟昭毅《東方文學交流史》曾說越南：

> 經常將中國古典小說中的故事改編為越南各種戲曲，這其中不排除參考了中國古典戲曲的可能性。尤為突出的例證是，越南是先有三國故事戲，後有《三國演義》譯本的。在英國博物院收藏的50多種越南木刻版劇本中，有9種是關於三國故事的。它們雖然未刻明年代，但據其用喃字夾雜漢字寫成的形式分析，估計為19世紀前的劇本。劇目有《三顧茅廬》、《江右求婚傳》、《花燭傳》、《荊州赴會》、《華容道》、《截江傳》、《當陽長坂》等。[15]

　　引文中所提到的「英國博物院收藏的50多種越南木刻版劇本」，據知其複印件曾送給河內漢喃研究院，被當作越南民間「嗌劇」劇本來研究[16]；而陳荊和先生民國三十三年（1944）訪問順化時，也看到

---

15 語見該書第二編「中國和東南亞文學編」第七節「中國古典小說在越南」（天津市：天津人民出版社，2001年），頁248-249。

16 漢喃研究院吳德壽研究員曾抄錄四十四種劇本名稱給我，其中容有筆誤，茲謄錄如下，以供參考：《宋慈明傳》、《李天龍傳》、《馬登龍傳》、《馬仕傳》、《陳岳武》、《陀黑豹傳》、《桃飛鳳傳》、《山后傳》、《胡石虎》、《四星降世傳》、《金雲翹傳》、《武成璘傳》、《呂朱希傳》、《三國志‧三顧茅廬／當陽長坂》、《當陽長坂》、《岳華靈傳》、《截江傳》、《荊州赴會傳》、《花容傳》、《義釋嚴顏傳》、《樂鳳坡》、《黎偽魁傳》、《金石奇緣傳》、《安朝劍》、《陶思惠傳》（二本）、《石金英傳》、《龍虎鬥奇傳》、《松柏說話傳》、《貓犬對話傳》、《說唐傳》、《張屠肉傳》、《三畏新傳》、《柳絮傳》、《酬世新聲傳》、《楚漢爭雄傳》、《劉阮入天臺》、《陳蒲傳》（二本）、《御文君傳》（二本）、《武元龍歌傳》、《劉平楊禮歌傳》、《西遊唐僧求經歌傳》、《五虎平遼傳》、《風流歌傳》、《張員節義歌傳》。

保大書院收藏有近五十種「演傳」（歌劇臺本）[17]。這些劇本的異同、內容性質及其來歷，尚待進一步研究，不過它們跟若干明清小說之關係倒可一目了然。

四　結語

綜上所述，可知明清小說在越南的流傳始終沒有間斷，只是缺乏文獻的記錄而已。

茲再舉《剪燈新話》為例。既然阮嶼成書於十六世紀三十年代的《傳奇漫錄》已直接受到《剪燈新話》的影響，那麼它傳入越南一定早在十六世紀初以前才對，不過目前可考的記載，僅見於明萬曆年間（十六世紀七、八十年代）嚴從簡的《殊域周咨錄》[18]，迄今甚至在越南連一個版本也未存下。由於缺少像黎貴惇《北使通錄》、阮攸《北行雜錄》這類直接的記載，所以歷來有哪些明清小說以什麼樣的途徑傳入越南？我們其實所知有限。不無遺憾的是，如今韓國、日本

17　詳見陳荊和〈順化城研究旅行雜記〉，載於《臺灣文化》第3卷第5期（臺灣文化協進會，1948年6月），頁13-17。陳文所記演傳本題名如下：《還龍解虎演傳》、《丁劉秀演傳》、《四智演傳》、《三女國王演傳》、《山后演歌》、《小山后演歌》、《翠翹（翹）演傳》、《嘉（？）翹演傳》、《忠孝神仙演傳》、《中事中說演傳》、《三國演歌》、《馬龍馬鳳新傳》、《山后演傳》、《珠李玉演傳》、《宋少君演傳》、《東來西壁演傳》、《桃飛鳳演傳》、《學林演傳》、《宋岳飛演傳》、《劉天錫演傳》、《回生寶演傳》、《大雄演傳》、《陳蒲演傳》、《咸和演傳》、《徐盛演傳》、《花箋演傳》、《李鳳庭演傳》、《風月曲演傳》、《五虎平西演傳》、《天送奇緣演傳》、《烏鵲演傳》、《好人報義演傳》、《楊振子演傳》、《玉鳥奇緣演傳》、《兩個詐婚演傳》、《御文君演傳》、《覺寬演傳》、《漢高祖演傳》、《奇生演傳》、《火猴精演傳》、《石生演傳》、《穀帝演傳》、《雷峰塔演傳》、《覺生緣演傳》、《古傳演義》、《萬寶呈祥傳記》（嗣德庭臣作）、《萬寶呈祥演傳》（嗣德庭臣作）、《三國演傳》。

18　《殊域周咨錄》，卷6「安南」記載：「如儒書則有少微史、《資治通鑑》史……《太公家教》、《明心寶鑑》、《剪燈新餘話》等書。」（北京市：中華書局，1993年）頁238-239。

偶見中國孤本小說出土，而越南當地卻因書籍保存不易，即便曾有流傳到越南的中國孤本小說，到現在也又消失無蹤了[19]。

　　明清小說流傳越南的文獻記錄與珍貴版本固然不多，然而我們無論從越南古典漢文小說（十六世紀起）、喃傳（十八～十九世紀）或劇本（十九世紀內），乃至二十世紀流行的拉丁化越南語中國小說譯本，都可以見到它們從大量的明清小說來取材，並且在寫作技巧與思想意識上，也都有所承襲。這些藉由中越兩國的媒介者（包括中國官民、書商，越南使臣、僧侶等）所傳入越南的明清小說，五百年來不斷與越南文化發生極其親密的接觸，影響的層面確實是很深遠的，例如早期傳播不是太廣的《三國演義》，到後來：

> 在越南，《三國演義》的故事可以說是家喻戶曉。……和中國一樣，越南人對小說中的主人公之一——關羽非常崇拜。許多地方建起了關帝廟，很多家庭供奉關羽畫像。這部小說的場面、人物形象都給越南人民留下了特別深刻的印象。越南人民對小說中的人物非常熟悉，在日常生活中把他們的名字作為形容詞來用。如：張飛脾氣（暴躁）、諸葛智謀（足智多謀）等。……長期以來，《三國演義》成為越南人民「愛不釋手」的讀物。[20]

　　今後，我們仍應繼續越南古典文學的整理、出版與研究，才能在明清小說版本於越南幾近銷聲匿跡的情況下，猶能愈加認識明清小說

---

19 越南十八世紀內數度重刊的《新編傳奇漫錄增補解音集註》，前後總共有九次注文引及《天下紀異》一書，故知此書乃一收錄包括瞿佑《剪燈新話》〈水宮慶會錄〉（改名〈廣利海神傳〉）、〈鑑湖夜泛記〉（改名〈令言傳〉），和李禎《剪燈餘話》〈聽經猿傳〉（同名）諸作在內的小說稀見類書（未見小說書目著錄），可惜現已不知去向。

20 語見宋柏年主編：《中國古典文學在國外》（北京市：北京語言學院出版社，1994年），頁387。

在越南的流傳與影響的真實面貌[21]；同時，我們也不妨加強與當前越南中國小說研究者和翻譯者的學術互動，以便交流更多切實有用的資訊，提升研究與翻譯的質量[22]。我想經過這些努力，最後受惠的還是我們自己。過去瞿佑《剪燈新話》與青心才人《金雲翹傳》的文學價值及其歷史定位的重估，不正是我們關心越南所獲得的回報嗎？

21　以越南漢文小說為例，已出版的《越南漢文小說叢刊》第一、二輯尚未囊括所有現存的作品，目前等待整理出版的至少還有《金雲翹錄》、《南海四位聖娘譜錄》、《大南奇傳》、《陳朝上將事記》、《神異顯應錄》、《綴拾雜記》、《公餘捷記》、《山居雜述》、《花園奇遇集》、《古怪卜師傳》、《雲囊小史》、《鳥探奇案》、《婆心懸鏡錄》、《野史》、《上京記事》、《邯江名將列傳》、《雲葛女神古錄》、《異人略記》、《再生事蹟》、《傳記摘錄》、《南城遊逸全傳》、《西洋耶蘇祕錄》等二、三十種新資料。其中許多作品，都留有明清小說在越南的流傳與影響的寶貴線索。

22　關於越南學者研究明清小說的歷史與現況，可參考范秀珠〈越南的明清小說研究〉，載於大連明清小說研究中心編《稗海新航——第三屆大連明清小說國際會議論文集》（瀋陽市：春風文藝出版社，1996年），頁362-370。另外，越南現代翻譯明清小說雖多，但在版本的選擇上往往有欠精當，可參見陳益源〈《金瓶梅》在越南〉，收入陳益源：《從〈嬌紅記〉到〈紅樓夢〉》（瀋陽市：遼寧古籍出版社，1996年），頁245-252。

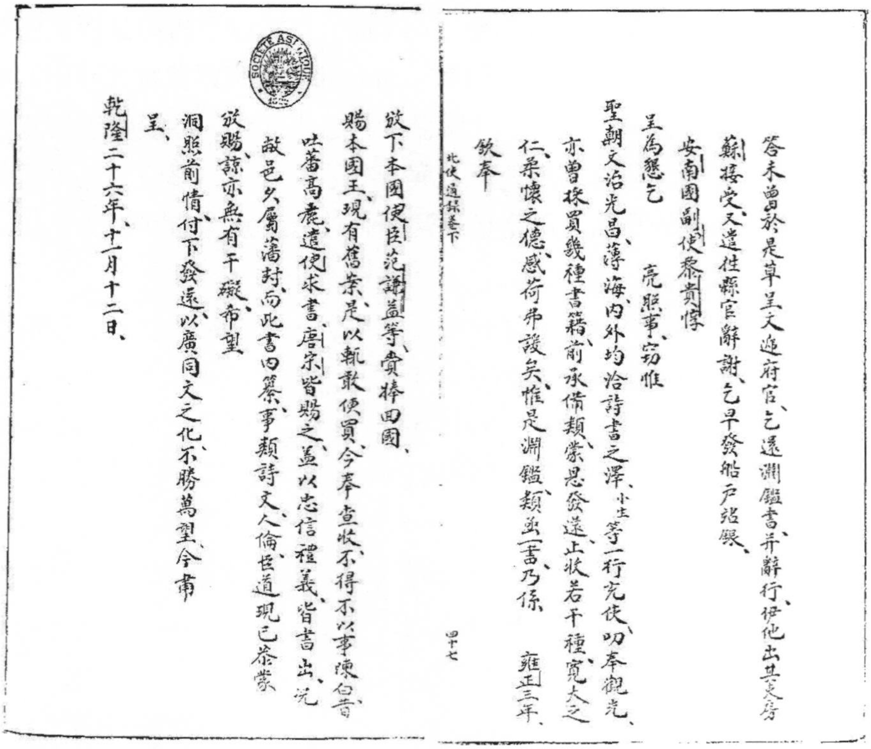

答未曾於是草呈文遞府官、乞還淵鑑書并辭行、伊他出其文房
繳接受、又遣往縣官辭謝、乞早發船戶[illegible]、
安南國副使黎貴惇
呈為懇乞　亮照事、竊惟
聖朝文治光昌、薄海內外均洽詩書之澤、小生等一行充使、叨奉觀光、
亦曾採買幾種書籍、前承備類、業已發遞、止收若干種、寬大之
仁、柔懷之德、感荷弗諼矣、惟是淵鑑類函一書乃係　雍正三年、
欽奉

北使通錄卷下　四十七

欽下本國使臣范謙益等、賷捧回國、
賜本國王、現有舊案、是以輒敢使買、今奉查收、不得不以事陳白、昔
吐蕃高麗、遣使求書、唐宋皆賜之、蓋以忠信禮義、皆書出、況
敝邑久屬藩封、而此書四纂、事類詩文人倫世道、現已恭蒙
欽賜、諒亦無有干礙、希望
洞照前情、付下發還、以廣同文之化、不勝萬望、今甫
呈、
乾隆二十六年、十二月十二日、

圖一　越南黎貴惇（1726-1784）《北使通錄》卷下第四十七葉

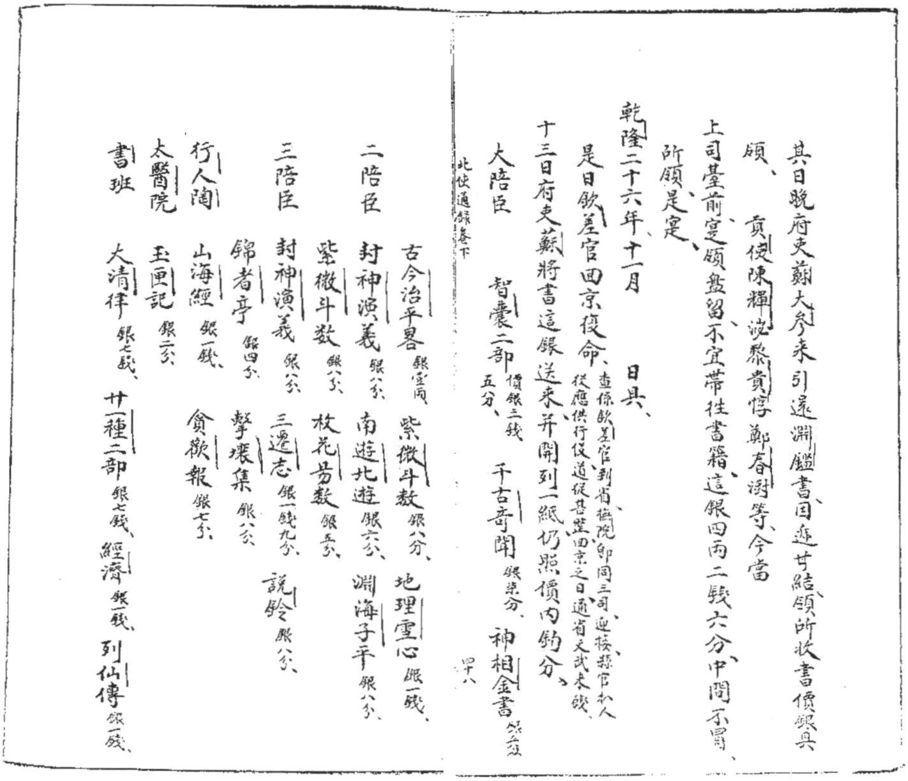

其日晚府吏藜大參來引遠淵閭書因連甘結頒所收書價銀具

頒、　貢侵陳撣浽藜賣惇鄭春澍等今當

上司臺前定頒盤留不宜帶住書籍這銀四兩二戔六分中間不買、

所頒是定

乾隆二十六年十一月　　日具、

是日欽差官回京復命、查係欽差官到省撫院即同三司迎接孫官大人

十三日府吏藜將書這銀送來并開到一紙仍照價內夠分、

大陪臣　　智囊二部價銀三戔五分、　千古奇聞銀柒分、神相金書銀柒分、

大陪臣

三陪臣

二陪臣

行人陶

太醫院

書班

古今治平畧　銀壹兩　　紫微斗數銀八分、　地理靈心銀一戔

封神演義　銀參分　　南遊北遊銀六分、　淵海子平銀八分

封神演義銀參分　　枚花易數銀五分

三遂志銀一戔九分

錦香亭銀四戔　　擊壤集銀八分　　說鈴銀八分

山海經銀一戔　　貪歡報銀柒分

玉匣記銀壹戔

大清律銀七戔　廿種二部銀七戔　經濟銀柒戔　列仙傳銀七戔

圖二　越南黎貴惇（1726-1784）《北使通錄》卷下第四十八葉

附錄
越南漢文小說〈南昌女子錄〉與《武氏烈女神籙》全文校錄

一　南昌女子錄[23]

　　武氏設，南昌女子也，幽閑貞淑，兼有殊姿。同邑張生，慕其容行，請諸母氏，用百兩黃金納聘。然性自多疑，防閑太過；娘亦動循禮法，未曾以耳目見忤。

　　居無何，有占城之役，大發士卒。張雖豪族，但不業詩書，未離行伍，名編尺籍，次在前發。臨行，其母戒曰：「今汝暫寄軍中，遠離膝下。雖功名之會，自古罕逢；然兵革之間，守身為大。但當知難而退，度力而攻；無貪芳餌之投，自取懸魚之禍。穹官厚爵，讓他少年，庶免為老母所憂也。」生長跪受教。娘且浮觴謂曰：「郎君此去，妾不願覓封侯之印，衣還鄉之錦；只願凱還之日，帶得『平安』兩字歸來耳！第所恐者，兵難遙度，機未可乘；狂獠逋誅，王師曠日；破竹晚膚公之奏，及瓜淹代戍之期。使幼妾關懷，慈闈掛慮。望長安片月，則砧遠塞之寒衣；見廢陌垂楊，則動戍樓之遐想。縱有千行書信，只恐無計得鱗鴻便也。」言訖，左右無不欷歔泣下。已而，離筵乍散，征袂纔分，舉目依然，已是別關山意思。

　　時娘既有孕，別後浹旬而育，以誕命名其子。日往月邁，倏已半載，每見園飛蝴蝶，嶺暗秦雲，徒增海角天涯之恨。母亦以思生故，

23　〈南昌女子錄〉收入阮嶼《傳奇漫錄》卷之四，今採越南永盛八年（1712）「類庵會註本／書坊紅蓼阮自信鋟梓」的《舊編傳奇漫錄》為底本，校錄其正文，原書註解涉及正文之校勘者今予加注說明，餘則刪除，詳細之校注內容請見陳慶浩、王三慶主編，陳益源校點：《越南漢文小說叢刊》第1輯第1冊，臺北市：臺灣學生書局，1987年。

纏綿致病；娘為迎醫禮佛，祈巫禱鬼，且以好語百方開說；然奄奄羸疾，勢必不起，囑娘曰：「榮瘁天也！脩短命也！我非不欲樂待佳兒，強進饘粥；然貪心無厭，厄運難逃。漏盡鐘[24]鳴，數窮氣反；殘軀衰謝，危在旦夕，不免以死生相累。吾兒契闊，死生何處，無地可酬恩也。異日天相其誠，綏以福履，宗枝茂盛，子子孫孫[25]。願彼蒼不負新婚，如新婚之不負老親也！」言終而逝。娘纍然哀瘠，凡葬祭儀式，一如所生父母。

及明年，頑占就縛，師旅始解。生至家，則老母辭堂，稚兒學語矣。詢母塋所在，攜兒獨往，兒輒悲號不肯，生止之曰：「兒無苦啼，父心亦大傷感。」兒曰：「君亦父耶？君自能言，殊不若曩時父泯然緘默也。」生怪問其詳，兒曰：「君不在時，常有丈夫，每夜輒來，母行亦行，母坐亦坐，然未嘗向誕兒携抱也。」生性本猜忌，及聞兒言，則束縕之惑，根著彌深，膠而不可解矣。歸即宣言泄怒，娘泣曰：「妾猥以寒門，幸歸華族。未足衾裯之樂，已勞鞍馬之征。隔別三年，周旋一節。香奩粉匣，久已灰心；柳陌花街[26]，未曾著腳。安有倖心薄態，如君之所言哉？願白此心，以釋疑惑[27]。勿以玄妻見視，終教小玉含冤。」生終不信，然叩其說所從來，則秘兒言不道，但以他辭責之，詆辱多方，時時斥遣，雖村鄰之保、親族之言不入矣。娘不得已，請曰：「妾所以托於良人，以其有宜家之樂，有喬木之安；豈期謗訕如山，恩情似葉！今則瓶沉簪折，雨散雲收；落寒沼之芙蓉，墮西風之楊柳；花辭枝而泣露，燕離幕而啼春。水遠帆孤，不堪重上望夫山矣！」乃齋戒沐浴，就黃江仰天訴曰：「薄命妾，家室緣單，夫兒恨苦；枉受無根之誚，翻蒙不潔之名。江神有知，乞賜

24　「鐘」原作「鍾」，據《新編傳奇漫錄增補解音集註》（阮克定抄本）改。
25　「子子孫孫」，原書注云：一作「留慶子孫」。
26　「街」，原書注云：一作「衢」。
27　「惑」，原書注云：一作「慮」。

照鑒。妾若起居惟謹，純一無他，入水願為媚娘之珠，著地願為虞姬
之草；倘或二三其德，貞黷靡常，下則充魚鱉之腸，上則飽鷹鳶之
飼，無徒使傍人以河間見笑矣！」言訖，自投于水。

　　生雖恨其失節，然幽明頓隔，亦動哀情，百計搜求，終莫能得。
獨處空房，夜夜挑點寒燈，寢不成寐。兒忽言曰：「誕父又來矣！」
生問何在？即指壁間燈影曰：「是矣！」蓋娘平日獨居思夫，常戲指
示兒。生方悟其冤，終無可奈何。

　　時娘同里有潘郎者，前此為黃江渡長，常夢綠袍女子，哀號請命。
洎曉，有漁子以綠殼龜馳獻，潘憶夢中所感，乃生放之。胡開大末，
偽陳添平還國，犯支稜關，潘與鄉人航海避難，為飄風[28]所破，同時
溺死，屍沉海島，適龜洞。靈妃見之，曰：「此活我主人也！」命拭
之以紅綾[29]暖扇，灌之以火籙神丹。俄頃復活，見錦宮瑤閣，但覺神
嵬目澒，不知身世已在水晶宮矣。妃方御錦雲碎玉之袍，曳散霞蒻金
之履，笑謂潘郎曰：「妾乃龜洞靈妃，南海廣利王之夫人也。記為兒
時，嘗遊江渚，為漁人所獲，偶然托夢，遽爾蒙恩；今日相逢，豈非
天假手於吾，而報君之德乎？」乃設宴朝陽閣，姬嬪咸在，拖輕裙而
垂墮髻者，不知其數。中有一人，薄施朱粉，潘時時竊視，酷類武娘，
而不敢認也。宴罷，其人謂潘曰：「妾與君本同里閈，甫爾隔面，何
以[30]路人相視，漠然無情？」潘方省悟真是武娘，因究問來由，曰：
「妾前不幸，辱被重誣，遂投身江水。水曹仙眾，哀妾無辜，激開水
路，因得無死；不然已葬黿鼉之腹，安得與君會遇于茲乎？」潘曰：
「娘子義不曹娥，怨非精衛，而有赴海投江之恨；今則舊穀既沒，新
穀又登，寧無懷土之心乎？」娘曰：「妾既為夫兒所不容，寧終老於
水雲鄉，不願與良人相見也。」潘曰：「娘子之先人廬屋，桑柘成陰

28　「飄風」，原書注云：一作「風波」。
29　「紅綾」原作「綾紅」，據《新編傳奇漫錄增補解音集註》（阮克定抄本）改。
30　「何以」，原書注云：一作「已」，無「何」字。

矣！娘子之先人墳塚，松楸滿目矣！縱子不憐，如先人之念子何？」
娘泫然垂涕，幡然改容曰：「妾不能竟泯踪跡，久罹污巇；且胡馬嘶北
風，越鳥巢南枝，我感此情，言歸有日矣！」明日，妃以香羅紫袂，
緘明珠十顆，遣赤鯶使者，送潘出水。娘乃奉[31]金鈿為寄，且曰：「為
妾道張郎[32]，如少有舊情，可就江邊設解冤清醮[33]，燃照水神燈，妾當
自詣矣！」

　　潘既歸，詣張家道意，張初不信，及出金鈿，駭曰：「此的吾妻
去時物也！」遂如言設醮黃江水滸，凡三晝夜。娘果乘綵輿，凝立水
波間，從之者，車子可五十餘輛[34]，雲旌旒旆，照耀江渚，隨見隨
沒。生急喚之，但於水中遙謂曰：「妾感靈妃之德，業以死許之；多
謝良人，不能更[35]住人間矣！」竟冉冉而沒。

　　　嗚呼！甚矣！疑似之嫌，難明而易惑也。或投杼之疑，雖大賢
　　　之母且不免；竊鈇之惑，雖鄰人之子其奚解？薏苡之車，光武
　　　頓疑老將；縛殺之語，曹公至負恩人。氏設之事，亦類是也。
　　　向非天鑒其誠，水不為害，則香骸[36]玉骨已葬江魚之腹，安能
　　　重通消息，使貞純之節一一暴白而明乎？為丈夫者，毋使佳人
　　　至是哉！

---

31 「奉」，原書注云：一作「捧」。
32 為妾道張郎，諸本「妾」作「我」。
33 「醮」，原書注云：醮，子肖切，祭名，同「釂」。
34 「輛」原作「兩」，依文意改。
35 「更」，原書注云：一作「便」。
36 「水不為害，則香骸」，原書注云：一作「則水必為害，而香骸」。

二　武氏烈女神籙[37]

禹甸武氏節婦玉譜引

　　節婦傳古多有之，境遇不同，心跡亦異。雖出於造化之所播弄，實為今古之所艷傳。亦止「貞」之一字，至今為烈也。余嘗閱《南昌四怪傳》，見武娘事，自黎朝至今，經七百餘載，而州閭香火之，歷代華衰之。噫！可怪也。夫一个女流，而苦節之貞，雖含冤於一時[38]，實得伸冤於萬世，寧非天投以難堪之境，而厚以非常之報也耶？嗟乎！片塵寸晷，蒼狗白雲，古來淪落者不少，而禹甸之廟，何以赫靈聲于故郡，顯神跡于黃江，使往來征客肅然敬、惕然畏？然則負薄之情，雖可為張生恨，而亦不必為張生恨；誤殺之案，雖不必為癡子原，而亦可為癡子原也。夫何怪乎？

　　皇朝甲寅，本總同安社陳登三兄弟等，因禹甸母貫適來瞻拜，閒閱舊譜，併稽之《謾籙》[39]，思欲再整疏奏，遞遂叶社紙，逕總陳文，以邀駕就廟所。余閱見其舊譜，辭多古陋，《謾籙》頗亦未盡合。閏五月初八日，因肩神古庵狀元白雲程國公、東羅庭元閣老杜福神稽究玉清幽冥神籙再降乩，校正籙譜間，仍其原本，參以駢偶，再稽述國音諾文。已完，交伊社公民壽梓，不特為萬年之恆式，亦以補四怪之佳話云。是引。

維新捌年歲次甲寅潤五月初捌日

九天武帝陳朝仁武興道大王乩著

37　《武氏烈女神籙》，今存越南維新八年（1914）「禹甸靈祠藏板」之刊本，書藏漢喃研究院圖書館，藏書編號A.1841。其內容包括引、實誥、祭文、讚文、玉譜、題詩等，漢文喃文間雜；其後附載《水晶公主神跡》、《鴻憲真猛夫人神跡》二種，茲不錄。

38　「時」原作「辰」，全書皆然，此乃越南書寫習慣，逕改。下文或同，不贅。

39　所謂「謾籙」，當即阮嶼所著之《傳奇漫錄》。

貞烈神女寶誥

至心頂禮

禹甸名鄉，武家令族，稟大地精英之氣，為女中貞烈之神。重義輕生，心誓黃江之水；庇民護國，恩覃瀘口之波。逍遙十二海門，風飄鳳輦；赫奕千秋廟宇，日煥龍章。大願大慈，至靈至應。

管掌水宮列部，敕封謹節貞烈淑妙武娘公主上等神。

祭文

恭維

尊神仙姿冰玉，花冑簪纓。道參乾始，德合坤貞。一片丹衷，五夜之天披白；千秋素節，三春之水流清。護國而功光祀典，扶王而威振占城。歷朝之華袞聯封，母儀天下；澤國之波瀾重潤，子育群生。茲逢時節，祇薦芳馨。瀘水波間，恍迓金龜湧出；木棉樹下，偏疑赤鯉重迎。帝旁儼若乘風，靈來不測，草野齊孚；就日神享于誠，尚茲鑒格，錫以和平。脈回禹甸之初，江河不改；俗翕里仁之美，家室攸寧。

武氏貞烈詞讚文[40]

芳馨祿水波間恍迅金龜湧出木綿樹下
偏疑赤鯉重迎帝旁儼若乘風靈來不測
草野齊孚就日神享于誠尚茲鑒格錫以
和平脉回禹甸之初江河不改俗翁里仁
之美家室攸寧

武卩貞烈祠讚文

楫盃坦蠨坪南越僖女才烈節余珎浚

正氣初陞迓欺屯褰買能別窮頤靈燹範
銅鑒硈硪新秋資遯群依化生牲栱竒
要離付黙化兒負傍 暗惰下 小兒事 貼傳韻南昌禹
旬邊頭岸廟殷巍峩方民懸喈
聖媛本智第七仙娥廣寒颭清歷幔蘭帳
蕙號翠瓘
上帝恩封緣塵怅沼瑤衝玉書謫降寵嫂

40　此一讚文，係以喃字書寫，見於原書第四～七葉。

嗜戔唒換黨羸哽哽解責扗張吻買悉疑
暘台独穿女兒甩訕罪壁知知有神准樓
桔移頭脒宋齹罪皮吟吵淏潔朝猷潄潄
同同禰紅橑夷誓悉洗遷劫塵世興那果
滿疏江神依限奏遁會同水府臣座差現
赤鯉鸞車邅迴智陽世危臥水府塪塵緣
甩擒瀝空扗張擬拱傷悉揩砚拚脿畑烂

更長硯筧膵邊牆濕烷浪瓦吒形樣空差
扗張欺買醒回伙陷事悴過未別啊欺晤
永甩輕正照立波坛齋雕邊滝事機虺拱
㜺逼波間甩筧蹲鵼娘摶餞玉花璜扱
吏吁即君燿哆情範冥陽危甩介岐劫智
甩歪催咐劫黏洌溕水发年璧物晦源于
黙黙無言顧春彷彿香魂咭扗倍甩海門

週行偈欽奉　帝庭玉旨令權診十二

龍宮金龜法妙神通扶黎靭渃範功廟亭

陰故郡靈聲萬古壞度沉淪除災

捍患慈蓉歷朝救贈留恩空穷將貞白壽

終造化詩御題蹟賜群低清台馭飄車運

欺色四瀆欺懟五湖欺懢景南無極樂欺

嶽仙駕鶴道遜泣沔山起水包撼貼功德

沫滋閭年悉懇願没篇誦讚祝

聖婆壽萬無疆吁朱地火天長滋培洲土

康常人家

雄新甲寅年下浣古庵狀元程國公阮福

神東羅庭元閣老杜福神欽奉

陳大王命奉撰　奉

地寫得逼真光景筆下淋漓。

黎朝節婦武娘公主玉譜籙[41]

　　昔我粵雄圖餘裔南國英君出治，禾刀木石讖書已定黎家，當間我粵世傳記事。

　　黎聖宗時，有山南上處蒞仁府南昌縣禹甸庄之地，有一武家翁諱順，娶妻本庄下兑甲阮氏藩。武家世豪富有餘，夫婦一班質厚。

　　一日，太婆出遊津邑江邊[42]，下津洗足，忽見一金龜浮江水面。太婆捉得將回，置入臥床下，頃間變失。太婆以為江神作怪之兆，禍福難詳，言與武公，即日立壇于江邊，行禮送怪。事訖，是夕太婆入

---

41 原書注云：「坎支中等第二部，國朝禮部正本。」

42 原書注云：「即禹甸庄濊市店。」

臥，渾然似夢見身下水界，直入龍君宮殿，拜謁皇后。正宮皇后謂曰：「汝家福厚，夫婦一班福德。今有龜娘公主名翠環，許汝家為子，即付將回。」太婆拜謝，將娘返回。出至玉門外，勃然夢醒，言與武公，暗想捉得金龜之瑞，故有此夢。百日後，太婆果然有孕。

時至壬戌年二月初十日，是日春風蕩漾[43]，陽氣暄和。太婆於外堂睡去，身如登蓬島之雲岩，見群仙宴會鬥碁。太婆立觀之，見群仙將一詩章看誦，有四句云：「武家人兮禹甸鄉，仙女應傳降一娘。今月下旬仙自出，可憐一節世留芳。」聲聞貫耳，忽然醒來。

至下旬二十日，太婆生下一女，顏色姝姿，容儀窈窕，恰似蓬瀛之女，依然閬苑之嬌。年甫三歲，父母命名武氏設，號曰香娘。八歲通明頓異，承父母命入學范先生場，涉獵經史，頗知詩律。及年十有三，是年十一月二十八日，父母皆共捐塵。娘兄弟四人行禮寧葬事清，相依生業。及年十九歲，性好潔淨，尤愛香花。是年，時被凶荒，民皆菜[44]色，香娘與兄相謂曰：「我家兄弟，憑於先蔭，富有越人。妹願己分財產，一皆施給人民。」孤貧老弱，咸賴香娘之德。

時地邑下塸[45]，有一張翁家諱誼，娶妻黎氏娟。張公夫婦本是樸厚，一班積善，早應螽斯之瑞，生得五男，皆是長成。張家本是豪目，獨擅一邑之權，見香娘為人心德，謀與兄議婚，為二男[46]定配。香娘亦一心順承兄命。張公具將聘禮，擇日迎婚回門。

甫得七日，時有占寇，詔選民丁充兵簿，以防邊患。張生備數，即日整裝入戍驩州。入拜父母，纔得與娘洞房一敘，社民催督登程。娘自是一段愁思，三秋別感。雙堂晨夕，藻蘋之孝道無虧；終歲勤勞，冰玉之貞心自在。光陰荏苒，不覺週年，生得一男，娘盡心養育俯視。

---

43 「漾」原作「樣」，依文意改。
44 「菜」原作「采」，依文意改。
45 原書注云：「禹甸庄分四塸居之。」
46 原書注云：「名張玄。」

兒三歲餘，頗亦能言。寒窗四壁，惟知頭上有天；孤獨三更，不覺妾身為父。娘夜抱兒兀坐，戲指牆間燈影，謂兒曰：「爾父，爾父。」兒亦顧笑。絕憐有氣之身，哀還彊樂；豈料無情之物，假弄成真。

　　是年，占寇平，張生戍滿回家，則父母已捐塵矣。別恨終天，空嘆桑榆之景；消愁今夕，好締琴瑟之緣。是夕，生抱兒，驚異不顧。生曰：「我非爾父耶？」兒曰：「非也。我父至夜乃來，我見我母行亦行，坐亦坐。」生聞兒言，大起疑心，轉生反目，娘亦無以自解，鄉族互來為娘勸曉，生故不聽。

　　一日，娘衣裳整服，獨行至大黃江邊津邑，此處有木棉樹[47]，指願祝曰：「妾身事夫，只有端貞一節。夫君固意疑惹，致使冤情莫訴。江神有識，願證妾言。」祝畢，作詩二律，留題于紅幗云：「人道難知已有天，有天敢願解怨愆。生前未遂三生願，死後將為水國仙。」又：「有其天地有江神，有木棉[48]兮有妾身。數語冤情吾寄汝，誰人來往報郎君。」懸于樹上，遺下平時衣領於江岸，以八月二十日誓心天地，自投江死。紅顏多累，已還運命於化兒；白水有知，應訴衷情於月姊。

　　江神即奏龍宮王，王急遣赤鯉使者護送娘至水晶宮。王靈妃與娘原仙班夙契，方見之後，情好愈篤。娘自是長居[49]于水雲鄉矣。

　　張生聞信後至處，認得紅幗詩並舊衣領，乃知其事則已過矣，而疑心不解，何其愚也。一夜，生抱兒獨坐，兒思母，啼泣不止，忽見牆間燈影，大驚曰：「我父已來。」此次鄉族多來吊問，處處點燈，兒再喜曰：「我父何其多耶！」生始醒悟，知兒前言我父，乃牆間燈影，非奸夫也，於是感娘之含冤。鄉族無不感娘之德，咎生之愚者[50]，遍

47　原書注云：「即禹甸庄天圓江溪。」
48　「棉」原作「綿」，據上文改。
49　「居」字原無，依文意加。
50　原書注云：「德指前日施給事。」

請寺僧,設招魂解冤壇場于江岸邊。寒波皓月,緲精衛之不來;慘綠愁紅,嘆楚些之莫挽。經三夜,忽見波間湧出赤鯉車,燈燭輝煌之下,生見的是武娘來,隱約徘徊,有欲語不語之狀。瞬息,娘乘風去矣。生益感。明日,見壇場岸邊遺下雙玉環,的娘生時舊物也。

時驩州人為渡長,舟過禹甸江分,遭風沉溺。香娘雲行適遇救甦,邀至水雲宮裡,囑曰:「回報我郎君張生,多謝立壇解冤之惠,但冥陽路隔,不復通音問矣。」另開水許渡長回陽。至禹甸,問張生家,備述娘語。張生益感。後張生不娶,父子相依,不敘。

卻說香娘化後,帝庭封為水宮公主,週行海國,大著靈聲,而黃江尤顯赫,俗言「海門十二,黃江可畏」,即其事也。黎聖宗伐占城,風濤一陣,將沒龍舟,娘化為黃龍擁駕,風貼[51]波平。夜,聖尊夢有一女,自言南昌禹甸人,昨日護駕,願再從王師,以蕩占寇。是日,聖尊即親征,直抵占城,大獲克捷,詔省臣飭禹甸、豪洲、富閭、昌後四社,增修廟宇奉祀,廣賜祀田,以報神貺。聖尊嘗[52]與狀元梁世榮等舟過禹甸候[53]渡處,賜民社國音詩題于本廟云[54]:

---

51 「貼」原作「帖」,依文意改。
52 「嘗」原作「常」,依文意改。
53 「候」原作「侯」,依文意改。
54 此一國音詩,係以喃字書寫,見於原書第十五葉。

富閭昌後四社增修廟宇奉祀廣賜祀田
以報神貺聖尊常與狀元梁世榮等舟過
禹甸侯渡處賜民社國音詩題于本廟云
煙烽頭崇鑽燒香廟埃如廟嬙扒張脺畑
油吞停睚榫宮港之朱果細娘証果乜堆
彙日月解冤之路尒坵場過低買別源于
意呵責扒張噠負傍至今尚存歷朝敕封

謹節貞烈淑妙武娘公主上等神四時香
火永為恆式云
附籙題禹甸祠武氏烈女神廟詩
契闊三冬一念貞幽懷分付鬼神明愚夫
難辨無根謗假父翻教不潔名今日江波
猶有恨何年燈影太無情立祠旌節渾閒
事誰為佳人寫不平

　　至今尚存。歷朝敕封謹節貞烈淑妙武娘公主上等神，四時香火，永為恆式云。

附錄：題禹甸祠武氏烈女神廟詩

　　契闊三冬一念貞，幽懷分付鬼神明。愚夫難辨無根謗，假父翻教不潔名。
　　今日江波猶有恨，何年燈影太無情。立祠旌節渾閒事，誰為佳人寫不平。

道來閭塞跡相殊，鞭石伊誰縮望夫。燈壁笑餘天地泣，壇場解
處草花愁。

三生冤債雲還懺，半鏡綱常月燭秋。碧眼依依清廟在，黃江一
帶水空流。

右平陸安堵三元阮勝拜題

不是睽離在逆胡，塵郎無分配仙姝。
當年燈影偏疑似，萬古雲車半有無。
公案可原兒殺母，果情莫道婦忘夫。
依依清廟今猶在，淡月淒風古渡頭。

解元知府阮耀拜題

百年相信忍相疑，結恨埋怨訴向誰。
塞外思郎應悼妾，壁間叫父業傳兒。
雪霜別淚孤燈燭，鐵石剛腸一水知。
信是天南昌世道，千秋禹甸仰靈祠。

東江舉人潘輝謙拜題

貞豈吾名更得名，生難為信死為貞。
百年聚散三冬景，半枕悲歡一子情。
影伴燈家燈不炤，聲沉水國水能鳴。
此生休悔[55]封侯事，歷代葩章疊寵榮。

右同進士原領海防督學院阮文性拜題

---

55 「悔」原作「晦」，依文意改。

貳
越南漢喃研究院所藏的中國重抄重印本小說

一　前言

　　二○○四年九月，一部結合中外學者新編完成的《中國古代小說總目》（含文言、白話、索引三大卷），在大陸隆重問世，主編石昌渝在〈前言〉中表示：

> 《中國古代小說總目》的編委會由國內外學者組成，不少條目亦由海外學者撰稿。眾所周知，中國古代小說由於遭到歷代統治者的歧視和禁毀，一些作品和一些作品的原本善本在國內已經湮沒，慶幸的是有些作品流傳到海外，在韓國、日本以及歐美的一些國家保存下來。近百年來國內不少學者到海外訪書，使我們知道了某些小說作品或版本的存在，但限於條件，他們既沒有搜尋殆盡，也不可能作精細的閱讀，即使帶回照片和複印本，也終究不能替代原本；而版本研究不能不經過對原本的目驗。因此，與國外同行們的合作是必要的，這對於本書學術質量是一重要保證。[1]

　　本人完全認同上述主張，也肯定《中國古代小說總目》具有較高的學術質量。但忝為編委之一的我，卻對自己未能及時將越南所藏中

1　引自石昌渝主編：《中國古代小說總目》，太原市：山西教育出版社，2004年。

國古代小說介紹給《中國古代小說總目》編撰委員會而感到耿耿於懷。

　　事實上，中國古代小說對越南文學影響深遠[2]，流傳到越南的中國古代小說數量也必然可觀，可惜越南主管中國漢籍的國家機構（通訊情報研究院）始終未公布藏書目錄，外界無法得知其中究竟有多少中國古代小說寶藏。幸而越南人文與社會科學國家中心「漢喃研究院」在負責保管越南漢喃書籍之外，也典藏了一些「中國重抄重印本」小說，並且在一九九三年與法國遠東學院合作出版有法越文版的《越南漢喃遺產目錄》，公諸於世；在《越南漢喃遺產目錄》的基礎上，劉春銀、王小盾、陳義又主編了中文版《越南漢喃文獻目錄提要》，於二〇〇二年十二月，由臺北「中央研究院」中國文哲研究所正式出版。如此一來，越南所藏中國古代小說的部分狀況，終於能解開其神秘面紗了。

　　劉春銀、王小盾、陳義主編的《越南漢喃文獻目錄提要》，係「依經、史、子、集四部分類法重新及撰寫提要，並依現代目錄學之古籍目錄體例整理成目」[3]，其集部「小說」和「金雲翹」二類，著錄有「中國重抄重印本」作品，包括《南城遊逸全傳》、《雷峰塔》、《天皇準奉治世之時奏明敕》、《回陽因果錄》、《李相公冥司錄》、《世說新語補》、《尚友略記》、《閱微記節錄》、《金雲翹傳》等九種。本文擬針對這九種作品，持與中國原著一一進行比對，以明其屬性，並判斷其版本文獻上的參考價值。

　　除了《越南漢喃文獻目錄提要》集部「小說」和「金雲翹」類著錄的九種作品之外，至少還有《神仙通鑑》、《異聞雜錄》、《一夕話》三種，《越南漢喃文獻目錄提要》雖未注明是「中國重抄重印本」小說，但可應納入討論的範疇，本文亦將一一加以說明。

2　詳參顏保：〈中國小說對越南文學的影響〉，收入〔法〕克勞婷·蘇爾夢編：《中國傳統小說在亞洲》（北京市：國際文化出版公司，1989年），頁191-236。

3　語見劉春銀、王小盾、陳義主編：《越南漢喃文獻目錄提要》之〈凡例〉，臺北市：「中央研究院」中國文哲研究所，2002年。

二　《越南漢喃文獻目錄提要》所著錄的九種

首先，讓我們來看《越南漢喃文獻目錄提要》所著錄的九種。

根據《越南漢喃文獻目錄提要‧凡例》的說明，越南漢喃研究院圖書館藏書編號，英文字母代碼有其分類的意義——（一）一九五八年接收自河內遠東學院者～～Ａ：漢文書，ＡＢ：喃文書，ＡＣ：重抄或重印中國書；（二）一九五八年起由越南各公私圖書館和私人藏書匯集者～～ＶＨ：漢文書，ＶＮ：喃文書，ＭＦ：微捲。然而該館非類並不精準，所以「中國重抄重印本」小說的編號，在 ＡＣ 之外，尚有 Ａ 與 ＶＨ 的可能。

《越南漢喃文獻目錄提要》集部所著錄的九種「中國重抄重印本」小說，就同時出現了 ＡＣ、Ａ、ＶＨ 三種編號，它們分別是：《南城遊逸全傳》（ＡＣ.637）、《雷峰塔》（Ａ.1986）、《天皇準奉治世之時奏明敕》（ＡＣ.668）、《回陽因果錄》（ＡＣ.427）、《李相公冥司錄》（ＡＣ.630）、《世說新語補》（ＶＨv.105）、《尚友略記》（Ａ.1451）、《閱微記節錄》（ＡＣ.265）、《金雲翹傳》（Ａ.953，ＶＨv.1396，ＶＨv.281/1-2）。

（一）《南城遊逸全傳》（ＡＣ.637）

《越南漢喃文獻目錄提要》第八九九頁，著錄《南城遊逸全傳》抄本一種（18頁，高17公分，寬12公分），說：

> 關於陽玉子和陰貴娘的傳記故事，共四回
> 此書講述中國天壹府可水縣忠後社人陽玉子，幼時學會玄術變化法，耽迷風月且傲慢，有二子名石左、石右，皆智勇過人；玉子垂涎富家女陰貴娘的美色，攜子騷擾，但被陰貴娘的僕人打敗；玉子賊心不改，多年糾纏陰貴娘，被逼無奈的貴娘只好讓步，年貢玉子一男一女，但玉子未滿意；原書情節至此，似抄寫未完

後三回有回目，分別是「楊玉子生得兩子，謀攻貴娘」、「貴娘
謀拒玉子，貳侍陰圖謀計」、「玉子問計攻貴娘，公臀陳謀招英
傑」

漢喃研究院所藏《南城遊逸全傳》，編號 AC.637，以八張版心下
端印有「祥記」二字的稿紙抄寫，書題「南城遊逸全傳」，無作者姓
名，存四回，第貳～肆回有回目，具章回小說形式，內容則為淺白的
文言文。經查中國古代小說書目，均未著錄，如果它真是「中國重抄
重印本」，那麼我們就發現亡佚海外的中國孤本小說了。

不過，《越南漢喃文獻目錄提要》的提要內容有誤：（一）故事主
角是「楊玉子」，而非「陽玉子」；（二）楊玉子的父親楊公臀是「太
古時天壹府可水縣中後社脊村人」，而非「中國天壹府可水縣忠後社
人」；（三）陰貴娘「每歲出貢，或男或女，各壹」，而非「年貢玉子
一男一女」。事實上，這是一部把男女性器官擬人化，將做愛寫成做戰
的幻想性極高的豔情小說。它的第壹回有言：「至陳英時，追思公有
德，故有禁笞之詔。」此處所謂「陳英」，當指越南陳朝英宗（1293-
1313），可見這部小說的作者當是越南人士，並非中國作家。

至於漢喃研究院圖書館為什麼會把《南城遊逸全傳》，編號為
AC.637，歸入「中國重抄重印本」呢？估計這可能和它被抄在「祥
記」稿紙有關，該種稿紙或許來自中國，但文字內容絕無「中國」二
字，它不被視為中國重抄重印本小說，而應該屬於越南漢文小說才對。

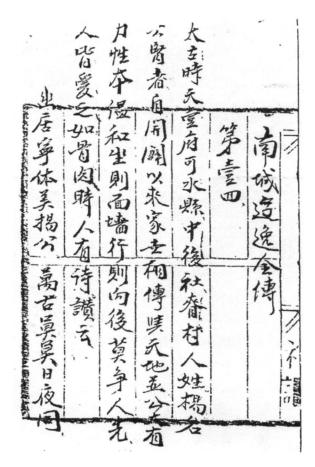

書影一　　《南城遊逸全傳》（AC.637）

（二）《雷峰塔》（A.1986）

　　《越南漢喃文獻目錄提要》第八九九頁，著錄《雷峰塔》印本一種（272頁，高13.5公分，寬10.5公分），說：

> 今存印本一種，據嘉慶十一年（1805）蘇州印本重印，有吳炳
> 文序
> 又名《新編雷峰塔奇傳》

中國章回小說，關於許仙與白蛇的愛情故事

書共五卷，分別題為「謀生計嬌容託弟，思塵界白蛇降北」、「吳員外見書保友，白珍娘旅店成親」、「狠郎中設計賽寶，怒太守懷情擬輕」、「遊金山法海示妖」、「法海師奉佛收妖，觀世音化道治病」；其前有16幅插圖

　　漢喃研究院所藏《雷峰塔》，編號 A.1986，封面書題「新本白蛇精記／雷峰塔／姑蘇原本」，目錄書題「新編雷峰塔奇傳」，首有芝山吳炳文序，署「嘉慶十有一年歲在丙寅仲秋之月，作此於西湖官署之夢梅精舍」，有圖八葉十六幅，起「遊湖借傘」，訖「脫罪超生」，正文五卷，各卷立有二～三個小目[4]。此一版本狀況，與《中國通俗小說總目提要》所著錄的「嘉慶十一年（1806）寫刻『姑蘇原本』」[5]，最為接近；不同的是，漢喃研究院藏本半葉9行，每行17字，且無版心，和「嘉慶十一年（1806）寫刻『姑蘇原本』」（半葉8行，每行17字，有版心）有別。種種跡象顯示，漢喃研究院藏本《雷峰塔》，應當是中國「嘉慶十一年（1806）寫刻『姑蘇原本』」的越南仿刻本沒錯。該本刻工雖然粗糙，但仍有其版本上的參考價值。

　　講述許仙與白蛇愛情故事的《雷峰塔》小說，現存版本不少，然而上海古籍出版社《古本小說集成》影印最早的「嘉慶十一年刊本」，書中「卷一第十六、十七頁，卷三末，卷五第十三頁反面原缺」[6]；今檢漢喃研究院所藏《雷峰塔》，「嘉慶十一年刊本」所缺卷一第十六、十七頁（32行），卷三末（第十八、十九頁，30行），卷五第十三頁反面（1行，17字：「施主可用湯調化，付與令郎吞服，管教立見」），它都很完整，可以補《古本小說集成》影印本的不足。

4　《越南漢喃文獻目錄提要》抄錄的回目，只是各卷的第一個小目而已。

5　江蘇省社會科學院明清小說研究中心編：《中國通俗小說總目提要》（北京市：中國文聯出版公司，1990年），頁603-605。

6　語見上海古籍出版社《古本小說集成》影印《雷峰塔奇傳》之前言，徐朔方撰。

書影二　　《雷峰塔》（A.1986）

（三）《天皇準奉治世之時奏明敕》（AC.668）

　　《越南漢喃文獻目錄提要》第九一二頁，著錄《天皇準奉治世之時奏明敕》抄本一種（68頁，高30公分，寬16公分），說：

　　　　關於盤護族的龍犬祖先的傳說

　　　　據書中文件之年代，乃抄寫於康熙四十年以後

　　　　其書云：大隨五年之時，楚平皇帝治國，有賊高皇作亂；皇帝

無計可施，遂以兩名宮女和半壁江山懸賞，以求得高皇的首級；宮中之犬盤明護得知後，咬死高皇並叼來他的首級，皇帝按章賞賜並讓龍犬的後代繼承俸祿，後繁衍為盤、趙、李、沱、鳳、包、蔣七姓；本書自第5頁起，載此盤護七姓所獲歷代敕封、關帖及相關故事，其中所涉年號有「大隨五年」、「嘉定十七年」、「寶慶二年」、「至元十八年」、「至元二十四」、「大德三年」、「洪武元年」、」永樂六年」、「弘治十三年」、「正德十一年」、「成化二十三年」等

書影三　《天皇準奉治世之時奏明敕》（AC.668）

漢喃研究院所藏《天皇準奉治世之時奏明敕》，編號 AC.668，無封面，首葉首行題「天皇準奉治世之時奏明敕」，本書第一頁起到第六

頁止，就是一篇「大隨五年五月十三日敕給」「良善子孫盤騎山收炤」
的山關帖，帖末有云：「……敕天皇準奉治世之時，祖居潮州府洛水
縣分，至龍犬子孫，朝廷給山，楚平皇勅帖給付盤皇犬子孫之良善，
自住青山荒涼之處，鳥宿之。」此後又抄錄了從「大隨五年」到「康
熙四十年」的各式山關執照，內容都與盤護子孫有關。

　　經查各種中國古代小說書目，從未著錄《天皇準奉治世之時奏明
敕》一書；加上「天皇準奉治世之時奏明敕」一語亦不像書名，整本
書所匯錄的又都是山關執照而非小說故事。因此，漢喃研究院圖書館
所藏 AC.668書，是「中國重抄重印本」沒錯，但《越南漢喃文獻目錄
提要》把它歸入「集部—小說—傳奇」類，其實並不恰當。

（四）《回陽因果錄》（AC.427）

　　《越南漢喃文獻目錄提要》第九一二～九一三頁，著錄《回陽因
果錄》印本一種（146頁，高24公分，寬14公分），說：

> 有42幅插圖，內容關於冥間案獄
> 關於湖廣人林嗣麒的故事
> 江潮遠序於嘉慶二十三年（1818），張友善作《三刻判斷公案
> 圖記序》於道光八年（1828），河內文廟安宅村吉靈寺印於同
> 治壬申年（1872）
> 其書云湖廣孝感縣有讀書人名林嗣麒，為人公平良善，死後到
> 陰府，看見閻王判案，後再生回陽，記錄地獄裏所見所聞，以
> 明善惡因果
> 附載《因果錄靈驗記》，記若干善惡報應之事

　　漢喃研究院所藏《回陽因果錄》，編號 AC.427，封面三欄，右欄
記「同治壬申孟秋」，中欄題書名「回陽因果錄」，左欄上言「文廟之

右近吉靈寺／安宅村贊化宮藏板」，下曰「葉秀林刊刻」，由此可知此
書確為在越南重刊之中國書籍。

　　本書在張友善〈《三刻判斷公案圖記》序〉、江潮遠〈原敘〉之
後，有粵東省城外載經堂書坊籲請樂善君子贊助刷印廣為流傳的廣
告，稱此書為《金剛經因果錄》；正文版心則作《金剛經因果像註》。
無論是《回陽因果錄》、《三刻判斷公案圖記》、《金剛經因果錄》或
《金剛經因果像註》，各種中國古代小說書目均未著錄，這跟它是宗
教善書的性質有關。《越南漢喃文獻目錄提要》說本書：「附載《因果
錄靈驗記》，記若干善惡報應之事」，其實正是十五則各地人士印送善
書《回陽因果錄》俱得善報的靈驗事蹟。這類帶有故事情節的善書，
究竟是否可以納入小說的範疇，可能需要再討論。

書影四　《回陽因果錄》（AC.427）

（五）《李相公冥司錄》（AC.630）

《越南漢喃文獻目錄提要》第九一三頁，著錄《李相公冥司錄》印本一種（68頁，高27.5公分，寬16.5公分），說：

> 瓊林寺印於黎永盛四年（1708），有序
> 關於李魏祖的傳說；故事略云李由老天爺派遣，下臨人間，輔佐魏文帝；白晝李魏祖任魏文帝宰相，夜間為陰府裏的「包公」；據李所說，人間為善者逝後得到超脫，作惡者死後則受到地獄酷刑的懲罰

漢喃研究院所藏《李相公冥司錄》，編號 AC.630，封面已缺，殘存二頁手抄《般若經》，影首（圖題「魏文帝判問／李詭（魏）祖上奏」）的背面，刻有瓊林寺和尚釋性爍於「黎朝永盛四年」（1708）所寫的《〈李相公冥司錄〉重刊真源署引序》，書末則刻有河內省常信府上福縣葛陂社普庵寺住持釋普興，於「嗣德元年」（1848）和「己酉年」（1849）兩度重刊《李相公冥司錄》的助印信眾名單，可見現存 AC.630書是普庵寺於嗣德初年（1848-1849）據瓊林寺永盛四年（1708）重刊本的再刊本，《越南漢喃文獻目錄提要》著錄有誤。

和上一部《回陽因果錄》同樣的情形是，這部越南重印的《李相公冥司錄》也是宗教善書，各種中國古代小說書目均未著錄。到底它們算不算小說作品呢？

如果算的話，那麼漢喃研究院還有許多同類書籍，例如《越南漢喃文獻目錄提要》「子部──道教與俗信」所著錄的《三教源流聖帝佛祖搜神大全》（AC.453）[7]、《因果實錄》（AC.388）、《好生救劫編》

7　《越南漢喃文獻目錄提要》頁600，著錄《三教源流聖帝佛祖搜神大全》時，誤作《三教源流聖帝佛師搜神大全》。

（AC.88）、《吉祥花》（AC.45）、《活世生機》（AC.393）、《棘圍勸戒奪命錄合編》（AC.292，AC.240）、《寶訓合編》（AC.677），乃至「子部—儒學」類的《留珍集新品》（AC.431）、「子部—佛教」類的《竹窗隨筆》（AC.350，AC.196/1-2）、《西方美人傳》（AC.290）、《湘山志》（AC.612）等，它們都是三教勸善靈驗故事，又皆為「中國重抄重印本」，豈不也都要被視為中國重抄重印本小說？

　　反過來說，如果這類宗教善書不宜納入一般小說的範疇的話，那麼《越南漢喃文獻目錄提要》把《回陽因果錄》、《李相公冥司錄》置於「集部—小說」類，就大有商榷的餘地了。

書影五　《李相公冥司錄》（AC.630）

（六）《世說新語補》（VHv.105）

　　《越南漢喃文獻目錄提要》第九一五頁，著錄《世說新語補》抄本一種（合112頁，高28公分，寬17公分），說：

> 劉義慶《世說新語》的越南抄本
> 書中自74頁起合訂《倉山詩話》，今別立條目
> 按：《四庫全書》子部小說家存目有明人偽託的《世說新語補》
> 四卷

　　漢喃研究院所藏《世說新語補》，編號 VHv.105，封面書題「世說／倉山詩話附」，首葉首行作「世說新語補卷第一／德行」，以下無卷次，「德行」之外，依序尚有「言語」、「政事」、「文學」、「方正（上）」、「方正（下）」、「雅量（上）」、「雅量（下）」、「識鑒」、「賞譽（上）」、「賞譽（下）」、「品藻」等類[8]，凡二百九十八則，共使用三十六葉版心上端有「龍岡」二字的稿紙抄寫。第三十七葉起，接抄白毫子（阮綿審）著《倉山詩話》，與《世說新語補》無關[9]。

　　《越南漢喃文獻目錄提要》所謂「《四庫全書》子部小說家存目有明人偽託的《世說新語補》四卷」，指的是《四庫全書總目提要》以為《世說新語補》四卷本，乃凌濛初自何良俊《何氏語林》中削去與《世說新語》原書重複者，以其餘部分為此書，托名王世貞，為明世作偽之習；不過這種說法並不正確，因為今檢《何氏語林》三十卷，其中全無《世說新語》原文[10]。今核對李卓吾批點本《世說新語

8　「識鑒」、「賞譽（上）」原作「識鑒（上）」、「賞譽」，今逕改；越南抄本《世說新語補》，頁291-298則已屬「品藻」類，原書漏寫，今逕補。

9　《越南漢喃文獻目錄提要》將《倉山詩話》別立條目，頁746。

10　參見石昌渝主編，寧稼雨撰：《中國古代小說總目‧文言卷》（太原市：山西教育出版社，2004年），頁398-399。

補》二十卷[11]，得知越南抄本《世說新語補》二百九十八則中雖有十
三則不見於劉義慶原著、何良俊增補的《世說新語補》，但它大體上
仍是何本《世說新語補》前十卷的節抄本無疑，《越南漢喃文獻目錄
提要》指此書是「劉義慶《世說新語》的越南抄本」，這種說法是不
對的。

　　越南抄本《世說新語補》所根據的底本可能與我們一般所見的
《世說新語補》不同，也因此它具有《世說新語補》版本研究的重要
參考價值。

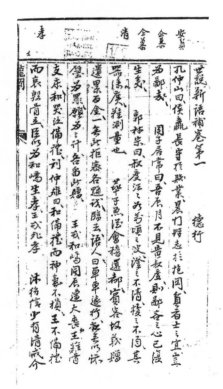

書影六　　《世說新語補》（VHv.105）

11　《世說新語補》，臺北市：廣文書局，1980年12月影印日本元祿七年（1694）林九兵
　　衛梓行本。

（七）《尚友略記》（A.1451）

　　《越南漢喃文獻目錄提要》第九一五頁，著錄《尚友略記》抄本一種（66頁，高25公分，寬12公分），說：

> 筆記252篇，錄自中國子史集部諸書，武澄甫編輯
> 其中包括吳道子心有粉本、徐佐卿被雁謝恩、孫叔敖遇兩頭蛇
> 而埋之等
> 書末有目錄

　　漢喃研究院所藏《尚友略記》，編號 A.1451，首葉首行題書名「尚友略記」，下署「雲蓬榜眼武澄甫編集」，書尾末行作「尚友略畢」，下有小字記此抄本「共三十三張／二百五十二人」，然全書並無目錄，而且實抄二百四十七則[12]，非二百五十二篇，《越南漢喃文獻目錄提要》著錄有誤，「錄自中國子史集部諸書」之說亦有待商榷。

　　經查明萬曆四十五年（1617），有廖用賢編《尚友錄》二十二卷，仿《萬姓通譜》之例，以韻為綱，以姓為目，廣輯周秦至南宋的名人小傳。之後，有人編其續集二十二卷、三集十卷，清代又見《國朝尚友錄》八卷坊本。到了清光緒二十八年（1902）十一月，有鴻寶齋出版應祖錫編輯《增廣尚友錄統編》二十二卷石印本，則是歷來四種《尚友錄》的整合[13]。漢喃研究院所藏的《尚友略記》，從第1則「翁仲孺」，到第二百四十七則「霍里子高」，全都見於《增廣尚友錄統編》，而且排列次序也大體相同，可見它是直接從中國《尚友錄》

12　《越南漢喃文獻目錄提要》所舉例的吳道子，是第16則；徐佐卿，是第5則；孫叔敖，是第40則。

13　參見吳邦升〈《增廣尚友錄統編》序〉，刊於光緒壬寅（1902）十一月鴻寶齋石印本《增廣尚友錄統編》，收入《筆記小說大觀》第1編第5-6冊，臺北市：新興書局，1988年。

選抄而來，並非越南武澄甫錄自中國子史集部諸書。又由於該抄本存有「卷一以下」、「卷二以下」至「卷二十二以下」的小字注記，可見其底本必為二十二卷；再就抄錄的內容來看，由於《尚友略記》二百四十七則中無一是宋以後的人，因此，它直接根據明萬曆廖用賢所編的二十二卷本《尚友錄》重抄的可能性頗大。

書影七　《尚友略記》（A.1451）

（八）《閱微記節錄》（AC.265）

《越南漢喃文獻目錄提要》第九一五頁，著錄嗣德丁丑年（1877）《閱微記節錄》印本一種（293頁，高29公分，寬16公分），說：

　　　　《閱微草堂筆記》的節選本，紀昀原著，有目錄、小引
　　　此書共摘錄一百七十則因果報應故事，用以勸善懲惡，宣揚佛道

　　　漢喃研究院所藏《閱微記節錄》，編號 AC.265，分上、下兩集，兩集首葉首行均題「閱微草堂記節錄」，尾葉末行均記「嗣德丁丑新鐫」，兩集卷首又都有目次，目次之上均題「閱微記節錄」，目次之前各有小引曰：「清儒紀曉嵐先生，諱昀，由進士官至禮部尚書，諡文達，鴻才博學，一代名公也。嘗採其異聞，作《閱微草堂筆記》五部：《灤陽消夏錄》六卷、《如是我聞》四卷、《槐西雜志》四卷、《姑妄聽之》四卷、《灤陽續錄》六卷，門人合為一編，刊刻行世。其書多載神異狐鬼，雖屬說家，而大旨必歸於勸懲，有關風化，非誨淫導慾諸書可比也。另有全部，可供閱覽，此特摘抄一二，取便巾箱，仍分為二集，逐類標題，以資談柄云。」其目次分「儒家鑑」、「道家鑑」……等三十八類，每鑑最少一則，最多十二則，共一百七十一則（非一百七十則）。

　　　紀昀（1724-1805）的《閱微草堂筆記》二十四卷，包括《灤陽消夏錄》六卷，作於乾隆五十四年（1789）；《如是我聞》四卷，作於乾隆五十六年（1791）；《槐西雜志》四卷，作於乾隆五十七年（1792）；《姑妄聽之》四卷，作於乾隆五十八年（1793）；《灤陽續錄》六卷，作於嘉慶三年（1798）；五種成書時曾分別刊行，門人盛時彥於嘉慶五年（1800）合為一編，取名《閱微草堂筆記》，後世各種翻刻、選刻、注釋本頗多[14]。據越南刊本《閱微記節錄》的小引看來，節錄者對於紀昀及其作品十分了解，而他能將《閱微草堂筆記》裡的故事做細緻的分類、命題，亦足見他對紀昀小說的熟稔。

---

14 參見石渝主編，寧稼雨撰：《中國古代小說總目‧文言卷》（太原市：山西教育出版社），頁645。

雖然越南刊本《閱微記節錄》的篇幅僅達紀昀原著的十之一二，然而在編者精選、精刻之下，對於《閱微草堂筆記》在越南的流傳與影響，必然起過推波助瀾的作用。

書影八　《閱微記節錄》（AC.265）

（九）《金雲翹傳》（A.953，VHv.1396，VHv.281/1-2）

《越南漢喃文獻目錄提要》第九一六頁，著錄《金雲翹傳》印本二種、抄本六種，說：

> 又名《金雲翹註》、《金雲翹錄》、《金雲翹錄並演南音詩》
> 漢文小說《金雲翹傳》，共二十回，明代清心才人撰

正文共二十回，每回開頭用四句詩略述內容

……

此外，三種抄本均題《金雲翹傳》，題清心才人撰，均含目錄
一篇，原目編為4689號：324頁抄本，高28公分，寬18公分；
410頁抄本，高30公分，寬22公分；464頁抄本，高30公分，寬
22公分，有貫華堂的評論

　　《越南漢喃文獻目錄提要》顧及越南《金雲翹傳》相關作品甚
多，因此集部在「小說」之外，特立「金雲翹」一類，收其漢文傳、
喃文傳、詩賦及其他，立意良善，然而它在著錄小說《金雲翹傳》一
條時，卻把越法文版《越南漢喃遺產目錄》的第1759號（《金雲翹
錄》，被誤認為是明末清初青心才人《金雲翹傳》，實為越南漢文小
說）、第3631號（《翠翹錄》，即越南漢文小說《金雲翹錄》）和4689號
（《金雲翹傳》，中國小說）併為一條，還說《金雲翹傳》又名《金雲
翹註》、《金雲翹錄》、《金雲翹錄並演南音詩》，並注明是「中國重抄
重印本」，彷彿這二種印本、六種抄本都是中國小說，其實是將中越
小說混為一談，殊不可取。
　　事實上，越南漢喃研究院所藏中國青心才人《金雲翹傳》只有三
個版本，即《越南漢喃遺產目錄》第4689號所著錄的三種：（一）A.
953（抄本，464頁）；（二）VHv.1396（排印本，非抄本，410頁）；
（三）VHv.281/1-2（抄本，324頁）。這三本書的書名都作《金雲翹
傳》或簡稱《金雲翹》，並無《金雲翹註》等其他別名。其中
VHv.1396乃北京人民文學出版社一九五七年據北京圖書館藏嘯花軒刊
本排印的大鉛字本，屬中國書籍；VHv.281/1-2則當是北京人民文學
出版社一九五七年大鉛字本的越南過錄本（末署「太平阮德阬太豐謹

抄」），這兩個本子都是青心才人《金雲翹傳》的「第一代簡本」[15]。至於 A. 953則較為特殊，它雖然也趨近於《金雲翹傳》「第一代簡本」的系統，但部分內容又比第二代繁本（如大連圖書館所藏山水鄰刊本）、第一代簡本（如北京圖書館所藏嘯花軒刊本）略繁，確實有其版本上的特殊價值[16]。

貫華堂評論金雲翹傳卷之一

聖嘆外書

青心才子編次

第一回

有情無情陌路吊淡仙

有緣無緣劈空遇金重、

情之一字乃此篇之大經苦之一字乃此篇之大緯然情必待境而生苦必待過而出開卷豈能一日便見而此書無端突將一劉淡仙來作引于揽虛形淡影中將翠翹終身情

貫華堂評論金云翹傳目錄

青心才人編次

卷之一

第一回　無情有情陌路吊淡仙　　第二回　王翠翹坐痴想夢題斷腸詩

　　　　有緣無緣劈空遇金重　　　　　　金千里盼東墻遙定同心結

第三回　　　　　　　　　　　　第四回

　　　　兩意堅藍橋有路　　　　　　　　孝念深而身可舍不忍宗沦

第五回　　　　　　　　　　　　第六回

　　　　姻緣斷而情難忘猶思妹續　　　　通宵樂白髮無瑕

書影九　《金雲翹傳》（A.953）　　　書影十　《金雲翹傳》（VHv.1396）

---

15 關於中國青心才人《金雲翹傳》的版本，可參見董文成：〈《金雲翹傳》版本考〉、〈《金雲翹傳》版本考補正〉二文，收入董文成：《清代文學概論》（瀋陽市：春風文藝出版社，1994年），頁2-30。

16 關於越南現藏青心才人《金雲翹傳》的版本情況，詳見陳益源：《王翠翹故事研究》第三章第二節（臺北市：里仁書局，2001年），頁57-61。

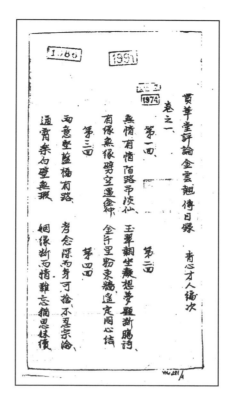

書影十一　　《金雲翹傳》（VHv.281/1-2）

三　《越南漢喃文獻目錄提要》未注明的三種

其次，讓我們再來看《越南漢喃文獻目錄提要》未注明「中國重抄重印本」的三種。

這三種分別是，《越南漢喃文獻目錄提要》集部小說類著錄的《神仙通鑑》（A.692）、《異文（聞）雜錄》（A.1449），和史部雜說類著錄的《一夕話》（AC.551）。《越南漢喃文獻目錄提要》只交代它們是「漢文書」，而未注明「中國重抄重印本」，彷彿視它們為越南漢籍，但這是不對的，因為它們均屬「中國重抄重印本」無疑。

（一）《神仙通鑑》（A.692）

　　《越南漢喃文獻目錄提要》第九〇三頁，著錄《神仙通鑒》抄本一種（140頁，高30公分，寬21公分），說：

> 故事集，編者不詳
> 內容包括三皇、五帝、后羿等中國神話故事，老子、莊子、孔子等中國哲人故事，以及天主誕生的故事、佛陀降生的故事等

　　漢喃研究院所藏《神仙通鑑》，編號 A.692，封面書題「神仙通鑑」，首葉首行則題作「神仙通鑑／略編」，「鑑」字下有雙行夾注云：「一部十六卷」，存三卷。《越南漢喃文獻目錄提要》集部小說類只說它是「漢文書」，而未注明「中國重抄重印本」。實際上，這也是一部越南「中國重抄重印本」小說。

　　今知《神仙通鑑》，全名《歷代神仙通鑑》，又名《三教同源錄》，共三集，首集（卷一～八）為「仙真衍派」，二集（卷九～十六）為「佛祖傳燈」，三集（卷十七～二十二）為「聖賢貫脈」，凡二十二卷，一百九十四節。前二集的編撰者是明末清初徐道，第三集則為清人程毓奇所續撰[17]。漢喃研究院所藏的《神仙通鑑略編》所存三卷，經核對《歷代神仙通鑑》[18]，可知越南抄本卷一是從《歷代神仙通鑑》首集卷一第一節「太極判化生五者，三才立發育蒸民」，選抄到卷四第七節「隱蟠溪垂綸抱道，呈制命踐約迎師」；卷二是從《歷代神仙通鑑》卷四第七節，選抄到卷六第六節「陶朱公復還故我，寶

---

17 參見江蘇省社會科學院明清小說研究中心編：《中國通俗小說總目提要》（北京市：中國文聯出版公司，1990年），頁426-443；石昌渝主編：《中國古代小說總目·白話卷》（太原市：山西教育出版社，2004年），頁309-312。

18 日本靜嘉堂文庫藏清刊本，收入王秋桂、李豐楙主編：《中國民間信仰資料叢編》第1輯第10-17冊，臺北市：臺灣學生書局，1998年。

子明自述根源」；卷三則是從《歷代神仙通鑑》卷六第六節，選抄到二集卷九第四節「陰外戚密受丹經，沈侍郎重歸碧落」，三卷篇幅不均，節抄的文字與原書大體一致，順序亦無變化。由於越南《神仙通鑑略編》三卷已抄至《歷代神仙通鑑》卷九，因知所謂「一部十六卷」，當是指抄本所根據的原書乃一十六卷本，該本內容均為徐道所編撰，不包括程毓奇續撰的部分。

　　值得注意的是，越南抄本《神仙通鑑》第六十三葉卷三「始皇欲過海上蓬萊」一則，乃抄自《歷代神仙通鑑》卷七第三節「鞭石驅山薄侍郎，送往迎來徐使者」，但抄到「薄侍郎既排山至海，欲建石橋，然知其非人功所能為」句，忽然中斷，下有雙行夾注云：「後召海神化出石塘萬杖（丈），橫海以渡，未知有無，言屬荒塘（唐）。別之仙，而始皇同會，想非仙矣。拙撰批評。」此注並非《歷代神仙通鑑》原有，可能出自越南抄手的加工，至於此人是誰？其所撰「批評」是否存世？則有待繼續追查。

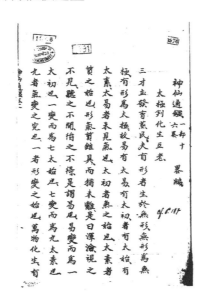

書影十二　　《神仙通鑑》（A.692）

（二）《異聞雜錄》（A.1449）

《越南漢喃文獻目錄提要》第九〇四頁，著錄《異<u>文</u>雜錄》抄本一種（74頁，高30公分，寬20公分），說：

> 傳奇故事集
> 山西省安樂中河人進士阮氏編輯
> 內容包括松羅茶、雞語（降筆文）、海參、師生同試、不落菊花等

此一《異<u>文</u>雜錄》，實為《異聞雜錄》。漢喃研究院所藏《異聞雜錄》，編號 A.1449，封面書題「異聞輯錄」，首葉首行、各葉版心則題作「異聞雜錄」，首葉次行下署：「山西安樂中河進士阮氏輯」，有小序曰：「天下之事物無窮，非博物者不能知也。余少局於舉業，見聞寡陋，中間自悔，養親授徒之暇，及外書偶得異聞可供記覽者，錄之以備考。其間人物木石，古今久近，參差不一，雖非廣見博聞，而所以為一家之學，亦積少成多之一助云耳。」由序看來，《異聞雜錄》應是越南山西阮進士從「外書」中輯錄的各種「異聞」。他所指的「外書」，最有可能的還是中國書。

經查《異聞雜錄》在小序之後，從「松蘿茶（茶）」到「採消者」，連續抄錄了四十則筆記[19]。這四十則筆記，後十二則見於清青城子編《志異續編》[20]卷一，標題略有不同；而這四卷本的《志異續編》，實際上是宋永岳（湖南慈利人，自號青城子）《亦復如是》八卷的第三、四、六、八卷的改頭換面。《亦復如是》現存嘉慶十六年

19　《越南漢喃文獻目錄提要》所舉例的松羅茶，實作「松蘿茶（茶）」，是第一則；雞語（降筆文），實作「乩語」，是第二則；海參，是第四則；師生同試，實作「師弟同應試」，是第十四則；不落菊花，實作「菊不落瓣」，是第三十九則。

20　臺中燈塔出版社曾影印一四卷石印本出版，1956年。

（1811）刊本，並已標點出版[21]。拿越南所藏《異聞雜錄》抄本來跟
《亦復如是》比對，可以確定《異聞雜錄》四十則全部是直接選抄自
《亦復如是》卷一（9則）、卷二（19則）、卷三（12則），次序稍作調
整而已，標題相同，內容也完全一樣，那麼它實應注明是「中國重抄
重印本」小說才對。

　　附帶一提，越南所藏《異聞雜錄》全部輯自《亦復如是》一書，
極其容易，這與阮進士小序所言「及外書偶得異聞可供記覽者，錄之
以備考」的輯錄過程似有差別，小序的來歷不無偽托造假或張冠李戴
之嫌。

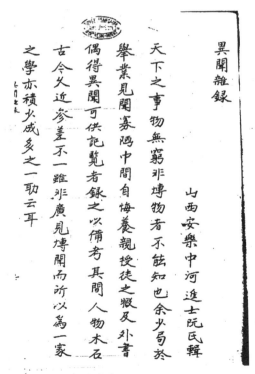

書影十三　《異聞雜錄》（A.1449）

(三)《一夕話》（AC.551）

　　《越南漢喃文獻目錄提要》第三三七頁，史部雜說類，著錄《一夕話》抄本一種（281頁，高14公分，寬8公分），說：

> 雜錄，此書抄錄三種不同內容：其一為「集訂誤類」，考訂「堪輿」、「參商」等一百五十個詞語的正誤，共55頁；其二為「集劣性類」，輯錄關於謟諛、倨傲、奢侈、儉嗇、狂妄、奸讒之形態的描寫，共136頁；其三為「集笑倒類」，集錄越南笑話，共90頁

　　漢喃研究院所藏《一夕話》，編號 AC.551，無封面，首葉首行題作「一夕話卷之一」，以下未再出現書名、卷次。本書內容不僅三種，依序計有「集訂誤類」、「集笑倒類」、「集劣性類」三類，以及「吉禮」、「凶禮」、「人品」[22]、「人事」（之一）、「人事」（之二）等類，共八種內容。其中「笑倒」一類的作品，乃短篇笑話，可納入小說的範疇；但全書仍屬雜錄性質，《越南漢喃文獻目錄提要》將它歸為「史部──雜說」，是很妥切的。

　　越南所抄錄的這本《一夕話》，並非明人李卓吾的《山中一夕話》[23]，而是清人陳皋謀的《一夕話》。據《中國古代小說總目·文言卷》載，陳皋謀字獻可，別號咄咄夫，康熙間人，北京圖書館藏有清武林文治堂刻《一夕話》二刻五十二種，又《一夕話》十卷殘本[24]。今核以臺北中央研究院所藏「咄咄夫偶拈」之《增補一夕話》六卷本[25]，

---

22 此類失題，「人品」二字是筆者據其所集內容而暫擬。
23 書題「卓吾先生編次／笑笑先生增訂／哈哈道士較閱」，上海古籍出版社《續修四庫全說》子部小說家類曾據明刻本影印出版。
24 石昌渝主編，寧稼雨撰：《中國古代小說總目·文言卷》，頁524-525。
25 《筆記五編》影印出版，臺北市：廣文書局，1976年。

發現越南抄本《一夕話》「集訂誤類」、「集笑倒類」係抄自《增補一夕話》卷三，但「集劣性類」以下各類則未見諸《增補一夕話》，可見其底本並非《增補一夕話》六卷本，而可能是北大所藏的十卷本或別的版本。

　　再者，仔細比較越南《一夕話》所抄錄的「集訂誤類」、「集笑倒類」與《增補一夕話》卷三之後，我們還可以發現越南《一夕話》「集訂誤類」只考訂「堪輿」、「參商」等四十四個詞語的正誤（而非一百五十個），這四十四則都選抄自《增補一夕話》卷之三「訂誤類」無誤；至於「集笑倒類」所集錄的笑話一〇五則，除了第一則「鐵匠吟詩」、第二則「吟詩自註」不明來歷，第九十則「阿堵」、第九十一則「盜跖」、第九十二則「矛盾」、第一〇一則「西施隨范蠡」、第一〇

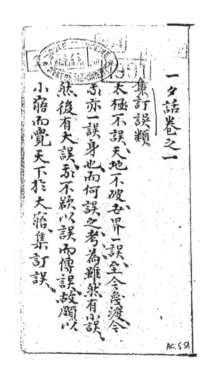

書影十四　《一夕話》（AC.551）

二則「杜十姨五撮鬚」係從前面的「訂誤類」移來之外，其餘九十八則也都是選抄自《增補一夕話》卷三「笑倒」，這些集錄的笑話都是中國的，絕非《越南漢喃文獻目錄提要》所言「越南笑話」，這項誤解應該加以澄清。

四　結語

綜合以上所論《越南漢喃文獻目錄提要》所著錄的九種「中國重抄重印本」小說，以及未注明「中國重抄重印本」的三種作品，我們可以發現《越南漢喃文獻目錄提要》的著錄並不精確，有把越南漢文小說誤認為中國古代小說者（如《南城遊逸全傳》），也有把中國小說誤認為越南漢文小說者（如《神仙通鑑》、《異聞雜錄》、《一夕話》之「集笑倒類」），或把中越小說混為一談者（如《金雲翹傳》與《金雲翹錄》），提要內容也有不少錯誤，讀者使用應加倍小心。

扣除越南漢文小說《南城遊逸全傳》，不是小說的《天皇準奉治世之時奏明敕》，和有爭議的宗教善書《回陽因果錄》、《李相公冥司錄》不計，越南漢南研究院所藏的《雷峰塔》（A.1986）、《世說新語補》（VHv.105）、《尚友略記》（A.1451）、《閱微記節錄》（AC.265）、《金雲翹傳》（A.953，VHv.1396，VHv.281/1-2）、《神仙通鑑》（A.692）、《異聞雜錄》（A.1449）、《一夕話》（AC.551）等八種，確定均屬「中國重抄重印本」小說之列。不料其中竟然只有二種編號為 AC（重抄或重印中國書），可見越南漢喃研究院圖書館藏書編號英文字母代碼的分類也有問題，未可盡信。

雖然越南漢南研究院所藏「中國重抄重印本」小說只有八種而已，實在不足以反映中國古代小說大量流傳至越南的真實面貌；不過我們從《世說新語補》、《尚友略記》、《閱微記節錄》、《金雲翹傳》、《神仙通鑑》、《異聞雜錄》、《一夕話》在越南的重抄，以及《雷峰

塔》、《閱微記節錄》在越南的重刊，多少能看出越南對於中國各類小說的歡迎程度，即便它們並非每一部都是名著，越南文士仍舊樂於重抄重刊。

持與中國小說原著一一進行比對的結果，我們不難看出這些越南漢南研究院所藏「中國重抄重印本」小說，自有其版本文獻的特殊價值。具體而言，越南所藏《雷峰塔》可補《古本小說集成》影印「嘉慶十一年刊本」的不足；《世說新語補》、《尚友略記》、《金雲翹傳》、《異聞雜錄》、《一夕話》所根據的底本與中國原著常見版本都不相同，在版本學上的價值頗高；而《閱微記節錄》、《神仙通鑑》，則都有越南文士的評論與加工，也值得我們參考。總之，在越南尚未完全公開中國漢籍藏書目錄之前，漢喃研究院所藏的中國重抄重印本小說，仍是我們在越南尋訪中國古代小說文獻的重要憑藉。

王小盾先生為《越南漢喃文獻目錄提要》撰序時指稱：

> 日本早在公元759年《萬葉集》成書以前就製造和使用假名，朝鮮文的創立在1445年左右，而越南的拉丁文字則出現於十七世紀中葉，到二十世紀才成為法定文字。這意味著，越南的古代史是以漢字為主要載體的歷史，漢文化在域外滲透最深的地方是越南。若要追尋域外的漢文古籍，那麼，越南顯然是一個不容忽視的地區。但與以上事實形成明顯對比的是，漢文典籍在越南的遺存情況基本上不為中國當代學術界所知。[26]

中國當代學術界長期以來的確忽視了不容忽視的越南地區，幸虧現在有了《越南漢喃文獻目錄提要》以越南漢喃研究院圖書館的典藏

---

26 語見劉春銀、王小盾、陳義主編《越南漢喃文獻目錄提要》之〈凡例〉（臺北市：「中央研究院」中國文哲研究所，2002年），第IX頁。

為主，著錄了越南珍貴漢喃文獻，兼及該館所藏的「中國重抄重印本」小說。其中固然有些內容欠缺準確，但要不是有它的著錄，我們恐怕連這少數幾種中國重抄重印本小說也無從得知，因此，中文版《越南漢喃文獻目錄提要》的編纂出版，意義益顯重大。

附錄
越南漢文小說《南城遊逸全傳》全文校錄

第壹回

　　太古時，天壹府可水縣中後社脊村人姓楊名公腎者，自開關以來，家世相傳，與天地並。公大有力，性本溫和，坐則面牆，行則向後，莫爭人先，人皆愛之如骨肉。時人有詩讚云：

> 幽居寧體美揚公，萬古莫莫日夜同。
> 性本溫和人共愛，明堂畫像動神宗。

　　至陳英時，追思公有德，故有禁笞之詔。緣公生得壹男子名楊玉子，身體圓直，長參寸零，學得玄術，能幽能明，能小能大，能強能弱，能剛能柔，莫可量測，然性耽[27]花月，父訓不悛。公腎怒，逐去，下與堂兄楊公腎居焉。正是時[28]人有詩云：

> 這個嬰兒不是人，人是楊居聚一群。
> 九厥初生圓直氣，那能外出一兵身。

　　未知此度逐去如何，且看下文分解。

第貳回　　楊玉子生得兩子，謀攻賣娘

　　卻說玉子被公腎逐去，下與堂兄楊公腎居焉，在該社三岐路。三岐社三岐村本以鑄人生理，生得兩子，長曰石左，次曰石右，二人皆

---

27 「耽」原作「忱」，依文意改。
28 「時」原作「辰」，全書皆然，此乃越南書寫習慣，逕改。下同，不贅。

智勇，時人號曰「智囊」。父子同心，不離膝下，府庫充實，性酷好蘭，多植夏蘭為營衛。自此，玉子恃其豐強，益生驕傲，謂兩子曰：「我家恩足，所乏非財，男兒志四方，安能鬱鬱久居此乎？吾聞本縣下腸社有陰貴娘者，眉如柳葉，口似含花，有沉魚落雁之容，有閉月羞花之貌。又有侍娘兩個，一名陰橋東，一名陰橋西，亦有國色智勇。第貪心含蓄[29]，包藏男女。吾當救此一方民，計將安出？」石左曰：「貴娘額形磨石，口似利刀，有含珠吞玉之狀，更有二侍智勇，未可以歲月破也。請以咫尺之書，麗皮為禮，則已不勞而事成矣。」名右曰：「不然。貴娘雖有這個智勇，不過一婦人耳，且門無關鎖，城無儲糧，而我父子之兵直抵城下；我若懸兵深入，彼坐閉不出，欲擊之不得，攻之不拔，坐費日月，必為彼併兼矣。」兩子爭言，紛紛不已。玉子搖頭曰：「百聞不如一見，往探窺情。」正是有詩云：

　　　強中更遇強中手，鬥智還逢鬥智人。

　　未知此去窺探如何，且看下文分解。

第參回　貴娘謀拒玉子，貳侍陰圖謀計

　　卻說陰貴娘聞玉子往探娘城，嘆息貳侍，謂曰：「玉子雖暴，貳石相扶，有折衝之力。今聞來攻我轄，若無計以挫之，必為犁[30]庭掃穴。」陰橋東進曰：「臣料以吾城之南有乳娘山，彼必先登而據以為犄[31]角之形；城之北有大腸谷，彼必伏兵在此，以為應援之兵。然兵法不曰『居高者危』？請使股肱郡兩掌將引一枝軍在傍，絕彼軍汲水之道，不戰自亂矣。可垂慮者，大腸之谷正是險要處，請使門城該引

29　「蓄」原作「畜」，依文意改。下同，不贅。

30　「犁」原作「梨」，依文意改。

31　「犄」原作「倚」，依文意改。

枝軍，離城數里下寨，使伏兵不得進。左右二石當之，玉子雖暴，主
公閉[32]城堅守，使彼內無儲糧，外無應援，必有退兵之勢。乘此以舉
之，則彈丸墨子之地，將安逃乎？」橋西曰：「卿言雖善，然玉子之兵
善騎善射，彼以長技貳，而我之兵徒能善守其技，雖其壹長，倘若出
平原交戰，以其所短，擊其所長，則且騎且射，百發百中，我不欲當
鋒也。吾寧鬥智不鬥力，則壹泥自可封函谷關矣。願主公勿疑[33]。」
橋東[34]曰：「玉子雖勇，性好治船；貳石雖勇，性酷好蘭。父子異心，
故其強易弱也。為今之計，造朱鴨頭船泊於寨中，多植冬蘭於野外，
則彼父子不能不垂涎者，而我按甲休兵，偃旗息鼓，如無情之狀，玉
子必至輕身突入，則井涇之道，車不得方軌，騎不得成列，雖有騎射
之長，亦無能為，而兩子野外玩蘭，父子相間，不過拾日，伊父子之
頭，可置[35]於麾下。」正是古人云：「麾旗欺戰將。」有詩云：

　　　　勢傾如塵柳，和誘似吞醇。
　　　　除卻英雄旨，誰能不失身。

　　貴娘得志大喜，徐啟朱唇，微笑曰：「卿言正合我意。」遂依計
而行。正是古人云：

　　　　莫料門中小女兒，寸心偏有這關機。

　　未知此計勝負如何，且看下文[36]分解。

32　「閉」原作「閑」，依文意改。下同，不贅。
33　「疑」原作「礙」，依文意改。
34　「橋東」原作「橋西」，依文意改。
35　「置」原作「致」，依文意改。
36　「文」原作「交」，依文意改。

第肆回　玉子問計攻貴娘，公臀陳謀招英傑

　　卻說玉子謂兩子曰：「百聞不如一見，同往娘城觀探。」不知貴娘謀計憂懣[37]，閉門封庫，日夜徬徨，乃詢[38]謀於堂兄，楊公臀曰：「我乘祖父之餘蔭，推轂[39]推輪，臥坐宴然，未經戰鬥。今欲舉大事，何不招來英傑，以為手足乎？」玉子欣然加納，立招得拾指兩足下，各將甲兵拾萬來揭。時人有詩讚云：

　　　　空招英傑三千客，漫有英雄百萬兵。

　　時玉子拮据醉臥，欲架長橋於東西兮，樂朝夕兮，繼之與共。拾指曰：「窈窕淑女，君子好逑。將軍之病，本與貴娘戰決雌雄。」二侍回報貴娘曰：「玉子已知我謀，不敢輕入，將若之何？」貴娘曰[40]：「爾第偃旗息鼓，勿令作動，必墜吾計矣。」玉子久候[41]，不見消息。玉子謂曰：「我既依拾指之謀，而彼不出，為之奈何？」兩子對曰：「隨機應變，料敵出奇，可將計就計而行。彼必然無軍，欲作險圍之計，吾必引兵直入，可以萬全。若彼有伏兵在此，而吾父子之兵，其彼一婦人耳，何必懼[42]哉？」玉子聞言，怒氣衝冠，升船直入。左邊陰橋東，右邊陰橋西，排雲雨陣，夾相攻擊，大戰良久。貴娘決其上流，水勢奔溢。玉子左衝右突，不得脫。貳侍圍玉子，困在該心，而兩子玩蘭，樂而忘父。公臀在後呼曰：「汝父被圍，曷若不救之？」兩子乃殺壹條血路，透入重圍，救得玉子，渾[43]身汗出，血

37　「懣」下原衍一「不」字，依文意刪。
38　「詢」原作「狗」，依文意改。
39　「轂」原作「穀」，依文意改。
40　「貴娘曰」三字原無，依文意加。
41　「候」原作「侯」，依文意改。
42　「懼」原作「慎」，依文意改。
43　「渾」原作「沉」，依文意改。

破征袍，奪路出西門遁去。時人有詩笑曰：

　　　勢弱只因多勝算，吾強卻謂暴謀亡。

　　玉子與貴娘屢戰屢敗而志不挫，後回養威蓄銳，未嘗壹日忘貴娘。自後日夜交攻，連年不絕。貴娘窘迫，色變如藍，每歲出貢，或男或女各壹，玉子憤猶未解於虛體者。

參

《聊齋誌異》、《後聊齋誌異》與越南的《傳記摘錄》

一　前言

清初蒲松齡（1640-1715）的《聊齋誌異》，膾炙人口，影響深遠。中國為數眾多的文言筆記、白話小說和戲劇影視作品和它有關，自不待言；即連日本、越南、韓國、俄羅斯等外國文學，也常可見到《聊齋誌異》影響的痕跡。其中，越南文學受《聊齋誌異》影響的情形，以往所知有限[1]，近年來則隨著越南漢文小說《傳記摘錄》的翻譯和研究，而開始有了比較多的討論。

一九九七年，越南漢喃研究院陳義教授主編現代越文版《越南漢文小說總集》，由河內世界出版社印行，其中選譯了《傳記摘錄》中的一篇〈書癡傳〉；一九九九年，越南文學院范秀珠教授發表〈《貪歡報》與越南漢文性小說〉一文，特別針對《越南漢文小說總集》裡的〈書癡傳〉，指出它是改寫自《聊齋誌異》中的〈書癡〉，並說〈書癡傳〉「也是越南儒士大膽地把性描寫寫入夫妻恩愛，大膽地用聖賢名家書文說明男女樂趣的另一個標誌」[2]；二〇〇一年，陳益源在嘉義「中國域外漢文小說國際研討會」上宣讀〈漢喃研究院所藏越南漢文

1　王麗娜：《中國古典小說戲曲名著在國外》（上海市：學林出版社，1988年，頁235、250-251）、王金地：〈《聊齋誌異》在越南〉（《蒲松齡研究》1995年第3、4期合刊，頁483-488）稍有介紹。

2　范文中譯本，收入陳益源《古典小說與情色文學》（臺北市：里仁書局，2001年），頁157-171。

小說《傳記摘錄》研究〉一文，介紹了《傳記摘錄》的版本、書名與內容，以及它與中國《聊齋誌異》的關係[3]；同一年，本人又在山東淄博「國際第二屆聊齋學討論會」上宣讀〈《聊齋誌異》對越南漢文小說《傳記摘錄》的影響〉一文，再次強調《傳記摘錄》十三篇文言短篇小說中有許多篇章的寫作，跟《聊齋誌異》裡的〈書癡〉、〈巧娘〉、〈產龍〉、〈棋鬼〉、〈葛巾〉、〈黃英〉、〈香玉〉、〈韋公子〉，密不可分[4]；二〇〇三年，彭美菁完成碩士論文《〈聊齋誌異〉影響之研究》[5]，在《聊齋誌異》影響越南漢文小說《見聞錄》、《傳記摘錄》、《聖宗遺草》與民間故事的部分，有許多具體的發現；同一年，她也正式發表了〈論《聊齋誌異》對越南漢文小說《傳記摘錄》的影響〉一文，把《傳記摘錄》對《聊齋誌異》題材的借用與複合，以及文字的襲用與揉合，論述得更加透徹[6]。

　　不過，上述的文章，都是在《聊齋誌異》直接影響到《傳記摘錄》的這個基礎上來立論的；要是我們事後發現在《聊齋誌異》與《傳記摘錄》之間，另有媒介，那麼對於《聊齋誌異》與越南文學的關係，尤其是《傳記摘錄》在越南漢文小說史的位置，就有重新釐清的必要了！本文的提出，目的就是要揭露在《聊齋誌異》與《傳記摘錄》之間另有重要媒介——《後聊齋誌異》的新發現，並且主動修正本人過去關於越南漢文小說《傳記摘錄》過高的評價。

3　該文收入中正大學中文系、語言與文學研究中心主編：《外遇中國——「中國域外漢文小說國際學術研討會」論文集》（臺北市：臺灣學生書局，2001年），頁463-480。

4　該文載於《蒲松齡研究》2001年第4期，頁96-107。

5　彭美菁：《〈聊齋誌異〉影響之研究》，嘉義市：中正大學中文研究所碩士論文，2003年6月，凡314頁。

6　該文載於《廣西民族學院學報》（哲學社會科學版）第25卷第4期（2003年7月），頁133-138。

二　《聊齋誌異》的續書：《後聊齋誌異》

　　《聊齋誌異》影響既廣，續書仿作也跟著不斷問世。在這些《聊齋》續書中，竟有一部名為《後聊齋誌異》的作品集，成為《聊齋誌異》與《傳記摘錄》穿針引線的重要媒介，這真是一個令人意外的發現。

　　歷來取名為《後聊齋誌異》者有二：一是王韜（1828-1897）所著，十二卷，原名《淞隱漫錄》，被坊間書商易名為《後聊齋誌異圖說》或《繪圖後聊齋誌異》；一是清末不題撰人，而由盧俄於一九三四年標點，上海大達圖書局於一九三六年加以排印出版的《新式標點後聊齋誌異》，不分卷，計一百六十九篇。本文所要討論的《後聊齋誌異》，專指後者。

　　這部作者闕名的《後聊齋誌異》，邱煒萲《菽園贅談》說：「不知誰氏創稿」，並批評它「筆墨庸劣，令人作嘔」[7]；葉德均〈《聊齋誌異》集外遺文考〉著錄為：「清末無名氏撰，坊刊本」[8]；曉園客據上海大達圖書局於一九三六年版影印，將它編入《清說七種》，仍不知作者為誰，但美之曰：「大多為神妖鬼怪故事、異禽靈獸傳說，雖或荒誕不經，卻充滿了善惡因果、忠孝節義之類現實色彩。書中還收有許多奇人怪事、各地景物等等，風味濃郁。」[9]可是，檢諸中國文言小說史或清代小說研究專著，幾乎無人加以正視。

　　直到二〇〇三年，占驍勇《清代志怪傳奇小說集研究》這才懷疑葉德均所云清末無名氏所撰的《後聊齋誌異》，就是「無錫顧枚的

7　參見朱一玄編：《聊齋誌異資料匯編》（鄭州市：中州古籍出版社，1985年），頁649。
8　葉文載於顧頡剛主編《文史雜誌》第6卷第1期「俗文學專號」（1947年3月）；陳汝衡《說苑珍聞》論《女聊齋》時曾予引述（上海市：上海古籍出版社，1981年），頁118。
9　語見《清說七種》之〈影印出版說明〉，上海市：上海文藝出版社，1992年。

《後聊齋誌異》」，他是看到《無錫名人辭典三編》有據《後聊齋誌異》序跋而作的〈顧枚傳〉：

> 顧枚（1839-1898），字卜臣，號秀圃。無錫人，居青祁村之蠡湖濱。高祖顧皋，是嘉慶六年（1801）狀元。妻為犢山周錯孫女。卜臣幼讀經書，工詩文詞。咸豐間游幕汴梁，後從戎隴陝，司文案筆札。著有《秀圃詩文鈔》、《後聊齋誌異》等書行於世。[10]

　　奇怪的是，《無錫名人辭典三編》所根據的《後聊齋誌異》序跋不知從何而來？今見《清說七種》據上海大達圖書局於一九三六年版影印的《新式標點後聊齋誌異》，並無原著序跋；或許《無錫名人辭典三編》採用的是帶有序跋的《後聊齋誌異》原刊本，亦未可知。然而，細查《新式標點後聊齋誌異》的內容，我們不難得知顧枚是《後聊齋誌異》作者的說法，其實是錯誤的。

　　按上海大達圖書局排印版《後聊齋誌異》，一百三十頁，內收〈神針〉等長短不一的文言筆記凡一百六十九篇，全書近十萬字。雖然不題撰人，但書中仍透露著許多和作者切身相關的訊息，讓我們知道作者的確姓顧，但非顧枚，請看其第六十二篇〈小照題辭〉，作者自云：

> 余嫡堂叔顧枚，號卜臣，咸豐間，弱冠游宦汴梁，壯年從戎江陝等處，一日居許昌，有試院，舍宇宏廠，內有芭蕉、修竹、老碧梧數株，月夜秋意清涼，青燈豆火，超然即感慨之意，蕉

10　《無錫名人辭典三編》為趙永良、張海保主編，上海市：上海科學技術文獻出版社，1994年出版，〈顧枚傳〉見第13頁。本文轉引自占驍勇：《清代志怪傳奇小說集研究》（武昌市：華中科技大學出版社，2003年），頁123。

窗兀坐，補讀少年諸書，即以妙筆傳神，擬成「秋燈快補讀少
年圖書照」，筆法絕妙，眉目如生，補景亦有清幽之致。葆珊
程景謨題云：……。以上諸作，俱同治丁卯（益源按：六年，
1867）、戊寅（益源按：應是戊辰，七年，1868）兩年所題，
壬申（按：十一年，1872），吾叔自汴返里，余方見此圖，閱
後讚歎不已，叔曰：「爾亦當一題也。」余曰：「姪詩才平常，
作之恐有醉鬼揶揄，不能應命矣。」叔怒曰：「爾既為世家子
弟，此道亦當學作也。」不得已，慢題兩律云：……。（頁57-
61）[11]

由此可證，顧枚的姪子顧氏（名字待考）才是《後聊齋誌異》的作
者。至於〈顧枚傳〉所言「高祖顧皋，是嘉慶六年（1801）狀元。妻
為犢山周鎬孫女」，其實也是顧枚姪子身分的張冠李戴。請再看我們
從《後聊齋誌異》一書中勾稽出來的作者顧氏家世，如下：

曾祖父顧皋[12]，字晴芬，嘉慶辛酉（六年，1801）殿撰，官至侍
郎；乾隆間曾與友人夜半途經古將軍塚，遇專諸神讓路。（見第一一
三篇〈專諸神〉，頁95）

祖父顧恩綬，道光初，出仕四川（見第十三篇〈耍狐〉，頁8）；又
曾仕於淮西，有僧獻一獒，猙獰可畏（見第十四篇〈旅獒〉，頁8）。

---

11 本文所引《後聊齋誌異》原文，皆採《清說七種》據上海大達圖書局1936年版影印
的《新式標點後聊齋誌異》（上海市：上海文藝出版社，1992年）。以下逕標頁碼，
不再一一註明。

12 《清史稿》列傳一百六十三有傳，云：「顧皋，字欽齋，江蘇無錫人。嘉慶六年一
甲一名進士，授修撰。九年，督貴州學政，釐剔弊竇，奏改黎平、開泰學額，士林
頌之。超擢國子監司業。二十一年，直懋勤殿，編輯《秘殿珠林》、《石渠寶笈》。
歷翰林院侍讀、左右庶子、侍講學士、侍讀學士。典陝甘鄉試。二十四年，入直上
書房，甚被仁宗眷注。二十五年，扈蹕熱河。上升遐之日，御筆擢皋詹事。次日，
宣宗即位，執皋手大慟。道光元年，遷內閣學士，擢工部侍郎，兼管錢法堂。二
年，調戶部。連典順天、浙江鄉試，管理國子監事務。」

嫡堂叔顧枚，已如前述。

內曾祖父周宗琳，贈中憲大夫，居蠡湖邊之獨山，素樂善，善針灸，不擇貧富，輒醫之，莫不效。（見第一篇〈神針〉，頁1）

內祖父周鍇，妙才，名孝廉，仕至兵備道，多著作傳世（見第一篇〈神針〉，頁1）；字懷西，乾隆己亥（四十四年，1779）經魁，丙寅（嘉慶十一年，1806）任浙江鄞縣令，有〈祈雨文〉刻於其《類稿》（見第二十篇〈祈雨文〉，頁12）；乾隆間，初仕浙江嵊縣，後任浙江景寧，各有審判之案例，亦詳刻於其《類稿》（見第二十一篇〈神折〉，頁12-15）；嘉慶七年（1802）攝篆溫州平陽縣，十四年（1809）為鄞縣令時曾奉檄署平陽（見第二十二篇〈救災〉，頁15）。

岳父周汝亶，字蓮舫，生平淡然於色，年少博學多才，善書唐碑，性剛義，道光丙午（二十六年，1846），年三十餘，登賢書；咸豐庚申（十年，1860），曾遭紅巾賊毒手，夢仙叟給米救活，享年八十。（見第二十八篇〈德報〉，頁19）

內兄周誠之，曾提供顧氏家鄉獨山話題。（見第一〇三篇〈速報〉，頁79）

內弟周仲愷，曾與顧氏同遊太湖。（見第一二五篇〈太湖紀略〉，頁81）

此外，關於顧氏個人的生平，從《後聊齋誌異》一書中也能略窺一二，例如。

咸豐壬子（二年，1852），曾隨父親自蜀歸來（見第十三篇〈耍狐〉，頁8）；

咸豐庚申（十年，1860），避賊亂，借廬居陡山（牛頭山）下之北庄（見第四十八篇〈明珠〉，頁46；第二十四篇〈嫛豬〉略同，頁16）；

同治癸亥（二年，1863），避賊亂，借宿姻長楊家濂觀察嘐城秦園讀書，閒則好遊園中風景，並曾遍遊嘐城（見第五十五篇〈嘐城秦園〉，頁53）；

同治乙丑（四年，1864），自嘐城歸故里（見第五十五篇〈嘐城秦園〉，頁54）；

同治庚午（九年，1870）三月，曾赴獨山岳家，觀太湖山水，與內弟周仲愷遊黿頭渚，以一勺泉水烹茶（見第一二五篇〈太湖紀略〉，頁81）；

同治壬申（十一年，1872），題其叔顧枚小照兩律（見第六十二篇〈小照題辭〉，頁61）

同治癸酉（十二年，1873）秋九月，曾聞內兄周誠之說家鄉獨山薛士拐賣人口速遭報應的新聞（見第一〇三篇〈速報〉，頁79）；

同治甲戌（十三年，1874），客於上洋（見第三十一篇〈戲斃〉，頁21）；

同治甲戌（十三年，1874）夏六月望日申初，坐齋覽書，聞雷聲振耳，雨後與友論雷擊故事，他日再議，並同詣靜慧寺啜茗（見第一一一篇〈雷擊〉，頁93-94）。

值得注意的是，以上蘊藏顧氏家世、生平訊息的這十五個篇章，和《後聊齋誌異》裡其他不少故事一樣，大都是作者眼見耳聞的「奇人怪事、各地景物」，其中又有許多是以咸豐庚申（十年，1860）太平天國攻占江蘇為背景的社會事件，在說鬼志怪的包裝下，仍自然散放出某種寫實的色彩，若輕率地以「筆墨庸劣，令人作嘔」之類的話來加以否定，著實有待商榷。

三　《後聊齋誌異》直接影響了《傳記摘錄》

原本連作者是誰都不清楚的《後聊齋誌異》，沒想到在仔細閱覽勾稽之後，不僅能夠確定作者乃無錫顧氏，還得到了不少關於他的家世與生平的資料；而從書中提到同治甲戌（十三年，1874）的情況來看，我們也可以推測它成書的年代必已進入清末光緒年間（1875-

1908）。更令人意想不到的是，這部光緒年間的《聊齋》續書，儘管
在中國本土默默無聞，但它卻成為越南文士青睞的對象；越南漢文小
說作者甚至不辭辛勞地從中挑選了十三篇，加以改頭換面，編造出一
本以越南為時空背景的漢文小說《傳記摘錄》來。

　　《傳記摘錄》現存於越南河內的漢喃研究院圖書館，藏書編號為
A.2895，抄本，一冊，26×14公分。首封面，上書「傳記摘錄」；次
正文，七十九面，每面七行，行二十二字，凡約一萬二千言。無作者
署名，亦無目錄、序跋，存十三篇文言傳記，依序是〈謫仙傳〉、〈薄
倖子傳〉、〈人與龍交傳〉、〈節孝傳〉、〈惡媼傳〉、〈漁樵狂子傳〉、〈好
棋成癖傳〉、〈棋仙傳〉、〈龜戲蜃傳〉、〈菊花精傳〉、〈名妓傳〉、〈書癡
傳〉、〈戒色傳〉。這十三篇小說，長短不一，最長的是〈漁樵狂子
傳〉近二千言，最短的是〈人與龍交傳〉僅二五五字。由於它每篇故
事交代的年代（如「陳時永祐年間」、「陳末」、「黎朝正和年間」、「黎
朝保泰間」、「黎中興後」、「黎末」），或地點（如昇龍、山南、京北、
海陽、安邦、國威、珥河、西湖、傘圓山、佛跡寺），皆屬越南時空
背景，因此容易讓人相信它真是越南陳、黎朝民間地方軼聞的記錄與
創作。我之前雖然判定《傳記摘錄》的文學成就固然無法與越南阮嶼
名著《傳奇漫錄》相媲美，但仍基於以下兩個理由，肯定它作品的原
創性：

　　　一方面是《傳記摘錄》裡的十三篇文言短篇小說，沒有一篇是
　　摘抄、改寫自越南前代既有之作（如影響頗大的《嶺南摭怪》、
　　《粵甸幽靈集》、《傳奇漫錄》等志怪傳奇名著）；另一方面是
　　《傳記摘錄》雖然跟中國《聊齋誌異》有著密切的關係，而且
　　密切的程度可能遠比眼前所認知的還要高（除了極明顯的〈書
　　癡〉之外，至少還有〈巧娘〉、〈產龍〉、〈碁鬼〉、〈黃英〉、〈香

玉〉、〈韋公子〉等篇），不過，我們並未看到其中有任何一篇
是單純抄襲《聊齋》的。[13]

　　當時萬萬沒有想到，「沒有一篇是摘抄、改寫自越南前代既有之
作」、「並未看到其中有任何一篇是單純抄襲《聊齋》」的《傳記摘
錄》，竟全係摘錄清末顧氏《後聊齋誌異》而成。茲將中越兩書相應
的篇次、篇目，列表對照如下：

後聊齋誌異		傳記摘錄	
115	河仙	1	謫仙傳
86	無情子	2	薄倖子傳
104	龍子	3	人與龍交傳
107	節孝	4	節孝傳
37	惡媼	5	惡媼傳
36	漁樵狂子	6	漁樵狂子傳
30	棋癖	7	好棋成癖傳
27	棋仙	8	棋仙傳
3	龜戲蜃	9	龜戲蜃傳
156	阿芳	10	菊花精傳
116	詩妓	11	名妓傳
114	兩足書笈	12	書癡傳
60	戒色法	13	戒色傳

　　按：越南《傳記摘錄》全書十三篇，盡皆取材自顧氏的《後聊齋
誌異》，無一遺漏（顧氏《後聊齋誌異》裡的〈龍子〉有二小則，越

13　語見陳益源：〈漢喃研究院所藏越南漢文小說《傳記摘錄》研究〉，引文見國立中正
　　大學中文系、語言與文學研究中心主編：《外遇中國——「中國域外漢文小說國際
　　學術研討會」論文集》（臺北市：臺灣學生書局，2001年），頁477。

南《傳記摘錄‧人與龍交傳》抄襲的是它的第一則）。即便是與《聊
齋誌異‧書癡》同名的〈書癡傳〉，《傳記摘錄》也是完全抄自《後聊
齋誌異‧兩足書笈》，而跟《聊齋誌異》沒有直接的關係。因此，之
前范秀珠說〈書癡傳〉的性描寫「和《聊齋誌異》中的〈書癡〉有
關，可以說是改寫而成」，甚至「超過原作」[14]；陳益源說〈書癡傳〉
的性描寫，「其實是把《聊齋誌異》裡〈巧娘〉、〈書癡〉兩個不同故
事中的文字給揉合在一起了」[15]；彭美菁補充說〈書癡傳〉「剪裁〈巧
娘〉文字之處不只一段」，《聊齋》的〈鳳陽士人〉（卷二）、〈林四
娘〉（卷二）等篇的文字亦在剪裁之列[16]，其實都應該改說是《後聊齋
誌異》對《聊齋誌異》的「改寫」、「揉合」、「剪裁」，而為《傳記摘
錄》所直接抄襲才對。茲再列表比對，《聊齋誌異》、《後聊齋誌異》、
《傳記摘錄》三者之間的關係更可一目了然：

聊齋誌異		後聊齋誌異	傳記摘錄
書癡	女笑曰：「君日讀書，妾固謂無益。今即『夫婦』一章，尚未了悟，『枕席』二字有工夫。」	妻曰：「郎君徒讀書詩，『夫妻』一章，尚未了悟，《易》不有『男女媾精』之句乎？」唐某曰：「《易》固有之，吾卻不解。吾惛，不能	新人曰：「郎君讀書，而於『夫妻』一章，尚未悟了，《易》不有『男女構精』之句乎？」黎某曰：「《易》固有之，吾未解得。吾惛，不

14 詳見范秀珠：〈《貪歡報》與越南漢文性小說〉，載於陳益源：《古典小說與情色文學》（臺北市：里仁書局，2001年），頁166-167。

15 詳見陳益源：〈漢喃研究院所藏越南漢文小說《傳記摘錄》研究〉，載於中正大學中文系、語言與文學研究中心主編：《外遇中國——「中國域外漢文小說國際學術研討會」論文集》（臺北市：臺灣學生書局，2001年），頁472-476。

16 詳見彭美菁：〈論《聊齋誌異》對越南漢文小說《傳記摘錄》的影響〉，載於《廣西民族學院學報》（哲學社會科學版）第25卷第4期（2003年7月），頁137。彭文尚提及《聊齋誌異》的〈伍秋月〉（卷五），然而該篇與〈書癡傳〉文字之關連，實不若〈林四娘〉密切。

	聊齋誌異		後聊齋誌異		傳記摘錄
書癡		書兩足書笈	進於是矣，願吾妻輔吾志，明以教我。我雖不敏，請嘗試之。」	書癡傳	能進於是，願吾妻輔吾志，明以教我。我雖不敏，請常（嘗）試之。」
巧娘	生挽就寢榻，偎向之。女戲掬臍下，曰：「惜可兒此處闃然。」語未竟，觸手盈握。驚曰：「何前之渺渺，而遽纍然！」生笑曰：「前羞見客，故縮；今以誚謗難堪，聊作蛙怒耳。」遂相綢繆。		妻已心動，任羞纖手，搖其臍下，始闃然，霎時，纍然盈握。唐某曰：「此物未嘗蛙怒如此，賴我妻法手使然，吾又不知以此何為？」		妻心已動，任羞纖手，探其臍下，其始闃然，霎辰（時），疊（纍）然盈握。黎某曰：「此物未嘗蛙怒如此，賴吾妻法手使然，吾又不知以此何為？」
	生喜，捉臂登牀，發硎新試，其快可知。		妻遂膃啟其交，發硎新試，其快可知。		妻遂膃啟其交，發硎新試，其快可知。
書癡	少間，潛迎就之。郎樂極，曰：「我不意夫婦之樂，有不可言傳者。」		唐某狂笑，手鼓床櫺曰：「吾不解夫妻果有此真境也……。」		黎某狂笑曰：「吾不解夫婦果有此樂境也……。」
鳳陽士人	裁近其窗，則斷雲零雨之聲，隱約可聞。		床櫺搖曳，斷斷零雨之聲，家僮盡聆。		床櫺搖曳，斷斷零雨之聲，家僮盡聆。
林四娘	狎褻既竟，流丹浹席。……		狎褻既竟，丹流柔褥。……		狎既竟，丹流染褥。……
林四娘	曰：「一世堅貞，業為君輕薄殆盡矣。……」		唐某恍然曰：「吾故覺小便甚短，然我二十餘年處子，與我妻輕薄盡矣。」		黎某曰：「吾故覺夫婦之道可以行，然而我二十餘年處子，與我妻輕薄盡矣。」

　　經由比對可知，蒲松齡《聊齋誌異》確實明顯影響了顧氏《後聊齋誌異》。《後聊齋誌異》不僅第二十三篇〈城隍試〉、第一六一篇〈考娘娘〉、第三十八篇〈貞女小傳〉篇末議論，明顯模仿《聊齋誌異》的〈考城隍〉和「異史氏曰」[17]；《後聊齋誌異》的作者顧氏是熟讀《聊齋誌異》的，范秀珠、陳益源、彭美菁過去用以對照的《聊齋》篇章（如〈書癡〉、〈巧娘〉、〈產龍〉、〈碁鬼〉、〈黃英〉、〈香玉〉、〈韋公子〉，和〈蕙芳〉、〈績女〉、〈樂仲〉、〈竇氏〉、〈公孫九娘〉、〈蘇仙〉、〈龍取水〉、〈珊瑚〉、〈太原獄〉、〈僧虐〉、〈王十〉、〈辛十四娘〉、〈林四娘〉、〈魯公女〉、〈瞳人語〉、〈武孝廉〉、〈鳳陽士人〉等等），實際上也都是《後聊齋誌異》所綜合仿效的對象。

　　至於《後聊齋誌異》與《傳記摘錄》之間的情況，則跟《聊齋誌異》與《後聊齋誌異》之間的關係不一樣。比勘結果，《後聊齋誌異》與《傳記摘錄》二者有著驚人的雷同。《傳記摘錄》大體上都在故事一開頭將時空背景轉換成越南場域，其餘內容幾乎照搬，偶然有所疏漏（例如〈惡媼傳〉情節錯亂，又如〈漁樵狂子傳〉、〈龜戲蜃傳〉文字遺脫），或筆誤（詳參本文附錄之「越南漢文小說《傳記摘錄》全文校錄」），但並未刻意濃縮，有時連主角姓名也未更改，結尾也都一樣，只將原作一二篇的篇末議論刪除而已。

　　《傳記摘錄》行文時，有時不得不把《後聊齋誌異》原文做些改動，例如《後聊齋誌異・龜戲蜃》講到金陵名妓雪香與「白門才子，往來款洽」，按「白門」乃金陵別名，《傳記摘錄・龜戲蜃傳》既然改

17　關於《後聊齋誌異》如何受到《聊齋誌異》的影響，以往未受注意，只有占驍勇《清代志怪傳奇小說集研究》表達過一點看法：「此書雖名《後聊齋誌異》，但真正模仿《聊齋誌異》的篇幅並不多，即使模仿也只是模仿〈考城隍〉，如〈城隍試〉、〈考娘娘〉兩篇皆是，另外〈貞女小傳〉末有「異史氏曰」，亦是其仿《聊齋誌異》之一標誌。而《聊齋誌異》特色所在的那些篇幅漫長的傳奇，此書則無一仿作。」（武昌市：華中科技大學出版社，2003年6月，頁123）然而，這樣的看法與事實並不相符。

稱雪香是越南昇龍（即河內）名妓，那麼它將「白門才子」換成「朱門才子」，實屬必要；不過《傳記摘錄》的文字易動也不是沒有敗筆，例如〈菊花精傳〉將原作〈阿芳〉「天清氣潔」一語改成「天氣清潔」，就令人不敢恭維了。

　　總之，《聊齋誌異》直接影響《後聊齋誌異》，《後聊齋誌異》又直接影響了《傳記摘錄》，《傳記摘錄》並未受到《聊齋誌異》的直接影響，這是千真萬確的事實！這個事實的發現，使得《後聊齋誌異》的存在及其價值得到一個重新審視的機會，也使得《傳記摘錄》的原創性徹底崩解，改變了它在越南漢文小說史的位置。

四　結語

　　中國古典小說的續書，一般都沒有得到太高的評價，《聊齋誌異》的續書亦然[18]。清光緒年間成書的《後聊齋誌異》，也不例外。可惜，由於我們過去對顧枚姪子顧氏的這部《後聊齋誌異》，實在太過漠視，因而在剛接觸到越南漢文小說《傳記摘錄》時，很容易就把它拿來跟蒲松齡的《聊齋誌異》相提並論，卻沒想到介於《聊齋誌異》跟它之間，其實還有顧氏《後聊齋誌異》這部重要媒介存在。

　　經過重新考察之後，過去我們探討《聊齋誌異》對越南漢文小說《傳記摘錄》的影響的一些意見，現在都應該修正為《聊齋誌異》對《後聊齋誌異》的影響。《聊齋誌異》對越南文學的直接影響雖然還是有的，但不宜把越南漢文小說《傳記摘錄》納入，《聊齋誌異》對

---

18 解弢《小說話》曾說：「凡續編之書，概無佳作，如《紅樓》、《水滸》、《聊齋》諸後續者是也。斯有三原因：一、一書有一書之宗旨，其文既成，其義已足，勿庸辭費矣，續之適成蛇足。二、識高筆健者，必自起爐灶，斷不屑因人而熱，故續人書者，率皆不才也。三、書非家傳戶頌者，亦無人肯作牛後，被續之書，概為犖犖名著，是以不易與之頡頏也。」收入朱一玄編：《聊齋誌異資料匯編》（鄭州市：中州古籍出版社，1985年），頁653-654。

《傳記摘錄》的影響是間接造成的。我曾經有過一項期待，期待：
「就越南漢文小說史、越南文學史的立場論，《傳記摘錄》這部越南
漢文小說集的意義與價值，我想未來一定會有更多的越南學者繼續深
入發掘。」[19]如今，這項期待已隨著《傳記摘錄》原創性的崩解而落
空了。事實證明，越南的《傳記摘錄》只是《後聊齋誌異》的剽竊之
作，「摘錄」的時間最早不會早於清末的十九世紀下半葉，甚至已是
二十世紀的加工也不一定。

　　不無遺憾的是，本文針對《傳記摘錄》的真相的釐清，已大幅減
損了越南漢文小說《傳記摘錄》的價值。不過，這樣的發現，相信對
於清代文言小說的深入研究，以及中、越文學交流的正確認識，還是
有其正面作用的吧。

---

19 語見陳益源：〈《聊齋誌異》對越南漢文小說《傳記摘錄》的影響〉，載於《蒲松齡
　　研究》2001年第4期，頁105。

附錄
越南漢文小說《傳記摘錄》全文校錄

一　謫仙傳

　　黎朝正和年間有某，家清貧，以小賈度日，父母俱歿，無兄弟，年三十，伉儷猶虛，其性甚愚蠢，然從來好義，故進利應稍可，不至大窘迫。性好潔淨，十二歲後，每見河浮濊物，持竿挑盡，方安於心，十里之內，江津常清淨，如此二十年。

　　有一日自炊，聞叩戶之聲，生急開之，見一女子入，淡裝風雅，丰姿秀曼[20]。生曰：「子何人也？胡為乎來哉？吾舍無女室，佳人忽來，恐招物議，有玷閨德，況與邑遊子相見，吾亦難安居於此，望勿久坐，住此非福。」女子笑曰：「吾非人間女子，奉神命而來。郎[21]君治河有大功勞，常賴清潔，立志可嘉，妾願侍巾幗，溫郎君冷榻耳。至於他人，但敢窺平常人，何敢戲吾仙女哉？郎君不必慮。」某遜謝，角崩在地。女斂衽曰：「郎君不可如此，今而後妾奉箕帚，家事自當勤儉，暇則紡績。」某喜出非望，是夕同寢處，琴瑟甚洽。

　　後某專於生業，女子克襄內政，布帛為之紉縫，紡績敏妙，操作冠人婦[22]，售布帛價倍於人，鄰人不敢藐視，邑中惡少畏而敬之，但私嘆三生之無此緣耳！生自此囊資常盈，出入綿綿，踰數年，文繡煥然，增茅屋三楹，居然素封，里人益敬之。生一子，秀而敏，入塾讀書，十年經俱熟，十二成章，十八歲鄉試中參場。

　　女一夕忽曰：「妾之緣兮盡矣，不久長別。」某握手涕泣曰：「蒙仙子半世勤勞，得有今日，今何褰裳欲去乎？子雖成人，恐仙子去，

20　「姿」原作「資」，「曼」原作「蔓」，據〔清〕顧氏《後聊齋誌異・河仙》改。

21　「郎」字原無，據上下文與〔清〕顧氏《後聊齋誌異・河仙》加。

22　「操」原作「捺」，「冠」原作「官」，據〔清〕顧氏《後聊齋誌異・河仙》改。

家計清貧如故也。」女曰:「否,爾堅守此隴,勿望蜀也。」

　　一日清晨,女素裝嫻雅,裸袖香風,謂生曰:「妾今去矣!妾本仙班,因動凡心,罰入塵世,今已盈緣矣。」言訖,化一陣清風而去,生與子望空拜哭而已。

二　薄倖子傳

　　黎朝保泰間,山南道有紳家朱某,年少風流,學業大進,應試常落孫山[23]外,往寓學於昇龍城之東。鄰家有一女名氏英,年方笄,貌美未字,以高樓為閨房,與朱某所居相近,木壁有隙,彼此可偵者。朱每暇則注目不移,口常出戲言。女見朱少年英俊,意頗慕,故不甚正色拒之。

　　數日後,朱某[24]夜啟其窗而入,女半推半就,成交後,自此每以彈木為約,女即啟窗待之,彼此情如膠漆。女曰:「妾幸未字,請以終身托君,君當憐妾之癡情也。」朱曰:「吾亦未結晉秦之好,俟試後,吾當囑冰來聘,決不失言,未知賢妹之親願成美事否?」女曰:「君既富紳子弟,妾之親惟恐仰攀不及耳,何慮其不允乎?」後朱某赴試,女聞之亦懽然。朱某歸,臨別時[25],彼此各揮淚,戀戀不捨,女又再三叮囑。

　　朱某詣家後,得意洋洋,終日賀客盈庭,人之願受聘者,不一而足,朱某竟以私約之節付之東流水耳,委冰人,即聘本邑紳家季女為室。

　　越數月,女未聞朱某音耗,覺身孕日重,自忖(忖)此事,勢[26]

23　「孫山」原作「尊山」,據〔清〕顧氏《後聊齋誌異・無情子》改。下同,不贅。

24　「某」原作「甚」,據〔清〕顧氏《後聊齋誌異・無情子》改。

25　「別」字原無,據〔清〕顧氏《後聊齋誌異・無情子》加;「時」原作「辰」,全書皆然,此乃越南書寫習慣,逕改,下同,不贅。

26　「勢」原作「世」,據〔清〕顧氏《後聊齋誌異・無情子》改。下同,不贅。

不得不達於親，於是訴泣於父。父曰：「朱某世家子弟也，如聯婚，亦不辱門戶，吾與爾雇舟同造其室，察其動靜。」女聞之，慚喜交集，詰朝解纜同行。詣朱家，即托人通報。朱某洋為不知，曰：「伊名氏吾素不相識，刻下吾有急務，無暇流（留）心，如爾有甚言，他日茶談可也。」言畢，轉身而入，家人悶悶歸舟。女詰之，涕泣交流，悲咽無言，不得已返棹。屆路半，遇一江津最廣，女仰視月色，即疾趨赴河中，家人即赴救，女已為流水所捲，寂然不見，雇水工求之，亦不可，知為風波所飄去，號哭而歸。

三年後，朱某赴昇龍城鄉試，入場後，忽見氏英怒容而至。朱某心知其冤魂未散，戰兢言曰：「卿將何如？」氏英曰：「無情薄倖子，不必多言，今欲汝同歸泉下。」朱某哀求不已。氏英曰：「這事亦吾之過，本不當踰牆相從，有玷閨德，今姑恕汝命，吾骸骨爾願收否？」朱某曰：「敢不如命？」女曰：「吾骸骨現浮於江中尋珠津處，尚有筋連，汝既憐一點恩情，返里後急覓櫬求之，吾當暗中指點，若得歸故里，雖於九泉之下，亦感恩也，慎勿[27]忘卻！」朱某敬諾，女方飄然嘆嗟而去。自此文思愈拙，草草二場。朱某因愛流連之遊，盤桓未歸，俟徹棘後，又落孫山外，怏怏而返，氏英之事，又忘之矣。

三年後，又赴試，有朱某之友姓阮者，其人好義多才，有肝膽。入場後，忽見一女啟簾，阮某知為鬼，急以手攫之，女遁不得，乃曰：「妾欲求朱某，不意誤啟君簾，乞釋之。」阮某曰：「如不達汝情，吾誓不捨汝。」女不得已，曲訴本始。阮某曰：「吾歸後，當為汝謀之。」女曰：「多感君恩，前科吾之骸骨尚有筋連，今已零落，隨流逐波，不堪收羅矣。」阮手釋之，女忽不見，俄而聞朱某已被吐血死矣！

27　「勿」原作「忽」，據〔清〕顧氏《後聊齋誌異・無情子》改。

三　人與龍交傳

　　珥河之三岐江合流處，白鶴洲津，有一漁舟，常泊[28]江中，夫婦二人無子，舉網得魚數尾，以售生活。每屆夏日，雷雨大作，常受風波之險[29]。漁夫曰：「吾聞龍性甚淫，與馬交則產龍駒，與禽交則產鳳凰，與豕交則產豬[30]婆龍，與老豬交則產象，目今夏日屢見掛龍，爾盍受其一交？或產一龍子，必大貴。」漁婦大笑曰：「富貴自有定數，爾之妄想，自古未聞也。」夫妻一笑而散。

　　一日，見黑雲腳齊，風聲[31]盈耳，俄而見雲中垂白氣一條，狀若龍尾，漁夫命其漁婦急仰臥江津，其婦不得已，身無片縷，仰臥片時，不見龍交，但覺身若有物壓耳，歸舟述其所以然。漁夫曰：「今而後必生龍子矣！」居之無何，身忽有孕，人甚訝異。周年生一胞，拆之得一男，即能言，只知有母而不知他人也。五六歲好遊水中，如居平地，取水中寶物呈母，家居然富足。及母卒，這子入水不復見云。

四　節孝傳

　　陳末京北處，扶董有一家姓范，鰥獨，年艾餘，家小康，孫方十歲，媳王氏，年三十外，姿容甚美，克襄內政，紡績未嘗[32]少息，事翁純孝，莫不曲盡其心，憐翁老，自以布帛易酒肉供之。翁愛之，稍解無子之悲。至冬日，天苦寒。翁謂媳曰：「吾年已老，獨宿頗寒冷，爾又寡居，盍同眠草榻，彼此得免凄涼，復不至有物議也，孫則與吾同寢，豈不美哉？」媳不敢逆命，從之。不數日，里人紛然議論，以為亂倫，甚是傷風敗俗。翁聞之，正氣化之而已。

28　「泊」原作「汩」，據〔清〕顧氏《後聊齋誌異·龍子》改。
29　「險」原作「側」，據〔清〕顧氏《後聊齋誌異·龍子》改。
30　「豬」字原無，據〔清〕顧氏《後聊齋誌異·龍子》加。
31　「聲」原作「波」，據〔清〕顧氏《後聊齋誌異·龍子》改。
32　「嘗」原作「常」，據〔清〕顧氏《後聊齋誌異·節孝》改。下同，不贅。

　　一日，時正值春三，里人共詣佛跡寺焚香，連群結友，絡繹不絕，喧甚。王氏欲同與里人去，里人不許與共往，哀請數次，里人始許，王氏則在舟頭坐之。屆佛跡寺，里人欣然入寺，王氏怏怏獨行，手攜香燭，望見寺中古刹高聳，殿閣壯麗，諸佛端坐如生。王氏拜伏在地，忽鼻如注，霎時斃。里人皆悔與其來，皆曰：「這人不正，故至佛寺而死，誰謂鬼神無靈也。」里人不忍棄之而去，不得已，更市一木櫬，草殮之，扶舟歸。

　　比及家，王氏已無恙，里人驚異，共議啟櫬，內惟有巨燭二支，書朱字云：「精明無倦，節孝可嘉。」眾人尤驚，以為天祐善人，共詰王氏，乃詳言之曰：「禮佛後，覺昏昏如睡，目不見，耳不聞。刻許，足抵地，眼明，已在此，又不知其所以然。」里人共曰：「此佛之釋疑也，可敬可仰。」於是亂倫之語遂息焉。

五　惡媼傳

　　京北嘉林有一寡婦潘氏，生子二：金福、金桂，以農為業。媳丁氏、陳氏，操作俱勤，克襄內政，紡績絕妙。媼年將艾，性最奸滑，往來頗險惡，好月旦人長短，凡見不平者即誶，里人敢怒而不敢言，後則無所忌憚，人皆畏之。自伯其村，子婦殊受其毆撻，甘而無怨。

　　一日，有里人何某，因夏天炎熱，晚風橋頭，勿（忽）見一人入媼家，偵探不正，訝異曰：「這媼更為踰牆穿壁之人乎？此媼已非青春，必媳之私郎也。不解此媼願作鴇兒乎？」忽有一人曰：「吾雖同村，卻未偵見，今已窺實，且俟其出如何？」刻許，壯者出，媼笑言相笑，慇懃罔至，私語隱約無聞。皆曰：「情實矣。」後數日，二人又風於此，忽見壯者又入媼家，某即集里人入媼家，候門外，不見動靜，群入而搜之，卻不在媳處，而在媼床第，尚在溫柔鄉。壯者驚欲走，何某即執之。媼無以為言，恨無地穴可入。何某叱曰：「爾素好談人之短，揭己之長，亦當世之正人也，而今更如何？吾等不撻不

詈，與眾出素氣耳。」俄而觀者如堵，俱謂為快事，曰:「奇哉此媼！尚不忘花燭之夜乎？」唾其面，叱老娼，紛紛不一，二人置若罔聞。何某曰:「這〔媼〕之醜名已揭，可釋之。」眾各鬨堂而散。後遠近皆知，見媼即辱，媼惟無言，大減從前光景，無顏見人，杜門不出，子婦亦輕視之，順轉而逆。媼終日涕泣，自悔生平，悲慚交迫，嘆曰:「何面目立人世乎？」月餘，抑鬱染病而死。

不數日，何某及里人某，又怨己使彼之恥而速其死。有一夜已睡，忽聞叩扉之聲甚急，詰問何人，叩者曰:「吾奉本邑城隍命而來，有提票在此。」何某曰:「吾與外事無關，爾何故夤夜而來？」叩愈急，曰:「爾啟之自知。」何某即開門，見二皂衣人，似不相識，即以票示之，恍惚無所見，但何某書在一印而已。不得已，隨之而去。不數武，覺奔西，何某曰:「莫非赴城道否？」差曰:「不須多言，至則自知。」約里許，屆一處，城郭蕭條，店肆不甚奢華，前見轅門，內若案院，詣儀[33]門，媼已先在。差曰:「子且坐，聞呼名可去。」窺見內，廣廈壯麗，威勢最嚴，刑楊具備，燈燭輝煌。忽聞鼓聲填然三下，內出一官，衣冠類天神，高坐堂中，侍立數十人。何某戰兢訝異，及聞高呼里人某[34]及伊媼，俱應聲而入，伏地泣言，耳不得聆。媼跪而哀訴，里人某亦嘖有煩言。又聞呼何某，即鞠躬入跪於階下。城隍曰:「爾好謀閒事乎？凡姦，非親夫不得捉，此古今定例。爾與這媼素無仇，何事集人作此風流過。雖這媼非正人，然其死，因爾羞辱而至也。」何某哀辯不得。命差兵持巨尖刃來，將何某鼻息刺破，痛甚，血流如注，沾襟。又命書吏稽查其壽算，書吏跪奏

33 「儀」字原無，據〔清〕顧氏《後聊齋誌異．惡媼》加。

34 「里人某」原作「何某」，以下另二處亦然。按《後聊齋誌異．惡媼》有村人王某會同捉姦，在惡媼死後，「不數日，王某亦亡」，而本篇之「里人某」即《後聊齋誌異．惡媼》王某的角色，但未言「里人某」亦亡，又三度誤將「里人某」作「何某」，以致情節錯亂，今皆據〔清〕顧氏《後聊齋誌異．惡媼》劇情改。

曰：「何某十三年當終。」差送歸。未數武，堂起笞聲，即里人某也，他人亦被笞打。

諸人到家，如夢初覺，鼻猶酸痛，襟血已殷，時將東白，訴於妻。妻曰：「此地府閻羅王也。」何某惶恐無措，見人常歷歷言之。明年長子殤，次子相繼而亡，人皆曰：「二尖刃蓋應在二子。」越十三年，何某暴死，鼻吐鮮血。君子成人之美，不成人之惡，有以夫。

六　漁樵狂子傳

陳時永祐年間，有漁樵二子，不詳其姓氏，年皆老，形容古怪，身之外無別物，惟竹竿、密網與斧斤、書籍、醧瓶而已。至山結草為庵，以漁樵為業，里人叩其姓名，笑而不言，口好狂歌。

一日，漁者於南得魚，歌而歸曰：「壯志[35]凌雲氣似虹，垂楊獨釣樂無窮；心超流水高山外，人在殘煙薄霧中。南浦得魚沽美酒，西溪泛日嘯[36]清風；仙源本是藏身所，欲入桃源曲徑通。功名久矣付浮空，理得絲綸弗御窮；曬網猿來扶左右，豁竿鳥見各西東。盪胸唱晚山間月，濯足吟殘江上風；高臥煙霞簑未脫，仰觀星斗掛天中。」笑與樵子曰：「我一歌，魚悠然而逃，所慮者，有餌難釣耳。」曰：「此不必慮。今日爾已得魚，當以巨觥豪飲，殺我自烹，酒我自沽，共醉月下。」

山中靜[37]似太古，十觴後，樵子曰：「我若高笑兩三聲，驚得枝頭鳥亂飛。」漁者曰：「子真出口成章，然子言太[38]狂，不信！今三更月白，四無人聲，爾試笑之，如鳥無翔起，罰吃金谷酒數。」樵子曰：「諾。」於是舉杯長笑，絕無應響，屢笑之，仍如是。曰：「爾之言

35　「志」原作「氣」，據〔清〕顧氏《後聊齋誌異・漁樵狂子》改。

36　「嘯」原作「叫」，據〔清〕顧氏《後聊齋誌異・漁樵狂子》改。

37　「靜」原作「淨」，據〔清〕顧氏《後聊齋誌異・漁樵狂子》改。下同，不贅。

38　「太」原作「大」，據〔清〕顧氏《後聊齋誌異・漁樵狂子》改。

不甚狂乎？何以笑久之，無一鳥驚飛？」[39]「吾歌非不及爾。」漁者曰：「爾狂不更，難免揄揶。爾試歌之。」乃歌曰：「采樵終日隱深〈山〉林，身入雲峰草徑沈；舉手葛藤堪力折，披肩松翠宛扶陰。閒歌天外原隨口，莫負風中自有心；上古絜蕘高士事，子期江畔好琴音。」曰：「此不甚佳，不如我。」又歌曰：「時入空山我獨行，丁丁伐[40]木影縱橫；跡留草徑猿哀怯，斧響松林鶴夢驚。簑笠長吟天霽暮，負薪仰見月光明；歸來煮石雲深處，笑傲偏多物外情。深林兀坐對茅齋，著履優遊上峭崖；靜向爐中觀煉藥，閒從石畔拾枯柴。銜花麋鹿堪為伴，供果猱猴亦是儕；揮斧已驚枝葉落，芒鞋踏足破寒荄。」漁者曰：「此較前稍好，若詞，則爾決不能矣。」

　　樵子曰：「吾已大醉，若揮拳，尚能飲幾瓢。不然，我醉欲眠，請君且去。」漁曰：「豈懼爾乎？」於是拳聲叱吒，停杯舉箸之聲，宛如曲板，至東方既白，方高臥。日上三竿，二人未起。後漁者先覺，笑曰：「美哉睡乎？何其量之不似我也？」樵子夢中驚覺，曰：「何爾歌之弗若我妙也？」漁者曰：「子狂太甚！今日黃粱尚足，瓶醞未竭，何妨偃息一天，敢與我試詞乎？」樵曰：「特恐爾不如我爾！」漁曰：「詩言志，今且各言其志。」

　　漁曰：「我愛水清，可滌塵懷。」樵曰：「我好青山，登之如上天。愛水清，則有[41]無魚之慮，青山則常不老也。取之不禁，用之不竭。」漁者曰：「爾愈狂矣！可為目中無人。我且吟一絕句，定嚇爾耳[42]聾目瞪。樵曰：「子姑吟之，若不善，我當洗耳。」乃吟曰：「釣罷歸來月

---

39 此處有所遺漏；〔清〕顧氏《後聊齋誌異・漁樵狂子》於「無一鳥驚飛」句下，尚有「爾欲怪鳥熟睡乎？前已有令，可依數飲訖」數語，「吾歌非不及爾」句上則有「樵子赧赧立飲，曰：笑雖未驚鳥」等字。

40 「伐」原作「代」，據〔清〕顧氏《後聊齋誌異・漁樵狂子》改。

41 「有」字原無，據〔清〕顧氏《後聊齋誌異・漁樵狂子》加。

42 「耳」字原無，據〔清〕顧氏《後聊齋誌異・漁樵狂子》加。

載船，江岸⁴³散髮尚堪眠；縱然一夜風吹去，只在蘆花淺水邊。」樵大笑曰：「此詩古人成句，況氣象未雄，何足為奇？所喜詩有仙骨，耳可不必洗。子試吟一詞可否？」漁乃吟曰：「小小船兒任風簸，一卷⁴⁴竹席搭撤破，釣得魚兒三兩個，歸來拿去街頭貨，暢飲香醪醉且臥，寬懷過，天高地厚神仙做。」樵曰：「此俗甚，似野人直⁴⁵言，毫無秀雅之氣，遜我詩多矣。」漁曰：「子且言此詞何曲名？」樵子莫對。漁曰：「曲名尚未知，竟評人好歹，令人笑歪喙矣！爾敢著乎？」樵曰：「此道吾少工夫，不得已，試吟之：夜宿深山古廟，朝行草野荒村，閒來無事掩柴門，餐飽黃粱一頓，不管興衰成敗，床頭酒滿金樽，是非任我絕談論，舉首杯邀皓月吞。」漁曰：「此【西江月】也。雖有浩氣，惜未純美。若論春秋佳景，爾定不如我。吾今吟一【漁家傲】，聞之，爾當欽佩。」吟曰：「花明柳暗春光透，桃林雨落紅飛袖，但見了些白鷺黃鶯花下鬥，簑衣斗笠無舊新，不戀金章和錦繡⁴⁶，又見了些采樵稚子向山走，枯柴壓得容顏瘦，多也售，少得售，不似我鼓棹輕搖觀水秀。」樵子曰：「爾好譏人，我豈無『樵家傲』乎？」吟曰：「蝸居蘿補對高嵩，盼到春來紫雜紅，關心巧鳥語靈通，我喜的吹面不寒那楊柳風，⁴⁷陌負薪叢，人問山名稱我翁。」漁曰：「汝樵夏日則吾不及也。吾且吟之，爾聆之。」手彈竹竿，口且吟曰：「天高暑日槐風爽，垂楊堤畔常來往，榴紅觸目茭荷香，任吾舟鼓浪，頻盪槳⁴⁸，閒來垂釣煩收網，家浮綠水月流朗，堪笑樵子擔柴

43　「岸」原作「干」，據〔清〕顧氏《後聊齋誌異・漁樵狂子》改。

44　「卷」原作「拳」，據〔清〕顧氏《後聊齋誌異・漁樵狂子》改。

45　「直」原作「真」，據〔清〕顧氏《後聊齋誌異・漁樵狂子》改。

46　「繡」原作「銹」，據〔清〕顧氏《後聊齋誌異・漁樵狂子》改。

47　此處有所遺漏；〔清〕顧氏《後聊齋誌異・漁樵狂子》於「我喜的吹面不寒那楊柳風」句下，尚有「雖斧斤伐木身憔悴，勝似朝班效鞠躬，若盪舟可觀水秀，我恐爾驚仆浪聲中，香塵繡」數語。

48　「槳」原作「漿」，據〔清〕顧氏《後聊齋誌異・漁樵狂子》改。

俺肩上，流汗如珠像，風也行，雨也行，我坐江湖任舟盪。」樵子
曰：「吾於夏日，正有風致[49]，恐爾聆之，垂頭嘆息。吾不吟矣。」
曰：「黃粱已炊乎？韭已剪乎？吾因聞爾歌，枵腹者久之。」樵曰：
「吾當洗手作羹，黃粱則爾炊可也。」俄頃，酒殽陳几，歡呼豪飲。
漁者曰：「吾等真抹月披風甚矣。幸以杜康自娛，終日醉鄉，尚足稱
快。」餐已，漁者曰：「汝言夏日之樵，究何如者？盍一吟之？」樵
子吟曰：「夏至一陰纔屆伏，桑榆槐柳青散馥，野杏山桃離離熟，憑
我持杖扑裁了些，蒼松翠柏君子竹，歸將易酒肉，不願朝中受秩祿，
堪笑漁人蘆中宿，舟行風雨共縱橫，魚臭腹，人枵腹，我則以萬壑深
山為廈屋。」漁子曰：「吾於秋日，子又不及吾矣！」曰[50]：「桂子飄
香秋令節[51]，葉舟可把紅蓮折，紛紛紅葉鮮如綴[52]，淺水蘆花鼓賞，
君不見紅蝦青蟹錦鱗魚，不怕爾饕餮，不做紫袍金帶傑，但見了些樵
子負薪涼又熱，多不悅，少不悅，乃見大江東去浪青激。」樵子曰：
「吾到秋，另有異況乎？」曰：「蕭索涼風諸葉墜，東籬菊蕊黃金翠，
惟有蒼松顏不凋，萬木酣宿[53]醉，君不見排陣鴻雁空中淚，白衣送酒
香浮鼻，邀幾個故人林下醉而睡，也不去朝廷受爵位，俺笑漁人真可
累，連宵[54]陰雨遭顛躓，罨魚躍出中空匱。」漁者曰：「亦未必有異
況，特寫秋景耳。惟我冬漁[55]，真有別趣，言之令人忻慕。」曰：「冬
至一陽纔數九，蕩著輕舟隨岸走，終日灘頭不動手，呼朋友，尋幾個

49　「致」原作「至」，據〔清〕顧氏《後聊齋誌異‧漁樵狂子》改。
50　「曰」字原無，據〔清〕顧氏《後聊齋誌異‧漁樵狂子》加。
51　「桂子飄香秋令節」原作「桂子飄令節秋香」，據〔清〕顧氏《後聊齋誌異‧漁樵
　　狂子》改。
52　此處有所遺漏；〔清〕顧氏《後聊齋誌異‧漁樵狂子》於「紛紛紅葉鮮如綴」句
　　下，尚有「得味舟中啜」五字。
53　「宿」原作「霜」，據〔清〕顧氏《後聊齋誌異‧漁樵狂子》改。
54　「宵」原作「霄」，據〔清〕顧氏《後聊齋誌異‧漁樵狂子》改。
55　「惟我冬漁」原作「惟冬我漁」，據〔清〕顧氏《後聊齋誌異‧漁樵狂子》改。

無束無拘煙波叟，打得嘉魚易新酒，不立朝綱呼叩首，我笑樵夫真個醜，雨行好似喪家狗，多也守，少也守，見了些魚精水怪番（翻）觔斗[56]。」樵子勃然動心，大聲曰：「爾太欺人，爾謂吾為狗，爾即狗友也。」漁者曰：「酒後戲言，何乃發怒如此？」於是樵子曰：「冬來，吾亦有別趣。」乃吟曰：「屈指流光同夢短，冬日枯薪齋已滿，鋪來稻草甚軟綿，燒得火來渾身煖，埋名隱姓無拘管，不戀金章與臺閣，最可憐冬來漁者無所炊，必須與我同為伴，飽亦懶，飢亦懶，萬里蒼山雪如纎。」漁者：「瑕詞聞之已厭。[57]」樵[58]曰：「解開寶帶繫麻縧[59]。」漁曰：「手持釣線風流逸。」樵曰：「腰插斧斤氣象雄。吾等相論在江邊，驚起數千鴻雁。」漁曰：「我欲歸湖，爾且還山，大家閒事莫管，不能終老於此庵也。」於是各攜物而去。

踰數日，里人不復聞二人狂歌，詣其所，蕩然無存，荒煙荊榛間，只見一書籤，啟之，詩集甚多，始知二人放浪山水，萍水無定，其詩多有隱逸之意云。

七　好棋成癖傳

海陽道青河縣，有一富商，生平惟好棋，所交無論貴賤，常恨無一知己者。有日，雇舟行商，泊於東步頭，月色清凉如水，棋興勃發，詢諸友無一諳者，後知一柁夫善象棋，商某與之弈，移時已成勢，柁夫智[60]弗若，值進退兩難之際，背後一賊曰：「盍如此？」眾方駭異，知有盜。商某從容曰：「爾梁上君子，欲作偷營劫寨之子乎？

---

56 「觔斗」原作「斗觔」，據〔清〕顧氏《後聊齋誌異・漁樵狂子》改。

57 此處有所遺漏；〔清〕顧氏《後聊齋誌異・漁樵狂子》於「瑕詞聞之已厭」句下，尚有「盍聯對」三字，以及「樵子曰：妙！漁曰：我因貪水秀辭朱綬。樵曰：為愛山閒脫紫袍。漁曰：脫卻朝靴穿草履」數語。

58 「樵」字原無，據〔清〕顧氏《後聊齋誌異・漁樵狂子》加。

59 「縧」原作「條」，據〔清〕顧氏《後聊齋誌異・漁樵狂子》改。

60 「智」原作「志」，據〔清〕顧氏《後聊齋誌異・棋癖》改。下同，不贅。

膽包天矣。姑訊爾之所自來？」盜長跪哀訴曰：「小人姓范名草，家南蕭，素以賣漿為業，家資亦小可，本不貧乏。少壯頑暴，博弈好酒，父母沒，囊資因酒棋蕩盡，雖量宏智精，總不得為衣食之所恃，不得已，以穿窬生活。今日自江北來，隱身岸畔，意欲竊取小物，後見弈棋，舊技已癢，視之又情不自禁，故言之。實熟視良久，其物一毫未取，乞少恕之。」商某曰：「起。吾難世間人因棋為盜，又因棋而不盜也，奇哉！可謂風雅盜矣。酒量何？」盜曰：「斗酒如是，石酒如是，夜非浮三白不能寐。」商某曰：「吾不如也。我癖於棋，無棋則以杜康自娛，卻不得豪飲，醉慮搖精，今而後，吾稱爾為子期[61]，若人得之必為賊，吾則以汝為鮑叔也。」盜叩謝不遑，曰：「不笞已幸矣，安敢與貴人交？」商某曰：「英雄不言分，若不為梁上之君子，而為世之偽小人，已不負知己。」盜曰：「小人不得已而為之，非好為之也。」盜叩首欲去，商某曰：「爾何褰裳欲去乎？如克遵道而行，當效橘中之二叟，或作糟邱之良友可也。」曳盜坐。盜喜出非望，屢言：「曷敢？小人結草啣環，難報萬一。」

　　商曰：「願對局乎？抑飲酒乎？」盜曰：「下交不敢相宜。」商大笑曰：「吾已以爾為子期，爾當以吾為伯牙[62]。何必迂話乃爾，令人憚煩極矣。」於是圍象棋殘局，盜黑，商白，弈之。英雄對壘，不覺東方已白，一局未終。後盜負五子，商嫣然曰：「吾今得一知己，平生無所憾。」眾各笑其癡。是日風力大作，徘徊憩此，卜晝卜夜，非酒即棋，所藏數斗良醖，已告瓶罄。後帆轉下流，泊於海汛，至一海島，舟不堪行，泊之蘆中，苦舟中掀播，登岸閒步，牽蘿攀棘而上，松柏下一巨石，見二叟對弈，二人私窺之，卻不解其弈意。局未半，一叟曰：「爾負矣。」一叟曰：「然。」二叟即步曲徑而去。叩其姓

61　「子期」原作「子癖」，據下文與〔清〕顧氏《後聊齋誌異·棋癖》改。

62　「伯牙」原作「伯乎」，據〔清〕顧氏《後聊齋誌異·棋癖》改。

名，笑而不答，羽衣鶴髮，淖然有仙風，霎時不見，棋局卻未攜去。
二人喜曰：「吾等可一對局。」審視之，棋可動而不可取，局亦石之
自然生者。二人大驚異，怏怏而歸。

　　至泊舟處，盪然無存，方惶恐間，已有二叟策杖而來，二人長跪
哀訴，道其所以然。叟曰：「草舍一矢之地，此非言所，若不嫌草
廬，願就稅駕。」二人悲喜交集，追二叟數武，即見蘿補茅屋數椽，
繞以笆籬，這內竹蔭幽深，邀二人入室，頗壯麗非凡。叟曰：「萍蹤
介合，實關夙分，客非去日相逢之棋友乎？」二人曰：「諾。」叟
曰：「此處非凡間，一日數十年，今江海汪洋，無舟安渡，盍勾[63]留數
日，自有歸期。葡萄美酒，姑以供不速之客。」二人遜謝不已，忽覺
撲鼻有香，窺見內有一女子，淡裝絕好，丰姿迴出人寰，奔走烹肴，
手各攜鹿脯，二人訝為月殿仙人，移時陳設几上，酒肴芳美，備極豐
美，供奉甚殷，若生平所未嗜（嘗）者。叟曰：「岑寂山河，小酌殊
瀆，不堪式燕嘉賓也。」二人侷促不舒，既而另有小進，珍果多不可
名，各以水晶玉石之器貯之，光搖几案。良久，月明高潔，益覺清
涼，中設一竹榻，叟曰：「客僕僕風塵，可早臥息。」二人曰：
「諾。」已而伏枕不寐，四無人聲，蟲聲哀奏，隱約聞女子吟詠之
音，吟曰：「三更風露意清涼，山色蒼茫泉自香，千里空江明月白，
夢魂誰到白雲鄉。」又聞叟吟曰：「江上波濤湧，天空雁報秋，迢遙
鄉夢絕，海內儘雲遊。」其聲淒切，二人愈覺愁緒紛如。良久寂然，
但見空中月色皎皎而已。

　　詰朝，叟曰：「今日似有黃雀來風，可送我客歸塵。」二人拜
謝。叟命二人雙眸緊閉，頓覺足下生雲，風聲貫耳，刻許，足似著
地，一瞬已是桑梓，風景全非，里人無一相識者，詣家，門庭寥落，
人笑曰：「客何處來？」商某自道其生平，家人大駭曰：「先曾祖於某

---

[63] 「勾」原作「拘」，據〔清〕顧氏《後聊齋誌異・棋癖》改。

年月日啟行，後絕音信，今已百餘載矣。」商某見家人皆非前之所見，即覓別〔所〕而與盜居之，終日酒棋，無志塵世，不思火食，腹不飢。踰數日，見叟飄然而來，笑曰：「二子可歸山矣。」言訖，叟與二人化作一陣清風而去，人皆知其成仙矣。

八　棋仙傳

安邦道文振州有一人，姓麻名吉，年十五，見友人弈棋，立旁窺之，求友人誨之，友人不應，不得外人指點，後每見人弈棋，輒立旁會意。踰旬日，諳死活，覓棋共鬥之，心若了了，若有夙慧。後見友人弈棋，至難應間，吉某（謀）曰：「盍如此？」友訝異曰：「妙！三日不見，刮目相看，良友以也，堪稱孺子可教。」了局，友曰：「敢與我弈乎？」吉曰：「有何不敢？」友曰：「姑試之。」友意驕，將欺棋弈之。吉竟覺，友大負。友赧然戲曰：「吾無所用心然也。敢再弈乎？」吉欣然樂就，友又不勝，於是吉之棋譽揚，竟有願以金弈者，吉常十勝八九，二十餘為州中國手。

一日出外，路投宿農家村中，茅屋柴扉，內頗潔淨，雨剪春韭，新炊黃粱，鄉嫗供意殷勤，夜眠竹榻，明月皎然。吉伏枕玩月，內房聞有人弈棋，卻無棋聲，但聞有人言弈何處耳。約數十下，一人曰：「爾負三子半矣。」其一人曰：「吾負矣。」已而寂然，吉聞之一一在耳。及東方[64]既白，則身臥故墓，荒煙蔓草，茅舍無存，始誤（悟）夜間之弈棋，鬼也。以局布之，果無參差。

後又屆一處，見一瘋丐，面古而秀，手持棋子。吉心好之，問丐曰：「欲售否？」丐曰：「此棋子與吾命同休戚者也。吾因愛此棋，資本告匱，落拓如斯。」麻吉曰：「既如此，自善弈。」丐曰：「稍諳一二。」吉曰：「敢弈乎？」丐欣然從之。良久，吉曰：「爾負一子

---

64 「方」字原無，據〔清〕顧氏《後聊齋誌異‧棋仙》加。

矣。」丐大笑曰：「然。」忽仰面一呼，翔下一白鳥，頷一子去，轉眼丐已不見，後始知其與仙翁對局也。

年至三十，為天下第一人，志氣益卓，不好華麗，於伉儷尤淡，父母委冰人擇配，吉每卻之，惟獨自逍遙，父母亦未[65]如之何。後雲遊名山，至傘圓山頂，與老猿弈棋，屏絕煙火，已得道成仙去云。

九　龜戲蜃傳

黎中興後，昇龍為繁華之地，紅樓中有一妓名雪香者，姿容風秀，才藝出類，為邑之花魁，當時少壯名儒，非顯貴不相交，常有自遠方來者。

一日，有城中名士，姓金名點，二十餘歲，風度翩翩，素好[66]放浪山水，挾妓豪飲酒，人皆知其為風流中人物，凡江樓中諸館，莫不仰其一至為榮。金自到城內，欲訪雪香，月明夜半，聞笙歌盈耳。金即到雪香樓中，傾囊以交雪香，雪香亦與金甚狎，此唱彼和，各盡所長。金日沉醉狂歌，曲盡絲竹之妙，醉後且好吟詩，但聞有句云：「響遏行雲星斗落。」又一句云：「桃源疑在雲深處，洞口仙人即故家。」於是朱門才子，往來款洽。

有日約遊西湖，泛舟湖中，波光湧月，徘徊於星月之間。金謂友人曰：「此處如潯陽風景，惜少秋娘抱琴遮面而來。」方談論間，蘆葦中隱約聞有笛韻清越，似唱後庭花。金即鼓棹而迎之，及咫尺，則是一善妙才，約十八九，倚船唇獨自謳吟，仰面觀天文，若未見金者，蓋有凝思之意。金即口吟曰：「半江風月意清涼，夢裡巫山枉斷腸；誰是三生緣未了，欲燒絳燭認紅粧。」善才覺，秋波送情，容姿出凡，若昔有所相識者。金詰之，道自京北來，因愛西湖風景，賞月

---

65 「未」原作「末」，據〔清〕顧氏《後聊齋誌異・棋仙》改。

66 「好」原作「號」，據〔清〕顧氏《後聊齋誌異・龜戲蜃》改。

眠遲，浪吟蘭陵美酒之什，不意高人竊聽[67]，意甚报报，蓋前之笛韻，風波之亂響耳。金即並船而泊，各訴平生。善才茹吐俱風雅焉，初與金答話，言雖溫婉而情頗傲，[68]極意纏綿，每恨相見之晚。金之眾友嘆曰：「空門中人，亦以勢利交也。」即令友之善吹洞簫者，依其歌而和之，覺異曲同工。

約刻許，忽聞波濤洶湧，舟搖不定，人皆恐曲不得終，方戰兢間，座覓金，善才[69]亦不見，眾友四顧搜之，絕無影響，詰之，無一偵其異者。訝異久之，忽見一巨龜與蜃，浮戲於水面，浮珠耀彩，相映空明，龜昂首揚揚，吟如蚓曲，不甚辨[70]其宮商，蜃又變化成樓中坐一美人，即前舟中之善才。正不解世間鱗介亦能知曲，意者龜之名所以列在四靈中之第三也。一霎時間，悠然而去，浪靜波平，惟見江心秋月白，蓋靈物之故作風波耳。

不覺玉兔西沉，遂檢杯盤狼藉，得金點贈詩一絕云：「生長江湖酒債多，化為狂士濫吟歌，龜鳴即是生前曲，作浪相尋水素娥。」眾見之，方知如是風流，乃衣冠濕生也。內有友人與金結義者，自愧賞識不精，與龜為友。東方已白，不快而歸。

厥後樓中雪香聞之，自嘆半世風華，誤與龜狎褻焉。

十　菊花精傳

山南杜生，世家子，古貌清癯，長指垂眉，見之疑為謫仙中人，尚氣疾俗，自守淡然，惟性偏愛菊花，秋花[71]滿徑，不間籬落。娶妻

---

67 「聽」原作「咱」，據〔清〕顧氏《後聊齋誌異・龜戲蜃》改；此乃越南俗寫習慣，下同，不贅。
68 此處有所遺漏；〔清〕顧氏《後聊齋誌異・龜戲蜃》於「言雖溫婉而情頗傲」句下，尚有「及識金為海內名士，餘皆金陵世家，方」數語。
69 「才」字原無，據上下文與〔清〕顧氏《後聊齋誌異・龜戲蜃》加。
70 「辨」原作「辦」，據〔清〕顧氏《後聊齋誌異・龜戲蜃》改。
71 「花」下原衍一「色」字，據〔清〕顧氏《後聊齋誌異・阿芳》刪。

黃氏，伉儷甚篤，二年分鴛去，悲悼不已，常有出塵之想，每至更漏燈殘，鰥居苦寂。

　　一夕，方弄毫時，忽見窗外有人影，又聞彈指聲，斜月半鉤，花影扶遙，恍若仙子下降，因問之，不答，但嗤嗤而笑，再問之，曰：「我西山之鬼也，特來禍汝。」清音嬌曼，生忖之曰：「爾非害人者，我與卿無仇隙，何來相禍？亟去，不然我不爾避也。」移時，聞小語曰：「以君清夜勤苦幽獨，未免岑寂，慕君風雅，故來伴袂，視試我豈禍人者哉？」生聞言，心醉如泥，憶此弱荏，雖鬼亦良得，遂啟戶入。生視之，乃二八美姣[72]也，肌白唇紅，姿艷無雙，驚喜欲狂，近之入齋，拜且揖曰：「僕不盧（意）仙人之惠肯來遊，幸甚幸甚。」女曰：「妾意君風流才士[73]，不揣粗陋，攀藤附葛而來，效采蘭贈芍之流，至令君疑為鬼魅，何仙乎哉？」言已辭去。生不忍，苦陳自愆，挽之就榻。於是滅燭求歡，遽入夢鄉，訂情之時若不勝，玉膚心香撲鼻，令人魂消，而雙雙蓮鉤，瘦不盈握，尖尖十指，纖細如筍。女曰：「為君輕薄死矣。」生曰：「對花解語，遇知音而操琴，焉得不死？」事悉，枕腕而眠，叩其里居，言為西湖望族，小字阿芳，子[74]然一身，處於東鄰，已三年[75]於茲矣。天明即去，至夜又來，來必攜具挈壺，飲食談情，韻調清雅，噥噥歡笑之聲，家人頗驚之。女曰：「妾霧露馳驅，殊不良為夜渡娘，願共君結白頭之友，當為君築室花塢，以與君偕老焉。」生喜極，乃偽出遊，旬日載西子歸，家人於是不復疑問，而女持政清嫻，人皆以為神仙之降謫。

　　一夕，女忽淒然曰：「妾大難臨身，無暇於君邂逅，請從此別矣。」生急問之。女曰：「妾非人，其實菊花精也。感君之高情，護

72 「姣」原作「狡」，據〔清〕顧氏《後聊齋誌異·阿芳》改。
73 「女曰」、「君」三字原無，據〔清〕顧氏《後聊齋誌異·阿芳》加。
74 「子」原作「了」，據〔清〕顧氏《後聊齋誌異·阿芳》改。
75 「三年」原作「三十年」，據〔清〕顧氏《後聊齋誌異·阿芳》改。

我根株，日加灌漑，因得及此。詎知花神怒妾狂蕩，告之上帝，譴責於我，是已難逃。君如愛妾，明日午時，持帷幔[76]至東籬下，第三株開黃花者妾也，若能護之，妾之難可免。」生允之，言已而去。

越日，天氣清潔，忽風雨倏來，生持帷幔護之。三日，天始晴霽。夜間，女來謝曰：「從今可偕白首矣。」乃為沾菊醑，曰：「服此可偕仙去。」服之數年，生顏轉如童子，女自言不能育，勸生納妾，以圖後嗣。生詫異之，曰：「卿多慾[77]而不能育耶？」生得女，絕意終不再娶，因仰天設誓，使女之絕言娶妾也。女見之，弗悅，曰：「妾固花精，憐君鰥寂，何又望子傳孫哉？妾與君緣分盡矣。」徬徨間，女子已杳，無何，生又曰：「情薄乃如是乎？爾雖遁去，花本難逭。」逾日，至東籬視之，黃花已枯，持起嗅之，曰：「花開時何馨香之盛，花謝時何臭至[78]於此耶？」嘆悼不已。背旁忽閃出少女，美若西施，拈花微笑，既而曰：「某誠花中癡子也。」言已不見。

生猶（由）是癡狂，終身不娶，護花以終天年焉。

十一　名妓傳

昇龍古來名勝之地，名妓指不勝屈，黎中興後十殤[79]八九，所存者貌皆平等。友某常精意[80]訪之，竟無一可取，秦淮風景亦頗蕭索。他日散步花衢，聞有一妓女名繡仙者，淡裝秀曼[81]，風致幽嫻，蓮步如風芍藥，年可二十，素不濫與人交，與名人往來詩句甚多，某友卻與這妓[82]莫逆。

76　「幔」原作「幰」，據下文與〔清〕顧氏《後聊齋誌異·阿芳》改。

77　「慾」字原無，據〔清〕顧氏《後聊齋誌異·阿芳》加。

78　「臭」字原無，「至」原作「致」，據〔清〕顧氏《後聊齋誌異·阿芳》加改。

79　「殤」原作「存」，據〔清〕顧氏《後聊齋誌異·詩妓》改。

80　「意」字原無，據〔清〕顧氏《後聊齋誌異·詩妓》加。

81　「曼」原作「蔓」，據〔清〕顧氏《後聊齋誌異·詩妓》改。

82　「妓」字原無，據〔清〕顧氏《後聊齋誌異·詩妓》加。

一日，獻酬飲畢，已醉，繡仙檢出詩十絕云。

其一云：

　憶昔征鞽白下催，雛齡飄泊古胥臺；而今譜入新鶯部，猶帶秦
淮秀色來。

其二云：

　憔悴紅羊劫後身，難將技藝療清貧；弟年太稚親年老，竟把黃
金質玉人。

其三云：

　慚愧名姝入教坊，舊粧初卸試新粧；黛眉淡掃雲寰潤，絕似初
年鄭妥娘。

其四云：

　春申江上駐扁舟，玉女偏宜醉玉樓；不耐高談裘馬客，酒闌燈
炧尚勾留。

其五云：

　聲價居然冠市城，天生麗質固輕盈；當年莫道多羞怯，生長何
曾解送迎。

其六云：

丰韻天然艷似花，韶年依舊玉無瑕；生憎[83]阿母違儂意，百兩纏頭許破瓜。

其七云：

不堪摧折怨虔婆，冷落鶯花可奈何；試看翠霞襟上意，淚痕爭似酒痕多。

其八云：

憑誰賞識到風塵，出水芙蕖結淨因，拚卻千金銷樂籍，香君智識自超群。

其九云：

風流悔我誤青年，不斷情絲萬縷牽，次第穿花作蝴蝶，傾心倒醉牡丹前。

其十云：

漫作重來杜牧之，箇中心緒兩相知，秋風團扇情猶在，珍重簫郎咫尺書。

友某見之，贊欣欲絕，曰：「他人贈之否乎？」繡仙笑而不言，俄而又以射覆為令，三更後，彼此酣醉如泥，繡仙又檢出十絕云。

83　「憎」原作「增」，據〔清〕顧氏《後聊齋誌異‧詩妓》改。

其一云：

日暮紅裝次第開，章臺恍惚作瑤臺；門前繞得垂楊樹，留與簫
郎繫馬來。

其二云：

登樓[84]瞥見散花身，能解憐才不厭貧；添得青衿紅袖惑，飄零
同是客中人。

其三云：

里居曾在大功坊，時樣雲鬟換舊裝；不若秦淮新月色，春風壓
倒柳枝娘。

其四云：

誰迎桃葉上扁舟，最愛笙歌繞畫樓；酒半燭燒香未散，為[85]卿
沈醉為卿留。

其五云：

不施脂粉已傾城，秋水雙眸媚態盈；鸚鵡亦知人意緒，數聲簾
底早相迎。

84　「樓」原作「慶」，據〔清〕顧氏《後聊齋誌異・詩妓》改。
85　「為」字原無，據〔清〕顧氏《後聊齋誌異・詩妓》加。

其六云：

香腮微啟點紅霞，疊雪羅衣絕少瑕；吹氣如蘭香汗透，商量沉李與浮瓜。

其七云：

滿窗幽怨托箜篌，回首家山怨奈何；玉樹歌殘金粉盡，夢魂猶戀六朝多。

其八云：

干戈逼際墜紅塵，一面東風亦夙因；溪水桃花相送處，此情深欲比汪倫。

其九云：

雲英未嫁愛芳年，分袂匆匆別恨牽；杜牧從來原悔夢，折花隱約畫簾前。

其十云：

孰是昌齡孰渙之，才人名氏女兒知；他時倘畫旗亭壁，合唱黃河遠上詞。

友見詩，頌曰：「此詩風雅，若人之和詩也。敢問詩之所自來？」繡仙曰：「先生何為出此言也？此詩俱不佳，不必知其詳。吾

素不喜，以此箋贈之，哂納否？刻下更深，歸乎不歸乎？」友曰：
「吾坐以待旦可也，箋敬受之。」繡仙曰：「是何言哉？已來則安，
草榻且廣，暫效七夕佳會，未必玷斯人文采，況吾慣與生[86]人睡。」
友樂極，遂共綢繆，巫山未遊畢，曙日已紅。友曰：「貪歡忘曉
矣。」遂披衣而去，謂繡仙曰：「賜詩箋已領，吾今暫別。」繡仙握
手，戀戀不捨，垂珠淚，友亦揮淚而別。後友惟便道相會而已。

十二　書癡傳

　　陳末古長安鄉，有一縉紳子，姓黎名海學，祖宗皆顯宦有聲。黎
某椿萱並茂，少讀甚勤，及壯，經史默誦無錯誤，卻不甚諳書義，尊
長命著文，某終日獨坐，不得了卷，但見搔首撫掌而已。數年，竅漸
通，間能用詩句，常音是意非，已而人如醉如獸[87]，人皆言其書癡。
父母因某如此，惟聽其自然。

　　後黎某取一物，喙必吟一書句。一日，見人典春衣，黎某曰：
「吾聞君子不黨，君子亦有黨乎？」人聞之，笑而去。翌日，人邀啜
喜醅，酒過數樽，黎某嗜雞殽美，吟曰：「無怪聖人云：『無友不如己
者』。」嘗汁有味，屢以樽杯汁而咀，吟曰：「君子質而已矣，執御
乎？執射乎？吾執御矣，執之而已矣，汁疾乎？」眾曰：「無。」黎
某哇魚刺，類疏鬚，俄頃，眾行猜拳為酒令，黎某曰：「爾真純熟，
《中庸》曰：『則拳拳服膺而弗失之矣』，吾恐爾輸拳少酒吃耳。」眾
曰：「諾。」於是停罍舉箸，喧聲如曲板，黎某曰[88]：「惡聲至，必反
之。」刻許[89]，飲宴已，僕徹席，黎某曰：「蜜薑吾所好，留之可嚼口
吟，不徹薑食，聖人云：『薑通神明，人食之可為神明。』爾等想作

---

86 「生」原作「文」，據〔清〕顧氏《後聊齋誌異・詩妓》改。

87 「獸」原作「凱」，據〔清〕顧氏《後聊齋誌異・兩足書笈》改。

88 「曰」字原無，據〔清〕顧氏《後聊齋誌異・兩足書笈》加。

89 「許」字原無，據〔清〕顧氏《後聊齋誌異・兩足書笈》加。

神明否？」眾曰：「唯。」賓有人捐官者，人皆渺視其銅臭，不甚殷勤，黎某曰：「爾亦讀聖經也已，此人真以財發身，可謂仁者矣，切勿輕視。」日將暮，黎某見人奠雁歸，手指點曰：「此人想入非非乎？吾當作喜文賀之，書曰：『有婦人焉，今夕何夕，見此良人，必之洋洋尺地，內空而多竅。水哉水哉，一勺之多，草木生之[90]，禽獸居之，及其不測，源泉混混，不捨晝夜，如此良人何亂也。蕩蕩乎，可以樂飢，將入門，好勇而安分，盈科而後進，出入無時。子兮子兮，約之閣閣，椓之橐橐，洋洋乎盈耳哉。其味無窮，流蕩忘返，人莫不飲食，鮮能知味也，欲罷不能，既竭吾力苟完矣。必有妖孽，魚鱉生焉，貨財殖焉。』」後書「黎某賀」，人見之鬨堂。更許，燈燭煥堂如畫，有一醉人蹈舞，某曰：「惟酒無量不及亂，此人未嘗讀〈子罕〉也。」遠聞鼓樂聲和，黎某曰：「狄青真不及蕭何矣！」金鳴後，擁花轎入，黎某曰：「鱣鯊兵進今而後，戒之在色。」人喧際，但聞笛聲清越，某曰：「魚麗於罶，真有趣。」已而交拜，合卺，黎某亦多有書句，未知其詳。

黎某自見人婚後，慕愈切，父母不得已，委冰人擇佳偶。越數年，方偕花燭。黎某雖慕溫柔鄉，卻未諳巫山之風景，二三日[91]隱處，未嘗一試，新人訝異，難於啟齒。一日，新人身無寸縷，仰臥床上，意欲動其心。飲盡，眾賓掩口而笑，人以為解頤戲物，上魚肴，又吟曰：「魚吾所欲也。」頃之，入房見之，曰：「吾妻何將父母遺體，暴露如此，如見其肺肝然？」遂曳褥掩之。新人計又不成，又難述公姑知之，悶月餘，仍如是。一夜，新人情不自禁，謂黎某曰：「妾與君徒假夫婦耳。」黎某曰：「吾未聞夫妻又有真假。同寢同席，非夫妻之道乎？」新人曰：「真者，琴瑟洽也。」黎某笑曰：「此

90　「生之」原作「之生」，據〔清〕顧氏《後聊齋誌異・兩足書笈》改。

91　「日」原作「月」，據〔清〕顧氏《後聊齋誌異・兩足書笈》改。

樂器，與夫妻不干。」新人曰：「郎君讀書，而於『夫妻』一章，尚未悟了，《易》不有『男女構精』之句乎？」黎某曰：「《易》固有之，吾未解得。吾惛，不能進於是，願吾妻輔吾志，明以教我。我雖不敏，請嘗試之。」妻心已動，任羞纖手，探其臍下，其始闋然，霎時，纍[92]然盈握。黎某曰：「此物未嘗蛙怒如此，賴吾妻法手使然，吾又不知以此何為？」妻遂牖啟其交，發硎新試，其快可知。黎某狂笑曰：「吾不解夫婦果有此樂境也，信乎夫婦之道，可以能行焉，及其至也，雖聖人亦有所不知焉。日前，吾嘗作文賀人，茲更作此戲乎？嗚呼，奇矣！人[93]莫不飲食，鮮能知味也。」床櫺搖曳，斷斷零雨之聲，家僮盡聆。狎既竟，丹流染褥。某曰：「異哉此物，吾未曉得。吾未哇痰，胡為乎來哉？請詳言之。」妻曰：「郎君書癡，世未之有。前歐陽公〈秋聲賦〉中，非有『必搖其精』[94]之句乎？此郎人之精也。」黎某曰：「吾故覺夫婦之道可以行，然而我二十餘年處子，與我妻輕薄盡矣。」家僮每常與外人言，邑人以為奇聞。

　　厥後，黎某鄉試中參場，舉一子一女。其子能經史，類父風，少年已捷矣。

十三　戒色傳

　　黎末國威人阮峰，邑中之富豪，不好讀書，善於漁色，凡遇花柳之魁者，不吝千金以求交好，刁猾友恆偽言何處有好妓，某聞之狂笑，求其偕去，及詣其所，貌不甚揚者，某意雖拂，終身無怨言，友即代妓哀言曰：「爾日遊客頗希，錦衾獨宿，脂粉資常告匱也，聞富翁好義疏財，可否濟燃眉之急，所恐效顰不足親貴人之體耳。」某

---

92 「纍」原作「疊」，據〔清〕顧氏《後聊齋誌異・兩足書笈》改。
93 「人」字原無，據〔清〕顧氏《後聊齋誌異・兩足書笈》加。
94 「有必」原作「必有」，據〔清〕顧氏《後聊齋誌異・兩足書笈》改。

曰：「此交[95]頸時之戲言，吾友何嫻此詞，令（冰）人真言臭如蘭矣！如其兩袖清風，吾當以百金贈之，至於巫山風景，其實不必論貌也。」妓斂身不已，日晚酒肴菲酌獻酬，飲畢，友人各去，而某醉入芙蓉帳矣。

如是風月數十年，家資漸乏，尊長禁之不得，有深憂，常與表兄促膝談心，歎息無計，表兄[96]亦為之扼腕。一日，表兄曰：「吾有計以感之，如此如此。」遂乃稱善，依計而行之。他日，表兄迎某之女居於己舍，盤桓越數日，謂某曰：「吾舍有一名妓，容顏絕代，年二十，淡裝，頗秀曼，卻不喜與生人交語，勾留舍間，已盈數月，未知欲賞鑒否？」某聞之狂喜，曰：「爾既為姻兄，何忍以寶物私藏，秘而不宣，直至遊戲生厭而始言也，可謂世人太無情矣。」於是表兄欣然而去，歸家停當，復至，邀某到其舍。

某急問：「佳人安在？」表兄曰：「因倦貪睡，夢佳期耳。已來之，即見之。」俄而僕陳水陸，肴極豐美，行酒，某曰：「某為佳人而來，非為酒食計也。」表兄曰：「可使其侍酒也。」某快甚，表兄曰：「爾少坐，吾呼人喚美人來。」良久，家人出曰：「伊妓量淺，不能侍酒，熟睡未醒，故未出。」某不得已，又悶酒片時，酒闌，表兄曰：「今可入其香房一坐。」某舞蹈，入其室，卻不見其人，但聞幃中齁聲。表兄曰：「只恐夜深花睡去，故燒高燭照紅裝。」某情不自禁，曳幃視之，暗中不詳，但見容顏豔好，以燭即之，驚訝不已，謂表兄曰：「此妓類小女狀。」表兄曰：「否。」某曰：「然。」彼此嘖有煩言。女[97]驚醒，披衣而起，見某，曰：「父親胡為至此，家中有何事乎？」

某赧然莫答，疾趨詣客所，仰面長嘆，自慚平生所為。表兄在旁

---

95 「交」原作「處」，據〔清〕顧氏《後聊齋誌異・戒色法》改。

96 「兄」原作「弟」，據〔清〕顧氏《後聊齋誌異・戒色法》改。

97 「女」原作「某」，據〔清〕顧氏《後聊齋誌異・戒色法》改。

大笑曰：「爾女為女，他人之女非女乎？數十年風月之中，何妓而非人之女？爾既知女不可戲，該知人之女亦不可戲也，胡為見色而漁之，半世損財，作浮蕩子乎？今見己女卻色，足見胸中尚有把握，若以己女，仍視為他人之女，則不可教矣。」某聞之，自愧平生多風流過事，頓改前非，其家又素封如故焉。

肆

《亦復如是》、《志異續編》與越南的《異聞雜錄》

一　前言

　　中國古典小說在本土亡佚，幸賴流傳域外得以保存孤本的例子甚多，歷來韓國、日本以及俄羅斯等歐美國家陸續都有中國孤本小說的發現，每每令人歡欣鼓舞。遺憾的是，同為漢文化區一員的越南，過去大量接收中國古典小說，受到的影響亦大，卻因其氣候潮濕、兵禍頻仍等天然和人為因素，圖書保存不易，許多往南傳播的中國小說原典幾已消失殆盡[1]；在現已公諸於世的越南藏書目錄中，也只看到越南漢南研究院所藏《雷峰塔》（A.1986）、《世說新語補》（VHv.105）、《尚友略記》（A.1451）、《閱微記節錄》（AC.265）、《金雲翹傳》（A.953，VHv.1396，VHv.281/1-2）、《神仙通鑑》（A.692）、《異聞雜錄》（A.1449）和《一夕話》（AC.551）等八種「中國重抄重印本」小說而已[2]，實在不足以反映中國古代小說流傳越南的真實面貌，也使得我們對越南存有中國亡佚小說的期待暫時落空。

　　不過，越南雖然迄今未見整部中國孤本小說，卻也有著中國亡佚小說部分內容可供輯佚。例如越南十八世紀內數度重刊的《新編傳奇

1　詳參陳益源：〈明清小說在越南的流傳與影響〉，臺灣大學「唐宋元明學術研討會」論文，2005年3月。

2　詳參陳益源：〈越南漢喃研究院所藏的中國重抄重印本小說〉，雲林科技大學「漢學研究國際學術研討會」論文，2004年10月。

漫錄增補解音集註》，前後總共有九次注文引及《天下異紀》一書，
故知它乃一收錄包括姮娥、弄玉、藍采和（注明：仙類）故事，以及
唐傳奇《紅綃妓傳》、明代小說《剪燈新話》〈水宮慶會錄〉（改名
〈廣利海神傳〉）、〈鑑湖夜泛記〉（改名〈令言傳〉）和《剪燈餘話》
〈聽經猿傳〉（同名）諸作在內的小說稀見類書，以前筆者還保守地
認為它「國籍不詳」³，近年則隨著韓國尹德熙（1685-1766）《小說經
覽者》書目的發現，看到其中也有《天下異紀》在內，因而已可確定
《天下異紀》是中國小說類書無疑⁴。

　　又如上述越南漢南研究院所藏《異聞雜錄》，編者小序既然自稱
「及外書偶得異聞可供記覽者，錄之以備考」，那麼他所輯錄的「外
書」之「異聞」會不會也存有中國亡佚小說的可能呢？這不免讓我們
對越南的《異聞雜錄》興起無限期待！

3　詳參陳益源：《剪燈新話與傳奇漫錄之比較研究》（臺北市：臺灣學生書局，1990
　　年），頁66。

4　韓國朴在淵〈關於尹德熙的《小說經覽者》〉一文，曾詳細介紹尹德熙於一七六二
　　年著錄中國小說書目（共127種），包括歷史小說、英雄小說、神魔小說、話本小
　　說、人情小說、文言小說、公案小說、戲曲、韓國漢文小說等類，其中載有中國亡
　　佚小說《十二峰》等，另有「未確認書目」者八種（《笑裡笑》、《天下異紀》、《奇
　　團圓》、《千古奇聞》、《人月圓》、《遇奇緣》、《杏紅衫》、《河陽媲美》），文載朴在淵
　　編：《韓國所見中國小說戲曲書目資料集》，韓國鮮文大學校中韓翻譯文獻研究所，
　　2002年，頁1-6。今參照越南《新編傳奇漫錄增補解音集註》的注文，已足確認《天
　　下異紀》乃中國小說類書，可列入「文言小說」類；附帶值得一提的是，《千古奇
　　聞》也曾出現在越南黎貴惇（1726-1784）《北使通錄》一書之中，該書記載清乾隆
　　二十六年（1761）十一月初七日，越南赴清貢使團返經廣西桂林時，被中國官府沒
　　收了一批沿途採購得來的二十幾部中國書籍，《千古奇聞》即在其中（詳參陳益源
　　〈明清小說在越南的流傳與影響〉，臺灣大學「唐宋元明學術研討會」論文，2005
　　年3月），可見這部《千古奇聞》亦是中國小說無疑，而它極有可能正是李漁（1611-
　　1680）評選刊印之作，參見石昌渝主編：《中國古代小說總目・白話卷》（太原市：
　　山西教育出版社，2004年，頁283），陳慶浩所撰《肉蒲團》詞條。

二　關於越南的《異聞雜錄》

　　關於越南的《異聞雜錄》，劉春銀、王小盾、陳義主編的《越南漢喃文獻目錄提要》曾著錄云：

　　（書名）異文雜錄＝Di Van Tap Luc
　　（版本）今存抄本一種
　　（頁數及版式）74頁，高30公分，寬20公分
　　（提要）傳奇故事集
　　　　　　山西省安樂中河人進士阮氏編輯
　　　　　　內容包括松羅茶、雞語（降筆文）、海參、師生同
　　　　　　試、不落菊花等
　　　　　　原目編為710號
　　（版本分類）漢文書
　　（館藏編號）A.1449
　　（館藏編號）MF.1622[5]

今核查漢喃研究院圖書館所藏原書抄本（A.1449），知《提要》著錄之書名有誤（封面書題「異聞輯錄」，首葉首行、各葉版心則題作「異聞雜錄」），舉例篇目亦不正確（「松羅茶」實為「松蘿茶（茶）」，「雞語」實為「乩語」，「師生同試」實為「師弟同應試」，「不落菊花」實為「菊不落瓣」），且未注明是「中國重抄重印本」，短短數語竟有諸多疏漏，猶待補正。
　　按《異聞雜錄》首葉次行下署：「山西安樂中河進士阮氏輯」，有小序曰：

5　劉春銀、王小盾、陳義主編：《越南漢喃文獻目錄提要》（臺北市：「中央研究院」中國文哲研究所，2002年），頁904。

天下之事物無窮，非博物者不能知也。余少局於舉業，見聞寡
陋，中間自悔，養親授徒之暇，及外書偶得異聞可供記覽者，
錄之以備考。其間人物木石，古今久近，參差不一，雖非廣見
博聞，而所以為一家之學，亦積少成多之一助云耳。[6]

據此可知，本書乃越南山西阮進士從「外書」中輯錄的各種「異
聞」，其所謂「外書」，最有可能的還是中國書。

　　經查《異聞雜錄》在小序之後，連續抄錄了四十篇筆記故事，分
別以該篇首句命名：〈松蘿茶（茶）〉、〈乩語〉、〈溫泉〉、〈海參〉、〈童
子某〉、〈有山居者〉、〈竹米〉、〈廖一軒〉、〈喜怒哀樂〉、〈山溪之
石〉、〈墨魚〉、〈某名公〉、〈某富家〉、〈師弟同應試〉、〈彭大〉、〈楊名
世〉、〈甲乙二人〉、〈太史某〉、〈大司馬某〉、〈祈夢〉、〈茅公子〉、
〈黿〉、〈海中產珠〉、〈術士某〉、〈北方之泉〉、〈守歲〉、〈爆竹〉、〈何
某〉、〈一西域僧〉、〈洗冤錄〉、〈周某〉、〈北地有鳥〉、〈郭姓者〉、〈有
人持蟋蟀〉、〈松月山房〉、〈司城堵公〉、〈余縣後江〉、〈某令〉、〈菊不
落瓣〉、〈採消者〉，每半葉九行，行十九字上下，最短者為〈北方之
泉〉三行四十五字，最長者為〈甲乙二人〉五十行九百五十餘字，全
書共三十七葉（74頁），凡一萬四千餘言。

　　《異聞雜錄》裡的四十篇筆記，多記湖南、廣東故事，屢見醫
方、博物之說，兼有志怪、志人之作，當中又有富於考察中國小說史
料價值者，例如第二十一篇〈茅公子〉：

茅公子，鹿門先生第幾子也，逸其名。少穎慧絕倫。既長，才
思風發，頃刻千言不起草；性復好學，於書無所不讀。一日文
會，高材畢至，各言所讀書目筆於紙，以相印政。茅公子獨無

6　參見文末所附【書影一】。

一言，問之，曰：「諸公所讀之書，余固已盡讀之矣。有一秘書，未識諸公曾讀否？」問：「何名？」曰：「《禹會塗山紀》。」問：「抄本乎？」曰：「刻本。」問：「有是書乎？」曰：「有！」相訂借觀，公子約三日後。一時誇口，其實子虛烏有。夜歸，召集工書者、刻字者、校訂者，凡數十人。公子先定書目卷數，工書者堂上左右列，刻字者廊間上下坐，校訂者參互錯綜，彌縫其缺。公子一人口授指畫，點竄典謨訓誥一十七史，塗抹山經水注，參以內府秘籙、海外奇書。每一卷成，即付剞劂。竟三日夜，成數萬言。客至，序尚未成，托言昨宵酒醉，睡尚未醒。及公子出，書已裝訂上套。合座傳觀，咸謂得未曾有。[7]

　　眾所周知的是，清人陳尚古《簪雲樓雜說》有「祈禹傳」條，記載明人鹿門先生（茅坤，1512-1601，嘉靖十七年進士）「第三子」茅鑛（字右鸞），「偶同諸友諧謔」，誇耀自己見過一部「一人而百遇，盡屬妙麗」的異書，諸友求觀，但「實無此書」，他只好「即鳩工匠，及內外謄寫者百餘人」，連夜趕製一部五帙的《祈禹傳》，以圓其大謊。這則傳說，真假莫辨，但流傳較廣，所以直到清乾隆四十七年（1782）上浣水箸散人替小說《駐春園小史》寫序時仍提到：「昔人一夕而作《祁禹傳》，詩詞曲調，色色精工，今雖不存，《燕居筆記》尚採大略。」筆者並據此判斷收入《燕居筆記》等通俗類書的明代中篇傳奇小說《天緣奇遇》（演祁羽狄一生接連不斷的風流豔史），或即是嘉靖間《祁禹傳》的節本[8]。

7　參見文末所附【書影二】、【書影三】。原文偶有錯漏，據〔清〕青城子《亦復如是》改，詳參本篇【附錄】。

8　陳尚古《簪雲樓雜說》「祈禹傳」條之說，曾為鄧文如《骨董續記》、孔另境《中國小說史料》、蔣瑞藻《小說考證》等書所引錄，詳參陳益源《元明中篇傳奇小說研究》第十二章《天緣奇遇》研究（香港：學峰文化公司，1997年），頁200-201。

　　鮮為人知者為，黃人（1866-1913）《小說小話》曾評《禹會塗山記》一書：

　　　　點竄古書，頗見賅博，惟大戰防風氏一段，未脫俗套。聞此書
　　　　係某名士與座客賭勝，窮一日夜之力所成，不知是原本否？[9]

　　如果只拿陳尚古《簪雲樓雜說》或水箸散人《駐春園小史》序來對照，我們會很容易就以為黃人誤把《祁禹傳》的傳聞記成是《禹會塗山記》了。可是，有了越南《異聞雜錄》〈茅公子〉一篇作為佐證，可見黃人之說絕非誤記，而是另有所本才對。至於黃人所本為何？越南山西阮進士又是從何輯錄得來？則有待深入探究。

　　我們期待從越南的《異聞雜錄》重新輯回中國部分亡佚小說，應該不是沒有道理的。

三　《志異續編》與《異聞雜錄》

　　到底越南山西阮進士用以輯成《異聞雜錄》的出處究竟為何？由於筆者注意到書中〈有人持蟋蟀〉一篇，講述有人持蟋蟀與雞相鬥的情節，頗有受蒲松齡（1640-1715）《聊齋誌異·促織》部分情節影響的痕跡，因此往《聊齋誌異》及其續書方向查尋，果然初步發現《異聞雜錄》的編者一定採用過青城子的《志異續編》。

　　目前在臺灣，我們所能見到的《志異續編》只有一種版本，即民國間上海進步書局《筆記小說大觀》石印本[10]，四卷，卷一50篇，卷

9　引文原載於清光緒三十三年（1907）《小說林》第1卷，收入朱一玄編：《明清小說資料選編》上冊（濟南市：齊魯書社，1990年），頁584。
10　臺北國家圖書館善本書庫藏有其線裝書，臺中燈塔出版社（1956）、臺北新興書局（1978）、新文豐出版公司（1996）則陸續加以翻印。

二52篇，卷三53篇，卷四47篇，凡202篇，書名題作「志異續編」（版心簡稱「志異」），署「清　青城子編」。今查此書卷一50篇中有12篇，依續正是越南《異聞雜錄》後12篇的來源，彼此篇名偶有出入，但內容不二，茲列表對照如下：

《志異續編》卷一		越南《異聞雜錄》	
篇　次	篇　名	篇　次	篇　名
3	西域僧	29	一西域僧
5	洗冤錄	30	洗冤錄
7	周某	31	周某
9	寒號蟲	32	北地有鳥
10	郭姓	33	郭姓者
13	蟋蟀	34	有人持蟋蟀
15	松月山房	35	松月山房
16	司城堵公	36	司城堵公
17	泉生石壁	37	余縣後江
18	某令	38	某令
21	菊不落瓣	39	菊不落瓣
27	採消人	40	採消者

據《筆記小說大觀》編者於《志異續編‧提要》中說：「既不詳其姓氏，而書又顏曰『續編』，其『初編』安在，莫能考也。」這話大有問題！因為青城子（姓氏、生平可考，詳見下文）這部《志異續編》的命名，極有可能是取其「《（聊齋）志異》之續編」的意思，未必見得當有《志異初編》的存在[11]。

---

11 寧稼雨說《志異續編》：「書名續編，未詳所續『初編』為何，或即蒲松齡《聊齋志異》，亦未可知。」（語見寧稼雨撰：《中國文言小說總目提要》，濟南市：齊魯書社，1996年，頁341；石昌渝主編：《中國古代小說總目‧文言卷》，太原市：山西教育出版社，2004年，頁674）他的這個推測應該是正確的。

　　今考四卷本《志異續編》，除了卷一〈蟋蟀〉一篇看得出受到《聊齋誌異‧促織》部分情節的影響之外，它的前一篇〈學仙〉，講述一位吳姓儒生「每見小說中神仙怪異事，輒欲一遇，求授飛昇之術」，他的哥哥勸他「毋為小說所惑」，弟弟不以為然，夢入黃山，從道人習得招呼猿、鳥之法，以及凌空飛舉之術，隔天醒來在哥哥與妻子面前丟人現眼的故事，其實也跟《聊齋誌異‧勞山道士》寫王生入勞山，從道士學穿牆之術，卻在妻子面前出糗的笑話，甚為相似。雖然作者曾於文末交代故事來歷（「此蓮塘許為余言，聞其兄親述如此」），不過其敘事模式仍與《聊齋誌異》若合符節，〈學仙〉所言「小說」極可能就是指《聊齋誌異》。

　　四卷本《志異續編》既有許多仿效《聊齋》的志異佳構，也有如卷二〈趣僕〉（講述老奴以集句詩化解主人阮囊羞澀的尷尬）、卷三〈無賴子〉（講述一無賴子用一碗麵騙走別人一個大銅爐），以及卷二〈公道大王〉（講述臺灣酸迂秀才寧死也不肯尊稱海盜為老先生）的笑譚名篇[12]，但不知為何它們都不受越南山西阮進士的青睞？更令人費解的是，《志異續編》卷一有篇〈洋盜〉，倒是跟越南扯上了關係，阮進士卻似乎對它完全不感興趣。

　　〈洋盜〉一篇講述一洋盜在獄中對獄卒說起曾因大風漂流到一個島上，險被一大約數十圍、長約數十丈的大蛇攻擊的海上奇遇，作者在此之後又補充了一段莫觀扶軼事：

12　〈趣僕〉一篇曾被〔清〕獨逸窩退士選入《笑笑錄》（改題〈八錢宴客〉），參見苗壯主編：《中國歷代小說辭典》（第三卷）（昆明市：雲南人民出版社，1993年），頁601，孫葆真撰文；〈無賴子〉一篇也被《笑笑錄》接著選載（改題〈椀麵易銅爐〉）（臺北市：新文豐公司，1980年），頁209-210；〈公道大王〉一篇則曾入選談鳳梁主編《歷代文言小說鑒賞辭典》（南京市：江蘇文藝出版社，1991年），頁1654-1657，何永康撰文，且提及：〔明〕醉月子輯評的《精選雅笑‧老先生》對本文的構成或許有點影響：「盜劫一家，其家呼以大王、將軍、好漢等，皆不樂。請問欲呼何等，盜曰：『可叫我老先生。』其家問以何謂，曰：『我見做官的皆稱老先生。』」

　　……外洋孤島，人跡罕到，無所不有，書此以備航海者觀覽焉。
或謂此即莫觀扶事。莫觀扶，洋盜巨魁也，在海中行劫有年，
殺人不可以數計。後被擒，解粵省正法。劊子手取其心，云：
「歸而臠之下酒。」時余有事出城，適遇劊子手回，見以刀尖
挑心，色紫赤，離刑人所約已半里，心猶在刀尖上躍躍動。此
嘉慶六年事，市中人莫不見之。[13]

　　據《清史稿》載，嘉慶七年（1802，非六年）八月：「阮福映縛
送莫觀扶等三名來粵，……莫觀扶等皆中國盜犯，受安南招往投順，
封東海王及總兵偽職者。」[14]這位阮福映正是越南最後一個皇朝（阮
朝）的開國君王嘉隆皇帝，按理說越南山西阮進士應當不會不知道莫
觀扶跟他們阮朝的開國歷史有關，加上就輯錄「異聞」的觀點來看，
〈洋盜〉這篇包含兩段奇事的怪談，說什麼也不應該被排除在「可供
記覽者」之外。

　　暫時擱下越南山西阮進士輯錄異聞的標準不管吧，我們更想知道
的是，阮進士用以輯成《異聞雜錄》的出處除了四卷本《志異續編》
卷一的十二篇之外，它的前二十八篇到底是怎麼來的呢？如果找不到
別的來歷的話，這二十八篇故事能不能讓我們以中國亡佚小說來看
待呢？

四　從《亦復如是》到越南的《異聞雜錄》

　　既然青城子《志異續編》四卷本能找到越南《異聞雜錄》的部分
出處，那麼其他《聊齋誌異》續書或受《聊齋》影響的諸多作品[15]，

13　引自臺中燈塔出版社影印本，卷一第四葉。
14　引自《新校本清史稿》（臺北市：鼎文書局，1982年），卷527，頁14643。
15　清代文言小說方面，尚有與《聊齋》同時期的《池北偶談》（王士禎），與乾隆時期

是否也有與《異聞雜錄》前二十八篇相同之作呢？答案是否定的。

在遍尋《聊齋誌異》續書與受《聊齋》影響之作未有所獲的情況下，問題又回到青城子的《志異續編》上來。原因是臺灣所能見到的《筆記小說大觀》四卷本的《志異續編》，並非青城子書的全貌！

當我們回過頭來仔細考察《志異續編》的版本狀況，赫然發現作者青城子本名宋永岳，乾嘉間湖南慈利人；《志異續編》原名《亦復如是》，且有八卷（354篇）之多。

關於宋永岳（青城子）的生平，陸林〈清代文言小說家宋永岳事跡繫年〉一文，根據方志（同治《續修慈利縣志》、民國鉛印《慈利縣志》）、文集、傳記（姚瑩《東溟文集》之〈答宋青城書〉、〈沈宋二君傳〉）及小說原作（《亦復如是》，徵引時以光緒三年申報館《志異續編》八卷本為主），考證甚詳，略言如下：宋永岳，字靜齋，號青城子，室號松月山房。湖南澧州慈利縣人。約生於乾隆二十三年（1758）；四十一年（1776）或已為生員。乾隆末、嘉慶初曾在四川大足縣署。嘉慶四年（1799）捐從九品官；五年至十年（1799-1805）間歷任廣州府香山縣香山司、番禺縣慕德里司、新安縣官富司巡檢，政績頗佳。嘉慶十二年（1807）任廣東嘉慶州太平司巡檢；十六年（1811）遷至三水縣丞，未上任即被罷免，撰文言小說《亦復如

的《螢窗異草》（長白浩歌子）、《夜譚隨錄》（和邦額）、《子不語》、《續子不語》（袁枚）、《諧鐸》、《續諧鐸》（沈起鳳）、《柳崖外編》（徐昆）、《聽雨軒筆記》（清涼道人）、《六合內外瑣言》（屠紳）、《耳食錄》（樂鈞）、《小豆棚》（曾衍東），嘉慶時期的《閱微草堂筆記》（紀昀）、《影談》（管世灝）、《夢闌瑣筆》（楊復吉），道光年間的《笑史》（陳庚）、《聞見異辭》（許秋垞）、《翼駉稗編》（湯用中）、《啖影集》（范興榮），咸豐年間的《涂說》（趙季瑩）、《益智錄》（解鑒）、《小家語》（黃沐三），同治年間的《埋憂集》（朱翔清）、《里乘》（許奉恩），光緒年間的《澆愁集》（鄒弢）、《遯窟讕言》、《淞隱漫錄》、《淞濱瑣話》（王韜）、《夜雨秋燈錄》、《夜雨秋燈續錄》（宣鼎）、《此中人語》（程麟）、《醉茶誌怪》（李慶辰）、《太仙漫稿》（韓邦慶）及其他，詳參彭美菁：《〈聊齋志異〉影響之研究》第二章「《聊齋志異》在清代的影響」（中正大學中文研究所碩士論文，2003年6月），頁13-55。

是》；十七年至十九年（1812-1814）滯留廣東，以醫為生。陸林說：
「此後未詳永岳踪跡，是客死異鄉，還是終老故里，已不可知。」[16]

　　至於《亦復如是》（《志異續編》）的版本考證，目前以賴麗青
〈《亦復如是》考論〉一文較詳，她站在陸林文章的基礎上，仔細比
較了申報館本《志異續編》（八卷）、上海中華圖書館本《聊齋補遺》
（八卷）、上海進步書局《筆記小說大觀》本《志異續編》（四卷）、
清末民初擷華書局「冰凝鏡澈軒藏版」本《亦復如是》（四卷）等四
個版本，得出擷華書局「冰凝鏡澈軒藏版」本《亦復如是》更接近底
本（但它也決非初刊本），申報館本《志異續編》將四卷犁為八卷
（又刪去原書〈鬼子〉、〈八月望夜〉二篇），上海中華圖書館本《聊
齋補遺》明顯出自申報館本，而上海進步書局《筆記小說大觀》本
《志異續編》也明顯出自申報館本（並取其卷三、四、六、八為卷
一、二、三、四，內容減少一半）的結論[17]。

　　可惜陸、賴二人來不及知道或一時無從瞭解宋永岳《亦復如是》
最早的嘉慶十六年（1811）初刊八卷本，迄今仍存在其故鄉湖南慈利
一位于志斌家[18]，以致於作出了申報館本《志異續編》將四卷犁為八
卷的錯誤判斷。

　　先說于志斌家藏的嘉慶十六年（1811）初刊本《亦復如是》，乃
其外祖父于霖俶所原有，于霖俶曾於書末撰有一〈跋〉，清楚交代
「永岳生於清乾隆二十二年，補諸生在乾隆四十二、三年」，並記下
了宋永岳族孫的口述歷史：「公去官後，仍留廣東省城行醫，以為生
活，在省城留有廬舍，娶有妻婦。至道光某年，七十餘始歿。後其婦

16　陸林〈清代文言小說家宋永岳事跡繫年〉，載於《明清小說研究》1998年第4期，頁
　　183-194。

17　賴麗青〈《亦復如是》考論〉，載於《明清小說研究》2004年第1期，頁95-108。

18　于志斌已依其原貌標點出版，收入重慶市：重慶出版社《筆記小說精品叢書》，1999
　　年。

人將公之靈柩、書之刻版，親送歸慈利，仍返廣廬以終，該婦亦可謂
不負其所天矣。公前在縣五都，生有一子，以承其家業。」這對陸林
〈清代文言小說家宋永岳事跡繫年〉一文而言，是考訂宋永岳晚年最
好的補充。

　　在掌握于志斌標點本以後，我們足以確知《亦復如是》最初刊本
前有「嘉慶辛未（十六年，1811）八月搴芙外史書」[19]之〈序〉，言
「《亦復如是》者，吾友青城子窮愁無俚之作也」、「大致仿《廣記》、
《志異》諸書體」；次為「嘉慶十六年歲次辛未仲秋月青城子書於粵
東得月山房」之〈自序〉；次為青城子自訂〈凡例〉七條，言「拈一
首句作題，遵古體也」等；次為正文八卷，卷一27篇，卷二43篇，卷
三50篇，卷四52篇，卷五46篇，卷六54篇，卷七35篇，卷八48篇，凡
354篇。後來，擷華書局本將它合為四卷但保留原始書名以及每篇
「拈一首句作題」的體例，申報館本則維持八卷（刪卷六第五十二篇
〈鬼子〉、卷八第四十八篇〈八月望夜〉，餘三百五十二篇）但改動了
書名（為《志異續編》）和篇題，上海中華圖書館本又據申報館本改
名（為《聊齋補遺》），而上海進步書局《筆記小說大觀》維持《志異
續編》的書名但又刪去其中四卷。有關《亦復如是》、《志異續編》
（乃至《聊齋補遺》）的版本發展，這下終於可以弄清楚了[20]。

19　搴芙外史即沈蓮，江蘇江陰人，嘉慶十三年（1808）任廣州府香縣典史，與宋永岳
　　時相過從（參見陸林〈清代文言小說家宋永岳事跡繫年〉，《明清小說研究》1998年
　　第4期，頁189），姚瑩〈沈宋二君傳〉就是為他們二人而寫。
20　《亦復如是》除了被改名《志異續編》、《聊齋補遺》之外，尚有別稱《聊齋續編》
　　者，今北京大學圖書館、中國國家圖書館、上海圖書館均藏有道光十年（1830）秋
　　聲館刊本八卷，前有「道光十年辛卯季春題於揚州秋聲館錢塘洪濤」序，內容與
　　《亦復如是》相幾乎全同，但作者卻改署維揚柳春浦。占驍勇《清代志怪傳奇小說
　　集研究》稱它是偽造的《聊齋》續書，並質疑真有道光十年刊本的存在（武昌市：
　　華中科技大學出版社，2003年），頁120；王旭川《中國小說續書研究》則記此書為
　　《續聊齋志異》，且謂「其所以用《續聊齋志異》之名，純粹是為了附驥名著」（上
　　海市：學林出版社，2004年），頁75-77。

　　釐清了《亦復如是》八卷本（另有四卷本）、《志異續編》四卷本（另有八卷本）的關係以後，現在我們再回頭來比對越南的《異聞雜錄》，當然應該改用最早、最全的《亦復如是》八卷本才是。

　　比對的結果出人意料之外（參見文末附表），越南《異聞雜錄》前二十八篇故事的出處（包括第二十一篇〈茅公子〉在內），以及後面的十二篇，全部四十篇，居然篇篇都是直接抄自宋永岳的《亦復如是》卷一（9篇）、卷二（19篇）、卷三（12篇），標題全同，次序稍作調整而已！相形之下，它跟臺灣僅見的《筆記小說大觀》本《志異續編》（四卷）竟無直接關聯。

　　如此一來，越南《異聞雜錄》的四十篇故事肯定沒有任何一篇能算是中國亡佚小說，我們寄託從《異聞雜錄》重新輯回中國部分亡佚小說的希望，至此突然徹底落空了！

五　結語

　　中國小說在越南流傳廣泛，影響深遠，因此我們對越南懷抱著尋獲整部（或部分）中國亡佚小說的期待是很正常的。

　　關於越南的《異聞雜錄》，已公開的越南藏書目錄提要即使記載失誤，但只要我們有機會目驗原書，一定會對書前小序所謂「及外書偶得異聞可供記覽者，錄之以備考」的話產生興趣，因為署名「山西安樂中河進士阮氏」所輯錄的這部四十個短篇故事的小說集，照理說是存在著保存部分中國亡佚小說的可能的。

　　起初拿《志異續編》四卷本（半部《亦復如是》）與《異聞雜錄》進行比對，雖已先找到它後十二篇的出處，並對這位阮進士輯錄取材的標準存疑，但我們依舊不願意放棄希望。

　　直到發現從宋永岳《亦復如是》八卷本到越南的《異聞雜錄》，根本就是一種單純的、毫無抉選的全盤移植關係，終於讓我們對於

《異聞雜錄》為什麼會多記湖、廣故事，又屢見載及醫方，頓時豁然開朗（凡此均與原作者宋永岳本籍湖南，在廣東為官，且精於醫術有關），同時也對它感到無比失望，甚至不免懷疑它書前的編者署名及其小序內容，恐怕都有偽託造假或張冠李戴的嫌疑，這也就難怪《異聞雜錄》抄錄時會對攸關莫觀扶軼事的〈洋盜〉（原題〈一洋盜在獄中〉）視若無睹了。

　　以上這段關於《亦復如是》、《志異續編》與越南的《異聞雜錄》的探討，如果還有些許學術價值的話，可能在於以下幾點：

　　（一）揭露越南漢喃研究院所藏《異聞雜錄》的神祕面紗，還原其成書的真相，避免對於它的存在做過度的期待。這種情況，跟該院所藏另一部漢文小說《傳記摘錄》不宜被高度評價一樣，有著異曲同工之妙[21]。

　　（二）由於《異聞雜錄》第二十一篇〈茅公子〉的出現，加上對它的來歷的追蹤，具體提供黃人《小說小話》用以評述《禹會塗山記》的參考文獻的可能來源（《亦復如是》），充實了中國小說的研究史料。

　　（三）從四卷本的《志異續編》，已可看出〈學仙〉（原題〈吳姓兄弟〉）、〈蟋蟀〉（原題〈有人持蟋蟀〉）與《聊齋誌異》的〈促織〉、〈勞山道士〉的密切相關，若將眼光再擴大到《亦復如是》八卷本，一定還能找到更多的例證（如搴芙外史〈序〉提及《廣記》、《志異》；卷一第十七篇〈邵常〉也明白提到《聊齋誌異》及《夜譚隨錄》），更加證明蒲松齡《聊齋誌異》對後世文學的深遠影響。

　　（四）被看成《聊齋誌異》續書的《亦復如是》，和其他中國小說續書一樣，無論是作者或作品的研究都明顯不足，然而它流通廣

---

21 詳參陳益源：〈《聊齋志異》、《後聊齋志異》與越南的《傳記摘錄》〉，中山大學「第三屆國際暨第八屆清代學術研討會」論文（2004年3月），載於《廈門教育學院學報》2004年第1期，頁9-13。

大，兼及域外，乃不爭的事實。本文的討論，當可為中國小說續書研究多增一條路徑。

　　總之，我們要再一次地呼籲：中國古典小說的研究，應多關注國外（特別是東亞漢文化區內的其他國家）的小說文獻。能不能藉此發現亡佚在海外的中國孤本小說當然是可遇而不可求，但至少這樣做，是絕對可以豐富我們小說研究的內涵的。

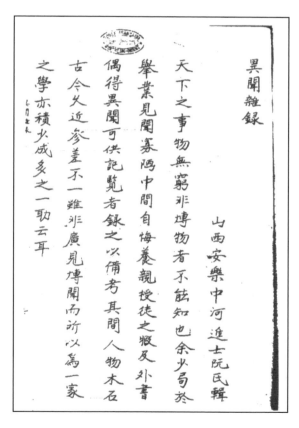

書影一　《異聞雜錄》首葉

驚曰藩封與地天使亦之知子公曰多讀書國王肅

然起敬待公百加禮焉

茅公子

茅公子鹿門先生第幾子也逸其名少穎慧絕倫既

長才思風發頃刻千言不起草性復好學於書無

所不讀一日文會高朴畢至各言所讀書目筆於

紙以相邱政茅公子獨無一言問之諸公所讀之

書余固已盡讀之矣百一秘書未識諸公曾讀否

問何名曰禹會塗山紀聞抄本子曰刻本問有是

書影二　　《異聞雜錄》第二十一篇〈茅公子〉（上）

書子曰百相訂偕觀公子約三日後一辰誇口其
冥子虛烏百夜歸召集工書者刻字者校訂者凡
數十人公子先定書目卷數工書者堂上左石列刻
字者廊間上下坐軟訂者參至錯綜彌縫其鐵公
子一人口授指畫點瀧典譌訓詁一十七史筆抹山
經水註參以內府秘籤海外奇書每一卷成郎付
剖劂竟三日夜成數萬言客至序尚未成托言怍
宵酒醉輕尚未醒及公子出書己裝訂上套合座傳
觀咸謂得未曾百

書影三　《異聞雜錄》第二十一篇〈茅公子〉（下）

附表：越南《異聞雜錄》出處對照表

《亦復如是》八卷本			《志異續編》四卷本			越南《異聞雜錄》	
卷次	篇次	篇名	卷次	篇次	篇名	篇次	篇名
卷二	5	松蘿茶				1	松蘿茶（茶）
卷一	14	占語				2	占語
	15	溫泉				3	溫泉
	23	海參				4	海參

《亦復如是》八卷本			《志異續編》四卷本			越南《異聞雜錄》	
卷次	篇次	篇名	卷次	篇次	篇名	篇次	篇名
	24	童子某				5	童子某
	25	有山居者				6	有山居者
	26	竹米				7	竹米
	27	廖一軒				8	廖一軒
	6	喜怒哀樂				9	喜怒哀樂
	9	山溪之石				10	山溪之石
卷二	6	墨魚				11	墨魚
	9	某名公				12	某名公
	13	某富家				13	某富家
	14	師弟同應試				14	師弟同應試
	16	彭大				15	彭大
	17	楊名世				16	楊名世
	20	甲乙二人				17	甲乙二人
	22	太史某				18	太史某
	23	大司馬某				19	大司馬某
	24	祈夢				20	祈夢
	26	茅公子				21	茅公子
	27	竈				22	竈
	29	海中產珠				23	海中產珠
	35	術士某				24	術士某
	37	北方之泉				25	北方之泉
	40	守歲				26	守歲
	41	爆竹				27	爆竹
	43	何某				28	何某

《亦復如是》八卷本			《志異續編》四卷本			越南《異聞雜錄》	
卷次	篇次	篇名	卷次	篇次	篇名	篇次	篇名
卷三	3	一西域僧	卷一	3	西域僧	29	一西域僧
	5	洗冤錄		5	洗冤錄	30	洗冤錄
	7	周某		7	周某	31	周某
	9	北地有鳥		9	寒號蟲	32	北地有鳥
	10	郭姓者		10	郭姓	33	郭姓者
	13	有人持蟋蟀		13	蟋蟀	34	有人持蟋蟀
	15	松月山房		15	松月山房	35	松月山房
	16	司城堵公		16	司城堵公	36	司城堵公
	17	余縣後江		17	泉生石壁	37	余縣後江
	18	某令		18	某令	38	某令
	21	菊不落瓣		21	菊不落瓣	39	菊不落瓣
	27	採消者		27	採消人	40	採消者

附錄
越南漢喃研究院所藏《異聞雜錄》全文校錄

異聞雜錄

山西安樂中河進士阮氏輯

　　天下之事物無窮，非博物者不能知也。余少局於舉業，見聞寡陋，中間自悔，養親授徒之暇，及外書偶得異聞可供記覽者，錄之以備考。其間人物木石，古今久近，參差不一，雖非廣見博聞，而所以為一家之學，亦積少成多之一助云耳。

一　松蘿茶[22]

　　松蘿茶，人皆以為美矣。以予所聞徐友雲先生事，知松蘿茶自有真也。先生諱煥龍，以制藝名家。嘗至徽州，慕婺源松蘿茶，因迂道至山寺詢茶產處。僧引至山後，但見古松蟠屈石壁上，高且[23]五、六丈，不見所謂茶也。僧指示曰：「茶在松椏，係鳥銜茶子墮松椏而生，如『桑寄生』然。名曰『松蘿』，取蔦與女蘿施於松上意也。」復叩其摘採之法，僧以杖叩松根石罅而呼曰：「老友何在！」即有二、三巨[24]猿躍至，餇以果，猿次第升木採擷下。先生當乞品嘗，僧曰：「且待膳後。」及進膳，僧問常饌幾甌，先生曰「二」。僧曰：「今日須倍之。」時[25]先生年近七旬，勉強進一，語僧曰：「不能加矣。」僧方命侍[26]者烹茶，飲之，濃烈芬芳迴異於行遠者。少頃腹

22　「茶」原作「茶」，據〔清〕青城子《亦復如是》改。下文或同，不贅。
23　「且」原作「具」，據〔清〕青城子《亦復如是》改。
24　「巨」原作「臣」，據〔清〕青城子《亦復如是》改。
25　「時」原作「辰」，全書皆然，此乃越南書寫習慣，逕改。下同，不贅。
26　「侍」原作「待」，據〔清〕青城子《亦復如是》改。

餒，殊不安適。僧曰：「腹空耶？衲早備午膳矣。」啖之倍於常日。僧曰：「此茶功效消積滯、除脹悶，平時不宜常飲。此先時之所以勸加餐也。」

　　嘉慶九年，遇雲門萬公[27]於粵東之新安；萬公與徐友雲先生為同鄉，言之甚悉。

二　乩語

　　乩語未嘗不靈，然事後始驗。康熙某科，宜興縣有請乩仙者，問今科縣中中幾人，判曰：「若問諸人，俱是可人，名為九人，其實三人。」榜後捷報，一儲姓、一何姓、一仇姓。所謂「諸人」者，「儲」也；「可人」者，「何」也；「九人」者，「仇」也；其實三人也。乾隆甲寅科，官溪朱公、梅軒王公、竹亭李公三人請仙，及仙到時朱公適未至。梅軒問今科能中否，判曰：「你中。」竹亭問，判亦如之。仙去而朱公至，問梅軒如何判，以「你中」二字對；問竹亭，亦以「你中」二字對。朱公拱手致賀曰：「二公同科中式矣。」及揭曉，乃朱公一人中。始悟乩仙早判朱公一人中，特借伊二人之口以傳耳。又聞某科某人請乩，問是科能中否，判曰：「中。」；復問：「果中否？」判曰：「中要用心。」不意是人矜持太過，於命題上「患」字，忘寫「心」字，致頭場貼出。後思乩語，非判二「中」字，乃明明判「患」字要用「心」字，當時自不悟耳。又聞有二人同請仙，問中否，先一人判「中」字，後一人判「此不」二字。及揭曉，判「中」字者不中，判「此不」字者中[28]。蓋「不」字分看，乃「一」字「个[29]」字，殆明指後一人──判曰「中此一个也」。

　　愚嘗謂扶乩之事，多在可信不可信之間，秀亭黃公則深信而不

27　「公」字原無，據下文與〔清〕青城子《亦復如是》加。
28　「中」原作「蓋」，據〔清〕青城子《亦復如是》改。
29　「个」原作「介」，據〔清〕青城子《亦復如是》改。

疑。憶嘉慶五年春,粵東省城內有扶乩者,秀亭邀余[30]同觀。秀亭書
一紙籤藏於袖以往,就乩前默禱焚之,扶乩者不知也。焚畢,乩判
曰:「滿徑竹陽琴入韻,半簾花影月飛香。」蓋秀亭求仙題書室一
聯,仙故以此答之。秀亭當以目示於曰:「何如?」余曰:「凡乩語往
往事後始驗,當時問猶未問也,非謂竟無其事,竊謂無益於事。吾人
惟當力行善事,成敗何必預聞!故求神問卜皆愚也。」秀亭曰:「君
言亦有理。」

三　湯泉

　　湯泉惟以臨潼為最。吾邑有二焉,其最著為邑東南六十里、俗名
「熱水坑」者。其水之熱不亞於臨潼,其流之長亦不亞於臨潼。往來
者至此必浴,衣服之垢、身體之膩,不假搞擦,入水輒浮去。且浴瘡
最良,凡破爛惡毒,一澡即愈。常郡馬元戎生背癰,百藥不效,就此
洗一二次,頓痊。今之洞亭,即馬所建立也。

　　考《博物志》云:凡水有石硫磺[31],其泉則溫。或云神人所煖,
主療人疾。唐子西云:或說貴州地性酷烈,故山谷多湯泉。今臨潼乃
在正西,而貴州餘水未必皆熱,則地性之說固已失之。以硫磺置水
中,水未必皆熱,則硫磺之論亦未為得。竊意湯泉在天地間,自為一
類,受性本然,不必有待然後溫也。愚按此說得之。蓋地中純陽之
氣,結而為火為風。四川有火井可以煎鹽,此地中生火之明驗。嘗見
人遷葬,棺木倒置,離原處數步外,或骨節攢聚一處,此風生地中之
明驗。又或結而為砒石、為硫磺,皆極熱之物,秉純陽之氣。所生水
在地中與純陽之氣遇,性自變溫,與凡水異歟[32]。

---

30 「余」原作「佘」,據〔清〕青城子《亦復如是》改。下同,不贅。
31 「磺」原作「黃」,據〔清〕青城子《亦復如是》改。下同,不贅。
32 「歟」原作「與」,依文意改。下同,不贅。

四　海參

海參以黑者為勝，以其能入腎也。凡藥之補者，俱得「參」名，如人參、沙參、丹參、元參之類。海參亦得參名，以能補也。人身以腎為海。海參生海中，海水鹹，鹹入腎；其色黑，腎色也，且形類男陽，質復溫潤。其補腎無疑，特恐不得服食之法耳。今之食海參者，先以水煮脹，然後剖開去沙，並再用水煮。精液盡去，惟存渣滓，焉能有益？愚意惟宜銅刀生剖，即將銅刀剖去內垢，用冷水洗淨，入瓦鍋內煮極爛，和鹽少許，或加椒紅亦可，連湯空心食。不用鐵器者，以補腎藥多忌鐵也。如是，則本汁未去，性自不改，當有功效。

五　童子某

童子某，年十四，為人牧牛，見樹杪結一小毬，每日戲以石卵飛擊。意在必中，凝精定神，一如射者之志於鵠也。始猶或中或否，後乃有中無失，久則飛鳥走兔莫不應手而斃，遂成百發百中之技。有募護標者，見而奇之，詢悉姓名居址，詣其家，與伊父母議挈去。父母不願。其家故貧，餂以多金，始首肯。募者挈去，鑄以鐵丸命擊，多不中，大失所望。蓋童子夙用石卵，驟易鐵丸，石輕鐵重故也。乃豎一長竿，上[33]繫小毬，夜易以燈，命童子日夜飛擊。未半月，技神如故，於是挈而漂洋。一日，遇盜船將近，童子發一丸，斃一盜。盜怒，齊奮力上。童子神色從容，丸無虛發，盜懼而遁。自是，海上諸盜相戒避之。商人是行也，大獲其利，因厚給童子家，其家由此漸裕。

一擊石之戲耳，遂成絕技。惟專故精，可見天下事，無不可以專心致志而成絕詣者，寧獨一擊石為然哉！

---

33 「上」下原衍一「上」字，據〔清〕青城子《亦復如是》刪。

六　有山居者

　　有山居者，其婦偕一子入山採薪，子約七八歲。行至深山，婦正俯躬拾薪，忽有虎突出，將婦銜去。其子不知其為山君也，折樹枝遮虎前路，亂撲之。枝[34]戳虎目，虎大驚，捨婦去。婦雖受傷，尚未大創，偕子踉蹌歸，告其父曰：「方兒持枝撲虎時，余身在虎口，噤不能聲，雖自知必死，竊恐虎之捨余銜子也，不意虎竟置余去。」一時聞其事者，謂婦不應死，故脫虎口。

　　或曰：惟子衛母，出於真心，故神靈默佑，得以兩全。或又曰：機心不生，則殺心不起。其子惟不知為虎，毅然直前；虎因無心傷人，委之而去。然以七八歲之小兒，攖虎之怒，而以眈眈[35]之虎，欲吞復吐，殆非偶然也。

七　竹米

　　竹米見於記載者，不一而足；未之見也。乾隆五十八年，余鄉產竹米，始得親見。其米形較麥、稻米稍長，微青色，外包薄衣數重，有若麥然。結實於竹枝之梢，稠聚密攢，纍纍相屬，鄉之人即連竹枝割取，如刈禾[36]狀。歸而以木條敲打，實即脫落，然後舂揄簸蹂，則燦然米也。作飯味似麥米，而一種清香之氣撲人口鼻。其產竹米之地在邑南三十里，地名三都，有一大山橫亙四五里，上多小竹，是年竹盡結實。依山而居者，或得數十石、十餘石不等，合計不下千餘石。

　　嘉慶七年，廣東亦產竹米，其結米之竹尋即枯死，想元氣泄盡矣。說者謂竹結實，主歲饑饉，然皆不驗。斯蓋國家[37]昇平，世運隆昌，故草木亦復獻瑞以養人云。

34　「枝」原作「技」，據〔清〕青城子《亦復如是》改。
35　「眈眈」原作「耽耽」，據〔清〕青城子《亦復如是》改。
36　「禾」字原無，據〔清〕青城子《亦復如是》加。
37　「家」字原無，據〔清〕青城子《亦復如是》加。

八　廖一軒

廖一軒，湖南華容縣人也，善為人為夢。人有疑不決，以事告一軒，一軒則代為夢，覺而以其夢示之。如燭照龜卜，不爽毫髮。三康子者，亦華容人，名士也，「萬」其姓，「康」其名，嘗為文紀其事，篇內有云：「其夢也，烏知其非大覺耶」云云，文甚渾灝流轉，嘗及見之，已載入《三康子文集》矣。由三康子之言推之，則謂「眾人皆夢，一軒獨覺」可也。

能言之時，南北互易，又南變北音，北變南音，此蓋潛移默化，不自知其然而然者，惟牛馬羊豕雞犬之類，別無知識，不能為習所轉，一任天機鼓盪，故其聲無不同，於此可悟「性相近，習相遠」之理。[38]

九　喜怒哀樂

喜怒哀樂，情也；此人所固有，不為習所移者。廣東、福建諸省，語言頗難解，然笑聲、哭聲則合天下人如一。雖不知為因何笑、因何哭，但聞其聲者，無不知為笑、知為哭也。此亦固有難昧之一證。不但此也，如咳嗽、噴[39]嚏、呻吟等聲，即海外各國，罔不從同。蓋出於自然，不假作為，雖欲別為一聲而不得。古人云：「絲不如竹，竹不如肉」，謂其漸近自然，殊有至理。

十　山溪之石

山溪之石，每有無數小石附麗雜沙結為一石者，大如杯，中多空，截去一片置案頭，貯硯水甚佳。然亦恆有，無足奇也。奇莫奇於

38　此段七十四字，青城子《亦復如是·廖一軒》未見，《異聞雜錄》乃自《亦復如是》卷一〈張子正蒙云〉移抄而來。

39　「噴」字原無，據〔清〕青城子《亦復如是》加。

劉公萬鍾所拾之石。渠嘗自述少時遊戲溪畔，見一石如卵，乃小石附麗而成，形甚可愛，因拾歸，朝夕玩弄。其石恆有水自內出，以杯盤盛之，清澈如寒泉；置硯中，頃刻水池即溢，率以為常。每日恆安置杯中，否則水淋漓[40]，浸濕他物。是時年甫八歲，從學於龔某先生。因午餐偶忘檢點，將石置書上，及飯訖，書已濕透，猶憶書為上[41]《孟》云[42]。無何，趨就火烘，先生詰以書濕之由，以小石出水對。先生曰：「有是哉？」索石試之，果然，驚訝曰：「此怪物也，可碎之。」當即碎破。中空，貯清水，內一小鰕，色赤，數躍而死。或謂此石必山川精英凝結而生，得天一真氣，乃[43]能生水不竭。內有鰕，生氣也；鰕色赤，陽象也。陰陽相需以呈能，故坎卦中有一陽。今石中赤鰕，亦即此理。其水非泉非井，自然化生；推其功效，當能潤五臟，澤枯槁，清心明目，益壽延年。雖方書不載，可以意會，乃竟疑為怪物碎之，惜哉！

　　嗟乎，天地生材不偶，其僅見之材，必經數十百年氤氳醞釀，始克成形，又必從而護惜之、保全之。成於天者半，成於人者亦半也。或戕賊焉、毀棄焉，則亦與草木同朽矣。此石其小焉者也。

十一　墨魚

　　墨魚即為烏賊魚，骨名海螵蛸。腹中有墨可以書字，但逾年則跡滅，惟存空紙爾。俗謂是海若白事小吏也，近海皆有之。每遊行輒吸波[44]噀墨，令水溷黑[45]自衛，以防人害。漁人即於有墨處網取，百不失一。

40　「漓」字原無，據〔清〕青城子《亦復如是》加。
41　「及飯訖，書已濕透，猶憶書為上」十二字原無，據〔清〕青城子《亦復如是》加。
42　「云」原作「曰」，據〔清〕青城子《亦復如是》改。
43　「乃」原作「氣」，據〔清〕青城子《亦復如是》改。
44　「波」原作「吸」，據〔清〕青城子《亦復如是》改。
45　「黑」原作「墨」，據〔清〕青城子《亦復如是》改。

魚知以墨自衛,可謂智矣。不謂漁人即因彼之智以成己之智,智出彼上,而彼以智敗。是可為不善用智者戒。

十二　某名公

某名公致政家居,一門生不遠千里而來。公喜甚,款禮殷勤,飲饌精腆,席間再三推食於門生,己並不舉箸。將次用飯,家人啟問用否,公曰:「師生通家,何嫌之有?」門生竊意老師必另備珍饈。未幾,進赤秈米飯一盂,青鹽、豆腐兩碟,而門生座前,白粲已早上矣。門生見之,變色而作,曰:「門生備嘗盛饌,而老師自奉菲甚,深抱不安!」公命坐,語之曰:「此即吾之珍饈也。昔吾為諸生時,歲荒,老母年近六旬,半歲啜饘,不能具酒食,除夕備赤秈米飯一盂,佐以鹽、腐,老母食之甘,告余曰:『今日飽餐香甜之美,雖珍饈[46]不是過也。後苟能富貴,祭我無廢此二物。』傷哉斯言,予心誌之不忘。自登仕版以來,除朝廷賜宴及同僚會飲外,常餐只此二物。是我日飫老母珍饈矣,詎敢矯情立異耶!」

十三　某富家

某富家娶一新婦,三日入廚房,姑命之曰:「我有四僕婦,爾相其材否,明以告我。」蓋姑素善持家,欲以此試新婦也。是日,舉家食湯餅,新婦計人量麵,按數分給,無不恰好。最後四僕婦,每人給湯餅一大盌,皆滿而溢,呼之使各自取去。一僕婦以箸挑起縷麵;擎而去;一僕婦口吸湯,捧而去;一僕婦視之觖,不敢著手;一僕婦手到盌,墮足且傷。新婦覆命曰:「僕婦某,頗有才智,可用以事;某性地穩妥,可托以財;某無材而誠實可取;某莽而僨事。」姑問:「何[47]所見而云然乎?」新婦具告之。姑大喜,謂得新婦也。

46　「饈」原作「羞」,據上下文與〔清〕青城子《亦復如是》改。

47　「何」字原無,據〔清〕青城子《亦復如是》加。

十四　師弟同應試

師、弟同應試，候榜。揭曉之日，弟子五人俱出看榜，師獨守寓。未幾，一弟子歸，喜形於色曰：「弟子中式矣！」隨又一弟子歸，將及門，即揚言曰：「我中式矣！」最後三人，次第[48]歸，俱中式。喜出望外，嘩然一堂，共以闈墨相角議，忘其師之在榻也，並忘其未曾為師之一看也。師乃呼諸生曰：「功名亦分內事耳。年[49]少得意，意氣遂爾驕矜，何無涵養至此！」五人皆聞之惕然，聲息俱屏。天明，捷報至，師中式第一名。因從容而起，振衣著襪。及著第二襪，覓襯布不獲。侍童曰：「頃見先生所著襪內，乃裹兩襯布也。」脫出，果然。諸弟子俱匿笑，師亦不覺大笑。

十五　彭大

彭大，湖南慈利縣人，家貧，無叔侄兄弟，惟一母年六十餘。性最孝，以傭工為生，主人出酒肉與食，必不食，持歸奉母。人知其故，多以酒肉相遺。夏夜則立母床側，為母拂暑，三更始輟。冬夜則為暖足，一夜輒數起奉茶湯。每進一飲一食，必肅然起敬，如對帝天，又必和顏婉語，務得母一笑為快。彭大固愚人，目不識丁，其篤於孝親，天性然也。一日，母疾思梨。家距市十餘里，即趨往購。路經大山，石壁削立，一徑如線，由壁下橫度，下臨深澗，俯瞰莫測其底。是日市梨還，仍經此路，因奇險，遂緩步以度。忽聞虎吼，回顧，則二虎尾至，嚇極疾趨。甫過石壁數十武，忽聲如雷震，石壁崩塌，使非因虎至疾趨，則身為齏粉矣。

說者謂彭大當日遇虎，或於方去之時[50]，必致[51]阻滯，不能遂其

48　「第」原作「弟」，依文意改。

49　「年」字原無，據〔清〕青城子《亦復如是》加。

50　「時」字原無，據〔清〕青城子《亦復如是》加。

51　「第」原作「弟」，據〔清〕青城子《亦復如是》改。

急於奉親之心；或於石崩之後，徒受驚惶，不能顯其天佑善人之意。不先不後，殆非偶然。然忠臣孝子，吉神擁護，山即有虎，何從敢近！其虎也，焉知非山靈幻形耶？孝為至德，於斯益信。

十六　楊名世

楊名世，湖南人，以善書名。每日清晨，必作數百字，無間寒暑；或抱疾不能握管，疾愈必補足其數。如是者，數十年。心摹手追，惟在右軍，他帖輒不寓目。叩其故，曰：「諸家各有妙處。既[52]學王，不得看他字，恐紛志也。」嘗為余言：今人學字，撫一帖，朝夕摹臨，久之得其形似，輒曰：「吾得之矣！」不知字之得否，不在於此。雖一點一畫絲絲與本字無異，猶是當日古人之字，非我今日之字。即如學詩一道，學李、杜者，必諷詠李、杜；亦猶學右軍者，必臨摹右軍。但李、杜之詩自屬李、杜，使以李、杜之詩通篇[53]抄寫，豈不儼然李、杜？然謂為李、杜則可，謂為我則不可。凡作詩作文皆忌抄寫，作字亦忌抄寫。知抄寫之非字，則思過半矣。

余不知書，記此以質之善書者。

十七　甲乙二人

甲、乙二人白手至蘇州，欲貿易，苦無資本。乙善削竹挖耳，每二枝索一文錢，沿街持賣，藉此度日。時屆歲畢，坐寓內，嘆聲澈外。甲亦在寓，聞而問之，乙曰：「週年辛苦，今[54]至除夕，腰中僅餘三百文，是以嘆耳。」甲曰：「君尚有此，我且並此亦無。然有此，即可作本，不患無生涯也。」乙曰：「區區三百文，何濟於事？」甲曰：「盈千累萬之果，無非一核之所生也；炎崗燎原之火，無非一星

---

52 「既」原作「即」，據〔清〕青城子《亦復如是》改。

53 「篇」原作「扁」，據〔清〕青城子《亦復如是》改。

54 「今」字原無，據〔清〕青城子《亦復如是》加。

之所發也。本不在多，視生發何如。君盍以此三百文，與我合夥？」
乙與之。甲持錢入市，市豬肉一方，雞一隻，並香楮等物歸，謂乙
曰：「今日祀神，須對[55]神立誓：合夥之後，彼此無欺，凡事惟我言是
聽[56]。」乙以甲不過圖此一飽耳，笑而頷之。禮神後用膳[57]，肉與雞
俱不入饌，乙問之，甲曰：「此本也，安可用去！」乃和以五香，調
以五味，薰沐鮮潔，插標賣之，得錢四百文。甲曰：「將本求利，在
此一舉。今夜無所為，除夕也。」於是市五色紙、小竹竿及雞毛、禾
草歸，以禾草為身，裹以五色紙[58]，上飾雞毛為小雞，雞身橫穿小竹
管，以口吹之，即咿喔作聲。連夜製就數百隻，天明後，以百隻付乙
曰：「今元旦令節，元妙觀遊人必多，持此往，口吹作引，每隻雞可
賣三、四文。」時小兒一見，爭購之。乙出門不遠即還，曰：「罄
矣。」已得錢五百文矣。再付百隻，未出街口[59]，又完。數日內，得
錢十數千文。時街頭已有傚做者，甲曰：「是不可長也。」乃置小木
盤各一，市零剪紬緞及針線、絲粉等物，穿各小巷市之。蘇城從無貨
此者，婦女利其便，利數倍。一月後，人有傚而行者，甲曰：「是不
可長也。」乃市糯米、黃豆，以糖伴炒，上甕。載至宜興山中，賃屋
居住，村中小兒來[60]，輒啖以糖米、糖豆，誘其拾取竹筍。一月餘，
上捆者已盈屋矣。載至蘇州售之，所費無幾，而獲利甚大。甲曰：
「是皆不可長也。」乃於某街開一店，市小帽、荷包、腳帶、護膝之
類，名曰「某齋」。其貨較他人精，四方咸重之，生意日隆。數年
間，擁貲數萬。乙本安徽人，有家室，數年未歸，告甲曰：「余本無

---

55 「對」字原無，據〔清〕青城子《亦復如是》加。
56 「聽」原作「咱」，全書皆然，此乃越南書寫習慣，逕改。下同，不贅。
57 「膳」原作「善」，據〔清〕青城子《亦復如是》改。
58 「小竹竿及雞毛、禾草歸，以禾草為身，裹以五色紙」十九字原無，據〔清〕青城
　子《亦復如是》加。
59 「口」原作「日」，據〔清〕青城子《亦復如是》改。
60 「來」字原無，據〔清〕青城子《亦復如是》加。

能，不知貿易，幾填溝壑，賴兄經營，得有今日。今之所有，皆兄力也。兄取其三，我取其一，從此回籍，此店兄自開可也。」甲曰：「是何言歟！始無兄三百文，何以有今日？設誓之言，天地鬼神實共聞之。所有此店生意，願兩家子孫，世世與共。如有言[61]分者，神明殛之。兄回籍迎眷來蘇則可，欲分夥則不可。」乙如言迎家眷至，甲亦娶室。甲與乙兩家各住一院，乙曰：「何不同居？」甲曰：「每見人家兄弟不睦，皆由婦女彼此口角所致，同胞且然，況你我異姓，保無微嫌？一有微嫌，是取敗之由也。」家事甲一人主持，乙坐享其成而已。甲治家最公，無論服飾器用，兩家一致。即日用中一文錢之醬、醋、蔥、蒜，凡甲家所已買[62]者，不問乙家需用與否，亦如數備置。數十年，如一日。店今尚在，貲已數十萬。蘇之人皆鑿鑿能言之。

　　聞甲為張姓，乙為汪姓，未知是否。甲之生財，出人意表，其才固有大過人者。其不忘所自，情盡義至，世故透實，存心厚也。以甲之才而不能生財者，有之；以甲之存心而不能保終者，則未之有也。

十八　太史某

　　太史某致政家居，日訓其子。子弱冠即入泮，期望綦切。鄉闈後以文呈，太史閱之，無一言。少頃又閱，亦無一言。日必三四次。放榜後，報條四出，獨不見錄人[63]來，呼子至案傍，指駁其文曰：「破不驚人，無中理！我做簾官便棄去。」以戒[64]尺亂擊[65]一下；曰：「開講不握要，無中理！我做簾官便不閱下去。」以戒尺亂擊一下；曰：「中比[66]不經營匠心，無中理！我做簾官便不取。」以戒尺亂擊一

61　「言」字原無，據〔清〕青城子《亦復如是》加。
62　「買」原作「賣」，據〔清〕青城子《亦復如是》改。
63　「人」下原衍一「皆」字，據〔清〕青城子《亦復如是》刪。
64　「戒」原作「界」，據〔清〕青城子《亦復如是》改。下同，不贅。
65　「擊」原作「繫」，據下文與〔清〕青城子《亦復如是》改。下同，不贅。
66　「比」原作「此」，據〔清〕青城子《亦復如是》改。

下。其子被擊，淚流滿面，莫敢稍動。家人門外竊聽，亦莫敢勸阻。忽報錄人鳴金而至，至則毀門入。太史問之，家人叩首賀曰：「公子中式矣。」太史不答，起而仰面視天，以手指曰：「此日也，此雲也。」又遍視眾人，指曰：「此某也，此某也。」復返顧己身，指曰：「此衣也，此履也。」既而復坐，問家人曰：「真耶？抑夢耶？」家人齊啟曰：「安得是夢？」命家人俱出，呼小童至側，曰：「試囓我臂。」囓之痛，復命狠囓之，痛甚，曰：「如夢則應醒，此殆真矣！」出外接錄畢，賀者接踵至。太史俱不顧，手挈其子至書室，閉戶取卷細閱，曰：「我過矣！此處元氣渾淪，該中！我未看出。」以戒尺自擊一下；「此處落落大方，該中！我未看出。」以戒尺自擊一下；「此處以寬為緊，得抑揚之法，該中！我未看出」，以戒尺自擊一下。為其子摩頂撫背，勞慰許久，然後出外會客受賀。家人舉以告人，聞者咸絕倒。

　　夫望子成名，凡為父母者莫不皆然，不圖此公期望之心如此其切也。為人子者，尚其以父母之心為心，毋致自暴自棄，是即孝子歟。

十九　大司馬某

　　大司馬某，總督天下援師。有幼年從學蒙師，聞公能臨陣殺賊，欲從壁上一觀，以開眼界。不辭跋涉，孑身往，至則公即幃幄中設榻款之。見公夜不卸甲，不常睡，睡亦無定所。一夜公方睡，忽翻身而起，自敲雲版，即有部將十數員入幕聽命。不三四語，公以一令旗付之。未幾，殺聲遠震，金鼓齊鳴。師聞之，股栗手顫，驚起問公。公曰：「無他，弟子枕上聞雁聲自西北來。西北係敵人出入之所。西北無人，雁不驚起，今向東南飛，料敵必潛兵來襲我。我故遣將迎之，頃想接戰耳。」日出，繳令報捷。師懼，即日辭行。公遣人護送歸。

　　聞此即大司馬盧公象昇事。

二十　祈夢

　　祈夢每多奇應，果數皆前定，神先告之歟？吳葵麓國華公，某科榜眼也，少年祈夢於忠肅公廟，夢中見一聯句云「紫海波回六六灣」，旁有「多讀書」三小字。醒而不解所謂，謹志之。公後以春坊奉命封藩，國王曰：「天使為詞臣重望，今有一聯句煩天使屬對，曰：黃河岸轉三三曲。」公應聲曰：「紫海波回六六灣。」國王驚曰：「藩封輿地，天使亦知之乎？」公曰：「多讀書。」國王肅然起敬，待公有加禮焉。

二十一　茅公子

　　茅公子，鹿門先生第幾子也，逸其名。少穎慧絕倫。既長，才思風發，頃刻千言不起草；性復好學，於書無所不讀。一日文會，高材畢至，各言所讀書目筆於紙，以相印政。茅公子獨無一言，問之，曰[67]：「諸公所讀之書，余固已盡讀之矣。有一祕書，未識諸公曾讀否？」問：「何名？」曰：「《禹會塗山紀》。」問：「抄本乎？」曰：「刻本。」問：「有是書乎？」曰：「有！」相訂借觀，公子約三日後。一時誇口，其實子虛烏有。夜歸，召集工書者、刻字者、校訂者，凡數十人。公子先定書目卷數，工書者堂上左右列，刻字者廊間[68]上下坐，校[69]訂者參互錯綜，彌縫其缺。公子一人口授指畫，點竄典謨訓誥一十七史，塗抹山經水注，參以內府秘籙、海外奇書。每一卷成，即付剞劂。竟三日夜，成數萬言。客至，序尚未成，托言昨宵酒醉，睡尚未醒。及公子出，書已裝訂上套。合座傳觀，咸謂得未曾有。

67　「曰」字原無，據〔清〕青城子《亦復如是》加。
68　「間」原作「問」，據〔清〕青城子《亦復如是》改。
69　「校」原作「較」，據上文與〔清〕青城子《亦復如是》改。

二十二　黿

　　黿，俗謂之「水老虎」，以其能噬人也。廣東清遠縣有所謂清遠峽者，水極深，相傳中有大黿。曾有人夜深在船邊大便，黿突起噬之，連人拖去，故相戒客舟夜行不可近水大小便，謂黿見人陰囊如光明如水晶毬，即探首噬之也。近唐姓某赴職，有經此，舟泊岸。唐見岸旁有大石，凸出水尺許，因踞其上，四顧良久，復登岸，足甫離石，石忽浮水去，視之一大黿也。

　　書此，俾經過其地者，知所儆戒焉。

二十三　海中產珠

　　海中產珠，蚌類甚多。廣東新安[70]縣官富司之九龍洋，亦產珠。詢之，皆產於螺者，有珍珠螺、馬甲螺、青口螺諸名，其實皆蚌類也。嘉慶八年，余分篆是地，嘗招採珠者，問以採之之法。云：珠產於外洋水之至深處，水內有鐵樹，高七八尺、一二尺不等，葉細尖如瓜子，枝幹稠密[71]，出水數日，葉即脫去。其樹傍石而生，螺多附於樹上。採珠者入水，或拔樹，或就樹[72]上拔[73]螺，出水後，方剖螺取珠。至螺內或有珠或無珠，珠或佳或否，尚不能預定也。第產珠處，往往有大魚潛伏其下，若不設法除盡，入水者必為所吞。余問其法，曰：用頂大冬瓜，以大缸煮極熟，將瓜頂上削去一片，取出內瓤，乘熱納石灰數大塊於瓜內，仍將原一片蓋好，用竹釘釘緊，度其生珠處，將瓜棄[74]入水。魚見瓜必吞，旋即浮起。緣瓜皮雖[75]經水浸冷，

70　「安」原作「縣」，據〔清〕青城子《亦復如是》改。

71　「密」原作「蜜」，據〔清〕青城子《亦復如是》改。

72　「樹」字原無，據〔清〕青城子《亦復如是》加。

73　「拔」原作「扳」，據〔清〕青城子《亦復如是》改。

74　「棄」原作「葉」，據〔清〕青城子《亦復如是》改。

75　「雖」下原衍一「雖」字，據〔清〕青城子《亦復如是》刪。

而瓜內甚[76]熱，且有石灰見水即發，熱不可遏，故死魚甚速。俟瓜下水後，無魚浮起，知魚已除盡，方可入水採珠。又必先以冷水遍身浸冷，俾無熱氣，恐他處大魚聞人氣跡至也。余曰：險哉！

　　余嘗見鐵樹，枝細而密，色黑而堅，故有「鐵」名。其枝條，連絡如織，天然奇巧，置案頭甚佳。余戲曰：鐵樹之名似覺不雅，不如易名「珠樹」較為雅切也。

二十四　術士某

　　術士某寓京師，門懸金字牌，上書「千金一數」，見者爭笑其妄。時有某二公子，志切功名，因過訪曰：「先生數雖神，但千金非易，寒士當奈何？」術士曰：「吾雖以數取利，然實非僅汲汲於利者。苟非其人，數不妄起，雖與萬金亦所不顧，區區千金何足云？如二公子，則願不取分文，各送一課。」二公子感甚。術士布卦成，賀曰：「二公子皆貴人也。某公子今秋鄉試中第幾名，明春會試中第幾名，廷試第幾甲幾名，官自詞林至大司馬。某公子鄉、會試中式，名次在第幾，廷試名次第幾甲幾名，官至大學士。」各書一紙，授之曰：「留為後驗。」二公子別去。後鄉、會、廷試，兩人皆符所占，遂與術士交好。是時，二公子俱客某達官門下，達官以事下獄，慮禍不測。二公子詣術士起數，術士曰：「今日之數，非三千金不可，且須先惠後談。」二公子正附達官，為達官[77]慮，且為自己株連慮[78]，豈惟達官，故口中雖為一人占，意中實三面俱到也。平日本神術士之數，今聞「三千」之說，隱射心曲，情益急，遂如數付之。術士袖出一紙，上書某日當出獄，某日當復原爵云云。後果一一不爽。二公子

76　「甚」原作「其」，據〔清〕青城子《亦復如是》改。

77　「為達官」三字原無，據〔清〕青城子《亦復如是》加。

78　「慮」字原無，據〔清〕青城子《亦復如是》加。

以數之神也，特謁申謝。至則闃[79]其無人，問諸鄰人，則曰：「月前已出都門矣。」二公子乃猛省曰：我等凡三數，前兩數不取分文，後一數忽索三千，總計之，仍是「千金一數」。術誠神矣哉。

二十五　北方之泉

北方之泉，山東獨多。說者謂山東地勢高擁下流，而河南土[80]疏，水勢所控，遂成伏流，至山東乃出。按其形勢，想當然耳。

二十六　守歲

守歲，乃除夕闔家團坐達旦也。此事由來已久，雖近[81]於兒戲，然父子團圓，竟夕不眠，乃家庭樂事。杜子美〈守歲〉詩云：「四十明朝過，飛騰暮景斜」，蘇東坡詩云：「欲喚阿咸來守歲，林烏櫪馬鬥喧嘩」，以至「寒暄一夜隔，客鬢兩年催」，昔人多見於篇詠，可知前古大人無不守歲者。

二十七　爆竹

爆竹即燎竹，以竹就火上燎之，則裂而作聲，所謂「歲旦燎竹於庭」是也。後世易以紙炮，乃爆竹之遺意，名為爆竹，實非爆竹。然爆竹古惟除夕、歲旦用之，王荊公詩云：「爆竹聲中一歲除」，而今人於歲前數日皆用。《異聞錄》載：仲叟家山魈為祟，李畋命於除夕設爆竹數十竿云云。而今於平時冠婚[82]喪祭皆用。西域正月一日燃燈，中國正月十五日燃燈，高麗二月十五日燃燈。但西域燃燈，本為供佛；高麗燃燈，為祀天神；中國之燃燈，不過宴飲而已。豈流傳失

---

79 「闃」原作「門」，據〔清〕青城子《亦復如是》改。
80 「土」原作「上」，據〔清〕青城子《亦復如是》改。
81 「近」字原無，據〔清〕青城子《亦復如是》加。
82 「婚」原作「昏」，據〔清〕青城子《亦復如是》改。

實，以訛承訛耶？抑習俗所尚，各從其便耶？

二十八　何某

　　何某年二十，最勤學，急欲成名，屢試不售，父亦期望甚切。一夜，何某夢一朱衣人曰：「學憲考試題目，汝知之乎？」對曰：「不知。」朱衣人曰：「我細細說，汝慢慢想。」再叩之，朱衣人忽不見，不解所謂。夢中向父述夢云云，父曰：「『我細細說』乃異語之言，『汝慢慢想』，此句我不知。我當去叩朱衣人。」言畢而醒。翌日，對父述夢中語，父曰：「奇哉！吾果夢汝述夢，吾並向朱衣人述吾夢汝述夢，朱衣人曰：『次題乃以意逆志也。』」因命子擬作。及臨試，二題俱不謬。是年，遂入泮。

　　父子同一夢奇矣，子於夢中述夢則更奇；父夢子述夢奇矣，父於夢中述己夢子述夢則更奇。豈果「精誠所結，鬼神通之」乎？殊不可解。

二十九　一西域僧

　　一西域僧善祈雨，持一物如雞子，色白，似石飛石，似骨非骨。用淨水一盆浸物於中，以手轉弄，口念密咒，移時雨至。誠仙術也。考陶九成《輟耕錄》載：蒙古人禱雨，惟以淨水一盆浸石子數枚，淘漉玩弄，密持咒語良久，輒雨；石子名「鮓答」，大者如雞卵，小者不等，乃走獸腹中所產，獨牛、馬者最妙云云。聞得此石者，雖不知咒，但以水浸弄，亦可致雨。夫陰陽和而後雨，此石乃走獸腹中所產，胡能令雲行雨施耶？嘗考雄鼠卵上[83]有符文，治鳥腋下有鏡印，野婆腰間有印篆，牛有黃在膽，馬有墨在腎，狗之寶，駝之黃，鹿角之玉，兕角之通天，皆造化靈異所鍾[84]，不可以常理測者。

83　「上」原作「土」，據〔清〕青城子《亦復如是》改。

84　「鍾」原作「鐘」，據〔清〕青城子《亦復如是》改。

三十　洗冤錄

《洗冤錄》載：鉛山縣民食鱔，腹痛而死，鄰保謂妻毒夫，送官。官閱牘，疑中鱔毒，召漁者捕鱔，得數百斤，悉置水甕中，有昂頭出水二三寸者，數之得七。官異之，知為他物所變，細為鞫究，婦冤始白云。

今考鱔原有二類，一類蛇變者，名「蛇鱔」，有毒害人。鱔本蛇類，形正似蛇，以蛇變鱔原不為異。其辨蛇鱔之法：每捕得鱔，悉置水甕中，夜以燈照之，項下有白點，通身浮水上者，即蛇鱔也，食之殺人。又，鱔魚黑者有毒，大者有毒殺人，皆不可食。鱔本常食之物，其有害如此。日用細微之間，可或忽乎哉！

偶閱《洗冤錄》此條，僅以昂頭出水辨鱔毒，尚欠詳悉，因記此。

三十一　周某

周某父歿，延地師遍訪吉地，數月無當意者。一日，地師邀至一山，迴環有情，地師道：「感君厚誼，故獻此地，他日富貴毋相忘[85]。」遂指畫方向，酌點穴道。忽一道人手持藜杖，背負蒲團，經此山過，見二人顧盼耳語。道人審視曰：「察君等舉動，似欲於此卜葬者。此山乃白蟻停聚之處，烏乎可？」周請其說，道人曰[86]：「君不見東山乎，其形稍凹。西北山平，凹處之風為西北屏擋，復折而南，迴繞此山。風生虫，故風字內從虫。風與山遇，則生白蟻，即山風蠱是也。」周曰：「白蟻何以即是蠱？」道人道：「白蟻聚處最夥。蠱字上從三虫，[87]三為眾象，多也；下從皿，象損器，皿，血肉也。」周故博學，因致詰曰：「道長謂此山有蟻，或不可定；但以蠱字解蟻，未免杜

85　「忘」原作「忌」，據〔清〕青城子《亦復如是》改。

86　「曰」字原無，據〔清〕青城子《亦復如是》加。

87　「虫」原作「蠱」，據〔清〕青城子《亦復如是》改。

撰。」道人曰:「《周易》一書無所不包,惟四通八達看來,道理始活
潑潑地。即如白蟻,行必有水,所以蠱卦亦有『利涉大川』之語。」
周曰:「是語更大不然。蠱之『利涉大川』,謂蠱壞之極,亂當復治,
故其占為『元亨而利涉大川』也。何至悖謬如此!」道人曰:「如君
言,『利涉大川』四字亦無切實處。此四字原非虛語,蠱卦艮上巽下,
本屬巽宮。巽為木,艮卦內互坎卦,坎為水,以木涉水,故其占為
『利涉大川』。貧道世外閒人,是非得失,一無所有,不能久與君辨。
偶爾經此,不忍見此骸骨飽白蟻腹,故至饒舌。語有云:『山川而能
語,葬師食無所。』君慎毋為葬師所惑也。」語竟,飄然而去。周極
不以為然。及開壙[88],果有白蟻數石,終別葬焉。

三十二　北地有鳥

　　北地有鳥,名「寒號蟲」,《詩》之「盍旦」、《禮》之「曷旦」,皆
即此鳥。狀如小雞,四足,有肉翅,不能遠飛。其屎名「五靈脂」,行
血止痛,大有殊效,方書多載之。是鳥夏月毛采五色,自鳴曰:「鳳凰
不如我。」至冬,毛落如雞雛,忍寒而號曰:「得過且過。」

　　羽族何知,亦若鑒於戚戚者之徒勞罔裨,固不如隨遇而安者之尚
不失為故我也。「得過且過」之語,果鳥之自慰耶?抑欲舉以告人
耶?我於斯鳥,得安貧之道矣。

三十三　郭姓者

　　郭姓者,廣東番禺縣人,以航海販貨為業。自言嘗遇颶風,纜斷
船飄,瞬息千里,不辨南北。俄而風愈烈,檣倒舟覆,舟中五十餘
人,各抱木隨波上下,從其所之。久抵一灘,水淺可立,捨木上岸,
僅存二十餘人,各忍飢覓路。至一處,見有草舍,喜甚。入,無一

---

88 「壙」原作「塘」,據〔清〕青城子《亦復如是》改。

人，鍋竈盌箸皆備，且有豆斗餘。旋視板上有字云：「此地不可久
居，我等百人來此，餱糧頗足，但每夜輒有怪物攫人而食，漸漸稀
少，料不能生還，特此告知來者。」眾大懼，裹豆弩力前行，腹飢則
各啖豆一握。至第三日，豆已盡，腹飢不可忍，勉強行。又二日[89]，
至一處，似內地，登高望遠，見林木中炊煙數起。跡至，有小小房舍
三四家，見眾狼狽來，咸閉戶避之。旁有一家房舍略高大，叩之，一
老人出。告以故，老人不答，遍視眾人，點[90]首者三，延之入，旋即
扃鑰。眾是時枵腹已數日矣，以飢告，老人入內。久許，老人偕二少
年出。二少年各托一盤，盛酒二十餘杯，酒止十分之四。老人命一人
各送一杯，眾告以不足。老人復入內，久[91]許出，二人托盤如前，杯
稍大，內盛米湯，止十分之七，仍命一人各飲一杯。少頃，眾沉沉睡
去。約一炊黍時，眾醒。老人已儲粥以待，然每人止一盌。天明後，
復進粥，多亦如之。直待第二日，始啖以飯[92]。老人對眾指口拍腹而
言，其語多不可解。以意會之，可略得十之二三，大約謂：君等腹
飢，我一見面，即已盡知，但胃虛腸枯，遽行飽啖，必致斃命。所以
入門即下鑰者，恐君等外出求食也。先飲以酒者，少滋潤其腸也；次
飲以米湯者，略開通其胃也；後給以稀飯者，漸養復元氣也。我在此
遇被難者，不知凡幾，皆用此法救之。眾叩首謝。留住三日，贈以乾
糧，授以程圖。行七、八日，達閩境，始附內洋船返粵。

　　凡久飢之人，腸胃虛無一物，雖空實窄，驟與飽食，內難包容，
氣因食隔，不能通行，頃刻斃命者多矣。憶乾隆四十三年戊戌，吾鄉
大荒，餓死者橫藉於路。先母性好施，有丐者以飢告，當與飯一盌；

---

89 「至第三日，豆已盡，腹飢不可忍，勉強行。又二日」十八字原無，據〔清〕青城
　　子《亦復如是》加。
90 「舍略高大，叩之，一老人出。告以故，老人不答，遍視眾人，點」二十二字原
　　無，據〔清〕青城子《亦復如是》加。
91 「久」原作「少」，據〔清〕青城子《亦復如是》改。
92 「飯」原作「飲」，據〔清〕青城子《亦復如是》改。

食訖，行未半里，先葉嬸母又與飯一碗；食之，出門不遠死矣。此久飢不可飽食之明徵。觀老人所為，真救飢之良法也。

三十四　有人持蟋蟀

有人持蟋蟀，云：「能與雞鬥。」時，某聞之笑曰：「徒飽雞腹耳。」其人云：「屢鬥屢勝。君如不信，請試之。」某故喜鬥雞，所畜皆高冠采翼，介羽金距，舞非由於鑑形，勇不藉乎塗貍，遂擇一養得極全如木雞者與鬥。其人出一小山，乃泥土所成，竅穴玲瓏，如蜂房水窩，上下左右，通達無礙。以蟋蟀置其中，見雞至，即唧唧有聲。雞迎啄，則忽上忽下，迅速如風。未幾，雞目眩，乃出其不意，躍上冠，囓之。雞不勝其痛，跳躍委憊而敗。

雞與蟋蟀鬥，斷無不勝之理，而卒不勝者，智出於所備之外也。蟋蟀與雞鬥，斷無能勝之理，而卒能勝者，敵入[93]於所算之中也。居必勝之地，操必勝之術，又不輕於一鬥，必乘懈而擊，此其所以勝歟。

三十五　松月山房

松月山房，余課子弟處也，四圍皆小山層巒。山故多兔，弋獵所不到，見人亦不甚驚。嘗見一毚兔沿山囓草，忽有鷹暈然而下，抱兔去。兔身肥，鷹若不能舉飛，甚喫力。尋力竭，連兔共墜。時有牧童在側，見而往執。鷹欲遁，爪入兔深不易脫，童持竿斃之。及啟爪，兔負痛躍躍去，童僅獲鷹，持歸。

鷹一見兔，即貪心必得，遂不量力，至自喪命。是鷹不能害兔，適為兔害；亦非兔之害鷹，乃鷹之自害也。兔可危，鷹更可危。寧為兔，毋為鷹！

---

93 「入」原作「人」，據〔清〕青城子《亦復如是》改。

三十六　司城堵公

司城堵公霽，家巨富。歲飢穀貴，門下司會計者請開倉出糶，公不應；請發粟賑，亦不應。閱數日，公命書報條云：借米一石，加六償還，親鄰互保，願者立券。人皆議公為貪。至來年大熟，門下司會計者請券收債。公曰：「當日已盡焚之矣。」司會計者因問去歲之舉何為，公曰：「我之為此，所以杜壟斷之商也。」於是人人拜服。

三十七　余縣後江

余縣後江有泉生石壁上，山下之田皆仰此水灌溉。其泉眼正圓，大可徑尺，水噴出，離石壁三、五尺始落，若水多眼小勝其洩者然。土人謀所以洩之者，雇石匠駕長梯，鑿泉眼之四圍而擴大之，眼內故空洞水滿。及鑿去數寸，而水勢稍緩；再鑿，而水不甚流。計無所出，遂鑿泉眼直下。詎知愈鑿而水愈竭，尋涓滴不出矣。

或曰：山陵之氣，凝為泉脈，開竅於石，氣通泉出，乃自然之理，非人力所可施者；一經斧鑿，既傷泉脈，復泄地氣，所以立竭。是或一說。

土人惟欲多得，故逞其智力，以冀償其所欲。究之一無所得，且併其本有者而亦失也。失而思得，悔已晚矣，又何如不求多得者之所得為更多乎？貪之為害類如此。

三十八　某令

某令，某科進士也。與幕友為葉子戲，忽少牌一張，令謂坐中人所匿，遍搜各人身[94]，除帽解衣，俱無有。幕友不悅而散。閱十餘日，上憲行文查問云：「細閱某案詳文，並無賭博情由，何來二萬紙牌一張？著明白詳覆。」方悟主賓酣博時，適簽押送詳文至，閱畢誤

94　「身」下原衍一「自」字，據〔清〕青城子《亦復如是》刪。

將牌夾詳文內封發，當時不覺也。因極力斡[95]旋，費去三千金，始寢其事。令曰：「三千金雖失脫，樂得此牌明白。」合署傳為笑談。

　　以下事上，原宜敬謹，況屬公事，尤當留心。嘗見署中因賭博誤事者多矣，三千金其小焉者也，可不戒哉！

三十九　菊不落瓣

　　菊不落瓣，其性然也。世傳王介甫〈詠菊〉有「黃昏風雨過園林，吹得黃花滿地金」之句，蘇子瞻續之曰：「秋花不比春花落，為報詩人仔細吟。」因得罪介甫，謫子瞻黃州。菊惟黃州落瓣，子瞻見之，始大愧服。按《黃州志》不載此事。又嘗考王介甫作〈殘菊〉詩曰：「黃昏風雨打園林，殘菊飄零滿地金。」歐陽永叔見之，戲曰：「秋花不比春花落，為報詩人仔細看。」介甫聞之，笑曰：「歐陽九不學之過也，豈不聞《楚辭》云『夕餐秋菊之落英』？」按此，則又屬歐、王二公事，非子瞻事也。愚謂此或本[96]歐、王之事而附會於蘇，抑或本王、蘇之事而假托於歐，俱不必深辨。惟落菊之說，余嘗至黃，適值菊月，正欲一驗其落，遂停居月餘。其菊盛開之後，漸萎而枯，與別處皆同，惟單瓣紫菊偶落數瓣，始知黃州菊落之說不足信也。考《菊譜》後序云：花有落者，有不落者。其所云落者，蓋指單瓣而言。是菊原有落、不落二種，不獨黃州為然。據傳王、蘇之事，幾似黃州之菊[97]盡飄零滿地矣。

　　竊嘗靜驗眾花：春花落瓣，秋花落朵；結實者落瓣，不結實者落朵；有鬚者落瓣，無鬚者落朵；瓣疏者落瓣，瓣密者落朵；香微[98]者落瓣，香甚者落朵；五出者落瓣，六出者落朵。此皆前人所未道及

---

95 「斡」原作「幹」，據〔清〕青城子《亦復如是》改。

96 「本」字原無，據下文與〔清〕青城子《亦復如是》加。

97 「菊」字原無，據下文與〔清〕青城子《亦復如是》加。

98 「香微」原作「微香」，據〔清〕青城子《亦復如是》改。

者，雖不盡然，其大概總不出此，想亦秉氣各異耳。

四十　採消者

　　採消[99]者，多在峻山石洞中。有廣姓某，少時採消為業，後年近五旬，攀援不便，遂輟是業。嘗對余言：「昔在某洞尋消，持燈入，約半里，有石光潔，平鋪如床，上堆米數升，精潔愈常米，姑餌勺許，香軟而甘，津生滿口，遂襒之。及出洞，乃白石子也，形正似米，而堅硬不可餌矣。」

　　或曰：石胡成米？余曰：石燕、石蟹、石蛇、石蠶、石鱉，皆石所成。又道家有石芝圖，其形象芝，種類不一。石桂芝，根幹枝條皆石，有葉如榴，裊裊茂翠，開花似桂，微黃。又麥飯石，狀如握聚一團麥飯，有粒點，如豆如米。據此，則石成米不為異也。

　　或曰：石胡可食？余曰：不觀之石麵乎？唐玄宗天寶三載，武威番禾縣石化為麵，貧民取食。宋真宗祥符五年，慈州生石脂如麵，可作餅餌。仁宗嘉祐七年三月，彭池地生麵可食。哲宗元豐三年五月，青州臨朐益都石皆化麵，人取食之。石既化麵可食，則石成米亦自可食。

　　或曰：何以在洞軟而可食，出洞則堅硬變為石乎？余曰：此亦如珊瑚，居水中直而軟，見風日則曲而硬也。嘗考《仙經》云：神山五百年一開，石髓出，服之長生。王烈入山，見石裂，得髓食之，因撮少許與嵇康，化為青石。又《程氏遺書》：南中有人因採石石陷，壓閉石罅中，幸不死。飢甚，只取石膏食之，不知幾年。後採石者見此人，引之出，漸覺身硬，纔見風便化為石。合此數說，則石見風而硬，乃自然之理。石米生於深洞，純陰之氣薰蒸而成，及見風日，陰氣頓消，潤變為燥，陽剛陰柔，氣自使然。此即飯在釜甑內則軟，出見風日則硬之意也。

99　「消」字下，原書注云：「俗作硝。」

　　或曰：石米古所未聞，服之當有大益。余曰：《山海經》之「玉髓」，《仙經》之「玉屑」、「石芝」，雖云服之長生，皆渺茫不可憑。他如石英、雲母等類，方書俱載服法，竊以為石之性悍，服之恐於臟腑不宜也。

伍
越南女神柳杏公主相關文獻考索

一　前言

　　中國道教在後漢末、三國初（西元二、三世紀），即已在今之越南境內開始流傳，晉時丹鼎派道教創始人葛洪曾請調往交趾任職，唐代宰相越人姜公輔曾表示想當道士，宋代中國道士曾以越南的安子山作為道教的第四福地，而越南皇帝丁部領、李太宗則訂定僧道階品，李高宗、陳太宗甚至把道教納入科舉考試項目，有人也因崇奉道教而甘願放棄尊榮地位，到了後黎朝連國王詔書也往往引用道書……，越南社會經過道教信仰長期浸潤，迄今仍舊處處可見影響的痕跡，民間信奉的對象日益廣泛，「如玉皇、關帝、孫悟空、山神、海神、木神、雲神、雨神、雷神等，不論虛實，甚或不知其意義，但憑怪異，即加信奉」[1]。

　　不過，如果我們要問：「在越南，當前老百姓最時興信仰的究竟是哪一位尊神呢？」羅長山從近年越南媒體追蹤報導和越南民俗學術界研究的熱點來看，答案似乎只有一個：「對母神的信仰！」越南人把這種供奉母神的民間宗教叫作「母道」或「供母教」，它受到中國道教的影響最為深刻：

---

[1] 引自釋德念（胡玄明）：《中國文學與越南李朝文學之研究》第一章第二節「越華文化之交流」（臺北市：大乘精舍印經會，1979年），頁44；另參朱雲影：《中國文化對日韓越的影響》第六編之「中國道教對於日韓越的影響」（臺北市：黎明文化公司，1981年），頁688-694。

因為中國道教傳入越南後，由於它與當時生產力仍處於低下狀況的越南社會相適應，而逐漸成為社會的主流宗教信仰。在這種情況下，人們對母的身份定位便產生了變化，即把中國道教視為至高無上的玉帝融入母中（據說天下母儀的典範柳幸公主是玉帝的女兒），使之演變成為一位與中國道教玉帝一樣擁有主宰萬物地位的民間化帝王。這是越南傳統文化與中國傳統文化在一定歷史條件下相互融合在宗教信仰這一層面的生動體現。[2]

根據筆者的瞭解，羅氏所言越南這位母儀天下的典範「柳幸公主」，其實應該是叫「柳杏公主」才對。本文主要是想介紹玉帝的越南女兒——柳杏公主的各種越南文獻資料（包含筆記、小說、仙傳、神敕、神蹟、玉譜、降筆、對聯、題詩、演音、嘲文、顯靈傳說、民間故事），以爬梳柳杏公主故事的發展演變之跡，並藉此呈現越南母道信仰豐富多采之一端。

二　關於柳杏公主的筆記、小說

越南十九世紀中葉的筆記《敏軒說類》第二部分「古蹟」有言：

> 柳杏公主祠，在天本縣安泰、雲葛二社。夫人姓陳（雲葛人），俗稱雲葛神女是也。天仙降世，稔著英靈。歷朝封上等神（封為制勝卻敵柳杏公主）。第二妹瓊宮維仙夫人、第三妹廣宮桂花夫人，均封中等神。[3]

2　語見羅長山：《越南傳統文化與民間文學》第一編之「越南人的母神信仰」（昆明市：雲南人民出版社，2004年），頁17-21。

3　見陳慶浩、鄭阿財、陳義主編：《越南漢文小說叢刊》第2輯第5冊（臺北市：臺灣學生書局，1992年），頁188。

　　這段記載十分粗略，對於「柳杏公主祠」的普及與香火之盛，不若越南成泰十年（1898）刷竹道人（范廷煜）《百戰妝臺》卷下「柳杏公主」小序的言簡意賅：

> 陳辰（時）生雲葛社，年二十餘而卒，清才麗句，具載《傳奇》，即顯靈異，敕是號，祠宇遍天下。今賽會日，社人結綵杖，衍成字樣，瞻拜日數萬人，香火崇山最為顯赫。[4]

　　上文所言「具載《傳奇》」之《傳奇》，指的是越南十八世紀著名女文豪阮氏點（1705-1748）的漢文小說《傳奇新譜》。《傳奇新譜》又名《續傳奇》[5]，其中有一篇《雲葛神女傳》，是目前所見最早講述柳杏公主來歷的小說作品。

　　《傳奇新譜》之《雲葛神女傳》文長約一萬二千字，說後黎天佑（1557）中秋夜，上帝第二仙主瓊娘「捧玉杯上壽，失手，缺其一角」，被謫入凡間，降生於越南天本安泰雲葛善士黎太公家，取名「降仙」。降仙長大以後，拜陳公為義父，嫁給陳公隔壁官家養子桃郎，育有一子。降仙二十一歲那年的三月初三日，忽無病而殂，復侍帝庭，但塵緣未滿，不能忘情。上帝封她為「柳杏公主」，仍許下塵。柳杏公主重回人間之後，周遊天下，歷覽名勝，曾與馮侍講、吳舉人、李秀才於西湖吟詩作對，又至義安朔鄉，跟轉世投胎的桃郎再續前緣。後來謫期屆滿，仍回天上；上帝又許她帶桂、柿二娘，自清華庸葛地方騰空而下，在該處大顯福善禍淫手段，地方百姓震懼，相

4　據河內漢喃研究院圖書館編號A.1495的《百戰妝臺》引。

5　越南潘輝注（1755-1786）《歷朝憲章類誌・文籍誌》傳記類載：「《續傳奇》一卷【女學士阮氏點撰。記述靈異會遇諸事，曰《碧溝奇遇》、《海口靈祠》、《雲葛神女》、《橫山仙局》、《安邑烈女》、《義犬屈猫》，凡六傳。文辭華贍，但氣格差弱，稍遜前書。】所謂「前書」，乃指阮嶼之《傳奇漫錄》。

率立祠奉祀。故事末尾說到了景治年間（1663-1671），「朝廷聞知，
遽命羽林衛士，方外之人，大為勦除之舉」，合力來將雲葛神女靈祠
燒成灰燼：

> 誰知王威誠大，仙法更神，數月之後，疫染一方，殃遺六畜，
> 比前日十分猖獗。鄉民愈不能堪，結壇致禱，忽然眾人叢裡躍
> 出一人，跳走三層壇上，屬聲曰：「我乃天上仙女，顯聖凡間，
> 汝輩請命朝廷，重創新廟，我當除災降福，轉禍為祥。否則使
> 汝一方終無噍類矣！」鄉人如神降所言，詣闕叩訴。朝廷靈異
> 其事，即命重創廟宇於庯葛山中，敕封媧黃公主。方民祈禱者
> 輒報應如響。後來王師平寇，大有默護之功，加贈「制勝和妙
> 大王」，榮列祀典。至今家家畫像，處處構祠，以介景福云。[6]

《傳奇新譜》之《雲葛神女傳》頗為盛行，越南河內漢喃研究院
圖書館便藏有單行抄本二部，一部仍名《雲葛神女傳》（編號
A.2215），一部名為《雲葛神女古錄》（編號 A.1917）[7]。這類單行抄
本，大都節抄自《傳奇新譜・雲葛神女傳》，偶見增補，例如《雲葛
神女古錄》一開頭就注明雲葛神女生在「莫福源光寶四年，明嘉靖三
十六年」的「黎英尊天祐元年」（1557）；又曾在「至今家家畫像，處
處構祠」句下補記：

> 雲葛祠，近年三月忌日前後數日，所在天本縣及四方青童男女，

6　傳見陳慶浩、王三慶主編：《越南漢文小說叢刊》第1輯第2冊（臺北市：臺灣學生書
　　局，1987年），頁24-40。

7　參見劉春銀、王小盾、陳義主編：《越南漢喃文獻目錄提要》（臺北市：「中央研究
　　院」中國文哲研究所，2002年），頁206。其中《雲葛神女古錄》的提要說：「此書略
　　云雲葛神女俗名絳香，嫁陶郎」，「絳香」實是「降仙」之誤，「陶郎」又為「桃郎」
　　之誤。

向祠歌舞拜禱。一大都會協辦大學士張國用云：「皇朝明命年
間，文明殿大學士鄧文和言協鎮清化日，部發神敕到鎮，有從
祀一村迎敕，鄧因言：『柳杏公主最靈異，今有徵應否？』言
訖，庭中忽閃電光，方午盛暑，風雲颯起，俄頃而散。」其靈
應類如此。[8]

　　除了單行抄本之外，《傳奇新譜》之《雲葛神女傳》也有被改寫
後收入別書的，例如《聽聞異錄》書中的一篇《柳杏事跡傳》就是。
《聽聞異錄》不著撰者，年代失考；文長五千字的《柳杏事跡傳》，
則顯然直接從《雲葛神女傳》節抄而成，刪去了大量的詩詞韻文，但
在若干地方則作了補充，與原作互有詳略，包括說「降僊」是生於
「南定省務本縣安泰社雲葛村」（務本縣，舊名天本縣）；明言與柳杏
公主吟詩作對的「馮侍講」為黎朝名臣「馮克寬」；又說景治年間是
「黎玄宗詔鄭皇叔，提兵勦拿，差法籙名師藥符前鎮」，後來朝廷修
廟，敕封她為「禡鑛公主」；以及：

　　　　後景興年間，有猫渠作亂，朝廷命召老郡公潘公文派勦除這匪。
　　　　公奉命出師，至隤昂祠所，公整禮參謁，提兵前往，旬日軍東
　　　　洋海口，水偽（？）猫渠，聞風陸走，公還陛見，具述以事，
　　　　朝廷以主有平戎護國之功，下詔敕封「制勝保和妙大王」，命
　　　　起崇祠，準三總奉祀，得免兵徭。自此人民祈禱，無不顯應，
　　　　朝廷考績，屢顯靈威，時人咸以聖母誦之。後朝廷或祈晴禱雨，
　　　　督調糧船，無不應驗，敕命優加，式隆祀典。至今家家畫像，
　　　　處處立祠，以介景福，為南國女神第一。[9]

8　據河內漢喃研究院圖書館編號A.1917的《雲葛神女古錄》引。
9　見陳慶浩、鄭阿財、陳義主編：《越南漢文小說叢刊》第2輯第4冊（臺北市：臺灣
　　學生書局，1992年），頁273。

從上述幾種關於柳杏公主的越南漢文小說來看，我們不難發現自段氏點《傳奇新譜・雲葛神女傳》起，後繼者《雲葛神女古錄》與《聽聞異錄・柳杏事跡傳》一再踵事增華，柳杏公主的生平事跡越說越詳細，顯靈故事也越講越神奇，並且出現了南國第一女神的稱號。

綜觀這些越南漢文小說資料，我們也可以看出關於柳杏公主的筆記所載過於簡略，且有錯誤，像是柳杏公主應生於後黎朝而非陳代，本姓黎而非陳，其妹乃桂、柿二娘而非維仙、桂花；至於《百戰妝臺》說其香火「崇山最為顯赫」（崇山在清華，即清化），則另有根據，詳見下文。

三　關於柳杏公主的仙傳、神敕、神蹟、玉譜

越南仙傳的匯編似以《雞窗綴拾》為最早，可惜書已亡佚。現存較早者是據《雞窗綴拾》重編、重鐫的《會真編》，分乾、坤二卷，乾卷男仙十三傳，坤卷女仙十二傳。《會真編》有「重刊序」，末署「龍飛辛亥年（1851）重九前六日書成，乩於多牛阮櫃君之桃庄，柳山人降乩序」，「柳山人」意謂「柳仙」，寓此序乃柳杏仙主降乩之作，而其坤卷開卷之首「崇山聖母」，實際上就是本文所討論的柳杏公主：

> 聖母號柳杏元君，為第二宮僊主，玉帝次女也。黎神皇永祚年間，八月望夜，降生天本雲葛安泰村黎姓之家。……及長，容德絕代，琴瑟既諧，年二十有一而化。時玄皇景治年間，三月初三日也，玉帝以謫期未滿，準再降為福神，受人間供養，仍賜桂、柿二僊從駕。母即日拜命而行，直指清化地方，經庸葛，至崇山顯跡。母既下山，上童示號，土人由是依山廟焉。其本邑安泰祠，亦始於此。間者愚俗以女神，多弗遜，母不獲

已，顯大威靈，其英聲較宋后、徵王百倍。此塵降後度也。鄭帥聞之，疑為妖，請命飭法術高者制之，不得。朝臣有知為母顯聖，奏乞封贈修祠宇，詔可，此土遂安。嗣是，四方芹曝無虛日。……10

按《會真編‧崇山聖母》稱「玉帝次女」柳杏公主為「柳杏元君」，言其生年（黎神皇永祚年間，1619-1628）晚於各家，又特別強調聖母歸神、降神同在「三月初三日」，而且辯稱聖母於崇山大顯靈威是出於愚俗對女神的不敬，鄭帥聘同高人來勘則是因疑其為妖使然，這些都是仙傳有別於筆記、小說的說法。

再者，《會真編》繪有「自崇山朝昇」圖，圖中崇山聖母左右分立「桂仙」、「柿仙」，這也可以證明《敏軒說類》說柳杏公主「第二妹瓊宮維仙夫人、第三妹廣宮桂花夫人」，的確有誤；至於仙傳說聖母本邑（天本雲葛安泰村）之安泰祠，是從清化隤昂庸葛附近的崇山祠分靈出去的，這就難怪《百戰妝臺》會說「香火崇山最為顯赫」了。

越南仙傳匯編不多，然而中北越各省村落曾盛行抄錄「神敕」與「神蹟」，前者匯集越南歷朝褒封各村莊奉祀諸神的敕文，後者則記錄各村莊奉祀諸神的豐功偉蹟。

今查越南漢喃研究院圖書館所藏「神敕」中，至少有「河東省山朗縣大貝總壽域社神敕」（AD.a2/28）、「河東省青池縣古典總劉派社神敕」（AD.a2/53）、「河南省里仁府南昌縣安宅總安宅社神敕」（AD.a13/16）、「河南省里仁府南昌縣公舍總上偉社神敕」（AD.a13/16）等四種，有褒封柳杏公主（「柳杏鐫鑵……公主」）的敕文；「神蹟」方面，載及柳杏公主（或名「雲葛神女」、「雲葛天仙聖母」、「禑鑵公主」、「妙和制勝大王」）者更多，至少有以下十八種：

10 引自陳慶浩、鄭阿財、陳義主編：《越南漢文小說叢刊》第2輯第5冊，頁328-330。

河東省常信府上福縣信安總東沿社神蹟（AE.a2/96）

河南省金榜縣瑞雷總瑪瑙社神蹟（AE.a13/21）

河南省里仁府南昌縣高陀總陀川社神蹟（AE.a13/23）

河南省里仁府南昌縣土沃總銅盤社神蹟（AE.a13/28）

諒山省高祿州貞女總正屢社神蹟（AE.a17/1）

諒山省文淵州富舍總春隴社神蹟（AE.a17/1）

南定省海後縣堅忠總霞爛社神蹟（AE.a15/4）

南定省海後縣桂海總中芳社神蹟（AE.a15/8）

南定省海後縣新開總和定寨神蹟（AE.a15/9）

南定省務本縣安巨總良美社神蹟（AE.a15/26）

南定省務本縣同對總雲葛社神蹟（AE.a15/28，附有一篇喃字
朝神文）

南定省春長府膠水縣樂善總橫路邑神蹟（AE.a15/3）

寧平省安謨縣廣福總廣福社福賴村神蹟（AE.a4/37）

太平省瓊瑰縣瓊玉總瓊玉社神蹟（AE.a5/32）

太平省舒池縣巨林總青板社神蹟（AE.a5/61）

太平省先興府興仁縣福仙社阮村神蹟（AE.a5/28，抄於紹治三
年，1843）

清化省東山縣光照總光照社文溪村神蹟（AE.b2/3）

清化省東山縣廣照總同曳村神蹟（AE.b2/5）[11]

　　這些記錄各地神祇功蹟的文書，其正本由禮部保藏，統稱為「玉譜」或「皇朝玉譜」。越南漢喃研究院圖書館所藏的玉譜，攸關柳杏公主者有二：

---

11 以上神敕、神蹟後面所記，乃河內漢喃研究院圖書館藏書編號，神敕編為「AD」，神蹟編為「AE」。

　　其一是編號 A.3181的《雲葛黎家玉譜》，鄉貢阮國楨編輯於黎永
祚五年（1623），阮保大十五年（1940）重抄，這部南定省務本縣安
泰社雲葛村黎氏家譜言其始祖為黎思永，係黎仁宗第五子，在莫氏篡
黎後，逃至雲葛村，娶陳氏性（號淑善），生黎思勝，黎思勝生降
仙，即柳杏公主[12]。因知《傳奇新譜・雲葛神女傳》所言「黎太公」，
即黎思勝也。

　　其二為編號 A.2978的《天本雲鄉黎朝聖母玉譜》，《越南漢喃文
獻目錄提要》說是舉人陳田之述，閬苑靈祠於維新四年（1910）印
刷，有讚文和插圖[13]。經查原書，封面題作「天本雲鄉黎朝聖母玉
譜」；次云「花舊寺寺尼字心潤奉命刊刻印送／維新四年十二月初二
日子牌降筆檢閱／文朗社閬苑靈祠藏板」；次「先瞻聖像肅然起敬」
插圖；次「聖母真像讚」；次「欽錄寶誥」，稱柳杏公主為「雲鄉仙主
第一聖母敕封制勝保和妙大王尊元君」（三月初三日聖誕），稱桂、柿
二仙為「雲鄉第二聖母尊元君」（四月初二日聖誕）、「雲鄉第三聖母
尊元君」（八月十四日聖誕）；次「雲鄉仙主聖母行述讚文」；次云
「返性堂舉人陳田之奉述，蔭生陳次之奉書／維新五年辛亥春月之吉
恭鐫／顯靈殿乩生阮居安奉候校，返性堂保福堂鐫經生等奉鐫」；末
附十則註釋。其中，「雲鄉仙主聖母行述讚文」乃玉譜主體，採韻散
相間的形式演述柳杏公主事蹟，每段韻文和散文敘述同一情節，韻文
的部分係七七六八體漢詩，凡三二六句，散文部分則主要引自文言的
《傳奇新譜・雲葛神女傳》，濃縮成約七千字，偶露白話小說口吻。

12　參見劉春銀、王小盾、陳義主編：《越南漢喃文獻目錄提要》（臺北市：「中央研究
　　院」中國文哲研究所，2002年），頁251。
13　參見劉春銀、王小盾、陳義主編：《越南漢喃文獻目錄提要》，頁193。

四　關於柳杏公主的降筆、對聯、題詩、演音、嘲文

　　上述越南仙傳《會真編・重刊序》之作，以及《天本雲鄉黎朝聖母玉譜》的成書，都有托名柳杏公主降筆的作法。據《越南漢喃文獻目錄提要》子部「道教與俗信」的著錄，在越南和法國至少還有十五種內含托名柳杏公主（或名「第一公主柳杏」、「雲香柳仙」、「雲香聖母」、）的漢喃「降筆文」：

　　《百行善書》（VHv.42，據南定省同樂宣善壇印本抄錄於成泰辛丑年，1889）

　　《明善國音真經》（Paris SA.PD.2343，南定省同樂勸善壇印行於成泰庚子年，1900）

　　《雲鄉柳杏公主心根真經》（A.1249b/1-3，南定省同樂勸善壇印行於成泰甲辰年，1904）

　　《清心經》（VHv.1091，福蓮寺公善堂印行於成泰甲辰年，1904）

　　《大有真經》（A.2520，大文祠印行於啟定七年，1922）

　　《增廣明善國音真經》（AB.505，同樂勸善壇印行於成泰十六年，1904）

　　《醒迷賦》（AB.644，抄本，原刊本印行於成泰乙巳年，1905）

　　《三寶國音》（VNv.42，東塗社天華堂印行於成泰丙午年，1906）

　　《志道國音真經》（AB.260，海陽黎舍嚮善堂印行於成維新二年，1908）

　　《王者香南音真經》（AB.225/1-2，向善堂印行於成維新庚戌年，1910）

　　《回春寶集》（AB.237，福安金英縣春祺社普善壇印行於庚戌年，1910）

《天秋金鑑真經》（AB.250，太原嚮樂合堂印行於成維新五年，1911）

《執中國音真經》（AB.504，海陽正心壇印行於啟定己未年，1919）

《化頑新經》（AB.524，海東登善壇記錄，1922？）

《萬寶國音真經》（AB.505，印本）[14]

　　值得注意的是，以上普遍刊行於二十世紀初年的道教降筆文集（或詩文集），有些還是佛寺（如福蓮寺）所印，這個情況也見於同一時期的《天本雲鄉黎朝聖母玉譜》（第一葉左面記「花舊寺寺尼字心潤奉命刊刻印送」）。怎麼理解這種道佛合流的情況呢？十九世紀中葉《會真編》裡的對聯與題詩早有答案。《會真編・崇山聖母》已說「至今祠滿國內，諸禪寺亦造像奉焉」，並記載明命年間東野范先生（即名士范廷琥，1766-1821）撰有二幅對聯，一聯云：「紫極降神，雲葛春秋標祀典；閻浮顯聖，日南今古仰英聲」；又一聯云：

　　成物如地，生物如天，陶鎔物類，如大造之難得名言，歷代袞華昭懿鑠；
　　出世為儂，降世為佛，普度世人，為慈母之憫斯鬻子，萬方芹曝樂尊親。[15]

　　編者引或曰：「此四十六字（按：應為五十四字），方見聖母本來面目。」並評論道：「蓋母乃三千大千世界之母，非只一界母也。」如此亦仙亦佛，為道、佛二教所共祀的聖母面目，跟小說《傳奇新

---

14 前五種為漢文書，後十種為喃文書。除了第二種《明善國音真經》是法國亞洲學會圖書館戴密微書庫藏書之外，其餘均典藏於越南漢喃研究院圖書館。

15 引自陳慶浩、鄭阿財、陳義主編：《越南漢文小說叢刊》第2輯第5冊，頁331。

譜・雲葛神女傳》中一度「作威作福」的形象迥然有別，因此編者又
強調有「後人題詩」云：

> 萬古慈雲徧大千，人空疑佛又疑僊；
> 崇山乍解威靈輞，葛水俄撐濟度船。
> 環珮香飄銀桂地，曝芹夢遠玉丹天；
> 徽風懿德光穹壤，莫道《傳奇》筆倒顛。[16]

　　說到「對聯」與「題詩」，柳杏公主既然是「家家畫像，處處構
祠」，那麼詩、聯傳世之多，實無庸贅言。翻檢古籍，幾乎隨手可
得，筆者在看越南通史《南史私記》時，便曾發現該書記載莫朝丁丑
科探花范家門晚年投寺為僧，曾為奉柳杏公主者書一對聯：

> 莫道神仙是誕，仙居天上，神在人間；
> 自有國家以來，家奉母儀，國稱王爵。[17]

此又為道教雲葛女神更早即被佛門寺僧所接受添一例證。
　　另外，關於奉柳杏公主的越南文獻，尚有「演音」與「嘲文」。
「演音」相當於通常所謂的翻譯，例如《雲葛神女古錄演音》[18]，便
是用七七六八體翻譯漢文小說《雲葛神女古錄》成喃文詩歌（與《天
本雲鄉黎朝聖母玉譜》的韻文部分有喃、漢之別）；「嘲文」又名「宙
文」，這跟越南古代巫師舉行求神驅鬼祭儀的演唱有關，常與「靈舞」
（類似中國的「跳神」）搭配，男唱女舞[19]，越南漢喃研究院圖書館有

---

16 引自陳慶浩、鄭阿財、陳義主編：《越南漢文小說叢刊》第2輯第5冊，頁332。
17 據河內漢喃研究院圖書館編號A.2207的《南史私記》引。
18 書藏河內漢喃研究院圖書館，編號AB.352。
19 詳參黎嘉成：《宙文和靈舞》，收入過偉主編：《越南傳說故事與民俗風情》（南寧
　　市：廣西人民出版社，1998年），頁337-339。

部編號 AB.362的《彈文》抄本，就是「有關南定省務本縣雲葛女神的嘲文，書中並附有供祭天府、地府、水府的儀式的記載」[20]。

五　關於柳杏公主的顯靈傳說、民間故事

根據小說《傳奇新譜・雲葛神女傳》的記載，上帝第二仙主瓊娘乃「因誤墮玉杯，暫遭謫譴」，而降生人間又出現「異香滿室，祥照窗喧」，柳杏公主之靈異已啟開端；故二十一歲升天之後，再下塵世時：

> 自此雲遊不定，或假體美姝，吹玉簫於月下；或化形老嫗，倚竹杖於道傍。凡人以言辭戲慢者，多被其殃；以財幣禳求者，復蒙其佑。[21]

到了仙傳《會真編・崇山聖母》，又說自從柳杏公主崇山顯跡：

> 厥後，母嘗經遊北河諸勝，隱見往來。人或見之者，如高山輞日（注：高平牧馬山祠，今存），美沼浴雲（注：不拔富美邑祠，今存），及白衣晚化，試豪郡之法門（注：唐豪易使古廟，今存）；隻棹宵來，度瀘江之善士（注：白鶴縣瀘江。四事，詳《雞窗綴拾》）。其神通遊戲，類多如此。[22]

以上這兩段出自小說、仙傳的引文，實際上已蘊含許多柳杏公主早期

---

20 參見劉春銀、王小盾、陳義主編：《越南漢喃文獻目錄提要》（臺北市：「中央研究院」中國文哲研究所，2002年），頁618。

21 引自陳慶浩、王三慶主編：《越南漢文小說叢刊》第1輯第2冊（臺北市：臺灣學生書局，1987年），頁28。

22 引自陳慶浩、鄭阿財、陳義主編：《越南漢文小說叢刊》第2輯第5冊，頁330。

的顯靈傳說。我們相信，如果能更有系統地整理關於柳杏公主的神蹟、玉譜、降筆等文獻，並進行越南民間口傳文學的田野調查的話，作為「安南四不死神」之一的柳杏公主[23]，其顯靈傳說傳世之多，一定遠超乎我們的想像。

　　目前筆者所能掌握的關於柳杏公主的越南民間故事，十分有限，不過倒是看到了一則名為《柳幸公主的故事》[24]，相當有趣，可以介紹給大家。

　　《柳幸公主的故事》開篇即說：

　　　　玉皇大帝有個女兒叫柳幸，性情放蕩不羈，不願受天庭規矩的約束。玉皇見她屢教不改，決定懲治她。趁著一次柳幸犯過，玉皇罰她下凡三年。在凡間，她化為一個美女，在橫嶺（注：在河靜——廣平之間，高256米）腳下擺個攤子。這嶺地處偏僻，但是南來北往必經之路，每天都有人來往。過去，人們害怕土匪猛獸，不敢在這裡擺攤，所以柳幸的茶水攤天天客滿，上山下嶺的人都在這裡飲茶歇腳，更何況攤主又是絕代佳人呢！下凡之後，柳幸公主傲慢和愛戲弄人的本性未改。路人進攤吃喝完了就走倒沒事兒，如果見攤主漂亮，依仗權勢欺侮或調戲，她一定懲罰，回到家裡不死也變傻發瘋。[25]

23　「安南四不死神」指褚童子、空路、董天王與柳杏公主，此說見於《太平地輿記》之「烏米靈祠」條，書藏河內漢喃研究院圖書館，編號A.500。

24　「柳杏公主」變成「柳幸公主」，這極可能是漢文音譯成越文再翻譯為中文所造成的錯誤，這個情形也出現在上節所介紹的越南神蹟提要中，「雲香柳仙」、「雲香聖母」應該也是「雲鄉柳仙」、「雲鄉聖母」的誤譯，本文基於存真原則，一律保持原樣，不予改動。

25　《柳幸公主的故事》，載於呂正、吳彩瓊譯：《越南神話民間故事選》（河內：世界出版社，1997年），頁194-199。

這個玉皇大帝的女兒被罰下凡間，化為美女擺攤賣茶的故事開端，跟《傳奇新譜‧雲葛神女傳》及其改寫本《聽聞異錄‧柳杏事跡傳》比較起來，應是比較接近後者的，因為上引《傳奇新譜‧雲葛神女傳》「或假體美姝，吹玉簫於月下」云云，《柳杏事跡傳》已把它改寫成「或變美姝沽茶菓，或現老嫗賣酒餳。凡人以言辭戲慢，多被其殃；以財幣禳求者，反蒙其佑。」[26]不過，《柳幸公主的故事》以下故事情節，有它自己的發展，並不完全為小說所限。

　　故事接著說黎太祖（1428-1433）太子不學無術，荒淫好色，化裝成貴公子到橫嶺山來找賣茶美女。柳幸先是在太子歇腳的路邊變成一棵仙桃樹，長出「魔桃」來嚇他；在遭到太子糾纏之後，柳幸又抓過一隻母猴，施法將其變成美女，投入太子懷中，然後現出原形，再轉變成噴火花蛇，把太子連續嚇得面無血色，整日癡癡呆呆。黎太祖獲悉原委，一面下旨廢黜太子，一面追查賣茶美女來歷，義安鎮守官回報說那是一個女妖，來歷不明，專攝男人魂魄，非高超法術難以制服。太祖最後求助於八大金剛和菩薩，終於收伏柳幸，但知道她是玉皇的女兒且未違反國法之後，決定釋放她，只勸不要搗亂，不要傷害良民。不久，柳幸在人間先後生下兩個男孩，一個每掌長有六指，一個每掌只長四指，各托給一位尼姑撫養。柳幸本想讓自己的孩子成為至尊帝王，卻做不到，因為一個六指，一個四指，結果只能成為狀元。故事結束，最後交代：「人們在她原來的住地立廟祭祀。」

　　有趣的是，我們在《柳幸公主的故事》的後半段，似乎又看到仙傳《會真編‧崇山聖母》內「愚俗以女神，多弗遜，母不獲已，顯大威靈……鄭帥聞之，疑為妖，請命飭法術高者制之」的有別於筆記、小說的情節，而且道、佛交流的畫面也再度出現；不同的是，《會真編》將柳杏生年拉後，《柳幸公主的故事》卻把時代提前了。

---

26 語見陳慶浩、鄭阿財、陳義主編：《越南漢文小說叢刊》第2輯第4冊（臺北市：臺灣學生書局，1992年），頁268。

六　結語

　　本文依序介紹了玉皇大帝的越南女兒——柳杏公主的各種越南文獻資料，有關於柳杏公主的筆記、小說，有關於柳杏公主的仙傳、神敕、神蹟、玉譜，有關於柳杏公主的降筆、對聯、題詩、演音、嘲文，還有關於柳杏公主的顯靈傳說和民間故事，對柳杏公主故事的發展與演變做了一番梳理，並且也讓我們看到越南母道信仰及其文學作品的豐富多采。可以這麼說，越南的母道信仰的蓬勃，跟越南宗教文學的興盛，應該是互為因果的。拿南國第一女神柳杏公主為對象來觀察，事實是再清楚不過了。

　　在中國，道教與女神信仰息息相關[27]；中國道教傳入越南以後，很自然也帶動著越南母道信仰的勃興，所以柳杏公主化身為「玉帝次女」，其他女神也常具謫入凡塵而立廟奉祀的「天女」身份[28]，如果我們多讀一些越南民間故事，便不難發現玉皇大帝的越南女兒還真不少，《小海螺姑娘》說：「玉皇大帝有一個女兒，名叫月雲，長得非常漂亮，性情很驕傲。……有一天，她打破了玉帝心愛的玉杯，玉帝很生氣，把月雲變成一個綠色的小海螺扔到人間的大海裡」[29]；《太陽女神和月亮女神》說：「玉皇大帝有兩個美貌的女兒，……大女兒是太陽神，……小女兒是月亮神」[30]；《彬姑娘給丈夫打毛衣》說：「天上

27　可參考韓秉方：《道教與女神信仰》，收入黎志添主編：《道教與民間宗教研究論文》（香港：學峰文化事業公司，1999年），頁145-164。

28　例如阮尚賢（1868-1925）《喝東書異》之《落星公主》：「南真筵禮村前一大溪，莫辰（時），有星從紫微垣中直落溪前，化為石，浮水面。數日，村中一少婦忽仆地云：『我天女也，侍玻璃殿，誤碎玉杯，今謫於此。』村人大驚，為立祠於溪邊，曰『落星公主廟』，祈請多效。」見陳慶浩、鄭阿財、陳義主編：《越南漢文小說叢刊》第2輯第4冊，頁309。

29　胡氏麗恆撰，收入過偉主編：《越南傳說故事與民俗風情》（南寧市：廣西人民出版社，1998年），頁108-109。

30　載於呂正、吳彩瓊譯：《越南神話民間故事選》，頁19-20。

有位玉皇大帝，生養了七個女兒。……這七公主名叫『彬彬』，人們叫她『彬姑娘』」[31]。

　　越南民間既視撐開天地的「天柱神」（猶如中國之盤古）為「玉皇大帝」[32]，又說塑造人類的事是「玉皇大帝」交給十二位女神（猶如中國之女媧）去做的[33]，那麼，不僅柳杏公主及諸女神是玉皇大帝越南的女兒，就連這位玉皇大帝也應該算是越南的玉皇大帝才對。

　　站在道教國際化的立場，我想我們理應接受這樣認同的觀點。

31　阮氏瓊瑤撰，收入過偉主編：《越南傳說故事與民俗風情》，頁29-31。

32　《天柱神》，載於呂正、吳彩瓊譯：《越南神話民間故事選》，頁9-10。

33　《十二位造人女神》，載於呂正、吳彩瓊譯：《越南神話民間故事選》（河內：世界出版社，1997年），頁11-12。

附錄
越南漢文小說〈雲葛神女傳〉與《天本雲鄉黎朝聖母玉譜》全文校錄

一 雲葛神女傳[34]

安泰雲葛，天本之名[35]鄉也，其地平，其水秀，木樹多[36]而茂，風俗質而龐。內有黎太公，果於行善，旦夕焚香，以事上帝，雖事冗雜，未嘗少缺，至於周旋一心，尤所樂願。年登不惑，甫育一子。逮天祐間，太婆懷妊，逾期遘攖一疾，奄奄獨臥，惟愛香嗜花而已。家人疑其花妖月祟，延師設醮，殆無虛日；然病轉劇，茫然不應。

後中秋夜，月色如晝，門外一人葛巾緼袍，以拜章之術求進。莊客不納，其人拂衣笑曰：「我自有伏龍降虎之奇，出幽入明之妙，聞爾邁於種德，特從相助，何乃當面錯過也？」太公聞之，遽拜請延入，探其袖則法物[37]全無，但玉斧一柄而已。道人披髮登壇，密唸通天咒語，將斧向地一擲，太公應手而倒。果見數員力士，引公前去路上，一層高一層，天色朦朧，有同淡月。忽至一所，金城屹立，玉門大開，力士換衣與公歷九重門而入，佇立廡下。偷見紅雲一朵，捧著

---

34 〈雲葛女神傳〉初載於《傳奇新譜》，此次校錄以「嘉隆拾年辛未」（1811）之「樂善堂藏板」《傳奇新譜》為底本，樂善堂刊《傳奇新譜》為現存所知唯一版本，《越南漢文小說叢刊》第一輯「因無他本可校，只能就本文作校」，此次校錄則參校了〈雲葛女神傳〉的單行抄本與相關文獻。

35 「名」，《越南漢文小說叢刊》第一輯誤排作「若」。漢喃研究院圖書館館藏A.2215之《雲葛神女傳》單行抄本、《南定省務本縣同隊總雲葛社神蹟》亦抄作「名」。

36 「多」，《越南漢文小說叢刊》第一輯漏排。漢喃研究院圖書館館藏A.2215之《雲葛神女傳》單行抄本則抄作「古」。

37 「物」字原無，據《雲葛神女古錄》加。

冕旒王者，兩班披霞衣者六姝，持笏執版者以百數。初奏鈞韶之音，繼舞霓裳之曲。琉璃盤內，供王母之蟠桃；瑪瑙壺中，獻老君之丹藥。閻羅貢寶樹，洞庭進驪珠，玩好珍奇，非人間之所有者。俄見一位紅衣娘子，捧玉杯上壽，失手缺其一角。左班中閃出一員，手披玉簿，約書數十字，良久雷霆振聲曰：「爾薄文明之地耶？」繼後使者兩員，侍女數輩，擁這紅衣從南門而出，前引一金字牌，上是「敕降」字，中有兩「南」字，下乃缺字，其餘望遙，字澀不能悉辨。太公問力士曰：「此何為者也？」力士曰：「此乃第二仙主瓊娘，此行必被謫矣。」廡中一人出來，叱曰：「何等職司，在此嘈雜？」力士曰：「我等是五雷神兵候旨。」因曳公返。公漸漸覺醒，則太婆神舒體快，已生一位女子矣。是夕，異香滿室，祥照窗喧，喜問道人，忽然不見，舉家靈其術，感其德，稱嘆不已。公想出神之見，必仙[38]人降世，因以降仙名焉。

及長，膚白凝脂，髮光可鑑，眉彎新月，目湛秋波，古云「比花花解語，比玉玉生香」，亦足以形容其美也。嘗靜居一室，學字觀書；尤善簫彈，精音律，竊湘妃之妙技，占弄玉之高才。凡閒居無事之時，每見春花明媚，鶯燕爭啼，夏景淒涼，榴荷鬬艷，秋夜姮娥開寶鏡，冬天玉女撒銀花，則對景生情，拈弄筆墨。嘗作四序詞各一闋，被于管彈以自娛。

其一　春詞
春似畫，暖氣微，愛日遲。桃花含笑柳舒眉，蝶亂飛。叢裡黃鶯睍睆，梁頭紫燕喃呢，浩蕩春閨不自持，掇新詞。

右【春光調】

---

38 「仙」原作「先」，據《雲薆神女古錄》、《聽聞異錄‧柳杏事跡傳》改。

其二　夏詞

乾坤增著鬱燠，草裡青蛙鬧。枝頭寒蟬噪，聲聲杜宇惱。啞啞黃
鸝咾，頻相告。春主今歸兮，如何好。這般景色，添起一番撩
撩。幸祝融君鼓一曲南薰操，親送荷香到，前番傷心隨風盡掃。

右調【隔浦蓮】

其三　秋詞

水面浮藍山削玉，金風剪剪敲寒竹。蘆花萬里白依依，樹色霜
凝紅染綠。瑩徹[39]蟾宮娥獨宿，瑤階獨步秋懷促。不如徑來籬
下菊，花香閒坐，撫瓠彈一曲。

右調【步步蟾】

其四　冬詞

玄冥播令滿關山，鴻已南還，雁已南還。朔風凜冽雪漫漫，遍
倚欄杆，倦倚欄杆。擁爐尚爾覺青顏，坐怎能安，臥怎能安。
起觀姑射落塵間，花不知寒，人不知寒。

右調【一剪梅】

　　一日，太公偶過庭前，聞彈聲響亮，調曲清新，傾耳聽之，不以
為喜，反以為憂，遂與志友陳公拜為義父。陳公乃陳朝遠派，以母[40]
鄉寓籍于此。太公因構[41]樓于陳之花園，移女居焉。不意隔壁有一官
家，晚年無子，步月花街，得一嬰兒於碧桃樹下，因收養之，喚名桃
郎，至是已日成矣。見女言行有法，姿質不凡，遂有附喬之願。二公
亦喜其同鄉，欣然許諾。大禮既成，女歸于夫家，事公姑以孝，處良

39　「徹」原作「撤」，據《雲葛神女古錄》、《聽聞異錄‧柳杏事跡傳》改。下同，不贅。
40　「母」原作「毋」，據《聽聞異錄‧柳杏事跡傳》改。
41　「構」原作「槁」，據《雲葛神女古錄》、《聽聞異錄‧柳杏事跡傳》改。

人以順，頗有關雎之風。

　　明年，遽得熊羆吉夢，後年復有門楣佳慶。光陰迅速，斗柄已三東指矣。時三月初三日，女忽無病而殂，青年纔二十有一。二家不勝哀慘，從厚而葬。女自身歸帝鄉之後，以塵緣未滿，不能忘情，侍靈霄則愁攢春眉，會瑤池則淚彈玉臉，群仙見而憐之，訴于上帝。帝封為柳杏公主，仍許下塵。

　　仙主奉命歸鄉，則已二祥矣。時老婆正苦思兒，徑來主舊房，見其晚風捲簾，斜陽入戶；牙彈蛛織，玉琯蠹生。壁上詩歌，盡被烏龍掩字；桌前器皿，惟餘老鼠欺人。老婆睹物思人，慟悒于地。仙主遽入抱母曰：「孩兒在此，母親不必傷悲。」老婆睜目曰：「吾兒何處得來，毋乃不死乎？」仙主搖首，但流淚而已。太公、陳公及其兄一來，驚喜交集。仙主拜泣曰：「孩兒失孝，累及雙親，非不願著萊衣而戲舞庭前，獻由米而承歡膝下；爭奈玄機莫測，天數難逃，願三大人，割夷甫之深情，收卜商之哀淚，庶少減孩兒之罪耳。」復顧其兄，囑以奉親之事，便欲辭去。陳公泣止之曰：「自從吾兒棄世，我等心喪魂消，今既來之則安之，何乃言別，若是其急乎？」仙主曰：「兒是第二仙官，有事被謫，今辭塵劫，復侍帝庭。但以念切劬勞，暫來候問，雖三魂俱在，然九魄已非，更不能常住人間矣。爺娘曾有陰功，已得入仙簿籍，異日必當完聚，保無虞也。」言訖不見。

　　且說桃生自斷弦之後，挈子隨父赴京，僻處孤齋，舉業皆廢，行住坐臥，無一而非懷愁惹恨也。一夕初秋時節，景色淒涼。雨滴空階，偏入愁人之耳；風敲蕉葉，易驚旅客之魂。生抱子而坐，偶吟感懷二絕云：

　　　其一
　　　塵劫嗟兮浪此生，前緣暗想不勝情；
　　　當年司馬求凰曲，變作離鸞別鶴聲。

其二

孤愁客邸不成眠，況是淒風苦雨天；

天若有情應念我，莫教風雨過窗前。

　　吟完，子已熟睡，生叫乳母抱子安眠，復盤膝而坐，愈覺無聊。卒然冷氣條來，寒燈半明半滅，俄聞柴扉外，叩聲甚急。生啟而視之，乃仙主也。生挽衣泣曰：「卑人多福，得配瑤姿，產子育兒，家庭有慶。豈意半生契闊，中道仳離，返鳳侶於雲中，折鸞群於雪夜，孤衾隻影，落寞[42]何堪？惟願相從，以慰寸心塵渴也。」仙主以袖掩面曰：「良人差矣，鍾情之極，從古有之，但不可徒牽紅粉之私，自墜清雲之志。況上有嚴慈老耄，下有稚子無知，將使誰靠乎？」生曰：「某非短見，不愛殘生，但以抱任子之悲，掛申生之恨，恐不自保耳。」仙主曰：「妾是天宮仙女，君亦帝所星曹，配匹良緣，莫非前定。然恩情中止，歡愛未酬，後數十年，當得續興娘之緣，滿麗貞之願，不必傷心也。」遂夫婦就寢，枕上惟勉生以修齊之學，道生以忠孝之方。五更左側[43]，仙主披衣而起，語生曰：「故鄉迢遞，舊室淒涼，妾之爺娘懸望於君厚矣。君當時常訪問，代妾清溫，不可忘舊日半子之情也。」言罷，騰空而去。

　　自此雲遊不定，或假體美姝，吹玉簫於月下；或化形老嫗，倚竹杖於道徬。凡人以言辭戲慢者，多被其殃；以財幣禳求者，復蒙其佑。所得金錢緞帛，皆載歸以為家庭之奉。如此者數載，仙主生養父母相繼而沒，次年生亦尋卒，其兄撫育諸子，至於成人。

　　仙主心下無掛，始周遊天下，歷覽名勝，遂以山家為仙家矣。嘗至諒山地方，見高山路畔，隱約一座浮屠，十分有致。但見千歲松

42　「寞」原作「莫」，據《天本雲鄉黎朝聖母玉譜》改。

43　「側」原作「測」，據《雲葛神女古錄》改。

柏[44]，上衝碧漢；數叢蘭若，半倚青岑。庭前野鶴含花，案下巖猴供果。殘碑苔掩，不知功德之年；古佛塵生，罕見求緣之客。仙主參禪，玩景一回，遂於三松樹下橫几而坐，撫彈歌曰：

　　孤雲來往兮山岧嶢，幽鳥出入兮林夭喬；花開滿岸兮香飄飄，
　　松鳴萬壑兮聲蕭蕭。四顧無人兮夐塵囂，撫彈長嘯兮獨逍遙。
　　吁嗟兮，山林之樂兮何減靈霄[45]。

歌竟，忽聞路外有人唱曰：

　　三木森庭，坐著好兮女子。

仙主舉目看時，見一人儒巾闊服，騎一匹駿馬，從者數十，前有旌節一柄，乃應聲曰：

　　重山出路，走來使者吏人。

其人下馬曰：「娘子何方人物，有此美才？」仙主遙指山中曰：「此處人也。」其人復唱曰：

　　山人憑一几，莫非仙女臨凡。

仙主復應曰：

　　文子帶長巾，必是學生侍帳。

---

44 「柏」原作「梢」，據《越南漢文小說叢刊》第一輯改。
45 「霄」原作「宵」，據《雲葛神女古錄》、《聽聞異錄‧柳杏事跡傳》改。

　　其人聽罷，忙深深作揖，擡頭已無人矣。遍尋寺中，不見踪跡。只見木橫倒當道，細認之，有「卯口公主」四字，木傍立一硃標云：「冰馬已走」。從者請其故，公曰：「卯口公主加于木者，柳杏公主也。記冰馬已走者，是待我馮姓起動也。」眾人聞其言，各吐舌稱異。公遂召山莊父老，留行銀以為重整祗園之費，題詩壹絕句于左廊而去。其詩曰：

　　　　叢林寂寞弗人家，忽聽有人山外歌；
　　　　數曲遠雲人不見，滿前山色碧嵯峨。

　　此後，仙主浪行踪於駕霧乘雲，肆逸興於吟風弄月，凡四方名山大川、城省寺剎，無不留題紀勝。後復起繁華[46]之想，返駕東京，常往來長安，間如槐街、報天、橫亭、東津，無日不至，常人莫之測焉。

　　時馮侍講還自北使，充入卿曹，吏事紛拏，簿書叢脞終日，甚覺不耐，因想起四牡所經之處，泛洞庭、登黃鶴、飲岳陽、題赤壁，前日何等瀟洒，如今何等煩冗，──岑樓子云：「簑笠西湖榮佩印，桑麻翳野勝封侯。」──不如且向忙中覓一閒遊也。因帶詩囊，攜酒壺，拉二個少年朋友，一是吳舉人，一是李秀才，直望西湖散步。

　　此日正值初夏，天色晴朗，三人轉過一帶上林，復歷許多孤亭水樹。時聞薰風陣陣，將荷香萬斛橫鼻而來，舉目間已抵西湖岸矣。李喜謂馮曰：「老臺學富五車，才高七步，今逢此良辰好景，能不勃然詩興乎？」

　　馮即吟曰：

　　　　名利奔波一片塵，西湖寸步忽閒身；
　　　　蓬萊方丈皆虛幻，始信仙凡總在人。

---

46 「華」原作「花」，此乃越南書寫習慣，逕改。下文或同，不贅。

吳繼吟曰：

　　瑩然方寸俗塵無，包括乾坤一畫圖；
　　霽月光風隨洒樂，目[47]中何處不西湖。

李亦吟曰：

　　花迎客店柳迎船，盡日西湖盡醉眠；
　　醒起詩談驚四座[48]，此身應是謫神仙。

　　馮公聽罷，欣然曰：「吳兄清奇，李兄放逸，二公氣象大概不同，要之，各極其至，真仙才也。」吳、李曰：「老臺沉鬱，自是大家風範；晚輩效顰，徒取賣水江頭之笑，何敢當仙才過譽乎！雖然廣寒[49]云賒，桂枝甚近，姮娥未必不見愛也。」三人相顧大笑，復沿著湖堤而進，縱目遊觀，忽見槐陰深處，露出一座酒樓，屈曲花欄盡是湘江斑竹，樓前朱扁寫著「西湘風月」四個大字，門旁草書紅紙兩對聯云：

　　壺中閒日月，城下小乾坤。

　　門內紗簾掩映，有一少年紅衣美人，托窗而立。李生前向打恭曰：「此處樓臺，是何所在？某等足隨興使，誤入蓬瀛，欲借貴莊暫作蘭亭勝會，未審仙家可容塵俗否？」美人曰：「此名『柳娘新店』也，諸公既是詩酒韻士，一座何妨。」因命捲起紗窗，三人整衣而入，對坐於南窗下，飲酒閒玩。果然樓中景物，幽雅不凡。簷前鸚鵡

---

47 「目」原作「月」，據《雲葛神女古錄》改。
48 「座」原作「燕」，據《雲葛神女古錄》改。
49 「寒」原作「素」，據《雲葛神女古錄》改。

聲聲，戲金鬖之女使；瓶內蓮花朵朵，和寶鼎之香煙。幾行粉壁盡新詩，數幅錦屏皆古畫。李生引目觀看不已，俄見東壁有一絕云：

> 店方門內照明月，時正人旁立玉[50]圭；
> 客有三星鉤月帶，惠然一木兩人提。

顧馮曰：「公識此意乎？」馮佯為沉吟不曉之狀。李遂將四句語拆[51]成十二字云：

> 店方閒，時正佳；客有心，惠然來。

拆罷，乘著酒興，向屏內大聲曰：主人既有惠來之願，今高朋滿座，豈無一物見惠乎？」言未畢，已見侍女捧一幅花箋曰：「主人風味寒酸，無以為贈，敬將菲題奉上，聊為侑酒之需。儻諸公不吝一揮，亦遭逢中一佳話也。」李生忙接看之，乃西湖觀魚排律，連聲應曰：「敢不從命，敢不從命！」馮接語曰：「既承雅意，當即連吟，但巴下里人，曲卑調鄙，願得陽春一唱以引之，何如？」侍女反步取出一起云：

> 西湖別占一壺天，

李卒然吟曰：

> 縱目乾坤盡豁然。古樹遠莊青冥冥，

---

50 「玉」原作「土」，據《天本雲鄉黎朝聖母玉譜》改。
51 「拆」原作「折」，下文又作「析」，均依文意改。

馮曰：

　　金牛闊水綠涓涓。生涯何處數間屋，

吳曰：

　　活計誰家一隻船。隔竹疏籬聞犬吠，

李曰：

　　烹茶敗壁透廚煙。輕輕桂棹手中蕩，

馮曰：

　　短短簑衣身上穿。彷彿洞庭遊范蠡，

吳曰：

　　依稀碧漢泛張騫。千尋浩蕩諳深淺，

李曰：

　　四顧微茫迷後先。欸乃往來紅蓼畔，

馮曰：

　　嘔哑出入白蘆邊。沙中狎戲忘機鷺，

吳曰：

　　雲外閒看率性鳶。幾曲滄歌聞水國，

李曰：

　　一雙白眼傲塵喧。交頭對話依荷蓋，

馮曰：

　　伸手相招戲芡錢。笠放蓮間藏菜嫩，

吳曰：

　　籃沉梢底養魚鮮。或將淡酒花叢酌，

李曰：

　　時枕長篙柳影眠。醉後笭箵拋水面，

馮曰：

　　浴餘衩衶曝風前。安華牧子親朋結，

吳曰：

　　上苑樵夫舊約堅。抱膝徐吾觀蛟勢，

李曰：

　　探領笑彼沒龍淵。網疎每避世途險，

馮曰：

　　鈞直羞將利餌懸。寒渚夏來猶愛日，

吳曰：

　　長安冬盡未知年。三公旨把煙霞換，

李曰：

　　半點寧容俗慮牽。渭水任符文伯卜，

馮曰：

　　桃源好訪武陵緣。聞鐘乍覺心為佛，

馮吟尚未絕聲，樓中應聲曰：

　　得月應知我是仙。

　　三人齊聲曰：「好結！好結！」正稱賞間，忽見樓外一個漁人，赤腳焦頭，弊襦短褐，手提竹笠，內有三尾大魚，望斜陽行且歌曰：

　　我舟中壺酉兮，爾店中星酉兮，誰知占卜道兮。

　　馮靜聽，莫解其意。李生曰：「莫非此人有挾君平之術否？」馮心下未定，不意樓中轉出青衣侍女，攜酒一壺來，遞與漁人。漁人受之，不交一言，懸魚于樓外而去。侍女接入樓內，不半晌間，已排下季膺鮮繪矣。三人正適嘉餚旨酒之興，早見紅衣美人，娉娉婷婷而出，向西壁間倚于坐下，徐啟朱唇曰：「文人辱臨菰室，几席生光，野味薄殽，權表嘉魚厚意爾。」吳生曰：「搪突華門，無任惶愧。」李生曰：「曩者漁人歌曲，甚爾蹺蹊，不知其中意義，可得聞乎？」美人曰：「這此狂歌，有何難解？言『壺酉』者，謂[52]彼壺中乾酒也。言『星罶』者，謂我罶中無魚也。至『占卜』之言，無非寓《易》意爾。」三人聞言嘆曰：「娘子無乃天上人乎？何其靈心慧性，高出尋常乃爾也。」美人曰：「諸公胸發錦繡，口噴珠璣，足可驚動鬼神矣。頃因構得一對，復請教大方。」三人聽之，乃是：

　　　三魚蠡繪，樓前會众款三人；

馮公看完，正倚窗索興，遙見湖上湧出一輪明月，因應曰：

　　　兩个竹筵，湖上延朋看兩月。

李生見馮先對，技癢才情，復向美人朗誦曰：

　　　一月色澄明，興此只堪成一對。

仙主見他狂放，莞爾答曰：

　　　三千塵夐隔，望之想已幸三生。

　　說罷，向三人打一萬福，轉身屏後去了。三人乘著月色，收拾而回。

　　數月重訪舊遊，至則湖水茫茫，樓臺不在。但聞晚蟬一部，噪於槐樹上而已。三人依槐陰席草而坐，忽見樹間有兩行篆字云：

　　　雲做衣裳風作車，朝遊兜率暮煙霞；
　　　世人欲識吾名姓，壹大山人玉夐花。

　　李生曰：「玩此詩意，氣格不凡，我等前日之遊，必與天仙相遇，真可幸也。」馮公連連點頭，因將昔日奉使山中所見之事，說與二生。吳生喟然曰：「老臺前日詩句，以神仙為虛幻之事，今番此遇，使信羅什僧孺之事，果非虛傳也。」各怏怏而去。

　　再說仙主既離西湖，復駕義安朔鄉焉。朔鄉之東，有一帶桃林，碧山襟[53]其南，清溪帶其北，絕有仁智之趣。更遇仲春，樹樹桃花，發得精神可愛，仙主遂於樹陰，拂一塊白石閒坐。左顧右盼，見溪中落花依水，水綠花紅，蕩漾相映，不減桃源勝景，所欠者漁郎問津耳。因步至溪邊，撲花而戲，不覺烏落鳥啼，已將晚矣。忽見山腳一少年書生，神凝體秀，玉潤冰清，袖藏墳典之書，胸滿經綸之學，直投西村而往。仙主暗喜，遙謂生曰：「妾因踏青看花，遠來迷路，君家何處？借宿一宵，願勿執魯男子之所偏，惟效和聖人之自信，則妾不勝頂戴也。」這少年疑是懷春遊女，佯為不聞，趨而去之。原來此生乃仙主前日之配偶也，只因亡於愁鬱，復托生於此。年纔弱冠，志邁常人，有倚馬之才，有擲果之貌。不幸椿萱雙謝，堂棣孤開，家室未諧，貧寒徹骨。此日肄業席散而歸，恰與仙主相遇。但生嚴於女戒，不省生前，故確然見拒耳。他日復出，見當道桃樹一幅花箋，有詩一律曰：

53　「襟」原作「襶」，據《雲葛神女古錄》改。

艷質天然不假栽，芳心貞守幾年來；
豈容塵俗等閒見，直待春君次第開。
素女相知長我照，風姨傳信為誰媒？
早知流水無情戀，莫遣飛紅逐客杯。

　　看畢，復起憐才之念，慨然嘆曰：「筆力停勻，詩辭香豔，不意世間有如此才女，雖易安復生，淑真再世，亦未知其優劣也。」遂於詩左復賡一律曰：

昨見瑤池殿外栽，如何仙種落塵來？
滿前凡草閒無語，獨傍幽蘭空自開。
絃管風光應取笑，朱門狂浪敢通媒；
相逢林下增惆悵，欲醉羅浮一酒杯。

　　題罷，身如夢境，心似懸旌，欲往林裏相尋，又恐失於造次，只得坐在樹下，徬徨顧望。直至天色傍晚，方勉強言歸。時春雨淋漓，一連數日，生愈增惆悵，因綴成一詞，以寫幽懷云：

才何佳，情何好，一片才情撩客惱。客惱幾時消，相尋不怕遙。風忽起，雨忽至，深嗟咫尺成千里。雨伯風姨太薄情，春愁寥寂戶常扃。幾回夢遶桃源裏，欲把千金買一晴。

右調【風雨恨】

　　次日，和風飛柳絮，暖氣拂遊絲，果開得一天曙色。生行且想曰：「我之前詩，必為風雨所敗，不知曾得美人一鑒賞否？」比至則桃花依舊，墨跡宛新，惟玉人不知何處耳。復將前詩讀過一遍，對詩快悒，苦難為情，再題一首云：

萬種相思慎日裁，尋芳忍負此番來；

數行錦字人如在，一陣春風花正開。

垂顧重蒙君有意，牽期錯恨我無媒；

吁嗟奇遇成烏有，愁海茫茫輒渡杯。

　　題完，遙聞林中有聲曰：「君子復至此乎？」生見是仙主，喜出望外，向前施禮曰：「前蒙青眼，深感盛心，自念荒疎，不堪仰附。詎意諄諄不棄，辱練鍾情。雖曹子之遇江妃，鄭生之逢溪女，未[54]足以彷彿其萬一也。是以不慚形穢，妄自續貂，抱春悶以空回，悵芳塵之未悒。自念寒儒福薄，貧士緣慳，今日幸得重逢，不知何修至此也？」仙主於石上請生就坐曰：「妾縣傍之官家女也，怙恃雙亡，門庭冷落，欲效十年之待字，深慮多露之見欺。昨者泯跡繁華，移居林內，見君翩翩吉士，洒洒真儒，故動起摽梅之思，自冒投桃之恥。倘君子不嫌聲跡，許結絲羅，安知不是三生香火姻緣也？」生大喜曰：「多謝垂憐，容求作伐。」仙主笑曰：「丈夫行事，何必若是其執也？夫文君識貨，而談者皆羡其行權；紅拂愛才，而後世不疵其越禮。妾之與君，上無父母之可告，下無親戚之可依，知己相逢，一言為禮，奚求蹇修為哉？」復吟曰：

千樹桃花後度栽，劉郎何幸又重來；

百年緣債還收拾，萬斛幽愁盡擺開。

誰謂赤繩徒浪語？應知紅葉是良媒；

薰砧自古多前定，莫怨天庭墮玉杯。

　　生曰：「『天庭玉杯』，是何說話？」仙主曰「後日便知，不必問也。」生遂續吟曰：

---

54 「未」原作「亦」，據《天本雲鄉黎朝聖母玉譜》改。

藍璧[55]何緣敢種栽，喜逢佳偶自天來；
昔年秋夜銀橋隔，今日春回玉鎖開。
昌世已符飛鳳卜，語冰不假令狐媒；
寒儒遙報將何以，願把新詩當謝杯。

　　詩成，二人緩步而歸。至家望月定盟，朝天拜謝，遂成琴瑟之樂。起居出入，相敬如賓。生自此在春閨之時多，遊雪門之日少。一夕，仙主夜織未罷，見生帶月而歸，因設坐庭前，焚香對飲。生四顧良久，帶酒言曰：「秋色澄明，月輪瑩徹，二十八宿分明，子兮子兮，如此良夜何？」仙主見生放蕩，常欲勉正，因生之言，遂以二十八宿疊成一律曰：

　　「女」顏誰「謂」遠書「房」，「畢」把「危」「心」定主「張」；鄰「軫」「室」「虛」分「壁」焰，月「低」「昴」「角」借「樓」光。「柳」文「星」炳須「參」究，「箕」傳「牛」毛要「井」詳；「觜」吐「奎」翰爭「鬼」「斗」，禹幻「翼」「尾」趁陽「亢」。

　　生見詩知有諷已勤學之意，即倒和曰：

　　吞「牛」掘「井」志方「亢」，「箕」授「參」傳已「畢」詳；「斗」「室」「壁」題驚「鬼」膽，「危」「樓」「奎」詠動「星」光。「角」才誰「謂」「低」唐「柳」，「翼」卯多「心」「尾」漢「張」；素「女」清「虛」應「軫」我，桂枝月「觜」送文「房」。

55　「璧」原作「壁」，據《天本雲鄉黎朝聖母玉譜》改。

　　仙主得詩謂生曰：「夫所謂儒者，窮經致用，學古入官，始雖文翰而進身，終則經綸而濟世。若徒爭奇鬥艷以為才，尋章摘句以為能，而欲竊儒之名，不亦遠乎？」生再三致謝曰：「小生少負微才，失於狂放，今承金誨，銘刻在心，不敢更蹈前非矣。」仙主聞生之言，歡慰不勝。夫妻再聊談往事，直至月落斗斜，方纔就寢。

　　歲餘，生得一子，穎悟非常。生喜其萬事已足，學業日增。明年，一舉連捷，官居翰苑，衙靜吏稀，終日與仙主唱酬，曲盡人間之樂。

　　一夕殘冬，寒威相逼，二人擁爐向火，仙主潸然下淚。生驚問其故，仙主顰眉曰：「妾非凡間之女，乃上界之仙。只因誤墮玉杯，暫遭謫譴，與君作合，誠非偶然。曾諧宿世之芥針，再執此生之箕箒。今謫期已滿，命覆霄庭，念君子之枕席誰供？憐妾兒之幼冲何恃？悲歡常事，離合由天，雖淚洒紅冰，愁生白髮，亦何益乎！」生愕然失色曰：「仙凡懸隔，幸得聯姻，夫妻綱常，豈堪渺忽。今甫契尋芳之約，忍寒同穴之盟？桂[56]落中天，花殘上苑，何其締合易而分散不難也！」仙主曰：「事君有年，豈不相諒？妾非貪紫微之樂，而忘荊布之恩；非重蓬閬之遊，而輕糟糠之誼。但恨歸期已促，難可少留，亦事出無奈耳。」生聞言，悽愴可掬，眼淚交流。三更末，仙主遞兒與生，前拜為別[57]，執生之手，似有不忍相捨之狀。俄而鸞車玉佩之聲漸逼門外，復勸解數語而去。生急欲挽之，只見香風頻來，祥雲四合，已失所在矣。生昏悶移時，自是公務荒疎，形容銷瘦。但有月照疏簾，風吹寒帳，遊燕雙飛巢舊壘，征鴻獨叫渡蕭關，則強起憑欄，寄情紙筆，哀怨之辭不能盡見，惟留數行一篇云：

　　　　書齋盡日掩柴扉，日掩柴扉暗淚垂；
　　　　垂淚雙行斑似竹，衷腸百結亂如絲。

56　「桂」，《越南漢文小說叢刊》第一輯誤排作「掛」。
57　「遞兒與生，前拜為別」原作「遞向生前拜別」，據《天本雲鄉黎朝聖母玉譜》改。

寒儒自古多憂患，落魄嗟予更可悲；
徒壁龍鍾何所倚，出門潦倒誰相知？
誰知一見蒙相愛，萍水藍橋如有待；
反側何須夢好逑，團圓想已酬緣債。
慇懃林下對花談，叮囑庭前朝月拜；
願為年年並蒂蓮，願為刦刦同心帶。
同心並蒂矢無他，一旦分離將奈何？
炊臼[58]徘徊驚客夢，鼓盆慷慨吐莊歌。
雲收雨散巫山瘦，橋斷烏飛銀漢斜；
愛海無端成恨海，恩波何事起愁波？
愁波恨海應難洄，恩愛已隨霜葉薄；
錦帳香銷重慘悽，粧臺影去長寥寞。
水流南澗藻空生，風動西垣花自落；
焉得琴絃再續鸞，焉得華表重來鶴？
離鸞別鶴何悽涼，永念伊人枉斷腸；
桃水自深情自淺，柳條偏短恨偏長。
長卿渴病應難瘳，奉倩癡心祇自傷；
昔日庭前祈禱處，而今惟有月茫茫。
茫茫月色如前度，月色不知人思苦；
早識仙人易別離，當初莫入天臺路。
天臺路隔幾千里，前度劉郎那得通？
何日再伸平日約，今生已負死生同。
齊眉行義高山仰，結髮恩情逝水東；
海誓山盟無處覓，可憐好事轉頭空。
轉頭不覺光陰換，綠暗紅稀春又晚；
燕子傷心舞不成，鶯兒惜景歌如怨。

---

58 「臼」，《越南漢文小說叢刊》第一輯誤排作「幻」。

誰家梅笛弄黃昏，何處玉簫吹夜半？

況復深秋滯雨時，隔岸寒砧聲續斷。

寒砧隔岸擣深秋，不擣秋深擣客愁；

獨坐殘燈常作伴，失眠長漏久為仇。

半甎冷淡紅塵鎖[59]，孤枕悽涼白雪浮；

已矣佳人難再得，北堂惟有樹忘憂。

　　此後生纏身病骨，懶於宦情，嘗自嘆曰：「凡人之求仕者，或為國則以輔世長民為志，或為家則以仰事俯育為圖，今我既乏經濟之才，又無親眷之累，豈能為一身哺啜，久麋於名利之場乎？」遂上乞骸一本，謝事歸鄉，築居桃林舊處，終身不娶，教子成名，惟托興煙霞，放情詩酒而已。

　　卻說仙主對上帝曰：「五紀之期，已完公案；三生之想，獨絆私心。惟願陟降無常，遨遊自在，庶得覓塵寰舊遊也。」帝許之。仙主乃帶桂、柿之娘[60]，直指清化庯葛地方騰空而下。這地方山嶺秀麗，花草清幽，玉井鍾靈，湧出陰陽之水；雲繡有蕩，通來南北之人。仙主每於此處，大顯福善禍淫手段。方民震懼，相率祠而奉之。

　　景治年間，朝廷聞知，遽命羽林衛士、方外之人，大為勦除之舉。此時象馬喧闐，鼓鐘振動。有張弓，有發砲，聲似雷霆；或擲印，或飛符，勢如風雨。霎時間，山川變色，鳥獸驚惶，竟將一座靈祠成灰燼矣。誰知王威誠大，仙法更神，數月之後，疫染一方，殃遺六畜，比前日十分猖獗。鄉民愈不能堪，結壇致禱，忽然眾人叢裡躍出一人，跳走三層壇上，厲聲曰：「我乃上天仙女，顯聖凡間，汝輩請命朝廷，重創新廟，我當除災降福，轉禍為祥。否則，使汝一方終

59　「鎖」，《越南漢文小說叢刊》第一輯誤排作「鑰」。

60　「桂、柿之娘」，《雲葛神女古錄》作「桂、槐二娘」。

無噍類矣！」鄉人如神降所言，詣闕叩訴。朝廷靈異其事，即命重創廟宇於庸葛山中，敕封「禓黃公主」[61]。方民祈禳者，輒報應如響。後來王師平寇，大有默護之功，加贈「制聖和妙大王」[62]，榮列祀典。至今家家畫像，處處構祠，以介景福云。

二　《天本雲鄉黎朝聖母玉譜》

聖母真像讚

> 紅雲朵朵幾丹青，萬古花容削不成；
> 澤浹千家宜子育，風高九陛足香生。
> 未應玉井秋同謝，長見金杯宴已醒；
> 願得福根留善地，千秋海甸月常明。

陳朝元慈國母　奉讚

欽錄　寶誥

　　志心頂請

　　黎朝誕降，葛水秀鍾。帝眷特隆，善福之家門生色；天宮有命，文明之地域流香。閨中而蘊藉名儒，紅堆錦繡；世上衡昂烈女，碧落神仙。朝兜率而暮煙霞，彩鳳斑龍隱約；往霄庭而還尊國，歌鶯舞燕趨蹡。望望慈雲，金身三相；明明秋月，玉井一泓。護國護民，至靈至顯。

61　「禓黃公主」，《聽聞異錄‧柳杏事跡傳》、《天本雲鄉黎朝聖母玉譜》作「禓鑛公主」。

62　「制聖和妙大王」，《雲葛神女古錄》作「制聖神妙大王」，《聽聞異錄‧柳杏事跡傳》、《天本雲鄉黎朝聖母玉譜》作「制聖保和妙大王」。

雲鄉仙主第一聖母敕封制勝保和妙大王尊元君。　　三月初三日聖誕
　　志心頂請

　　　天宮有命，雲府從遊。姊妹花間，瑞色名香萬里；北南月影，
　　　崇山葛水千秋。逍遙金母之傳書，神明莫狀；彷彿玉函之受
　　　賜，普濟多方。至靈至顯，大慈大悲。

雲鄉第二聖母尊元君。　　四月初二日聖誕
　　志心頂請

　　　西池閒客，南土飛仙。乘雲駕而會雲鄉，三千世界；訪仙人而
　　　得仙訣，五卷素書。葛庫逍遙，花草青芳是處；崇山瞻望，樓
　　　臺上下之間。大悲大願，無量無邊。

雲鄉第三聖母尊元君。　　八月十四日聖誕

雲鄉仙主聖母行述讚文

　　　群仙錄旁求逸跡，女中仙奕奕流芳；
　　　服絳雪[63]搗玄霜[64]，驪山留麥[65]餘杭釀花[66]。

---

63 「絳雪」，書末附注云：趙雲容問申元之乞延生之藥，元之與絳雪丹一粒，曰：「汝
　　服此，雖死不壞，百年復生。」至元和末，百年，雲容果再生。

64 「玄霜」，書末附注云：裴秀才航下第，舟過襄漢，遇雲翹樊夫人，獻詩求達。夫
　　人使侍婢持詩與裴，曰：「一飲瓊漿百感生，元（玄）霜搗盡見雲英；藍橋便是神
　　仙路，必何崎嶇上玉京。」後裴抵藍橋遇雲英，求得玉杵臼搗藥，百日丹成，與雲
　　英先去。

65 「留麥」，書末附注云：唐李荃至驪山，逢一老母，敝衣扶杖，神狀甚異。荃拜母，
　　共坐石上，說陰符之義。日晡，曰：「吾有麥飯，相與為食。」袖中出一瓠，令荃取
　　水。及還，失老母所在，但留麥于石上。荃食之，氣血不衰，後訪道，不知所之。

66 「釀花」，書末附注云：餘杭姥嫁于西湖農家，善采百花釀酒。麻姑至，蔡經酒
　　盡，就餘杭嫗沽酒，得一油囊酒，五斗。後有人過洞庭，見賣百花酒者，即嫗也。

高化道乘鴛[67]離俗，花山頭駕鹿[68]昇天；

悠悠一去而仙，幾會踪跡流傳在人。

固未有一身今古，女而仙而主而神；

只緣孝順全真，感天至德動人至誠。

故萬世精靈不滅，與山河日月無邊；

六奇細閱遺編，地鍾天本事傳雲鄉。

惟仙主玉皇之子，侍瓊筵偶墜玉杯；

降生奉命欽哉，文明之地栽培之家。

崑山下雲和草靜，禾刀家福慶門楣；

香風瑞氣標奇，玉金麗質應期誕生。

前黎天佑間，南定天本之雲葛，有黎太公者，力於行善。年四十甫育一子，禱于帝，太婆懷妊逾月未生。公夢見力士引至天門，適見紅衣娘子捧玉杯上壽，失手缺其一角，茫然拜伏于地。殿上王者震怒曰：「汝薄文明之地耶？」即有侍女數輩，擁這娘子從南門出，使者前引一金牌，上是「敕降」字，中有兩「南」字，下乃缺字，餘不能辨。力士道：「此乃第二仙子瓊娘，此行必被謫矣。」因曳公返。公覺醒時，太婆已生下一位女子。是夕，異香滿室，舉家驚異。公想必仙人降生，因以降仙名焉。

天賦性聰明寡匹，彈而詩音律精通；

吟成春夏秋冬，天然大呂黃鐘歌辭。

67　「乘鴛」，書末附注云：高化劉安士女育于雍熙初，至九齡，與羽人說道，得度世之術。及笄，許娶何氏子，劉氏送之，忽有一白鴛自空而下，劉女乘之而去。

68　「駕鹿」，書末附注云：魯女生本長樂人，初餌胡麻，乃絕穀十餘年，顏如桃花。一日，入華山。後五十年，相識者見女乘白鹿而去。

主性聰慧精音律，嘗作四時調各一関，被于管弦以自娛。

其一春詞：「春似畫，暖氣微，愛日遲。桃花含笑柳舒眉，蝶亂飛。叢裡黃鶯睍睆，梁頭紫燕喃呢，浩蕩春閨不自持，掇新詞」。——右【春光調】

其二夏詞：「乾坤增[69]鬱燠，草裡青蛙鬧。枝頭寒蟬噪，聲聲杜宇惱。啞啞黃鸝咤，頻相告。春主今歸兮，如何好。這般景色，添起一番撩撩。幸祝融君鼓一曲南薰操，親送荷香到，前番傷心隨風盡掃。」——右【隔浦蓮】調

其三秋詞：「水面浮藍山削玉，金風剪剪敲寒竹。蘆花萬里白依依，樹色霜凝紅染綠。瑩徹蟾宮娥獨宿，瑤堦獨步秋懷促。不如徑來籬下菊，花香閒坐，撫匏彈一曲。」——右【步步蟾】調

其四冬詞：「玄冥播令滿關山，鴻已南還，雁已南還。朔風凜冽雪漫漫，徧倚欄干，倦倚欄干。擁爐尚爾覺青顏，坐怎能安，臥怎能安。起觀姑射落塵間，花不知寒，人不知寒。」——右【一剪梅】調

　　廣寒殿一枝丹桂，一移栽千里聞香；

　　陳家書院連芳，花姨信報桃郎緣諧。

　　一帝所降來星客，一天宮下謫仙人；

　　瑟琴共契凤因，三家情好六親歡承。

　　類永錫祥徵麟趾，三週星雙紀太占；

一日，太公適過，聞主歌調，殊覺不樂，遂與志友陳公拜為義父，使移居焉。旬鄰有一宦家，晚得嬰兒於桃下，養之，喚名桃郎。見主丰姿才調，遂有附喬之願。主于歸後，孝敬備至，子女連生。三家情好充周，斗柄已三東指矣。

69　「增」下原衍一「著」字，據《傳奇新譜‧雲葛神女傳》刪。

暮春日值重三，玉庭返命珠簾空垂。

雖靈爽已歸天上，念深情猶向人間；

吁嗟鶴髮駝顏，劬勞未報晨昏未酬。

更吁嗟舅姑日夜，抱兒孫難瀉懷思；

吁嗟兩個嬰兒，未週三歲已離母懷。

最吁嗟兒孩親老，同心人琴操離鸞；

安能相伴仙壇，孫書寫賣[70]下山助貧。

又安得夕晨來往，馬氏羹[71]日上親前；

幾回宴會群仙，紅袍雨濕金鈿[72]珠零。

諸仙女憐情為訴，奉敕封公主降塵；

　　不謂悲歡有數，三月初三日，主忽無病而殂，年二十一。主自歸帝鄉，以塵緣未滿，悲念之情不能盡述。群仙代訴于上帝，封為「柳杏公主」，仍許下塵。

別來倏忽兩春，大祥適至慈親來房。

簾高掛晚風披拂，戶長扃斜日寂寥；

壁間蛛織玉簫，塵封鏡匣香銷筆臺。

初覩物徘徊曷既，忽思人倒墜難禁；

寧知主已來臨，玉鈎[73]抱起鸞音進辭。

70　「孫書寫賣」，書末附注云：吳彩鸞，吳猛女也。與書生文簫為夫婦，携手下山，歸鍾陵。簫貧，不能自給，彩鸞寫孫愐《唐韻》，運筆如飛，日得一部，鬻之，獲金五緡，盡則復寫。後往新……。

71　「馬氏羹」，書末附注云：唐光化間，馬氏女既嫁，家貧，養姑尤謹。異人授以仙術，往來俻□，離家百里，食有羹，即以笠浮，還薦于姑，頃之復回。人知其不凡，呼為馬大仙。

72　「鈿」原作「珊」，依文意改。

73　「玉鈎」，書末附注云：漢武帝鈎弋夫人手拘，惟帝能伸之。

謂咄咄女兒在此，願母親無事相思；
睜看喜喜悲悲，吾兒何處何時得來。
信息下竹梅一室，寒暄中膠漆[74]兩情；
始將心事題明，塵寰謫滿帝庭召歸。
念鞠育憫斯未報，故今茲言告歸寧；
三魂雖暫回生，已非九魄難停此間。
爺娘共仙班名列，日下還金闕相逢；
萬般不盡匈匈，忽間鶴已騰空何時。

　　主奉命歸鄉，則已二祥矣。太婆正來主房，覿物思人，慟悒于地。主遽入抱曰：「孩兒在此。」太婆睜目曰：「兒何來，毋乃不死乎？」主但涕泣而已。三家隨集，主各致寒暄，便欲辭去。陳公苦留之。曰：「兒是第二仙宮，今謫期已滿，復侍帝庭。但以念切劬勞，暫來候問，三魂雖在，九魄已非，不能常住人間矣。爺娘曾有陰功，異日必當完聚，何必悲乎？」遂騰雲而去。

　　良人自別離此後，挈[75]孩兒隨父上京；
孤齋日日常扃，愁堆經笥悶生文房。
秋夜靜寒窗雨滴，景如撩旅客殘魂；
抱離暗拂淚痕，感懷二絕七言偶成。

　　桃生自斷絃之後，挈子隨父上京。悶處孤齋，旅況交迫。抱子獨坐，感懷二絕云，其一：「塵劫嗟兮浪此生，前緣暗想不勝情。當年司馬求凰曲，變作離鸞別鶴聲。」其二：「孤愁容邸不成眠，況是凄風苦雨天。天若有情應念我，莫教風雨過窗前。」

---

74 「漆」原作「膝」，依文意改。
75 「挈」原作「絜」，據《傳奇新譜‧雲葛神女傳》改。下同，不贅。

低吟不敢聲聞外，抱膝空坐對殘燦；

忽聞聲扣柴扉，開門覿面挽衣訴情。

卑人幸此生多福，配瑤姿子育親歡；

那堪甲帳霜寒，天邊落雁雲間飛鳳。

今不想他鄉再遇，願相從以副渴塵；

聞言解說慇勤，紅粧約短青雲路長。

況尚有高堂稚子，俯育兼仰事謂何；

三生恩愛猶多，佳期不遠星河再東。

眉案上從容善道，以修齊忠孝為綱；

京城燎火流光，晨鐘報曙曉裝致辭。

念堂上嚴慈晨夕，望郎君鄰壁分光；

天時[76]寒燠不常，情聯半子義償三生。

說不盡丁寧囑咐，恍忽間駕霧騰雲；

　　吟完，獨坐無聊。忽聞扣扉聲，視之，乃仙主也。生挽衣泣曰：「卑人多福，幸配瑤姿，子女篤生，家庭有托。無意中道仳離，孤衾落寞。今不意他鄉再遇，惟願相從，以慰寸心塵渴。」仙主拂面曰：「郎君差矣，鍾情之極，從古有之。但不可牽紅粉之私，墜清雲之志。況上有高堂，下有[77]稚子，將誰叫靠乎？」生曰：「某非短見，不愛殘生，但抱任子之悲，掛申生之恨，恐不能自保耳。」仙主曰：「妾是天宮仙女，君亦帝所星曹，配匹良緣，莫非前定。然恩情中止，歡愛未酬，後數十年，自當再續前緣，不必傷心也。」一時對語，惟勉生以修齊之學，忠孝之方。五更，拂衣而起，語生曰：「故鄉迢遞，舊室淒涼，妾之爺娘懸望於君厚矣。君當時常訪問，代妾清

---

76 「時」原作「辰」，此乃越南書寫習慣，逕改。下文或同，不贅。

77 「下有」二字原無，據《傳奇新譜・雲葛神女傳》加。

溫，不可忘前日半子之情也。」言罷，騰空而去。

> 從茲顯聖隱神，山峰鳳駕海濱鯨車。
> 有時作老婆開肆，有時為女子吹簫；
> 伊誰戲慢殃招，伊誰誠敬禱求必靈。
> 時金帛家庭奉事，往來中歷幾春秋；
> 生成大德已酬，良人隨亦真遊有期。
> 膝下兩尚遺仙種，依家兄亦共有成；
> 塵緣漸覺輕輕，雲遊四海放情飄然。
> 歷覽盡山川名勝，諒山來一淨浮屠；
> 十分景致漫游，松蒼蔽日梅癯傲霜。
> 香火已淒涼幾歷，鼓鐘還寂寞多年；
> 婆心撫景參禪，松邊幾曲扣弦獨歌。

　　自此雲遊不定，或假體美姝，品玉簫於月下；或化形老嫗，倚竹杖於道旁。凡人以言辭戲慢者，多被其殃；以財帛禱求者，復蒙其佑。旬以金銀緞帛，歸為家庭之奉。如此者數載。仙主生養父母相繼共登仙錄，生亦隨脫塵緣；遺下二子，依兄撫養其[78]成人。仙主心下無掛，始周遊無礙，歷覽名勝，以山為家。嘗至諒山[79]地方，見[80]高山路畔，隱約一層浮屠，十分有致。但見松衝[81]碧漢，蘭倚青岑，野鶴含花，岩猴供果，殘碑苔掩不知功德之年；古剎塵生，罕見求緣之客。仙主參禪玩景一回，遂於松下橫几而坐，撫彈歌曰：「孤雲往來兮山岧嶢，幽鳥出入兮林夭喬；花開滿岸兮香飄飄，松鳴萬壑兮聲蕭

---

78 「其」原作「共」，依文意改。
79 「山」字原無，據下文與《傳奇新譜・雲葛神女傳》加。
80 「見」字原無，據《傳奇新譜・雲葛神女傳》加。
81 「衝」原作「衡」，據《傳奇新譜・雲葛神女傳》改。

蕭。四顧無人兮夐塵囂，撫彈長嘯兮獨逍遙，吁嗟，山林之樂兮何減
靈霄。」

> 忽門外客何人者，擁節旄駿馬來前；
> 變文瀉景數聯，客纔唱起主連答辭。
> 聞應對寧知敬服，扣來由將欲問津；
> 客方俯首斂身，擡頭忽已望塵無由。
> 迦藍裏四週反覆，林徑間一木倒[82]橫；
> 字題卯口分明，馬彳已走旁擎碌標。
> 因字意參求奧義，卯口加木是神封；
> 馬彳合體是馮，已走是告起工修完。
> 客原是克寬馮姓，北使因奉命途經；
> 細思神意丁寧，祗園唱造使程咏留。
> 仙跡遍周遊題咏，帝王居復幸東都；
> 長安城外名區，東津玩月西湖賞蓮。
> 繁華[83]處無緣難遇，遊賞人得路伊誰；

　　忽路外有人唱曰：「三木森庭，坐著好兮女子。」仙主舉目看
時，見一人儒巾闊服，騎一匹駿馬，從者數十，前道旄節一柄，乃應
聲曰：「重山出路走來使者吏人。」其人下馬曰：「娘子何方人物，有
此美才？」仙主遙指山中曰：「此處人也。」其人復唱曰：「山人憑一
几，莫非仙女臨凡。」仙主復應曰：「文子帶長巾，必是學生侍
帳。」其人聽[84]罷，茫然深深作揖，擡頭已無人矣。遍覓寺中，不見
踪跡，只見一木倒橫當道，細認之，有「卯口公主」四字，木旁立一

82　「倒」原作「到」，據《傳奇新譜・雲葛神女傳》改。
83　「華」原作「花」，此乃越南書寫習慣，逕改。下文或同，不贅。
84　「聽」原作「咱」，全書皆然，此乃越南書寫習慣，逕改。下同，不贅。

硃標云：「馮已走」。從者請其故，客曰：「卯口公主加于木者，柳杏公主也。馮已走，是待馮姓起工也。」眾人聞言，各吐舌稱異。原來這客是誰？乃是黎朝黃甲姓馮名克寬，時以侍講奉北使，路經此地，適遇仙主顯神，見應對如流，不勝驚駭，因細繹木標題字，知神意以修起古寺之事，相委責成。公遂召山庄父老，留銀以為重整祇園之費，題詩一絕于左廊而去。其詩：「叢林寂寞弗人家，忽聽有人山外歌。歌曲邈雲人不見，滿前山色碧嵯峨。」此後仙主自諒山別後，浪行踪於駕霧乘雲，肆逸興於吟風弄月，四方名山大川，省城寺剎，無不留題紀[85]勝。後復返駕東京，來往長安，間如槐街、報天、橫亭、東津，無日不至，常人莫之測焉。

> 馮公四牡言歸，鄉曹升任吏司厭煩。
> 因帶兩多年詩契，趁薰風修禊湖西；
> 風光到處品題，囊收勝賞袖攜奇香。
> 步一步頓忘塵累，行復行漸至仙洲；
> 槐陰深處酒樓，花欄插竹黃流釀葡。
> 橫扁寫西湖風月，十字聯對揭兩楹；
> 疎簾掛下玉扃，紅衣娘子倚屏吹簫。
> 客施禮願求休假，主致辭一坐何妨；
> 詩神酒聖一堂，觀漁續韻侑觴聯吟。
> 東壁上研尋題話，畫樓前聽解狂歌；
> 靈心慧性良多，一時屈服大家驚惶。

　　馮侍講自北使還，因帶詩囊，攜酒壺，竝二個少年朋友，一是吳舉人，一是李秀才，直望西湖散步。此日正值初夏，天色晴明，三人

---

85 「紀」原作「絕」，據《傳奇新譜‧雲葛神女傳》改。

轉過一帶山林，復歷許多孤亭水樹。時聞薰風陣陣，將荷香萬斛橫鼻而來，舉目間已抵西湖岸矣。李喜謂馮曰：「老臺學富五車，才高七步，今逢此良辰好景，能不渤然詩興乎？」馮即吟曰：「名利奔波一片塵，西湖寸步忽閒身；蓬萊方丈皆虛幻，始信仙凡總在人。」吳繼吟云：「瑩然方寸俗塵無，包括乾坤一畫圖；霽月光風隨洒落，目中何處不西湖。」李亦吟曰：「花迎客店柳迎船，盡日西湖盡醉眠；醒起詩談驚四座，此身應是謫神仙。」馮[86]公聽罷，欣然曰：「吳兄清奇，李兄放逸，二公氣象大概不同，要之，各極其至，真仙才也。」吳、李曰：「老臺沉鬱，是大家風範；晚輩效顰，徒獻賣酒江頭之笑，何敢當仙才過譽乎！雖然廣素云賒，桂枝甚近，姮娥未必不見愛也。」三人相顧大笑，復沿著湖堤而進，縱目遊觀，忽見槐陰深處，露出一座酒樓，屈曲花欄盡是湘江斑竹，樓前朱扁寫出「西湖風月」四個大字，門旁草書紅紙兩對聯云：「壺中閒日月，城下小乾坤。」門內紗窗掩映，有一少年紅衣美人，托窗而立。李生前打恭曰：「此處樓臺，是何所在？某等足隨興使，誤入蓬瀛，欲借貴庄暫作蘭亭勝會，未恐仙家肯容塵俗否？」美人曰：「此名『柳娘新店』也，諸公既是詩酒韻士，一坐何妨。」因命捲起紗窗，三人整衣而入，對坐於南窗下，飲酒閒玩。果然樓中景色，幽雅不凡。簷[87]前鸚鵡聲聲，戲金漿之女使；瓶內蓮花朵朵，和寶鼎之香煙。幾行粉壁盡新詩，數幅錦屏皆古畫。李生引目覓看不已，俄見東壁一絕云：「店方門內照明月，時正人旁立玉圭；客有三星鈎月帶，惠然一木兩人提。」顧馮曰：「公識此意乎？」馮佯為沉吟不曉之狀。李遂將四句拆[88]成十二字云：「店方閒，時正佳；客有心，惠然來。」拆罷，乘著酒興，向屏內大聲曰：「主人既有惠來之顧，今高朋滿座，豈無一物見惠乎？」

86　「馮」原作「馬」，據上下文與《傳奇新譜・雲葛神女傳》改。

87　「簷」原作「詹」，據《傳奇新譜・雲葛神女傳》改。

88　「拆」原作「折」，依文意改。下同，不贅。

言未畢，已見一侍女捧一幅花箋曰：「主人風味酸寒，無以為贈，敬將菲題奉上，聊為侑酒之需。倘諸公不吝一揮，亦遭逢中一佳話也。」李生忙[89]接看之，乃西湖觀漁排律，連應聲曰：「敢不從命！」馮接語曰：「既承雅意，當即連吟，但巴下里人，曲卑調鄙，願得陽春一唱以引之，何如？」侍女返步取出一起云：「西湖別占一壺天，」李卒然吟曰：「縱目乾坤盡豁然。古樹遶莊青莫莫，」馮曰：「金牛滑水綠涓絹。生涯何處數間屋，」吳曰：「活計誰家一隻船。隔竹疏籬聞犬吠，」李曰：「烹茶敗壁透廚煙。輕輕桂棹手中蕩，」馮曰：「短短簑衣身上穿。彷彿洞庭遊范蠡，」吳曰：「依稀碧漢泛張騫。千尋浩蕩諳深淺，」李曰：「四顧微茫迭後先。欸乃往來紅蓼畔，」馮曰：「嘔啞出入白蘆邊。沙中狎戲忘機鷺，」吳曰：「雲外閒看率性鳶。幾曲滄歌聞水國，」李曰：「一雙白眼傲塵喧。交頭對話依荷蓋，」馮曰：「伸手相招戲茭錢。笠放蓮間藏菜嫩，」吳曰：「籃沉梢底養魚鮮。或將淡酒花叢酌，」李曰：「時枕長篙柳影眠。醉後等箸拋水面，」馮曰：「浴餘校衿曝風前。安華牧子新朋結，」吳曰：「上苑樵夫舊約堅。抱膝徐吾觀蛟[90]勢，」李曰：「探頷笑彼沒龍淵。網疏每避世途險，」馮曰：「鈎直羞將利餌懸。寒渚夏來猶愛日，」吳曰：「長安冬盡未知年。三公旨把煙霞換，」李曰：「半點寧容俗慮牽。渭水任符文伯卜，」馮曰：「桃源好訪武凌緣。聞鐘乍覺心為佛，」馮吟尚未絕聲，樓中應聲曰：「得月應知我是仙。」

　　三人齊聲曰：「好結！好結！」正稱賞間，忽見樓處一個漁人，赤腳焦頭，弊襦短褐，手提竹籃，內有三尾大魚，望斜陽行且歌曰：「我舟中壺酉兮，爾店中星罶兮，誰知占卜道兮。」馮靜聽[91]，莫解其意。李生曰：「莫非此人有挾君平之術否？」馮心下未定，不意樓

中轉出青衣侍女，携酒一壺來遞與漁人。漁人受之，不交一言，懸魚于樓外而去。侍女接入樓中，不半晌間，已排下李膺鮮鱠矣。三人正適嘉餚旨酒之興，早見紅衣美人，娉娉婷婷而出[92]，向西壁間倚于坐下，徐啟朱唇曰：「文人辱臨孤室，几席生光，野味嘉殽，權表嘉魚厚意耳。」吳生曰：「唐突華門，無任惶愧。」李生曰：「曩者漁人歌曲，甚爾蹺蹊，不知其中意義，可得聞乎？」美人曰：「這此狂歌，有何難解？言『壺酉』者，謂彼壺中乾酒也。言『星罶』者，謂我罶中無魚也。至占卜之言，無非寓《易》意乎。」三人聞言嘆曰：「娘子無乃天上人乎？何其靈心慧性，高出尋常乃爾也！」美人曰：「諸公胸藏錦繡，口噴珠璣，足以驚動鬼神矣。頃因構得一對，敢詣教大方。」三人聽之，乃是：「三魚鱻鱠，樓前會眾款三人。」馮公聽完，正[93]倚窗索興，遙見湖西湧出一輪明月，因應曰：「兩个竹筵，湖上延朋看兩月。」李生見馮先對，技癢才情，復向美人朗誦曰：「一月色澄明，興此只堪成一對。」仙主見他狂歌，莞爾答曰：「三千塵夐隔，望之想已幸三生。」說罷，向三人打一萬福，轉身屏後去了。

　　　西嶺已斜陽影射，客程乘月夜歸來；
　　　桃源再訪後回，茫茫湖水樓臺全非。
　　　槐上聽滿枝蟬噪，樹間留兩道篆題；
　　　靜觀詩骨清奇，舊遊頓悟昔時逢仙。
　　　馮公倏悠然想起，說當年奉使途中；
　　　方知空色色空，神仙非幻遭逢有緣。

　　三人乘著月色，收拾而回。數月重訪舊遊，至則湖水茫茫，樓臺

---

92 「出」原作「去」，據《傳奇新譜・雲葛神女傳》改。
93 「正」原作「止」，據《傳奇新譜・雲葛神女傳》改。下文或同，不贅。

不在。但聞晚蟬一部，噪於槐樹上而已。三人依槐陰席草而坐，忽見樹間兩行篆字云：「雲作衣裳雨作車，朝遊兜率暮煙霞；世人欲識吾名姓，一大仙人玉敻花。」李生曰：「玩此詩意，氣格不凡，我等前日之遊，意者瓊花天仙相遇乎！」馮公連連點頭，因將昔年奉使山中所見之事，說與二生。吳公喟然曰：「老臺昔日詩句，以神仙為虛幻之事，今番此遇，始信羅什僧孺之事，果非虛傳。」各怏怏而去。

> 仙主自長安別後，乂安城復到朔鄉；
> 青山碧水徜徉，紫紅花信笙簧鳥聲。
> 適有一亭亭佳士，日晚從山裏出身；
> 原來契闊前因，情緣未了下塵再生。
> 體貌比冰清玉潤，襟懷同月印水寒；
> 年華甫及弱冠，才高八斗學彈五車。
> 不幸早蓼莪流涕，室如懸优儷未諧；
> 此間學館中來，寧知路入天臺溪頭。
> 色戒謹難淆素志，奇逢臨不記前緣；

　　仙主既離西湖，復駕乂安朔鄉。朔鄉之東，有一帶桃林，碧山襟其南，清溪帶其北，絕有智仁之趣。更遇仲春，樹樹桃花，發得精神可愛，仙主遂於樹陰，拂一塊白石閒坐。左顧右盼，見溪中落花依水，水綠花紅，蕩漾[94]相映，不減桃源勝景。因步至溪邊，撲花而戲，不覺花落鳥啼，時日將晚。忽見山腳一少年書生，神凝水秀，玉潤冰清。原來此生乃仙主前日之配偶也，只因亡於愁鬱，復托生於此。年才弱冠，志邁常人，袖藏墳典之書，胸滿經綸之學。有倚馬之才，有擲果之貌。不幸椿萱雙謝，棠棣孤開，家室未諧，貧寒徹骨。

---

94 「漾」原作「樣」，據《傳奇新譜・雲葛神女傳》改。

此日肄業席散而歸，恰與仙主相遇。但生嚴於女戒，不省生前，故拂
然不顧而去。

> 他時重過山邊，桃間適見紅箋留題。
> 浪誦過低迷惘悵，嘆異才不讓古人；
> 多知厚意慇懃，左邊次韻效顰連書。
> 筆一擲身如夢界，欲相從爭奈末由；
> 落暉暗促歸途，一番風雨三秋情懷。
> 深院靜頻催吟興，晴天開再訂前程；
> 詩箋依舊丹青，玉人不見為情良難。
> 坐獨坐盤桓不盡，吟再吟詩韻添新；
> 誰知聲氣相親，金聲未闋玉真已傳。
> 雲岩裏金蓮徐動，石几中鏘鳳占辭；
> 再生舊約不欺，天公作主地祇為媒。

日生復出，見當道桃樹一幅花箋，有詩一律云：「艷質天不假栽，
芳心貞守幾時來；豈從塵俗等閒見，直待春君次第開。素女相知長我
照，風姨傳信為誰媒？早知流水無情戀，莫遣飛紅逐客杯。」看悉，
復起憐才之念，慨然曰：「筆力停勻[95]，詩詞香艷，不意世間有如此才
女。雖易安復生，淑真再世，亦未知其優劣也。」遂於詩左復賡一律
云：「昨見瑤池殿處栽，如何仙種落塵來？滿前凡草閒無語，獨傍幽
蘭空自開。彤管風光應取笑，朱門狂浪敢通媒；相逢林下增惘悵，欲
醉羅浮一酒杯。」題畢，身如夢境，心似懸旌，欲往林裏相尋，又恐
失於造次，只得坐在樹下，徬徨顧望。直至天色傍晚，方勉彊言歸。
時春雨淋灕，一連數日，生愈增悵恨，因掇一調題樹，以寫[96]迷懷云：

---

95 「勻」原作「均」，據《傳奇新譜・雲葛神女傳》改。
96 「寫」原作「瀉」，據《傳奇新譜・雲葛神女傳》改。

「才何佳，情何好，一片才情撩客惱。客惱幾時消，相尋不怕遙。風忽起，雨忽至，深嗟呎尺成千里。雨伯風姨太薄情，春愁寂寞戶常局。幾回夢遶桃源裏，欲把千金買一晴[97]。」——右【風雨恨】調。次日，和風飛柳絮，暖氣拂遊絲，果開得一天曙色。生行且想曰：「我之前詩，必為風雨所敗，不知曾得美人一賞鑒否？」比至則桃花依舊，墨跡宛新，惟玉人不知何處耳。復將前詩讀過一遍，對詩怏悒，若難為情，再題一首云：「萬種相思盡日栽，尋芳忍負此番來；數行錦字人如在，一陣春風花正開。垂顧多知人有意，愆期錯恨我無媒；吁嗟奇遇成烏有，愁海茫茫幾渡杯。」題完，遙聞林中有聲曰：「君子復至此乎？」生見仙主，喜出望外，向前施禮曰：「前蒙青眼，深感盛心，自念荒疎，不堪仰附。詎[98]意諄諄不棄，辱荷鍾情。雖曹子之遇江妃，鄭生之逢溪女，未足以彷彿其萬一也。是以不慚形穢，妄自續貂，抱春悶以空回，悵芳塵之未絕。自念寒儒福薄，貧士緣慳，今日幸得遭逢，不知何修至此也？」仙主於石上請生就坐曰：「妾縣旁之官家女也，怙恃雙亡，門庭冷落，欲效十年之待字，深虞多露之見欺。昨者泯跡繁華，移居林內，見君翩翩[99]吉士，洒洒真儒，故動起摽梅之思，自冒投桃之恥。倘君子不嫌聲跡，許結絲羅，安知不是三生香火姻緣也？」生大喜曰：「多謝垂憐，容求作伐。」仙主笑曰：「丈夫行事，何若是其執也？妾之與君，上無父母之可告，下無親戚之可依，知己相逢，一言為禮，天地神祗寔已鑒之，奚取賽修為哉？」復吟曰：「萬樹桃花後度栽，劉郎何幸又重來；百年緣債還收拾，萬斛幽愁盡擺開。誰謂赤繩徒浪語，應知紅葉是良媒；薰砧自古多前定，莫怨天庭墜玉杯。」生曰：「『天庭玉杯』，是何說話？」仙主曰：「後日便知，不必問也。」生遂續吟曰：「藍壁何年敢種栽，喜逢佳偶自天來；昔

---

97 「晴」原作「晴」，據《傳奇新譜・雲葛神女傳》改。

98 「詎」原作「語」，據《傳奇新譜・雲葛神女傳》改。

99 「翩翩」原作「翻翻」，據《傳奇新譜・雲葛神女傳》改。

年秋夜銀橋隔，今日春園玉鎖開。昌世已符飛鳳卜，語冰不假令狐媒；寒儒逢報今何以，願把新詩賞謝杯。」

　　　子家往敬哉守職，閨門修四德兼全；
　　　唱酬月下花間，雞鳴勗敬睢關飀和。
　　　熊夢應承家望慰，龍門登籃仕心酬；

　　吟罷，緩步至家，望月訂盟，朝天拜謝，遂成琴瑟之樂。起居出入，相敬如賓。生自此在春閨之日多，出雪門之日少。一夕，仙主夜織未罷，見生帶月而歸，因設坐庭前，焚香對飲。生四顧良久帶酒言曰：「秋色澄明，月輪瑩徹，二十八宿分明，子兮子兮，如此良夜何？」仙主見生放蕩，常欲勉正，因生之言，遂以二十八宿疊成一律云：「女顏誰謂遠書房，畢把危心自主張；鄰軫室虛分壁焰，月低昂角借樓光。柳文星炳須參究，箕傳牛毛要井詳；觜吐奎翰爭鬼斗，禹門翼尾赴陽亢。」生見詩知有諷己勤學之意，即倒和曰：「吞牛掘井志方亢，箕授參傳已畢詳；斗室壁題驚鬼膽，危樓奎詠動星光。角才誰謂低唐柳，翼卯多心尾漢張；素女清虛應軫我，桂枝月觜送文房。」仙主得詩，謂生曰：「夫所謂儒者，窮經致用，學古入官，始雖文翰而進官，終則經綸而濟世。若徒爭奇鬥艷以為才，尋章摘句以為能，而欲竊儒者之名，不亦遠乎？」生再三謝曰：「小生少負微才，失[100]於狂放，今承金誨，銘刻在心，不敢更蹈前非也。」仙主聞生之言，歡慰不勝。居歲餘，生一子，穎悟非常。生喜其萬事已足，學業日增。明年，一舉連捷，官居翰苑，衙靜吏稀，終日與仙主唱酬，曲盡人間之樂。

---

100 「失」原作「生」，據《傳奇新譜‧雲葛神女傳》改。

公堂夜值深秋，金罍對酌香爐辟寒。

主不覺潛[101]湍淚汎，生失驚問訊情頭；

顰眉訴[102]盡消耗，玉杯往事碧桃前緣。

來還往自天素定，合而離撫景難排；

許多款曲徘徊，家單誰共兒孩何依。

　　一夕殘冬，寒威相逼，擁[103]爐對酌，仙主潸然下淚。生驚問其故，主顰眉曰：「妾非凡間之客，乃上界之仙。只因誤墜玉杯，暫逢謫譴，與君作合，誠匪偶然。曾諧宿世之芥針，再執此生之箕帚。今謫期已滿，復命霄廷，念君子之枕席誰供？憐嬰兒之幼冲何恃？悲歡常事，離合由天，雖淚洒紅水，愁生白髮，亦何益乎！」

生見說噓唏留戀，主隨方解勸從容；

三更漏滴銅龍，遞兒拜別上空飛翔。

門外恍悠揚仙樂，天中猶錯落紅雲；

　　生愕然失色，曰：「仙凡懸隔，幸得聯姻，夫婦綱常，豈堪渺忽。今甫契尋芳之約，忍寒同穴之盟？桂落中天，花殘上苑，何其締合易而分散不難也！」仙主曰：「事君有年，豈不相諒？妾非貪紫薇之樂，而忘荊布之恩；非重蓬閬之遊，而棄糟糠之誼。但恨歸期已促，難可少留，亦事出無奈耳。」生聞言，悽愴可掬，淚眼交流。三更末，遞兒與生，前拜而別，執生之手，似有不忍相捨之狀。俄而鸞車玉佩之聲漸逼門外，復勸解數語而去。生急欲挽之，只見香風頻來，祥雲四合，已失所在矣。

---

101 「潸」原作「潛」，據《傳奇新譜・雲葛神女傳》改。下同，不贅。

102 「訴」原作「訢」，依文意改。

103 「擁」原作「摧」，據《傳奇新譜・雲葛神女傳》改。

　　翰林自隔偓塵，積愁萬斛傷神連章。
　　身雖在玉堂金馬，志空隨鶴駕鸞車；
　　病骸早脫宦波，桃林舊處煙霞棲身。
　　侍下子成人繼業，天上人望愜心寬；

　　生昏悶移時，自是公務荒疎，形容銷瘦。但有月照疎簾，風吹寒帳，遊燕雙飛巢舊壘，征鴻獨叫渡蕭關，生則彊起憑欄，寄情筆紙，哀怨之辭不能盡記。惟留一篇云：「書齋盡日掩柴扉，獨掩柴扉淚暗垂；垂淚千行斑似竹，衷腸百結亂如絲。寒窗自古多憂患，落魄嗟予更可悲；徒壁龍鍾[104]何所倚，出門潦倒有誰知？誰知一見蒙相愛，萍水藍橋如有待；反側何須夢好述，團圓想已酬緣債。慇懃林下對花談，付囑庭前朝月拜；願為年年竝蒂蓮，願為却却同心帶。同心竝蒂矢無他，一旦分離將奈何？炊臼徘徊驚舊夢，鼓盆慷慨吐新歌。雲收雨散巫山瘦，橋斷烏飛銀漢斜；愛海無端成悵海，恩波何事起愁波？愁波悵海應難涸，恩愛已隨霜葉薄；錦帳香銷重愴悽，粧臺影去長寥寞。水流南澗藻空生，風動西園花自落；焉得琴絃再續鸞，焉得華表重來鶴？離鸞別鶴何淒涼，永念伊人枉斷腸；桃水自深情自淺，柳條偏短恨偏長。長卿渴病應難療，奉倩癡心祇自傷；昔日庭前祈禱處，而今惟有月茫茫。茫茫月色如前度，月色不知人思苦；早識仙人易別離，當初莫入天臺路。天臺路隔幾千重，前度劉郎那得通？何日再伸前日約，今生已負他生同。齊眉行義移星北，結髮恩情逝水東；海誓山盟無處覓，可憐好事轉頭空。轉頭不見光陰換，綠暗紅稀春又晚；燕子傷心舞不成，鶯兒惜影情如怨。誰家梅笛弄黃昏，何處玉蕭吹夜半？況復深秋滯雨時，隔岸寒砧聲續斷。寒砧隔岸搗深秋，不搗深秋搗客愁；獨坐殘燈常作伴，失眠長漏久為仇。半氈冷淡紅塵鎖，孤枕

---

104 「鍾」原作「鐘」，據《傳奇新譜‧雲葛神女傳》改。

淒涼白雪浮；已矣佳人難再得，北堂惟有樹忘憂。」此後生纏身病
骨，懶於宦情，嘗自嘆曰：「凡人之求仕者，或為國則以輔世長民為
志，或為家則以仰事俯育為圖，今我既乏經世之才，又無親眷之累，
豈能為一身哺啜，久麋於名利之場乎？」遂上乞骸一本，謝事歸鄉，
築居桃林舊處，終身不娶，教子成名，惟托興煙霞，放情詩酒而已。

　　　主從歸侍玉班，南遊樂否天顏判傳。
　　　承清問俯宣丹悃，公案完私款未忘；
　　　惟祈陟降無常，逍遙自在以償夙緣。
　　　奉玉帝陛前允旨，帶仙娘二位同行；
　　　遙瞻水秀山清，清華浦葛協靈臨塵。
　　　妙法力聖神顯現，禍淫而福善不差；
　　　一方受福孔偕，歲時歌舞樓臺巍峩。
　　　或有指為邪道者，請朝廷撤下靈祠；
　　　王威誰敢遲違，豈知僞法最奇最靈。
　　　自靈殿一經荒廢，此方民疫癘流行；
　　　仰承降示分明，舊祠不起生靈無存。
　　　聞神命鄉村雷動，叩帝閽大眾同辭；
　　　九重俯察民依，禡鑛封敕廟祠重新。
　　　仍准一方民奉事，有事求稔著英靈；
　　　平戎默助天兵，大王登秩廟庭增修。
　　　至今遍寰區香火，仙府皆佛座同尊；
　　　靈聲播滿乾坤，保民護國功存千秋。
　　　凡仙跡舊遊此地，尤顯靈著異倍常；
　　　蓋由孝順肝腸，金剛不壞桑滄等閒。
　　　自不必金丹煮白，自不湏玉液燒紅；
　　　自能上下天宮，自能玉女金童往來。

能變化丹臺紫府，能逍遙玉宇瓊樓；

能令雨散雲收，能馴虎豹能驅龍蛇。

能禍殺淫邪惡類，能福生孝義善人；

能令魑魅潛身，能令八部鬼神敬欽。

能消散重陰黑氣，能豁開大地昏衢；

上能翊贊皇圖，下能保佑明都清平。

翼軫下河清海晏，崇間地遠天長；

讚文謹述一章，巍巍大德煌煌有臨。

瞻天仰聖無任。

　　仙主回謁靈霄，上帝問曰：「南國之遊樂乎？」對曰：「五紀之期已完公案，三生之想獨絆[105]私心。惟願陟降不常，往來無礙，庶得覓塵寰舊遊也。」帝許之。仙主乃帶桂、柿[106]二娘，直指清華庸葛地方騰空而下。這地方山嶺[107]秀麗，花草清幽，玉井鍾靈，湧出陰陽之水；雲衢有蕩，通來南北之人。仙主每於此處，大顯福善禍淫手段。方民震懾，相率祠而奉之。黎裕宗景治年間，朝廷聞知，遂命羽林衛士、方外法人，大為勦除之舉。此時象馬喧闐，鼓鐘振動。有張弓，有發砲，聲似雷霆；或擲印，或飛符，勢如風雨。霎時間，山川變色，鳥獸驚惶，竟將一座靈祠成灰燼矣。誰知王威誠大，仙法更神，數月之後，疫染一方，殃遺六畜，日甚一日。鄉人愈不能堪，結壇致禱，忽然眾人叢[108]裡躍出一人，跳坐三層壇上，厲聲曰：「我乃上天仙女，顯聖凡間，汝能請命朝廷，重新廟宇，我當除災降福，轉禍為祥。否則，使汝一方終無噍類矣！」鄉人如神降所言，詣闕叩訴。朝

---

105 「絆」原作「伴」，據《傳奇新譜・雲葛神女傳》改。

106 「柿」原作「瑞」，據《傳奇新譜・雲葛神女傳》改。

107 「嶺」原作「岑」，據《傳奇新譜・雲葛神女傳》改。

108 「叢」原作「巖」，據《傳奇新譜・雲葛神女傳》改。

廷靈異其事,即重創廟宇於葛庸山中,敕封「禡鑽公主」。方民祈
禱,報應如響。後來王師平寇,大有默護之功,加贈「制勝保和妙大
王」,榮列祀典。至今家家畫像,處處構祠,萬古不絕云。

陸

越南漢文小說在臺灣的出版與研究

一　前言

　　二十世紀末二十年，臺灣中文學界開始認真地探索日本、韓國、越南等國漢文小說的豐美世界，並累積了許多具體的成果。

　　關於臺灣對東亞漢文小說出版與研究的情況，一九九一年，我曾以〈中國域外漢文小說在臺灣〉為題，回顧過臺灣學界在二十世紀八十年代的十年努力[1]；二〇〇〇年，亦曾以〈域外漢文小說的探索〉為題，論及二十世紀九十年代的發展情形[2]。那兩篇論文，都是就日、韓、越三國漢文小說一併敘述的。

　　二〇〇一年二月，「中國域外漢文小說國際學術研討會」在中正大學召，我策劃了一項以「二十年來域外漢文小說的整理與研究」為主題的綜合座談，目的是希望進行各地的回顧、檢討與交流，以利於相關課題在二十一世紀的繼續推展。在這項座談會上，越南文學院范秀珠教授為大家介紹了越南本國「二十年來越南漢文小說的整理、翻譯與出版」[3]，我則負責介紹「臺灣對於越南、日本漢文小說的整理與研究」[4]。

1　「第五屆臺港澳暨海外華文文學國際學術研討會」（1997年7月，廣東中山）論文，收入該會會議論文集，並載於《北京圖書館館刊》，1994年第3／4期，頁98-105。

2　收入龔鵬程主編：《五十年來的中國文學研究》（臺北市：臺灣學生書局，2001年），頁51-57。

3　文章收入中正大學中文系、語言與文學研究中心主編：《「外遇中國──中國域外漢文小說國際學術研討會」論文集》（臺北市：臺灣學生書局，2001年），頁543-547。

4　中正大學中文系、語言與文學研究中心主編：《「外遇中國──中國域外漢文小說國際學術研討會」論文集》，頁555-565。

　　現在，我打算專門針對越南漢文小說在臺灣，分整理出版、研究討論兩部分，重新做一精要的介紹，並補充報告最新的訊息，提供「越南文學在國際與漢文化區域的交流」國際研討會在場的學者專家參考。

二　越南漢文小說在臺灣的整理出版

　　臺灣對於越南漢文小說的整理出版，目前的成績可能是最為耀眼的。一九八七年四月，陳慶浩、王三慶教授主編《越南漢文小說叢刊》第一輯七冊，由法國遠東學院出版、臺灣學生書局印行，這是越南漢文小說在國際間首度以此大規模的嶄新面貌亮相。

　　長期以來，越南漢文小說資料散藏越南、法國和日本的一些圖書館中，研究者不易接觸，故如《漢文文學在安南的興替》一書[5]，堪稱小型的越南漢文學史，卻僅有隻字片語談及漢文小說。實際上，越南使用漢字的歷史悠久，估計現存越南漢文小說，至少有三百萬字之多。依性質區分，包括神話傳說、傳奇小說、歷史演義、筆記小說與現代小說等五類[6]，《越南漢文小說叢刊》第一輯涵蓋了前四類的重要內容。

　　《越南漢文小說叢刊》第一輯，出版七冊，第一冊是《傳奇漫錄》；第二冊有《傳奇新譜》、《聖宗遺草》、《越南奇逢事錄》（以上為傳奇類）；第三冊是《皇越春秋》；第四冊是《越南開國志傳》；第五冊是《皇黎一統志》（以上為歷史小說類）；第六冊有《南翁夢錄》、《南

5　鄭永常：《漢文文學在安南的興替》，香港能仁書院中文研究所碩士論文，臺灣商務印書館出版，1987年，凡232頁。

6　所謂「現代小說」，陳慶浩先生說明：「這是本世紀以來，受西方文化和中國白話文學影響而創作的現代白話小說，數量不多，勉強算作一類，可以視為上四類的附錄。」語見〈《越南漢文小說叢刊》總序〉一文，載於《中國書目季刊》第20卷第2期（1986年9月），頁3-7。

天忠義實錄》、《人物志》；第七冊有《科榜傳奇》、《南國偉人傳》、《大
南行義列女傳》、《南國佳事》、《桑滄偶錄》、《見聞錄》、《大南顯應
傳》（以上為筆記小說類）。收書凡十七部，約一百五十萬言，這批資
料得來不易，尤可貴者，它網羅了各種異本，委託中國文化大學中文
研究所「越南漢文小說校勘小組」詳加校點，並由主編於每部書前，
就作者、版本源流、內容等撰述「出版說明」，符合學術要求。所以
《叢刊》甫出，即榮獲臺灣新聞局頒發「金鼎獎」（圖書主編獎）；
越南學者得知消息，也主動提供資料和意見，加入後續的出版計畫。

　　一九九二年十一月，陳慶浩、鄭阿財、陳義主編的《越南漢文小
說叢刊》第二輯，繼續由臺灣學生書局印行，內容包括《嶺南摭怪列
傳》三種、《天南雲籙》、《粵甸幽靈集錄》四種（以上為神話傳說
類），《皇越龍興志》、《驪州記》、《後陳逸史》（以上為歷史小說類），
《南天珍異集》、《聽聞異錄》、《喝東書異》、《安南國古跡列傳》、《南
國異人事跡錄》、《雨中隨筆》、《敏軒說類》、《會真編》、《新傳奇錄》
（以上為筆記、傳奇小說類），共五冊。

　　《越南漢文小說叢刊》第一、二輯的整理出版，評論者稱讚它
「有詳細的作品解題，有校勘和新式標點，反映了系統整理越南古籍
的創意，也代表了這項工作的最新水平」，其意義在於「它不僅提供
了一批小說研究的材料，而且提供了關於越南漢文小說的一種理
解」；不過，評論者也批評它存在分類標準不一、體例不甚嚴明等不
完善的地方。[7]

　　截至目前為止，越南漢文小說仍舊沒有停止搜集，在陳慶浩、陳
益源與越南學者的通力合作下，已經掌握《異人略記》、《神怪顯應
錄》、《歷代名臣事狀》、《古怪卜師傳》、《南海四位聖娘譜錄》、《潘神

7　參見劉春銀、王小盾、陳義主編：《越南漢喃文獻目錄提要》之〈王序〉（臺北市：
　「中央研究院」中國文哲研究所，2002年），頁XXvii～XXXii。

娘玉譜》（等三種）、《武氏烈女神籙》、《雲葛女神古錄》、《天本雲鄉黎朝聖母玉譜》、《唐高都護渤海郡王詩傳》、《桑滄淚史》、《黎郡公古傳史莫》、《武亭月圓記事》、《鳥探奇案》，以及《公餘捷記》、《雲囊小史》、《大南奇傳》、《陳朝上將事記》、《本國異聞錄》、《山居雜述》、《花園奇遇集》、《婆心懸鏡錄》、《野史》、《上京記事》、《邯江名將列傳》、《再生事蹟》、《越雋佳談前編》、《諸家發跡地》、《西洋耶穌秘籙》、《金雲翹錄》、《傳記摘錄》、《異聞雜錄》、《南城遊逸全傳》……等三十餘種新資料，此刻正由國立成功大學中文系「東亞和文學與民俗文化之調查、整理與研究」計畫[8]，進行整理之中，日後仍準備予以出版。

　　值得期待的是，臺灣成功大學、越南漢喃研究院與中國上海師範大學另有一項《越南漢文小說集成》的合作出版計畫，擬在大陸將上述所有越南漢文小說重編，完整印行，擴大影響。其中，也將包括越南潘佩珠所撰寫的十幾種漢文著作，這是陳慶浩先生在中國《兵事》雜誌等處的最新發現。

三　越南漢文小說在臺灣的討論研究

　　關於越南漢文小說的研究討論，在臺灣亦有不錯的成果。《越南漢文小說叢刊》整理期間，陳慶浩先生曾在雜誌上談〈窮千里目，看漢文學史〉[9]，並於會議中講〈簡介越南漢文小說的內容及其出版計畫〉[10]；《叢刊》出版之後，他幾度重申「漢文化整體研究」的觀念，

8　該項計畫屬於成功大學「發展國際一流大學及頂尖研究中心計畫」之一，由陳益源擔任主持人，王三慶教授擔任共同主持人。

9　戴玉整理，載於《國文天地》第9期（1986年2月），頁17-21。

10　載於《第一屆中國域外漢籍國際學術會議論文集》，臺北市：聯合報文化基金會國學文獻館，1987年1，頁1131-1137。

並撰有〈越南漢文歷史演義初探〉[11]，分析《皇越春秋》、《越南開國志傳》、《皇黎一統志》、《皇越龍興志》四書的特點。後來，鄭阿財〈越南漢文小說的歷史演義〉、〈越南漢文小說中的歷史演義及其特色〉[12]續作發揮。兩位先生一致肯定《叢刊》「歷史小說類」的作品，備載中越官方、民間交往之實，對我們瞭解兩國關係，很有幫助。

　　另外，關於「筆記小說類」的越南漢文小說，王三慶〈越南漢文筆記小說〉[13]介紹其文學價值有四：可以輯出大量的越南文獻資料、可以發掘出大批的詩文、神話傳說的淵藪及比較文學的富礦、可以發掘越南漢文學的部分理論；史學價值亦有四：補充越南極重要的筆記叢書、制度史的重要參證、越南古今地名流變的參考、豐富中越兩國外交史料。

　　關於「傳奇類」的越南漢文小說，陳益源曾取阮嶼《傳奇漫錄》，與明初瞿佑《剪燈新話》進行比較研究，撰寫碩士論文[14]，並發表〈越南漢文小說《傳奇漫話》的淵源與影響〉[15]。以往海內外學術界評述《剪燈新話》之作甚多，但始終充滿誤會[16]；固知其盛傳東亞，直接帶動韓國李朝小說和日本江戶文學的蓬勃發展，卻對它南傳越南，強烈影響《傳奇漫錄》，掀起該國創作傳奇小說的風氣，所知

---

11 收入《第二屆中國域外漢籍國際學術會議論文集》，臺北市：聯合報文化基金會國學文獻館，1989年，頁393-397。

12 前者收入《域外漢文小說論究》（臺北市：臺灣學生書局，1989年），頁93-112；後者載於《文學絲路——中華文化與世界漢文學論文集》（臺北市：世界華文作家協會，1998年），頁162-177。

13 載於《國文天地》第33期「海外漢文學」專欄（1988年2月），頁90-94。

14 名為《剪燈新話與傳奇漫錄之比較研究》，中國文化大學中文研究所1988年碩士論文，後來修訂出版，臺北市：臺灣學生書局，1990年，凡243頁；該書增訂版並已由越南文學院范秀珠、陳冰清與漢喃院阮氏銀譯成越文，由河內的文學出版社發行，2000年，凡370頁。

15 收入《域外漢文小說論究》（臺北市：臺灣學生書局，1989年），頁113-155。

16 詳參陳益源：〈關於《剪燈新話》的幾個誤會〉，載於《中外文學》第18卷第7期（1990年2月），頁133-172。

有限。如今,《傳奇漫錄》諸作隨著《叢刊》的出版再現,提供了我
們反省、重估《剪燈新話》成就及地位的新證。除此,曾永義〈從
《項王祠記》的劉項論說起〉[17]、黃啟方〈從《金華詩話記》看安南
黎朝的漢詩發展〉[18],則都是運用《傳奇漫錄》的單篇故事,展開精
闢的詮釋。

　　至於「神話傳說類」的越南漢文小說,林翠萍在王三慶教授指導
下撰有《〈搜神記〉與〈嶺南摭怪〉之比較研究》一書[19],就《搜神
記》與《嶺南摭怪》的問世與流傳、故事類型及其意涵、內容與情節、
藝術成就與文學影響,進行比較研究,肯定《搜神記》「在中國小說史
上的地位與貢獻,隨著域外漢文學的拓展,已有了跨國性的意義與價
值」,而越南《嶺南摭怪》「則不僅只是越地志怪文學的殊榮,亦是中
國志怪文學的傑出表現」。另外,鄭阿財教授也曾討論《嶺南摭怪》卷
二的〈李翁仲傳〉,撰有〈越南漢文小說中的「翁仲」〉一文[20]。

　　可喜的是,近幾年內,在陳益源執行「中越金雲翹傳之比較研
究」、「漢喃研究院所藏越南漢文小說及其與中國小說之關係」等國科
會補助之專題計畫的調查研究基礎下,另一項大型的「中越法合作研
究越南漢文小說之研究計畫」,已於二〇〇〇年下半年,由國立中正
大學語言與文學研究中心正式和越南社會科學與人文國家中心漢喃研
究院、法國國立科學研究中心中國文化研究所,達成中越法三方進行
國際學術合作的共同協議。在陳益源的策劃指導之下,臺南國立成功
大學中文研究所的十四位研究生曾合力完成了「越南漢文小說研究專

---

17 收入《第三屆中國域外漢籍國際學術會議論文集》(臺北市:聯合報文化基金會國
　　學文獻館,1990年),頁227-261。

18 收入《第四屆中國域外漢籍國際學術會議論文集》(臺北市:聯合報文化基金會國
　　學文獻館,1991年),頁245-254。

19 臺南市:成功大學中文研究所碩士論文,1996年1月。

20 《域外漢文小說國際學術研討會論文集》(臺北市:東吳大學中國文學系,1999
　　年),頁145-162。

號」[21]，得到了中國知名學者高國藩教授的鼓勵，給予高度評價（參見本文〈附錄　高國藩〈越南漢文小說研究的新成就〉〉）；最新的一項研究計畫——成功大學的「東亞漢文學與民俗文化之調查、整理與研究」，也即將推出其研究成果《中越漢文小說研究》[22]。

四　結語

　　在臺灣，早期專攻類似「漢文化整體研究」的學者，首推臺灣師範大學的朱雲影教授。他窮數十年之力，為文倡導「中國文化圈」的研究，結集《中國文化對日韓越的影響》一書。其中收錄〈中國文學對日韓越的影響〉一文，曾呼籲重視「日、韓、越各國過去的那些漢文作品」[23]；偏偏在其大作中，找不到任域外漢文小說的蹤跡，這可能跟資料的不易取得有關。再者，臺灣各大學的中文研究所，歷來雖有外籍青年或華僑留學，可是即使他們在撰寫中外文學因緣之類的學位論文時，亦鮮能兼顧本國或東亞各國的漢文小說，這想必也跟資料的不為人知有關[24]。因此，在相關資料未整理出版之前，臺灣地區關

---

21 收入《東亞文化研究》第七輯，香港：東亞文化出版社，2005年，凡289頁。

22 陳益源著，收錄〈明清小說在越南的流傳與影響〉、〈越南漢喃研究院所藏的中國重抄重印本小說〉、〈《聊齋誌異》、《後聊齋誌異》與越南的《傳記摘錄》〉、〈《亦復如是》、《志異續編》與越南的《異聞雜錄》〉、〈越南柳杏公主相關文獻考索〉等多篇論文，其中有許多關於越南漢文小說的具體發現，例如證實《南城遊逸全傳》是越南豔情小說而非中國小說，以及越南漢文小說《傳記摘錄》、《異聞雜錄》跟中國小說（《後聊齋誌異》、《亦復如是》）直接有關等等。

23 朱雲影：《中國文化對日韓越的影響》（臺北市：黎明文化事業公司，1981年），頁105。朱雲影先生「中國文化圈的研究」，可參黃秀政：〈中國對於日韓越的影響——評介朱著《中國文化圈之歷史的研究》〉一文，載於臺灣《中央日報》副刊，1975年5月1-3日。

24 例如胡玄明《漢字對越南文學之影響》，臺北市：臺灣師範大學國文研究所碩士論文，1972年6月；陳光輝《越南喃傳與中國小說關係之研究》，臺北市：臺灣大學中文研究所博士論文，1973年；胡玄明《中國文學與越南李朝文學之研究》，臺北市：政治大學中文研究所博士論文，1978年6月。

於越南、日本漢文小說的研究，可以說乏善可陳。不過，隨著《越南漢文小說叢刊》、《日本漢文小說叢刊》乃至《朝鮮漢文小說叢刊》的陸續整理出版，我們相信這種缺憾必將逐漸獲得改善。

　　近二十多年來，臺灣除了整理出版域外漢文小說資料之外，研討討論的風氣也慢慢打開。自一九八六年九月起，臺北聯合報文化基金會國學文獻館連續召開了八屆「中國域外漢籍國際學術會議」[25]；一九八七年九月，龔鵬程先生主持過一場「域外漢文學的出版與研究」座談會[26]；一九八八年十月，由中國古典文學研究會主辦的「第九屆中國古典文學會議」也曾以「域外漢文小說」為會議專題之一[27]。涉及中國域外漢文小說的國際學術會議，近十年來也開始出現，例如臺北東吳大學一九九八年八月召開過「中華文化與世界漢文學研討會」，一九九九年六月又主辦了「域外漢文小說國際學術研討會」，嘉義國立中正大學二〇〇一年二月召開過「中國域外漢文小說國際學術研討會」，二〇〇三年十一月又主辦了「東亞漢文學與民俗文化國際學術研討會」。在上述這些座談會與研討會中，越南漢文小說始終都是受到關注的焦點。

　　未來，我們希望臺灣仍能出版越南漢文小說整理的新成果，並且繼續深入研究越南漢文小說，最好還可以出現專門為越南漢文小說所舉辦的國際學術研討會。為了實踐這樣的目標，我們亟需越南文學界提供更多的支援，除了漢文小說的原始素材之外，像是個別研究成果的翻譯，或者是「越南文學史」（越南漢文學史）、「越南小說史」（越南漢文小說史）一類書籍的編印，都是臺灣在出版與研究越南漢文小說時所期待參考的。

---

25 先後結集之《中國域外漢籍國際學術會議論文集》，共七冊（第七、八屆合為一冊），聯合報文化基金會國學文獻館印行。

26 座談會記錄由陳益源整理，載於《中國書目季刊》第21卷第3期（1987年12月），頁3-12。

27 專題論文曾結集成書，即《域外漢文小說論究》，臺北市：臺灣學生書局，1989年。

附錄
高國藩〈越南漢文小說研究的新成就〉

　　《東亞文化研究》第七輯「越南漢文小說研究專號」刊登了成功大學中文系博士生導師陳益源教授及其十四位弟子的專門研究越南漢文小說的論文。這在東亞學術界是一個創舉，在海峽兩岸大學之間也開創了合作的先例。

　　這一輯「越南漢文小說研究專號」，就是陳益源教授設計和制定的計畫內容。年輕的學者思想活躍，精力旺盛，只要他們達到了應有的學術水平，在導師精心的設計和認真的指點下，他們就能觸類旁通，也能融會貫通，正如南宋朱熹所說：「舉一而反三，聞一而知十。」於是，一篇篇視角新穎的論文便靚麗的登場，一個個青年學者便脫穎而出，此誠學術界之幸事也。因此，這一專輯展示了這一批成功大學年輕學者對越南漢文小說精心研究的新成就，也是海峽兩岸大學人文社會科學合作研究的新篇章。

（一）對越南漢文小說的歷史背景有精闢的分析

　　觀這一系列有關越南漢文小說的論文，年輕學者們在對近兩個世紀越南人民苦難的遭遇及其時代背景分析中，論點中肯而又確實，分析精闢而又周到。各學者是殊途同歸式的提出了他們精彩的論斷。陳雅欣〈《歷代名臣事狀》初探〉一文提出東亞漢文化圈的問題，她說：「以漢字為書寫工具的地區……形成東亞漢文化圈，在西方政權強大進逼影響下，日本、朝鮮與越南逐漸停止了漢文的寫作，是故縱有大量漢文文獻的保存，但能閱讀，研究者卻是越來越少。」這就是說，西方政權的進逼，是導致東亞漢文圈寫作和漢文文獻衰落的主要因素。鄭沛文〈《南海四位聖娘譜錄》初探〉一文更提到一八四二年發生在中國的那一場令所有炎黃子孫心碎的戰爭，她說：「一八四二年鴉片

戰爭結束，越南成為法屬殖民地，正式與中國脫離千年的分合關係。
然而文學成就的光輝終究不能隨時空黯然湮滅」。這就是說，一八四
二年後越南成為法屬殖民地，影響到越南漢文化的發展，已經不能再
續前緣。羅夏美則指出法屬殖民者鉗制越南的問題，她說：《天本雲
鄉黎朝聖母玉譜》一書，「成書於維新四年（西元1910年）。時已在越
南淪為法殖民地（西元1885年），鉗制漢文文學之後。」這也證明，
主要是越南由於淪為法國殖民地，所以，法國殖民者鉗制了越南漢文
學的發展。對於法國殖民者怎樣鉗制越南漢文學發展，林韻文〈《神
怪顯靈錄》初探〉則精闢分析到法國殖民者禁止越南人用漢字的問
題：「越南文字初採漢字，後融合漢字構造及越南讀音創喃字，在受
法殖民禁用漢文以前留下大量以漢字和喃字書寫的文獻。」也就是
說，在受法殖民禁用漢文以後，就不會再有越南漢字的文獻產生了。

　　綜上所述，實際已強調指出：法殖民者在越南禁用漢文，它的目
的既是為了永遠占領越南，也是對準當時已經虛弱的東方大國──古
老中國，配合列強瓜分中國。自從一八四二年英國人用大炮轟開了中
國的大門，接著而來的便是形成帝國主義群狼吞噬和宰割中國龍的局
面。而當時要啃噬文明化程度很高的，又是千手千眼的中國龍，法殖
民者最厲害的辦法就是啃掉他的一隻手臂（越南的漢文就是文化的血
管連同的一隻手臂及其一手一眼的），就這樣被法殖民者啃噬下來
了。一隻斷掉的手臂，連同他的一手一眼，以後，就不可能再同他的
母體有任何聯繫了，他那斷了臂的手無法接上，而緊閉的眼睛就不可
能再微笑的張開，這是戰爭帶給人類文明的恥辱。

（二）對中國文化深遠的影響作了廣泛的比較

　　接著，這一批年輕的學者們分別從不同的角度，深入地分析了越
南漢文小說與中國文化水乳交融的關係，那內容實在是廣泛博識，精
彩紛呈的，也創發良多。

　　吳依珊〈《異人略誌》初探〉指出該書是越南黎聖宗（相當於中國明朝）時的作品，其中最引人注目的是〈孔子相稟問答書〉，它是中國唐朝流傳下來的最有名故事的延續，也是唐人智慧的結晶。敦煌文書中有十一個寫本發現，曾引起國際學術界廣泛的討論。我一九九八年在韓國安東大學講學時，也曾在韓國的漢文小說中發現這個故事，現在又在越南漢文小說中發現了這個故事，證明孔子與小兒的故事在東亞文化中影響很深遠，以致在東南亞與東北亞都流傳有這個故事。吳文又指出越南有三種孔子相稟故事流傳，而且又對比了敦煌本、藏文本、小兒論的有關故事，因而更具有研究的提示作用。

　　柯正容〈《古怪卜師傳》研究〉更是明確指出：「綜觀越南此一民族，不論在文字、政治、宗教、習俗等方面，皆可見受我國之影響，而神怪靈異一類的事物，似乎是越南民族普遍的民間信仰。如《越甸幽靈》、《嶺南摭怪》一類，早期即在民間流傳的神話傳奇故事，經過人民的敷衍流傳，不斷被文人增添、改造，而使得這一類故事數量龐大，且深植人心。」她特別指出「越南人民對於廟宇神靈災異之信仰，是非常普遍的，且對此類事蹟的接受程度，實遠高於我國人民。鄭克孟還提到，『風水、卜算、陰陽五行等信仰，對越南漢文傳奇小說也起支配和推動作用。』」其他論文用確鑿的事例，證明了這一觀點。

　　楊惠椀在分析《武氏烈女神籙》時指出：河內著名的玉山祠即合祀文昌帝君、關帝、呂祖這些道教神。而且指出《武氏烈女神籙》中有中國文化典故，蓬瀛、桑榆之景、精衛、曹娥、紅顏、琴瑟之緣，比比皆是。就是游千慧分析的《雲葛神女古錄》中，道教的「王母之蟠桃」、「老君之丹藥」等典故依然存在。

　　許采甄〈《鳥探奇案》初探〉的研究也是可貴的，認為本篇受了中國六朝志怪和唐傳奇的影響，雖然不大具體，但是大致一致，分析詳盡到位。從題目《鳥探奇案》可見，許采甄將其小說大要分全文十三節，很好，而且對每一節故事都有敘述，使故事情節一目了然。核

心在「鳥探」這個重點上，即：鳥探案。這是中國民間故事類型索引裡一個著名的母題。關於鳥探案，最有名的載體就是敦煌文書中伯二六五三《燕子賦》，我在《敦煌俗文化學》一書的第十五章「敦煌寓言故事──《燕子賦》」裡，做過比較詳細的研究。（參見該書頁409-419，上海三聯書店，1999年）但從整體而言，鳥探案在學術界很少有人研究。它的最主要的故事核心是：甲鳥與乙鳥提出案情，派丙鳥去探案。《燕子賦》中正是燕雀爭巢，鳳凰派鷦鷯去探案；許采甄分析《鳥探奇案》裡的第六節正是二鳥探事，烏鴉遂領命與老鷹前往調查。所以《鳥探奇案》的故事核心正是以鳥探案母題為核心展開明矣。這雖是在越南發現的中國民間故事鳥探案母題的第一例，但是我相信在東南亞一定還流傳有這個類型母題的故事。

（三）對越南人民崇尚唐宋各有原因進行了深入討論

正如辜贈燕在分析《唐高都護渤海郡王詩傳》（簡稱《高王詩傳》）時指出的那樣：「越南人民以漢文寫作的題材，約略可分為兩種：一、純粹將漢文當作文字媒介，內容以越南境內人事時地物為主……；二、漢文不僅是文字媒介，更藉其刻畫與中國有關人事，如《南海四位聖娘譜錄》……。《高王詩傳》屬於後者，與前者不同之處在於《高王詩傳》乃以越南人民的角度，書寫心中的漢人──也就是高駢。不同於中國史書，也不全然等於越南文獻，而是兩者的綜合體，互有影響及發明。」

關於高駢與呂用之的問題，我曾在〈崔致遠為什麼提出「眾許居先」論──讀《呂用之兼管山陽都知兵馬使》〉一文裡研討過。（見《中韓文化研究通訊》第4期，頁85-88，韓國：中文出版社，2000年第一版）不過我覺得這篇《高王詩傳》與呂用之無關。如果我們把高駢這一歷史人物的一生分為前後二期的話，《高王詩傳》講述的是他前期的功績。正如辜贈燕在文中的分析：「高駢在安南情況最危急的一刻跳

出，收復安南，保全人民性命，避免塗炭，因此得到安南人民擁戴，甚至標一『王』字，以示尊敬；亦為高駢建祠廟，追思功德。……這位解救他們脫離水火的恩人，遠比那位高高在上、不可得見的唐帝來得重要。」這一分析是到位的，中肯的。

鄭沛文〈《南海四位聖娘譜錄》初探〉一文，講的是「元宋紛爭時，越陳太宗見天上異象，得知南宋國祚將盡。危急之際，帝昺之皇后、兩公主及一侍女共乘小舟逃往南境，漂流至越南海邊。於禪門寄宿數月，得知帝昺與臣將百人俱投海，有感於生於國事，死於國難之義，毅然投海而死。」居民出海津行禮埋葬，立一小廟，神號「四位王婆」，歲時奉祀，禱有靈驗。香火不絕，後世多有帝王加贈敕旨為上等福神。經查證，這四位福神是「皇后從越南遠嫁中國皇家，身份顯赫，又以盡忠死義，遺體回歸出生地大乾海口，經天使寅祿，四人始得安葬祭祀，可見越南人對於皇后攜公主侍女『回娘家』是有感情基礎的，因此從越南的女兒，禮敬為越南上等福神。另外，四位受封王婆的女性可反映民間女神信仰，不但本身具備泛文化討論的女神特質，亦說明了人民對女性的完整期待。」

以上兩文，結合新舊唐書和宋史，及越南史料，資料翔實，分析細緻，論證確實，對照游刃有餘，引申累見生花妙筆，很好的對越南人民崇尚唐宋原因進行了深入討論。

（四）剖析越南漢文地方文化展現出的中國文學意識

董璨〈《潘神娘玉譜》等三種譜錄初探〉一文，分析了《潘神娘玉譜》、《策丁生母玉譜》、《傘員聖事跡》三篇越南漢文文言小說。講的是越南當地神祇傳說故事，一為蛇神潘氏虯的故事，二為傘員山聖阮松母親丁玉娘的故事，三為聖阮松自己的故事。結合越南漢文文獻《大越史記全書》等多種文書研究，得出結論：「本文即針對《潘神娘玉譜》等三種譜錄著手，就其故事內容、體例、行文特色、藝術技

巧、題材、思想內涵等各方面予以初步介紹、探討，期能使讀者對其有概略式之認識，並一窺其與中國古代文學在思想意識、題材等方面相雷同之處。」

　　郭妍伶〈《桑滄淚史》初探〉一文，也是結合《大越史記全書》、《清史稿》、《後陳逸史》、《皇黎一統志》、《桑滄偶錄》等書進行研究。《桑滄淚史》記載了黎顯宗至黎朝滅亡間的一段史事，及之後作者因遊歷幾處名勝古蹟而產生的興亡桑滄之感。全書共含四十七篇故事，形式類似中國筆記小說，略具章回小說雛形，也具中國文學的意識。

　　本篇展示的越南反抗法國殖民主義的愛國精神不容忽視。尤其是郭妍伶考訂《桑滄淚史》與《後陳逸史》等都極可能為潘佩珠所作，堪稱發明。此前《桑滄淚史》不知作者名。《桑滄淚史》作者為越南革命家，面對法國的入侵，矢志抵抗，並號召民眾參與，遂作《桑滄淚史》以激發越南人民愛國心，對法國侵略者進行反抗。而《後陳逸史》則反對的是明朝的統治，但觀其第九節「冤禽填海」來自精衛填海，第九節「色石補天」來自女媧補天，亦具中國文學的意識。

　　葉常泓〈《黎郡公古傳始末》初探〉分析此書黎朝宦官阮滿由微而顯的一生發跡史，從傭工家奴一直發跡至將帥公爵。其體裁或可歸於地區性個人史，亦屬越南當地文史。葉常泓在研究中也發現本書具有中國文學的意識。例如小引中的「不覺東方之既白」，顯然來自《詩經·王風·葛藟》，「全憑月老」顯然來自《宣室志》，還使用了許多中國熟語，投桃報李、學優則仕、載饑載渴等等。

　　羅景文〈《武亭月圓記事》初探〉是屬於當地人物事蹟的越南漢文小說。寫的是一位名叫范玉簪的落第文人的自傳，敘述自己一生坎坷的命運，在書中反映了當時越南官吏貪賄的風氣，也反映了作者的思想感情。這一篇越南漢文小說也具有中國文學的意識。其中重要的民間信仰──算命術，就是來自中國的民俗，其藝術表現與中國小說一致。舉凡科舉制度、產權糾紛、月圓意識、縣衙設置都與中國文學

表現的一致，如果把時空換到中國就是一篇典型的中國小說，說明作者受了中國文學很深的影響。此篇表現的是一八九三至一九三六之間越南生活，但故事時空背景完全略去越南反抗法國，爭取獨立的時代的起義運動，而將小說完全放在古代越南時空來表現，從而加大了中國文學意識表現的力度。

　　總之，在陳益源教授的精心計劃和悉心指導下，十四位學子參與了越南漢文小說這一重要而熱門的課題研究，虎虎有生氣，出色地完成了任務。可以說，他們奉獻的每一篇研究成果，都是大氣磅礴的，都是站在世界四大文化源流的高度，有所出新，有所創造，有所發明；每一位學者精心鑽研一種越南漢文小說，是第一研究者，也是開創者，以後的研究者都必須循著他們的足跡向前進，因為他們是學術長跑接力賽的第一棒，這本身就是一件十分有意義的事情。在人文社會科學領域，促使年輕有為的學子參加重大課題的研究，讓他們在實戰中積累經驗，增長才幹，迅速成長，也是培養人才的一個成功範例。

二○○五年五月二十三日
寫於南京大學中韓文化研究中心

參考書目

一　專書

《文學絲路——中華文化與世界漢文學論文集》　臺北市　世界華文
　　　作家協會　1998年

《域外漢文小說國際學術研討會論文集》　臺北市　東吳大學中國文
　　　學系　1999年

《新校本清史稿》　臺北市　鼎文書局　1982年

〔明〕李卓吾批點　《世說新語補》　臺北市　廣文書局　1980年

〔明〕嚴從簡　《殊域周咨錄》　北京市　中華書局　1993年

〔清〕不題撰人　《新式標點後聊齋誌異》　收入《清說七種》　上
　　　海市　上海文藝出版社　1992年

〔清〕青城子著、于志斌標點　《亦復如是》　收入《筆記小說精品
　　　叢書》　重慶市　重慶出版社　1999年

〔清〕青城子編　《志異續編》　臺中市　燈塔出版社　1956年；臺
　　　北市　新興書局　1978年；臺北市　新文豐出版公司　1996
　　　年。

〔清〕陳皋謀　《一夕話》　收入《筆記五編》　臺北市　廣文書局
　　　1976年

〔清〕應祖錫編　《增廣尚友錄統編》　收入《筆記小說大觀》　臺
　　　北市　新興書局　1988年

〔法〕克勞婷‧蘇爾夢編著、顏保等譯　《中國傳統小說在亞洲》
　　　北京市　國際文化出版公司　1989年

〔韓〕朴在淵編　《韓國所見中國小說戲曲書目資料集》　韓國鮮文
　　　大學校中韓翻譯文獻研究所　2002年

大連明清小說研究中心編　《稗海新航——第三屆大連明清小說國際
　　　會議論文集》　瀋陽市　春風文藝出版社　1996年

中正大學中文系、語言與文學研究中心主編　《外遇中國——「中國
　　　域外漢文小說國際研討會」論文集》　臺北市　臺灣學生書
　　　局　2001年

中國古典文學研究會主編　《域外漢文小說論究》　臺北市　臺灣學
　　　生書局　1989年

王旭川　《中國小說續書研究》　上海市　學林出版社　2004年

王秋桂、李豐楙主編　《中國民間信仰資料叢編》　臺北市　臺灣學
　　　生書局　1998年

王麗娜　《中國古典小說戲曲名著在國外》　上海市　學林出版社
　　　1988年

占驍勇　《清代志怪傳奇小說集研究》　武昌市　華中科技大學出版
　　　社　2003年

石昌渝主編　《中國古代小說總目》　太原市　山西教育出版社
　　　2004年

朱一玄編　《明清小說資料選編》　濟南市　齊魯書社　1990年

朱一玄編　《聊齋誌異資料匯編》　鄭州市　中州古籍出版社　1985年

朱雲影　《中國文化對日韓越的影響》　臺北市　黎明文化事業公司
　　　1981年

江蘇省社會科學院明清小說研究中心編　《中國通俗小說總目提要》
　　　北京市　中國文聯出版公司　1990年

呂正、吳彩瓊翻譯　《越南神話民間故事選》　河內　世界出版社
　　　1997年

宋柏年主編　《中國古典文學在國外》　北京市　北京語言學院出版
　　　社　1994年

孟昭毅　《東方文學交流史》　天津市　天津人民出版社　2001年

季羨林等　《東方文化研究》　北京市　北京大學出版社　1994年

苗壯主編　《中國歷代小說辭典》　昆明市　雲南人民出版社　1993年

高國藩、柳晟俊主編　陳益源、藤田梨那副主編　《東亞文化研究》
　　　第七輯（越南漢文小說研究專號）　香港　東亞文化出版社
　　　2005年

符達升、過竹、韋堅平、蘇維光、過偉合著　《京族風俗志》　北京
　　　市　中央民族學院出版社　1993年

郭廷以等　《中越文化論集》　臺北市　中華文化出版事業委員會
　　　1956年

陳汝衡　《說苑珍聞》　上海市　上海古籍出版社　1981年

陳益源　《元明中篇傳奇小說研究》　香港　學峰文化公司　1997年

陳益源　《王翠翹故事研究》　臺北市　里仁書局　2001年；北京市
　　　西苑出版社　2003年

陳益源　《古典小說與情色文學》　臺北市　里仁書局　2001年

陳益源　《剪燈新話與傳奇漫錄之比較研究》　臺北市　臺灣學生書
　　　局　1990年

陳益源　《從〈嬌紅記〉到〈紅樓夢〉》　瀋陽市　遼寧古籍出版社
　　　1996年

陳慶浩、王三慶主編　《越南漢文小說叢刊》第一輯　臺北市　臺灣
　　　學生書局　1987年

陳慶浩、鄭阿財、陳義主編　《越南漢文小說叢刊》第二輯　臺北市
　　　臺灣學生書局　1992年

董文成　《清代文學概論》　瀋陽市　春風文藝出版社　1994年

過偉主編　《越南傳說故事與民俗風情》　南寧市　廣西人民出版社
　　　1998年

過偉等編著　《越南民俗‧俗文學》　臺北市　東方文化書局　1994年

趙永良、張海保主編　《無錫名人辭典三編》　上海市　科學技術文
　　獻出版社　1994年

談鳳梁主編　《歷代文言小說鑒賞辭典》　杭州市　江蘇文藝出版社
　　1991年

劉春銀、王小盾、陳義主編　《越南漢喃文獻目錄提要》　臺北市
　　「中央研究院」中國文哲研究所　2002年

廣西壯族自治區編輯組　《廣西京族社會歷史調查》　南寧市　廣西
　　民族出版社　1987年

鄭永常　《漢文文學在安南的興替》　臺北市　臺灣商務印書館
　　1987年

黎志添主編　《道教與民間宗教研究論文》　香港　學峰文化事業公
　　司　1999年

羅長山　《越南傳統文化與民間文學》　昆明市　雲南人民出版社
　　2004年

釋德念（胡玄明）　《中國文學與越南李朝文學之研究》　臺北市
　　大乘精舍印經會　1979年

龔鵬程主編　《五十年來的中國文學研究》　臺北市　臺灣學生書局
　　2001年

二　學位論文

林翠萍　《〈搜神記〉與〈嶺南摭怪〉之比較研究》　臺南市　成功
　　大學中文研究所碩士論文　1996年1月

胡玄明　《漢字對越南文學之影響》　臺北市　臺灣師範大學國文研
　　究所碩士論文　1972年6月

陳光輝　《越南喃傳與中國小說關係之研究》　臺北市　臺灣大學中
　　文研究所博士論文　1973年12月

彭美菁　《〈聊齋誌異〉影響之研究》　　嘉義市　中正大學中文研究
　　　所碩士論文　2003年6月

三　單篇論文

〔越〕范秀珠　〈越南的明清小說研究〉　　收入大連明清小說研究中
　　　心編《稗海新航──第三屆大連明清小說國際會議論文集》
　　　（瀋陽市　春風文藝出版社　1996年）　　頁362-370
〔越〕黃文樓　〈關於越南漢文歷史章回小說《皇黎一統志》之史料
　　　價值〉　　收入《外遇中國──「中國域外漢文小說國際學術
　　　研討會」論文集》（臺北市　臺灣學生書局　2001年）　　頁
　　　481-490
王三慶　〈越南漢文筆記小說〉　　《國文天地》第33期「海外漢文
　　　學」專欄（1988年2月）　　頁90-94
王　卞　〈越南訪道研究報告（續）〉　　《中國道教》1998年第3期
　　　頁46-52
王金地　〈《聊齋誌異》在越南〉　　《蒲松齡研究》1995年第3、4期
　　　合刊　　頁483-488
徐杰舜、陸凌霄　〈越南《皇黎一統志》與中國《三國演義》之比
　　　較〉　　收入中正大學中文系、語言與文學研究中心主編《外
　　　遇中國──「中國域外漢文小說國際學術研討會」論文集》
　　　（臺北市　臺灣學生書局　2001年）　　頁491-513
陳光輝　〈中國小說的演變及其傳入越南〉　　《中華文化復興月刊》
　　　第9卷第6期（1976年6月）　　頁81-84
陳益源　〈《聊齋誌異》、《後聊齋誌異》與越南的《傳記摘錄》〉　　《廈
　　　門教育學院學報》2004年第1期　　頁9-13
陳益源　〈《聊齋誌異》對越南漢文小說《傳記摘錄》的影響〉　　《蒲
　　　松齡研究》2001年第4期　　頁96-107

陳益源　〈中國域外漢文小說在臺灣〉　《北京圖書館館刊》1994年
　　　　第3/4期　頁98-105

陳益源　〈明清小說在越南的流傳與影響〉　臺灣大學中國文學系、
　　　　成功大學中國文學系《唐宋元明學術研討論文集》（臺北市
　　　　大安出版社　2005年）　頁387-401

陳益源　〈越南漢文小說《傳奇漫話》的淵源與影響〉　收入《域外
　　　　漢文小說論究》（臺北市　臺灣學生書局　1989年）　頁
　　　　113-155

陳益源　〈越南漢喃研究院所藏的中國重抄重印本小說〉　雲林科技
　　　　大學「2004年漢學研究國際學術研討會」論文　載於《東華
　　　　漢學》第3期（2005年5月）　頁255-281

陳益源　〈漢喃研究院所藏越南漢文小說《傳記摘錄》研究〉　收入
　　　　中正大學中文系、語言與文學研究中心主編《外遇中國——
　　　　「中國域外漢文小說國際學術研討會」論文集》（臺北市
　　　　臺灣學生書局　2001年）　頁463-480

陳益源　〈關於《剪燈新話》的幾個誤會〉　《中外文學》第18卷第
　　　　7期（1990年2月）　頁133-172

陳荊和　〈順化城研究旅行雜記〉　臺灣文化協進會《臺灣文化》第
　　　　3卷第5期（1948年6月）　頁13-17

陳慶浩　〈《越南漢文小說叢刊》總序〉　《中國書目季刊》第20卷
　　　　第2期（1986年9月）　頁3-7

陳慶浩　〈越南漢文歷史演義初探〉　收入《第二屆中國域外漢籍國
　　　　際學術會議論文集》　臺北市　聯合報文化基金會國學文獻
　　　　館（1989年2月）　頁393-397

陳慶浩　〈窮千里目　看漢文學史〉　《國文天地》第9期（1986年2
　　　　月）　頁17-21

陳慶浩　〈簡介越南漢文小說的內容及其出版計劃〉　收入《第一屆

中國域外漢籍國際學術會議論文集》（臺北市　聯合報文化
基金會國學文獻館　1987年）　頁1131-1137

陸　林　〈清代文言小說家宋永岳事跡繫年〉　《明清小說研究》
1998年第4期　頁183-194

彭美菁　〈論《聊齋誌異》對越南漢文小說《傳記摘錄》的影響〉
《廣西民族學院學報》（哲學社會科學版）第25卷第4期（2003
年7月）　頁133-138

曾永義　〈從《項王祠記》的劉項論說起〉　收入《第三屆中國域外
漢籍國際學術會議論文集》（臺北市　聯合報文化基金會國
學文獻館　1990年）　頁227-261

黃秀政　〈中國對於日韓越的影響──評介朱著《中國文圈之歷史的
研究》〉　臺灣《中央日報》副刊　1975年5月1-3日

黃啟方　〈從《金華詩話記》看安南黎朝的漢詩發展〉　收入《第四
屆中國域外漢籍國際學術會議論文集》（臺北市　聯合報文
化基金會國學文獻館　1991年）　頁245-254

葉德均　〈《聊齋誌異》集外遺文考〉　《文史雜誌》第6卷第1期
「俗文學專號」　1947年3月

劉志強　〈越南的民間信仰〉　《東南亞縱橫》2005年第6期　頁45-
47

鄭阿財　〈越南漢文小說中的「翁仲」〉　收入《域外漢文小說國際
學術研討會論文集》（臺北市　東吳大學中國文學系　1999
年）　頁145-162

鄭阿財　〈越南漢文小說中的歷史演義及其特色〉　收入《文學絲
路──中華文化與世界漢文學論文集》（臺北市　世界華文
作家協會　1998年）　頁162-177

鄭阿財　〈越南漢文小說的歷史演義〉　收入《域外漢文小說論究》
（臺北市　臺灣學生書局　1989年）　頁93-112

賴麗青　〈《亦復如是》考論〉　《明清小說研究》2004年第1期　頁
　　　　95-108

顧樂真　〈越南民間宗教——母道教瑣談〉　《民族藝術》2005年第
　　　　4期　頁173-179

附錄一
越南漢文小說《花園奇遇集》與明代中篇傳奇小說

一　前言

　　越南漢文小說《花園奇遇集》現藏於越南社會科學院的漢喃研究院圖書館，藏書編號為 A.2829，劉春銀、王小盾、陳義主編的《越南漢喃文獻目錄提要》著錄如下：

> 今存抄本一種
>
> 46頁，高27公分，寬15公分
>
> 關於男女情緣的漢文小說；此書講述景興年間（1740-1786）參政官次子趙轎，貌賽潘安，在碧溝橋邊花園邂逅近御史官喬氏二女蕙娘和蘭娘，互生愛慕，後趙轎第解元，二女同嫁趙轎的故事[1]

這段著錄大致無誤，只是趙轎應作「趙嶠」才對。由於此一漢文書尚未公開出版，所以大家可能並不曉得這個抄本首尾殘破（第四十六頁是空白頁，結尾不全），又多以行草抄寫，有些地方不太容易理解。不過，《花園奇遇集》這部小說的現代越文譯本，倒已在一九七七年

1　劉春銀、王小盾、陳義主編：《越南漢喃文獻目錄提要》（臺北市：「中央研究院」中國文哲研究所，2002年），頁902。

十一月出版過[2]，譯者潘文閣教授在「出版說明」中推斷這部作者佚
名的小說大約成書於黎末（18世紀末）；他並在另一篇文章中推許
《花園奇遇集》是「越南中代文學中唯一難得的性文學作品」[3]。

　　對於這部越南學者口中越南性文學先驅的《花園奇遇集》，我們
不免產生許多的好奇與期待。然而，當我們在校點、整理這部越南漢
文小說時，卻意外發現除了故事時代（「皇朝景興年間」）、主角籍貫
（「南昌」）、奇遇地點（「碧溝坊」）之外，整部作品無論從形式到內
容，乃至遣詞用字，都有很濃厚的明代中篇傳奇小說的影子。

　　以下，且先讓我們來看看《花園奇遇集》的內容提要，接著再來
討論它跟明代中篇傳奇小說的關係。

二　《花園奇遇集》的內容提要

　　《花園奇遇集》一開頭介紹男主角趙嶠，說他是越南後黎朝景興
年間南昌趙參政的二兒子，「性格軒昂，文詞艷麗，誠所謂才高七
步、學富五車，兼以器宇超群、丰姿出眾」，自號「尋芳」。有一天，
他在碧溝橋邊的花園之中，邂逅喬御史的兩個漂亮女兒蘭娘和蕙娘，
自此神魂飄蕩，不能自持。

　　在趙嶠充滿愛意的詩詞的猛烈追求下，喬蘭娘已先以身相許；又
適逢喬御史有意為女擇婿，廣發考題要天下之士應策，趙嶠掌握機會
參加考試，因「盈篇錦繡，滿卷珠璣」，深受喬御史賞識，獲邀留在
府中讀書，以利求取功名。

　　趙嶠住進御史府以後，得近水樓臺之便，與蘭娘繼續約會，又私
其婢女春花，而且「得隴望蜀」，覬覦起蘭娘之妹蕙娘的才色。

2　收入陳義主編：《越南漢文小說總集》，河內：世界出版社。

3　潘文閣：〈越南漢文小說中的女性人物形象初探〉，收入《域外漢文小說國際學術研
　　討會論文集》（臺北市：東吳大學中文系，1999年），頁144。

　　喬蕙娘有一婢女秋月，趙嶠刻意在她身上下工夫。秋月失身於趙嶠，開始當起他與小姐的紅娘，不斷居間傳遞詩詞，製造機會，不過蕙娘始終不肯答應。直到趙嶠相思成疾，病癒後又借酒澆愁，喝得酩酊大醉，蕙娘愛憐不已，態度軟化，這才接受趙嶠的求歡。

　　自此，趙嶠「或到蘭房，或移蕙室，或與春花相合，或與秋月交歡」，享盡齊人之福。後來，趙嶠登程趕考，與蘭娘、蕙娘暫別，姐妹倆曾沿韻各作〈閨怨〉詩十五首，以寓相思之情。

　　最後，趙嶠高中解元，衣錦榮歸，經喬御史做主，終與蘭娘、蕙娘締結連理。

　　以上是越南漢文小說《花園奇遇集》大致的故事內容，全文長達一萬五千字，皆以淺近而流暢的文言文進行書寫，其中穿插了七、八十首詩詞和兩封書信。越南潘文閣教授說：

> 從文學角度看，這篇小說有兩個值得注意的特點：一、形式方面，小說中的人物作了不少詩篇，實際上是作者施展自己詩才的機會。……二、內容方面，作者大膽地塑造了一系列沖破禮教的才子佳人形象。[4]

潘教授所言甚是，只是《花園奇遇集》這樣的形式和內容，放在越南文學史上或顯特出，但若持與明代中篇傳奇小說相互比較，則會發現這兩個特點正是一大批明代中篇傳奇小說的共同特徵，而《花園奇遇集》從裡到外簡直就是明代中篇傳奇小說的翻版，而且處處留有借鑒、因襲的跡象。

4　潘文閣：〈越南漢文小說中的女性人物形象初探〉，頁144。

三　《花園奇遇集》與《尋芳雅集》

　　跟《花園奇遇集》關係最為密切的明代中篇傳奇小說，首推《尋芳雅集》。

　　《尋芳雅集》，又名《吳生尋芳雅集》、《（浙湖）三奇誌》、《（浙湖）三奇傳》或《三奇合傳》，文長二萬二千言，穿插詩詞、書信凡八十則，講述元末浙江湖州才子吳廷璋（字汝玉，號尋芳主人）與參府王士龍愛女嬌鸞、嬌鳳（以及她們的婢女春英、秋蟾）的喜劇情史。這個故事跟《警世通言》卷三十四〈王嬌鸞百年長恨〉的情節近似卻又有所不同，〈王嬌鸞百年長恨〉的男主角改作「周延章」，結局換以悲劇收場。《尋芳雅集》承繼《嬌紅記》、《賈雲華還魂記》、《鍾情麗集》一脈而下，約成書於嘉靖年間（1522-1566），它對後出的文言傳奇《李生六一天緣》、《傳奇雅集》、《雙雙傳》（兼及《情義奇姻》）有所啟迪，並影響了〈王嬌鸞百年長恨〉、《金雲翹傳》、《歡喜冤家》、《弁而釵‧情貞紀》等白話小說和戲曲《鴛鸞記》（甚至包括《三奇緣》）。[5]如今，我們又發現它的影響還擴及到越南漢文小說《花園奇遇集》。

　　茲但舉數例，即可見《花園奇遇集》的作者十分熟悉《尋芳雅集》的故事，例如其開篇第一頁曾言男主角趙嶠：

> 凡今古奇書異記，無不盡看。一日，閒覽天□□□□□□□□□□□□□□，喟然嘆曰：「吳廷璋所遇如此，不枉「尋芳主人」之號也。□□□□□□□□□□□□□□□□□□也。倘□□有此良遇，不負此生矣。」遂以「尋芳」（為號）……。

5　詳參陳益源：《元明中篇傳奇小說研究》第十一章「《尋芳雅集》研究」（香港：學峰文化事業公司，1997年），頁188-199。

又如，第二頁說趙嶠見到喬府：

> 畫檐粉碧繡戶，宛然又一士龍之宅也，不知其中果有鳳鸞否？
> 乃吟一絕云：「粉碧朱□色□浮，倚欄橋上士情悠。不知園裡
> 奇花下，果有鸞姐鳳妹無？」

再如，第十五頁寫到喬氏姐妹的對話：

> 蕙曰：「月白風清，如此良夜，何故而來？聊作雲軒對月矣。」
> 蘭曰：「雲軒對月，奈無吳汝玉何？」蕙曰：「若有汝玉，我更
> 不肯來。」

以上這些段落，都是《花園奇遇集》作者對《尋芳雅集》典故的直接
引用。尤其趙嶠效法吳廷璋，自以「尋芳」為號，模擬手法最是明
顯。所以我們很容易可以看出《尋芳雅集》的吳廷璋變成了《花園奇
遇集》的趙嶠，王嬌鸞、嬌鳳姐妹變成了喬蘭娘、蕙娘，而婢女春
英、秋蟾則易名春花、秋月，許多文字與情節在兩書之中有很大程度
的雷同，請參考下表數段對照[6]：

尋芳雅集	花園奇遇集
然王老見生舉止端詳，言詞溫潤，接人待物，罔不曲盡理道，心甚愛之。雖夫人、二嬌之前，亦嘗以偉器目焉。（頁87）	生自居喬公之後，待童僕以和，事長人以禮，大有君子之風，喬公心甚愛之。雖於大夫、二嬌之前，常以美器期之。（頁14）

6　各段引文出處，標於文末。《尋芳雅集》的頁碼，是採用通俗類書《國色天香》的選
　　本，瀋陽市：春風文藝出版社，1989年排印出版；《花園奇遇集》的頁碼則是根據漢
　　喃研究院圖書館所藏抄本。

尋芳雅集	花園奇遇集
忽聞琴聲丁丁，清如鶴唳中天，急若飛泉赴壑，或怨或悲，如泣如慕，誠有耳接而心恰者。鸞即往，穿窗窺之，見生正襟危坐，據膝撫床而彈，清香裊裊，燭煌煌，望之若神仙中人。（頁88）	忽聞琴聲丁丁，如雨滴梧桐，如雁鳴九霄，或怨或悲，如泣如訴，誠有耳接而心動者矣。蘭乃穿壁窺之，見生正襟危坐，撫床而彈，青香裊裊，孤燭煌煌，望之若神仙中人。（頁4）
越二日，英獨至園亭採茉莉花，生揖曰：「露氣未收，採何早耶？」英曰：「遲恐為他人所得。」生曰：「今採奉誰？」英曰：「鸞姐醋（惜）愛，方理妝候簪。」生笑曰：「然則惜花起早，誠然歟？但不知愛彼何如？」英曰：「愛其清香嫩素也。」生曰：「清香嫩素，子但知人愛花嬌雅溫柔，獨不見花亦愛人乎？」英曰：「花無情，何能愛人？」生曰：「萬一有情者愛之，我子以為何如？」英微笑不答，盒花而去。（頁88-89）	一日早作，倚欄而坐，見秋月來採海棠花，生曰：「秋花凜凜，寒氣侵人，娘子採花何早也？」月微啞，答曰：「遲久為他人所得。」生曰：「風侵霜冷，不憚嚴寒，娘子愛花之心不□切矣。」月曰：「愛其清香馥郁也。」生笑曰：「清香馥郁，卿但知人愛花卓綽嬌嬈，獨不知花亦愛人乎？」月曰：「花無情，何能愛人？」生曰：「豈有愛花不愛人乎？萬一以情者愛之，吾子以為何如？」月微〔笑〕，闔花而去。（頁19）
生曰：「予豈不諒，第勢如累卵，信子之所言，猶輸萬里之米而救飢餓士也，事能濟乎！」英良久曰：「鸞姐知詩，不若制一詞以挑之，何如？」生曰：「善。」乃邀英至書閣中。方欲構思，見英侍立，星眸含悄，雲鬟籠情，彼此互觀，欲思交動。乃謂英曰：「詩興不來，春興先到，奈何，奈何！」即挽英就枕。（頁90）	生曰：「試如卿言，□猶輸萬里之米以救飢餓士也！」月默然良久曰：「蕙娘識字，君作一詩以撥之，如何？」生曰：「善。」乃與月至□中。生方索筆構思，見月星眸含露，雲鬟□晴，乃投筆曰：「詩興不來，春興先到，子□吾之詩。」生乃挽月就枕。（頁21）
生得詞，喜溢顏色，恨不得揮太陽歸咸池，揭清光于石室。（頁90）	生見詞，喜動眉宇，恨不能揮太陽于咸洲，揭清光于石室。（頁9）
誰知鳳以宿妝起矣：雲鬟半□，夢態	蕙娘初起，雲鬟半整，愈覺嬌姿，何

尋芳雅集	花園奇遇集
遲遲，何啻睡未足之海棠，霧初回之楊柳；獨倚窗欄，看喜鵲爭巢而舞。見生，問曰：「舉家尚在夢中，兄何起之早耶？」生曰：「孤幃清淡，冷氣逼人，欲使安枕，難矣。」鳳亦淒然無語。（頁97）	啻睡未足之海棠，夢初回之楊柳。見生至，曰：「舉家尚在夢中，郎君初（起）何早也？」生懸然曰：「半衾香冷，寒氣侵人，欲使安枕，難矣。」蕙聞生語，亦覺淒涼。（頁26）
翡翠衾中，輕試海棠新血；鴛鴦枕上，漫飄桂蕊奇香。……是夜，生為情欲所迷，將五鼓才睡。當旭日紅窗，而生、鳳猶交頸自若。秋蟾恐懼人來，乃揭幔低聲曰：「陽臺夢尚未醒耶？」生、鳳乃驚覺，整衣而起。（頁105）	芙蓉褥裡，血染海棠；翡翠衾中，香飄丹桂。……是夜，生為情所迷，□烈日紅窗，而生與娘猶交頸自若。秋月掀帳依聲曰：陽臺未醒耶？」蕙始驚覺。（頁33）
相遜者久之。生不能主，乃曰：「鶯娘不妒，鳳卿不私，既在兼成，尤當兼愛。」即以一手挽鶯頸，一手拍鳳肩，同入羅幃中。……殆不知生之為生、鶯鳳之為鶯鳳也。（頁111）	二嬌禮讓者久之。生亦不能自主，即以一手挽蘭肩，一手弄蕙乳，翡翠衾中肆情戲謔，曲盡人間之樂事，但不知生之為生、蘭蕙之為蘭蕙也。（頁34）

四　《花園奇遇集》與《國色天香》

　　如上所述，越南漢文小說《花園奇遇集》模擬、借鑑明代中篇傳奇小說《尋芳雅集》的文字與情節，極其顯著。以下續引一段《花園奇遇集》第二十六～二十七頁趙嶠、喬蕙娘的對話，既可以再次說明它與《尋芳雅集》之間密切的承傳關係，也可以看出《花園奇遇集》作者參考諸多明代中篇傳奇小說的主要來源是──《國色天香》：

　　　　生見几上有《烈女傳》一部，謂蕙曰：「此記不若《天香》可

人。」蕙曰：「《天香》，邪曲耳。」生曰：「《劉生覓〔蓮〕傳》
如何？」蕙曰：「都是傷風敗俗，何足道哉！」生曰：「《劉
生》是風流話本，無容議也。至於鶯、鳳之於汝玉，瓊、奇之
於景雲，雖其相見之初，私情苟就，而患難之際，不肯移心。
雖不欲如刺目之房婦，而幘中琵琶一語，猶〈猶〉足以感後
人。雖不能如斷臂之玉姬，而壁上猿鶴一詩，亦足以昭千古。
若夫《就（龍）會蘭池》、《鍾情麗集》，幾番吐辱，而蔣、王
之義不忍忘，則瑞蘭之節為何如？若以節義效之，則《天香》
何殊於《烈女》？以風流論之，則《烈女》反劣於《天香》郎
（耶）！子若以邪曲譏之，吾願為之解矣。」蕙默然不答。

這段引文，抄本錯字不少，不過我們從中可以確知《花園奇遇集》作
者廣泛運用了一些明代中篇傳奇小說的典故：

（一）《劉生覓蓮記》：講述江東才子劉一春與佳人孫碧蓮及其侍
女曹素梅（原名桂紅）的風流韻事，文長近四萬言，穿插詩詞駢體一
百一十餘首。按：《花園奇遇集》第二十五～二十六頁寫秋月替趙嶠
說情，喬蕙娘慍曰：「汝欲效桂紅，以碧連（蓮）待我乎？」即典出
《劉生覓蓮記》。

（二）《尋芳雅集》：引文中「鶯、鳳之於汝玉」的用典，乃至整
段情節的設計，仍是仿自上節所言之《尋芳雅集》無疑[7]。

（三）《花神三妙傳》：引文中「瓊、奇之於景雲」的用典，乃出
自《花神三妙傳》。《花神三妙傳》講述元朝至正年間江南俊傑白景雲

7　《尋芳雅集》云：「正欲遍觀，見几上有《烈女傳》一帙。生因指曰：『此書不若《西
廂》可人。』鳳曰：『《西廂》，邪曲耳。』生曰：『《嬌紅傳》何如？』鳳曰：『能壞
心術。且二子人品，不足於人久矣，況慕之耶！』生曰：『崔氏才名，膾炙人口。
嬌紅節義，至今凜然。雖其始遇以情，而盤錯艱難間，卒以義終其身，正婦人而丈
夫也，何可較訾？較之昭君偶虜，卓氏當壚，西子敗國忘家，則其人品之高下，二
子又何如哉？』鳳亦語塞。」引自《國色天香》，頁95。

邂逅佳麗趙錦娘、李瓊姐、陳奇姐三位姨表姐妹的故事，全篇長約二萬五千言，穿插詩詞、韻文書信四十八則。按：《花園奇遇集》有若干文字（如第十七頁寫喬蘭娘再會趙嶠：「昔猶含羞色，今則逞嬌容矣。」）、情節（如多人同床歡會），也與《花神三妙傳》如出一轍。

　　（四）《龍會蘭池錄》：講述南宋蔣世隆與王瑞蓮曠野奇逢，約為婚姻，幽閨拜月，節義兩全的故事，原文長約一萬七千言，穿插詩詞歌賦、駢儷文書六十餘則。

　　（五）《鍾情麗集》：講述廣東瓊州才子辜輅與表妹黎瑜娘踰牆私會、渡海私奔的悲喜故事，文長二萬七千言，穿插詩詞歌賦、韻文駢體凡一百五十多首。按：《花園奇遇集》第十一頁寫趙嶠曾對喬蘭娘發誓：「萬一天不從人，事歸不偶，則為辜生、句踐，使娘子為偷（瑜）娘、文君；決忍周延璋，使嬌鸞□百年之長恨也。」雖抄寫有誤，但仍看得出它用的正是《鍾情麗集》（和〈王嬌鸞百年長恨〉）的典故。

　　以上這五本對《花園奇遇集》都有影響的明代中篇傳奇小說，全部都被收進明代通俗類書《國色天香》之中[8]。越南漢文小說《花園奇遇集》的作者必是透過《國色天香》，而接觸到這批明代中篇傳奇小說並受其影響的，所以他特別透過小說男女主角的對話，把《天香》（即《國色天香》）拿來跟《烈女傳》相提並論一番。當我們讀到這第二十六～二十七頁關於《天香》的記載，回到頭來看開篇第1頁所言男主角趙嶠「凡今古奇書異記，無不盡看。一日，閒覽天……」一段，這才了解原來《花園奇遇集》作者一開始便已提及寫作這部小說時主要的參考資料——《尋芳雅集》，是從《國色天香》閱覽得來，只是不巧抄本首頁殘破，差點就被我們忽略掉了。

8　以上關於《劉生覓蓮記》等五部作品收入《國色天香》暨其他通俗類與小說選集的詳細情況，可參見陳益源《元明中篇傳奇小說研究》一書。

五　結語

一九七七年十一月，《花園奇遇集》的越文版首度在河內《越南漢文小說總集》披露，曾引起越南著名學者范秀珠的注目，並撰文評介：

> 由世界出版社1997年出版的《越南漢文小說總集》，是古小說翻譯的大工程，可幫助我國和國外讀者了解無比豐富多樣的越南漢文小說寶庫。值得說的不僅是我們幾乎具有了從志怪、傳奇、名人傳記、歷史小說到愛情、公案等各種各類的小說，……作家也開始寫了不怕表現人的男女樂趣、隱私性愛的小說。這類小說之數量雖然非常少，《總集》才搜集了惟一的一本中篇小說，那是殘缺了結尾的《花園奇遇集》，它是標誌當時小說觀念大變革的里程碑，給想瞭解越南儒士性表現、性欲望的一種解脫的讀者開了一道門。……相形之下，越南性小說太少了，只有惟一的一本《花園奇遇集》，勉強加上《書癡傳》為二而已。[9]

經過研究，范教授所說的《書癡傳》乃出自越南漢文小說《傳記摘錄》，該書業已證實只是中國清末顧氏《後聊齋誌異》的摘錄抄襲之作[10]；如今，經由《花園奇遇集》與明代中篇傳奇小說關係的探討，我們再度證實了它跟通俗類書《國色天香》所選錄的《尋芳雅集》與《鍾情麗集》、《龍會蘭池錄》、《花神三妙傳》、《劉生覓蓮記》等明代中篇傳奇小說，具有很密切的關聯，甚至留有明顯抄襲的痕

9　范秀珠：〈《貪歡報》與越南漢文性小說〉，載於陳益源：《小說與艷情》（上海市：學林出版社，2000年），頁78-85。

10　詳參陳益源：〈《聊齋誌異》、《後聊齋誌異》與越南的《傳記摘錄》〉，收入陳益源：《中越漢文小說研究》（香港：東亞文化出版社，2007年），頁71-110。

跡，其原創性並不高。它是否仍舊可以被視為「越南中代文學中唯一
難得的性文學作品」，或被當作是惟一的一本越南性小說，似乎重新
有了商榷的餘地。

　　過去，我們已知明代中篇傳奇小說（《賈雲華還魂記》等）為朝
鮮漢文小說作者所熟悉[11]；現在，由於《花園奇遇集》的存在，我們
才知道明代中篇傳奇小說（《尋芳雅集》等）對越南漢文小說也有著
同樣的影響，這對中國文學研究而言又是一個新發現，可補明代文學
研究之不足。所以《花園奇遇集》到底是明代中篇傳奇小說的越南仿
作呢？或者還存在著另一種可能：就跟《傳記摘錄》一樣，它也許只
是某部明代中篇傳奇小說（在中國已亡佚）單純的改頭換面而已？這
個問題，值得中、越關心域外漢籍研究的學者們共同注意，繼續加以
深入探討。

附錄

　　皇朝景興年間，南昌公子姓趙名嶠，乃趙參政第二子也，性格軒
昂，文詞艷麗，誠所謂才高七步，學富五車，兼以器宇超群，丰姿出
眾，清新面貌，尚歉擲果潘安，皓月肌膚，□□傅粉何晏，凡今古奇
書異記，無不盡看。

　　一日，閒覽《天香》，□□□□□□□□□風□，喟然嘆曰：「吳
廷璋所遇如此，不枉尋芳主人之號也。□□□□□□□□□□□□□
□□□也。倘□□碧得此良遇，則不負此生矣。」遂以「尋芳」□□
□□□□□□□□□□□□□□□□□行，散步至碧溝坊，遙見一座浮橋，
朱欄□□，□□□□。橋頭花柳數株，夭夭□□；溪下蓮花數朵，彿
彿迎風。遂移步□□□□欄而坐，但觀園牆方葺，木樹參差，時正仲

---

11 詳參陳益源：《元明中篇傳奇小說研究》第三章「《賈雲華還魂記》研究」，頁47-66。

春，訪先豈得精神，□看□□□□之石。□□□□曰：「吾平生□□汝玉自期，以尋芳為號，蓋欲一意□□。今此景畫橋粉碧，繡戶宛然，又一士龍之宅也。不知其中果有鳳鸞否？」乃吟一絕云：

粉碧朱□色絕浮，倚欄橋上士情悠。不知園裡奇花下，果得鸞姐鳳妹無？

吟罷，徘徊顧盼，若難為情，忽聞園中有笑語聲，乃側目視之，見數女玩遊于花園之中，絕色佳人，世間罕見。一姬衣紫衣者，□□十七□□，色賽三千宮女。一點朱唇，酷似櫻花久熟；兩描眉黛，曾聞□柳新□。樊素口、小蠻腰，不足以形其萬一也。一姬衣紅衣者，年可登呼十六，□□嬌艷，態度幽閒，眉掃春山，眼含秋水。金蓮露玉，何殊晉國都姬；玉筍怯冰，酷似宋朝宮女。古云「落雁沉魚，閉月羞花」，今見之矣。復有青衣侍女數人，摘然相贈。生視久之，心如鼎沸，果然「聲逐藤蘿能挽客，色不波濤易溺人」，乃回橋摘桃花數朵，向墻中一擲。兩個侍女見之，□相顧笑曰：「怪處甚多風，吹得桃花入洞。」乃向墻外一望，目見趙生，復□曰：「□□何郎美如冠玉，生何晏耶，生潘安耶？將得竊玉偷香之願乎？」二女聞言，急趿金蓮，而門院閉，已不見玉人踪跡矣。生復就橋中倚欄而坐，不覺孤村魂影，遠寺鐘聲，曙色黃昏，於斯雲暮矣，遂快快而歸。寢不成寐，乃吟一絕、詞一闋，以寓幽懷云：

看了丰姿斷盡腸，無端風雨惱襄王。何時司馬鸞琴奏，解卻春風士子傷。　正倚花欄橋上，忽見玉人音響。潛步看芳姿，不顧鬖聲喨。心想，心想。何日園花玩賞？【如夢令】詞

翌日，復至舊所，但見錦樹風搖，朱門月鎖，而二嬌之跡不復見矣。

顧盼移時，乃就店飲了數杯，因問店主人曰：「墻外何人，可謂幽閒？」店主人曰：「此乃喬御史宅也。」「無非其名輔國者乎？」對曰：「然。」生曰：「彼有息女否？」曰：「彼無男子，惟有女子二位，長喚名蘭娘，次喚名蕙娘，俱有傾國傾城之貌，琴棋詩畫，無所不工，至針指刺繡，特其餘事矣。」生聞言神魂飄蕩，不能自持。乃寄寓於花園後鄰家，冀以成夙志云。

　　且說蘭娘自墻外見生之後，嘆曰：「此生風流才子，足成鸞鳳一雙。」但青鳥無媒，陽臺路阻耳，乃怏怏歸房。適見燕子雙飛，愈覺無聊，乃吟：

> 庭前花草正離離，繡閨淒涼獨掩扉，何事園中雙燕子，卻來愁客眼前飛。

　　後知生寄寓鄰家，而春心已動，每散步後園，張目顧望。生則知其有意，但恐他鄉旅寓，未敢向前，而蘭娘之情更切矣。

　　一日，喬公有事他出，信宿未歸。是夕月色微明，蘭乃獨攜侍女春花，玩景後園，欲為窺生計。忽聞琴聲叮叮，如雨滴梧桐，如雁鳴九宵，或怨或悲，如泣如訴，誠有聞接而心動者矣。蘭乃穿壁窺之，見生正襟危坐，撫床而彈，青香裊裊，孤燭煌煌，望之若神仙中人。方到盡善盡美之處，忽見生折彈而起，長嘆一聲曰：「不如意事常八九，枉操相如一曲彈。世無知音，誠為可恨！」蘭聞之，乃使春花高聲曰：「我醉欲眠君且去，明朝有意抱琴來。」乃促步歸房。寢不成寐，吟詩一絕、詞一闋云：

> 婷嫋花園步月間，忽聞月下幾聲彈。偶成一曲陽春調，留與才郎仔細看。

月下佳人玩景，風景才子搖琴，徐徐啟步正漸窺，忽見推彈遽起。　長嘆一聲何恨，願成百歲佳期，何時君子遂初心，不負相如一曲。【西江月】詞

越數日，天氣清明，蘭與春花復到後園採海棠花。生久視之，不能定情，遂正眼視之。蘭見生急退，墜下金環一隻。生潛步拾之。俄見春花到後園，踱來踱去，如有所尋覓狀。生笑曰：「娘子何為，將有秋蟾之事乎？」花曰：「適我娘子墜下隻金，吾故就覓矣，不知先生何從得知？」生曰：「我有之，煩卿一觀，果類尊娘子原物否乎？」花視之良久曰：「實我娘子所遺之物，先生何處得來？」生笑曰：「繡閨書室，若阻天淵。而金環卻來赴手，不得謂無緣矣。我有一詩，煩卿上達娘子，則原物當奉還耳。」花見生才流俊侈，且金環猶在生手，不敢相卻，領著而回遞蘭娘。蘭開之，詩云：

> 花園一遇至于今，欣慕嬌姿想益深，地遠有懷成凤志，墙高無路訪知音。山頭已掛三更月，案下空搖一曲琴。攜手何時雙賞雪，臥雲軒下一談心。

蘭看罷，問花曰：「爾在下以為何如？」花曰：「此生□下才奢，文詞婉艷，真所謂文章班馬，風月張韓。娘子之才，遠超貞女，邇來未遇唱和，不若遂答一詩，亦遭逢一奇遇也。」蘭然之，乃手拂桃箋，和詩一首云：

> 芳心貞守昔而今，繡閨香閣可謂深。日聽玉籠鸚鵡語，夜聞金屋蛛蟬聲。到此才子青龍筆，肯聽長卿緣撫琴。寄語書房寥寂客，莫懷風月獎芳心。

書成，復使花遞與生，展開一看，嘆賞移時，謂花曰：「爾娘子才貌雙全，真女中之傑也。原物今奉還耳，但小生復拙題，將煩娘子奉遞，若得少乘看盼，則韓王孫不負漂母之恩，將有重報矣。」花許諾。生乃遞詩與花，且囑曰：「子敏人也，願為愁客週旋，莫使枯魚望水。」花點頭曰：「敢負公子所托乎？」遂將環詩呈上。蘭亦看見上寫道：

> 自見芳姿，不勝仰慕，謹題拙律，幸賜佳音。
> 花前自見女中美，心愁依稀夢不成。翠筆遙題詩一律，殘紅空照月三更。金環一玩心如是，玉盞頻斟醉未醒。不意佳人青盼否？忍令司馬嘆無情。

蘭看罷，置而復執者數次，乃長呼一聲，向花曰：「文詞花艷，調曲新清，誠時中之蘭蕙也。欲待不從，吾神已為所奪；欲待苟從，恐羞臉難發。為今之計，子去將今之何？」花曰：「趙公子人物軒昂，文章豐麗，將來非登金馬院，必步鳳鸞池，非久居人下也，以娘子之才貌，足成才子佳人。我姐慧人，聽憑自主。若有所命，僕當自效微勞，以遂秦晉之約。」蘭然之，乃和詩一律，花領之而去，乃復後園高聲浪話。生聞之出見。花笑容可掬，向前將詩與生曰：「郎君且細看，詩中意味如何？」

> 節乏松筠，姿慚蒲柳，才郎不棄，辱翰鐘情，敢和佳詩，幸垂清賞。
> 藍橋一笑遇雲英，有志須知事更成。書室花箋揮暖筆，香閨燈影照寒更。詩題粉紙君如醉，月照紗窗妾已醒。□百可詩飛鳳卜，□園才子莫傷情。

生喜謂花曰：「多謝。卿且退，明日復來，我自有分矣。」生遂詩一律以自度：

　　一睹粧臺亂寸心，何朝今日遇知音。鸞聲有日彈聲嘵，不負春宵一曲琴。

翌日，春花復來，生謂曰：「我有一詞，又煩娘子手遞。請為□花導意：謂我之寄跡於此者，非無家也，但因墻外觀芳姿，頓起攀花之念；柳邊聞笑語，幸認題葉之交。此云兩地無媒，想應三生有幸。然以二書到寄而片語未交，此旅寓之人以不能忘情也。願娘子上達小姐，言□花於子緒未詩之哀曲也。」花乃領詞而回，具以生語告蘭。蘭乃拆詞觀之：

　　一睹嬌姿腸欲斷，滿腔心事已誰幽，千思萬想約佳期。園中花如錦，月下客如癡。我欲將心書示素，□懷一首新詩，客情無聊倍淒其。但願花前一話，解我寸心悲。【夜江仙】調

蘭看罷，但微笑不語。花曰：「趙公子士中之傑也，小娘子女中之英也。既已相愛，正可於親，不可執迷，以阻英雄之志。」蘭曰：「汝言亦大有理。但以竊玉偷香，非是家庭之有訓；撩雲撥雨，亦非淑女之所為。若重門固鎖，以絕狂蝶之媒，於名義不得矣，其如君子何？若一意奉承，以□遊蜂之態，於恩愛恩成矣，其如家訓何？此乃進退兩難，煩卿借籌一議。」花曰：「人在乎時，貴於貞烈，則名義所繫，妾不敢為；女生在世，魂托月花，則風月之懷，人□有矣。趙公子才高一世，定是物非池；娘子貌賽三千，豈非珍待價。夫以愛才紅紼，而千古不以為疵；識貨文君，而後人□樂其美。娘子何執迷若是耶？」蘭聞花言，乃作一詞付花，且囑：「爾對趙生言，我姐謹領臺

命。」花乃領詞而出，遞與生，謂曰：「詞中我姐謹領臺命。」生喜拆觀之，其詞曰：

> 書室撩遙為懷，即君春夢醉。日照紅窗，香閨人懶起。錦帳春寒，杜鵑聲到耳，孤衾裡徬徨，思彼閒向春蘭，倚窗彈唇訥。

後有古詩一句：

> 今夕香房春不鎖，月移花□玉人來。

生見詞，喜動眉宇，恨不能揮太陽于咸洲，揭清光于石室。已而紅花含笑，綠樹聲稀。生整衣襟，從後園而入。至，見春花立待，笑謂生曰：「等候多時了。」乃引生至房。時蘭方倚屏而坐，見生至，遽起曰：「新郎來矣。」生笑曰：「□□至矣。」蘭乃勸生就坐，謂生曰：「一自墻頭覯面，自謂蒲柳分常，不足以動才郎之念。□料淳淳不棄，賜以佳音，使秀闈香閨，幽情莫達，重門固鎖，以效女中之烈。惟恐枉勞往返，又煩君子之心，而甘赴濮上桑間之約，願君子其諒之。」說罷，香蘭借酒與生對酌。生頻以目微覽，見其桃花兩臉，楊柳雙眉，酒思朦朧，酷似沉香亭醉東風之楊妃矣。此時生性情醉蕩，復神思飄搖，宛然如夢中魂魄，乃放杯桌上曰：「更添矣，酒醉矣，一如春思迫人何？」蘭曰：「情之所鍾，誰無此念？然未聞君子若是其急也。」生曰：「想自花園一遇，情斷心灰，自謂寒士緣單，莫成素志。豈意拙題一道，幸賜垂青，僥倖升階，得與仙娥見聞，則幸中已幸，安敢以風月之懷，而作撥雨撩雲之態。但以寶山撒手，不足以激歡愛之情爾。」蘭曰：「君子之言亦是！但恐鏡破不可復補，月缺不可復圓，則野合鴛鴦，恐非長策。願君子且弭撥雨撩雲，而效宋玉、長卿，則君得為士中之英，而妾不失為女中之傑。若從命之後，縱然大

人不肯，老母他從，而君又男子多情，則繡闥香閨，令人徒有回頭之
嘆，那時豈不惱人耶？」生曰：「噫！是何言也！男子生而願為之有
室，女子生而願為之有家，此乃父母之至情也！娘子年已及笄，未有
朱陳之約，尊翁得東床之擇乎。我已及冠，未曾配合。雖其才非七
步，學不五車，然以瀛洲有路，廣素不遙，亦是以副尊翁之選。萬一
天不從人，事歸不偶，則我定為辜生勾踐，使娘子為瑜娘、文君，決
忍周延璋使嬌駕省百年之長恨也。願娘子不負青春，使得掩瑕倚玉，
則赤繩有意，紅葉多情，皓皓彼蒼，決不負微生矣。」蘭低頭含笑曰：
「斷盡人腸，君子善吹噓矣。」乃命春花撤席，彼此攜手並肩，上金
樓之床，下芍藥之帳，士女行春，為乘就佳會。蘭謂生曰：「妾既醉
酒，又復迷花，君可謂花酒中人矣。」乃脫下蘿帶，與生同入錦被。
交合之際，但見金蓮半起，玉體全偎，眼朦朧而股玉齊掄，魂飄搖而
舌光輕吐。初花心初試，臉斜如半月姮娥；桃口芳含，眉蹙似病心西
子。蘭年已長，譬猶經旱之霖。生已久疏，酷似逢春之蝶。兩情飄
蕩，如翠柳之醉薰風；一意飄搖，晃晨花之凝滴露。誠世上之奇緣，
而人間之樂趣。須臾，雲收露散，各整衣而起。蘭謂生曰：「妾是香
閨處女，訓養家庭，將圖於王謝之姻，不願見崔張之事。見君子風流
俊雅，才學清高，故動摽梅之思，甘赴桑濮之會。但此身已托與兄，
是終始為兄妻也。兄一戒洩漏，二戒棄捐，使香閨免嘆回頭，則妻不
勝負頂戴也。」生曰：「我亦得此良遇，若得珠琳，安有洩漏棄捐之
意？」乃彼此並頭交股，各自談心。時漏下三更，蘭謂生曰：「妾自
幼讀書，粗知翰墨，煩今作賦吟詩，妾情奉和。如回生瓊姐故事，亦
遭逢中一奇遇也。」生乃題詩一首：

　　散步花街到碧溝，遙睫素女暗情偷。欣然題錦傳金屋，遽爾垂
　　青醉玉樓。百歲可期先已料，三生有幸更來求。此歡此樂真無
　　比，王謝風流讓一頭。

詩成。蘭曰：「詩成香艷，寔東坡太公一流人。賤妾識字塗鴉，今當獻笑。」乃和：

> 不把□聯放御溝，此間卻被有情偷。慇慇詩送千行字，嶷嶷愁縈百尺樓。鸞鳳早諧君是幸，駕鴦野合妾非求。終始但願心常一，莫使深閨嘆白頭。

詩成。生曰：「貌陋西施，才高卓女，誠香閨之秀也。」乃相與談笑。比至五更，生始辭歸，謂蘭曰：「明日再來。」蘭曰：「奴婢似蟻，童僕如雲，若有所便，妾使春花□招。兄切不可造次，免使回就魚腹也。」生曰：「承教！」辭歸。兩地彼此之情，於斯而益篤也。

　　且說喬公年踰知命，以女年已及笄，心下諄諄，勤於擇婿。乃發策文，以選四方多士。生聞之，乃就考焉。做得盈篇錦繡，滿卷珠璣。喬公見不勝大喜，及至發卷之日，乃召生謂曰：「公子抱負經綸，將來必國家之美器。不知尊翁曾有朱陳之約否乎？」生答曰：「小生族亦簪纓，家傳詩禮，縱有妻孥之樂，恐妨燈火之功。故且晚花燭之程期，而假雲窗之歲月。」喬公曰：「公子青年俊雅，才學清高，可以伯仲頡頏子建，老夫意欲留公子寓在寒舍讀書。倘若花街走馬，玉殿傳臚，老夫亦分其榮矣。」生聞言暗喜，曰：「小生學不燕平，才非雲水，安敢以此自期？但承老翁見愛，升以進身之階，敢不如命？」喬公大喜，乃命家童打掃梅軒，以為讀書之所。生自居喬公之後，待童僕以和，事長人以禮，大有君子之風。喬公心甚愛之，雖於夫人、二嬌之前，亦常以美器期之，但擇婿一事，絕口未嘗道及。而生自到彼之後，信息未稍得通，心懷快快。一夕，蘭遣春花邀生。生至，蘭曰：「兄知老父館兄之意乎？」生曰：「未也。」蘭曰：「妾年已長，老父之勤於擇婿，已非一朝。然屢次發題，而才高未得，心嘗悶悶。自見文詞之後，神舒體快，面帶喜容，則今日之館兄者，乃覓

東床之計也！豈非吾二人奇遇而得此良緣哉？」生曰：「審如是，則吾之所以中尊翁之選者，非虛言也。」蘭未及答，忽見花報曰：「蕙娘來矣。」生乃避入屏後。蕙至，蘭謂曰：「秋風拂拂，皓月融融，正欲閒話片時，以慰寂寥，不料吾妹適來，正慰吾願也！」蕙曰：「月白風清，如此良夜何，故□□而來，聊作雲軒對月矣。」蘭曰：「雲軒對月，奈無吳汝玉何？」蕙曰：「若有汝玉，我更不肯來。」說罷，蕙曰：「月色明朗，香氣氤氳，吾娣妹可吟一詩以記今夕之勝。」蘭詠月，蕙詠香。詩云：

> 鸞鸞爐前氣可人，滿庭何處不氤氳？依稀記得雲軒事，鸞鳳何曾減卻春。

詩成。蘭曰：「妙矣！吾詠月之詩不能及其萬一。」乃援筆吟云：

> 皓皓當空一鑒浮，千山萬水一輪收。何人在下搖琴奏，情也悠悠思也悠。

吟罷。蕙笑曰：「皇朝若開女制科，吾期奪錦爭標，與娣同登瀛洲，愧殺當時男子矣！」已而辭蘭回房。蘭乃與生對酌，將《香》、《月》二詩與生潤色。生曰：「美哉妙已，諸好備矣。觀其曲調清新，誠琅玕之絕句也。世間有此女媖乎？姿容嬌艷，誠陽之美姬也。世間有此國色乎？留也令人愛，去也令人惱。使吾神思飛越，不能自持者，此女也。如得僥倖倡和，不至此生陰度。吾今得隴望蜀，當如何？」蘭曰：「若君可謂多情矣。」生曰：「我一見二姬，均所注意，因此遷彼，緣有是心。然纔得結髮芳卿，而已思及彼，誠越分妄求矣。但吾神已為所奪，奈何？願娘子出一奇謀，以救吾之殘睡。」蘭曰：「君若能以虞舜自居，妾敢不以正卿自處？但恐得魚兔而忘筌蹄耳。」生曰：

「異日何心，難逃雷照。願娘子為我成之。」蘭曰：「此女性亦堅貞，動由禮義，未易以為謀也。但愛婢秋月，彼之情性，月悉知之，如能以計取之，則蕙亦有可得之機矣。然兄不可造次，恐事不諧後破出機關，則名教之而掃地。」生喜以手撫蘭曰：「娘子為我盡心若此，可謂有心人矣。」乃徙近蘭向懷中以坐，一手挽其脛，一手弄其乳，笑曰：「妙哉！軟溫好似雞頭肉。」此時蘭情已動，乃與生入帳，彼此俱歡。蘭、生素已相知，了無嬌羞之態。兩情篤切，如漆之負膠；一意飄搖，如風之傳柳。昔猶含羞色，今則逞嬌容矣。比至漏盡鐘鳴，方始雲收雨散。乃並懷抱，如鴛鴦交頭，樵樓五響，乃始辭歸。生又囑蘭曰：「願切于心，不可遷延，以孤遊子之望也。」蘭曰：「謹領命！兄宜相機而為，待時而動，勿可急也。」生曰：「承教！」乃命春花送生回至園中。春花撫生背曰：「君無情矣！若無我，君其知此地乎？」生知花有愛己之情，乃答曰：「非魏無知，臣安能得進？吾當以連城之報雲英者而報汝矣。」花曰：「不敢！」生笑曰：「不敢，情耳。固所願也。」乃攜花至床，相與歡會。採摘之間，宛然又一處女也。自此，凡生之起居坐臥，無非囑意蕙娘。想念之情，發於詩律，姑述其一二於左：

　　凄風四起夜迢迢，懶掩齋扉怨寂寥。擬向桃源仙子問，玉京何
　　處是藍橋？（其一《盛懷》）

　　一睹嬌嬈貌，芳心不自持。愁來鳥已沒，悶逐燕初□。
　　倚几長嗟月，憑欄短嘆詩。三千頻遠夢，何日敘佳期？（其二
　　五言詩）

　　四顧天低錦幬垂，寒梅風遠雪霏霏。愁遇仲秋來，芳心撩亂。
　　心撩亂，黃昏寂寞時。簾前剩有燕初歸。時心似醉。心似醉兮

意如癡，願作比翼與連枝，莫教兩地苦相思。（其三長短句詩）

遠寺鐘聲際，依稀夢不成。遊仙神遠夜三更，掩卷長嗟短憶。花生桂樹飄飄綠，長空皓月清，秋風秋月太無情，空抱一腔幽恨醉酩酊。（其四詞一闋，【南柯子】調）

風拂拂，月溶溶，花燦燦，葉重重，夜迢迢，更寂寂，情了了，思慵慵，如訴寂寞□不訴，倚欄無語怨東風。

　　一日早作，倚欄而坐，見秋月來採海棠花。生曰：「秋花凜凜，寒氣浸人，娘子採花何早也！」月微啞答曰：「遲久為他人所得。」生曰：「風侵霜冷，不憚嚴寒，娘子愛花之心，可謂切矣。」月曰：「愛其清香馥郁也。」生笑曰：「清香馥郁，卿但知人愛花卓綽嬌嬈，獨不知花亦愛人乎？」月曰：「花無情，何能愛人？」生曰：「豈有愛花不愛人乎？萬一以情者愛之，吾子以為何如？」月微闔花而去。生快作一詞曰：

　　雲鬢半整，蓮步輕移，花前一覯西施，芳心不自持。淡掃娥眉，秋月盼兮，易令遊子，情知何處是佳期。

　　明日，秋月復來。生曰：「一摘花盛，再摘花稀。娘子何不悟如是？」月曰：「奉司花之命，則再摘稀，而司花亦能使稀為盛。」生曰：「我有心於愛花者，已非一朝。然盈花滿庭而未肯攀折者，以示奉司花之命也。今日與卿相見，願得一嗅餘香，幸達。」月曰：「司花僥倖，尊不必上達。」乃摘數朵與生。生佯受之，乃執月手曰：「子敏人也，獨不悟耶！吾想望之懷，柔腸都片斷。」月曰：「公子何□下□□詳言之，何必若是！」生曰：我負笈長安，多而承大人見愛，心

□過望，欲報無由，安敢越禮？但因墻頭聞笑話，遄飛結髮之心；花下覯芳姿，頓起附喬之願。聽砧矸之音，怒而如□；聞簹宅之響，如有隱□。欲索紅絲，而月下□署翁無處覓；擬署桐葉，而溝邊題紅女更難尋。懇懇懇懇，所望以成事者，惟子也。何不乘機動意，效待月之紅娘；周事進言，法遺香之淑女，萬一雲雨之債可償，縱使捐軀之報何惜？子先為我□之。」月曰：「娘子性本堅貞，高出面霜之女；心懷仁義，遠超國色之姬。顧難勸之以非義動也。然□負公子所托，敢不盡心？」生喜出金環一双曰：「聊奉微物，以表寸忱。」月曰：「我見公子風流，與我娘足以為鸞為鳳，故敢效季布之諾，寧沽漂母之恩，金環義不敢領。」生乃止，月始辭歸。生曰：「謹記之，不可令吾空抱尾生也。」月曰：「敢不委曲引君登廣寒宮周旋，扶汝到巫山乎？」生喜作詞以自度：

> 寒鐘報曉，玉女探花何早。一言醉得心頭惱，安用信任青鳥。張生猶托小紅，況吾所遇相同。不日佳音報到，整衣登廣寒宮。【清平樂】調

是夕，生入蘭房，告以秋月允謂之事。蘭曰：「君子謂偷香老手矣。」乃相視而笑。有頃，乃相與攜入帳被，彼此復為蜂蝶之交，春意不可悉記。五更，乃始辭歸。

越數日，秋月復來園中。生曰：「自承金諾之後，身如夢鏡，心似懸鐘，望子之來，如枯魚之望水。而卿更不少顧，何忍心若是？」月曰：「我娘子風流有義，故不更來。」生曰：「事體如何？」曰：「逸逸之歲月可也。」生曰：「誠如卿言意，猶輸萬里之米以救飢也。」月默然良久曰：「蕙娘識字；君作一詩以撥之，如何？」生曰：「善！」乃與月至園中。生方索筆構思，見月星眸含露，雲鬢濃晴，乃投筆曰：「詩興不來，春興先到，子其吾之詩。」生乃挽月就枕，月左支右

吾，力欲脫身，被生兩肩壓住，推付於床。月不得已，乃低聲曰：「妾尚葳蕤，未堪屑越，願君智及，而行之以仁，幸甚。」生曰：「吾已喻矣。」但見蘂謝紅落，如雨打春花；葉動枝交，如風摧秋柳。月齒咬其唇，神魂漂蕩。良久，乃言曰：「君但知取人之樂，而不肯顧憐妾身幾乎，不復生矣。」生曰：「頭陣勝，次陣勝，至於席卷長驅，所向無前。今日之舉，正以子為道之端也。」須臾，雲收霧散，生乃寫詩與月。月領之而回，乃謂蕙曰：「僕得詩於花園中，未及開折，不知意味。想蘭娘有外遇也，娘子且看如何？」蕙展詩觀之。詩云：

> 嬌豔芳菲向日栽，蕙蘭粲粲綠盈堦。開時萬斛香風送，看此令人問幾回。

蕙看罷，作色曰：「汝以何處得來，卻在吾前弄巧。」月曰：「此詩妾於海棠樹下得之，娘子何為動怒？」「此詩上明寫『嬌蕙開看』四字，汝欲以予為沽寶，賣此趙生，尚被彈唇鼓舌！」月曰：「姐且息發怒，容仆續之。這詩實妾所得，然海棠則近梅軒，是趙生之詩無疑矣。妾不知而拾之，誠為有罪。然斯人之才之美，如聞支之脫鞋、長孫之磨墨，亦不足以盡其長，乃於梅軒無聊之餘，而樹下懸詩，非無意於小姐也。且老爺愛彼音如掌上之珠，則藍橋五百之緣有時，而雲英可赴裴航之夢。娘子不若以詩答之，庶不負一番揮灑也。」蕙曰：「不須多言，吾當以詩絕之，免使笑我裙釵無能也。」乃答詩一首：

> 莫秋一鳳正高飛，懷抱空勞一首詩。風送依空懷別恨，月明誰肯訂佳期！枉勞春信傳青鳥，費了秋風送子規。芳蝶飛來空自去，心懷鐵石肯輕移？

封付月曰：「一誤豈容再誤？傷心任彼灰心。汝從今不得效麟鴻

也。」月乃遞詩與生，謂生曰：「妾遞君詩，蕙娘佯怒作詩絕之，且嚴戒戢，縱郎君有何佳作，妾不敢再效前番也。」生曰：「如此將奈之何？」月曰：「蕙娘嘗縱步花園，君可隨機應變。妾常日侍左右，若有真，便即報佳音。料這事亦不難矣。」生曰：「承教！」乃展詩觀之。連聲嘆曰：「我以『嬌蕙開看』四字寄之，而卻以『莫懷風月，枉費芳心』答之。文字之奇、構思之巧，雖山冷不能以善真美矣。」

且說蕙娘自寄詩之後，雖以詩絕之，而一點靈臺，已為詞章所記，清閒寂寞，口占詩詞甚多，聊記一二云：

倚蘭遙望燕初歸，九曲柔腸亂若絲。挑盡殘燈更已點，伴人惟有漏遲遲。

園中桃柳正菲芳，風送覽悽涼。柳眼流涕，桃腮含淚，斷盡人腸。緣梅飛□染，雪霜，幽閨一斷腸。秋思若水，春心似醉，別恨空將。【眼兒媚】

星斗上銀河，長天萬里賒倚閣，風飄可恨紗，窗月照堪嗟，繡衾牢抱，芳心如醉，愁亂如麻，撫枕長嗟短嘆，孤淒將奈如何。【朝天措】

數日後，春氣暄和。生在梅軒，愈覺無聊，乃散步花園，立於柳陰之下。適見蕙來看花。生略少避。蕙已知之，故作不見之狀，手摘花枝而來。生向前曰：「司花嬌女已來，吾等待已多晴了。」蕙曰：「吾在深閨，君居書室，兩不相通，何有此言？」生曰：「昨夜夢見登廣寒宮，履姮娥殿，與一仙娥相會，故此特來相候。不料娘子適來，真可謂天緣矣。」蕙含羞不答，但以微目視生。生以正眼視之，粉面與花爭嬌，肌與花競馥，乃答曰：

仙姬花下送嬌妍，也覺春花亦讓先。下蔡陽城何足羨，櫻桃一
笑嫣然。

蕙曰：「君稱揚大過，獨不怕花怪乎？」生曰：「然則卿愛我矣。」蕙
舉扇自蔽，欲返。生曰：「到此地位工夫，尤難花下相逢，以為至
幸，雖鐵石肝腸，亦當少憫，而卿更不少留，何忍心若是耶？」乃前
挽其扇。蕙低聲曰：「讀書人何不密若是，更不憚人之耳目乎？」生
曰：「四顧無人，惟我知子知耳。」蕙曰：「天知地知若何？」生曰：
「天有比翼鳥，地有連理枝，亦不禁吾之奇遇也。」說罷，秋月適
來，蕙與皆返。良久，謂月曰：「此生才情精敏，觸物便吟，豈其錦
繡口而吐句若是，其構巧也。」月微笑不答。蕙慍曰：「汝欲效桂紅以
碧蓮待我乎？」月曰：「妾見娘子前倨後恭，不得以桂紅自處。」蕙點
點回房。月乃密報生曰：「蕙娘意已回矣。君其圖之，機會不可失
也」。生曰：「諾。」次日早，作步到蕙房。蕙娘初起，雲鬢半整，愈
覺嬌姿，何啻睡未足之海棠，夢初回之楊柳。見生至，曰：「舉家尚
在夢中，郎君初何早也！」生憮然曰：「半衾香冷，寒氣侵人，欲使安
枕難矣！」蕙聞生語，亦覺悽涼，又問生曰：「香房書室相遠天淵，郎
君到此貴幹？」生曰：「西風甚競，愈覺淒然，故逡巡而來，不覺至
此。」蕙曰：「禮，男女不相見。然既來，理，不宜空返。」乃命秋月
勸生就坐。生見几上有《烈女傳》一部，謂蕙曰：「此記不若《天
香》可人。」蕙曰：「《天香》邪曲耳。」生曰：「《劉生覓蓮傳》如
何？」蕙曰：「都是傷風敗俗，何足道哉！」生曰：「《劉生》是風流話
本，無容議也。至於鸞鳳之於汝玉，瓊奇之於景雲，雖其相見之初，
私情苟就；而患難之際，不肯移心。雖不欲如刺目之房婦，而幬中琵
琶一語，猶足以感後人；雖不能如斷臂之玉姬，而壁上猿鶴一詩，亦
足以昭千古。若夫《龍會蘭池》、《鍾情麗集》，幾番吐辱而蔣生之義
不忍忘，則蘭瑞之節為何如？若以節義效之，則《天香》何殊於《烈

女》？以風流論之，則《烈女》反劣於《天香》邪。子若以邪曲譏之，吾願為之解矣。」蕙默然不答。庭前有一小盆，自種蓮花一朵，蕙命秋月添水，謂生曰：「味已清而香又遠，出淤泥而不染污。真所謂花中之君子也。」生曰：「凌波仙子花嫩素清香，雖可以賞心玩目，若不及時採摘，則花殘蘂落，亦不過如蘭長山林、芝生幽谷，人莫得會其香矣。」蕙會意不答。忽見秋月報曰：「蘭娘來了。」蕙目生，生乃出。

蘭至，笑貽蕙曰：「昨日武侍郎請媒求親，妹子得配高門，我心不勝歡喜。又聞其人丰姿俊雅，家業富殷，故特來報賀。」蕙曰：「資容甚麗，安知其中果才學矣？今日富貴，安知他日不貧賤乎？我本無望高門意也！」蘭笑曰：「信哉斯言！姑試之耳！近聞爺娘館趙生，將欲以妹嫁之。然聞其彼為人驕肆，不知果乎？」蕙曰：「豪家公子，年值青春，況且筆走龍蛇、文揮蝌蚪，將來必非小成之器，無怪乎驕肆矣！」蘭知其蕙有愛重之心，乃曰：「爺意嫁妹于趙生，妹心肯聽之乎？」蕙曰：「紅葉赤繩，良緣天啟，此非女子之所敢聞也！」蘭乃回房，遣花邀生。生至，蘭謂生曰：「妾與蕙娘對話，屬情於君厚矣，但恐事成之後，而老父不肯雙鳥齊飛，那時將若之何？」生曰：「老大人不肯乘憐，則吾有良謀，不煩娘子過慮也！」乃辭回。憶蕙光容，心如夢寐，其吟咏之間，詞章具記于左：

> 掩扇獨坐倚書窗，遙望粧樓萬事慵。楊柳風飄情益切，殷勤但願早相逢。

> 桃花笑，桃花酷似伊年少。伊年少，嫋娜嬌嬈、清新窈窕，八字雙眉含俊俏。一見令人增萬惱。增萬惱，幽恨添新，遊神仙遠。

一見廣寒仙子嗟美，踽踽愁心亂意，對景關懷難已。已恨相思如水，倚遍斜陽空憶彼，何綢繆翡翠。擬問藍橋何處是？解我芳心醉。【桃花憶故人】

　　翌日，生立於海棠樹下，遙望蕙房，見蕙立於堦中，謂月曰：「春花則盛，秋花則清，天地安排，誠確然矣。」生乃至前，曰：「娘子知我心乎？多方為我故也。吾豈無居而借梅軒讀書所耶？良以欣慕嬌姿，故委曲以尊翁之命。譬之於花，安有各花滿庭，而不能自臭乎？譬之於水，安有清水在□，而不能以一掬乎？今也玉殿不遙，巫山咫尺，而霓裳不可舞，雲雨不可□何？娘子不能使我為楚襄王，而徒能使我為月中之兔乎？說到情處，不覺淚墜。蕙曰：「我豈草木人耶？一點芳心久為君所鼓，但偷香竊玉，徒是假歡，非可以為百年長策。且老翁之舘兄者，非無意而然。倘于歸得命之餘，合巹一盃，方足以為長樂。則今日之守兄者，為兄守也；何不諒若是耶？」生曰：「世事多乖，人情莫測。倘或高門占鳳、令族鸞認，而尊翁頓斟念頭，娘子墜移夙志，那時兩情契闊、中道相拋，縱有鴈字千行，亦不能挽子襟而訴衷情也。」蕙曰：「從一而終，女中之道。則妾與君亦未有投桃報李，然一言已限百年佳期，決不負海陸山衢之誓矣。」說罷，聞戶外有履聲，生乃趨出。自此思蕙益篤，繾綣如癡，昏昏如寐，食而不知其味，臥而不知其處，不覺染成一疾。喬公迎醫禳鬼，一無應驗。蘭命春花日侍湯藥，蕙命秋月問安，生謂月曰：「吾之病，汝必知之。吾有小屏風一具，你可遞與娘子，以為閒中勝覽，則黃泉無遺憾矣。」月含淚領之。生昏然而睡，月見中几上有一幅雲箋，袖之而回，具以生言告蕙。蕙聞之不覺兩淚交流，乃展屏觀之，見樓臺重復，有美女坐在樓中。園中有一小亭，題曰「文園亭」，內有個書生蒙衣而臥病態。□有上標曰《聞支□復有聞支》詩：

文園復枕已蘐支，望斷金樓不自持。玉鏡前臺思往事，傷心惟有月明知。

復將生詩看之，見上有詩二絕：

對月□然憶素娥，悠然空自短長嗟。愁來端自傾城色，無奈伊人忍我何。

新春風冷倚欄干，遙望今樓兩淚彈。淡月鏡花此甚多，不能入手止能看。

看罷，乃與秋月同來問生。生見蕙曰：「柴扉寒士自謂永捐，不意娘子垂憐復來候問，縱委身風萍無遺憾矣。蕙曰：「吉人天相，兄何出不利之言？」生曰：「吾為妹□病更深也。神思已飛越也。夫以人生世上，如□塵之棲弱草，留也如魂土之自在，去也如青鳥之高飛。縱芳卿不肯垂憐來觀，一哀千古，則向之所謂為兄守者為他人守也。」語罷，汪汪含淚。蕙亦流涕，遂以紅巾拭淚，撫生曰：「我知過矣。願君努力加餐，從今性命不敢固執以相累也。」少頃，辭歸，留一紅巾謂生曰：「奉此侍君，亦如妾之在側也。」生以目送之，蕙娘顧盼移時，其依依難捨之情，悽然可掬。蕙回房熟蓮子湯，命月送生。而生亦以蕙肯允後，不勝大喜，病亦漸漸痊愈。

居一二日，乃移蕙房。時蕙方倚窗理繡，見生至，笑曰：「疾勢危篤，湯藥弗效」，而妾一言痊愈，可謂善醫人矣。」生欲歡，蕙不肯。生曰：「屢次空回，寸腸盡斷，而卿更不少留。床前之語，獨不記乎？」蕙抱于懷曰：「妾豈不近人情耶？但貴恙初痊，不可遽耽雲雨。如今守信，譬之猶鳴喙醫人，豈不反為害兄？兄何不諒？」生見娘言，更覺珍重。惟時不忍相奪。次日，復來，見蕙方晝寢一榻。生

則斜身抱住，刻意求歡。蕙不得已，乃啟朱唇小□與生曰：「妾之於君，情非一日。今番必不使君空回。但鼎鐺猶有耳，□妾閉了門房，與君就寢。」生乃放手。蕙乘機走脫。生悶悶而回。自是到蘭房，絕不與蕙一□。

　　時惟二月，喬公以生病得愈，置酒樂賀。至晚席散，生大醉而歸。蕙命秋月將葛根丸貽生。生嚼之，須臾清爽如故。乃到蕙房，蕙曰：「兄忙，何暇至此？」生曰：「被棄之人無顏早見，今蒙不醉之德，故來謝耳。」蕙曰：「妾見兄力不勝酒，故使貽之，聊以解酩酊耳。」生曰：「酒醉尚可解，心醉不可醒。我為心醉卿久矣，而卿更吝一醒耶？」蕙不應。生又曰：「天下有狂奴傲僕，始則甚忘之，乃其輸情納歡之際，未嘗不屈□憐□。然則我於卿欲凝其笑，而卿不肯顧，豈狂傲之不若乎？」蕙見生言懇懇，乃曰：「生意既如此，安敢自愛？但姑待明夕可也。」此時生欲勃起，向前抱住曰：「娘子非季布之諾，我已知之。今番不可空回也。」力推撲枕。蕙亦不固拒。芙蓉褥裡血染海棠，翡翠衾中香飄丹桂。蛾眉頻促，任教舞蝶侵尋；鳳眼朦朧，無禁遊蜂取採。彩裙移動，譬如雨打蓮花；雲鬢蓬鬆，酷似風吹楊柳。信是一刻千金，但恨歡娛夜短耳。

　　是夜，生為情所迷，迫至日紅窗，而生與娘猶交頭自若。秋月掀帳低聲曰：「陽臺未醒耶？」蕙始驚覺。生亦辭歸，乃詣蘭房，告以得蕙之事，且曰：「吾欲以二美同得，不審計將安出？」蘭曰：「君意如此，我自有□矣。」生出，蘭即就蕙房，見蕙方對鏡畫眉，蘭笑曰：「恭喜！」蕙曰：「何喜乎笑？」蘭：「不必諱我，鴛鴦帳裡抱新郎，吾已諭矣。妹之於趙生，亦猶我也。何嫌疑論？」蕙曰：「果有是處英雄豪傑所見略同。吾娣不謂識人才矣。而翁即若翁，吾娣妹事一英雄，足稱千古。」話說未完，而生適至。蘭蕙以情告之，生喜曰：「情愛之間，人所難處。二姬同得，娥英不得安其美矣！」

　　是夕，生至蕙房，使月邀蘭同入錦帳。生欲多歡於蕙，蕙曰：

「□事讓長，妾不敢先。生與蘭懷更歡於蕙。」蘭奉新人：「妾不敢僭。」二嬌相讓者久之，生亦不能自主，即以一手挽蘭肩，一手弄蕙乳。翡翠衾中，肆情戲謔，曲盡人間之樂事，但不知生之為生，蘭蕙之為蘭蕙也。中夜，生曰：「此真奇遇也。吾當作賦以記之。」蘭曰：「吾等聯句如何？」生曰：「如此尤為勝覽。」乃於枕上首唱，蘭蕙連吟。生詞云：

趙正仲春之佳候兮，桃含笑柳揚眉。
蘭當清明之美景兮，蝶遶□□交飛。
蕙愛韶光之九十兮，觀紅綠之芳菲。
趙登署樓而盼望兮，□風景而依依。
蘭倚紗窻而寂寞兮，憐燕子之喃呢。
蕙望衡陽而挽景兮，懷孤鴈之多飛。
趙緬此生之何幸兮，遇寒闕之仙姬。
蘭慶藤蘿之得托兮，歸天下之英奇。
蕙與英雄而作遇兮，擬席上之珠璣。
趙倚書窻而對月兮，幽懷為之耿耿。
蘭立珠簾而遙涕兮，拂蘿衣而顧影。
蕙望梅軒而不見兮，徒然思而自省。
趙觀春梅之嬌艷兮，徒思人之怲怲。
蘭愛文章之絕妙兮，向粧臺而懶整。
蕙見雲中之比翼兮，願佳期之早訂。
趙花月其功之首兮，登予巫山之嶺
蘭君似採蝶戀花兮，傍日邊之紅杏。
蕙妾似葵花初發兮，向太陽之美景。
趙問何須而至此兮，擬劉阮之天臺。
蘭誠人間之奇遇兮，如王母之瑤池。

蕙感劉郎而動念兮，難恬肆于蓬萊。

趙指九天而為誓兮，期不負於將來。

蘭丹心碧海其心兮，安敢懶於幽懷。

蕙天日雲霜其漂兮，忍少負於英才。

趙一點芳心如此兮，其並蒂之蓮□。

蘭願作無忘舊約兮，則紅葉是良媒。

蕙其無惓□鑒日兮，待合巹之金杯。

賦成，生笑曰：「詞章意思曲盡其妙，可謂千萬中二人矣。乃相與竝頭而睡。樵樓告曉，乃始辭歸。

　　一夕，月色清明，二嬌面使花月邀生，生至，蘭曰：「今夕□光漸至，皎月當空，故吾娣妹設席相邀，聊作蘭亭勝會。」生曰：「花前對飲，月下行春，可謂人間樂事。然吾得此良遇，花月多有微勞之功。今霄與彼同歡，二娘今以為何如？」二嬌許之。於是鋪鮫鮹之褥，酌水晶之盃，三人就席。飲至半酣，生抱蘭于懷，命花月行酒，蕙則歌以勸生。歌曰：

　　　　花正開兮月正浮，酣玉盞兮醉心悠悠。今夕何夕兮有此樂，此
　　　　地何地兮有此遊。義重丘山兮摘花書贈，情深淵海兮酌酒相
　　　　酬。海棠花下兮歌憂玉，芙蓉褥裡兮抱明珠。嗟妾何須兮有
　　　　此，與君相遇兮奚求。一朝兮可謂百年，三盃兮期結千秋。君
　　　　其舉白兮勸飲，妾其歌□兮優遊。真可謂樂兮此鳳鸞儔。

歌竟畢，生挽蕙狎之。蕙曰：「明月當空，何可為此？」生曰：「碧海青天夜夜心，廣寒求此不可得，豈相妬耶？」乃推僕褥中，縱情大戰。事畢，生復挽蘭，蘭亦不拒，效鷗鷺之形習，鴛鴦之態，誠人間之極樂也。次及春花，花與生交合之時，芳心蕩漾，至是任生所為，

毫無難色。次次及月，月含羞不肯。生曰：「天下十分已有八九，量彼一彈丸之地，安敢抗拒王師？」乃抱入褥中，縱情鏖戰，花兵月陣，戎馬縱橫。然生□則高海後愈濃，非秋月之敢爭衡也。戰罷復與二嬌對酌，飲至月色啣山，不覺大醉。眾美扶之就寢。自是或到蘭房，或移蕙室，或與春花於相會，或與秋月交歡，蓋生之一身，優遊於綺羅脂粉中，其他不暇顧也。

　　光陰似箭，日月相催，不覺時奉更冬。是年有小比之舉，參政命生治裝赴試，生乃白於喬公。公曰：「文章魁首，倚馬萬言，今秋必應高選。」乃出白銀三十兩，謂：「生惓惓□此以為行李之資，庶見老夫之情也。生乃拜領。喬公曰：「明日是九月二十日，正當公子行程。」生乃奉命回齋。是夕，至蘭房，適見二嬌對坐。生謂曰：「我與二卿奇遇，誠非偶然。正欲一整衷情，以昭恩愛，無奈秋闈在邇，不得少留。遂使繡衾馥冷，錦帳春寒，良可慨也。則然功名之會，自古罕逢；契闊之情，亦人□事。吾此去不過一月之內，更惓來程，奉認舊約，幽閨寂寞之際，不必深悲以殘花瘦玉也。」二嬌聞言，不覺滿穗淚落。蘭忍淚言曰：「卿君款程何日？」生曰：「只在明朝。」蕙曰：「吾等卒以蒲柳之姿，得附喬松之托，正欲朝夕依依，以□歡愛。無奈功名大事，忽聞愆期，則變作長陂亦不能障杜回瀾也。願君爭標奪錦，早早歸來，莫效長安公子，醉裡忘歸；使閬苑神仙，閑中度日也。」生曰：「曾經滄海難為水，除卻巫山不是雲。二姬之□更非吾意，不必深慮。」說罷，適見几上有筆硯，乃題詩一首以贈二姬云：

　　　舉目江山淚暗垂，嗟予造去倚淒其。花衢喔喔鶯聲鬧，柳陌悠悠馬腳遲。恩愛情深則遠卻，功名事大敢愆期？悲歡萃渙人常事，霜冷風淒莫重悲！

蘭觀，已不覺淚下如雨。蕙曰：「兄既有珠山之贈，妾等敢不以鄙句

相酬？」乃題詩一首以贈生云：

> 揚鞭多往怨陷歧，繡閣愁來獨掩扉。馬泛酒旗君未往，鶯啼花
> □妾其悲。攀花已信□人手，奪錦方知不世奇。此去願君攄素
> 蘊，廣寒高折桂花枝。

蕙寫了，蘭接亦韻云：

> 歸路聞君促馬程，悠然悵恨不勝情。郎猶馬齋三間白，妾已心
> 飛一朵青。但願早起三級浪，莫教空憶幾殘更。自是孤衾香落
> 漠，彩裙無力滯紅櫻。

生見了，欲歔泣下。蘭、蕙不禁淚流。蓋生眷戀之情，不言而可見矣。
　　是夜，生宿於二嬌所，與蘭蕙竝頭交股。蓋生之情重，則欲愈高，春戀亦不能悉記。明日，急頓治裝啟行，蘭、蕙各遣侍女，將羅衣一襲、并詩一絕以贈生。生馬上觀之，蘭詩云：

> 長亭風落雪霏霏，愁思那堪兩□時。遙望鞭塵心似火，此身曾
> 恨不遊絲。

復展蕙詩觀之，亦有一絕句云：

> 花流洞口水人間，從此幽蘭翠翠鬢寒。恨不黃鶯棲夾徑，高枝
> 叫客響昏蠻。

生觀之，淚洒征鞍，寸腸欲斷，急急策馬登程。路次之間，每見落霞孤鷺，秋水長天，對景依然。舉目有江山之靈，吟咏有百遍斷腸。□

念故人之語，不能盡述。蓋生之念姬，亦猶姬之念生也。且說二嬌自生登程之後，珮環聲細，脂粉容□閒，對月則愁唱悲歌，臨風則長嗟短嘆，無非對景而傷情也。蕙嬌倚窗獨坐，見其風搖綠柳，雨泣黃梅；梁間紫燕喃呢，藥上黃鶯嘹嗃；愈憐遠客之凄涼，徒增海角天涯之恨。對景生情，乃吟《閨怨》，沿韻自一東至十五刪，得十五絕句以自嘆。其詩具錄於此云：

　　薄衾香冷怨凄風，往事翻成一夢中。推枕醒來空自嘆。懶將濤渚賦樓東。

　　燃香空自憶芳容，舊事凄涼恨□濃。白雪霏霏梅藥上，爭如閨女怨寒冬。

　　懶將金鏡對新粧，獨處幽閨斷盡腸。登□高樓遙望際，一腔愁緒滿瀘江。

　　閨亭落漠竹斜枝，剩有雙雙燕子飛。不是相思無妙句，殘冬飛雪瘦難支。

　　柳陌千千泛酒旌，香閨人瘦不勝悲。夜深遠寺鐘聲際，一種情愁照紫微。

　　曉來對鏡鬢插梳，目鎖雙眉柳不舒。何日秋期遵報捷，對面尺素附雙魚。

　　懶把雲箋拂鼠鬚，看花空自斷腸吁。風侵繡閣增愁思，何日雙雙效有虞。

　　簾前風動碧凄凄，錦樹枝枝烏亂啼。對鐘生情難忍耐，愁端堆積與山齊。

　　萬種思量亂寸懷，望夫遙睇隔天涯。相思懶把文章怨，莫恨詩題句不佳。

　　詩遠三千夢幾回，芙蓉帳冷共誰偎？寒更半枕凄涼處，幾度芳心片片灰。

百草含芳景色新，不堪愁逐兩眉顰。夢回神遶三千界，貪得君傍不是真。

此去爭標妄願名，馬蹄應早步青雲。鹿鳴魚躍成初志，翡翠終成錦上文。

幾度臨風幾斷魂，離愁欲語復吞言。願君倦馬登程後，帶得回來一解元。

南樓待月倚欄杆，遙望南山淚暗彈。萬種情愁猶撩亂，西風何事逼人寒。

嶂屏風攬月溪□，懶向粧臺問丫鬟。欲把前詩重筆削，奈何情亂不能刪。

蘭見之曰：「妹有心，吾獨無人情乎？吾不能和，當□之耳。」又作《閨怨》，自一先至十五咸，亦具錄于此，以備觀覽云：

香閨人瘦倦金蓮，婷嫋花間步不前。綠鬢插梳渾似懶，芳心不若未逢先。

桃腮含淚濕紅鮹。獨對清風怨寂寥，閑倚疎簾情切處，黃花兩點正蕭蕭。

西風孤鶴立松梢，飛遶梁間燕子巢。切念餘情難已已，何時對手共分毃。

西風吹□笛聲高，淚洒紅冰濕錦綃。安得南山無限竹，手書飛鴈寄英豪。

無端日月鎖雙娥，懶把金蓮履絲□。倚閣風飄霜冷際，憑欄空同唱悲歌。

山頭掩映日將斜，一枕啼鵑奈若何。影照紗窻情愈切，滿腔心事亂如麻。

一盃春色沁花香，一動相思一斷腸。此景此情凄切處，欲教孤鴈赴衡陽。

樵樓風送月三更，香冷衾孤夢不成。桃盡殘燈凄切甚，一腔愁緒照長庚。

迎風獨坐倚蘭亭，閑白紗窗襲廣屏。對景□懷心似醉，愁眉何讓遠山青。

幽懷深慨淚凝冰，惱恨絲翁各赤繩。玉鏡前臺風遠響，殘冬心熟□愁蒸。

兩□猶餘萬種愁，直持盃酒醉相酬。何人巧設多磨字，今日看來是首尤。

蹉跎一片愛君心，懶向粧臺整玉簪。回首朱欄情更切，欲將錦字付漁覃。

寒風策策透珠簾，獨立庭階淚暗沾。匪是聽韶聞肉味，癡情三月不知鹽。

淚墜桃腮濕袖衫，情同流水遠孤□。擬將案上瑤琴奏，無奈餘音愧阮咸。

　　且說則山南□場，試後高高中得解元，乃遣人來報喬公，且密以書遞于二嬌，云：「同心趙□花敬書于□女粧次：花自登程之後，萬思悠悠，愁端子子，夢寐之想，無夜無之。我在山南而□魂飄蕩，無時不在二嬌之側也。每樵樓風向，則增契闊之悲；遠寺鐘聲，愈初睽望之恨。見征鴻北返，孤鴈南歸，未曾不動文人之遐想也。誰料天眷倍生，幸登一第。我之約已遂，二姬之願已孚。吾不日亦整歸裝以赴尋芳之約。香閨寂寞，不必深忍。恐碎玉而憐花也。悠悠心緒，書不盡言。」二嬌得書甚大喜，乃厚賞生僕，且以書復生云：

　　妾等蘭蕙欲袒手于新解元趙郎君大人案下玉函：妾等自兄去後，七情已亂，百感墜生。神遠遊仙，無時不在兄也。見梁間之紫燕，徒增傷感之懷；聞花□之黃鶯，尤切迢遙之念。祈月

月不知也，問花花無語□。其所以自許者，惟夢中得歸，非真歡也，非真樂也。君其知此心乎？今日佳音報到，妾等歡幸不勝，但願早駕歸鞭，以慰倚欄之望。君其鑑之！

生得詩，乃整頓行裝回程，兼迫赴之。是夜，生於枕上吟詩一解以自慶云：

才思凌雲氣吐吐，高標奪錦笑談中。蛟龍非是池中物，雲雨來時駕寞沖。

翌日，喬公以生初占得新解元榮回，設席相賀，遣人邀生之至。公謂曰：「公子一舉求名，真木中之喬也。」生曰：「小生幸得老翁之贈也。」至半酣，喬公謂生曰：「老公之館公者，無他意也。但因影落桑榆，未有弄璋之慶，惟有兩個裙釵，老夫愛之如掌上之明珠，欲擇得佳壻，未有其人。乃見老公文章，故有附喬之願，則軒梅之館公子。蓋以當琢磨之際，恐妨燈火之功，今公子大名已立，我欲以長女嫁之，俾得奉巾櫛之役。公子以為何如？」生曰：「多承大人撫及，□以書史題之，又以婚姻成之，尊翁之恩德，則山河帶礪，不敢忘也。」喬公大喜，乃與舉白引滿。壁上有雙卿筆一軸，喬公指謂生曰：「此□配合良緣，足樂千秋佳話。今有酒豈可無詩，公當不吝珠玉文字，作一詩以詠之。」生承命，乃援筆題來一絕句云：「悠悠千□仰風流，惟有雙卿一畫□。欲是生無處覓，待今詩客短長吁。」喬公笑曰：「才情敏捷，筆下成章，才子矣。公欲問花，生之句，家已□矣。夫以天下則廣，文士則多，然多伶多利多藝多才，無逾公子。從命則小女有喬□□□，□□□□□山之懷，有何不可？但以公子大名初立，而即以二女嫁之，只恐多事之人燕語書虞，謂老夫□趨炎之輩。」生乘醉言曰：「小生承老父見憐，以二女嫁之，以為萬幸。安

敢越弓妄求乎？則然虞爵一匹夫也，而陶唐以二女嫁之，豈以富貴而後處？良以任國子也。汝玉一寒士也；而王士龍以二女嫁之，豈以富貴而後處？良以子托家也。□生才疎智淺，則不敢擬於古人兮？老公則古之儔匹也，獨不能以古人之處？古人者則（下闕）

附錄二
結緣

　　陳益源博士是臺灣成功大學中文系教授，我的一位神交已久而尚未謀面的朋友。

　　一九九九年「九‧二一」臺灣大地震消息傳出之後，舉國為之震驚。陳先生當年供職的中正大學，就在震央南投縣附近。我在當年九月二十五日寫了一封短簡給他，表達慰問之忱。不久，得到陳先生的回信，信很短：「家麟先生：多謝您對臺灣震災的關懷，寒舍及敝校確實就在震央附近，女兒的老師和同學有罹難者，生命就在眼前消失，不無傷悲……。幸我家大小一切均安，請毋念。地震以後，十月上旬，我又去了一趟越南河內，蒙阮才書先生介紹我去通訊院看書。一九九九年二月底，我訪問越南時，特地和阮先生合影，寄贈一張於您，就等我們三人會晤時，再一起合個影吧。天津朱一玄老前輩為拙作《古代小說述論》一書撰序，曾引我等結緣為例，以證我的『熱情』云云，等書問世，當奉請留念、指正。」

　　說起我和陳益源以及他和阮才書的「結緣」，真有點傳奇色彩。一九九六年，在懷舊情緒的驅使下，我寫了一篇散文〈一曲難忘思故人──憶我的越南同學〉。二十世紀五十年代末，我在山東大學讀書期間和同班的幾個越南留學生過從甚密，他們是阮才書、阮福、陳義和女同學阮氏青雲，但畢業後多年，我們失去了聯繫，也沒見過面。我這篇文稿在《人民日報‧海外版》一九九六年九月十八日的文藝副刊上發表了。沒想到，此文被當時正在大陸（天津南開大學）訪問的陳益源博士看到，更巧的是他和其中的陳義、阮氏青雲還很熟識。回臺灣後，他把他一字一字抄下來的我的文章，托在臺訪問的越南學者

黃文樓先生帶回河內，黃文樓先生和時在越南社科院哲學所工作的阮才書先生相識。阮才書先生得知此信息後也激動不已，但他並不知我的工作單位（陳益源博士當時也還不知道），只好等待。一九九七年底，中國社科院哲學所陳筠泉、李景源兩位所長訪問越南，阮才書先生托他們打聽我的地址，並迅速反饋給阮才書先生。

我是一九九八年三月二十日得到阮才書老同學的來信的，興奮、激動，難以盡述。承蒙社科院哲學所領導的美意，發函邀請我參加一九九八年五月在廣西舉辦的「中越傳統文化與現代化學術研討會」，使我有機會和闊別三十八年之久的阮才書先生得以相見，重敍異國同窗之情。

「飲水思源」，人之常情。我由廣西回安慶後，立即寫了一封信給陳益源博士，敘述了我與阮才書先生會面的情景，並寄了一張我與阮先生的合影給他留念。很快，便得到他的回信。他在信中寫道：「將來若有機會到安慶，一定去拜訪您。人生甚奇，我們有共同的朋友，彼此卻不認識；現在相識，倒不因越南朋友的介紹，卻也和越南朋友有關。」他還隨信寄贈一冊他的著作《從嬌紅記到紅樓夢》，是在大陸遼寧古籍出版社出版的。

從他和才書的合影看，陳博士很年輕，卻已出書甚多，學術上斐然有成，自不必說；大災之後，驚魂甫定，即趕赴異國搜求秘籍，這種敬業的精神，更使人佩服；讀到我這位素昧平生的人一篇文章，便為我牽線搭橋，終於使兩個異國同窗久別重逢。誠如南開大學朱一玄先生所云，他是個「熱情」的人，熱心的人。做為一個炎黃子孫，他的血管裡的血是沸騰的。

石家麟　安徽省安慶師範學院中文系教授

本文原刊於《安慶日報》副刊，一九九九年十二月十九日

作者簡介

陳益源

　　中國文化大學文學博士，現任成功大學中國文學系特聘教授，兼任漢學研究中心指導委員會委員、中華民俗藝術基金會董事、民族文化基金會董事、府城觀興文化藝術基金會理事、金門縣閩南文化協會總顧問等職。曾任成功大學中文系主任、人文社會科學中心代理中心主任、臺灣文學館館長、金門大學人文社會學院院長、臺灣中文學會理事長。學術專長為古典小說、民間文學、民俗學、閩南文化、越南漢文學，撰有學術專書二十幾部、編著六十餘種，發表期刊論文兩百多篇。曾獲中國文藝協會「文藝獎章」、越南社會科學翰林院「越南社會文化貢獻獎章」、彰化縣磺溪文學獎之「特別貢獻獎」等。

本書簡介

　　本書名為《元明中篇傳奇小說與中越漢文小說之研究》，分上、下二編。上編《元明中篇傳奇小說研究》，透過豐富的素材和翔實的考辨，證明由《嬌紅記》掀起的中篇傳奇小說創作熱潮，既可填補從《水滸傳》到《金瓶梅》之間通俗小說的空缺，更是中國文學史不容忽略的一個重要環節。下編《中越漢文小說研究》，在介紹明清小說在越南的流傳與影響之餘，又針對越南漢文小說《傳奇漫錄》、《傳奇新譜》、《南城遊逸全傳》、《傳記摘錄》、《異聞雜錄》及其與中國小說之關係進行了抽絲剝繭的深入探討。上、下二編關於中國古典小說、

中越漢文小說的研究成果，具體改寫了中國文學史、越南文學史的部分篇章，其學術影響力歷久未衰，備受各界肯定。

福建師範大學文學院百年學術論叢·第八輯 1702H07

元明中篇傳奇小說與中越漢文小說之研究

作　　者　陳益源
總　策　畫　鄭家建　李建華
發　行　人　林慶彰
總　經　理　梁錦興
總　編　輯　張晏瑞
編　輯　所　萬卷樓圖書股份有限公司
　　　　　臺北市羅斯福路二段 41 號 6 樓之 3
　　　　　電話 (02)23216565
　　　　　傳真 (02)23218698

發　　　行　萬卷樓圖書股份有限公司
　　　　　臺北市羅斯福路二段 41 號 6 樓之 3
　　　　　電話 (02)23216565
　　　　　傳真 (02)23218698
　　　　　電郵 SERVICE@WANJUAN.COM.TW
香港經銷　香港聯合書刊物流有限公司
　　　　　電話 (852)21502100
　　　　　傳真 (852)23560735

ISBN 978-626-386-100-8
2024 年 6 月初版二刷
定價：新臺幣 900 元

如何購買本書：

1. 劃撥購書，請透過以下郵政劃撥帳號：
　　帳號：15624015
　　戶名：萬卷樓圖書股份有限公司
2. 轉帳購書，請透過以下帳戶
　　合作金庫銀行　古亭分行
　　戶名：萬卷樓圖書股份有限公司
　　帳號：0877717092596
3. 網路購書，請透過萬卷樓網站
　　網址 WWW.WANJUAN.COM.TW

大量購書，請直接聯繫我們，將有專人為您服務。客服：(02)23216565 分機 610

如有缺頁、破損或裝訂錯誤，請寄回更換

國家圖書館出版品預行編目資料

元明中篇傳奇小說與中越漢文小說之研究/陳益源著. -- 初版. -- 臺北市：萬卷樓圖書股份有限公司, 2024.06 印刷
　面；　公分. -- (福建師範大學文學院百年學術論叢. 第八輯；1702H07)
ISBN 978-626-386-100-8(平裝)

1.CST: 中國小說　2.CST: 文學評論
827.2　　　　　　　113006013